DER CODE DER GÖTTER

William Dietrich

Der Code der Götter

Deutsch von Susanne Aeckerle
und Marion Balkenhol

Weltbild

Deutsche Erstausgabe 2009
Weltbild Buchverlag –Originalausgaben–

This edition is published by arrangement with HarperCollins Publishers LLC.

Projektleitung: Almut Seikel
Übersetzung: Susanne Aeckerle und Marion Balkenhol
Redaktion: Christine Schlitt
Umschlaggestaltung: *zeichenpool, München
Umschlagabbildung: Shutterstock
Satz: DUOTONE Medienproduktion, München
Druck und Bindung: GGP Media GmbH, Pößneck

Gedruckt auf chlorfrei gebleichtem Papier

Printed in the EU

ISBN 978-3-86800-248-5

Für meinen Schwiegersohn Sebastian

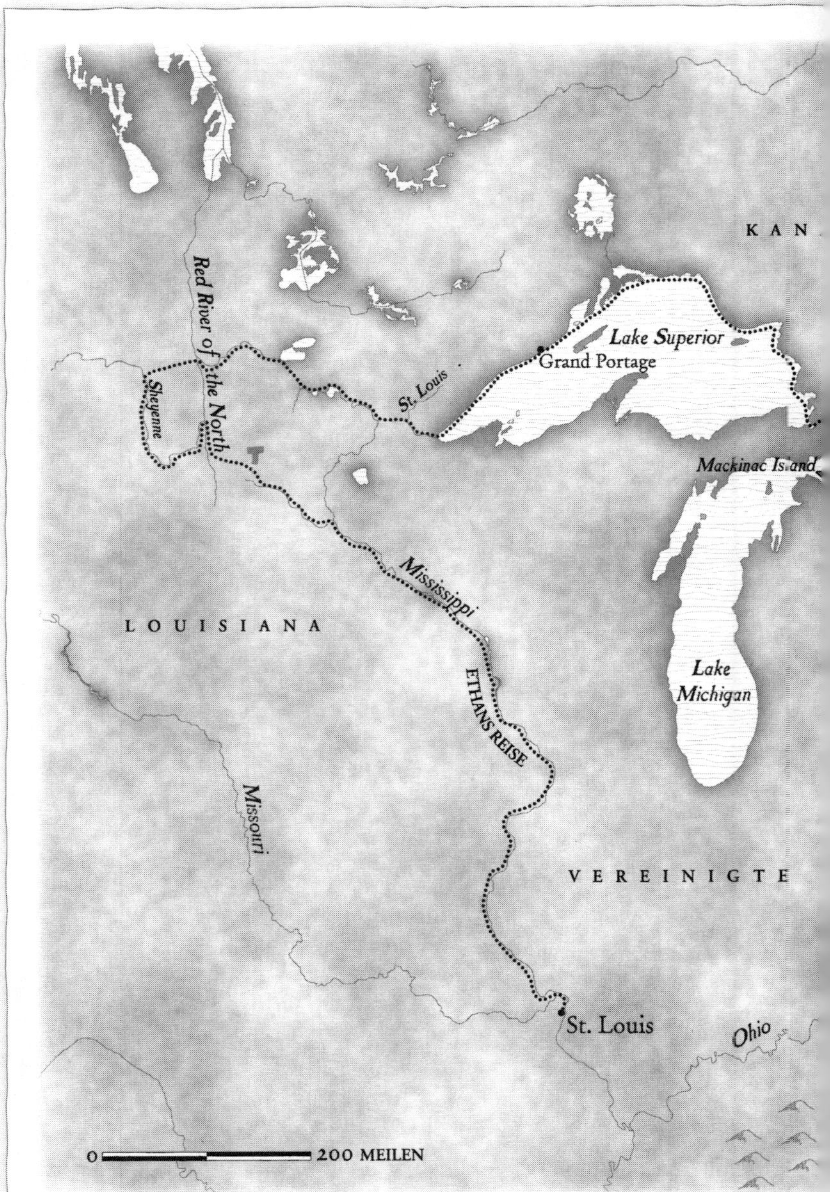

KAN
Lake Superior
Grand Portage
St. Louis
Red River of the North
Sheyenne
Mackinac Island
Mississippi
LOUISIANA
ETHANS REISE
Lake Michigan
Missouri
VEREINIGTE
St. Louis
Ohio
0
200 MEILEN

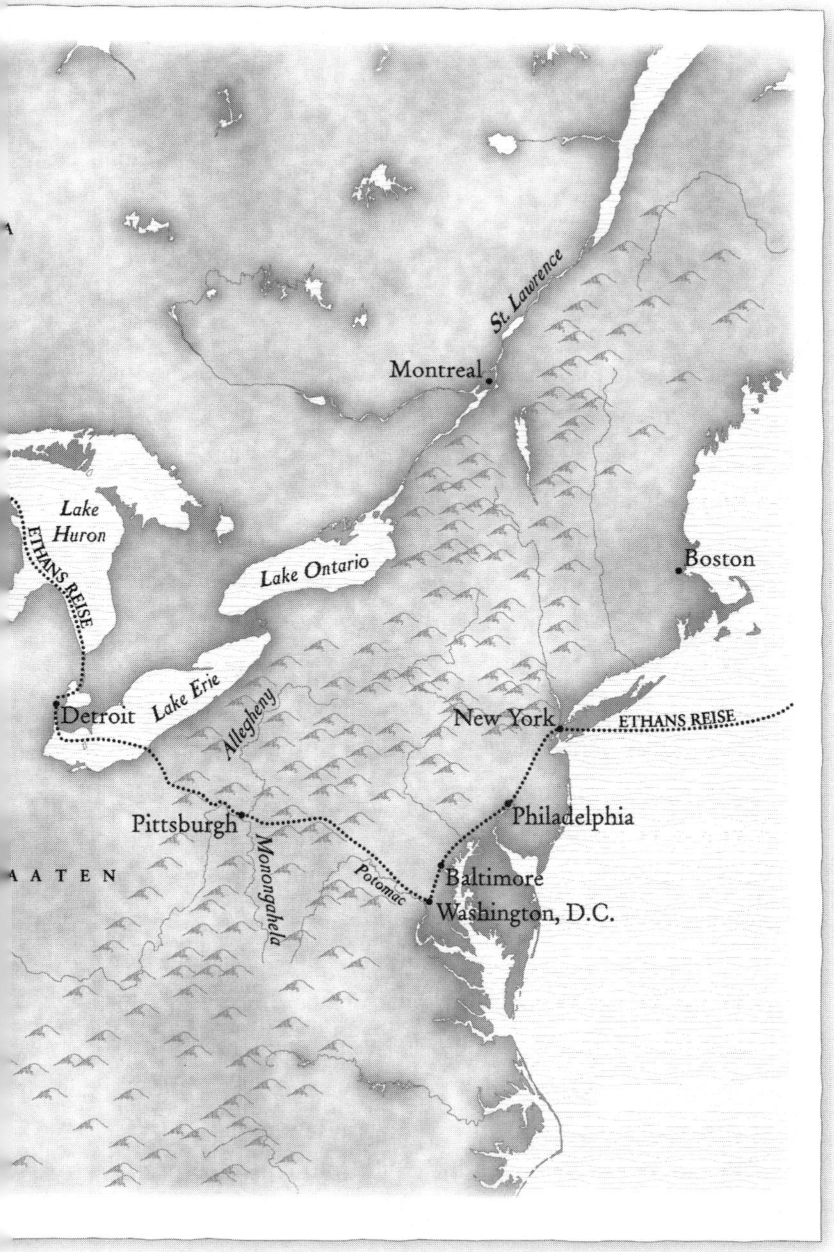

A
Lake Huron
ETHANS REISE
Lake Ontario
Lake Erie
St. Lawrence
Montreal
Boston
Detroit
Allegheny
New York
ETHANS REISE
Pittsburgh
Monongahela
Potomac
Philadelphia
Baltimore
Washington, D.C.
AATEN

1

Vermutlich entspricht es nicht ganz der Wahrheit, dass allein durch mich Napoleons Macht gefestigt und der Lauf der Weltgeschichte verändert wurde. Allerdings habe ich zu seinem Plan beigetragen, die Alpen zu überqueren und die Österreicher einzukesseln, und musste dann bei der Schlacht von Marengo die Lage retten – doch ehrlich gesagt war meine Rolle eine eher zufällige. Und wenn schon! Den eigenen Anteil zu übertreiben kommt bei den Damen gut an, und während ich, Ethan Gage, ein Musterexemplar für Aufrichtigkeit bin, so es denn meinen Zwecken nützt, neige ich andererseits zur Übertreibung, wenn es um Angelegenheiten intimerer Natur geht.

Wahr ist jedoch, dass ich durch mein rechtzeitiges Eingreifen in Norditalien wieder Bonapartes Gunst erlangte, mein leutseliger Charme entscheidend dazu beitrug, den Vertrag von Mortefontaine mit den amerikanischen Diplomaten zu schmieden, und mein verwegener Ruf mir einen Platz bei dem funkelnden Schlossfest zur Feier des Abkommens verschaffte. Dort gelang es mir, in den neuen Zeitvertreib Roulette einzusteigen, mich durch ein stürmisches Rendezvous mit Napoleons verheirateter Schwester ablenken zu lassen und trotzdem noch genug Zeit zu finden, bei einem Feuerwerk beinah umzukommen. Mag sein, dass ich meine Geschichten für Frauen stärker aufbausche, aber kein Mann kann mir vorwerfen, nicht rührig zu sein.

Leider veranlasste meine unbedachte Prahlerei aber auch einen halb verrückten Norweger, mich für eine fragwürdige und mystische Suche anzuwerben, einen Kontinent von jeder Annehmlichkeit entfernt – wieder einmal Beweis dafür, dass Eitelkeit gefährlich und Bescheidenheit der klügere Kurs ist. Besser schweigen und als Narr erscheinen als sprechen und jeden Zweifel beseitigen.

Ah, aber die Brüste von Pauline Bonaparte quollen wie weiße Kissen aus ihrem bezaubernden Kleid hervor, vom Weinkeller ihres Bruders wurde mir ganz schwindelig, und wenn man von mächtigen Männern gedrängt wird, über Heldentaten zu berichten, fällt es schwer zu verschweigen, dass man beim Lenken der Geschichte eine Rolle gespielt hat. Vor allem, wenn man seinem Publikum hundert Franc am Spieltisch abgenommen hat! Wenn man sich wichtig oder gewieft gibt, fällt es dem Opfer leichter, seinen Verlust zu verwinden. Also plauderte ich munter drauflos, belauscht von dem immer interessierter blickenden Nordmann mit seinem flammend roten Bart, und richtete meine Blicke unentwegt auf die kokette Pauline, wusste ich doch, dass sie ihrem Gemahl General Charles Leclerc etwa so treu war wie eine rollige Katze bei Vollmond. Das Luder besaß die Schönheit der Venus und den Scharfblick eines Seemanns im Rumladen. Kein Wunder, dass sie mir zuzwinkerte.

Wir schrieben den 30. September 1800 oder, nach dem französischen Revolutionskalender, den achten Tag des Vendemiaire im Jahr IX. Napoleon hatte die Revolution für beendet erklärt, sich selbst als deren Höhepunkt, und wir hofften alle, er würde bald die lästigen Zehn-Tage-Wochen abschaffen. Gerüchten zufolge wollte er ein Abkommen mit dem Papst treffen, um die katholischen Priester zurückzuholen. Niemand vermisste die Gottesdienste, aber die faulen Sonntage fehlten uns sehr. Bonaparte tastete sich jedoch immer noch vor. Er hatte erst vor zehn Monaten die Macht ergriffen (teilweise dank des mystischen Buchs des Thoth, das ich in einer verlassenen Stadt gefunden hatte), und hatte bei Marengo nur um Haaresbreite gesiegt. Frankreichs Hauen und Stechen mit Amerika beizulegen – meine Nation hatte einige beeindruckende Gefechte mit französischen Kriegsschiffen gewonnen und der französischen Seefahrt schweren Schaden zugefügt – war ein weiterer Schritt zur Festigung seiner Herrschaft. Unsere sich befehdenden Länder waren schließlich die einzigen beiden Republiken der Welt, wenngleich diese Definition in Frankreich durch Napoleons autokratischen Stil ziemlich belastet war. Und nun ein Vertrag! Kein Wunder, dass die französische Hautevolee zu dessen Feier nach Mortefontaine gekommen war. Kein Kriegsherr war besser als Bonaparte, wenn es darum ging, seine Friedensschlüsse publik zu machen.

Mortefontaine ist ein hübsches Château und liegt etwa fünfunddreißig Kilometer nördlich von Paris. Mit anderen Worten weit genug weg, dass Frankreichs neues Führungspersonal dort stilvoll feiern kann. Außer Sichtweite des Pöbels, dem es seinen Aufstieg verdankte. Das Anwesen war von Bonapartes Bruder Joseph gekauft worden, und keiner der dort Versammelten wagte darauf hinzuweisen, dass es für die Erben der Revolution eine Spur zu protzig war. Napoleon, gerade einunddreißig, war der scharfsinnigste Beobachter menschlicher Natur, dem ich je begegnet war, und er hatte nicht lange gezögert, Frankreich einen Teil des royalistischen Schnickschnacks zurückzugeben, den das Land seit der Enthauptung Ludwigs XVI. und der Guillotinierung der Spitzenklöpplerinnen der Nation vermisst hatte. Reich zu sein war wieder statthaft! Ambitioniert zu sein! Elegant! Samt, während der Terrorherrschaft verboten, war nicht nur erlaubt, sondern der letzte Schrei. Perücken mochten zwar ein Relikt aus dem vergangenen Jahrhundert sein, in diesem aber waren goldene Militärlitzen *de rigeur*. Das herrliche Gelände wimmelte von jüngst zur Macht gekommenen Männern, verführerischen Frauen im neuen Stil und so viel Seide und Brokat, dass die Kurzwarenhändler von Paris vergnügte Liedchen summten, allerdings mit mehr klassischen, republikanischen Texten. Lafayette und La Rochefoucauld hatten jeden prominenten Amerikaner in Paris eingeladen, sogar mich. Insgesamt waren wir zweihundert, alle trunken von amerikanischem Triumph und französischem Wein.

Bonaparte hatte darauf bestanden, dass sein Maître de Plaisir Jean-Etienne Despeaux in Rekordzeit ein perfektes Fest auf die Beine stellte. Woraufhin dieser berühmte Marschall der Belustigungen den Architekten Cellerier angewiesen hatte, das Theater aufzupolieren, eine Truppe der Comédie Française zu rekrutieren, ein derbes Stück über transatlantische Beziehungen aufzuführen und ein Feuerwerk vorzubereiten, mit dem ich nur allzu vertraut werden sollte.

Drei große Tische waren in der Orangerie aufgestellt, in drei aneinandergrenzenden Räumen. Der erste war der

Raum der Vereinigung, an dessen Kopfwand ein Rollbild des Atlantiks hing, mit Philadelphia auf der einen und Le Havre auf der anderen Seite, über dem Meer dazwischen eine schwebende, halb nackte Frau, die als Verkörperung des Friedens einen Olivenzweig in den Fingern hielt. Warum den Frauenzimmern auf diesen europäischen Gemälden immer die Kleider herunterrutschen, weiß ich nicht, muss aber sagen, dass mein eher biederes Amerika diesen Brauch durchaus übernehmen könnte. Neben dem Gemälde befanden sich genug Laubwerk, Blumen und Grünzeug, um einen Waldbrand anzuheizen.

In den nächsten beiden Räumen stand jeweils eine Büste meines verstorbenen Mentors Benjamin Franklin und des vor Kurzem dahingeschiedenen George Washington. Draußen im Park gab es einen Obelisken mit allegorischen Figuren, die Frankreich und Amerika darstellten, das Ganze mit Trikolore-Wimpeln behängt. Rosenblätter schwammen auf Teichen und Springbrunnen, gemietete Pfauen stolzierten über den Rasen, und die Artillerie schoss Salut. Mir schien, Despeaux hatte gute Arbeit geleistet, und ich hatte endlich das Gefühl, unter Freunden zu sein.

Auf Joseph Bonapartes Bitte hin hatte ich meine Langbüchse mitgebracht, die in Jerusalem geschmiedet worden war. Ein bösartiger Dieb namens Najac hatte das gute Stück schlecht behandelt, aber ich hatte dem Kerl den Garaus gemacht, indem ich ihm den Ladestock durch das Herz rammte, und später für zwanzig Franc den Schaft aufpolieren lassen. Jetzt führte ich die Treffsicherheit der Waffe vor. Ich zersplitterte eine Teetasse aus hundert Schritt Entfernung und durchlöcherte einen Kavallerie-Brustharnisch fünfmal hintereinander aus doppelter Entfernung, was die Offiziere beeindruckte, die sich mit der miserablen Treffsicherheit von Musketen abfinden mussten. Während mehr als einer der Militärs Bemerkungen darüber machte, wie langwierig das Laden der Büchse sei, meinten sie ebenfalls, das erkläre die gefürchtete Treffsicherheit unserer Grenzbewohner in den nordamerikanischen Kriegen. »Ein Jagdgewehr«, urteilte ein Colonel, nicht zu Unrecht. »Leicht zu tragen, bösartig präzise. Aber schauen Sie sich den schmalen Lauf an! Ein Rekrut würde diese Schönheit wie ein Stück Porzellan zerbrechen.«

»Oder lernen, sorgsam damit umzugehen.« Doch ich wusste, dass er recht hatte, diese Waffe eignete sich nicht für den Masseneinsatz in der Armee. Gewehre verstopfen nach einem halben Dutzend Schüssen mit Pulverrückständen, während jeder Idiot eine grobe Muskete abfeuern kann. Eine Langbüchse ist eine Scharfschützenwaffe. Also schoss ich erneut und durchbohrte diesmal einen goldenen Louisdor auf fünfzig Schritt. Hübsche Damen applaudierten und fächelten sich Luft zu, uniformierte Männer visierten am Lauf entlang, Jagdhunde winselten und rannten wie verrückt im Kreis.

Napoleon traf im späten Nachmittagsglühen des Septembertages ein mit goldbehelmten Kavalleristen als Eskorte und Kanonendonner als Salut. Seine offene Kutsche von sechs Schimmeln gezogen. Hundert Schritt hinter ihm folgte seine Frau in einer elfenbeinfarbenen, wie eine Perle schimmernden Kalesche. Schwungvoll fuhren sie vor, die Pferde schnaubten und pissten auf den Kies, während livrierte Diener die Wagenschläge aufrissen und Grenadiere strammstanden. Bonaparte trat in der Uniform seiner persönlichen Garde heraus, einem blauen Uniformrock mit rotweißem Kragen, dazu ein Schwert in einer Scheide mit Filigranarbeit, die kämpfende Krieger und lässig ausgestreckte Göttinnen zeigte. Weit davon entfernt, hochmütig zu sein, gab er sich huldvoll: Der Ruhm des Sieges bei den Pyramiden und von Marengo sprach für sich! Man steigt nicht ohne ein gewisses Maß an Charme zum Ersten Konsul auf, und Napoleon konnte abwechselnd ergraute Sergeanten, Damen aus besten Kreisen, verschwörerische Politiker oder Männer der Wissenschaft verführen – und, wenn es sein musste, auch alle auf einmal. Heute Abend wurde seine berechnende Umgänglichkeit zur Schau gestellt. Er ließ Lafayette den Vortritt, der meinem Land dabei geholfen hatte, seine Unabhängigkeit zu erlangen, und schritt im Garten wie ein Landjunker die Reihen der amerikanischen Friedensbevollmächtigten ab. Schließlich, als die Uhr sechs schlug, rief uns Charles Maurice de Talleyrand-Périgord, der Außenminister, zur Verlesung des Vertrages zusammen. Josephine war ebenfalls aus ihrer Kalesche gestiegen, und ich konnte mir einen finsteren Blick kaum verkneifen. Macht stand ihr gut, muss ich zugeben: Wenngleich nie eine wirkliche Schönheit (ihre Nase war etwas zu spitz, ihre Zähne ein wenig zu verfärbt), war sie charismatischer denn je. Sie trug eine Perlenkette, die angeblich eine Viertelmillion Franc gekostet hatte, und soll die Finanzminister des Staates überredet haben, ihre Bücher zu manipulieren, damit die Kette Bonapartes Überprüfung entging. Doch niemand sonst missgönnte ihr den Schmuck. Während die Stimmung ihres Mannes wechselhaft sein konnt, verhielt sie sich bei gesellschaftlichen Anlässen wie diesem durchweg manierlich, ihr Lächeln war ehrlich, als läge ihr das Wohlbefinden jedes einzelnen Gastes persönlich am Herzen. Dank meiner Hilfe hatte sie die Scheidung abwenden können, nachdem sie Napoleon betrogen hatte, und in ein paar Jahren würde sie Kaiserin sein. Aber das undankbare Frauenzimmer hatte mich und meine ägyptische Liebste Astiza hintergangen und uns zum Dank ins Temple-Gefängnis sperren lassen. Und da ich ihr das nicht verziehen hatte, war das Wagnis, Bonapartes Schwester Pauline flachzulegen, umso verlockender. Ich wollte eine Bonaparte bespringen, weil sie mich gedemütigt hatten. Sie hatten einen Narren aus mir gemacht (nicht zum ersten Mal), und Josephines unvermeidliche Anwesenheit als Gattin des Ersten Konsuls – strahlend, als hätte sie die Revolutionslotterie gewonnen – war für mich eine kleine Wolke an einem ansonsten strahlenden Tag. Unter der Terrorherrschaft zur Witwe geworden, hatte sie auf den jungen Korsen gesetzt und sich verblüffenderweise im Tuilerien-Palast wiedergefunden.

Wenn Josephine auch schmerzliche Erinnerungen an die Trennung von Astiza heraufbeschworen hatte, so schmeichelte es mir, dass die amerikanischen Delegierten, die meinen Rat gesucht hatten, so großzügig waren, sich öffentlich dafür zu bedanken. Oliver Ellsworth hatte an der Verfassung meiner Nation mitgearbeitet und als Oberster Bundesrichter am Supreme Court gedient, bevor er diese diplomatische Mission übernahm. Die beiden Bills waren fast gleichermaßen berühmt: William Richardson Davie, ein Held aus dem Unabhängigkeitskrieg, und William Vans Murray, ein Kongressabgeordneter aus Maryland, der jetzt Botschafter in den Niederlanden war. Alle drei hatten die diplomatische Brüskierung riskiert, die frühere Abgesandte hatten einstecken müssen, in der Hoffnung, John Adams' ins Schwanken geratene Präsidentschaft zu retten. Ich, ihr Berater, war jünger und unerfahrener, ein frustrierter Schatzjäger, Spieler, Scharfschütze und Abenteurer, der bei den nicht lange zurückliegenden Kämpfen in Ägypten und dem Heiligen Land irgendwie sowohl auf der französischen wie auf der britischen Seite gelandet war. Aber ich hatte auch dem verstorbenen großen Franklin kurzzeitig als Assistent gedient und machte mir zunehmend einen Namen als »Elektrizitätspionier«. Und was am wichtigsten war, Bonaparte lieh mir sein Ohr, wenn er zuzuhören geruhte. Wir waren beide gewitzte Gauner (Napoleon war einfach nur besser als ich), und er vertraute mir als einem ihm auf diesem Gebiet ebenbürtigen Opportunisten. Ehrbare Männer sind schwer zu beherrschen, wer allerdings über einen egoistischen gesunden Menschenverstand verfügt, ist berechenbar. Daher wurde ich nach Marengo als Vermittler zwischen Talleyrand und den ungeduldigen Amerikanern eingesetzt. Und hier waren wir nun und schlossen Frieden.

»Sie gefallen mir, Gage, weil Sie sich auf das Praktische konzentrieren, nicht auf das Folgerichtige«, flüsterte mir Napoleon zwischendrin zu.

»Und Sie gefallen mir, Erster Konsul, weil es Ihnen ebenso viel Spaß macht, einen Feind zu benutzen wie zu zerstören«, erwiderte ich fröhlich. »Sie haben versucht, mich hinrichten zu lassen, wie oft war das, drei oder vier Mal? Und hier sind wir, Partner im Frieden.« *Ist doch famos, wie sich solche Dinge lösen,* pflegte der britische Geschwaderkommandeur Sir Sidney Smith gern zu sagen.

»Keine Partner. Ich bin der Steinmetz, und Sie sind das Werkzeug. Aber ich gehe mit meinen Werkzeugen pfleglich um.«

Das war wenig schmeichelhaft, doch zum Charme dieses Mannes gehörte auch seine schonungslose, manchmal regelrecht grobe Ehrlichkeit. Er sagte Frauen, ihre Kleider seien zu grell oder ihre Taille zu dick, weil er seine Frauenzimmer schlank, sittsam und weiß gekleidet mochte, anscheinend als Teil einer Fantasievorstellung jungfräulicher Reinheit. Er kam damit durch, weil seine Macht erotisierend war. Ich lernte derweilen, ein Diplomat zu sein. »Und mir gefällt Ihr Werkzeugkasten Paris.«

Ich kann mich servil geben, wenn ich dazu in Stimmung bin. Napoleons Räume in den Tuilerien waren übersät mit großen Plänen, seine Stadt zur schönsten der ganzen Welt zu machen. Theater blühten durch die neuen Regierungssubventionen auf, die Steuern und der Code Civil wurden generalüberholt, die Wirtschaft erholte sich, und die Österreicher waren besiegt. Selbst die Huren kleideten sich besser! Der Mann war ein brillanter Halunke. Die Spielsalons waren so überfüllt mit Neuankömmlingen, dass ich mein bescheidenes Salär mit dem aufbessern konnte, was ich Betrunkenen und Dummköpfen abgenommen hatte. Alles lief so gut, dass ich in ein Loch kriechen und mich auf das Schlimmste hätte gefasst machen sollen, aber Optimismus ist wie Wein. Er lässt uns leichtsinnig werden.

Und so war ich hier in dem französischen Château des Bruders des Ersten Konsuls, halbwegs angesehen bei meinen amerikanischen Brüdern und mit einem gewissen Prestige als Gelehrter, der 1799 bei der Belagerung von Akko im

Heiligen Land angreifende Soldaten mit einer elektrisch geladenen Eisenkette getötet hatte. Die Tatsache, dass ich das für die britische Seite getan hatte, nicht für die französische, schien niemanden zu kümmern, denn ich besaß, so wurde vermutet, ohnehin keine echten Loyalitäten oder Überzeugungen. Gerüchte, ich hätte eine Prostituierte ermordet (absolut unwahr) und einen Hexenmeister verbrannt (vollkommen korrekt, aber er war selber schuld), trugen nur zu meiner schillernden Persönlichkeit bei. Darüber hinaus hatte ich dank meiner Langbüchse und meines Tomahawks den Ruf, ein möglicherweise gefährlicher Mann zu sein. Es gibt nichts Besseres, um eine Dame erröten zu lassen.

Selbstgefällig stand ich die endlosen Reden durch (mein Name wurde tatsächlich erwähnt, sogar zwei Mal) und langte bei dem Galadiner herzhaft zu, da die Speisen besser waren als das, was ich mir normalerweise leisten konnte. Ich gab mich bescheiden, während ich von Abenteuern berichtete, die mich in einem etwas diabolischen Licht darstellten oder mir zumindest ein seltsames Durchhaltevermögen attestierten. Viele führende Amerikaner waren Freimaurer, und die Theorien über Tempelritter und uralte Mysterien faszinierten sie.

»An diesen alten Göttern und uralten Praktiken mag mehr dran sein, als wir modernen Männer der Wissenschaft wahrhaben wollten«, sagte ich vollmundig, als wüsste ich, wovon ich sprach. »Es gibt nach wie vor Geheimnisse, die es wert sind, wiederentdeckt zu werden, meine Herren. Bisher verschleierte Mysterien.« Dann brachten wir einen Trinkspruch auf die Märtyrer für die Freiheit aus und erhoben uns schließlich von der Festtafel. Nachdem meiner Eitelkeit Genüge getan war, freute ich mich auf einen Abend mit Spielen, Tanz und amourösen Eroberungen.

Die Musik setzte ein, ich schlenderte herum, und der Amerikaner in mir staunte über die Pracht französischer Architektur. Im Vergleich zu Mortefontaine wirkten die vornehmeren Häuser, die ich in meinem Heimatland gesehen hatte, wie Werkzeugschuppen, und Joseph hatte keine Kosten gescheut – nachdem sein Bruder nun Zugang zum französischen Staatsschatz hatte –, noch weitere Verbesserungen vorzunehmen.

»Prächtig, aber kein großer Unterschied zu dem neuen Haus für unseren Präsidenten«, murmelte eine Stimme an meiner Seite.

Ich drehte mich um. Der Sprecher war Davie, aufgekratzt durch die Champagner-Trinksprüche. Er sah gut aus, hatte dickes Haar, einen langen Backenbart und ein kräftiges, gespaltenes Kinn. Er war Mitte vierzig und somit zehn Jahre älter als ich.

»Ehrlich? Wenn sie *so etwas* im Sumpf zwischen Virginia und Maryland hinbekommen, hat meine Nation es tatsächlich weit gebracht.«

»Das Haus des Präsidenten ist einem Regierungsgebäude in Irland nachempfunden – das als Freimaurertempel genutzt wurde, wie ich höre – und, ja, sehr prächtig für eine neue Nation.«

»Eine Freimaurerloge für den Präsidenten? Und was für eine ausgefallene Idee, eine neue Hauptstadt im Nirgendwo zu bauen!«

»Genau dieses Nirgendwo – und die Nähe zu Washingtons Heim – machte das politische Einvernehmen möglich.

Die Regierung zieht an einen Ort, an dem es mehr Baumstümpfe als Statuen gibt, doch man geht davon aus, dass unsere Hauptstadt Washington, oder Columbia, von selbst wachsen wird. Die Einwohnerschaft unserer Nation hat sich seit Lexington und Concord verdoppelt, und der Sieg über die Indianer hat das Ohio-Gebiet geöffnet.«

»Die Franzosen sagen, sie rammeln wie die Kaninchen, und wir Amerikaner vermehren uns wie sie.«

»Sind Sie ein überzeugter Exilant, Mr Gage?«

»Eher ein überzeugter Bewunderer der Kultur, die dieses Château geschaffen hat, Mr Davie. Ich mag die Franzosen nicht immer – habe ja sogar in Akko gegen sie gekämpft –, aber ich mag ihre Hauptstadt, ihr Essen, ihre Weine, ihre Frauen und, in dem Maßstab wie hier, ihre Häuser.« Ich griff nach einer Neuheit auf einem der Tische, Schokolade, die kluge Köpfe zu kleinen Quadraten verfestigt hatten, statt sie flüssig in Tassen zu reichen. Irgendein erfinderischer Italiener hatte diese Delikatesse erstarren lassen, und die Franzosen brachten sie in Mode. Da ich wusste, wie launisch das Glück sein kann, steckte ich mir eine Handvoll davon in die Tasche.

Eine gute Sache, denn sie sollte mir das Leben retten.

2

»Sie erwägen also nicht, nach Hause zurückzukehren?«, fragte mich Davie.

»Ehrlich gesagt hatte ich das vor, aber dann wurde ich vor Kurzem in Napoleons Italienfeldzug und diese Friedensverhandlungen hineingezogen. Die Gelegenheit hat sich noch nicht ergeben, und vielleicht kann ich hier in Frankreich mehr für mein Land tun.« Ich war von Paris verführt worden, so wie es Franklin und Jefferson ergangen war.

»In der Tat. Und doch sind Sie ein Franklin-Mann, nicht wahr? Unser neuer Experte auf dem wissenschaftlichen Gebiet der Elektrizität?«

»Ich habe einige Experimente durchgeführt.« Einschließlich der Nutzbarmachung von Blitzen in einer verlassenen Stadt und der Verwandlung meiner selbst in eine Reibungsbatterie, um meinen Erzfeind in Flammen zu setzen, aber das fügte ich nicht hinzu. Entsprechende Gerüchte liefen um, die wiederum meiner Reputation zugutekamen.

»Ich frage aus dem Grund, weil unsere Delegation auf einen Herrn aus Norwegen gestoßen ist, der ein besonderes Interesse an Ihren Fachkenntnissen hat. Er glaubt, Sie könnten sich gegenseitig von Nutzen sein. Wäre es Ihnen recht, wenn ich Sie einander vorstelle?«

»Norwegen?« Ich hatte ein vages Bild von Schnee, dunklen Wäldern und mittelalterlicher Ökonomie vor Augen. Ich wusste, dass dort Menschen lebten, nur war nicht so ganz einzusehen, warum.

»Das Land wird von Dänemark regiert, strebt aber anhand unseres amerikanischen Beispiels zunehmend nach Unabhängigkeit. Der außergewöhnliche Name des Mannes lautet Magnus Blodhammer – stammt wohl ursprünglich von den Wikingern –, und sein Aussehen passt zu dem Namen. Ein Exzentriker, genau wie Sie.«

»Ich betrachte mich eher als Individualisten.«

»Ich würde meinen, Sie sind beide ... aufgeschlossen. Wenn wir ihn finden, stelle ich Sie ihm vor.«

Hat man erst mal eine gewisse Berühmtheit erlangt, wird erwartet, dass man alle möglichen Leute kennenlernen will, also zuckte ich mit den Schultern. Aber ich hatte keine Eile, mich mit einem Norweger über Elektrizität zu unterhalten (um die Wahrheit zu sagen, ich befürchtete immer, meine beträchtliche Unwissenheit könnte ans Tageslicht kommen), daher sorgte ich dafür, dass wir beim ersten Amüsement stehen blieben, auf das wir stießen, einem neuen Glücksspielgerät namens Roulette. Pauline spielte dort.

Die Franzosen hatten ein englisches Gerät übernommen und verbessert, hatten zwei Farben, zusätzliche Zahlen und ein gemustertes Brett hinzugefügt, das faszinierende Wettmöglichkeiten bot. Man konnte auf alles setzen, von einer einzelnen Zahl bis auf das halbe Rad, und seine Chancen entsprechend abwägen. Diese Neuheit wurde von einer Nation, die seit der Terrorherrschaft von Risiko, Schicksal und Vorsehung gefesselt war, begierig angenommen. Ich spiele

Roulette nicht so gern wie Karten, da es wenig Geschick erfordert, aber mir gefällt das gesellige Beisammensein an den Tischen, Männer, die nach Rauch und Rasierwasser riechen, Frauen, die sich provokativ vorbeugen, um einen Ausblick in ihr Dekolleté zu gewähren, und Croupiers, die Jetons so gewandt zusammenrechen wie Fechter. Napoleon betrachtete sowohl das Rad als auch den neuen weiblichen Exhibitionismus mit Missbilligung, doch er war gescheit genug, beides nicht zu verbieten.

Ich überredete Davie, ein oder zwei kleine Einsätze zu wagen, die er prompt verlor. Ehrgeizig genug, es erneut zu versuchen und dann wieder, verlor er noch mehr. Manche Männer sind nicht für das Spielen geschaffen. Ich ersetzte ihm die Verluste aus meinen eigenen, bescheidenen Gewinnen, die ich durch konservative Einsätze auf Kolonne und Reihe erzielt hatte. Pauline, die sich mir gegenüber aufgeregt vorbeugte, setzte verwegener. Sie verlor Geld, das sie sicherlich von ihrem berühmten Bruder bekommen hatte, gewann dann aber auf einer einzigen Zahl mit der Gewinnquote von 35 zu 1 und klatschte so begeistert in die Hände, dass ihre Brüste auf bezaubernde Art zusammengedrückt wurden. Sie war die Entzückendste von Napoleons Geschwistern, bei Porträtisten und Skulpteuren begehrt. Wie berichtet wurde, saß sie nackt Modell.

»Madam, anscheinend ist Ihr Geschick Ihrer Schönheit ebenbürtig«, gratulierte ich ihr.

Sie lachte. »Ich habe das Glück meines Bruders.« Sie war nicht besonders helle, aber sie war loyal, würde Bonaparte vermutlich die Treue halten, nachdem ihn schlauere Freunde und Geschwister längst im Stich gelassen hatten.

»Wir Amerikaner könnten von einer Venus wie Ihnen lernen.«

»Aber Monsieur Gage«, erwiderte sie, und ihre Augenlider flatterten wie Signalflaggen, »mir wurde gesagt, Sie seien bereits ein Mann mit großer Erfahrung.«

Ich verbeugte mich leicht.

»Sie haben unter meinem Bruder in Ägypten gedient, in der Kompanie der Gelehrten«, fuhr sie fort. »In Akko standen Sie ihm als Gegner gegenüber, waren in seine Machtergreifung am 18. Brumaire verwickelt und bei Marengo wieder mit ihm verbündet. Sie scheinen ein Meister in allen Stellungen zu sein.«

Das Mädchen nahm kein Blatt vor den Mund. »Wie beim Tanzen liegt es ganz am Partner.«

Davie, der ein Techtelmechtel mit der verheirateten Schwester des Ersten Konsuls zweifellos als heraufziehende diplomatische Katastrophe betrachtete, räusperte sich. »Ich scheine Ihr Glück und das der Dame nicht zu teilen, Mr Gage.«

»Ah, aber das tun Sie, wirklich«, sagte ich großzügig – und ehrlich. »Ich verrate Ihnen das Geheimnis des Glücksspiels, Davie. Am Ende verliert man, genauso sicher, wie wir alle am Ende sterben. Beim Spiel geht es um Hoffnung, und bei der Mathematik um Niederlage und Tod. Der Trick besteht darin, die Arithmetik für einen Moment zu schlagen, seine Gewinne einzustreichen und zu verschwinden. Das können nur die wenigsten, weil Optimismus die Einsicht übertrumpft. Aus diesem Grund sollte man das Rad besitzen, statt von ihm besessen zu sein.«

»Sie haben den Ruf eines Glücksspielgewinners, Sir.«

»Schlachten ja, nicht aber den Krieg. Ich bin kein reicher Mann.«

»Aber ein ehrlicher, wie mir scheint. Warum spielen Sie dann?«

»Ich kann meine Chancen vergrößern, indem ich die mangelnde Geübtheit anderer ausnutze. Viel wichtiger ist das eigentliche Spiel, wie Bonaparte mir selbst gesagt hat. Auf das Spiel kommt es an.«

»Sie sind ein Philosoph!«

»Wir alle grübeln über die Rätsel des Lebens. Diejenigen unter uns, die keine Antworten haben, werden Kartengeber.«

Davie lächelte. »Dann sollten wir uns vielleicht an einen Tisch begeben und schauen, ob wir Ihr Einkommen durch ein Spiel Pharaon aufbessern können. Ich vermute, Sie können es mit Ihren rustikalen Landsleuten aufnehmen. Ich sehe auch Blodhammer da drüben, und man ist sehr interessiert an diesen Experimenten, die Sie durchgeführt haben. Außerdem hörte ich, Sie hätten Erfahrung im Pelzhandel?«

»In meiner Jugend. Ich wage zu behaupten, einiges von der Welt gesehen zu haben. Ein grausamer, faszinierender und ziemlich unzuverlässiger Planet, habe ich für mich entschieden. Also gut, lassen Sie uns einen Schluck Claret trinken, und Sie können mich fragen, was Sie wollen. Vielleicht möchte die Dame uns Gesellschaft leisten?«

»Wenn meine Glückssträhne hier abreißt, Monsieur Gage.« Sie zwinkerte mir zu. »Ich besitze nicht Ihre Disziplin, mich zurückzuziehen, wenn ich im Vorteil bin.«

Ich setzte mich zu den Männern und nahm ungeduldig an dem Gespräch teil, bis Pauline – die ich in Gedanken schon eine hübsche Paulette nannte – herüberkommen würde. Ellsworth wollte von den ägyptischen Monumenten hören, die Napoleons Pläne für Paris bereits inspirierten. Vans Murray interessierte sich für das Heilige Land. Davie winkte diesen seltsamen, im Schatten lungernden Bären von einem Mann herbei, den Norweger, den er zuvor erwähnt hatte, und bat ihn, sich zu uns zu setzen. Dieser Magnus war so groß wie ich, aber dicker, und hatte das raue, gerötete Gesicht eines Fischers. Er trug eine Augenklappe wie ein Pirat – das andere Auge war eisblau –, hatte eine dicke Nase, eine hohe Stirn und einen buschigen Bart: sehr unmodisch für das Jahr 1800. Er hatte das wilde Funkeln eines Träumers an sich, was recht verstörend war.

»Gage, das ist der Gentleman, von dem ich Ihnen erzählt habe. Magnus, Ethan Gage.«

Blodhammer sah tatsächlich wie ein Wikinger aus, und der graue Anzug passte so wenig zu ihm wie ein Häubchen zu einem Büffel. Er packte den Tisch, als wolle er ihn umwerfen.

»Ungewöhnlich, einen Mann aus dem Norden kennenzulernen, Sir«, sagte ich vorsichtig. »Was führt Sie nach Frankreich?«

»Forschungen«, erwiderte der Norweger mit rumpelndem Bass. »Ich erforsche Mysterien aus der Vergangenheit in der Hoffnung, die Zukunft meines Landes zu beeinflussen. Ich habe von Ihnen gehört, Mr Gage, und von Ihrer bemerkenswerten Gelehrsamkeit.«

»Bestenfalls Neugier. Ich bin höchstens ein Amateurgelehrter.« Ja, ich kann bescheiden sein, wenn keine Frauen zugegen sind. »Ich vermute, die Alten wussten etwas über die seltsame Macht der Elektrizität, und wir haben vergessen, was wir einst wussten. Bonaparte hat mich im Garten vor den Tuilerien beinahe erschießen lassen, dann aber beschlossen, mich zu behalten, falls ich ihm noch von Nutzen sein könnte.«

»Und mein Bruder hat gleichzeitig auch eine wunderschöne ägyptische Frau verschont, wie ich hörte«, murmelte Pauline. Sie war von hinten herangekommen und duftete nach Veilchen.

»Ja, meine frühere Gefährtin Astiza, die sich entschied, nach Ägypten zurückzukehren, um ihre Forschungen dort fortzusetzen, als Napoleon mich als Emissär nach Amerika schicken wollte. Die Trennung war ein süßer Schmerz, wie man so sagt.« In Wahrheit sehnte ich mich nach ihr, fühlte mich aber auch von ihrer eindringlichen Ernsthaftigkeit befreit. Ich war einsam, aber frei.

»Doch Sie sind nicht in Amerika«, sagte Ellsworth. »Sie sind hier bei uns.«

»Nun ja, Präsident Adams hat Sie drei hierhergeschickt. Es schien besser, in Paris zu warten und Ihnen behilflich zu sein. Ich habe in der Tat eine Schwäche fürs Glücksspiel, und das kleine Rad ist regelrecht mesmerisierend, finden Sie nicht?«

»Haben Ihre Forschungen Ihnen beim Spiel geholfen, Mr Gage?« Blodhammers Stimme hatte einen leicht aggressiven Ton, als wollte er mich prüfen. Mein Instinkt sagte mir, dass von ihm mit Ärger zu rechnen war.

»Mathematik hat mir geholfen, dank der Ratschläge der französischen Gelehrten, mit denen ich gereist bin. Aber wie ich bereits Davie erklärte, wahres Verständnis der Chancen beim Glücksspiel überzeugt einen nur davon, dass man letzten Endes verlieren muss.«

»In der Tat. Kennen Sie die Gesamtsumme der sechsunddreißig Zahlen des Rouletterades, Sir?«

»Darüber habe ich noch nie nachgedacht, ehrlich gesagt.«

Der Norweger blickte uns durchdringend an, als enthülle er ein dunkles Geheimnis. »Sechshundertsechsundsechzig. Oder 666, die Zahl des Tieres aus der Offenbarung.« Mit bedeutungsschwerer Miene wartete er auf unsere Reaktion, aber wir blinzelten bloß.

»Oje«, sagte ich schließlich. »Aber Sie sind nicht der Erste, der darauf hinweist, dass Glücksspiel das Werkzeug des Teufels ist. Dem kann ich nicht vollkommen widersprechen.«

»Als Freimaurer wissen Sie, dass Zahlen und Symbole eine Bedeutung haben.«

»Ich bin kein richtiger Freimaurer, fürchte ich.«

»Und vielleicht haben ganze Nationen ebenfalls Bedeutung.« Er sah meine Begleiter mit beunruhigender Intensität an. »Ist es Zufall, meine amerikanischen Freunde, dass fast die Hälfte Ihrer Revolutionsgeneräle und Unterzeichner Ihrer Verfassung Freimaurer waren? Dass so viele französische Revolutionäre ebenfalls Mitglieder waren? Dass Bayerns geheime Illuminati 1776 gegründet wurden, dem Jahr Ihrer Unabhängigkeitserklärung? Dass der erste Grenzstein für die amerikanische Hauptstadt in einer Freimaurerzeremonie gelegt wurde, genau wie die Ecksteine für Ihr Kapitol und das Haus des Präsidenten? Darum finde ich Ihre beiden Länder so faszinierend. Hinter Ihren Revolutionen gibt es eine geheime Verbindung.«

Ich schaute die anderen an. Keiner schien ihm beizupflichten. »Ich weiß es, ehrlich gesagt, nicht«, sagte ich. »Napoleon ist kein Freimaurer. Sind Sie einer, Blodhammer?«

»Ich bin ein Erforscher, wie Sie, interessiert an der Unabhängigkeit meines Landes. Die skandinavischen Königreiche vereinigten sich 1363, eine eigentümliche Zeit in der Geschichte unserer Region. Norwegen steht seitdem im Schatten Dänemarks. Als Patriot hoffe ich auf Unabhängigkeit. Wir beide verfügen über Dinge, die wir einander beibringen können, vermute ich.«

»Ach ja?« Dieser Wikinger kam mir recht dreist vor. »Was können Sie mir denn beibringen?«

»Mehr über die Anfänge Ihres Landes, vielleicht. Und etwas noch Faszinierenderes und Mächtigeres. Etwas von unschätzbarem Wert.«

Ich wartete.

»Aber ich möchte das nicht vor aller Ohren ausbreiten.«

»Der übliche Vorbehalt.« Menschen haben die Angewohnheit, großspurige Reden zu führen, wollen mich aber in Wirklichkeit nur nach meinem Wissen ausquetschen. Das ist zu einem regelrechten Spiel geworden.

»Daher bitte ich Sie um ein Gespräch unter vier Augen, Gage, später am Abend.«

»Tja.« Ich warf einen Blick auf Pauline. Wenn ich mit jemandem ein Gespräch unter vier Augen führen wollte, dann mit ihr. »Nachdem ich meinen anderen Verpflichtungen nachgekommen bin, wäre ich natürlich dazu bereit!« Ich grinste das Mädchen an, und sie spielte den Ball zurück.

»Aber zuerst muss uns der Amerikaner von seinen Abenteuern erzählen!«, gab sie das Stichwort.

»Ja, ich bin neugierig, wie Sie nach Italien kamen«, fügte Ellsworth hinzu.

Also brüstete ich mich mit meinen Taten in den vergangenen Monaten, mehr darauf erpicht, Napoleons wollüstige Schwester zu erforschen als die Anfänge meines Landes. »Frankreich war in diesem Frühjahr auf allen Seiten von Feinden bedrängt, wie Sie sich erinnern«, begann ich mit dem Flair eines Geschichtenerzählers. »Napoleon musste einen europäischen Frieden schließen, bevor er die Stärke besaß, über einen amerikanischen zu verhandeln. Trotz seiner Skepsis gegenüber meiner Loyalität und meinen Motiven wurde ich in die Tuilerien gerufen, um einige Fragen über Amerika zu beantworten. Dabei ließ ich eine zufällige Bemerkung über die Schweiz fallen.« Ich lächelte Pauline an. »Ohne zu sehr übertreiben zu wollen, glaube ich, dass ich eine ausschlaggebende Rolle bei dem folgenden französischen Sieg spielte.«

Sie fächelte sich Luft zu, denn dank der Menschenmenge und der vielen Kerzen war uns allen zu warm. Zwischen ihren bezaubernden Halbkugeln glitzerte ein wenig Feuchtigkeit. »Ich finde es großartig, dass Sie Napoleon helfen konnten, wie Lafayette Washington half«, säuselte sie.

Ich lachte. »Ich bin kein Lafayette! Allerdings musste ich einen Doppelagenten töten ...«

3

Der Tuilerien-Palast, nach dem Bau von Versailles vernachlässigt und dann während der Revolution vom Pariser Pöbel gestürmt und verwüstet, roch immer noch nach Tapetenkleister und Farbe, als ich im vergangen Frühjahr zu Napoleon beordert wurde.

Seit meiner verhinderten Hinrichtung und unerwarteten Anstellung durch Napoleon im November 1799 hatte ich mit seinen Ministern über die zähen Verhandlungen mit Amerika konferiert. Doch über unkundige Stellungnahmen hinaus – ich war längst nicht mehr auf dem Laufenden, was die Ereignisse in meinem Heimatland betraf – hatte ich nicht viel mehr für meine französische Besoldung getan, als Bekanntschaften zu erneuern und monatealte amerikanische Zeitungen zu lesen. Anscheinend holten Jeffersons Republikaner gegenüber Adams' Föderalisten auf, was mich kaltließ. Ich spielte, flirtete und erholte mich von den Verletzungen meiner jüngsten Abenteuer.

Daher konnte ich mich kaum beschweren, als mir im März 1800 schließlich befohlen wurde, mich beim Ersten Konsul einzufinden. Es war Zeit, mir meinen Unterhalt zu verdienen.

Napoleons Sekretär Bourrienne begrüßte mich um acht

Uhr morgens und führte mich durch die Flure, an die ich mich von meinem Duell mit Silano im Herbst zuvor erinnerte. Jetzt waren sie hell und aufgefrischt, die Böden glänzten, und die Fenster waren repariert.

Als wir uns Bonapartes Räumen näherten, entdeckte ich eine Reihe sorgfältig ausgewählter Büsten, die sein Geschichtsverständnis zum Ausdruck brachten. Da gab es einen marmornen Alexander (der Held seiner Jugend) und Unentwegte wie Cicero und Scipio. Als der Kavallerist Lasalle bei seiner Gefangennahme während Napoleons erstem Italienfeldzug gefragt wurde, wie alt sein jugendlicher Kommandeur sei, hatte er geistreich geantwortet: »So alt wie Scipio, als er Hannibal schlug!« Ebenfalls in Marmor erstarrt stand da der verstorbene George Washington, um Napoleons Liebe zur Demokratie zu zeigen, Cäsar, als Hinweis auf seine Gewalt über die Regierung, und Brutus für seine Tat, Cäsar erdolcht zu haben. Bonaparte sicherte sich nach allen Seiten ab.

»Er beginnt seinen Tag im Bad und wird Sie dort empfangen«, teilte mir Bourrienne mit. Die neumodische Idee, täglich zu baden, war eine Marotte unter französischen Revolutionären. »Er kann bis zu zwei Stunden in der Wanne verbringen und Korrespondenzen lesen.«

»So penibel habe ich ihn gar nicht in Erinnerung.«

»Er achtet peinlich genau auf Sauberkeit und ausreichende Bewegung. Dauernd erzählt er mir, er befürchte, füllig zu werden, wenngleich ich mir nicht vorstellen kann, warum. Bei seinem Energieverbrauch kommt kein Gramm Fleisch auf seine Knochen, und uns hetzt er bis zur Erschöpfung. Er ist immer noch schlank wie ein Junge. Ist doch seltsam für einen Mann in der Blüte seines Lebens, wenn er sich selbst in Zukunft gewichtiger und schwerfälliger sieht.«

Seltsam, außer man hat, wie Napoleon, in dem Sarkophag der Großen Pyramide gelegen und möglicherweise Visionen über sein zukünftiges Leben gehabt. Doch das behielt ich für mich und deutete stattdessen auf eine der Büsten. »Wer ist denn dieser bärtige Kerl?«

»Hannibal. Bonaparte nennt ihn den größten Taktiker und schlimmsten Strategen aller Zeiten. Hannibal hat fast jede Schlacht gewonnen und den Krieg verloren.«

»Ja.« Ich nickte, als teilten wir diese militärische Einschätzung. »Hannibal und seine Elefanten! Das muss ein Anblick gewesen sein.«

»Ich habe eines der Tiere in der Menagerie gesehen, welche die Gelehrten im Jardin des Plantes eingerichtet haben«, erwiderte Bourrienne. »Gott hat viel Fantasie.«

»Franklin erzählte mir, man habe Knochen urzeitlicher Elefanten in Amerika gefunden.«

»Ihr berühmter Mentor! Seine Büste sollten wir hier auch aufstellen! Ich werde mir eine Notiz machen.« Mit diesen Worten wurde ich in das Badezimmer geführt. Die Tür schloss sich mit einem Klicken, damit die Hitze nicht entwich. Im Raum war so viel Dampf, dass ich weder Napoleon noch sonst etwas richtig erkennen konnte.

»Gage, sind Sie das? Kommen Sie näher, seien Sie nicht so schamhaft. Wir waren alle zusammen im Feldlager.«

Ich tastete mich vorwärts. »Sie scheinen Ihr Bad heiß zu mögen, General.«

»Vor vier Jahren konnte ich mir kaum meine Uniform leisten. Jetzt kann ich so viel heißes Wasser verbrauchen, wie ich will!« Lachend bespritzte er einen Diener, der mit einem Handtuch im Dampfnebel wartete, und kleckerte den armen Mann mit Seifenlauge voll. »Es weicht zwar einiges meiner Korrespondenz auf, aber die ist gedanklich meist dürftig und im Schreibstil sowieso fad.«

Als ich an die Wanne kam, sah ich, dass er in aufgeräumter Stimmung war, das dunkle Haar war angeklatscht, die grauen Augen strahlten, die feinen Hände, auf die er sich so viel einbildete, blätterten durch Sendschreiben aus ganz Europa. Ein Relief aus Seejungfrauen und Delfinen schmückte die Bronzewanne.

»Sie wirken entspannter als bei unserer letzten Begegnung kurz nach Ihrer Machtübernahme«, bemerkte ich.

Da war er ganz erpicht darauf gewesen, mich zu erschießen.

»Eine Pose, Gage, eine Pose. Das Direktorium hat mir Kriege mit halb Europa hinterlassen! Italien, das ich erst vor vier Jahren erobert habe, wird von den Österreichern wieder eingenommen. In Deutschland sind unsere Truppen bis hinter den Rhein zurückgefallen. In Ägypten hätte sich General Desaix im Januar Sidney Smith ergeben, nur wollte ein idiotischer englischer Admiral die Bedingungen nicht akzeptieren und gab somit unserem General Kléber die Möglichkeit, die Briten in Heliopolis erneut zu schlagen. Trotzdem, wie lange können meine armen Kollegen ohne Marine noch ausharren? Und wie soll ich mit den Österreichern verfahren? Sie drängen Massena zurück nach Genua. Ich muss gewinnen oder untergehen, Gage. Eroberung hat mich zu dem gemacht, was ich bin, und nur Eroberung kann mich aufrechterhalten.«

»Sie haben mich doch sicherlich nicht gerufen, um meinen militärischen Rat einzuholen.«

Er erhob sich aus der Wanne, Wasser lief an ihm herab, während ein Diener ihn einhüllte.

»Ich will wissen, wie ich mit den Amerikanern ins Reine kommen kann. Ich verschwende Schiffe, die Ihr Land bekämpfen, obwohl unsere beiden Nationen in tiefer Freundschaft verbunden sein sollten. Verlassen Sie sich darauf, die Briten wollen Ihr Land zurückhaben! Denken Sie an meine Worte, eines Tages werden Sie wieder gegen sie kämpfen müssen! Frankreich ist Ihr größtes Bollwerk. Und die Tatsache, dass ich keine vernünftige Marine habe, ist mein Fluch. Ich kann keine Fregatten verschwenden, die mit Ihrer Republik aneinandergeraten.« Dienstboten führten ihn in ein Ankleidezimmer. »Sagen Sie mir, wie ich mit Ihrem anglophilen Präsidenten umgehen soll, Gage. Der Mann misstraut uns Franzosen und liebäugelt mit den perfiden Engländern. Präsident Adams würde nach London ziehen, wenn er könnte!« Adams war ein widerstrebender Diplomat in Frankreich gewesen, der Paris verweichlicht und dreckig gefunden hatte. Verdrießlich und heimwehkrank hatte er seine Tage hier verbracht.

Ich wartete verlegen, während Napoleon angekleidet wurde. Die Haare wurden gekämmt, die Nägel gefeilt und die Schultern mit Salben massiert. Der General hatte es weit gebracht.

»John Adams?«, meinte ich. »Der Mann ist kratzbürstig, um die Wahrheit zu sagen. Soviel ich weiß, ist die Sache zu einer Prüfung des Nationalstolzes geworden. Adams' Föderalisten, die eine stärkere Zentralregierung befürworten, benutzen den Konflikt mit Frankreich als Vorwand, ihre Marine aufzurüsten und höhere Steuern zu erheben. Jeffersons Republikaner sagen, wir hätten den falschen Feind gewählt, und die Briten wären die wahre Bedrohung. Er und Burr wetteifern darum, die nächste Wahl zu gewinnen. Wenn Sie Adams einen Ausweg anbieten, wird er zugreifen, glaube ich.«

»Ich habe neuen Delegierten für Friedensverhandlungen zugestimmt. Sie werden mit ihnen und Talleyrand zusammenarbeiten, Gage, und dafür sorgen, dass alle Vernunft annehmen. Ich brauche Handel und Geld von Amerika, kein Geschützfeuer.« Er blickte an sich hinunter. »Himmel, beeilt euch mit diesen Knöpfen!«

Dann, endlich angekleidet, eilte er in den nächsten Raum, in dem eine mit kleinen Nadeln gespickte Karte Europas wie ein Teppich auf dem Fußboden ausgebreitet lag. »Schauen Sie sich den Ring an, den meine Feinde um mich geschlossen haben!«

Ich sah es mir genauer an. Nur weniges ergab für mich einen Sinn.

»Wenn ich marschiere, um Massena in Genua zu entlasten«, maulte Napoleon, »wird die Riviera zu einem Engpass wie die Thermopylen, wo Mélas und seine Österreicher mir den Weg abschneiden können. Doch Italien ist der Schlüssel für eine Umfassung Wiens!« Er warf sich auf die Karte wie auf ein vertrautes Bett. »Ich bin zahlenmäßig unterlegen, meine Veteranen sitzen in Ägypten fest, meine einzigen Rekruten sind unausgebildete Wehrpflichtige. Die ganze revolutionäre Begeisterung ist verflogen, dank der Unfähigkeit des Direktoriums. Und doch brauche ich einen Sieg!

Sieg stellt Tatkraft wiederher, und nur ein Sieg wird mich wiederherstellen!«

Er wirkte durchaus wiederhergestellt, doch ich versuchte mir etwas Ermutigendes einfallen zu lassen. »Ich weiß, dass die Belagerung von Akko schlecht gelaufen ist, aber ich bin sicher, Sie können es besser.«

»Reden Sie mir nicht von Akko! Sie und der verdammte Smith haben nur gewonnen, weil Sie meine Belagerungsartillerie gekapert haben! Wenn ich je herausfinde, wer den Briten von meiner Flottille erzählt hat, hänge ich ihn an der höchsten Spitze von Notre-Dame auf!«

Da ich derjenige war, der es den Briten erzählt hatte – ich war ein wenig verschnupft gewesen, nachdem mich Napoleons Gesindel über einer Schlangengrube hatte baumeln lassen und dann noch versucht hatte, mich in ein Massaker mit einzubeziehen –, beschloss ich, das Thema zu wechseln. »Schade, dass Sie keine Elefanten haben«, probierte ich.

»Elefanten?« Er wirkte verärgert. »Habe ich Sie wieder mal eingestellt, damit Sie mir die Zeit stehlen?« Die Erinnerung an Akko und an meine Unfähigkeit bei den Pyramiden wurmte ihn eindeutig immer noch.

»Wie Hannibal, draußen im Flur. Wenn Sie die Alpen mit Elefanten überqueren könnten, würde das doch Aufmerksamkeit erregen, nicht wahr?«

»Elefanten!« Er lachte schließlich. »Was Sie für einen Blödsinn verzapfen! Wie das dämliche Amulett, das Sie in Ägypten herumgeschleppt haben.«

»Aber Hannibal hat sie benutzt, um in Italien einzufallen, oder nicht?«

»Das hat er in der Tat.« Er dachte nach und schüttelte den Kopf. Doch dann krabbelte er auf der Karte herum und sah genauer hin. »Elefanten? Aus dem Munde kleiner Kinder. Ich würde ihnen tatsächlich in den Rücken fallen. Und während es mir an Dickhäutern mangelt, habe ich Kanonen.« Er blickte mich an, als hätte ich etwas Interessantes gesagt.

»Die Alpen überqueren! Das würde meinen Ruf endgültig festigen, nicht wahr? Der neue Hannibal?«

»Nur werden Sie gewinnen, statt zu verlieren, dessen bin ich mir sicher.« Ich hätte nie davon geträumt, dass er mich ernst nahm.

Er nickte. »Aber wo? Die zugänglichen Pässe befinden sich zu nahe bei Mélas und seinen Österreichern. Er würde mich einkesseln, genau wie an der Riviera.«

Ich schaute hin, tat so, als wüsste ich etwas über die Schweiz. Ich sah einen Namen, den ich erkannte, und ein Frösteln überlief mich, weil er sowohl in Ägypten als auch im Heiligen Land gefallen war. Hallen gewisse Namen ständig in unserem Leben nach?

»Was ist mit dem Sankt-Bernhard-Pass?« Der lag weiter nördlich, ein Stück entfernt von den kleinen Nadeln. Französische Mathematiker hatten mir von dem heiligen Bernhard von Clairvaux erzählt, der in Gott Breite, Höhe und Tiefe gesehen hatte.

»Der Sankt Bernhard! Keine Armee würde das wagen! Er ist zweitausendfünfhundert Meter hoch, mehr als achttausend Fuß! Nicht breiter als ein Treidelpfad! Wirklich, Gage, Sie sind kein Logistiker. Man kann Armeen nicht wie eine Ziegenherde bewegen.« Er schüttelte den Kopf, verengte die Augen. »Allerdings, wenn wir von da oben herunterkämen, könnten wir ihre Nachhut in Mailand schlagen und ihren Nachschub erbeuten.« Er dachte laut. »Wir müssen nicht alles mitschleppen, sondern würden es uns von den Österreichern nehmen. General Mélas käme in seinen kühnsten Träumen nicht darauf, dass wir so etwas wagen würden! Verwegen!« Er blickte zu mir hoch. »Genau das, was ein Abenteurer wie Sie vorschlagen würde, nehme ich an.«

Ich bin der widerstrebendste Abenteurer der Welt, aber ich lächelte ermutigend. Vorgesetzten sollte man immer haarsträubende Ideen unterbreiten, die dem eigenen Zweck dienen, und sie dann zu dem Schluss kommen lassen, es wären ihre eigenen gewesen. Wenn es mir gelang, Napoleon wieder nach Italien abzuschieben, konnte ich mich ungestört in Paris entspannen.

»Der Sankt Bernhard!«, fuhr er fort. »Welcher General könnte das fertigbringen? Nur einer ...« Er kam auf die Knie hoch.

»Vielleicht ist Verwegenheit unsere Rettung, Gage. Ich werde die Welt im Sturm erobern, werde die Alpen wie ein moderner Hannibal überqueren. Sie hatten eine absolut lächerliche Idee, so lächerlich, dass sie einen perversen Sinn ergibt. Sie sind ein *idiot savant!*«

»Vielen Dank. Glaube ich.«

»Ja, ich werde es versuchen, und Sie, Amerikaner, werden den Ruhm mit mir teilen, indem Sie den Pass für uns auskundschaften!«

»Ich?«, fragte ich erschrocken. »Aber ich habe keine Ahnung von Bergen. Oder Italienern. Oder Elefanten. Sie hatten doch gesagt, ich solle bei den amerikanischen Verhandlungen helfen.«

»Sie sind mal wieder zu bescheiden, Gage! Der Vorteil ist, Sie haben beiden Seiten Ihren Schneid bewiesen, daher wird sich niemand sicher sein, mit wem Sie jetzt im Bett liegen! Es wird Monate dauern, bis die neuen amerikanischen Delegierten hier eintreffen. Wollten Sie Italien nicht schon immer mal kennenlernen?«

»Eigentlich nicht.« Ich stellte es mir ärmlich, heiß und abergläubisch vor.

»Ihre Hilfe bei den amerikanischen Verhandlungen kann warten, bis die Delegation eintrifft. Dank Ihrer Elefanten, Gage, werden Sie einmal mehr meinen Ruhm teilen!«

4

Was sollte ich mit Ruhm? Die Alpen im Frühjahr sind kalt, windig, nass und voll rotzfarbenem Schnee. Der heilige Bernhard der Schweiz war nicht mal der heilige Bernhard von Clairvaux: Es gibt anscheinend zu viele Heilige auf der Welt, einschließlich zweier Bernhards nur ein paar Hundert Meilen voneinander entfernt. Und niemand glaubte, dass ich aus purer amerikanischer Neugier zu dem Pass wanderte, meine Pennsylvania-Langbüchse wie einen Wanderstab in der Hand. Jeder nahm an, ich sei genau das, was ich stets ableugnete, ein Kundschafter Bonapartes, der vorausgeschickt worden war, während der Erste Konsul die Feldlager in der Nähe von Genf besuchte und den einmaligen Schritt unternahm, den gemeinen Soldaten tatsächlich zu erklären, was er von ihnen wollte – die Karthager nachzuahmen, die Rom gestürmt hatten. Ich war so offensichtlich ein Agent, dass ich mich dabei erwischte, wie ich mit den Mönchen im Gipfelhospiz verhandelte, Napoleons Truppen mit Nahrung zu versorgen. Ja, der Erste Konsul hatte schließlich eine Rechnung über vierzigtausend Franc für Wein, Käse und Brot zu begleichen, verteilt an provisorischen Tischen, welche die unternehmerischen Ordensbrüder im Schnee aufgestellt hatten. Die heiligen Männer kapierten jedoch nicht, dass Napoleon immer auf Kredit kaufte und ein Meister darin war, Rechnungen auf die lange Bank zu schieben, während er gleichzeitig von überrannten Provinzen Tribut einforderte. »Soll der Krieg doch für den Krieg bezahlen«, sagten seine Minister.

Der Maler David schenkte uns ein Porträt von Bonaparte auf der Passhöhe im Sattel eines sich aufbäumenden Schlachtrosses. Es ist ein Gemälde von solcher Schwachsinnigkeit, wie ich selten eines gesehen habe. In Wahrheit überschritt Napoleon die Alpen auf einem trittsicheren Maultier und rutschte die andere Seite auf seinem eigenen Hintern hinunter, wobei er und seine Offiziere vor Vergnügen kreischten. Die meisten seiner sechstausend Soldaten gingen zu Fuß, oder schleppten sich vielmehr die immer schlechter werdenden Wege hinauf, bis sie auf den letzten sieben Meilen einen Pfad aus Eis und Schlamm bewältigen mussten, über sich von Lawinen und unter sich von gähnenden Abgründen bedroht. Stündlich machten sie eine fünfminütige »Pfeifen«- oder Rauchpause, was eine der zwei Freuden des Militärlebens war – die andere bestand im Fluchen auf ihre Vorgesetzten. Dann weiter! Es war ein schwieriger, gefährlicher Aufstieg, der sie in der Kälte ins Schwitzen brachte. Die Soldaten schliefen auf der Passhöhe zu zweit unter einer Decke, große Haufen, aneinandergekauert wie Wölfe, und am Morgen hatte die Hälfte Fieber und Halsschmerzen. Eis schnitt Stiefel in Stücke, Lungen keuchten in der dünnen Luft, und Gamaschen konnten den kalten Matsch nicht aus den Socken halten. Gliedmaßen wurden taub.

Doch die Soldaten waren stolz. Es war eines der verwegensten Manöver seiner Zeit, umso mehr, als die Franzosen sich an einer trotzigen österreichischen Festung auf der anderen Seite des Passes vorbeischlichen, nachdem sie ihren Packtieren Stroh um die Hufe gebunden hatten. Ihre Artillerie schleppten sie in ausgehöhlten Fichtenstämmen über die Alpen. Sechstausend Mann überquerten den Pass, und jedes Pulverfass, jede Kanonenkugel und jede Zwiebackkiste wurde von den Männern getragen oder per Stirnband gezogen.

Sie sangen revolutionäre Lieder. Zur Aufmunterung teilte ich Becher mit Wein aus, als sie den Pass überschritten. Ein Klosterbruder zählte mit.

Sobald sie den Pass überwunden hatten, war Bonaparte überall, wie gewöhnlich. Getarnt durch Büsche, schätzte er die Bergfestung Bard ein, ordnete andere Stellungen für die Belagerungsgeschütze an und erreichte innerhalb von zwei Tagen die Kapitulation. Am 2. Juni zogen wir in Mailand ein. Im Handstreich hatte er die österreichische Nachhut überwältigt, und die französische Kapitulation von Genua war plötzlich belanglos. (Die Belagerung war so entsetzlich gewesen, dass Massenas Haar weiß geworden war.) Die Österreicher hatten ihren Feind auf der einen Seite aus Italien hinausgetrieben, nur um zu erleben, dass Napoleons Armee auf der anderen Seite wieder hereinkam! Natürlich hielt General Mélas nichts davon ab, genau dasselbe wie Napoleon zu tun. Er hätte in die Gegenrichtung über einen anderen Alpenpass marschieren, die Franzosen in Italien stranden lassen und Lyon ohne einen Schuss erobern können, was Bonaparte vermutlich zur Abdankung gezwungen hätte. Nur war der Österreicher vierzig Jahre älter und dachte nicht in so weitreichenden Begriffen. Er war ein großartiger

Taktiker, der jedoch nur ein paar Wegstunden auf einmal überblickte. Napoleon hatte die ganze Welt im Blick.

Zumindest dann, wenn er nicht abgelenkt war. Während Josephines Seitensprünge beinahe zur Scheidung geführt hatten, galten diese moralischen Einschränkungen für ihn nicht. In Mailand trat die berühmte Diva Guisepina Grassini auf, die den französischen General zuerst mit ihrem Gesang und dann mit ihren glühenden Augen, den aufgeworfenen Lippen und dem üppigen Busen verführte. Bonaparte verbrachte sechs lange Tage in Mailand, zu viele davon im Bett, und das reichte Mélas, seine Truppen von der italienischen Küste heranzuführen und in Richtung der Franzosen zusammenzuziehen. Irgendwo zwischen Genua und Mailand würde die große Entscheidungsschlacht stattfinden. Sie geschah in Marengo.

Mein Plan war, möglichst weit weg davon zu sein. Ich hatte im Osten genug vom Krieg gesehen, hatte meine Rolle als Kundschafter für Hannibal gespielt und wollte auf schnellstem Wege nach Paris zurückeilen. Für mich gab es in Mailand keine Diva und auch keine sonstigen Amüsements. Die Italiener waren zu oft von rivalisierenden Armeen ausgeplündert worden, und die besten Frauen konnten unter zu vielen Generälen wählen.

Dann fand Bonaparte eine Möglichkeit, meine Fähigkeiten erneut einzuspannen. Ein Spion war eingetroffen, ein dunkelhäutiger, koboldhafter Mann namens Renato, ölig wie ein neapolitanischer Salat, und hatte uns erzählt, Mélas und die Österreicher seien auf der Flucht. Die Franzosen müssten nur weiter vordringen, um die Belohnung für ihre Alpenüberquerung einzukassieren! Der Spion trug österreichische Dokumente als Beweis in seinem Stiefelabsatz und trat mit der Überzeugungskraft eines Rosstäuschers auf. Aber da ich selbst ein Gauner bin, war ich misstrauisch. Renato war ein wenig *zu* einnehmend und beäugte mich immer wieder wie ein Rivale. Ja, es sah beinahe so aus, als würde er mich kennen.

»Sie glauben meinem Spion nicht, Gage?«, fragte Napoleon, nachdem der Agent gegangen war.

»Er hat das Auftreten eines Schurken.« Ich sollte es wissen.

»Bestimmt zahle ich besser als die Österreicher. Muss ich wohl, bei seinen Preisen.«

Auch das ärgerte mich: Renato verdiente zweifellos mehr Geld als ich. »Er könnte zu schlüpfrig sein, um richtig gekauft zu werden.«

»Er ist Spion, kein Priester! Ihr Amerikaner seid so zimperlich in solchen Dingen, aber Agenten sind so notwendig wie Artillerie. Glauben Sie nicht, ich hätte keine eigenen Vorbehalte, gegenüber jedem.« Er warf mir einen scharfen Blick zu. »Ich bin immer noch zwei zu eins in der Minderzahl, meine Armee lebt von erobertem Nachschub, und ich bin beängstigend knapp an Geschützen. Eine Niederlage, und meine Rivalen sitzen mir an der Kehle. Ich weiß sehr gut, dass ich keine wahren Freunde habe. Gott sei Dank ist Desaix aus Ägypten eingetroffen.«

Louis-Antoine Desaix, sein Lieblingsgeneral, war am gleichen Tag in Toulon gelandet, an dem wir Paris verließen, und hatte hier in Italien eine Division übernommen. Loyal, bescheiden, gehemmt bei Frauen und außerordentlich fähig, schlief er am liebsten unter einer Kanone. Er besaß Napoleons Talent ohne dessen Ehrgeiz und war somit der perfekte Untergebene.

»Vielleicht könnte ich den Ministern in Paris einen Bericht über Ihre missliche Lage überbringen?« Ich wollte auf keinen Fall auf der Verliererseite erwischt werden.

»Im Gegenteil, Gage, da Sie so misstrauisch sind, möchte ich, dass Sie unseren Spion ausspionieren. Renato schlug ein Treffen vor, um die neuesten Nachrichten über die Österreicher weiterzugeben, und erwähnte Ihren Ruf als tollkühner Mann. Nehmen Sie die Straße nach Pavia und an den Po, verfolgen Sie Renato, treffen Sie sich mit ihm und berichten Sie mir dann. Ich weiß, Sie lieben das Parfüm des Schießpulvers genauso wie ich.«

Parfüm des Schießpulvers? »Aber ich bin Gelehrter, kein Spion, Erster Konsul. Und ich spreche weder Deutsch noch Italienisch.«

»Wir wissen beide, dass Sie höchstens ein Amateurgelehrter sind, ein Pfuscher und Dilettant. Doch wenn Sie hinschauen, können Sie tatsächlich sehen. Tun Sie mir den Gefallen, Gage. Reiten Sie in Richtung Genua, bestätigen Sie mir, was uns mitgeteilt wurde, und *dann* schicke ich Sie zurück nach Paris.«

»Vielleicht sollten wir Renato doch einfach glauben.«

»Nehmen Sie auch Ihre Büchse mit.«

5

Also ritt ich los, auf einem konfiszierten (was ein hochtrabendes Wort für »stehlen« ist und von Invasoren benutzt wird) italienischen Pferd und nervös wie eine Jungfrau bei dem Gedanken, versehentlich in die österreichische Armee hineinzustolpern. Wenn man von Feldzügen liest, geht es nur um Pfeile und Rechtecke auf einer Karte, choreografiert wie ein Ballett. In Wirklichkeit ist Krieg eine ausufernde Angelegenheit, große Massen von Männern, die auf der Suche nach dem Feind in gähnend weiten Landschaften umherziehen und dabei alles plündern, was sie tragen können. Für einen Beobachter ist es nur allzu leicht, die Orientierung zu verlieren. Schüsse hallen alarmierend, versehentlich abgefeuert, aus Langeweile oder wegen plötzlicher Streitereien. Verängstigte, heimwehkranke Achtzehnjährige stochern mit Dreizehnpfünder-Musketen herum, die mit zwei Fuß langen Bajonetten bestückt sind. Übergangene Colonels träumen von selbstmörderischen Ausfällen, die ihren Ruf wiederherstellen könnten. Sergeanten richten Reihen akkurat aus in der Hoffnung auf eine Litze oder Tresse. Kein Ort für einen vernünftigen Mann.

Innerhalb einer Stunde, nachdem ich am 9. Juni losgeritten war, hörte ich unheilvollen Schlachtendonner. Lieutenant General Jean Lannes war bei den Dörfern Casteggio und Montebello auf eine Vorhut der Österreicher gestoßen, und bei Tagesende ritt ich an langen Kolonnen österreichischer Gefangener vorbei, die weißen Uniformen von Blut und Schießpulver verdreckt, die Gesichter müde und verbittert. Verwundete Franzosen fluchten auf die vorbeitrottenden Gefangenen. Zerstörte Wagen, tote Pferde und Kühe und brennende Scheunen trugen zu meinem Unbehagen bei. Gruppen zum Dienst gepresster Bauern waren dazu abkommandiert, die Gefallenen in Massengräber zu kippen, während Überlebende ungerührt die »Klarinetten« genannten Musketen mit Rindermark polierten und Kreuzbandeliere mit Pfeifenkalk weißten. Manche Soldaten hofften, Dreck würde sie zu einem weniger verlockenden Ziel machen, aber andere glaubten, Pingeligkeit brächte ihnen Glück. Mit einem aufgeschlitzten Holzstück, Geduldsfaden genannt, hielten sie die Knöpfe vom Uniformstoff weg und wienerten sie mit Hammelfett, bis sie glänzten.

»In meiner Division knacken Knochen wie ein Hagelschauer, der auf ein Oberlicht fällt«, berichtete Lannes an Napoleon. In der Schlacht hatte es auf beiden Seiten zusammen viertausend Gefallene und Verwundete gegeben – eine bloße Kostümprobe –, und durch dieses Gemetzel musste ich hindurch, um mich im Kielwasser der zurückweichenden Österreicher in die Unterwelt zwischen zwei Armeen zu schleichen.

Napoleon hatte sich allerdings nicht vergegenwärtigt, dass ich, soviel ich auch schauen mochte, eigentlich nichts sah. Das Po-Tal ist flach, die Felder begrenzt von hohen Pappeln und Zypressen, und in diesem Juni goss es wie aus Eimern.

Jeder Bach war angeschwollen, die Landschaft unterschied sich von Ägypten und Syrien wie ein Schwamm von Sandpapier. Ich hätte an der Goldenen Horde des Dschingis Khan vorbeitrotten können, ohne sie zu entdecken, falls sie zufällig diesen schlammigen Weg eingeschlagen hätte statt den in einer Senke und hinter einer Hecke. Also irrte ich herum, fragte italienische Flüchtlinge per Zeichensprache nach dem Weg, schlief in Heuhaufen und suchte mit zusammengekniffenen Augen nach der fehlenden Sonne. Sollte Renato lügen, würde ich ihn vermutlich nicht dabei erwischen.

Stattdessen erzählte er es mir selbst.

An einem verlassenen Bauernhaus bei Tortona erblickte ich eine rote Schärpe über einem losen Fensterladen, das vereinbarte Zeichen, dass unser Spion mit Informationen wartete. Familien waren den Armeen aus dem Weg gehuscht wie Mäuse zwischen den Hufen von Rindern. Marodierende Soldaten hatten die Haustür herausgerissen, die Tiere aus dem Stall verspeist und die Möbel verbrannt. Was noch übrig war, Mauern und ein Ziegeldach, bot Schutz vor einem weiteren Frühjahrsguss. Ich war nervös, aber die Österreicher schienen zurückzufallen. Der Feind hatte angeblich die Brücke zu dem nur schwach verteidigten Alessandria zerstört, und weitere Österreicher flohen südwestwärts nach Acqui. Demzufolge hatte Napoleon seine Truppen aufgeteilt: Lapoypes Division war auf dem Eilmarsch nach Norden, und die Division von Desaix nach Süden. Inmitten dieses Durcheinanders waren wir Spione sicherlich außer Gefahr. Ich band mein Pferd an, überprüfte und lud meine Langbüchse und betrat vorsichtig das dunkle Gemäuer.

»Renato?« Beinahe wäre ich über ihn gestolpert. Er saß auf dem Steinboden, die schlammigen Stiefel ausgestreckt, Flaschen neben sich. Ich hörte das Klicken seines Pistolenhahns. »Ich bin's, Gage, von Napoleon.«

»Sie werden mir meine Vorsicht verzeihen.« Ein leiseres Geräusch, als der Hahn zurückgezogen wurde, um nahe der Pfanne zu ruhen. Als sich meine Augen an das Dämmerlicht gewöhnt hatten, sah ich, wie sich die Mündung senkte, aber er legte die Pistole nicht weg. Er war wachsam wie eine Katze.

»Mein Befehl lautet, mich mit Ihnen zu treffen.«

»Wie günstig für uns beide. Und Ihr Lohn, Amerikaner?«

Warum nicht die Wahrheit? »Ich kehre nach Paris zurück.«

Er salutierte mit der Pistolenmündung und lachte. »Besser als dieses kalte Bauernhaus, was? Sie haben die Loyalität einer Mücke. Ein wenig Blut, und Sie sind weg.«

Ich setzte mich ihm gegenüber, die Büchse neben mir, nur unwesentlich beruhigt durch unsere Offenherzigkeit. »Ich bin kein Krieger. Ich bin seit vier Tagen durch den Regen geritten, ohne für jemanden von Nutzen zu sein.«

»Dann brauchen Sie das hier.« Er warf mir eine der neben ihm stehenden Flaschen zu. »Ich habe die Falltür zum Schaumwein im Keller gefunden, genau das Richtige zum Feiern. Auf das Wohl eines Agenten-Kollegen! Und natürlich *könnte* ich glauben, Sie seien *wirklich* eine Mücke, irritierend und ziellos. Andererseits habe ich gehört, Sie hätten den Ruf, mutig und beharrlich zu sein. Nein, streiten Sie es nicht ab, Ethan Gage! Also sind Sie vielleicht hier, um mein neuestes Sendschreiben abzuholen. Oder Sie sind hier, um *mich* auszuspionieren.«

»Warum sollte ich Sie ausspionieren?« – »Weil die Franzosen mir nicht trauen! Ja, wir Ränkeschmiede sehen die Dinge klar.« Er nickte sich zu. »Ich kann es Ihnen nicht verdenken, nach Frankreich zurückkehren zu wollen. Können Sie sich vorstellen, Soldat in einer Kampflinie zu sein, Schulter an Schulter gegenüber einer Reihe ähnlicher Idioten in nur fünfzig Fuß Entfernung, und alle beschießen sich wie die Wilden?« Er schauderte. »Erstaunlich, wie es Armeen gelingt, Rekruten dazu zu bringen. Wenn diese Schwachköpfe überleben, wird es der Höhepunkt ihres Lebens sein.«

Ich trank einen Schluck und überlegte. Seine Flasche war zu zwei Dritteln leer, der Champagner löste ihm die Zunge.

»Menschen, die besser sind als ich, behaupten, sie würden an etwas glauben, Renato.«

Er trank wieder und wischte sich den Mund ab. »Glauben, an Bonaparte? Oder an diesen alten Arsch Mélas? Worum kämpfen sie denn wirklich? Bitten Sie irgendeinen dieser Soldaten, Ihnen einen Krieg von vor hundert Jahren zu erklären, und ihm fällt nichts dazu ein. Und doch marschieren sie für diesen in den Tod. Das sind alles Narren, jeder Einzelne. Allesamt Narren, außer mir.«

»Sie dienen zwei Herren, nicht wahr?«

»Nun ja.« Er zwinkerte mir zu. »Die Kohlköpfe zahlen besser als der eitle Korse.«

»Das wird Napoleon kaum glauben können bei Ihrem Preis.«

»Ich bin ein Doppelagent, mein naiver Freund. Falls Sie wirklich so naiv sind.« Er rülpste und trank erneut. »Während ich berichte, spioniere ich, dann überquere ich die Linien, um zu berichten und wieder zu spionieren. Warum nicht allen Seiten Informationen zukommen lassen? Bonaparte wird jetzt eine Überraschung erleben.«

»Was meinen Sie damit?« Ich nahm einen kräftigeren Schluck, steckte den Korken leicht wieder in den Flaschenhals und beäugte die Pistole in seinem Schoß.

»Die Österreicher fliehen nicht. Sie sammeln sich. Napoleon hat seine Truppen aufgeteilt, um eine Armee auf dem Rückzug zu schnappen, die sich ihm jedoch entgegenstellt.«

»Aber Sie haben ihm das Gegenteil berichtet!«

Er zuckte die Schultern. »Wenn er die Wahrheit gewollt hätte, dann hätte er mehr zahlen sollen als Mélas.«

»Männer werden sterben!«

»Denken Sie, das würden die sonst nicht? Bonaparte glaubte, was er glauben wollte. Er erinnert sich an die tölpelhaften Österreicher von vor vier Jahren und traut Mélas nichts zu. Dieser alte Mann ist ein Fuchs, das kann ich Ihnen sagen. Fuchs genug, um Bonaparte zu überbieten. Daher erzähle ich den Franzosen, was sie hören wollen, und dann den Österreichern, was ich den Franzosen erzählt habe. Und jetzt wird der kleine Despot seine Quittung bekommen.«

Er streichelte den Kolben seiner Pistole, und ich fühlte mich so sicher wie eine Gans an Weihnachten. Warum erzählte er mir das? Nachdenklich schüttelte ich meine Flasche.

»Ja, Amerikaner, Napoleon wird sich eine blutige Nase holen. Wenn er verliert, werde ich ihm trotzdem weitere Ratschläge verkaufen – er wird verzweifelt genug sein, das Doppelte zu bezahlen –, und dann werde ich zurückgehen und das, was ich ihm verkauft habe, für das Dreifache an die Österreicher verscherbeln. So macht man sein Geld in unserem Geschäft.«

»Unser Geschäft?«

»Menschen zusammenzubringen.« Er lachte.

»Sie sind sehr offen.«

Er zuckte die Schultern. »Nur halb betrunken. Und überzeugt von Ihrer Diskretion.«

»Weil ich auch ein Spion bin?«

Jetzt blickte er mich ernst an. »Natürlich nicht! Sie sind ein Mann wie ich, Amerikaner, fähig, den Wert dessen zu erkennen, was man Ihnen erzählt. Sie verraten mich im Handumdrehen, genau wie ich Bonaparte verraten habe, und zählen Ihre dreißig Silberstücke, während ich an einem Ast baumele. Nein, nein, leugnen Sie es nicht ... Ich würde dasselbe tun, wenn ich an Ihrer Stelle wäre. So ist der Lauf der Welt.« Lässig hob er seine Pistole. »Also werden Sie ein Geheimnis mit ins Grab nehmen! Ah, fassen Sie Ihr Gewehr nicht an!« Er lächelte. »Ihnen muss inzwischen klar sein, dass ich geschickt wurde, um *Sie* zu finden, nicht Bonaparte. Meine wahren Auftraggeber haben Ihre Verbrechen nicht vergessen.«

»Wahre Auftraggeber?«

Er zog den Hahn zurück. »Glauben Sie, der Ritus vergisst?« Er zielte auf mein Herz.

Also schoss ich meinen Korken auf ihn ab.

Renato war etwas *zu* vertrauensselig und *zu* selbstsicher, verstehen Sie. Mir waren schon andere Reptilien wie er begegnet, daher hatte ich den Druck in meiner Schaumweinflasche durch Schütteln erhöht und ließ den Korken herausknallen, als der Doppelagent gerade abdrückte. Die Flasche schäumte, Korken und Spritzer flogen ihm ins Gesicht, und er war so überrascht, dass die Pistole hochruckte, während ich mich zur Seite rollte. Die Kugel pfiff an mir vorbei, schlug dumpf in der Wand hinter mir ein und wirbelte ein wenig Staub auf. Er hievte sich hoch und zog eine zweite Pistole, aber ich kam ihm mit einem Vorhandwurf meines Tomahawks zuvor. Es knackte, als sich das Kriegsbeil zwischen Kinn und Zähnen eingrub, Zahnsplitter flogen, und ich hob meine Büchse. Wir drückten zur selben Zeit ab, aber mit einem Tomahawk im Gesicht zu zielen ist schwer. Er schoss daneben, ich nicht.

Die Kugel warf ihn nach hinten, und er zuckte, während er starb. Ich lud nach und behielt ihn im Blick, bereit, mit dem Kolben auf ihn einzuprügeln. Dann zog ich meinen Tomahawk aus seinem Gesicht und wischte den Stahl an seinem Rock ab. Seine gespaltenen Lippen waren in einem Knurren erstarrt. Das war eine hässliche Angelegenheit, aber nach den Ereignissen der letzten beiden Jahre setzte mir die Ausmerzung dieser Art von Ungeziefer nicht mehr übermäßig zu.

Der Ritus? Jetzt begriff ich meine Befürchtungen. Ich zog Renato durch sein Blut zur Tür, wo ich mehr Licht hatte, und riss seinen Rock und das Hemd auf. Auf seiner Haut befand sich eine kleine Tätowierung, eine Pyramide, um die sich eine Schlange wand. Apophis, der Schlangengott! Ich erschauerte. Gehörte dieser Spion demselben Bündnis an wie meine alte Nemesis Silano? Ein weiterer Zweig des perfiden Ägyptischen Ritus, der mich in Ägypten verfolgt hatte? Und nun teilte Napoleon dank dieser Schlange seine Verbände auf, während die Österreicher ihre Truppen zusammenzogen. Selbst wenn ich mich noch in diesem Augenblick zu Napoleon auf den Weg machte, wäre es zu spät, Desaix und Lapoype zurückzubeordern. Das französische Zentrum würde überwältigt werden.

Verdammter Renato!

Nein, es würde keine schnelle Rückkehr nach Paris geben. Ich bin nicht besonders standhaft, aber ich bin auch kein Verräter, selbst wenn es sich nicht um mein Land handelt. Mir blieb nichts anderes übrig, als hinter Desaix, den ich flüchtig aus Ägypten kannte, herzugaloppieren und ihn zu bewegen, zu der Schlacht zurückzueilen, die kurz davor stand, in seinem Rücken auszubrechen. Es würde verdammt knapp werden, aber wenn ich mich beeilte, könnte die Zeit gerade noch reichen!

Ich blickte auf die leblose Leiche. Wie gesagt, man soll sich nicht rühmen! Und ich? Ich war nicht nur gelegentlich von Nutzen, sondern konnte sogar Integrität entwickeln. Bei allen Heiligen, woher hatte Napoleon geahnt, dass er auf mich setzen konnte?

Der Spion starrte mit dem erstaunten Blick der Toten nach oben, seine Leiche in einer sich ausbreitenden Blutlache. Ich knöpfte sein blutiges Hemd zu, um die Tätowierung zu verbergen, bestieg erschöpft mein Pferd und machte mich auf, die Schlacht zu retten. Und sah ich da aus dem Augenwinkel jemand anderen weghuschen, zurück in die Büsche?

6

Die ganze Welt weiß, was als Nächstes passierte. Die Morgenröte brach strahlend an, die Luft war reingewaschen vom Regen des Vortages, und am Nachmittag brannte die heiße italienische Sonne herunter. Es war das beste Wetter für einen Angriff der Kavallerie. Ideale Bedingungen zum Abfeuern von Geschützen und Musketen.

Wenn man sich gegenseitig umbringen will, geht nichts über einen sonnigen Tag.

Wie Renato vorausgesagt hatte, griffen die Österreicher mit großer Truppenstärke bei Marengo an. Lange weiße Linien drängten in übermächtiger Zahl durch Felder und Kuhweiden vorwärts. Sie erlitten schreckliche Verluste, als sie sich durch den Fantanone, einen tiefen, sumpfigen Graben, vorkämpften, doch sie waren auf Gehorsam gedrillt und schwankten nicht. Es gab hundert heroische Angriffe von beiden Seiten, Männer, die für einen Weinberg oder einen Ziegenpferch starben. Das Schlachtfeld war ein Nebel, und als Napoleon erkannte, dass er in die österreichische Armee hineingestolpert und zahlenmäßig weit unterlegen war, befanden sich seine Truppen bereits widerstrebend auf einem blutigen Rückzug. Bonaparte verfügte über zweiundzwanzigtausend Mann und vierzig Geschütze gegen dreißigtausend Mann und einhundert Kanonen, und die Österreicher beharkten die Franzosen mit Kartätschen, sobald sie sich wieder zu sammeln versuchten. Hannibal hatte sich überlisten lassen, und Napoleons Karriere als Anführer Frankreichs stand vor dem Ende, bevor sie richtig begonnen hatte.

Ich traf gegen Mittag mit der schlechten Nachricht ein, dass Renato ein Doppelagent gewesen war, und mit der besseren, dass Desaix hierher unterwegs sei. Dann beobachtete ich die Schlacht, deren Aufgeräumtheit mich mit Entsetzen und Verwunderung erfüllte. Ich hatte Gefechte in Ägypten und im Heiligen Land gesehen, aber nicht so etwas wie dieses gedrillte, europäische Abschlachten. Regimentsformationen marschierten Schulter an Schulter wie Automaten, machten halt und nahmen einander mit grausamer, unnachgiebiger Entschlossenheit unter Beschuss. Wie herrlich farbenprächtig sie aussahen, Infanterietschakos mit Federbüschen geschmückt, Standarten wie Leuchtfeuer im Pulverdampf! Die erste Reihe kniete, die zweite schoss über ihre Köpfe, und die dritte reichte frisch geladene Musketen nach vorn, Soldaten lehnten sich in gegnerische Salven, als hielten sie Graupelschauern stand. Männer husteten, jaulten auf, fielen, und neue traten geschickt an ihre Stelle wie Marionetten. Überall lagen Tote und Verwundete herum, das grüne Gras war mit Rot befleckt, aber die Lebenden wichen nur widerwillig zurück. Ganze Kompanien lösten sich auf, statt nachzugeben.

Warum hielten sie durch? Der einzelne Soldat hatte wenig Ahnung, wie sich sein Opfer auf das Ganze auswirkte, war sich aber durchaus bewusst, dass sein Mut der kleinen

Welt aus Freunden und Kameraden half. Männer kämpften um ihr Ansehen unter Männern.

Die Reihen kräuselten sich regelrecht, wenn die Kugeln sie umwarfen, sackten zusammen und festigten sich wieder, bis ein Bajonettangriff sie weitere fünfzig Meter zurücktrieb.

Immer weiter fielen die Franzosen zurück, und schließlich setzte Napoleon seine Konsulargarde in der Hoffnung auf einen endgültigen, entscheidenden Schlag ein. Seine Elite knickte unter sengendem Musketen- und Geschützfeuer ein wie durch Hitze aufgerolltes Papier. Stolz und Macht wurden in ein paar heißen Minuten zermahlen. Ein österreichischer Kavallerieangriff trieb vierhundert Gefangene zusammen.

Die Schlacht war verloren.

Und dann rettete ich die Lage.

Natürlich werde ich in den Feldzugsgeschichten nicht persönlich herausgestellt: Ich war ein Agent ohne offizielle Stellung. Ich war einfach einer der »Kuriere«, die ausgeschickt wurden, Desaix zu holen. Aber ich erreichte den kleinen General volle acht Stunden vor jedem von Napoleon gesandten Boten, und Desaix schaffte es schließlich rechtzeitig. Am späten Nachmittag zügelte er sein Pferd in Napoleons Nähe, brachte seine Division in Stellung und hörte sich geduldig den verdrießlichen Bericht seines Kommandeurs über die Niederlagen des Tages an.

»Diese Schlacht ist sicherlich verloren«, stimmte der Divisionskommandeur zu. »Aber es bleibt immer noch Zeit, eine weitere zu gewinnen.« Und dann ging Desaix zum Gegenangriff über.

Nach acht Stunden brutaler Kämpfe hatten die Österreicher geglaubt, der Sieg gehöre ihnen. Der betagte Mélas, voller Prellungen und Blutergüsse, nachdem er zweimal vom Pferd gestürzt war, hatte das Aufräumen seinen Untergebenen überlassen und sich vom Schlachtfeld zurückgezogen. Napoleons Kolonnen waren zerstört, und seine erschöpften Gegner nahmen an, sie würden in San Guiliano übernachten.

Doch Desaix' frische Division traf sie wie ein Schock. Ein österreichischer Munitionswagen flog in die Luft, und dann sah General François Etienne de Kellermann eine Bresche und führte vierhundert französische Dragoner in die feindliche Flanke. Einer dieser brillanten Angriffe, die gern auf Gemälden dargestellt werden. Ein Rumpeln wie von einem Erdbeben, grüne Soden flogen von den Hufen der stampfenden Pferde auf, Säbel blitzten, Federbüsche schwangen über den aufragenden Bärenfellmützen der Dragoner – eine Reiterlawine, die über die erschöpften Österreicher hereinbrach.

Der Feind, gerade noch siegreich, war im Nu Hals über Kopf auf dem Rückzug, Hunderte gefangen genommen von der auf sie prallenden Reiterschar. So etwas Erstaunliches hatte ich nicht mehr gesehen seit Napoleons rechtzeitigem Eintreffen am Berg Tabor im Heiligen Land, bei dem er einen sicheren türkischen Sieg in eine türkische Niederlage verwandelt hatte, ohne einen Kanonenschuss abzugeben.

Bonaparte war weniger überrascht. »Das Schicksal einer Schlacht entscheidet sich in einem einzigen Moment«, bemerkte er.

Der tapfere kleine Desaix fiel in Marengo im Augenblick seines größten Triumphs, und über diese Tragödie wurde genauso viel romantischer Blödsinn verbreitet wie über Napoleons Alpenüberquerung.

»Warum ist es mir nicht erlaubt, zu weinen?«, soll der Eroberer gesagt haben, was auf eine Empfindsamkeit hindeutet, die ich ihn keinem Mann – und keiner Frau – habe entgegenbringen sehen. Napoleon weinend? Für ihn war das Leben Krieg, und Menschen waren Soldaten, die er einsetzen konnte. Er war traurig, ja – Desaix war so wertvoll wie ein gutes Pferd –, doch kaum vergrämt über eine weitere Leiche in einem sich über viele Quadratkilometer hinziehenden Gemetzel. Die Wahrheit ist, dass die Kugel Desaix im Rücken traf, entweder von den Österreichern abgefeuert, als er herumschwang, um seine Männer anzufeuern, oder, genauso wahrscheinlich, aus Versehen aus den eigenen Reihen. Die Anzahl der durch ihre aufgeregten, verwirrten und verängstigten Kameraden versehentlich erschossenen oder verwundeten Männer ist eines der schmutzigen Geheimnisse des Krieges.

Wir erfuhren später, dass General Kléber, mit dem ich an den Stränden von Alexandria und auf dem Schlachtfeld am Berg Tabor marschiert war – und dem Napoleon das Kommando in Ägypten übergeben hatte –, von einem muslimischen Fanatiker meuchlings ermordet wurde, fast im selben Moment, als Desaix fiel.

So gehen die Menschen dahin, die eine Rolle in unserem Leben gespielt haben. Generäle werden wie Kanonenkugeln verbraucht.

Am Ende des Tages gab es zwölftausend tote oder verwundete Österreicher und Franzosen, tote beziehungsweise sterbende Pferde, zerstörte Munitionskisten und demontierte Artillerie. Die Österreicher hatten weitere sechstausend Gefangene und vierzig Geschütze verloren.

»Ich habe Ihnen gerade die Krone aufs Haupt gesetzt«, bemerkte Kellermann, eine undiplomatische Wahrheit, die man ihm nicht verzeihen würde. Ehre muss verliehen werden, man sollte nicht danach greifen.

Ich hielt mich mit solcher Prahlerei zurück, obwohl es mir zugestanden hätte.

Um vier Uhr nachmittags in Marengo war Napoleons Herrschaft beendet, um sieben Uhr abends war sie bestätigt worden. Ich hielt jedoch weise meinen Mund und mogelte mich in Bonapartes Kutsche zurück nach Paris, nachdem die Österreicher einem Waffenstillstand zugestimmt hatten.

Auf unserer Reise bekannte Napoleon, sein Ehrgeiz sei nur angestachelt worden. »Ja, ich habe genug getan, das stimmt«, sagte er zu mir. »In weniger als zwei Jahren habe ich Kairo, Paris und Mailand erobert. Aber trotz allem, sollte ich morgen sterben, würde ich am Ende von zehn Jahrhunderten nicht mehr als eine halbe Seite in den Geschichtsbüchern einnehmen!«

Wer sonst zählte die Seiten, die man ihm in tausend Jahren in den Geschichtsbüchern widmen würde?

Zurück in Paris, wurde mir aufgetragen, bei den Verhandlungen mit den gerade eingetroffenen amerikanischen Delegierten zu helfen. Das Vertrauen, das mir Bonaparte entgegenbrachte, ebnete den Weg für das franko-amerikanische Abkommen.

Und so schloss ich meine Erzählungen über Wagemut und Tollkühnheit in Mortefontaine ab, wo wir uns versammelt hatten, um den Frieden zu feiern. Wir prosteten uns zu, Pauline Bonapartes Augen glitzerten über meine Geschichte, und selbst der grimmige Magnus Blodhammer betrachtete mich mit widerwilligem Respekt.

Ich trank ein weiteres Glas und lächelte bescheiden. Es tut gut, ein Held zu sein.

»Monsieur Gage«, lud mich Pauline ein, »würden Sie sich gern den Weinkeller meines Bruders ansehen?«

7

Eine der segensreichen Erfindungen unseres eben anbrechenden neunzehnten Jahrhunderts ist die praktische Unkompliziertheit der Frauenkleidung. Früher war die Überwindung der Röcke, Korsetts und Strumpfbänder einer Adligen so beschwerlich wie das Reffen der Segel eines Dreimasters im Sturm. Ein Mann konnte vor lauter Bändern, Fischbein, Spitzen und Schichten so erschöpft sein, dass ihm, wenn er schließlich an gefügiges Fleisch gelangte, entfallen war, wozu er sich die Arbeit gemacht hatte. Ich freue mich, berichten zu können, dass die neue revolutionäre Mode nicht so verzwickt ist. Zu Pauline vorzudringen, eingeklemmt zwischen zwei Weinfässern, war nicht schwieriger, als ein Bramsegel von oben herabzulassen und das Hauptsegel unten zu hissen, wobei mir auffiel, dass ihre Chemise nur hauchzart war, so wenig bauschte sich an ihrer Taille. Pauline sang wie ein Chor. Mein Gott, hatte die Kleine einen Überschwang! Ihre Brüste waren noch besser, als auf den Porträts dargestellt, und ihre Schenkel waren flinker als eine Schere. Wir ruckelten und hüpften wie eine sizilianische Postkutsche, Pauline war heiß wie ein von Franklin erfundener Ofen. Ich hätte sie ohne Weiteres noch in ein paar anderen Kellernischen und Schlupfwinkeln haben und die

Jahrgänge auf diese und jene Weise probieren können, wenn mich nicht plötzlich raue Hände gepackt und zurückgezogen hätten wie einen Korken aus einer Flasche, dass es nur so ploppte.

Was für eine Schmach!

Mit der Hose an den Fußgelenken kann man sich kaum zur Wehr setzen. Außerdem war ich viel zu überrascht, um zu reagieren. Verflixt! War General Leclerc schließlich doch aus seinem Quartier gekommen? Ich könnte es mit der Erklärung versuchen, wir hätten nur die Flaschen abgestaubt, doch er würde mir wohl eher nicht glauben. Die Pose, in der sie uns erwischt hatten, war zu eindeutig.

»Er hat mich überfallen!«, kreischte sie, was in Anbetracht ihres amourösen Rufs kaum glaubwürdiger war.

»Sie sollten nicht in etwas eindringen, in dem Sie nichts verloren haben«, sagte einer meiner Angreifer mit einem Akzent, den ich nicht einzuordnen vermochte, kurz bevor ein Schlag meinen Blick trübte und meine Knie weich werden ließ. Meine Männlichkeit schrumpelte, Langbüchse und Tomahawk hatte ich zusammen mit meinem Mantel im Vorzimmer oben abgegeben. Da ich eine allzu lebhafte Fantasie habe, was verschiedene Feinde mir antun könnten, versuchte ich benommen, die Beine zu kreuzen.

»Ich weiß, wie es aussieht ...«, hob ich an.

Man steckte mir einen Knebel in den Mund.

Statt mir die Kehle oder etwas noch Wertvolleres durchzuschneiden, waren sie anscheinend entschlossen, mich wie eine Wurst zu verschnüren. Seile wurden um mich gewunden, während sie auf mich eintrommelten und mich traten, und in meiner Benommenheit hatte ich nur einen Geistesblitz: eine Handvoll Schokolade, die ich stibitzt hatte, aus meiner Westentasche zu angeln und in dem Augenblick in meinen Ärmel gleiten zu lassen, als man mir die Handgelenke zusammenband. Da ich früher schon gefesselt worden war, hatte ich Zeit gehabt, über das Problem nachzudenken.

Verschwommen nahm ich wahr, dass man Pauline die Flucht ermöglichte, nachdem sie ihre hauchzarte Kleidung entsprechend herauf- und heruntergezogen hatte. Napoleons Schwester schnürt man nicht zusammen! Dann wurde auch mir die Hose hochgezogen, und man zerrte mich durch einen dunklen Flur an eine Kellertür, die in den Garten hinausführte. In dieser Situation rechnete ich nicht damit, dass sich Pauline für meine Rettung einsetzen würde.

Daher versuchte ich, mich mit vernünftiger Argumentation aus der Schlinge zu ziehen. Leider reduzierte der Knebel meine Logik auf ein unartikuliertes Knurren.

»Sparen Sie sich den Atem, Amerikaner. Sie begreifen überhaupt nicht, worauf Sie sich da eingelassen haben.«

War ich nicht in der Schwester des Ersten Konsuls gewesen? Oder ging es hierbei um etwas ganz anderes? Ich hatte angenommen, rachsüchtige Lakaien von Paulines Gemahl oder ihre Brüder würden mich misshandeln, doch vielleicht ging es hier um eine andere Vergeltungsmaßnahme. Ich ließ mir durch den Kopf gehen, wer außer ihnen mich lieber tot sähe. Hatte doch jemand gesehen, wie ich den zerstörten italienischen Bauernhof verließ, und war Renato nur der erste Versuch des Ägyptischen Ritus, sich an mir zu rächen, nachdem ich immerhin Graf Alessandro Silano eingeäschert hatte? Hatte der Apophis-Kult aus Ägypten mich irgendwie in Paris aufgespürt? Die Briten ärgerten sich vielleicht, dass ich wieder zu den Franzosen neigte, wie ein Grashalm im Wind. Dann gab es noch ein paar junge Damen, die mit der Tatsache unserer Trennung ganz und gar nicht zufrieden waren, das eine oder andere Opfer beim Spiel, hier und da ein Gläubiger, die gesamte österreichische Armee, die englischen Matrosen von der HMS *Dangerous*, deren Heuer ich beim Kartenspiel einkassiert hatte, die wütenden Muslime vom Tempelberg in Jerusalem ...

Für jemanden, der so liebenswert ist wie ich, hatte ich mir eine beachtliche Liste potenzieller Feinde erworben. Vermutlich spielt es keine große Rolle, *wer* einen umbringt, tot ist man am Ende so oder so. Trotzdem will man es gern wissen.

Man schleppte mich wie einen Holzklotz über einen Gartenweg, warf mich in ein kleines, napfförmiges und mit Leder bezogenes Coracle, das ungefähr so seetüchtig war wie ein Blatt, und zog dieses mit einem Ruderboot über den Schlossteich. Ich rechnete schon fast damit, dass man mir ein Gewicht anhängen und mich ins Wasser werfen würde, aber nein, sie legten mit unserem Fahrzeug an der Insel an, von der das Feuerwerk losgehen sollte, und schleppten mich wie ein Bündel am Gebüsch vorbei bis zu der Stelle, an der die Raketen aufgestellt waren. Soweit ich es beurteilen konnte, hatte Despeaux genug Geschosse gestapelt, um die Wiederkunft Christi zu beleuchten.

»Sie wollen doch immer im Mittelpunkt des Geschehens sein. Jetzt werden Sie auch so enden«, sagten meine Angreifer. Ich wurde an einen Pfosten in der Mitte der aufgestellten Raketen und Böller gebunden, als wäre ich selbst eine Rakete, die man in den Himmel schießen wollte. Mir wurde klar, dass ich auf dem Höhepunkt der Feierlichkeiten anlässlich der Unterzeichnung des Vertrags von Mortefontaine wie eine Leuchtkugel in Flammen aufgehen würde. Sollte jemand in der Lage sein, meine Überreste zu identifizieren, würde er den Schluss ziehen, dass es dem kühnen, törichten Elektrizitätspionier Ethan Gage ähnlich sähe, im Feuerwerk herumzustochern.

»Wenn der Knebel verbrennt, können Sie schreien, denn dann wird man Sie über den Explosionen nicht hören«, verkündete mir einer der Häscher, was nicht gerade hilfreich war. »Mit jedem Ausruf saugen Sie brennende Luft in Ihre Lunge.« Dann steckten sie eine langsam brennende Zündschnur an, entfernten sich und sagten nicht einmal Adieu. Still tauchten ihre Ruder ins Wasser, als sie ans Ufer fuhren.

Ich war dem Untergang geweiht, wenn meine Schokolade nicht schmolz.

Da ich früher schon einmal gefesselt war, hatte ich mich in Paris mit der Sache gründlicher befasst. Anscheinend besteht der Trick, aus Knoten herauszukommen, darin, etwas Spiel zu haben. Die Dehnung der Brust und das Anspannen der Muskeln ist ein Kniff, den Entfesselungskünstler verwenden, um sich von ihren Fesseln zu lösen. In diesem Fall hatte die Schokolade in meinen Ärmeln dafür gesorgt, dass der Umfang meiner Handgelenke größer wurde. Jetzt, da die harte Substanz sich verflüssigte, presste ich meine Handgelenke zusammen, die Süßigkeit wurde herausgequetscht, und meine Seile lockerten sich. Dem Herrn sei Dank für kulinarische Erfindungen! Nachdem ich meine Hände drehen und wenden konnte, war ich jedoch noch lange nicht frei. Mit wachsender Panik sah ich, dass die Festgäste zuhauf aus dem Schloss strömten, um sich das Feuerwerk anzusehen. Ausgelassenes und kokettes Gelächter schwebte über das Wasser zu mir herüber, Papierlaternen wurden auf dem Wasser ausgesetzt. Ich konnte die brennende Zündschnur riechen.

Schwitzend und unfähig zu schreien scheuerte ich mir meine Handgelenke wund. Meine Daumen zerrten an den Fasern, die Schokoladenmasse schmierte die Seile und verklebte sie zugleich. Endlich lockerte sich eine Kordel.

Dann nahm ich aus dem Augenwinkel einen Blitz wahr, und es zischte. Das Feuerwerk stand kurz vor der Zündung!

Mit den Unterarmen rudernd, bekam ich die letzten Fesseln von meinen schmerzenden Händen und befreite meine Arme bis an die Ellbogen. Dadurch gelang es mir, eine Hand an den Mund zu führen, meinen Knebel herauszuzerren und ihn beiseitezuschleudern. »Hilfe!«

Das verdammte Orchester jedoch hatte zu einer mitreißenden Version von »Yankee Doodle« aufgespielt, misstönend wie fliehender Gänseschwarm. Die Menge jauchzte, während der Zündfunke sich dem Sprengstoff näherte, hell wie das Auge eines Tigers.

Also riss ich an den Seilen, die meinen Oberkörper an den Pfosten fesselten. Meine Oberarme waren noch an meine Brust gebunden, doch unterhalb der Ellbogen hatte ich genügend Platz, um ein Ende der Fessel frei zu bekommen. Ungeschickt fuchtelte ich damit herum, um mich zu entwinden, und stöhnte über meine Langsamkeit. Pulver pfiff, und das erste Bündel Raketen stieg auf. Der Rauch über der Insel versperrte allen die Sicht auf mich. Die Raketen explodierten zu einer Sternengalaxie, funkelnde Teilchen regneten herab, einige Böller husteten und rülpsten. Verdammt schnell wurde es verdammt heiß, und ich schwitzte. Immer weiter lockerte sich das Seil, wurde länger und begann Feuer zu fangen, noch während der abscheuliche Chor explodierender Knallkörper zunahm. Wenn der Höhepunkt erreicht war und sich der Boden der Insel in einen feurigen Springbrunnen verwandelte, würde ich gebraten werden.

»Hilfe!«, schrie ich erneut.

Nun spielten sie die »Marseillaise«!

Schließlich befreite ich mich von dem Pfosten, wollte losrennen – und stürzte. Meine Füße waren noch gefesselt! Irgendetwas war noch auf meinen Rücken geschnallt! Dafür hatte ich keine Zeit! Himmelsraketen schossen zischend in alle Richtungen, heiße Funken regneten mir auf Haare und Kleidung, und das unerträglich grelle Licht blendete mich. Wie betäubt hoppelte ich zum Wasser und riss an den Fesseln um meine Brust.

Dann schien die ganze Insel zu explodieren.

Die Zuschauermenge kreischte vor Vergnügen, als das Bodenfeuerwerk wie der Strahlenkranz der Sonne hochging. Riesige Funkenwände schossen in pulsierenden Bögen in die Höhe, die Luft war eine Hölle aus Schwefel, Rauch und erstickender Asche. Die Seile um meine Füße fingen Feuer, und wenn ich nicht noch in meinen Stiefeln gesteckt hätte (Pauline und ich hatten es eilig gehabt), wäre ich übel verbrannt worden. Wie ein aufgeschrecktes Kaninchen hoppelte ich weiter, bis ich das Coracle erspähte, in dem man mich hierherbefördert hatte. Ich ließ mich hineinfallen, mein Schwung schob es in den See hinaus. Meine Füße hingen im Wasser, zischend erloschen die Flammen. Jetzt hatte ich die Arme weitestgehend frei bekommen, doch um Brust und Bizeps lagen noch Seile. Meine Haare qualmten, ich spritzte Wasser darauf und löste die inzwischen versengten Seile von meinen Füßen. Schließlich kniete ich mich hin, konnte in dem wackeligen Gefährt kaum das Gleichgewicht halten und paddelte mit den Händen auf die Menge zu. Hinter mir war Hades im Aufruhr.

»Seht nur, was ist das? Da kommt etwas von der Insel!«

Die verdammten Idioten spendeten riesigen Applaus, in dem meine Klagen erneut untergingen. Sie glaubten, ich sei Teil des Spektakels! Und just als ich endlich nah genug herangekommen war, um ihnen etwas über Banditen und Entführer zuzurufen, hätte sich mein Haar beinahe wieder entzündet!

Eine Fontäne zischte los, die meine grausamen Peiniger mit den Seilen, die noch um meine Brust lagen, auf meinem Rücken befestigt hatten. Den hölzernen Schweif hatten sie mir hinten in die Hose gesteckt. Und offenbar hatte der Zünder Feuer gefangen, als ich von der Insel floh. Nun war es – ich – eine brennende Fackel. Ich griff hinter mich, zerrte das Geschoss aus meinen Fesseln, bevor es mich gar braten konnte, und hielt die spuckende Röhre verzweifelt von mir fort. Funken schossen wie pulsierende Flammenmeere aus dem Schweif. Sie erleuchteten meine Gestalt und verliehen mir tatsächlich einen leichten Antrieb, während ich auf die Zuschauer zudriftete. Jetzt jubelten alle.

»Es ist Gage! Was für ein Mann! Seht nur, er hält eine Fackel hoch, um unseren Vertrag zu feiern!«

»Es heißt, er sei ein Hexenmeister! Luzifer bedeutet ›Lichtträger‹, versteht ihr?«

»Hat er das ganze Spektakel geplant?« – »Er ist ein Genie!«

»Oder eine Primadonna!«

Da ich nicht wusste, was ich sonst hätte tun sollen, hielt ich meine Rakete verkehrt herum, während die Flammen himmelwärts schlugen, und versuchte, meine versengte Würde zu wahren und trotz der schmerzenden Verbrennungen zu lächeln. Da! Verschwanden mit Kapuzen verhüllte Zuschauer unter den Bäumen? Die letzten Funken ergossen sich an meiner Gestalt vorbei und trafen zischend im Wasser auf, als ich auf Grund lief und endlich an Land ging – wie Kolumbus.

»Bravo! Der hat dem Feuerwerk glatt die Schau gestohlen!«

Ich verbeugte mich, nicht gerade wenig erschüttert. Ich war halb blind, hustete nach dem ätzenden Rauch und zuckte unter meinen Verbrennungen und Schürfwunden zusammen. Das Wasser aus meinen tränenden Augen schnitt Rinnsale durch die Rußschicht auf meinen Wangen.

Die amerikanischen Abgesandten drängten sich durch die Menge nach vorn. »Um Himmels willen, Gage, was zum Teufel wollen Sie denn symbolisieren?«, fragte Ellsworth.

Trotz meiner Benommenheit versuchte ich schnell zu denken. »Freiheit, glaube ich.«

»Das war eine ziemlich gute Vorstellung«, sagte Davie. »Sie hätten sich verletzen können.«

»Er ist ein schneidiger Draufgänger«, sagte Vans Murray. »Das ist eine Sucht, nicht wahr?«

Dann war auch Bonaparte zur Stelle.

»Ich hätte es wissen müssen«, sagte er. »Ich bin froh, dass

Sie nichts mit Politik zu tun haben, Monsieur Gage, sonst würde Ihnen Ihr Instinkt raten, mich zu verdrängen.«

»Ich fürchte, das wäre unmöglich, Erster Konsul.«

Sein skeptischer Blick wanderte von mir zur Insel. »Sie haben dieses Glanzstück die ganze Zeit geplant?«

»Ich versichere Ihnen, es war eine Eingebung in letzter Minute.«

»Nun gut.« Er schaute die anderen an. »Die Fackel hochzuhalten war ein netter Zug. Diesen Abend werden wir alle in Erinnerung behalten. Die Freundschaft zwischen Frankreich und den Vereinigten Staaten! Gage, offensichtlich haben Sie Talent. Das wird Ihnen gut zustattenkommen, wenn Sie Ihrem Präsidenten meine Botschaften bringen.«

»Amerika?« Ich schaute mich kurz nach Paulines Gemahl um, nach ägyptischen Schlangenanbetern, muslimischen Fanatikern oder britischen Agenten. Vielleicht war es wirklich höchste Zeit, in die Heimat zurückzukehren.

Ein Arm legte sich um meine Schultern. »Und jetzt haben Sie neue Freunde, die Ihnen Sicherheit gewähren!«, sagte Magnus Blodhammer und drückte mich wie ein Bär. Er schenkte Napoleon ein Lächeln. »Gage und ich haben einander gesucht, und jetzt werde auch *ich* nach Amerika gehen!«

8

Magnus schob mich am Rande der Menge in den Schatten, seine Umarmung war grob, sein Atem roch nach Alkohol. »Sie hätten sich nicht mit dieser Bonaparte-Hure davonschleichen dürfen«, dozierte der Norweger leise. »Bei mir wären Sie sicherer gewesen!«

»Ich hatte ja keine Ahnung, dass die Männer ihres Gemahls hier herumlungerten. Und auch nicht, dass er so besitzergreifend ist. Mein Gott, ihr Ruf …«

»Das waren nicht Leclercs Männer, Sie Narr. Das waren Dänen.«

»Dänen?« Was ging es sie an, mit wem ich vögelte?

»Oder sie waren von der Kirche, oder noch Schlimmeres. Jetzt ist es zu spät für Sie, Gage, man hat Sie mit mir gesehen. Die wissen, wie entscheidend Sie für unsere Sache sind. Ihr Leben ist in größter Gefahr.«

»*Wer* weiß das? *Welche* Sache?« Ich schwöre, ich ziehe Wahnsinnige an wie Honig die Bienen.

»Wollten die Sie auf der Insel verbrennen?«

»Ja. Wäre diese neumodische feste Schokolade nicht gewesen …«

»Damit wollen sie mich warnen. Glauben Sie nur nicht, die hätten uns nicht absichtlich auf die Ähnlichkeiten mit dem mittelalterlichen Scheiterhaufen aufmerksam machen wollen. Ihre Einäscherung sollte ein Signal sein für die anderen von uns. Was mich nur davon überzeugt, dass die Landkarte echt ist. Ich sage Ihnen, Gage, Ihre Nation braucht mich ebenso sehr, wie ich sie.«

»*Welche* Karte?«

»Wie viele sind es? Sind sie gut bewaffnet?«

»Offen gesagt habe ich nicht genau hinsehen können. Ich war ziemlich beschäftigt ...«

»Wem können wir vertrauen? Die Chancen stehen anscheinend schlecht. Haben Sie überhaupt Verbündete?«

»Blodhammer ...«

»Sag ruhig Magnus zu mir.«

»Magnus, würdest du bitte den Arm von meiner Schulter nehmen? Wir kennen uns kaum.«

Zögernd kam der große Mann meiner Bitte nach, und ich konnte etwas freier atmen. »Danke. Gut, ich kenne keine Dänen, die Kirche wurde durch die Revolution aus Frankreich vertrieben, und ich weiß nichts von einer Karte. Wir sind hier, um den französisch-amerikanischen Friedensvertrag zu feiern, wenn du dich erinnerst, und ich versuche, allen ein Freund zu sein, wenn ich kann. Pauline Bonaparte eingeschlossen. Vielleicht haben meine Angreifer einen Fehler gemacht. Sie haben mich geknebelt, daher konnte ich ihnen nicht erklären, wer ich wirklich bin.«

»Deine neuen Feinde machen keine Fehler.«

»Aber ich habe keine neuen Feinde!« Ich schaute mich um. »Oder doch?«

»Ich fürchte, meine Feinde sind jetzt auch deine, weil du berühmt bist und über gewisse Fachkenntnisse verfügst. Du bist ein Elektrizitätspionier, nicht wahr? Du erforschst die Vergangenheit? Du bist ein Protegé des großen Franklin?«

»Bestenfalls ein Gehilfe.« Allmählich dämmerte mir, dass ich zwar die Gunst feiner Damen erlangte, wenn ich mich mit meinen Heldentaten brüstete, damit jedoch auch die Aufmerksamkeit der schlimmsten Sorte Mann auf mich zog. Eines Tages werde ich vorsichtiger sein. »Ich bin eigentlich ein Taugenichts, kaum des Interesses wert.«

»Gage, ich bin auf einer Suche, und es gibt nur einen Mann auf der Welt mit dieser eigenartigen Kombination von Talenten, die ich brauche, um Erfolg zu haben. Dieser Mann bist *du*, und alles, was du heute Abend gesagt hast, bestätigt es mir. Nein, keine Widerworte! Hat nicht Bonaparte höchstpersönlich Vertrauen in dich gesetzt? Die Bestimmung ist am Werk. Das, wonach ich suche, ist nicht nur für Norwegen wichtig, sondern auch für deine junge Nation. Du bist doch ein Patriot, nicht wahr?«

»Na ja, ich bilde es mir ein. Der Herr habe George Washington selig! Dabei bin ich ihm nie begegnet.«

Er beugte sich zu mir, sein Flüstern ging im Lärm der herumwuselnden, trunkenen Menge beinahe unter. »Was wäre, wenn ich dir sagen müsste, dass Kolumbus nicht der Erste war, der an eure Gestade gelangte?«

»Die Indianer waren dort, vermute ich ...«

»Meine eigenen Vorfahren sind schon Jahrhunderte vor den italienischen und spanischen Eindringlingen nach Nordamerika gekommen, Ethan Gage. Norwegische Seefahrer waren die eigentlichen Entdecker deines Kontinents.«

»Tatsächlich? Aber wenn, dann haben sie sich dort nicht niedergelassen, oder? Das zählt nicht.«

»Doch!«, brüllte er, und die Menschen schauten zu uns herüber. Er zog mich noch weiter zurück in den Schatten einer Eiche und packte im Dunkeln meine Schultern. »Die Nordländer kamen, sie haben eine Landkarte gezeichnet und ein so mächtiges, welterschütterndes Artefakt hinterlassen, das dem Finder die Macht gibt, über die Zukunft zu bestimmen! Ich spreche vom Schicksal deiner Vereinigten Staaten, Ethan Gage!«

Ich war misstrauisch. »Was liegt dir an den Vereinigten Staaten?«

»Die rechtmäßige Rückgabe dieses Artefakts an meine Nation wird die entscheidende Voraussetzung für ihre Unabhängigkeit sein und deine Nation zugleich vor ausländischer Vorherrschaft retten. Wir haben die Chance, die Weltgeschichte zu verändern!«

Schön, so etwas hatte ich schon einmal gehört, und was hatte ich davon gehabt? Ich war am Angelpunkt der Geschichte in Ägypten und Jerusalem herumgelaufen und war am Ende mit blauen Flecken, versengter Haut und gebrochenem Herzen daraus hervorgegangen. »Mir ist nicht danach, die Geschichte zu beeinflussen, tut mir leid. Ich habe festgestellt, dass es schwere, schmutzige Arbeit ist, ziemlich ermüdend, und man keinen Dank dafür bekommt.«

»Und wir werden etwas entdecken, das mehr wert ist als eine Kaiserkrone.« Er sah mich mit der gekonnten Verschlagenheit eines Maultierhändlers an.

Doch seine Worte ließen den schamlosen Söldner in mir aufhorchen. »Mehr wert? Und das wäre in Geld ausgedrückt wie viel?«

»Du bist ein Spieler, Ethan Gage. Wärst du nicht gern ein reicher Mann?«

Dieser Blodhammer mit den leuchtenden Augen eines Pizarro, der einen Raum voller Inkagold vor sich sieht, war plötzlich interessanter. Ich hüstelte. »Vor allem liegt mir daran, mein Wissen zu erweitern. Ich bin schließlich ein Mann der Wissenschaft. Doch wenn eine Belohnung in Aussicht steht, habe ich nichts gegen eine Entschädigung. Wie mein Mentor Franklin schon sagte: ›Lieber ohne Essen ins Bett gehen, als mit Schulden aufwachen‹.«

»Hast du nichts gegessen?« – »Ich bin chronisch verschuldet. Worum geht es denn nun bei diesem Schatz, Magnus?«

»Das kann ich dir nur an einem weniger öffentlichen Ort anvertrauen.« Er überblickte die Versammlung, die gerade ins Schloss zurückströmte und im Aufbruch war, so wie Bonaparte ein Schlachtfeld in Augenschein nahm. »Bald werden sie sich zerstreuen, und wir laufen wieder Gefahr, von den üblen Banditen überfallen zu werden, die dich misshandelt haben. Unsere erste Herausforderung besteht darin, lebend aus Mortefontaine herauszukommen.«

Wenn man wachsam ist, fühlt man sich von jedem Fremden beobachtet. Was noch eine Stunde zuvor wie eine Versammlung von Freunden ausgesehen hatte, wirkte nun unheilvoll und bedrohlich. Bei so vielen Soldaten ringsum konnten meine Angreifer sich sehr leicht als geladene Gäste eingeschmuggelt haben – aber wenn dem so war, wer hatte sie eingeladen? In der Dunkelheit hatte ich sie nicht richtig erkennen können. Überall herrschte noch trunkene Fröhlichkeit und lautes Gelächter, und der Einzige, der aus dem Rahmen fiel, war derjenige, der sich mir als Begleiter anbot, Magnus Blodhammer. Waren Dänen nicht blond? Ich betrachtete jeden hellhaarigen Mann mit Argwohn, doch niemand bemerkte meinen forschenden Blick.

Vielleicht lauerten sie am Tor. Meine Mietkutsche herauszufinden und zu verfolgen wäre nicht schwer, sobald ich einmal eingestiegen war. Und im dunklen Wald zwischen dem Schloss und Paris wäre ich eine leichte Beute. Ich könnte Bonaparte um eine Eskorte bitten, doch dann müsste ich Magnus, den Schatz und Bonapartes verheiratete Schwester näher erläutern. Da war es schon besser, sich diskret davonzumachen. Ich überlegte gerade, wie ich das anstellen sollte, als eine kleine Hand an meinem Arm zog.

»Kommen Sie«, flüsterte Pauline. »Wir haben noch Zeit für eine weitere Runde in einem Boudoir oben!«

Beim Pfeil des Cupido, das wollüstige Mädchen war nicht leicht aus der Ruhe zu bringen, nicht wahr? Ich werde verschleppt, halb gebraten, muss mich mit brennenden Haaren per Boot wieder zum Fest zurückbefördern, und sie benimmt sich, als wäre unser Liebesspiel nur kurz unterbrochen worden. Nicht auszudenken, wie eine ganze Nacht mit der Range wäre. Das heißt, eigentlich *konnte* ich es mir ausmalen, und es war einschüchternd. »Tut mir leid, ich muss gehen.« Dann hatte ich eine Eingebung. »Sagen Sie, könnte ich in Ihrer Kutsche mitfahren? Ich versuche, den Männern aus dem Weg zu gehen, die uns gestört haben.«

Ihre Augen funkelten. »Was für eine entzückende Versuchung! Aber wenn meine Brüder oder Napoleons Offiziere Sie sehen, könnte mein Gemahl es erfahren.« Sie schlug die Augen nieder, als wäre sie prüde. »Ich habe immerhin einen Ruf zu verlieren.«

Das hatte sie tatsächlich. »Ich könnte mich als Diener verkleiden. Haben Sie einen in meiner Größe, mit dem ich die Kleider tauschen könnte? Sie würden mir einen großen Gefallen tun, wenn Sie ihn bewegen könnten, die Schurken abzulenken. Er könnte meinen Mantel als Bezahlung behalten.«

Jetzt sah sie verschmitzt aus. »Und wie wollen Sie *mich* entschädigen, Monsieur?«

Ich verneigte mich. »Ich würde Ihnen von den Gebräuchen in einem Kairoer Harem erzählen, in dem ich einmal war.« Ich musste ihr ja nicht unbedingt verraten, dass es leidenschaftsloser gewesen war als ein Bottich mit kaltem Wasser in einem unbeheizten Holzschuppen.

»Ich liebe Geografie.«

»Wir könnten alle möglichen Orte erforschen«, ermutigte ich sie. »Sagen Sie, ich habe einen Freund ...«

»Monsieur!« Sie riss die Augen weit auf. »Ménage à trois?«

»... der liebend gern draußen auf dem Kutschbock sitzen würde.«

Ich schwöre, die Kleine wirkte enttäuscht, dass es keinen flotten Dreier geben sollte. Aber ich hatte keine Zeit, ihre Reaktion vollends einzuschätzen, sondern schob sie rasch durch die Menge, damit sie eine Nachricht an die Stallungen schicken konnte, in denen sich die Diener herumtrieben. Zwei ihrer Leute sollten die Plätze mit Magnus und mir tauschen. Während man die Burschen suchte, holte ich meine Büchse und meinen Tomahawk, um sie in ihrer Kutsche zu verstecken. Dann suchte ich Jean-Etienne Despeaux, den Maître de Plaisier, und fragte, ob noch Feuerwerk übriggeblieben sei.

»Haben Sie die Insel nicht nah genug gesehen, Monsieur Gage?«, fragte er mit hochgezogenen Augenbrauen.

»Das Erlebnis war so überwältigend, dass ich gern ein paar Experimente durchführen würde. Könnte Elektrizität nutzbar gemacht werden, um ein derart herausragendes Spektakel noch zu vergrößern?«

»Kommen Sie jemals zur Ruhe, Amerikaner?«

»Man wundert sich, wie schwer einem das fällt.«

Er hatte tatsächlich noch ein paar Feuerwerkskörper übrig – es war nicht ganz klar gewesen, welche Menge aus dem Arsenal in die Mitte des Teiches passen würde –, und ich packte vorsichtig möglichst viele Sprengkörper in eine kleine Truhe, die ich aus dem Schloss stibitzte. Ich streute loses Pulver darüber und befestigte einen Ersatzzündstein für ein Gewehr auf dem Deckel am Schloss, der einen Funken erzeugen würde, sobald die Truhe geöffnet würde. Dann trug ich sie unter viel Aufheben durch die sich zerstreuende Menge, tat sehr geheimnisvoll und wichtig und band sie hinten auf die Kutsche, mit der ich nach Mortefontaine gekommen war. Sobald diese Pantomime aufgeführt war, verschwand ich, um mit Paulines Dienern die Kleidung zu tauschen, wobei ich die drittklassige Wäsche auf Flöhe untersuchte.

»Sie können meinen Mantel als Bezahlung für den Gefallen behalten«, teilte ich einem strammen Burschen mit.

»Und Sie meinen, Zauberkünstler«, erwiderte er aufgeräumt. »Und jetzt mache ich mich auf und spiele den Yankee mit ausladenden Schritten, lockeren Ellbogen und neugierigem Gaffen.« Er tat, als ahmte er mich nach, was mich störte, und marschierte hinaus in die Dunkelheit zu meiner Kutsche. Sein Gesicht wurde von Mantelkragen und Hut verdeckt. Ich wage zu behaupten, dass meine Haltung und mein Gang eleganter sind als *das*.

Zur gleichen Zeit begaben Magnus und ich uns auf den Weg zu Paulines Kutsche, die dort in einer Reihe wartete. Er hatte sich ein zylinderförmiges Lederfutteral wie einen Köcher auf den Rücken gebunden. Ich vermutete seine versprochene Karte darin. Außerdem trug er ein altes Cape sowie einen Schlapphut als Bündel unter dem Arm. Er wollte schon einsteigen, doch ich hielt ihn zurück. »Nach oben, wo die Diener mitfahren, Blodhammer. Es sei denn, du hängst lieber von der Rückseite herab.«

»Deine Verkleidung ist nicht anders als meine, Gage«, zischte er. »Warum solltest du drinnen sein und ich draußen?«

»Weil ich der Diener bin, der genau die Dienste leistet, die unsere Gastgeberin verlangt.«

»Bist du verrückt? Hat sie dir nicht schon genug Ärger bereitet?«

»Eigentlich nicht. Wir haben diese Rebsorte noch nicht so ausgiebig probiert, wie ich es mir erhofft hatte.«

Er war verärgert, doch wenn wir uns noch weiter zankten, würden wir Aufmerksamkeit auf uns lenken. »Vorsicht, Amerikaner«, flüsterte er. »Wir sind noch nicht außer Gefahr.«

»Und genau deshalb musst du oben auf unser Gefährt klettern und Ausschau halten, ja?«

Pauline verließ das Schloss und trippelte rasch über den Kies, hinter ihr flatterte ihr Wollmantel, den sie am Hals über ihrem hauchzarten Kleid zuhielt. Ich versank tief in der Kutsche, als sie einstieg. »Nach Paris!«, befahl sie und klopfte an die Decke. Dann brachen wir mit einem Ruck und in fescher Gangart zu einer Fahrt auf, die erst weit nach Sonnenaufgang zu Ende wäre. Meine Kutsche war bereits abgefahren, und ich hoffte nur, dass die Dänen, wenn es denn welche waren, angebissen hatten und dem Gefährt mit der verheißungsvollen Truhe folgten.

Ich stellte mir vor, wie sie aufheulen würden, wenn sie merkten, dass ich den Platz mit einem Dienstboten getauscht hatte. Dem Diener würden sie nichts antun, sondern sich in ihrer Wut meine Sachen ansehen. Und dann ...

»Sie hatten einen ziemlich glänzenden Abend, Monsieur Gage«, sagte Pauline leise, als ich riskierte, mich aufrechter hinzusetzen.

»Dramatischer, als ich beabsichtigt hatte.«

»Wer waren diese schrecklichen Kerle im Keller? Ich hätte dafür sorgen sollen, dass mein Bruder sie für ihre rücksichtslose Zeitplanung festnehmen und erschießen lässt. Ich war noch nicht zu Ende, verstehen Sie.«

»Ich bin mir ihrer Identität nicht ganz sicher. Vielleicht waren sie eifersüchtig auf Ihre Schönheit.«

Sie schnaubte. »Ich sollte es ihnen nicht übel nehmen. Ich sitze für Porträts.«

»Sie müssen mir eins verehren.«

Sie lächelte. »Ich bin mir sicher, dass Sie es sich nicht leisten können, aber es ist lieb von Ihnen, darum zu bitten. Und Sie sind so tapfer entkommen! Haben Sie die Banditen verdroschen?«

»Sie sind weggelaufen.«

Sie schaute zur brokatverkleideten Decke auf. »Ist Ihr Freund mitgekommen, wie Sie mich baten?«

»Er spielt in diesem Moment den Wächter neben dem Kutscher.«

»Wie galant. Dann können wir beide ja unsere Diskussion über das Altertum fortsetzen.« Sie förderte eine Flasche zutage. »Die habe ich Joseph entwendet, als ich aus seinem Keller floh.«

»Sie sind ebenso vorausschauend wie schön.«

»Der Weg nach Paris ist lang. Fahren wir dort hin?«

»Eigentlich, Madame, käme es mir gelegener, wenn wir den Weg nach Le Havre einschlügen.« Ich hatte vorausgedacht. Ich verließ die Annehmlichkeiten von Paris zwar nur ungern, doch das wäre der Ort, an dem Feinde jeder Couleur zuerst nach mir suchen würden. Wie lange würde es dauern, bis Leclerc erfuhr, dass ich mit seiner Gemahlin getändelt hatte? »Ich habe dringend etwas in Amerika zu erledigen.«

»Dann müssen wir das Beste aus Ihrer Zeit hier machen.« Sie pochte erneut an das Kutschendach. »Henri! Die Küstenstraße!«

»Sehr wohl, Madame.«

Sie wandte sich wieder an mich. »Wir bringen Sie zu einer öffentlichen Kutsche, aber erst, wenn wir uns so weit von Mortefontaine entfernt haben, dass Sie in Sicherheit sind. Unterdessen habe ich hier in diesem Fach Gläser. Lassen Sie uns anstoßen.«

»Auf das Überleben?«

»Monsieur Gage, ich überlebe immer. Auf das Wiedersehen!«

Als wir anstießen, vernahm ich das Echo einer Explosion im Staatsforst und schaute aus dem Fenster. Ich sah ein

Leuchten, zwei Raketen zogen einen Bogen durch die Luft. Meine Angreifer *waren* offenbar meiner Kutsche gefolgt. Und hatten meine Sachen durchwühlt.

Ich lehnte mich zurück. »Banditen.«

Sie schüttelte den Kopf. »Mein Bruder wird ihnen ein Ende bereiten, das versichere ich Ihnen.«

»Ich glaube, das habe ich bereits.«

»Ethan!«, rief Blodhammer von oben. »Hast du das gesehen? Was zum Teufel war das?«

»Ein Abschiedsgruß an unsere Freunde, Magnus. Bleiben Sie wachsam!«

»Mir ist kalt hier oben!«

»Das tut mir leid!«

Pauline öffnete ihren Mantel, und ich kuschelte mich hinein, um seinen wärmenden Schutz mit ihr zu teilen.

»Wir müssen Sie aus dieser entsetzlichen Kleidung herausholen, Monsieur Gage. Ein Mann von Rang und Namen wie Sie sollte nicht mit einem Gemeinen verwechselt werden.«

»Und ich könnte meine Dame ohne das Hindernis dieses hauchzarten Kleides noch besser wärmen«, schlug ich vor. »Verbrennung ist eine Wissenschaft.«

»Ich liebe die Wissenschaft genauso wie die Geografie.« Sie zog ihr Kleid hoch, um den entzückenden Haarwald zwischen ihren Schenkeln zu zeigen, der hübsch in Form eines Cupidoherzens gekämmt war.

Und irgendwo zweigten wir nach Le Havre ab, obwohl ich schwöre, dass ich vor lauter Stöhnen keinerlei Bemerkung darüber mitbekam.

9

Die Überquerung des Atlantiks im Herbst ist wie eine langatmige Oper ohne private Loge oder eine weibliche Begleitung, mit der man schmusen kann. Man hält es aus, aber es ist ermüdend, eng und laut, und es gibt nicht genug zu tun. An den ersten drei Tagen war ich seekrank, dann nur noch durchnässt, durchgefroren und gelangweilt – zehn Wochen lang, die Zeit, die wir brauchten, um von einem Sturm in den nächsten zu schlingern, bevor wir New York erreichten. Grünes Wasser polierte die Decks, die Planken verbogen sich und ächzten, und Lecks speisten einen Nebenfluss auf der Folterbank, die sich meine Koje nannte. Als ich eines Morgens meinen Kopf an Deck streckte und sah, dass die Mastspitzen in Schneeschauern verschwanden und Eis an den Webeleinen hing, suchte ich so verzweifelt nach Ablenkung, dass ich dem Koch freiwillig half, Schimmel vom letzten Rest des Gemüses zu entfernen.

»Haben Sie einen Blick auf das Meer geworfen, Monsieur Gage?«

»Ja. Es sieht genauso aus wie gestern.«

»*Oui*. Deshalb bin ich damit zufrieden, hier an meinem Ziegelofen zu bleiben.«

Blodhammer war in seinem Element. Er umrundete das Deck, sein Bart flatterte wie ein Segel, sein Blick leuchtete wie der eines Wikinger-Berserkers, der kurz davor ist, ein paar zivilisierte Schädel einzuschlagen. Seinen Schlapphut hatte er bei dem Wetter tief ins Gesicht gezogen, und sein Mantel umhüllte ihn wie eine indianische Decke. Er brannte ebenso darauf wie ich, endlich nach Amerika zu kommen, doch er sah Schönheit in den großen, sich auftürmenden Wogen. Eine Ansicht, die ich nicht zu teilen vermochte, obwohl es durchaus ein paar Tage gab – Sonnenlicht schimmerte durch die Wellenkämme wie smaragdgrünes Feuer, große Regenbögen erstreckten sich über dem schwarzen Horizont –, an denen ich dem Ozean einen eigenartigen Charme zugestand, wie der Wüste. Zuweilen schwebten riesige Seevögel über uns im Wind, ohne einen Flügel zu bewegen. Einmal schrie ein Matrose auf, und wir sahen den großen grauen Rücken eines Leviathans an unserem Rumpf vorübergleiten. Sein Atemdunst roch nach Fisch und Meerestiefe.

»Meine Ahnen glaubten, dass die Welt von einem endlosen Ozean umgeben ist, in dem eine Schlange lebt, die so groß ist, dass sie alles wie einen Ring umschließt und ihr Kopf bis an den Schwanz reicht«, sagte Magnus. »Wenn sie sich zusammenzöge, könnte sie dafür sorgen, dass das Meer sich zu einer Sintflut erhöbe.«

»Wenn der Ozean endlos sein sollte, wie hätte er dann umschlossen werden können?« Allmählich wurde ich so etwas wie ein Amateurtheologe in Anbetracht all der Götter und Göttinnen, die durch mein Leben trampelten, und mir machte es Spaß, an den logischen Widersprüchen zu kratzen.

»Die Welt wurde aus den Knochen und Zähnen eines Eisriesen erschaffen, und die Seen aus seinem Blut.«

So ging es dahin. In den langen, dunklen Stunden, in denen wir unter Deck eingesperrt waren, redete Magnus, und durch dieses merkwürdige Gerede bekam ich das Gefühl, die Verbindung zu unserem modernen Jahrhundert verloren zu haben. Er stopfte die Stunden voll mit Namen wie Thor, Asgard, Loki, Boverk, Jarl, Sneg, Feima und Snor. Ich konnte mit den meisten nichts anfangen, aber ich habe eine Schwäche für Geschichten über die legendenträchtige Vergangenheit, und er erzählte gut, mit tiefer, polternder Stimme und einem Rhythmus, der zum Stampfen und Schlingern des Schiffes passte. Die Vergangenheit sieht immer einfacher aus als die komplizierte Gegenwart, und Magnus gehörte zu diesen verträumten Männern, die dort halb gestrandet waren, ein Troll mit dem Herzen eines Jungen. Sein blaues Zyklopenauge fing dabei Feuer, er beugte sich eindringlich vor, und seine Hände führten einen wahren Schwertertanz auf.

Unser Kapitän hatte es sich angewöhnt, unseren großen Schiffskameraden Odin zu nennen, und als ich ihn schließlich nach dem Grund fragte, schaute mich der Offizier überrascht an.

»Wegen seiner Erscheinung natürlich. Sie kennen doch bestimmt den König der Götter.«

»König der Götter?«

»Odin, der Einäugige, das Gegenstück der Nordländer zu Zeus. Er wandelte auf Erden, verkleidet mit seinem breiten Hut und flatternden Cape, um sein Wissen zu erweitern, das Einzige, wonach er einen unstillbaren Durst hatte. Waren Sie sich der Ähnlichkeit nicht bewusst?«

»Ich dachte nur, er hätte keinen Geschmack für schicke Kleidung.«

»Ihr Freund ist sehr eigenartig, Monsieur. Aber eigenartig auf bedeutsame Weise.«

Also lauschte ich meinem Ebenbild Odins, wenn es seine Mythen erzählte. Die Waldmenschen des Nordens hatten forsche, muntere Gottheiten, so scheint es, die mit toten Helden in einer großen Halle, Walhall genannt, zechten, wenn sie nicht gerade unter den Sterblichen da unten Schaden anrichteten. Jeden Tag hatten die Wikinger ihren Spaß daran, sich gegenseitig zu Brei zu schlagen, und pünktlich zum Abendessen waren sie für ein neues Zechgelage alle wieder zum Leben erweckt. Magnus ließ eine Zeit lebendig werden von Himmelsgöttern und Regenbogenbrücken, vom großen nordischen Baum Yggdrasil, der die neun Welten beherbergte, mit einem Adler im Wipfel und dem Drachen Nidhogg, der unten nagte. Das erinnerte mich an die Schlange Apophis in der ägyptischen Mythologie. Eine Wurzel dieses Baumes war in der Nähe eines Ortes namens Hel verankert, über den eine grässliche Göttin selbigen Namens herrschte, die Odin dorthin verbannt hatte. Ihre Totenhalle Eljudnir lag jenseits eines blanken Felsens, der übersetzt etwa »Fall in die Zerstörung« hieß. Sie war Herrin über Leichen, die keine Helden auf dem Schlachtfeld geworden waren. Sie hatte einen Teller namens Hunger und ein Messer namens Knappheit.

Auf halber Höhe an Yggdrasils Baumstamm befand sich Midgard, unsere menschliche Welt, in welche die Götter zuweilen hinabstiegen, um Unheil und Artefakte zu hinterlassen. Oben in der Nähe der Baumkrone war Asgard, eine Art nordischer Himmel.

»Hel?«, fragte ich. »So etwas wie die Hölle im Christentum? Die Wikinger haben an die Bibel geglaubt?«

»Nein, die Christen glauben an die alten Mythen. Der neue Glaube borgt sich viele Ideen vom alten. Wusstest du, dass der einäugige Odin, der sein halbes Augenlicht dafür hergab, aus dem Brunnen der Weisheit zu trinken, sich selbst an Yggdrasil aufhängen ließ wie Christus am Kreuz, um noch mehr zu lernen? Er schrie vor Qualen auf und bekam einen Speer in die Seite gestoßen.«

»Sein halbes Augenlicht? Willst du damit sagen, er trug eine Augenklappe wie du?«

»Oder auch nur eine leere Augenhöhle.« Er hob seine Augenklappe, und ich erhaschte einen kurzen Blick auf seine scheußliche Narbe. Dann grinste er. Es war ein Krater, in den ich meinen Daumen hätte stecken können.

»Und was ist mit *deinem* Auge passiert?«

»Auch ich habe es gegen Wissen eingetauscht. Ich habe es verloren, als ich in den geheimen Archiven von Kopenhagen erwischt wurde, wo ich Nachforschungen über die Geschichte meiner Nation und die Überlieferungen der Tempelritter anstellte. Eine Schwertspitze durchstach meine Deckung, und ich musste mir den Weg nach draußen mit blutverschmiertem Gesicht erkämpfen. Zum Glück konnte ich aufgrund des Schmerzes klar denken, sprang in den schlammigen Hafen, tauchte tief ab und entkam ihren Schüssen. Du hättest es natürlich genauso gemacht, aber vielleicht mit größerem Geschick im Umgang mit Waffen, um nicht verwundet zu werden. Du hast anscheinend nicht viele Narben.«

Weil ich mich dem ersten gestrengen Bibliothekar ergeben hätte, doch so ehrlich musste man ja nicht sein. Ich wechselte lieber das Thema. »Zu behaupten, die Christen hätten einige ihrer besten Ideen von den Heiden, ist derselbe blasphemische Anspruch, den eine Frau namens Astiza hinsichtlich der Ägypter erhob. Dem Unsinn zu widersprechen ist dasselbe, als wollte man einen Flächenbrand löschen. Du kannst doch nicht glauben, die Hölle sei eine norwegische Idee, Magnus. Besonders da sie angeblich heiß sein soll.«

»Manche Höllen sind kalt, wie unser Nilfheim. Nein, es ist eine universelle Idee – wie so viele Geschichten in der Bibel –, die zu allen Zeiten und in allen Kulturen anklingt. Deshalb kommen uns die biblischen Geschichten wahr vor. Die Bibel hat die Sintflut, und die Nordmänner haben Ginunngagap, das periodische Ansteigen des Meeres, das die Welt verschluckt. Die Bibel hat die Apokalypse, und die Nordmänner haben Ragnarök, den letzten Krieg zwischen Göttern und Riesen. Neuere Religionen geben das Alte weiter. Die tiefen Ursprünge religiösen Glaubens zu erkennen ist keine Häresie, Ethan. Wenn wir die Wurzeln verstehen, fangen wir an, die Wahrheit zu begreifen.«

»Woher weißt du das alles? Bist du eine Art Druidenpriester?«

»Ich bin Patriot und Utopist, und als solcher ein Stellvertreter der Vergangenheit, weil wir dort, weit in der Vergangenheit, den Schlüssel für eine strahlende Zukunft verloren haben.«

»Aber jetzt gibt es die Wissenschaft. Vor fünfzehn Jahren hat der französische Astronom Comte de Corli die These aufgestellt, dass Fragmente eines vorbeifliegenden Planeten auf die Erde trafen, und damit einige der in der Bibel erwähnten Katastrophen und Wunder erklärt.«

»Ist das wahrscheinlicher als Yggdrasil und Asgard? Deine Wissenschaft ist nur der Mythos unserer Zeit, der uns einen Beginn liefert. Ja, wir haben ebenso viel vergessen, wie wir gelernt haben, fast als hätten wir einen Schlag auf den Kopf bekommen, der das lebenswichtige Gedächtnis gelöscht hat. Dann begannen die Tempelritter die Wahrheit wiederzuentdecken. Auf diesem Weg bin ich, und du bist aufgetaucht, um mir zu helfen.«

»Aufgetaucht oder von dir und deinen verrückten Dänen gezwungen worden?«

»Dass wir hier auf diesem schwankenden Schiff sind, war vorherbestimmt.«

»Von wem?«

»Das ist das Rätsel, nicht wahr?«

Alles Quatsch, natürlich, aber vermutlich war es ganz in Ordnung so, die Reise verlieh ihm die Zeit zu quasseln und mir, mich auszuruhen. Als wir uns schließlich auf der Küstenstraße in Frankreich von Pauline trennten, war ich ausgewrungen wie ein Geschirrtuch, hatte einen Krampf in einem Bein und wurde gründlich verunsichert durch den Besuch einer Schwadron französischer Dragoner, die ausgeschickt waren, mich zu suchen, nachdem meine Kutsche überfallen worden war. Sie holten uns ein, als wir gerade ein paar Meilen auf unserem Umweg Richtung Bretagne zurückgelegt hatten. Ich zog mir gerade hastig die Stiefel an in der Hoffnung, General Leclercs Rache zu entkommen, da wurde ich von einem Lieutenant zur Kutschentür herein gegrüßt, als trüge ich Epauletten. Er überreichte mir einen Umschlag. »Kompliment vom Ersten Konsul, Sir. Sie sind entschlüpft, bevor Befehle ergehen konnten.« Sorgsam vermied er, Pauline anzuschauen.

»Befehle?« Hieß das, zurück ins Temple-Gefängnis als unbelehrbarer Wüstling, der es mit der Schwester des Konsuls trieb? Oder nur eine schnell feuernde Schwadron in den Wäldern?

Nein, es war eine Direktive in Napoleons flinker Handschrift, die mir befahl, an der Küste auf letzte Anweisungen zu warten, bevor ich nach Amerika aufbrach.

»Sie sind nicht hier, um mich festzunehmen?« Das klang belastend, doch ich bin solches Glück nicht gewohnt.

»Unser Befehl lautet, Sie zu einer öffentlichen Kutsche zu bringen und Pauline Bonaparte nach Paris zurückzueskortieren«, sagte der Mann, sein Gesicht eine Maske der Vorsicht. »Wir sollen sicherstellen, dass alle auf ihrem richtigen Weg sind.«

»Ihre Besorgnis ist so galant, Lieutenant«, säuselte Pauline, die wenigstens den Anstand besaß, rot zu werden.

»Sorgen macht sich Ihr Bruder.«

Wieder einmal demonstrierte Napoleon, dass er die Situation beherrschte. Ich sollte schnellstens nach Amerika geschickt werden, und Pauline war nach Hause zu holen. Offen gestanden war es tatsächlich Zeit, Abstand von dem Mädchen zu gewinnen. Außerdem kam mir meine Darbietung, nachdem ich ausgelaugt war, nicht unbedingt moralisch vor. Eine Bonaparte zu erobern war als Rache für die grobe Behandlung, die mir widerfahren war, nicht ganz so befriedigend, wie ich es mir vorgestellt hatte. Wieder einmal fragte ich mich, ob ich irgendetwas aus meinen stürmischen Abenteuern gelernt hatte oder ob ich nicht eigentlich unempfänglich war für gesunden Menschenverstand und Charakterstärke. »Der ist ein Herrscher, der seine Leidenschaften beherrscht, und der ein Diener, der ihnen dient«, hatte der alte Ben doziert. Bonaparte dachte zu viel an die Zukunft, ich an den Augenblick und Blodhammer an die Vergangenheit.

Magnus und ich, erschöpft und vorläufig begnadigt, stiegen aus der Kutsche und salutierten den Dragonern flüchtig. Mein neuer Begleiter war beschwipst, denn er hatte sich mit einer Flasche Aquavit aufgewärmt, die er so raffiniert aus Mortefontaine herausgeschmuggelt hatte, wie ich es ihm nicht zugetraut hätte. Wir winkten Pauline nach, die sich auf den Weg nach Paris machte, erwischten im ersten Morgenlicht eine öffentliche Kutsche und kamen schließlich wie zwei Landstreicher an die Küste. Mit meiner Büchse und dem Tomahawk und Magnus' Kartenfutteral als einzigem Gepäck waren wir so unauffällig wie ein Zigeunerzirkus – doch Seehäfen ziehen eigenartige Menschen an, weshalb uns niemand allzu sehr ausfragte, wenn wir nur genügend Francs hinblätterten. Der bretonische Rebell Georges Cadoudal sollte angeblich von England nach Frankreich zurückgekommen sein, um eine Verschwörung gegen Napoleon anzuzetteln, und wir hätten alles zwischen Sympathisanten der Bourbonen und Geheimpolizei sein können. Daher ließ man uns in Ruhe.

Wir fanden eine Brigg nach New York, die auf günstiges Wetter und eine Lücke in der britischen Blockade wartete. Die schlechte Jahreszeit war der ideale Zeitpunkt, um sich davonzustehlen.

In Le Havre wurde ich in meinem Entschluss, eine Frankreichpause einzulegen, noch bestärkt, als ich weitere Anweisungen vom französischen Außenminister Talleyrand höchstpersönlich erhielt sowie einhundert amerikanische Silberdollar, geprägt in Mexiko. Er teilte mir mit, die amerikanischen Abgesandten würden an meine Regierung schreiben und sie auf meine Ankunft hinweisen. Er fügte hinzu, Frankreich selbst habe besonderes Interesse an meiner Mission. Talleyrand schrieb:

Äußerst vertraulich und unter höchster Geheimhaltung muss ich Sie darüber in Kenntnis setzen, dass mit Spanien ein Abkommen geschlossen wurde, Frankreich seinen rechtmäßigen Besitz Louisiana zurückzugeben, ein Gebiet, das vier Mal so groß ist wie meine Nation und, wie Sie wissen, im Siebenjährigen Krieg verloren ging. Diese Übereinkunft wird wahrscheinlich Anfang nächsten Jahres bekanntgegeben. Die Regierung Frankreichs interessiert sich sehr für die Verhältnisse in Louisiana und geht davon aus, dass Ihre Nachforschungen mit dem Norweger Magnus Blodhammer Sie in dieses Gebiet führen werden. Außerdem lassen es Gerüchte amouröser Natur ratsam erscheinen, dass Sie sich eine Weile von Paris fernhalten und dem Gemahl und den Brüdern von Pauline Bonaparte nicht unter die Augen kommen.

In Frankreich ein Rendezvous geheim zu halten ist ungefähr so leicht, wie in Boston einen Gewinn im Seehandel zu verheimlichen, und mein Verschwinden mit Pauline wetteiferte als Theaterklatsch zweifellos mit meiner Feuerwerksvorstellung. Da war es schon besser, die Segel zu setzen.

Als Verbündeter des Ersten Konsuls werden Sie, so hoffe ich, in der Lage sein, (1) sicherzustellen, dass die Theorien des Norwegers alle wahr sind, (2) uns und Ihr eigenes Land über britische Pläne an den nordwestlichen Grenzen zu informieren, und (3) die Möglichkeit neuer Bündnisse zwischen den Indianerstämmen dieser Region und Frankreich zu erkunden, um die Herrschaft über beide französische Besitzungen und die Unversehrtheit der Grenze Ihrer Vereinigten Staaten zu sichern. Unsere beiden Nationen werden nach meiner Überzeugung an der Grenzlinie des Mississippi immer in Harmonie leben. Als Gegenleistung füge ich eine Vorauszahlung für die Ausgaben bei sowie Brief und Siegel, die Ihnen die Hilfe aller französischen Repräsentanten gewährt, die Sie auf Ihren Reisen antreffen werden. Machen Sie keinen Fehler: Frankreichs Feind England ist auch der Feind Ihrer jungen Nation. Behandeln Sie alle britischen Repräsentanten mit äußerster Vorsicht und mit Misstrauen und arbeiten Sie auf die Wiederherstellung des natürlichen Bündnisses unserer beiden Republiken hin.

Talleyrand

Louisiana zurück an Frankreich? Aus meiner Lektüre alter amerikanischer Zeitungen erinnerte ich mich dunkel an spanische Drohungen, New Orleans für amerikanische Schiffe auf dem Mississippi zu sperren und damit den einzigen Zugang des Westens zum Meer abzuwürgen. Wenn Napoleon die Spanier irgendwie beschwatzt hatte, New Orleans zurückzugeben, könnten sich die Vereinigten Staaten und Frankreich in einer Handelspartnerschaft finden, und ich hübsch in der Mitte. Damit ließe sich doch bestimmt Geld machen!

Ich musste nur mit allen Seiten Freundschaft wahren.

10

Also stachen wir in See, und wenn das Schiff einmal sein lästiges Auf und Ab eingestellt hätte, wäre es mir vielleicht möglich gewesen, so viel Geistesgegenwart aufzubringen, mein geheimes Wissen in ein Vermögen umzusetzen. Stattdessen musste ich mir die Märchen von Magnus anhören, der anscheinend wie alle Fanatiker ebenso in seiner Fantasiewelt wie in der Wirklichkeit lebte. Er legte die feste Überzeugung an den Tag, die stets eine schwache Beweislage begleitet, denn wenn er zugäbe, dass auch nur *etwas* nicht wahr sein könnte, hätte er sein gesamtes Glaubenskonstrukt unterminiert. Er war unterhaltsam, schließlich aber musste ich sein Seemannsgarn über betrunkene Götter und hinterlistige Elfen unterbrechen.

»Es reicht, Magnus!«, rief ich. »Ich wurde in einem Weinkeller überfallen, von Feuerwerk beinahe eingeäschert, gezwungen, bei einem Wetter, das einen Kontinent versenken könnte, nach Amerika zu fliehen, und bin mit einem Spinner verbündet, der etwas von einer rätselhaften Landkarte faselt. Was geht hier eigentlich vor?«

Er schaute sich um. »Mit welchem Spinner?«

»Mit dir!«

»Ich? Der Mann, der dich in Mortefontaine gerettet hat?«

»Magnus, du hast gesagt, das seien deine Feinde, nicht meine. Ich habe nichts gegen Dänemark. Norwegen würde ich auf einem Globus kaum finden. Mir ist gleichgültig, was die Zahlen auf einem Rouletterad zusammen ergeben, oder Zufälle im Jahre 1776, und ich bin mir nicht ganz sicher, was wir machen sollen, wenn wir in die Vereinigten Staaten kommen.«

»Nicht sicher? Du, der berühmte Freimaurer?«

»Ich bin kein berühmter Freimaurer. Mein verstorbener Freund Talma hat mich zu einem oder zwei Logentreffen mitgenommen.«

»Streitest du die Bedeutung des 13. Oktobers 1309 ab?«

»Welche Bedeutung?«

»Komm, Ethan, sei nicht bescheiden. Wir sind doch wohl einer Meinung, dass die Ereignisse an jenem Schwarzen Freitag, dem Dreizehnten, folgenschwer für die Weltgeschichte waren.«

Jetzt fiel es mir wieder ein. Das war die Nacht, in der Philipp der Schöne, der französische König, Hunderte von Tempelrittern inhaftiert hatte, zwei Jahrhunderte nach der Gründung des Ordens in Jerusalem während der Kreuzzüge. Mein alter Kerkermeister Boniface hatte Geschichten darüber erzählt. Großmeister Jacques de Molay, unbußfertig bis zum Ende, war 1314 auf dem Scheiterhaufen gelandet und hatte ganz richtig geschworen, dass sowohl Philipp als auch der Papst, der ihm den Rücken stärkte, ihm noch innerhalb eines Jahres ins Grab folgen würden. Philipp hatte angeblich versucht, eine ebenso rätselhaft reiche wie störend unabhängige Organisation zu plündern und enttäuschend wenig gefunden, was es zu stehlen gab.

»Die Templer waren vernichtet. Abgedroschene Geschichte.«

»Nicht für wahre Freimaurer, Ethan. Während einige Templer starben oder ihr Gelöbnis widerriefen, flohen andere in Gegenden wie Schottland, Irland, Skandinavien ... und vielleicht nach Amerika.«

»Amerika war damals noch gar nicht entdeckt.«

»Es gibt Legenden der Wikinger über Entdeckungsreisen und Gerüchte von einer solchen Flucht der Templer. Legenden, die mit Geschichten über Thor und Odin verbunden sind. Und dann fanden vor acht Monaten Mönche in einer geheimen Krypta unter dem Boden einer Zisterzienserabtei auf der Insel Gotland eine Landkarte, und die Legende wurde wahr. *Darum* geht es.«

»Die Karte, die du angeblich hast.«

»Der Zisterzienserorden wurde vom heiligen Bernhard von Clairvaux gegründet, wie du dich vielleicht erinnerst, Neffe von André de Montbard, einem Mitbegründer der Templer.«

Jetzt spürte ich ein Kribbeln. Ich hatte das Grabmal Montbards – zumindest das irgendeines christlichen Ritters – in einer unterirdischen Kammer unter einer verlassenen Stadt im Heiligen Land gefunden, zusammen mit dem Buch des Thoth. Trotz all meiner Bemühungen hatte der Schurke Silano das Buch benutzt, um Napoleon Bonaparte an die Macht zu bringen. Jetzt hatte sich Napoleon in den Tuilerien häuslich eingerichtet, und ich war auf einem Schiff nach Amerika. Meine verlorene Liebe Astiza, die in die Sonne Ägyptens zurückgekehrt war, wäre mit Blodhammer einer Meinung gewesen, dass alles vorherbestimmt war. Dafür, dass in dieser Welt nichts dem Zufall überlassen ist, scheint das Leben furchtbar kompliziert.

»Du weißt, wovon ich rede«, fuhr Magnus fort und ließ mich nicht aus den Augen. »Der heilige Bernhard war ein Mystiker, der die Geometrie als etwas Heiliges betrachtete und den Bau der größten gotischen Kathedralen anregte. Seine Klöster wurden zu den wohlhabendsten und mächtigsten in Europa, ihr Aufstieg ging Hand in Hand mit der Zunahme der säkularen Macht der Templer. War es Zufall, dass einige der verfolgten Ritter nach Gotland flohen, wo der Zisterzienserorden besonders stark war? Die Mönche vermischten alten Glauben mit dem neuen und konnten damit erfolgreich nordische Heiden für sich gewinnen – das heißt, sie erkannten vielmehr eine Kontinuität religiöser Vorstellungen durch alle Zeiten hindurch. Es ging nicht so sehr um einen wahren Gott, sondern darum, dass *jeder* Gott auf seine Art eine Manifestation des Einen war. Und nicht nur jeder Gott, sondern auch jede Göttin.«

Verdammt. Heiden tauchen bei mir auf wie Pickel an einem Jugendlichen. Und wenn man sich mit einem oder zweien einlässt, so wie ich, spüren die anderen einen auf.

»Willst du damit sagen, dass der heilige Bernhard und die Zisterzienser keine Christen waren?«

»Ich meine, dass das Christentum größere gedankliche Freiheit gewährt, als viele Sekten zugeben wollen, und Bernhard erkannte, dass Frömmigkeit viele Formen annehmen kann. Natürlich waren sie Christen! Aber sowohl die Ritter als auch die Mönche sahen die vielen Pfade, auf denen die Heiligen gewandelt sind, und die vielen Erscheinungsformen ihrer Macht. Gerüchten zufolge haben die Ritter ein

Geheimnis aus Jerusalem mitgebracht. Deshalb wollte ich dich in Mortefontaine kennenlernen, um zu erfahren, ob es stimmt.«

Das Geheimnis war verschwunden, warum sollte ich es ihm also nicht sagen? »Es *stimmte*. Es war ein Buch.«

Auch über dem Rauschen des Meeres hörte ich, wie er die Luft einsog. »*War* ein Buch?«

»Das Buch ist verbrannt. Für immer verloren, fürchte ich. Ich konnte es sogar kaum lesen.«

»Eine ungeheuerliche Tragödie!«

»Eigentlich nicht. Die Schriftrolle hat nichts als Ärger eingebracht.«

»Aber dann glaubst du mir? Wenn die Templer ein heiliges Buch gefunden und versteckt haben, warum dann nicht eine wichtige Landkarte? Habe ich recht?«

»Vermutlich. Auch das Buch befand sich in einer Krypta.«

»Aha!«

Ich seufzte. »Was hat zur Entdeckung deiner Karte geführt?«

»Schnee und Tauwetter. Der Winter war schlimm, Wasser drang durch die Grundmauern, Risse entstanden im Mauerwerk des Kapellenbodens. Ein kluger junger Mönch erkannte, dass sich ein Hohlraum unter dem vermeintlich soliden Bau befand, und als man den Boden zur Reparatur freilegte, wurden die Grabmale gefunden. Merkwürdigerweise war der Eingang versiegelt worden, damit ihn niemand entdecken konnte. In einem Sarkophag eines Abtes mit der Jahreszahl 1363 war eine Pergamentkarte eingeschlossen.«

»Ich gehe nicht davon aus, dass sie in einem goldenen Zylinder steckte?«

»Gold?«, fragte er überrascht. »Das hätte allerdings unsere Aufmerksamkeit erregt. Nein, eine Lederröhre, ziemlich effektiv mit Wachs versiegelt. Warum fragst du?«

»Mein Buch war in einem Goldzylinder. Ein prächtiges Stück, in das Figuren und Symbole eingraviert waren.«

»Beim Ross des Odin! Hast du den noch? Er könnte für das Verständnis der Vergangenheit von unschätzbarem Wert sein!«

Ich kam mir dumm vor. »Ich habe ihn einem Schmied geschenkt, wahrscheinlich hat er ihn eingeschmolzen. Verstehst du, durch mein Verschulden hat er sein Haus verloren. Da war diese Frau, Miriam ...«

Er stöhnte. »Dein Verstand steckt in deiner Hose!«

»Nein, nein, so war es nicht. Ich wollte sie heiraten, aber sie war verlobt, und ihr Bruder hat mich ausgelacht ...« Auch in meinen Ohren klang das verwirrend. »Jedenfalls ist der Zylinder auch verschwunden.«

Magnus schüttelte den Kopf. »Nicht zu fassen, dass dir der Ruf eines Gelehrten vorausgeht. Bist du Experte für irgendetwas anderes als die weibliche Form?«

»Sei nicht so überheblich! Gefallen *dir* Frauen nicht?«

»Ja, *ich* mag sie, aber *sie* mögen mich nicht. Sieh mich doch an! Ich bin kein Dandy.«

»Du hast einen gewissen, hm, verkümmerten Bärencharme. Du hast einfach noch nicht die Richtige gefunden.«

Im Nu wurde er finster. »Doch, ein Mal.«

»Na bitte, sag ich doch.«

»Und *wenn* sie dich mag, und dann verlierst du sie ... na ja, etwas Schmerzhafteres gibt es wohl kaum, oder?«

Diese Art von Geständnis macht deutlich, dass jemand das Potenzial hat, ein Freund zu sein. »Das tut weh, nicht wahr?« Ja, auch ich war verliebt gewesen, und zwar in viel bessere Frauen als Pauline Bonaparte. »Dir wurde das Herz gebrochen?«

»Nicht so, wie du denkst. Ich habe meine Frau verloren, weil sie krank war.«

»Oh. Das tut mir leid, Magnus.«

»Niemals Freude zu erfahren, nie das Paradies zu sehen ist nicht so schlimm, glaube ich. Aber es zu haben, es zu sehen und *dann* zu verlieren ... Nach Signes Tod habe ich mir das Ziel gesetzt, die Wahrheit über Legenden herauszufinden, die ich zuerst als Junge gehört hatte. Ich habe Bibliotheken und Archive durchsucht, bin zu Minen gesegelt und zu Dolmen gewandert, habe ein Auge verloren und meine Seele geopfert. Während Signe weitergegangen ist, bleibe ich in unserem irdischen Fegefeuer und versuche, wieder hineinzukommen.«

»Wohin?«

»Ins Paradies.«

»Eine andere Frau?«

»Nein!« Er wirkte gekränkt.

»Was denn dann?«

»Nimm einmal an, es würde nicht wehtun?«

»Was soll das heißen?«

»Stell dir vor, es gäbe einen Ort, an dem nichts Schlimmes passiert? Oder an dem es möglich ist, das Schlimme rückgängig zu machen oder zu korrigieren?«

»Was, der Himmel? Walhall? Nicht in der Welt, die ich gesehen habe, Magnus, und glaube mir, ich habe genau hingeschaut.«

»Mal angenommen, es hat eine bessere Welt gegeben, die wir verloren haben? Ein wirklicher Ort in einer echten Zeit, keine Legende.«

»Die Mythen, von denen du sprichst, Mann, sind nicht real. Es sind Geschichten.«

»Geschichten wie die über die Templer, die nach Amerika entkamen, mehr als ein Jahrhundert vor Kolumbus. Geschichten über geheime Bücher und unterirdische Grabmale in verlassenen Städten.«

Das hatte etwas. Der Planet schien mehr unerklärliche Eigentümlichkeiten zu haben, als ich mir je vorgestellt hätte. Schließlich hatte ich unter der Pyramide einen Schatz eingesackt, hatte eine geheime Kammer unter dem Tempelberg gefunden, war durch einen verborgenen Brunnen zum Grab eines Templers geschwommen und hatte mitten in einem heftigen Kampf Hilfe von der Mumie eines längst Verstorbenen bekommen. Wer will schon sagen, was unmöglich ist? »Dann wollen wir uns mal deine Karte ansehen.«

Also zog er sie aus dem Futteral, das er bei sich trug. Mir fiel auf, dass der Kartenbehälter länger war als die Schriftrolle, und ich fragte mich, was wohl in dem verborgenen Ende steckte.

»Es gibt Geschichten über weitere Karten. Der Graf von Orkney, Prinz Henry Saint Clair, soll angeblich Ende des vierzehnten Jahrhunderts mit dreizehn Schiffen nach Westen gesegelt sein, fast hundert Jahre vor Kolumbus, und eine Karte zurückgebracht haben, auf der Neuschottland und vielleicht auch Neuengland verzeichnet sind. Aber die hier ist noch älteren Datums und besser.«

Die Karte befand sich auf einer Art hauchdünnem Pergament, Papier war es nicht. Die Küstenlinie Europas war deutlich zu erkennen sowie offenbar Island und Grönland im oberen Bereich. Eine grobe Windrose war darauf, was auf einen frühestens mittelalterlichen Ursprung hinwies, dazu lateinische Beschriftung. Was jedoch den Blick anzog, war die linke Seite der Karte. Allem Anschein nach zeigte sie die nordöstliche Küste einer unbegrenzten Landmasse mit einer großen, fast kreisrunden Bucht. Von dort führten schnörkelige Linien, ähnlich wie Flüsse, nach Süden in das leere Landesinnere. Mitten im Nichts war ein eigenartiges Symbol eingezeichnet, wie ein gedrungenes, dickes T. Daneben befand sich ein kleiner Gipfel.

»Was ist das hier für ein Berg?«

»Das ist kein Berg, sondern ein Valknot, der Knoten der Erschlagenen.«

Ich schaute genauer hin. Der Berg bestand in Wirklichkeit aus einer Anhäufung sich überlappender Dreiecke, die sich knotenförmig überschnitten, wie Magnus gesagt hatte. Das Gebilde rief eine eigenartige Illusion hervor, die an die Abstraktion eines Bergzugs erinnerte. »So etwas habe ich noch nie gesehen.«

»Man nennt es auch Odins Dreieck«, erklärte Blodhammer. »Es verbindet die Gefallenen auf dem Schlachtfeld mit Walhall, wie eine Kraft, die sie in die Höhe hebt.«

»Und warum ist es auf dieser Karte?«

»Warum wohl?« Jetzt leuchtete sein Auge.

Von dem Symbol führten offenbar Flüsse in alle vier Himmelsrichtungen, als befände sich das Symbol neben einer zentralen Quelle.

»Das Grabmal war seit 1363 nicht mehr geöffnet worden«, sagte Magnus. »Die Krypta selbst war offensichtlich mindestens seit 1400 verschlossen – lange bevor Kolumbus und die anderen Entdecker lossegelten. Und dennoch, wie sieht dieser Biss im Kontinent in deinen Augen aus, mein skeptischer Freund?«

Man konnte es nicht leugnen. »Wie die Hudson Bay. Aber 1300 ...«

»War über zwei Jahrhunderte später, nachdem die Wikinger angeblich ein mysteriöses Vinland im Westen erreicht hatten«, sagte Blodhammer. »Und zweieinhalb Jahrhunderte bevor Henry Hudson die Bucht fand, die seinen Namen trägt, und er von seiner meuternden Mannschaft ermordet wurde.« Er stieß mit dem Finger auf das Stück Pergament. »Nordmänner waren, anderthalb Jahrhunderte bevor Kolumbus auf die Reise ging, mitten in Nordamerika. Was hältst du *davon*, he?«

»Aber was zum Teufel hat das mit den Tempelrittern zu tun?«

»Darüber wird spekuliert. Die Templer wurden mit Beginn des Jahres 1309 politisch vernichtet. Manche flohen nach Gotland. Diese Karte wurde ein halbes Jahrhundert später hergestellt. Wir wissen, dass in den Zwanzigerjahren des vierzehnten Jahrhunderts eine Hungersnot in Europa wütete und dass dann die Schwarze Pest kam, die etwa um 1349 Norwegen erreichte. Die Kirche setzte ihre Verfolgungen fort aus Angst, die Krankheit sei eine Strafe Gottes. Mal angenommen, Nachfahren der Ritter beschlossen, unter dem Schutz der Zisterzienser, die mit Rom nicht konform gingen, Zuflucht in einer neuen Welt zu suchen, die ein paar

Jahrhunderte zuvor erst von tatendurstigen heidnischen Wikingern entdeckt worden war? Sie würden der Verfolgung entgehen, der Hungersnot und der Krankheit. Aus dem Jahre 1354 existiert der Bericht über einen Paul Knutson, der sich aufmachte, die Kolonien von Grönland zu erkunden, um die es still geworden war. Mal angenommen, unsere mittelalterlichen Nordländer segelten noch weiter, in diese riesige Bucht hinein? Und dann ins Landesinnere? Wir wissen, dass Hudsons Mannschaft den Winter über vom Eis eingeschlossen war, was zu der Meuterei im darauffolgenden Frühling führte. Was, wenn Nordmänner, denen der Winter nicht so viel ausmacht, beschlossen, auf den zugefrorenen Flüssen nach Süden vorzudringen, statt auf Tauwetter zu warten? Vielleicht haben sie aber auch auf den Frühling gewartet und sind die Flüsse hinaufgefahren, die du hier siehst, sobald diese vom Eis befreit waren. Die Flüsse auf meiner Karte entsprechen im Wesentlichen denjenigen, auf denen heute die Hudson's Bay Company ins Innere Kanadas vordringt, um auf Pelzjagd zu gehen. Könnten sie bis in die Mitte Nordamerikas vorgedrungen sein? Könnten sie etwas gesehen und mehrere Hundert Jahre vor irgendwelchen Europäern Ansprüche erhoben haben?«

»Aber warum?« Nachdenklich betrachtete ich die Karte. »Selbst wenn diese Templer oder Mönche, oder was immer sie waren, den Entschluss fassten, in die Neue Welt aufzubrechen, warum sollten sie nach Norden an einen Ort wie die Hudson Bay gehen? Warum nicht an die Ostküste der Vereinigten Staaten? Genau da.« Ich zeigte darauf. »Kein Wikinger wird in die Mitte Amerikas paddeln oder marschieren.«

»Wikinger nicht. Mittelalterliche Nordmänner, die Nachfahren der Tempelritter oder die Templer selbst.«

»Dann eben mittelalterliche Nordmänner. Das ergibt trotzdem keinen Sinn. Was erwarteten sie dort zu finden?«

»Nicht zu finden. Zu verstecken.«

»Verstecken? Was denn?«

»Das, weshalb sie vor der Kirche fliehen und was sie vor der Obrigkeit verbergen mussten. Eines der Mysterien, die die Templer in ihrer unermüdlichen Erforschung alter Glaubensrichtungen aufgedeckt hatten. Einen der Grale.«

»Der Gral?« Ich musste schlucken. In Anbetracht meiner überstandenen Abenteuer löste dieses Wort bei mir keine guten Assoziationen aus. Ich hatte es selbst einmal in höchster Not hervorgestoßen, um nicht mehr gefoltert oder von Schlangen gebissen zu werden, aber das war nur Eigennutz gewesen.

»Hier!« Er zeigte auf das rätselhafte T-Symbol neben Odins Dreieck. Es glich einem dicken Templerkreuz, dem allerdings das obere, aufrechte Stück fehlte. Blodhammers Blick war wieder finster. »Mjolnir. Thors Hammer!«

Es versteht sich von selbst, dass jeder normale Gelehrte an diesem Punkt die Hände über dem Kopf zusammengeschlagen hätte und fortgegangen wäre, oder zumindest so weit weg, wie es auf einem schwankenden Schiff möglich ist. Thors Hammer? Ich kannte mich in der nordischen Mythologie kaum aus, aber ich hatte von Thor gehört wie auch von einer Waffe, die er bei sich trug, einem Hammer. Dieser war furchterregend, schleuderte Blitze und kehrte in die Hand des Gottes zurück, wenn er ihn geworfen hatte. Ärgerlich nur, dass das alles eine Legende ist. Thors Hammer?

Wahrscheinlich zusammen mit Neptuns Dreizack, Jasons Schaffell und der Keule des Herkules in einer Abstellkammer aufbewahrt.

Aber ich hatte Mitleid mit Magnus, denn ich hatte mich einmal genau in seiner Lage befunden und meinen Verbündeten in Jerusalem eine ebenso verrückte Geschichte aufgetischt, wobei ich versuchen musste, nicht wie ein Irrer zu klingen. Also blieb ich sitzen und stellte die naheliegende Frage:

»Thors *was?*«

Magnus schaute mich triumphierend an. »Der Hammer der Götter! Den hat es wirklich gegeben!«

»Thor hat tatsächlich existiert? Ein nordischer Gott?«

Er nickte aufgeregt. »Kein Gott, so wie wir ihn verstehen. Nicht der Schöpfer oder der Große Architekt, wie die Freimaurer sagen würden. Vielmehr ein höheres Wesen, ein erster Urahn einer ganzen Ansammlung von Helden, mit denen wir nicht im Traum wetteifern können. Sie waren die Vorfahren unseres Geschlechts in einem goldenen, längst untergegangenen Zeitalter. Thor hat Dinge gelehrt, welche die Menschheit seither vergessen hat. Und einen Teil seiner Macht und seines Denkens hat er in seinen Hammer gelegt!«

»Dir ist klar, dass man dich einsperren sollte.«

»Ich weiß, es klingt fantastisch! Was meinst du, wie wir vom Forn Sior uns vorkamen, als wir erkannten, dass es noch Artefakte des Heldenzeitalters auf Erden geben könnte? Aber die Templer nahmen die Vorstellung ernst, dass Wesen aus der Urzeit einst primitive Menschen unterwiesen haben.«

»Moment mal. Forn Sior?« – »›Alter Brauch‹. So nennen wir uns.« – »*Wer* nennt sich so?« – »Diejenigen unter uns, welche die Vergangenheit wahren, die glauben, dass die alten Geschichten ebenso gültig sind wie die neuen, dass Wahrheit ein Gewebe aus allen möglichen Fäden ist. Wir sind eine geheime Bruderschaft, mein Freund, und suchen nach Menschen wie dir, die uns helfen könnten. Ich war verzweifelt, als Signe starb, stand kurz davor, Selbstmord zu begehen, als sie auftauchten und mich anwarben. Sie schenkten mir Hoffnung.«

»Die Menschheit hat viel gelernt, Ethan«, fuhr Magnus fort. »Wir leben in einem merkwürdigen modernen Zeitalter, dem neunzehnten Jahrhundert! Und wer weiß, welche Wunder noch kommen werden! Aber wir haben ebenso viel vergessen, wie wir gelernt haben. Es gibt Mächte im Wald, Geister in den Steinen und magische Geheimnisse, die seit dreitausend Jahren in Vergessenheit geraten sind. Doch die Templer begannen sie neu zu lernen! Sie fingen in Jerusalem an und haben auf der ganzen Welt nachgeforscht!«

»Geheimnisse wie mein Buch?«

»Ja, wie dein Buch. Wer hat es eigentlich geschrieben? Oder sollte ich sagen, was?«

»Ein ägyptisches Wesen namens Thoth. In einigen Darstellungen sah er aus wie ein Vogel. In anderen wie ein Pavian.«

»Oder ein Baum, ein Einhorn, ein Drache oder ein Engel. Begreifst du denn nicht, Ethan? Das ist alles ein und dasselbe, diese mysteriösen Vorfahren, unser Ursprung, und sie haben Hinweise auf ihre Geschichte hinterlassen, die wir wiederentdecken sollen.«

»Ein Franzose namens Jomard hat mir erzählt, die Große Pyramide verkörpere fundamentale Wahrheiten, und alles danach sei ein langes Vergessen gewesen.«

»Ja! Genau! Wie dein Buch des Thoth oder Mjolnir, Thors Hammer. Achthundert Jahre nach unserem Bekenntnis zum Christentum schmückte das Symbol noch so manche Kette, denn es wird in meinem Land als Glücksbringer betrachtet.«

»Lass mich mal rekapitulieren. Du glaubst, es hat tatsächlich einen Thor gegeben. Mit einem magischen Hammer. Den die Tempelritter fanden. Und der Jahrhunderte vor Kolumbus nach Amerika gebracht wurde?«

Er nickte selig.

»Ist das nicht aufregend?«

Wahrscheinlich zieht meine tolerante und unbeschwerte Art solche Theoretiker an. Ich fasste auf der Stelle den Entschluss, ernst und griesgrämig zu werden, doch das widerstrebt meinem Charakter. Im Übrigen glaubte ich ihm halbwegs.

»Also hat es mehr als einen Thoth gegeben?«

»Wahrscheinlich. Oder er ist weit gereist, flog durch die Lüfte an verschiedene Stellen der Erde und hat bei jedem Urvolk eine andere Legende hinterlassen. Er hat uns Geschenke gemacht, damit wir unsere jeweilige Zivilisation in Gang brachten, und wir haben sie dumpf als Mythos in Erinnerung.«

»Aber wo war dieser Hammer, nachdem Thor verschwunden war?«

»Ah. Das wissen wir nicht. Es gibt Legenden von Männern in weißen Gewändern mit roten Kreuzen, die hoch oben im Norden, wo im Sommer die Sonne nie untergeht und im Winter nie aufgeht, in Minen hinabstiegen. Wie immer sie es gemacht haben, wir vom Forn Sior glauben, die Templer fanden den Hammer und lagerten ihn mit den anderen erstaunlichen Artefakten ein, die sie zusammentrugen, während sie das alles dazu verwendeten, um ihre Macht zu vergrößern.«

»Das war es, was der König von Frankreich und sein Verbündeter, der Papst, an sich zu reißen hofften!«, fuhr er fort. »Aber die Templer haben ihren Schatz versteckt, ihn auf ferne Inseln wie Gotland geschmuggelt, und als die Kirche ihnen schließlich dorthin folgte – womöglich weil sie von zweifelnden Zisterziensermönchen verraten wurden –, flohen sie weiter. Nach Amerika!«

»Nehmen wir mal kurz an, dass es ihnen gelang. Warum drangen sie dann aber auch noch so weit ins Landesinnere vor?«

»Natürlich um den Hammer am entferntesten Ort zu verstecken, den sie finden konnten. An einem verlassenen Ort. Einem mystischen Ort. Einem *zentralen* Ort. Vielleicht wollten sie dort ihre eigene Kolonie errichten und eine Utopie auf der Grundlage des Gedankenguts der Templer und der Zisterzienser erschaffen an dem einzigen Ort, an dem sie niemand finden und drangsalieren konnte.«

»Bis auf die Indianer.«

»Nun ja. Wir müssen davon ausgehen, dass ihre Bemühungen fehlschlugen, da niemand je von einer solchen Kolonie gehört hat. Und Indianerüberfälle könnten tatsächlich die Ursache gewesen sein.«

»*Du* willst also da hin? Ich meine, hier hin?« Ich zeigte auf das Hammersymbol auf der Karte.

»Ja, um nach dem Hammer zu suchen. Ist dir die symbolische Macht bewusst, die er haben würde, auch wenn er in Wirklichkeit keine Blitze schleudert? Damit würde nordische Kultur und nordischer Stolz wiedererweckt. Er wäre unsere Flagge, unser Freiheitsbaum. Er wäre das Symbol für eine Revolution gegen die Dänen, und Forn Sior würde den Weg zu einer neuen Gesellschaft weisen!«

»Weshalb die Dänen versuchen, uns umzubringen?«

»Ja.« Er nickte aufmunternd. »Wenn wir Erfolg haben, reißen wir ihr kleines Imperium in Fetzen! Es ist schmeichelhaft, dass sie hinter uns her sind.«

»Du sagst dauernd ›wir‹, Magnus. Aber ich habe mich dafür nicht anwerben lassen. Bestimmt nicht, um nach einem mystischen Hammer mitten im Indianerland zu suchen, tausend Meilen von jeglicher Zivilisation entfernt, in der Hoffnung, eine vereiste Provinz in Europa zu befreien, in der ich noch nie war!«

Angesichts der Absurdität des Ganzen wurde meine Stimme immer lauter.

Doch sein Lächeln war unerschütterlich.

»Natürlich wirst du helfen. Der Hammer wird der größte Schatz auf Erden sein, und wenn jemand seine elektrischen und Blitze erzeugenden Mächte versteht, dann du, Ethan Gage, Erbe Franklins, Elektrizitätspionier des Jahrhunderts.«

»Nein. Nein, nein, nein.«

»Er wird dich reich machen. Und berühmt. Und er wird dich in deinem eigenen Land zum Helden machen.«

»Warum sollte er mich in *meinem* Land zum Helden machen?«

»Weil niemand den Hammerfund mehr braucht als deine eigenen Staatslenker, Ethan Gage. Keiner ist abhängiger von dir als sie.«

»Was sollten die politischen Führer der Vereinigten Staaten von Thors Hammer wissen? Das ist doch absurd.«

»Nicht absurd. Erwartet.«

»Wie das?«

»Ethan. Weißt du denn nicht, dass deine Nation von den Nachfahren der Tempelritter gegründet, erschaffen und geführt wurde?«

11

Die Insel Manhattan, auf der die Briten sämtliche Bäume gefällt hatten, weil sie dringend Feuerholz brauchten, als sie eine Generation zuvor während des amerikanischen Unabhängigkeitskrieges dort eingeschlossen waren, war im Winter eine matschige, triste Gegend voller Gestrüpp und nachwachsender Baumbestände, überweideter Milchfarmen, brachliegender Gemüsegärten und bleierner Teiche. Am Südzipfel jedoch lag die nach Philadelphia zweitgrößte Stadt meiner Nation, ein kommerzielles Gomorrha mit weniger Manieren und mehr Ehrgeiz als ihre Rivalin. Die Zahl der Kaufleute hatte sich in den vergangenen zehn Jahren vervierfacht, und die sechzigtausend Einwohner lebten gedrängt in einem Gewirr aus engen Straßen, eingezwängten Kirchen und praktischen Kontoren, deren Architekten ein besseres Auge für Kosten als für Kunst hatten. In gepflasterte Straßen hatten Wagenräder Furchen aus Matsch und Kot geprägt, während ärmere Lehmstraßen von zweistöckigen Stadthäusern gesäumt waren, die mit Schustern, Stellmachern, Glasbläsern, Schlachtern, Fischhändlern, Krämern, Kupferschmieden, Zimmerleuten, Tuchhändlern, Sattlern, Bäckern, Gemüsehändlern, Pelzhändlern, Buchmachern, Brauern, Waffenschmieden,

Juwelieren, Webern, Uhrenmachern, Teehäusern und Tavernen vollgestopft waren. New York stank wie alle Städte: nach Dung, Holzrauch, menschlichem Unrat, Sägemehl, Bier und dem Geruch von Gerbereien und Schlachthäusern, die sich um einen verschmutzten Teich drängten, den Collect.

Die Stadt gehörte Neuankömmlingen und Strebern – nicht nur Holländer und Engländer, sondern auch Neuengländer ritten auf der kommerziellen Woge, französische Emigranten, die der Revolution in der Heimat entkommen waren, dicke und fleißige Deutsche und Schweden, Juden und jüdische Unternehmer, spanische Granden, Neger, freie und Sklaven, und gelegentlich ein Indianerhäuptling, ein Chinese oder ein Kanake aus Hawaii, der auf den überfüllten Märkten gaffte und begafft wurde. Etwa fünftausend Flüchtlinge aus den Sklavenrevolten auf Haiti waren vor Kurzem an Land gegangen, darunter auch »Mestizendamen mit einem Teint wie heller Marmor, aber schwarzem Haar und den Augen einer Gazelle«, wie es in einer Zeitschrift hieß. Tatsächlich gab es Frauen aller Couleur – Aristokratinnen, vollbusige Ehefrauen, schlanke Jungfern, dunkelhäutige Dienstbotinnen, gepuderte Huren, spät aufstehende Schauspielerinnen und junge Holländerinnen, die Veranden schrubbten, wobei ihre kraftvollen Hinterteile derart reizvoll hin- und herschaukelten, dass ich glücklich war, wieder zu Hause zu sein.

Magnus war eine unmodische Erscheinung, mit sprießendem Backenbart, einer rotbraunen Mähne, einer schwarzen Augenklappe und großen Pranken. Auch mir ging ein gewisser Ruf voraus infolge von Berichten, ich sei mit dem vor

Kurzem aufgestiegenen Bonaparte verbunden. Mein Ziel war die neue Hauptstadt Washington, doch ein Hagel von Einladungen überzeugte mich, eine Pause einzulegen und mich auszuruhen.

Da es Winter war, beschränkte sich die merkantile Hektik von New York auf den innerhäuslichen Bereich. Geschäftsleute erörterten ehrgeizige Pläne neben wärmenden Feuern, während der Wind den Hudson herab pfiff und New Yorks Abfall festfrieren ließ, bis man ihn im Frühling auf die Müllkippen karren konnte. Eisschollen jagten am Dorf Brooklyn vorbei, und nackte Rahnocken ragten auf wie Schneekreuze.

In der Stadt wurde vor allem über Politik gesprochen. Nach einem erbitterten Wahlkampf zwischen Adams' Föderalisten und den republikanischen Emporkömmlingen hatten die beiden Kandidaten der Republikaner, Thomas Jefferson und Aaron Burr, die gleiche Stimmenzahl erzielt, so hieß es zumindest in Gerüchten. Die geheimen Stimmzettel, die am 3. Dezember abgegeben wurden, würden offiziell erst am 11. Februar des neuen Jahres ausgezählt, doch die Ergebnisse waren ungefähr so geheim wie Admiral Nelsons Liebelei mit Lady Hamilton eine halbe Weltreise entfernt. Die Präsidentschaft würde im Repräsentantenhaus entschieden, wie die Gestalter der Verfassung es vorgesehen hatten, und jeder hatte eine Meinung, wie die Abstimmung ausfallen würde. Während man Jefferson allgemein als intellektuellen Vorsitzenden seiner Partei betrachtete, wurde spekuliert, dass die unterlegenen Föderalisten im Kongress dem Weisen von Monticello das Amt verweigern und es stattdessen dem verbissen ehrgeizigen und rücksichtslos hochtrabenden Burr geben könnten, einem New Yorker, der sein Versprechen zurückgenommen hatte, sich mit dem zweiten Platz zufriedenzugeben. Das Gerangel war, da waren sich alle einig, unanständig, skrupellos, unverhohlen und unwiderstehlich.

»Der Titan Washington ist fort, und Geringere balgen sich um die Macht!«, verkündete ein Wirt in der Fraunces Tavern. »Das Zeitalter der Helden ist vorbei, die Gegenwart ist korrupt, und die Zukunft verspricht eine Katastrophe zu werden!«

»Dann ist ja alles wie immer«, prostete ich ihm zu. »Auf die Demokratie!«

Jeder Kandidat war angeschwärzt worden. Jefferson wurde beschuldigt, sich während der Revolution der Militärpflicht entzogen zu haben und Jakobiner und Atheist zu sein. Der amtierende John Adams wurde als unfähig, machtbesessen und geheimer Verbündeter der perfiden Briten dargestellt. Burr war ein Abklatsch von Napoleon. Kurz und gut, es war nicht anders als der Hickhack, den man in den Salons von Paris zu hören bekam, und ich nahm alles mit einer gewissen Vorsicht auf angesichts der Lügen, die man selbst über ernsthafte und nette Burschen wie mich verbreitet hatte. Geschichten über einen Komplott der Föderalisten, die Jefferson angeblich ermorden, die Sklaven bewaffnen oder die Waffenarsenale plündern wollten, waren in Umlauf. Manche befürchteten einen Bürgerkrieg! Doch kein einziger Amerikaner kam auf den Gedanken, der würdelose Tumult bedürfe eines Königs. Meine Zechkumpane waren so stolz auf das Chaos der Demokratie wie Möwen, die es mit Sturmwinden aufnehmen.

»Unsere Kongressabgeordneten werden unsere Meinung vertreten, bei Gott!«, verkündeten die Kneipenhocker. »Sie sind Gauner, allesamt, aber sie sind *unsere* Gauner.«

»Als Experte für Gaunerei kann ich nur sagen, dass Amerika über dem Durchschnitt liegt«, pflichtete ich bei.

Ich stellte fest, dass ich eine kleine republikanische Berühmtheit war. Jefferson mochte die Franzosen, und meine friedensstiftenden Aktivitäten in Paris hatten mich zum »Helden von Mortefontaine« gemacht. Der Seekrieg mit Frankreich hatte die Versicherungsbeiträge für Schiffe in die Höhe getrieben – vierzig Prozent vom Wert des Schiffes und der Ladung –, und das Gerücht eines dauerhaften Friedens war mit einer Feier begrüßt worden. Irgendwie war mir die Geschichte meiner Feuerwerksflucht über den Atlantik vorausgeeilt, und man bejubelte mich entsprechend, da ich die »Fackel der Freiheit« hochgehalten hatte. Jemand meinte sogar, es wäre ein gutes Modell für eine Statue, obwohl natürlich nie etwas aus dieser Idee wurde.

Ich war entschlossen, meinen Moment der Berühmtheit zu genießen, da sich ein Ruf schnell genug wendet. Eine Berühmtheit zu sein bringt einem jedoch nicht viel mehr als ein Abendessen ein, häufig in langweiliger Gesellschaft, die von dem Helden erwartet, unterhalten zu werden. Ich stellte fest, dass mein Vorrat an Silberdollars schwand, und musste mich wieder an die Spieltische begeben, um das Leck zu stopfen.

Mein bescheidener Ruhm gab mir allerdings die Chance, mit amerikanischen Kaufmannstöchtern anzubändeln, die neugierig waren, wie Diplomatie im sagenumwobenen Frankreich ausgeübt wurde. Lektionen, die ich ihnen nur allzu gern im Bett erteilte. Ich brachte ihnen bei, im vollen Galopp »Mon dieu!« zu schreien, wobei das hypnotisierende Auf und Ab ihrer Brüste ein beredtes Zeugnis darüber ablegte, wie gesund die Ernährung mit Fleisch und Sahne in der Neuen Welt war. Französische Mädchen sind zwar hübscher, tendieren aber zur Magerkeit.

Magnus war nicht geneigt, sich mir anzuschließen. »Ich habe dir doch gesagt, ich war einmal verliebt und habe die Frau verloren. Ich will die Erinnerung an sie nicht entehren oder noch einmal den Schmerz einer verlorenen Liebe erleiden.« Der Mann war ein Mönch und genauso langweilig.

»Das ist doch keine Liebe, das ist Training.«

»Die Erinnerung an Signe reicht mir.«

»Du wirst noch austrocknen!«

»*Du* trainierst mit allen Risiken, die damit verbunden sind, und ich erforsche die Kartenläden.« Magnus, der es nicht erwarten konnte, trotz der unfreundlichen Jahreszeit aufzubrechen, schlich in seinem Mantel und dem breiten Schlapphut durch New York und suchte nach Symbolen der Freimaurerei, Relikten der Wikinger und Indianerlegenden. Die Menge an Unsinn, die man ihm bot, stand im direkten Verhältnis zu der Menge an Bier, die er bereit war, den Befragten auszugeben.

Ich ließ ihn machen und durchstöberte stattdessen den heiligen Boden, den die Huren angrenzend an Saint Paul's Chapel in Besitz genommen hatten. Aber wenn ich drei Stunden nach Mitternacht zurückkam, erwischte ich Magnus für gewöhnlich beim Lesen der Wälzer, die er in den vierzehn Buchhandlungen in der Maiden Lane und Pearl Street aufgeklaubt hatte. Dabei bewegte er die Lippen zur fremden englischen Sprache wie ein Bulle, der Thukydides übt. Er häufte Stapel spekulativer Literatur über die biblischen Ursprünge von Indianern und freimaurerische Verschwörungen an sowie eigenartige Pamphlete, darunter eines über William Cobbetts Behauptung, das neue Jahrhundert habe 1800 begonnen, nicht 1801, eine Theorie, die erhebliche Streitereien in der Nähe der Battery ausgelöst hatte.

»Ich bewundere deine Treue, wirklich«, sagte ich ihm. »Ich habe mir vorgenommen, dir irgendwann nachzueifern. Aber das Leben hat mehr zu bieten als eine Mission, Magnus.«

»Und mehr als den Augenblick.« Er legte ein Buch über die Stämme Israels beiseite. »Ethan, ich weiß, dir geht ein Ruf als Gefolgsmann Franklins und als Gelehrter voraus, doch ich muss sagen, du hast mir noch nicht gezeigt, warum. Du bist skeptisch gewesen, unpünktlich, zaudernd und oberflächlich, seit ich dich kennengelernt habe, und ich verstehe nicht so ganz, warum du überhaupt berühmt bist. Du nimmst unsere Nachforschungen nicht ganz ernst.«

Ich zeigte zum Himmel. »Für uns Elektrizitätspioniere gibt es im Winter nicht viel Blitz und Donner. Und meine internationale Diplomatie mit dem neuen Präsidenten muss warten, bis einer bestimmt wird. Warum soll man dann nicht eine kleine Atempause einlegen?«

»Weil wir uns auf die Prüfung vorbereiten könnten. Im Leben gilt es, etwas zu erreichen. Wäre deine Nation noch unter der Knute einer anderen, würdest du es verstehen.«

»Dessen bin ich mir nicht so sicher. Die Zielstrebigen, die ich kennengelernt habe, scheinen eher einen Haufen Leichen, verrückte Ideen und finanziellen Ruin zu hinterlassen. Sieh dir doch die Französische Revolution an. Jedes Mal, wenn sie etwas erzielen, sind sie damit unzufrieden und wollen genau das Gegenteil erreichen. Meine Philosophie ist abzuwarten, bis die Welt sich entscheidet.«

»Dann wollen wir in Washington abwarten, nicht in diesem kommerziellen Babylon aus Geschwätz und Habgier. Je länger wir in New York verweilen, umso größer ist die Chance, dass unsere Feinde uns einholen.«

»Ich habe mich unserer Feinde in Mortefontaine angenommen, und Dänemark liegt einen Ozean weit entfernt! Entspann dich, Magnus, wir sind in Amerika. Und je weiter wir nach Westen kommen, umso sicherer werden wir sein.«

Dennoch schwärte seine Kritik an meiner Hinhaltetaktik in mir, und wieder einmal schwor ich mir, mich zu bessern. »Vergeude keine Lebenszeit«, hatte Franklin mir geraten. »Im Grab kann man noch lange genug schlafen.« Also verführte ich eine Witwe mit prallen Hüften und Haaren, an die man sich wie an die Mähne einer munteren Stute klammern konnte, zerschmetterte als Zielübung Rumflaschen mit meiner Langbüchse, versuchte, dümmlichen Kaufmannssöhnen im Redhook Inn Französisch beizubringen – dafür bezahlten sie die Runden –, und arbeitete mit einem Yankee-Schlosser an einem Drehscheibenmechanismus für eine Roulette-Version der Neuen Welt. »Sie sollten das Rad besitzen, nicht selber spielen«, riet ich ihm.

Außerdem probierte ich die Lotterie in New York aus und fädelte meine Nieten zu einer Kette auf.

Diese Pause von der Realität wurde eines Tages unterbrochen, als ich meinem alten Arbeitgeber begegnete, dem manisch ehrgeizigen Johann Jakob Astor. Dieser deutsche Immigrant, der als Verkäufer von Musikinstrumenten angefangen, sich dann aber dem Pelzhandel zugewandt hatte, verdiente mit dem Handel viel mehr, als ich jemals auf einer Schatzsuche hinausgeworfen hatte. (Eine aufschlussreiche Lektion, sollte ich je fleißig werden.) Astor besaß die geballte Energie von zwölf Männern, eine Frau, die ihre holländischen Ursprünge mit einem wachen Auge für Pelze kombinierte, ein schönes neues Backsteinhaus in der Dock Street und die Unfähigkeit, etwas anderes außer seinen Hauptbuchsummen zu genießen, denn er vereinte seine Liebe zum Geld mit der Sparsamkeit eines Predigers. Als er mich in einer Taverne fand, war ich derjenige, der den Wein bezahlen musste.

»Gage, ich habe nicht geglaubt, dass ein Spieler wie Sie die dreißig erreichen würde, doch hier stehen Sie vor mir als Diplomat und Gesandter«, begrüßte er mich. »Man fragt sich, ob biblische Wunder tatsächlich wahr sein könnten.«

»Wie ich höre, geht es Ihnen auch gut, John«, sagte ich und glaubte wie gewöhnlich mein mangelndes Vorankommen verteidigen zu müssen. Sein Mantel war aus feinstem Wollstoff, seine Weste aus grünem Seidenbrokat, und der Knauf an seinem Gehstock sah aus, als wäre er aus Gold.

»Es heißt, Sie hätten vor, sich wieder nach Westen zu wagen«, sagte Astor. Er verschwendete nie viel Zeit mit Nettigkeiten oder Erinnerungen.

»Nachdem ich mich mit dem neuen Präsidenten beraten habe, wenn er gewählt ist. Ich werde ihm Grußbotschaften von Bonaparte überbringen und hoffe eine Rolle bei der Verbesserung der Beziehungen zwischen den Vereinigten Staaten und Frankreich zu spielen.«

»Sagen Sie mir die Wahrheit, Gage – ist Ihr norwegischer Riese vom Pelzhandel angelockt? Ja, ich habe von ihm gehört, er soll Karten sammeln und Fragen über Entfernungen und Kompasspeilungen stellen. Er ist ein trübsinniger Typ, und die Leute fragen sich, was das Einauge im Schilde führt.«

»Er ist ein Patriot, der hofft, Norwegen von den Dänen zu befreien. Er hat mir in Paris leidgetan, und ich habe ihm angeboten, ihn in Washington einzuführen. Verrückt wie ein Maultiermelker, aber mit einem guten, starken Rückgrat. Was mich betrifft, ich habe in der Vergangenheit ein wenig für Bonaparte gekundschaftet, und der Erste Konsul bat mich, einen kurzen Blick auf Louisiana zu werfen. Große Dinge sind im Anzug, über die ich nicht reden kann.«

»Ach ja?« Seine Augen schimmerten wie eine Taschenuhr. »Bonaparte und Louisiana? Das wäre ja mal eine Wendung, wenn die Franzosen wieder ins Spiel um Nordamerika zurückkehren.«

»Napoleon ist nur neugierig, mehr nicht.«

»Natürlich.« Astor sah mich über den Rand seines Bechers prüfend an. »Ich habe Ihre Tatkraft immer gemocht, Ethan, wenn auch nicht gerade Ihre Arbeitsmoral. Sollten Sie also nach Ihrer Spritztour eine Arbeit suchen, zählen Sie die Pelztiere, die Sie sehen, und kommen Sie zurück, um unser Unternehmen zu erweitern. Die Zukunft liegt im Westen, Ethan – bis an den Columbia River und noch weiter, bis nach China. Wir befinden uns im neunzehnten Jahrhundert! Der Handel ist jetzt global!«

»Ist der Globus nicht weit weg? Ich meine, die andere Seite.«

»Ein Schiff kann Pelze nach China bringen, mit Tee und Gewürzen zurückkehren und Ihr Geld innerhalb eines Jahres verdoppeln. Aber die Pelze, Ethan, die Pelze! Das ist der Schlüssel.«

Nun gut, das war das andere, was wir dort, wohin wir gingen, wahrscheinlich finden würden: keine mystischen Hämmer, sondern kleine, stinkende, struppige und ziemlich wertvolle Tiere. Ich würde zählen, was ich konnte, doch meiner Erinnerung nach waren die Geschöpfe ziemlich scheu, und das aus gutem Grund.

Ich erkundigte mich nach dem derzeitigen Stand des Pelzhandels, der von Montreals North West Company beherrscht wurde.

»Vier Nationen kämpfen um die Vorherrschaft: England, Frankreich, Spanien und die Vereinigten Staaten. Die Engländer haben die allerbesten Pelze in Kanada, verdammt, und Illinois ist bereits mit Fallen überzogen. Die echten Vermögen werden in Zukunft westlich des Mississippi gemacht. Die Vereinigten Staaten müssen die Briten auf Kanada beschränken, sonst werden die sich alles nehmen! Durch die North West Company dominieren sie über die Hudson's Bay Company. Aber Louisiana! Das ist die eigentliche Frage. Wer wird Amerika bis zum Pazifik beherrschen? Deshalb habe ich Sie ausfindig gemacht, Ethan, obwohl ich ein beschäftigter Mann bin, sehr beschäftigt sogar. Sie sind in Gefahr, verstehen Sie.«

»Wenn Sie Blodhammers Feinde meinen ...«

»Ich weiß nicht, wer sie sind und was sie wollen, doch Gerüchte sind im Umlauf, dass Bösewichte Sie im Auge haben. Es geht um viele Millionen Morgen Land, und ein Mann, der für die Briten, die Franzosen und dann wieder für die Amerikaner gearbeitet hat, ist von Bedeutung – und hat Feinde. Sie sind zurzeit gerade eine ziemliche Berühmtheit, Ethan Gage, aber halten Sie sich bedeckt, halten Sie sich bedeckt. New York kann eine gefährliche und brutale Stadt sein.«

»Jeder, der mich kennenlernt, weiß, dass ich es nicht böse meine.«

»Jeder, den Sie kennenlernen, könnte es böse mit Ihnen meinen. Das ist so. Wie ich hörte, haben Sie ein Gewehr?«

»Hergestellt von einem Handwerker in Jerusalem.«

»Führen Sie es stets mit sich und halten Sie es jederzeit schussbereit.«

12

Da ich nicht wusste, wie ich den Norweger und seine eigenartigen Theorien erklären sollte, nahm ich ihn zu Diners und Bällen als Beispiel eines übergroßen skandinavischen Idealisten mit, der mitgekommen war, um zu sehen, wie Demokratie in Wirklichkeit funktioniert.

»Demnach sind Sie selbst ein Mann der Freiheit, Mr, eh, Blodhammer?«

»Die Dänen sind unsere Engländer«, brummte er dann.

»Und Sie hoffen, es unserer Republik gleichzutun?«

»Ich möchte der norwegische Washington sein.«

Nachdem ich ihm Astors Warnung gestanden hatte, nahm er sein Kartenfutteral wie einen Köcher überall mit hin, und mit seiner Augenklappe, seinem Mantel und einem neuen Gehstock, der mit einem Einhornkopf aus Elfenbein mit einem Horn aus Stahl verziert war, fiel er so wenig auf wie ein Hahn im Hühnerstall. »Wir sollten *jetzt* nach Westen aufbrechen«, beharrte er.

»Das geht nicht, mitten im Winter.«

Im Februar ging endlich das Gerücht um, dass tatsächlich ein Präsident gewählt worden sei. »Ethan, sollten wir nicht nach Washington weiterreisen?«, drängte Magnus.

»Forschung braucht Geld«, sagte ich, während ich Karten für eine weitere Runde Pharao austeilte, das ich neben Pikett, Basset und Whist spielte. »Talleyrands Silberdollars sind schon zur Hälfte aufgebraucht.« Wie viele Männer ignorierte ich konsequent den Rat, den ich anderen gab, besonders wenn es um das Spielen ging.

Doch der eigentliche Grund für mein Zögern war die Tatsache, dass wir dank meines bescheidenen Ruhms vor Kurzem gastfreundlich in dem Haus eines gewissen Angus Philbrick aufgenommen worden waren. Er hatte eine junge deutsche Dienstmagd mit Zöpfen, die wie Trommelstöcke auf ihren Brüsten hüpften, und ich ging davon aus, dass sie eine nette Bettwärmerin wäre, wenn ich nur noch einen oder zwei Tage hätte, um Diplomatie walten zu lassen. Die Tatsache, dass ich kein Deutsch und sie kein Englisch konnte, schien von Vorteil.

Es stimmt, dass Magnus und ich eine eigenartige Pechsträhne gehabt hatten, die ich jedoch dem Zufall zuschrieb. Irgendwie löste sich ein Wurstkarren von seinem Esel und überrollte uns beinahe. Nachdem dann in unserem Hotel ein Brand ausgebrochen war, bot uns Philbrick an, uns vorübergehend Obdach zu gewähren. Dann waren wir eines Nachts auf einem vereisten Stück Gehweg, auf dem achtlos ein Wassereimer verschüttet worden war, ausgeglitten. Unser Rutsch hangabwärts wurde nur durch das Funken sprühende Horn von Blodhammers Gehstock aufgehalten. Vermummte Gestalten, die uns vermutlich zur Hilfe eilen wollten, warfen nur einen Blick auf die potenzielle Waffe in der Faust meines klotzigen, einäugigen Begleiters und verschwanden.

»Ich glaube, man hat uns verfolgt«, schloss Magnus. – »Quer über den Ozean? Du spinnst, Mann.«

An jenem Abend jedoch, als ich den Plan hatte, Gwendolyn in mein Zimmer zu locken, um aufzuräumen, wenn die anderen zu Bett gegangen waren, fand unser Aufenthalt in Manhattan ein jähes Ende. Sie kam wie versprochen und erbrachte die erhoffte Leistung. Doch gerade als ich ein wenig einnickte, ließ mich etwas hochschrecken. Hörte ich das Klicken der Tür und das Scharren schwerer Möbel? Gwendolyns Platz neben mir war kalt, und in der Luft hing ein eigenartiger Geruch. Ich schlüpfte in mein Nachthemd, ging an die Tür, konnte sie jedoch nicht nach innen ziehen: Es fühlte sich an, als wäre der Riegel auf der anderen Seite an einen Schrank oder eine Kommode gebunden, die an die Außenwand gerückt worden war. Ich schnüffelte. Schwefel? Ich schaute genauer hin. Unter meinem Bett quoll Rauch hervor.

Auch das Fenster war festgeklemmt, meine Langbüchse und mein Tomahawk waren verschwunden!

Gwendolyn war offenbar nicht wie ich in den Schlaf gedämmert, sondern im Gegenteil sehr beschäftigt gewesen, das hinterhältige Flittchen. Ich hatte keine Zeit zu überlegen, packte eine schwere Wasserschüssel aus Steingut, holte aus und zerschmetterte das Glas und den Rahmen meines versperrten Fensters. Kopfüber sprang ich in den Hinterhof. Es gelang mir, mich abzurollen, als ich unten landete, und ich überschlug mich mehrfach im kalten Schnee. Ich stand auf und hielt die Schüssel als Schild vor mich.

»Ethan!« Ich schaute zur Küchentür. Dort stand Magnus Blodhammer, wirbelte seinen Gehstock über dem Kopf und sah mich direkt an, als wollte er mich angreifen. War *er* mein

Feind? Ich duckte mich und streckte die Schüssel als dürftigen Schutz von mir weg, als sie in meinen Händen explodierte – doch nicht von seinem Stock, der wie eine Rute über meinen Kopf flog. Vage wurde mir bewusst, dass irgendwo ein Schuss losgegangen war, und dann vernahm ich ein überraschtes Grunzen. Ich drehte mich um und erblickte einen schwarz gekleideten Angreifer, der rückwärts in den Abtritt stürzte, eine Pistole fiel zu Boden, und die Spitze von Blodhammers Gehstock steckte fest zwischen Kopf und Schulter des Halunken. Als er in den Außenabort sank, sah ich eine zweite Lunte aufblitzen.

»Was zum Teufel?«

Es krachte zweimal gleichzeitig. Hinter mir flog mein Schlafzimmer in einem Inferno aus Flammen, Glas und Backsteinen in die Luft. Als ich mich noch tiefer duckte, ging der Abort des armen Philbrick als donnernder Kontrapunkt hoch. Eine Fontäne aus Splittern, Körperteilen meines Beinahe-Mörders und Jauche stieg auf. Zwischen den beiden Detonationen rollte ich mich zu einer Kugel zusammen. Widerwärtig stinkende Trümmer regneten herab, bespritzten mich und hinterließen Sprenkel im Schnee. Federn aus meiner zerstörten Matratze schwebten wie Schneeflocken nieder und blieben an meinem Nachthemd und in meinem Haar überall da kleben, wo ich mit Kot bespritzt war. Mir wurde klar, dass meine Feinde gründlich sein wollten. Für den Fall, dass die Schlafzimmerbombe nicht gezündet werden konnte, sollte ich doch wenigstens das Zeitliche segnen, wenn ich den Thron im Außenabort bestieg.

Obwohl ich fast taub war, hörte ich Hunde bellen und Glocken läuten.

Bevor ich etwas Sinnvolles tun konnte – wie zum Beispiel weglaufen –, tauchte Magnus wieder auf und fuchtelte mit meiner Langbüchse. Ich zuckte zusammen, doch er erschoss mich nicht.

»Ich habe sie mit einem Schürhaken bedroht, und sie hat das hier fallen lassen, nachdem sie danebengeschossen und deine Schüssel getroffen hatte«, erklärte er. »Du hast in dreißig Sekunden drei Leben verbraucht! Und dazu noch meinen hervorragenden Gehstock geschändet!«

»Ich dachte, ich hätte es ihr gut genug besorgt«, sagte ich mit dumpfer Verwunderung und zitterte am ganzen Leib nach meinem knappen Entrinnen. Ich torkelte auf ihn zu. Meine bloßen Füße waren halb erfroren, mein Körper mit Federn bedeckt, und er begann zu lachen. Meine Mörder hatten mich zwar nicht umgebracht, aber auf jeden Fall meiner Würde ein Ende bereitet.

»Du siehst aus wie ein ertrunkenes Huhn!«, sagte mein Gefährte. »Du brauchst mehr Fürsorge als ein dreibeiniger Hund!«

»Ich frage mich, ob die wunderschöne Gwendolyn wirklich Deutsch sprach. Vielleicht war es Dänisch.« Ich wischte die Federn ab.

»Zu spät, um sie zu fragen. Sie ist zu ein paar Reitern gerannt und davongaloppiert.«

Verblüfft schaute Philbrick aus dem klaffenden Loch in der Seitenwand seines Hauses zu uns hinaus.

»Vielleicht ist es wirklich Zeit, nach Washington aufzubrechen.«

13

Unsere überstürzte Abreise fand Ende Februar statt, kurz nach Jeffersons Wahl zum Präsidenten im sechsunddreißigsten Wahlgang. Dieses derart überzogene und abgefeimte Ringen um das Amt hatte zur Folge, dass Vorschläge zur Verfassungsänderung eingebracht wurden. Burr sollte schließlich Vizepräsident werden, und die beiden Männer würden am 4. März vereidigt werden. Ich machte mir Notizen, denn Napoleon würde mich nach Einzelheiten ausfragen. Er war hinsichtlich unserer Demokratie ebenso neugierig wie skeptisch.

»Glaubst du wirklich, Magnus, dass uns dänische Mörder bis hierher verfolgt haben?«, fragte ich und warf einen wachsamen Blick nach hinten, während unsere hastig gemietete Postkutsche aus New York hinausrollte, bevor Philbrick zur Besinnung kam und eine Klage anstrengte. »Dabei haben wir doch gar nichts gefunden, was deine Behauptungen erhärtet. Warum belästigen sie uns? Und warum mich und nicht dich?«

»Es könnten Agenten der Kirche sein, die glauben, du wärst den heidnischen Gotteslästerern beigetreten«, sagte er und fuhr fort, während er die Möglichkeiten an den Fingern abzählte. »Wenn es die Dänen sind, halten sie dich für meinen Führer, mit dem man leichter fertig wird als mit einem erfahrenen Krieger wie mir. Die Engländer werden dich natürlich verdächtigen, ein Spion Frankreichs zu sein. Die amerikanischen Föderalisten meinen, du wärst Republikaner, während die Republikaner sich zuflüstern, ich hätte zu viele Landkarten bei dem in Ungnade gefallenen Tory-Buchhändler Gaine gekauft. Französische Royalisten halten dich zweifelsohne für einen Bonapartisten, während französische Revolutionsveteranen vielleicht deine Verteidigung von Akko gegen ihre Kameraden rächen wollen. Die Spanier wollen wahrscheinlich deine Ankündigung über den Besitzerwechsel von Louisiana hinauszögern, und alle fürchten, ich werde den Beweis antreten, dass Norwegen das Erstbesitzrecht für diesen Kontinent hat. Ist es da nicht gleichgültig, *wer* hinter uns her ist? Je eher wir Schutz von deiner jungen Regierung erhalten, desto besser.«

Die Reise nach Süden über Stock und Stein amerikanischer Überlandstraßen war mühselig wie immer. Wir teilten unsere Kutsche Schulter an Schulter mit sechs anderen männlichen Passagieren, die nach Tabak, Zwiebeln und nasser Wolle rochen. Die Straße war am Ende des Winters in einem schlechten Zustand. Pfützen hatten das Ausmaß kleiner Seen, und Bäche waren zu Flüssen angeschwollen. Den Delaware überquerten wir auf einer Fähre.

Die Landschaft war ein düsterer, brauner Flickenteppich aus winterlichem Farmland und Waldstücken. Mindestens zwei Mal am Tag erhielten wir Passagiere den Befehl, ein Wagenrad mit den Schultern anzuheben, um die Kutsche frei zu bekommen. Als Abtritt diente uns jedes Gestrüpp, das gerade in der Nähe war, wenn unseren Kutscher ein Bedürfnis überkam. Wir watschelten steif und kalt hinaus, um in einer Reihe wie ein Chor zu pinkeln. Die Gasthäuser waren verkommen, alle Männer mussten sich Betten teilen, von denen in jedem Zimmer mehrere standen. Magnus und ich zwängten uns auf eine dicke Matratze, die nicht breiter als ein Tapeziertisch war. Außerdem standen noch vier weitere Betten in unserem Schlafsaal. Die dicht gedrängten Leiber erzeugten die einzige Wärme. Mein Bettgenosse schnarchte, wie im Übrigen die Hälfte der Gesellschaft, drehte sich jedoch nicht allzu häufig um und erkundigte sich immerhin stets besorgt, ob ich genug Platz habe. (Zwecklos, »nein« zu sagen, obwohl es auf der Hand lag.) Erschöpfung schenkte mir an jedem Abend um Mitternacht segensreiche Bewusstlosigkeit, dann weckte uns der Gastwirt um sechs Uhr, wenn es noch dunkel war, zum Frühstück. Philadelphia soll eine Zweitagesreise von New York entfernt sein, wir aber brauchten drei.

»Willst du wirklich Norwegens Washington sein?«, fragte ich meinen Begleiter einmal, um die Eintönigkeit zu durchbrechen. »Das klingt wie der Ehrgeiz, dessen Napoleon sich rühmt.«

»Das war nur Schmeichelei für euch Amerikaner.«

»Und was *ist* denn nun dein bescheidenes Ziel, Magnus?«

Er lächelte. »Mein *un*bescheidenes Ziel ist es, viel *mehr* zu sein als Washington.«

Exzentriker setzten sich gern hohe Ziele. »Inwiefern mehr?«

»Weil mir das zur Verfügung stehen wird, was wir suchen. Um die Welt zu reformieren, müssen gute Menschen die Macht haben, sie zu beherrschen.«

»Woher weißt du, dass du gut bist?« Diese Frage ist meiner Ansicht nach komplizierter, als viele Menschen zugeben, da die Ergebnisse nicht immer den Absichten entsprechen.

»Forn Sior nimmt die Rechtschaffenen auf und bringt das Gute hervor. Wir selbst versuchen, moralische und ritterliche Ziele zu verfolgen. Wir lassen uns von den Besten aus der Vergangenheit inspirieren.«

»Und kämpft nicht mit einer Lanze gegen Windmühlen, hoffe ich.«

»Die Menschen vergleichen bestimmte Vorhaben mit den Abenteuern von Don Quichote, um sie lächerlich zu machen, aber für mich ist der Vergleich ein Kompliment. Zielstrebigkeit, Beharrlichkeit, Reinheit. Glaub mir, die Mühen, dorthin zu gelangen, werden sich lohnen.«

In Philadelphia wurde ich gewissermaßen als der verlorene Sohn betrachtet, der viele Jahre zuvor so unklug gewesen war, eine gewisse Annabelle Gaswick zu entjungfern, und sich dann nach Paris zu Benjamin Franklin geflüchtet hatte, der mir dank seiner freimaurerischen Verbindungen zu meinem Vater Zuflucht gewährte. Ich hatte es geschafft, mein dürftiges Erbe in sechs Monaten beim Spiel durchzubringen, doch jetzt kehrte ich mit einem Maß an Berühmtheit zurück: als eine Art Held, eine Brücke zwischen den Nationen!

»Wir hielten dich für einen Halunken, aber immerhin hast du ein paar Charakterzüge deines Erzeugers.«

»Nichts von seiner Vernunft«, gab ich zu.

»Trotzdem kennst du Leute wie Bonaparte und Smith und Nelson.«

»Mit Franklin als Mentor konnte ich mich in höchsten Kreisen bewegen.«

»Ah, Franklin. Ja, *das* war ein Mann!«

Zwei Tage saßen wir in Delaware fest, weil es spät noch einmal geschneit hatte, dann erreichten wir Baltimore, fünf beschwerliche Tage nach unserer Abreise aus Philadelphia.

»Sind wir jetzt bald da?«, fragte Blodhammer schließlich gereizt. »Ihr habt euch hier ein ganz schön großes Land ausgesucht.«

»Du hast erst den kleinsten Teil gesehen. Fängst du an, dich zu fragen, ob deine Nordmänner so weit marschieren konnten, wie deine Karte behauptet?«

»Nicht marschiert, sondern gerudert, gepaddelt. Gesegelt.«

Die Straße zur neuen Stadt Washington war nicht viel mehr als eine Wagenspur. Verschwunden waren die ordentlichen Farmen von Pennsylvania, und die Wälder zwischen Baltimore, der wichtigsten Stadt an der Chesapeake Bay, und dem neuen Sitz der Regierung waren so unwirtlich wie Kentucky. Hin und wieder führte uns der Weg über eine Rodung mit Baumstümpfen und Mais, armseligen Hütten und zerlumpten Kindern, dann wieder schloss sich ein Laubdach über uns wie ein Tunnel. Manche Heimstätten wurden von zwei oder drei Sklaven bewirtschaftet, und während Magnus in Paris und New York bereits Neger gesehen hatte, war er von ihrer Allgegenwart und ihrem Elend hier fasziniert. Sie machten ein Fünftel der Einwohnerzahl meiner Nation aus.

»Sie sind kohlrabenschwarz!«, rief er immer wieder aus. »Und die Lumpen ... Wie können sie in der Bekleidung draußen arbeiten?«

»Wie kann ein Ochse ohne Überzieher arbeiten?«, fragte einer der anderen Kutscheninsassen, ein Plantagenbesitzer aus Virginia mit roter Whiskeynase und zerkauter Pfeife, die er nie ansteckte. »Der Neger ist anders als Sie und ich, Sir, hat ein kleineres Hirn und breitere Schultern. Sie sind für die Feldarbeit ebenso gut geeignet wie ein Maultier. Man könnte sich ebenso um die Vögel in der Luft Sorgen machen!«

»Vögel können fliegen, wohin sie wollen.«

Der Plantagenbesitzer lachte. »Sie haben Humor, Sir! Sie haben Humor! Und unsere Farbigen sind zufrieden wie eine gute Milchkuh, folgen jeden Abend dem Pfad zur Scheune. Auf jeden Fall sind sie zufriedener, als sie aussehen, das kann ich Ihnen versichern. Sie haben Sehnsüchte, aber nur für den Bauch, nach Musik und nach dem Bett. Wir haben ihnen einen Gefallen getan, sie hierherzuholen. Ihre Seelen gerettet, das haben wir.«

»Dennoch scheinen sie nicht dankbar zu sein.« Magnus, so hatte ich festgestellt, hatte eine listige Art, auf den Kern einer Sache vorzustoßen, wobei sein Auge dann stets Odins Funkeln annahm.

»Gott hat den Dingen eine klare Ordnung gegeben, Sir«, sagte der Plantagenbesitzer nervös. »Der Indianer hat mit Amerika nichts angefangen, und der Schwarze nichts mit Afrika. Der Neger ist angeschirrt, der Indianer in Grenzen verwiesen – beides zu ihrem eigenen Besten!«

Ich war zu sehr Pennsylvanier und mit dem Glauben der Quäker aufgewachsen, um diesen Unsinn hinzunehmen. »Wie können Amerikaner behaupten, frei zu sein, wenn einige von uns in Fesseln sind?«

»Wie schon gesagt, Sir, die sind nicht wie wir.« Er wirkte verärgert. »Sie haben in Frankreich freiheitliches Gedankengut angenommen, aber bleiben Sie hier bei uns im Süden, und Sie werden merken, was ich meine. Washington wusste es. Und unser neuer Präsident weiß es auch. Alles und jeder an seinen Platz.«

Dann drehte er den Kopf und schaute aus dem Kutschenfenster auf die endlosen Bäume, um die Unterhaltung zu beenden. Äste schlugen auf das Dach unserer knarrenden Kutsche. Gelegentlich hielt der Kutscher an, um die dicksten Äste abzuhacken.

Ich befürchtete schon, wir hätten uns verirrt, als wir einen Schwarzen mit einer Kiste Zimmermannswerkzeug am Wegesrand ansprachen und nach Amerikas Hauptstadt fragten.

»Na, Sie sind schon drin!«, erwiderte er. »Den Grenzstein haben Sie vor einer halben Meile passiert.«

Ich schaute hinaus und erblickte zwei Farmen, einen Haufen geschlagenes Holz, der mit schwachem Feuer vor sich hin qualmte, und einen Koppelzaun, der anscheinend nichts umzäunte.

Der Neger streckte den Arm aus. »Da lang geht es zum Großen Haus!«

Wir kamen auf den Kamm eines niedrigen Hügels und sahen das mickrige Anfangsstadium von Washington. Vier Monate nach seiner Einnahme durch die dreihundertfünfzig Beamten der Bundesregierung war die Hauptstadt meiner Nation eine Mischung aus sumpfiger Wildnis und absurder Herrlichkeit.

Schlammalleen, die breit genug waren für eine römische

Legion, schnitten diagonal durch Farmland, Wald und Marsch und erstreckten sich prachtvoll von nichts zu nichts. Dahinter glitzerte der breite Potomac. Tausende von Baumstümpfen, noch immer hellgelb, ragten aus dem Boden, und dreihundert Stein- und Holzhäuser waren wie Würfel auf eine Fläche geworfen, die hundertmal größer war als erforderlich.

Ich hatte gehört, dass das Gebiet für diese Stadt zehn Quadratmeilen umfasste, aber warum? Ein Jahrzehnt nach Baubeginn hatte Washington insgesamt nur dreitausend Einwohner.

Die Häuser, die in morastigen, mit Sägemehl bestreuten Höfen standen, führten wie Krumen auf ein benachbartes Dorf namens Georgetown zu, das weit entfernt am Potomac lag. Dort gab es einen kleinen Hafen und weitere Häuser am gegenüberliegenden Ufer in Virginia. Die vier offiziellen Gebäude in Washington waren lächerlich imposant und standen eigenartig isoliert voneinander. Dabei handelte es sich, wie ich noch erfahren sollte, um das Haus des Präsidenten, den Kongress, das Schatzamt und das Kriegsministerium.

Die meisten Kongressabgeordneten wohnten in einer Ansammlung von Pensionen und Hotels zwischen dem Kapitol und dem Haus des Präsidenten an einer Straße namens Pennsylvania Avenue, die noch nicht gänzlich von Baumstümpfen befreit war. Vermutlich würde Washington wohl im Lauf der Zeit zu seiner vollen Größe anwachsen. Institutionen haben so eine Art, sich zu entfalten, um ihren Bediensteten zu dienen, statt andersherum, und jeder schlaue Beamte wird noch mehr Beamte einstellen, nur damit er ihr

Chef sein kann. Dennoch schien es lachhaft bombastisch. Das einzig Gute daran war, dass es Meuchelmördern an diesem Ort schwerfallen würde, uns hinterrücks zu verfolgen.

»Ebenso verblüffend wie Versailles, aber im gegenteiligen Sinn«, murmelte ich vor mich hin. »Hier ist doch absolut nichts.«

»Nein«, beharrte Magnus und beugte sich aufgeregt aus dem Kutschenfenster. »Sieh doch nur die Winkel, die diese breiten Straßen bilden. Das ist heilige freimaurerische Architektur, Ethan!«

14

Geheiligte freimaurerische Architektur war, wie sich herausstellte, ein Straßenmuster, das – wenn man es auf einer Karte betrachtete – scheinbar pythagoreische Dreiecke, Sterne und Pentagramme bildete, wie ich sie in Freimaurerlogen und auf entsprechenden Dokumenten gesehen hatte. Wenn man bedenkt, dass diese geometrischen Figuren eigentlich nur auf dem Papier zu begreifen waren, diese »Alleen« aber lediglich als Fahrwege dienten, war es schwierig, darin eine mystische Bedeutung zu erkennen.

»Magnus, was wir hier sehen, ist nicht anders als die Sterne und Muster, die ich in Ägypten und im Heiligen Land gesehen habe.«

»Genau! Sieh mal, dort ist das neue Kapitol, dessen Grundstein in einer freimaurerischen Zeremonie gelegt wurde, mit der Front zu einer Promenade, wie ein neues Versailles. Und eine rechtwinklige Allee verbindet es mit dem Haus des Präsidenten! Siehst du, wie die Straßen die freimaurerischen Symbole von Quadrat, Zirkel und Winkeleisen widerspiegeln? Und beliefen sich die Kolonien nicht insgesamt auf die mystische Zahl 13?«

»Aber jetzt gibt es sechzehn Staaten.«

»Sie erhoben sich als Einheit, als es dreizehn waren. Bestimmt ist es kein Zufall, Ethan, dass der Grundstein des Gebäudes der Exekutive ausgerechnet am 13. Oktober 1792 von hochrangigen Freimaurern gelegt wurde, die von Washington höchstpersönlich angeführt wurden.«

»Was für ein Zufall? Nein, lass mich rechnen ... ah, der vierhundertdreiundachtzigste Jahrestag des schwarzen Freitags, als die Templer vernichtet wurden. Meinst du das? Aber ist es nicht wahrscheinlicher, dass es dreihundert Jahre und einen Tag nach der Landung von Kolumbus war?«

»Wozu dann der zusätzliche Tag?«

Ich zuckte die Achseln. »Vielleicht hat es geregnet.«

»Du bist naiv! Oder absichtlich begriffsstutzig. Warum der Dreizehnte statt des Zwölften? Weil die Zahl dreizehn schon immer heilig war. Es ist die Anzahl der Mondmonate in einem Jahr, die Zahl der Teilnehmer am letzten Abendmahl, die Zahl der Tage, die nach der Geburt unseres Herrn vergingen, bis die drei Weisen vor dem Jesuskind erschienen, und es ist das Alter, in dem ein Kind bei den Juden erwachsen wird. Dreizehn nordische Götter saßen beim Bankett zusammen, als Loki eindrang und Balder mit einem vergifteten Mistelzweig erschlug. Die Ägypter glaubten, zwischen Leben und Tod gebe es dreizehn Stufen, so wie die Engländer dreizehn Stufen vor dem Galgen anlegen. Dreizehn ist eine Zahl aus der Fibonacci-Reihe. Im Tarot ist die dreizehnte Karte der großen Arkana der Tod. Und dreizehn, weil jetzt die Freimaurer, die Nachfahren der Templer, eine neue Nation auf dem Kontinent errichten, den die Templer als ihre Zuflucht ansahen. Die Hälfte der Generäle eures Unabhängigkeitskrieges war Freimaurer! Dein eigener Mentor

Franklin, der eure Unabhängigkeitserklärung und die Verfassung mit entworfen hat, war Freimaurer! Und das alles soll Zufall sein? Nein, Ethan. Die Bestimmung deiner neuen Nation lautet, sich nach Westen auszudehnen, mein Freund: nach Westen, um die heiligen Relikte zu entdecken, die nordische Templer für sie hinterlassen haben, als Fundament für eine bessere Welt!«

»Du glaubst das aufgrund eines Straßenplans für eine Hauptstadt, die noch nicht einmal gebaut ist?«

»Ich glaube es, weil das Schicksal dich und mich zusammengeführt hat, hier in der utopischen Wildnis, um meiner heiligen Karte bis ans Ende zu folgen. Das Schicksal ist unser Verbündeter.«

»Utopische Wildnis? Du bist ziemlich verrückt, Blodhammer.«

Er grinste. »Genau wie Kolumbus. Und Washington, als er das größte Imperium der Welt herausforderte. Wie dein Franklin, der seinen Drachen während eines Gewitters steigen ließ. Nur die Verrückten erreichen etwas.«

Washington hatte etwas Rustikales, das einen französischen Aristokraten zum Lachen gebracht hätte. Dennoch wehten überall Flaggen, um die Amtseinführung zu feiern. Patriotische Flaggentücher hingen von Dächern herab, und Besucherkutschen standen Nabe an Nabe dicht gedrängt in hastig errichteten Bretterschuppen. Mehrere Kanonen waren für die Feier aufgestellt worden, Soldaten exerzierten. Magnus und ich ersuchten darum, von Jefferson empfangen zu werden, um ihm Neuigkeiten aus Frankreich zu übergeben, doch Audienzen hatten bis nach der Amtseinführung zu warten. Am Morgen des 4. März saßen wir daher in Blodger's Hotel bei einem Frühstück aus Keksen, Honig, kaltem Schinken und Tee, so formell gekleidet, wie es uns möglich war, und eilten zum Kapitol. Adams war bereits um vier Uhr an jenem Morgen mürrisch aus der Stadt geschlichen, da er den Anblick des politischen Feindes, der ihn besiegt hatte, nicht ertragen konnte.

Vom Kapitol war bislang nur der Flügel für den Senat fertiggestellt. Eine geplante Eingangshalle mit gedrungener Kuppel war noch ein klaffendes Loch in der Mitte, und dem Repräsentantenhaus fehlte das Dach. Magnus und ich fanden Platz in einer Senatsgalerie, die mit tausend Zuschauern vollgestopft war wie ein griechisches Theater. Es roch nach Farbe und Putz. Der Bau war so hastig zusammengeschustert worden, dass an der Decke bereits Flecken aus undichten Stellen im Dach entstanden und die Tapete sich in den Ecken abzulösen begann. Zwei Kamine spendeten rauchige Hitze, die angesichts des Gedränges überflüssig war.

Dessen ungeachtet war das Geschwätz aufgeregt und stolz. Eine hitzig ausgetragene Wahl wie die des Jahres 1800 war eine Weltneuheit und unterschied sich von Napoleons Staatsstreich wie eine Feder von einem Felsen. Der gewählte Vizepräsident Aaron Burr leistete als Erster den Amtseid. Ich war neugierig, ihn zu sehen, denn man hatte ihn mit Napoleon verglichen. Er war ruhelos ehrgeizig, aber an diesem Tag zurückhaltend. Er sah gut aus, dunkel wie der Korse, und kam wahrscheinlich bei Frauen ebenso gut an. In Anbetracht seines berüchtigten Ehrgeizes rechnete ich damit, dass er versuchen würde, Jefferson die Schau zu stehlen, tatsächlich aber gab er ein Bild enttäuschter Zurückhaltung ab, als er den Obersten Richter grüßte und anschließend seinen Platz hinter dem Podest einnahm, um scharfe Blicke über die Zuschauer schweifen zu lassen, als wollte er erneut auf Stimmenfang gehen. Seine erwartungsvolle Haltung ließ darauf schließen, dass er Jeffersons Triumph nur als eine vorübergehende Aussetzung seines eigenen, unausweichlichen Aufstiegs an die Macht ansah.

Und dann kam Jefferson unter Kanonendonner und einem Wirbel aus Querflöten und Trommeln aus seiner Pension. Er ging zu Fuß wie ein normaler Bürger, denn es ragten noch immer zu viele Baumstümpfe für eine großartige Kutschenprozession auf. Er trug einen schlichten schwarzen Anzug, ohne das gepuderte Haar und das zeremonielle Schwert von Washington und Adams, ohne Cape, Zepter oder Höflinge. Er war hochgewachsen, rothaarig, gut aussehend wie ein Junge vom Land – und angesichts der versammelten Menschenmenge sprachlos. Nach einem raschen Blick auf die Galerien konzentrierte er sich scheu auf die Papiere, die er in den Händen hielt, und fuhr sich mit der Zunge über die Lippen.

»Er hält nicht gern Reden«, flüsterte einer von Adams' abtretenden Ministern einer Freundin zu.

»Gut. Ich lasse nicht gern welche über mich ergehen«, flüsterte sie zurück.

Meine erste Reaktion war Enttäuschung. Jefferson war in Frankreich beinahe so ein Held wie mein Mentor Franklin, aber ich war an den Kommandoton und das Getöse Napoleons gewöhnt. Der Weise von Monticello verhielt sich vor Publikum überraschend anders, nahm die gebeugte Haltung eines Dozenten an und sprach mit leiser Fistelstimme und

Schweißperlen auf der Stirn. Der Oberste Richter John Marshall gab ein Zeichen, und der neue Präsident begann mit fester, leiser Stimme zu lesen.

»Warum spricht er nicht lauter?«, fragte Blodhammer, und der Bariton des Norwegers war so deutlich zu vernehmen, dass alle kurz zu uns herüberschauten statt auf den neuen Präsidenten. Zum Glück schien Jefferson es nicht zu bemerken und mühte sich weiter durch seinen Text, während wir die Ohren spitzten.

Wir verließen uns auf die Abdrucke der Rede in den Zeitungen, um nachlesen zu können, was wir da hörten, aber aus dem wenigen, was wir verstanden, schien bereits die berühmte Intelligenz von Virginia durch. Angesichts der erbitterten Wahl versicherte er, wir alle seien »Republikaner und Föderalisten«, und rief nach einer »klugen, genügsamen Regierung«, die nicht von Ministern, sondern vom amerikanischen Volk gelenkt würde. Die Bundesregierung solle klein und Zivilisten Herr über das Militär sein. Über solche Sentimentalitäten würde Napoleon lachen, und mir wurde allmählich klar, wie außergewöhnlich, wie revolutionär dieser stille, zuversichtliche Mann in Wirklichkeit war.

Das Blut des amerikanischen Unabhängigkeitskrieges, sagte er, sei für Religionsfreiheit vergossen worden, für Pressefreiheit und das Recht auf faire Gerichtsverfahren, und das seien »die Bekenntnisse unseres politischen Glaubens«. Aus Jeffersons Mund klangen die Worte derart außergewöhnlich, dass ich über meinen langen Aufenthalt in Frankreich errötete. Nun, jetzt war ich zu Hause! Hier gab es keine Guillotinen!

Waren also die Ideen meines Landes von undurchsichtigen Templern und geheimnistuerischen Freimaurern in die

Welt gebracht worden? War der außergewöhnliche Idealismus meiner Nation ein auf der Geografie beruhender Zufall, oder hatte er tatsächlich etwas mit der düsteren nordischen Geschichte zu tun? Ich wusste, Jefferson war kein Freimaurer, nicht einmal ein Christ im landläufigen Sinn: Er war ein frei denkender Deist und gewählt worden, weil die Mehrheit seiner Landsleute auch nicht in die Kirche ging, trotz der puritanischen Ursprünge meiner Nation. Im Jahre 1801 wurde deutlich, dass Religion der Wissenschaft und Rationalität den Weg frei machte und bis zum Jahre 1901 vollkommen verschwunden sein würde. Wie also konnte es einen Hauch von uralten Geheimnissen und verstaubten Göttern in dieser strahlenden neuen amerikanischen Welt geben? Oder war Amerika einfach ein Land, in dem jeder Mensch, selbst Magnus Blodhammer, seine eigenen Wünsche in eine Karte hineinlas, die zum größten Teil noch leer war?

Jefferson kam zum Ende, der höfliche, etwas verwirrte Applaus erstarb – »Was hat er gesagt?«, flüsterten die Leute sich zu –, und dann nahm Marshall den Amtseid ab. Der neue Präsident ging still zurück ins Conrad and McMunn's, wo er wie jeder andere Gast auch darauf wartete, bis ein Stuhl für ihn frei wurde. Er wollte erst in zwei Wochen ins Präsidentenhaus einziehen, denn er wünschte, dass Veränderungen vorgenommen wurden.

Während wir auf eine offizielle Audienz warteten, lebte ich wie gewohnt von meinem bescheidenen Ruhm, meinen Künsten beim Kartenspiel und meiner Leutseligkeit und verschaffte mir Freunde mit meinen Geschichten über Ägypten und Jerusalem. Orte, die meine Zuhörer wohl nie zu sehen bekommen würden. Außerdem hielt ich die Augen nach verdächtigen Fremden auf und spitzte die Ohren, um Gerüchte aufzuschnappen. Seltsamerweise schien die Bedrohung verschwunden: Es gab keine brenzligen Situationen, aus denen wir nur knapp entkommen konnten, und keine lauernden Fremden. Magnus studierte eifrig seine Texte indianischer Legenden und stellte Listen für die Ausrüstung unserer Expedition nach Westen zusammen. Und da er nicht ganz so gutgläubig war wie ich, befestigte er provisorisch Querstangen an der Tür und den Fenstern unseres Hotelzimmers.

»Vielleicht haben wir die Bösewichte abgeschreckt«, vermutete ich.

»Oder vielleicht warten sie dort, wohin wir gehen.«

Während mein Gefährte seinen Studien nachging, kultivierte ich meine staatsmännische Aura, indem ich meine Verbindungen zu Bonaparte und Talleyrand betonte. Mehr als eine Maid aus Washington deutete an, sie sei verfügbar, falls ich an dauerhafter disziplinierter Häuslichkeit interessiert sei, was ich jedoch nicht war. Stattdessen probierte ich die Huren aus, die dem Kongress zu Diensten waren. Eine Abenteurerin, Susannah mit Namen, sagte, sie habe sich eine Woche nach der Ankunft der Beamten und zwei Wochen vor den ersten Kongressabgeordneten nach Washington durchgeschlagen, und es sei die beste Entscheidung gewesen, die sie je getroffen habe. »Die können anscheinend jeden Dollar von der Regierung kriegen, den sie verlangen«, erklärte sie, »und die meisten brauchen nicht mehr als eine halbe Stunde, um zum Ende zu kommen.«

Unterdessen versuchten so manche Geschäftsleute, mich zu läutern.

»Tja, Gage, wir werden auch nicht jünger, nicht wahr?«, setzte mir ein Bankier namens Zebulon Henry eines Tages zu. – »Alt werden ärgert mich«, meinte ich.

»Wir alle müssen an die Zukunft denken, nicht wahr?«

»Darüber mache ich mir andauernd Sorgen.«

»Deshalb sind Investitionen, die sich verzinsen, genau das Richtige für einen Mann wie Sie.«

»Investitionen, die was tun?«

»Sich verzinsen! Während Ihre Investition anwächst, verdienen Sie Geld nicht nur mit Ihrer ursprünglichen Summe, sondern auch mit dem Wachstum. In zwanzig oder dreißig Jahren kann das finanziell gesehen Wunder wirken.«

»In zwanzig oder dreißig Jahren?« Das war ein beinahe unfassbarer zeitlicher Abgrund.

»Nehmen wir einmal an, Sie sollten eine Stelle in einer Firma wie der meinen antreten. Als Angestellter für die Hauptbücher zunächst, doch mit Aufstiegsmöglichkeiten für einen Mann mit Ihrem Ehrgeiz und Ihrer Begabung. Und sagen wir, Sie investieren zehn Prozent Ihres Einkommens so, wie ich es Ihnen rate, und rühren das Geld erst im Alter von, sagen wir, sechzig Jahren an. Hier, kommen Sie, wir rechnen es zusammen aus. Sie könnten Besitz kaufen, ein paar Schulden aufnehmen, Ihre Frau mit Nähen oder Waschen ein bisschen dazuverdienen lassen, bis die Kinder alt genug sind, um ihren Beitrag zu leisten …«

»Ich *habe* keine Frau.«

»Kleinigkeiten, Kleinigkeiten.« Er kritzelte etwas auf ein Blatt Papier. »Ich würde sagen, Gage, selbst ein Spätzünder wie Sie – was haben Sie nur bisher mit Ihrem Leben gemacht? – könnte so ungefähr bis zum Jahre, sagen wir ...«, er überlegte einen Augenblick, »... 1835 ein respektierliches Vermögen besitzen.«

»Man stelle sich das vor.«

»Dazu ist natürlich Pünktlichkeit und Beständigkeit erforderlich. Von wegen den Notgroschen plündern! Eine kluge Heirat, sechs Tage in der Woche arbeiten, Geschäftskontakte am Sabbat, hartes Studium an den Abenden – wir könnten einen Plan entwickeln, der sogar für einen leichtsinnigen Menschen wie Sie einen Sinn ergibt. Der Zauber der Zinseszinsen, Sir. Der Zauber der Zinseszinsen.«

»Aber damit ist Arbeit verbunden, nicht wahr?«

»Verdammt harte Arbeit. Verdammt hart! Aber wer sie gut macht, hat Freude daran!«

Ich lächelte, als würde ich ihm beipflichten. »Sobald ich den Präsidenten gesprochen habe.«

»Der Präsident! Ein bemerkenswerter Mann! Bemerkenswert. Aber Gerüchten zufolge ist er selbst nicht ganz so vernünftig, wenn es um seine Finanzen geht. Lebt über seine Verhältnisse, was? Es heißt, er bestelle Antiquitäten für Monticello, weil er so aufgeregt über sein Gehalt sei. Er bildet keine finanziellen Rücklagen. Der Mann ist, wie die meisten Leute aus Virginia, chronisch verschuldet! Chronisch, Sir!«

»Ich hoffe, er will sich bei mir nichts leihen.«

»Denken Sie an meinen Rat, Gage. Sagen Sie ihm, wie ich *Ihnen* geholfen habe. Ich könnte Jeffersons Angelegenheiten in Ordnung bringen, dessen bin ich mir sicher. Disziplin! Das ist das einzige Geheimnis.«

»Wenn sich Ihre Worte in Geld verwandeln, werde ich daran denken.«

Er strahlte. »Sehen Sie, wie Männer in hohen Positionen einander helfen?«

Ich wusste, Zebulon Henry meinte es wahrhaftig gut ..., aber sein kurzes Leben für Zinseszinsen zu leben schien mir irgendwie verkehrt. Ich bin ein Mann, der mit dem Fluch behaftet ist, zwanghaft zu den Würfeln zu greifen, alles auf die größte Chance zu setzen und auf Träumer zu hören. Ich glaube an Glück und die Gunst der Stunde. Warum sonst war ich mit Blodhammer verbündet? Warum hielt ich mich denn im Dunstkreis von Napoleon auf?

Magnus behauptete steif und fest, dass dieser Hammer, sollte er existieren, Geld oder Macht oder *irgend*etwas wert sein könnte. Schatzsuche war demnach eine Investition anderer Art, oder? Dabei bin ich nicht faul, ich langweile mich nur schnell. Ich mag das Neue. Ich bin neugierig auf das, was hinter dem nächsten Berg liegt. Daher beschloss ich, meinen Verrückten zu Wort kommen zu lassen, aufmunternd zu nicken – und alles in Jeffersons Hände zu legen.

15

Das Haus des Präsidenten, von außen ganz ansehnlich mit seinem Kalksteinglanz und den klassischen Verzierungen, war trotzdem erst halb fertiggestellt und innen nur zum Teil bewohnt. Das Gebäude war ein prächtiges, zweistöckiges Ding, zu prahlerisch für eine Demokratie. Für etwas republikanische Rohheit sorgte ein Plankenweg, der auf die schicke Veranda mit Säulen zulief, nachdem er einen Hof aus Matsch und Sägemehl wie eine Zugbrücke überquert hatte. Das Haus hatte zwei Reihen von jeweils zehn großen Fenstern auf der Nordseite, wo wir eintraten. Höllisch zu beheizen, wette ich. In der unteren Reihe waren die Fenster mit netten schmalen Ziergiebeln versehen, die wie Augenbrauen aussahen. Die getäfelte Tür war kein Bronzetor, sondern hatte eine überraschend menschliche Größe. Und als wir an einer Schnur zogen, um die Glocke zu betätigen, wurde die bescheidene Eichenpforte nicht von einem Diener, sondern von einem Sekretär in schlichtem Anzug geöffnet. Ein schüchterner, strammer junger Mann mit starker Kinnpartie, einer vorstehenden Nase und einem kleinen, schmallippigen Mund. Er schaute auf die Säulen hinaus, als wäre er über seine Umgebung erstaunt. Sein Haar war nach römischer Mode sauber geschnitten, wie ich es inzwischen selbst bevorzugte, und seine Füße steckten in Mokassins.

»Guten Tag!«, begrüßte er uns in der Mundart des Grenzgebiets und bat uns hinein. »Ich heiße Meriwether Lewis. Bin erst vor ein paar Tagen aus Fort Detroit angekommen und versuche noch, mich zurechtzufinden. In diesem Gebäude kann man ein Echo erzeugen. Kommen Sie, Präsident Jefferson erwartet Sie.«

Die Eingangshalle war achtzehn Fuß hoch, doch bar jeglicher Möbel oder Gemälde. Sie roch wie das Kapitol nach Farbe. Direkt vor uns führte eine getäfelte Tür in einen ziemlich eleganten, aber leeren ovalen Raum, dessen Fenster einen Blick auf den Potomac rahmten. Lewis führte uns nach rechts, vorbei an einer Treppe, die, wie ich vermutete, hinauf in die Privaträume des Präsidenten führte. In einem kleineren Salon mit einer Couch und einem Beistelltisch bat er uns zu warten. »Ich werde ihm sagen, dass Sie eingetroffen sind.« Der Sekretär trat mit dem Schritt eines Jägers durch eine weitere Tür – seine Erfahrung als Grenzsoldat war deutlich zu erkennen.

Magnus schaute sich um. »Euer Präsident hat es nicht so mit Möbeln, oder?«

»Jefferson ist gerade erst eingezogen, und Adams hat hier nur ein paar Monate gewohnt. Zu entscheiden, was zu einer Republik passt, ist eine große Herausforderung. Er ist seit fast zwanzig Jahren Witwer.«

»Er muss hier herumklappern wie ein Kiesel in einem Pulverhorn.«

Dann hörten wir Vogelgezwitscher.

Eine Tür zu Jeffersons Büro öffnete sich, und wir wurden hereingebeten. Dieser Raum in der südwestlichen Ecke wirkte bewohnter. Der Mahagoniboden hatte keinen Teppich, doch ein langer, mit grünem Stoff überzogener Tisch beherrschte die Mitte des Raumes, an dessen beiden Enden Feuer brannten. Drei Wände waren voll mit Bücherregalen, Karten, Schreibtischen, Vitrinen und Globen, die vierte bestand aus Fenstern. Ein Regal beherbergte einen Elefantenstoßzahn von enormer Größe, der am Ende eigenartig gebogen war. Auf anderen Regalen waren Pfeilspitzen, geschliffene Steine, Tierschädel, Schwingkeulen und Perlenstickereien ausgestellt. Auf Tischen an den Fenstern zur Südseite standen Tontöpfe, aus deren schwarzer Erde gerade Frühlingskeime sprossen. Auch Vakuumglocken und Kisten mit Pflanzerde waren zu sehen, und in einer Ecke ein Vogelkäfig. Sein Bewohner sang erneut.

»Das schönste Geräusch in der Natur«, sagte Jefferson und legte ein Buch beiseite, während er sich von einem Stuhl am Tisch erhob. »Die Nachtigall inspiriert mich bei der Arbeit.«

Von Nahem betrachtet war Jefferson eindrucksvoller, als er mir bei seiner Amtseinführung erschienen war: groß, mit der körperlichen Gesundheit eines Feldarbeiters und dem auffallend roten Haar, das zu seiner rötlichen Hautfarbe passte. Die Rede, die ich gehört hatte, war eine der wenigen, die Jefferson überhaupt je halten würde, denn mit seiner hohen Stimme zog er es vor, schriftlich zu kommunizieren. Doch seine Augen strahlten eine Intelligenz aus, die so fesselnd war, wie ich es noch nie erlebt hatte. Napoleon hatte einen Adlerblick, Nelson den eines Falken, Djezzar den einer Kobra, der alternde Franklin den einer schläfrigen Eule. Jeffersons Augen tanzten vor Neugier, als wäre alles, was ihm begegnete, das interessanteste Exemplar überhaupt. Dazu zählten auch wir.

»Ich hatte nicht erwartet, dass das Büro des Präsidenten das Labor eines Naturwissenschaftlers ist«, sagte ich.

»In Monticello habe ich mir angewöhnt, alles, was draußen ist, hereinzuholen. Nichts befriedigt mich mehr, als meine Geranien zu pflegen. Ich studiere Architektur, doch die Architektur der Natur hat die gefälligsten Proportionen von allen.« Er lächelte. »Sie sind also der Held von Mortefontaine!«

Ich verbeugte mich leicht. »Kein Held, Mr President. Nur ein Diener meines Landes. Darf ich Ihnen meinen Begleiter aus Norwegen vorstellen? Magnus Blodhammer.«

Jefferson reichte uns die Hand. »Sie sehen aus wie Ihre Vorfahren, die Wikinger, Magnus. Vielleicht nicht ganz unpassend für Ihre Mission?« Die amerikanischen Gesandten in Paris hatten ihm unser Kommen schriftlich angekündigt, und wir hatten einen Brief vorausgeschickt, in dem wir unsere Suche nach Beweisen für frühe nordische Entdecker erklärten.

»Es wäre mir eine Ehre, wenn ich meinen Vorfahren nacheifern könnte«, sagte mein Begleiter.

»Nicht mit einer Streitaxt, hoffe ich!« Unser Gastgeber hatte einen Sinn für schwarzen Humor. »Doch ich bewundere Ihren Forschergeist. Franklin wäre stolz darauf. Und Sie, Gage, von Akko *und* Marengo? Die meisten Männer geben sich damit zufrieden, auf nur einer Seite zu stehen. Wie vereinbaren Sie das alles?«

»Ich habe eigenartiges Glück. Und mein Ruhm, fürchte ich, verblasst neben dem Verfasser der Unabhängigkeitserklärung. Nur wenige Dokumente haben Menschen derart inspiriert.«

»Komplimente von allen Seiten«, nahm der Präsident mit einem Nicken zur Kenntnis. »Gut. Ich bin ein Mann des Wortes, Sie ziehen Taten vor, weshalb ich mich freue, dass Sie gekommen sind. Wir haben viel zu besprechen. Ich bin neugierig auf Ihre Eindrücke von Frankreich, wo auch ich gedient habe – kurz nach unserer Unabhängigkeitsbewegung und vor der Revolution dort. Seitdem hat sich natürlich Außergewöhnliches ereignet.«

»Bonaparte ist ein Meteor. Andererseits haben auch Sie sich wacker geschlagen.«

»Dieses Haus ist ein Anfang, aber Adams und seine Architekten hatten kein Gefühl. Eine Außentoilette! Der Mann hat auch seine Wäsche dort aufgehängt. Höchst unwürdig für einen Präsidenten. Ich will nicht eher einziehen, bis eine Toilette mit Wasserspülung eingebaut worden ist. Hundert Verbesserungen sind vorzunehmen, um dies zu einem angemessenen Gebäude herzurichten, in dem Würdenträger empfangen werden. Doch zunächst muss ich mehr als die fünftausend Dollar vom Kongress loseisen, die er bewilligt hat. Die Abgeordneten haben keine Ahnung von modernen Unkosten.« Er schaute sich um. »Dennoch ist hier eine gewisse Eleganz zu finden, eine Balance zwischen Nationalstolz und republikanischem Feingefühl.«

»Das Haus braucht Möbel«, sagte Magnus in seiner gewohnten Offenheit.

»Es wird sich füllen, Mr Blodhammer, so wie unsere Hauptstadt und unser Land. Aber genug über den Haushalt! Kommen Sie, bei einem guten Essen lässt sich besser reden!«

Er bat uns in ein angrenzendes Esszimmer zu einer Nachmittagsmahlzeit. Lewis kam auch mit. Eine Suppe wurde von schwarzen Dienern gereicht, und ich begann im Stillen die sorgsam ausgearbeitete Beschreibung der Großen Pyramide zu proben, die ich üblicherweise zum Besten gab. Ich war mir sicher, dass Jefferson auf Napoleons mystische Erfahrung in jenem Bauwerk neugierig sein würde. Dann ein paar Worte über Jerusalem, eine Beschreibung der militärischen Erfolge der Franzosen, ein paar Kommentare über meine Erfahrungen mit Elektrizität, eine Einschätzung von Bonapartes Regierung, etwas, das ich über einen der Weine Jeffersons erfahren hatte ...

Der Präsident schlürfte seine Suppe, legte seinen Löffel auf den Tisch und überrumpelte mich. »Gage, was wissen Sie über Mastodons?«

Ich fürchte, ich sah ihn verdutzt an. »Mastodon?« Ich räusperte mich. »Ist das bei Mazedonien?«

»Elefanten, Ethan, Elefanten«, soufflierte Magnus.

»Die Amerikaner sagen Mammut, während europäische Wissenschaftler den Namen Mastodon vorgeschlagen haben«, sagte Jefferson. »Das ist der Name, den Wissenschaftler den Skeletten prähistorischer Elefanten gegeben haben, die in Russland und Nordamerika entdeckt wurden. Fast ein ganzes Skelett stammt aus dem Hudson Valley, und viele Knochen aus der Nähe des Ohio. Dagegen sind die neueren Arten Zwerge. Vielleicht haben Sie meinen Stoßzahn bemerkt?«

»Ah. Franklin hat es einmal erwähnt. Wollhaarelefanten in Amerika. Wissen Sie, Hannibal hat Elefanten verwendet.« Ich versuchte, meine Unwissenheit zu vertuschen.

»Nur würde ein Mastodon diesen Raum bis an die Decke ausfüllen. Es müssen außergewöhnliche Tiere gewesen sein, majestätisch und prächtig, mit Stoßzähnen wie ein gebogenes Treppengeländer.«

»Vermutlich. Ich bin im Heiligen Land einmal einem Löwen begegnet ...«

»Bloß ein Kätzchen«, unterbrach Jefferson. »Ich besitze die Pranken eines prähistorischen Löwen von wahrhaft Furcht einflößender Gestalt. Aus einem eigenartigen Grund waren die Tiere der Vergangenheit größer als unsere heutigen. Was die Mastodons betrifft, so ist man auf kein lebendes Exemplar gestoßen, allerdings ist unsere kalte, dicht bewaldete Landschaft auch nicht für Elefanten geeignet, oder?«

»Gewiss nicht.« Ich trank einen Schluck Wein. »Ausgezeichneter Jahrgang. Ist es ein Beaujolais?« Ich wusste, Jefferson war wie ein Besessener, wenn es um Wein ging. Und bei einem Thema, mit dem ich mich etwas auskannte, fühlte ich mich sicherer.

»Aber im Westen, jenseits des Mississippi, soll sich die Landschaft angeblich öffnen. Stimmt das nicht, Lewis?«

»Das zumindest sagen die französischen Pelzjäger, die ich befragt habe«, antwortete der junge Offizier. »Wenn man weit genug nach Westen geht, gibt es gar keine Bäume mehr.«

»Mit anderen Worten, wie ein kaltes Afrika«, fuhr der Präsident fort. »Heimat nur für die Indianer mit ihren primitiven Bögen, deren Pfeile von der Haut eines Mastodons einfach abprallen müssen. Es gibt Gerüchte, Gage, dass die großen Tiere im Westen überlebt haben. Kann es sein, dass dort, wohin die Zivilisation bisher nicht vorgedrungen ist, die riesigen Tiere der Vergangenheit noch existieren? Was für eine

Entdeckung, wenn man tatsächlich auf eines stieße und es dann noch fangen und hierherbringen könnte!«

»Einen Wollhaarelefanten fangen?« Darauf war ich nicht vorbereitet.

»Oder wenigstens eine Zeichnung davon anfertigen.« Er schob seinen Suppenteller beiseite. »Lassen Sie uns über Geschäftliches sprechen.« Unser freundlicher Gastgeber hatte eine neue Munterkeit an den Tag gelegt. »Sie gehen vielleicht davon aus, dass ich vorsichtig bin hinsichtlich Ihres Vorschlags, nach nordischen Vorfahren zu suchen, doch er macht mich in der Tat neugierig. Das ist eine Gelegenheit für uns alle. Ich kann Ihnen beiden helfen, nach einem wie auch immer gearteten Artefakt zu suchen, und Sie können nach meinen Elefanten Ausschau halten. Und darüber hinaus nach anderen Naturwundern, denen Sie begegnen. Magnus«, sagte Jefferson und wandte sich an meinen Begleiter, »Sie sind nach Amerika gekommen, um nach Anzeichen für nordische Entdeckungen zu suchen, stimmt das?«

»Ja. Ich glaube, dass mein Volk im Mittelalter hierherkam, um eine utopische Gemeinschaft zu gründen, und womöglich wertvolle Gegenstände zurückgelassen hat«, antwortete mein Begleiter mit der Begeisterung, die man einem neu entdeckten Seelenverwandten schenkt. Nachdem er sich darauf eingestellt hatte, auf Skepsis zu stoßen, schaute er Jefferson nun entzückt an. »Ethan, ein Fachmann in altertümlichen Mythen, hat sich einverstanden erklärt, mir zu helfen. Das würde für den Stolz meines Volkes viel bedeuten und es vielleicht anregen, unsere Unabhängigkeit von Dänemark anzustreben. Vielleicht kann ich Freiheit aus der Wiege der Freiheit nach Hause bringen.«

»Die Ideale Amerikas stecken die Welt womöglich an und versetzen die Tyrannen überall in Angst und Schrecken, von den Zaren der Steppen bis zum Pascha von Tripolis.«

»Ich gehöre einer Gruppe an, Forn Sior, die sich diesem Ziel verschrieben hat. Haben Sie davon gehört?«

»›Alter Brauch‹? Gibt es sie tatsächlich?« Der Präsident schien mehr über Blodhammers Gruppe und seine Mission zu wissen als ich. »Warum überrascht mich das? Sehen Sie sich unseren Ethan an, steckt stets mitten im Geschehen. Ich möchte, dass Sie den Elefanten finden, Gage. Ich möchte den Beweis von Ihnen, dass er existiert.«

Ich räusperte mich. »Dann unterstützen Sie unsere Idee, nach Westen zu gehen?« Mir wäre fast lieber gewesen, er hätte die ganze Sache verworfen und mich wieder nach Paris geschickt.

»Welche Wunder müssen zwischen dem Mississippi und dem Pazifik liegen!« Jefferson hatte den verträumten Tonfall eines Menschen, der nie über die Blue Ridge Mountains hinausgekommen war, der seine Entdeckungen in Atlanten vornahm und den es danach drängte, in seinem eigenen Hof zu kampieren. Wenn das etwas zynisch klingt, nun ja, ich war in den vergangenen drei Jahren schwer rangenommen worden. »Da draußen kann es alle möglichen eigenartigen Geschöpfe geben, die der bereits entdeckten Menagerie den Rang streitig machen. Gerüchten zufolge gibt es auch eigenartige Vulkane am Oberlauf des Missouri. Es gab Mutmaßungen über riesige Berge aus Salz. Ganz zu schweigen von konventionellerer Ausbeute wie Wasserwege, auf denen man den Kontinent durchqueren könnte, oder Pelze für den Handel. Wir haben die Mündung des Columbia gefunden, meine Herren; jetzt müssen wir seinen Ursprung entdecken! Geografen mutmaßen, es sei nur eine kurze Portage von der Quelle des Missouri bis zur Quelle des Columbia.«

Die Aussicht auf Vulkane behagte mir auch nicht mehr als die auf Mammuts in Zimmergröße. »Dann wollen Sie also, dass Magnus und ich das Quellgebiet finden?«, versuchte ich mich zu vergewissern.

»Eigentlich möchte ich den jungen Lewis hier gern auf eine Expedition schicken, um die Antwort darauf zu finden, was zwischen den beiden Ozeanen liegt. Captain Lewis ist mein Schützling, ein Bursche – nun, Sie sind jetzt sechsundzwanzig, nicht wahr? –, der etwa zehn Meilen von Monticello entfernt aufwuchs und in den vergangenen sechs Jahren beim Ersten Infanterieregiment gedient hat, wo er den Rang eines Captains erlangte. Er genießt mein volles Vertrauen. Doch ich müsste den Kongress überzeugen, eine Expedition zu finanzieren. Darüber hinaus gibt es noch Kleinigkeiten wie Grenzen. Die Spanier stehen uns im Weg.«

Jetzt konnte ich mir mein Essen verdienen. »Sir, eigentlich sind es die Franzosen.«

Jefferson strahlte. »Dann stimmt das Gerücht also auch! Das ist ein verheißungsvoller Beginn meiner Präsidentschaft.«

»Außenminister Talleyrand zufolge wurde am Tag nach dem Vertrag von Mortefontaine ein Geheimabkommen unterzeichnet, mit dem das Louisiana-Territory wieder zurück an Frankreich übertragen wird«, bestätigte ich ihm. »Die Franzosen baten mich, Sie darüber in Kenntnis zu setzen. Damit erhält Napoleon Bonaparte ein Reich in Amerika, das so groß ist wie unsere Vereinigten Staaten, aber er hat noch nicht entschieden, was er damit anfangen will. Ich soll die Beschaffenheit von Louisiana nach Paris melden.«

»Und mir darüber berichten«, sagte Jefferson. »Wir sind ebenso wissbegierig wie Napoleon. Sie sind die Brücke zwischen Nationen, Ethan Gage. Sie können Bonaparte und mir gleichzeitig dienlich sein. Gleichen wir uns überhaupt?«

»Was die Neugier betrifft, ja«, versicherte ich ihm. »Der Erste Konsul stellt sich eine freundschaftliche Grenze entlang dem Mississippi vor und für Amerikaner jederzeit freien Zugang zum Meer über New Orleans.«

»Ich freue mich, Worte der Freundschaft zu hören. Mit den Spaniern standen wir kurz vor einem Krieg. Dennoch betrachte ich den Westen jenseits des Mississippi als das natürliche Territorium der Vereinigten Staaten, nicht der europäischen Mächte. Wenn Russland sich bis an den Pazifik erstrecken kann, dann können wir es auch. Eine einzelne Nation, Ethan, vom Atlantik bis an den Pazifik!«

Zuerst die Mastodons, nun das. »Was würden die Vereinigten Staaten mit all dem Land anfangen?«

Jefferson warf einen Blick aus den nach Westen gehenden Fenstern. »Schwer vorstellbar, das gebe ich zu. Ich habe berechnet, dass es tausend Jahre dauern wird, das Gebiet zwischen den Appalachen und dem Mississippi aufzufüllen. Doch unsere Bevölkerung *nimmt* zu. Heute haben wir über fünf Millionen, ein Drittel Großbritanniens und ein Fünftel Frankreichs, und wir schließen zu diesen Nationen auf. Das müssen Sie Napoleon einschärfen, Gage. Allein die Bevölkerungszahl legt eine amerikanische Übermacht nahe. Führen Sie ihn nicht mit Gedanken an ein amerikanisches Reich in Versuchung!«

»Die Franzosen sind nach wie vor wie besessen von den Briten. Talleyrand bat mich, deren Pläne auszuspionieren und Nachforschungen über Bündnisse mit den Indianern anzustellen.«

»Alle Welt schmiedet demnach Pläne, wobei Louisiana die Beute ist. Sagen Sie mir, was für ein Mann *ist* Bonaparte?«

Ich dachte nach. »Brillant. Eindrucksvoll. Ehrgeizig auf jeden Fall. Er betrachtet das Leben als einen Kampf und sieht sich selbst im Krieg gegen die Welt. Aber er ist auch idealistisch, pragmatisch, zuweilen sentimental und mit seiner Familie verbunden. Und er hat eine verschrobene Ansicht über die menschliche Natur. Nichts ist ihm wichtiger als sein Platz in der Geschichte. Er ist hart und facettenreich wie ein geschliffener Diamant, Mr President. Er glaubt an Logik und Vernunft, und man kann mit ihm reden.«

»Aber er ist ein zäher Verhandlungspartner?«

»Oh ja. Und was bei Menschen sehr selten ist: Er weiß, was er will.«

»Und das wäre?«

»Ruhm. Und Macht um ihrer selbst willen.«

»Der alte Traum eines Tyrannen. Was ich will, ist menschliches Glück, das meiner Ansicht nach aus Unabhängigkeit und Selbstvertrauen kommt. Stimmt's, Lewis?«

Der Grenzsoldat lächelte. »So haben Sie es mir gesagt.«

»Glück erwächst aus dem Landbesitz«, dozierte Jefferson. »Der unabhängige Freibauer ist der glücklichste aller Menschen. Der Bedarf an Land rechtfertigt unser Expansionsbedürfnis. Damit Demokratie funktionieren kann, Gage, müssen Menschen Bauern sein. Wenn Griechen und Römer uns etwas beigebracht haben, dann das. Sobald wir uns in Städten zusammendrängen, werden wir Sklaven einiger weniger, und das amerikanische Experiment ist beendet. Land, Land – das ist der Schlüssel, nicht wahr, Lewis? Land!«

»Daran herrscht im Westen kein Mangel«, sagte der Sekretär. »Natürlich ist es von Indianern besetzt.«

»Und jetzt haben wir einen Norweger, Magnus Blodhammer, der es erforschen will. Indianer, Bären, Wölfe – das alles schreckt Sie nicht, oder, Magnus? Was ist so faszinierend, dass Sie ein solches Risiko eingehen?«

»Dass Amerikas gesellschaftliches Experiment tatsächlich mit Norwegern begann«, sagte mein Begleiter. »Meine Vorfahren haben hier zuerst Zuflucht gesucht.«

»Sie meinen wirklich, dass Wikinger vor uns allen zuerst auf diesem Kontinent waren?«

»Nicht nur Wikinger, sondern Nordmänner. Es gibt Nachweise, dass sie im vierzehnten Jahrhundert hierherkamen, fast hundertfünfzig Jahre vor Kolumbus.«

»Welche Nachweise?«

Magnus schob sein Porzellan beiseite und holte seine Karte aus dem Futteral. Wieder einmal fragte ich mich, was wohl in dem Fach am Ende des Zylinders sein mochte. »Sie werden die Bedeutung sofort erkennen«, sagte er und entrollte die Karte. »Das hier wurde in der Grabstätte eines Ritters in einer mittelalterlichen Kirche gefunden. Sie wurde um 1360 gezeichnet. Ist diese Küstenlinie bloßer Zufall?«

Jefferson stand auf und sah sich die Karte genauer an. »Bei der Seele von Mercator, das sieht aus wie die Hudson Bay.«

Lewis kam um den Tisch, schaute hin und nickte. »Bemerkenswert, wenn es stimmt.«

»Natürlich stimmt es«, versicherte Magnus ihm. Ich war in Gedanken noch mit der Bemerkung des Präsidenten über Indianer, Bären und Wölfe beschäftigt. Doch statt des Spotts, mit dem ich schon fast gerechnet hatte, bildeten die anderen drei inzwischen ein kleines Triumvirat. »Mich überrascht, dass Sie nicht überraschter sind«, sagte ich.

»Worüber?«, fragte Lewis.

Ich deutete auf die Karte. »Darüber, was vielleicht einer der verblüffendsten historischen Funde aller Zeiten sein könnte. Die Nordmänner vor Kolumbus? Sie glauben das?«

Jefferson und Lewis schauten sich an. »Es hat Gerüchte gegeben«, sagte Lewis.

»Gerüchte worüber? Dass zu den Elefanten noch Tiger kommen?«

»Über blauäugige Indianer, Mr Gage«, sagte Jefferson. »Pierre Gaultier de La Verendrye berichtete darüber, als er den Unterlauf des Missouri im Jahre 1733 erforschte. Er begegnete einem Stamm namens Mandan, der in Wohnstätten lebt, die an nordeuropäische Dörfer aus dem Mittelalter erinnern. Ein trockener Graben, Palisaden und Holzhäuser. Sie betreiben Ackerbau, statt umherzuziehen. Und manche von ihnen sind überraschend hellhäutig, ihre Anführer tragen Bärte. Von einem bärtigen Indianer habe ich noch nie etwas gehört.«

»Es gibt auch eine alte Legende, derzufolge ein gewisser Prinz Madoc von Wales im Jahre 1170 mit zehn Schiffen aus Großbritannien aufbrach und nie zurückkehrte«, erklärte Lewis. »Die Namen Mandan und Madoc sind sich so ähnlich, dass man sich fragen muss, ob die Legende irgendwie wahr sein könnte.«

»Moment. Die *Waliser* gelangten in die Mitte Amerikas?«

Jefferson zuckte mit den Schultern. »Möglich ist es. Der Mississippi und der Missouri, oder der Saint Lawrence River und die Großen Seen, oder der Nelson und der Red River von der Hudson Bay – über all diese Wasserwege könnten Menschen in das Gebiet der Mandan gelangt sein, in die Mitte unseres Kontinents.«

»Ich selbst habe helläugige Indianer in Kaskaskia, in Illinois, gesehen«, sagte Lewis. »General George Rogers Clark hat dasselbe berichtet. Woher kamen sie?«

»Mr President, ich glaube, frühere mächtige Männer in Ihrem Land wären über meine Theorie auch nicht gänzlich verblüfft gewesen«, schaltete Magnus sich ein. »Viele, wie Washington oder Franklin, sind oder waren Freimaurer – stimmt's?«

»Ja, aber ich nicht, Blodhammer.«

»Trotzdem, wenn diese führenden Männer Ihre Freunde waren, wissen Sie von den Verbindungen der Freimaurer zu den verfolgten Tempelrittern«, beharrte er.

Ich stöhnte innerlich auf. Wir standen kurz davor, jegliche Glaubwürdigkeit einzubüßen.

»Kann es sein, dass Templer nach Amerika flohen?«, fuhr Magnus fort. »Und eine Utopie schufen, die wieder erschaffen wird, genau hier in Ihrer neuen Hauptstadt? Die Gebäude und Alleen sind sehr prächtig für eine neue Nation. Und Ihre Straßen bilden interessante Muster für jeden, der mit der heiligen Geometrie des Ostens vertraut ist.«

»Einfach moderne Planung.« Der Präsident wirkte vorsichtig.

»Nein. Die Vereinigten Staaten wurden zu einem bestimmten Zweck erschaffen, dessen bin ich mir sicher. Einem geheimen Zweck. Ich glaube, um ein goldenes, längst vergessenes Zeitalter wiederaufleben zu lassen, eine Ära der Götter und der Magie.«

»Aber wie kommen Sie darauf?«

»Diese Stadt zum Beispiel. Das Datum, an dem sie gegründet wurde, als Grundsteine gelegt wurden, ihre Größe. Und deshalb.« Er zeigte auf das Hammersymbol auf seiner Karte.

»Was ist das, Magnus?«

»Das Symbol für den Hammer des Gottes Thor.«

»Sie glauben, Thor in Amerika zu finden?«

»Nein, nur sein Erbe.«

Ich rechnete damit, dass Jefferson uns in ein Irrenhaus sperren lassen würde, doch seine hellen Augen blitzten verständnisvoller auf, als mir lieb sein konnte. »Sein Erbe? Wie interessant. Nun, ich selbst befasse mich mit der Vergangenheit und verfüge über eine umfangreiche Bibliothek. Ich habe über Ihre Forn Sior gelesen, und noch mehr darüber hinaus. Wir wissen einfach nicht, was dahinter liegt, nicht wahr, oder wer dorthin ging? Hellhäutige Indianer. Prähistorische Tiere. Gerüchte über gewaltige Wetter, wie man sie in Europa nicht kennt. Medizinmänner warnen vor unheilvollen Geistern. Ich bin nicht sicher, ob das alles stimmt, meine Herren, aber ich bin neugierig. Ich bin neugierig.«

Magnus schwieg. Mir wurde unterdessen klar, warum ich New York nur ungern verlassen hatte. Unheilvolle Geister?

»Die Waliser sind eine Möglichkeit«, sagte Jefferson. »Dass Sie beide uns eine weitere aufgezeigt haben, erhöht die Wahrscheinlichkeit, dass Verendrye nicht übertrieben hat. Was, wenn eine verschollene Kolonie von Walisern oder

Nordmännern sich mit der eingeborenen Bevölkerung vermischt hat und als ein Stamm weiterexistiert, der irgendwo am Oberlauf des Missouri in Ortschaften mit Stadtmauern lebt? Des Weiteren gibt es Theorien, dass einige der verschollenen Stämme Israels irgendwie ihren Weg nach Amerika fanden und Vorfahren der amerikanischen Indianer wurden. Und Erzählungen, dass die Karthager, die bei Rom geschlagen wurden, vielleicht über den Atlantik flohen, um der Plünderung ihrer Stadt zu entgehen.«

»Ja!«, sagte Magnus. Er nickte mir zu.

»Platon hat über ein verschollenes Atlantis geschrieben, und der Astronom Corli hat sich Gedanken darüber gemacht, wo es liegen könnte. Indianer sagen, Tabak wächst da, wo die Haare eines brennenden Gottes vom Himmel fielen. Durchstreifen die Nachfahren von König David oder Hannibal die Wüste im Westen? All diese Gruppen haben vielleicht ihren Ursprung vergessen. Aber wenn man es beweisen könnte, hätte das weitreichende Folgen.«

»Wie das?«, fragte ich.

»Europäische Reiche in der Neuen Welt beruhen teilweise auf der Behauptung, als Erste dort angekommen zu sein«, erklärte Lewis. »Wenn sich herausstellt, dass die ersten Ankömmlinge aus Europa ganz andere Gruppen waren, wird das Anrecht der Briten, Franzosen und Spanier auf Landbesitz untergraben.«

»Was die Chancen der Vereinigten Staaten, Land zu beanspruchen oder zu kaufen, verbessern würde«, sagte Jefferson. »Unsere wachsende Bevölkerung verleiht uns die Möglichkeit, Besitz durch Besetzung zu erwerben, doch das kann zu Kriegen führen, die wir nicht wollen. Eine Veräußerung ist vorzuziehen, durch eine Seite, deren frühere Ansprüche historisch anzuzweifeln sind. Wenn die Nordmänner zuerst kamen, könnte das die Weltpolitik erschüttern. Wichtig ist, dass wir die Wahrheit erfahren. Und zwar im Idealfall vor den Franzosen, Spaniern oder Briten. Deshalb, meine Herren, können Sie auf meine Unterstützung Ihrer Erkundungsexpedition rechnen – aber nur, wenn Sie sich mir anvertrauen. Ich gehe davon aus, dass Ihre Loyalität zuerst Ihrem Heimatland gehört, Ethan?«

»Selbstverständlich.« Tatsächlich gehörte sie der Selbsterhaltung, doch die schien auf der Liste der Prioritäten aller anderen ganz unten zu stehen.

»Was Sie in Erfahrung bringen, wird, so hoffe ich, Informationen liefern, auf denen Captain Lewis aufbauen kann, wenn es mir gelingt, den Kongress zu überreden, eine noch ehrgeizigere Suche in Gang zu bringen.«

»Wie ehrgeizig?«

Jefferson hob die Schultern. »Vielleicht zwanzig bis vierzig Männer und einige Tonnen Ausrüstung.«

»Beeindruckend. Und wie viele Männer werden meine Expedition begleiten?«

»Nun, nur einer, glaube ich. Magnus Blodhammer.«

Der Norweger strahlte.

»Einer?«

»Ich möchte, dass Sie beide sich rasch und leise bewegen. Kundschafter vor einer Armee.«

»Welche Ausrüstung steht uns dann zur Verfügung?«

»Ich bin bereit, einhundert Dollar zu beschaffen und Ihnen ein Empfehlungsschreiben für die neu erworbenen amerikanischen Forts in Detroit und Michilimackinac mitzugeben, in dem ich um eine Eskorte bitte. Ich schlage vor, Sie reisen auf den Großen Seen so weit nach Westen, wie Sie können, bevor Sie Ihren Weg über Land fortsetzen. Mit etwas Glück können Sie Ihre Erforschung noch während der günstigen Jahreszeit zu Ende führen und Bericht erstatten. Und wir können unsere Strategie verfeinern sowohl für Lewis' Expedition als auch für den Umgang mit Napoleon. Falls Sie überleben.«

Ich trank einen großen Schluck Wein. »Ich hatte mir mehr Hilfe erhofft.«

»Ich habe mein Amt gerade erst angetreten, und Adams hat ein heilloses Durcheinander hinterlassen. Mehr kann Amerika nicht tun. Zum Glück sind Sie ein Patriot, Gage!«

»Und das heißt, alles Wertvolle, das Sie finden, ist rechtmäßiges Eigentum der Vereinigten Staaten«, fügte Lewis hinzu.

»Nicht, wenn es nicht auf amerikanischem Boden gefunden wurde«, entgegnete Magnus. »Und die Nordmänner gingen weiter, als je ein Amerikaner bisher. Und das heißt, es ist norwegischer Grund und Boden ... *meine Herren.*« Erstaunlich, mit wie viel Verve er diese letzten beiden Wörter aussprach.

Jefferson lächelte. Magnus hatte den Köder geschluckt. »Dann gehen Sie also davon aus, etwas Wertvolles, ja sogar Unschätzbares zu finden, das ein greifbarer *Beweis* für das Vordringen der Nordmänner ist?«

»Ja, und solche Artefakte gehören von Rechts wegen mir und meinem Land. Und Ethan. Habe ich nicht recht, Ethan?«

»Nur rostiges Zeug«, versicherte ich hastig. »Alte Speerspitzen. Eine Niete hier, ein Bolzen da.« Unnötig, über magische Hämmer zu sprechen, die womöglich eine Riesensumme wert waren.

»Ich möchte einen Forscher unterstützen, keinen Schatzsucher, Gage.«

Ich gab mich gelinde empört. »Mir scheint, wir haben Ihr Vertrauen verdient. Ich habe Ihnen einen Geheimbericht über den französisch-spanischen Vertrag in Bezug auf Louisiana überbracht. Magnus hat Ihnen Einblick in eine Karte von unschätzbarem Wert gewährt. Wir haben uns Ihnen anvertraut, Mr President, und bitten nur darum, dass Sie dieses Vertrauen erwidern.«

»Gut gesprochen. Wir alle hier sind Partner, meine Herren, bei einem der größten Abenteuer in der Geschichte. Ich überlasse es also Ihnen. Ihre einzigen Konkurrenten sind die Briten in Kanada, die Franzosen und Spanier in Louisiana, unerforschte Wildnis, gewaltige Tiere und feindliche Indianerstämme. Nichts, dem sie nicht schon Dutzende Male zuvor begegnet sind, oder?«

»Ich glaube allerdings, dass wir zweihundert Dollar brauchen.«

»Kommen Sie lebend zurück, mit nützlichen Informationen, und ich werde *drei*hundert zahlen. Aber einhundert für den Anfang. Ich weiß, ein Scharfschütze wie Sie wird sich von dem ernähren können, was die Natur zu bieten hat!«

Es war bereits dunkel, als wir gingen. Mein Kopf war voll mit Wollhaarelefanten, lauernden Indianern, unheilvollen Geistern, Salzbergen und dem üblichen miserablen Zustand meiner Finanzen. Tja, nun steckte ich mittendrin. »Du hast einen dir ebenbürtigen Visionär gefunden, Magnus«, sagte ich, als wir draußen standen und auf die Kerzen im Haus des Präsidenten zurückschauten. »Ich hatte mit größerer Skepsis gerechnet.«

»Jefferson will uns benutzen, Ethan, so wie Bonaparte uns benutzt. So wie wir sie benutzen! Wir werden also ihr Louisiana sehen und sie darum kämpfen lassen, wenn sie wollen.« In seiner Stimme schwang harter Realismus mit, ganz anders als der Tonfall meines sonst so verträumten Norwegers. »Was uns beide betrifft, wenn wir Thors Hammer finden, werden wir die Möglichkeit haben, die ganze Welt zu verändern!« Sein Auge war dunkel und funkelte im Zwielicht.

»Die Welt verändern? Ich dachte, wir sollten einfach nur unseren Gewinn daraus schlagen.«

»Um damit auch etwas wiederherzustellen. Es geht hier um mehr, als du denkst.«

»Was wiederherzustellen?«

Er klopfte auf sein Kartenfutteral. »Das menschliche Herz.«

Und wieder einmal fragte ich mich, wer mein neuer Gefährte in Wirklichkeit war.

16

Für unsere Reise nach Westen wählte Magnus eine riesige Doppelaxt aus, die er sich wie ein nordischer Marodeur auf den Rücken schnallte. »Jefferson hat mich auf die Idee gebracht!« Stundenlang polierte er die Waffe mit Feile, Öl und Tüchern. »Damit und mit deinem kleinen Tomahawk werden wir kein Problem haben, ein Feuer zu machen.«

»Ein Feuer zu machen? Die Axt ist groß genug, um die Hölle anzuheizen oder das halbe Ohio Valley abzuholzen. Wir könnten sie auch als Esstisch benutzen.«

»Sollte ich mich jemals rasieren, würde sie auch einen guten Spiegel abgeben.« Er hielt sie hoch, um sie eingehend zu betrachten. »Ich wünschte, ich hätte ein Breitschwert.« Seine Aufregung war so groß wie meine Zweifel.

Unsere Route verlief nach Nordwesten, stromaufwärts am Potomac entlang und über die Appalachen auf der Straße, die der britische General Braddock vor seiner vernichtenden Niederlage während des Franzosen- und Indianerkriegs angelegt hatte. Dann würden wir uns nach Pittsburgh hinunter an den Zusammenfluss von Monongahela und Allegheny begeben, auf dem Ohio zum Great Trail gelangen, den die Indianer ausgetreten hatten, auf ihm zum Lake Erie, wo wir ein Boot nach Fort Detroit nehmen würden, fünfhundert Meilen von Washington entfernt. Von dort aus würde es auf dem Wasserweg über den Lake Huron und den Lake Superior weitere fünfhundert Meilen bis an den Rand der Wildnis auf Blodhammers Karte gehen.

Das erste Anzeichen der Zivilisation, das verschwand, während wir am Potomac flussaufwärts ritten, war Farbe. Je höher wir in die Berge kamen, umso verwitterter war das Holz der Farmhäuser. Gefrästes Bauholz wich viereckig behauenen Stämmen. Unsere Straße folgte einem welligen Abhang mit Gemüsegärten, zertrampelten Weiden und verwundeten Berghängen voller Baumstümpfe und frisch geschlagenem Holz. Nicht fester als Haferbrei kurvte und wand sich die enge Straße, die völlig ausgefahren war durch einen Verkehr, der nie anhielt, um sie auszubessern. Ständig rochen wir Rauch. Ärmliche Farmer versuchten, durch Brandrodung Platz für den Maisanbau zu schaffen. Dann, tief in den Bergen, gab es schließlich gar keine Farmen mehr. Vom Winter kahle, braune Bergzüge, deren Gipfel am Morgen meist noch mit Reif überzogen waren, verloren sich wie Wände im Dunst. Tagsüber zogen Falken ihre Kreise, nachts heulten die Wölfe. Wenn der Wind blies, raschelte der braune Teppich aus den Blättern vom letzten Herbst wie zerfetztes Papier. Es hörte sich an, als ginge ein Wispern durch den Wald.

Wir schliefen im Freien, wenn das Wetter schön war, härteten uns dadurch für unser neues Leben als Grenzgänger ab und vermieden die saftigen Preise und beißenden Flöhe der Unterkünfte in den Appalachen. Wir richteten uns ein Bett aus Zweigen, nahmen eine einfache Mahlzeit aus Schinken, Maisbrot und Wasser aus einem Bach zu uns und lauschten den nächtlichen Geräuschen. Durch das Geäst allmählich knospender Bäume schauten wir hinauf zu dem gesprenkelten Baldachin aus Millionen funkelnder Sterne. Magnus und ich sprachen zuweilen von dem überlieferten Glauben, jeder Stern sei ein Vorfahr, der immer und ewig im Himmel residieren würde.

»Vielleicht ist Signe einer unter ihnen«, sagte er wehmütig.

»Wie lange wart ihr verheiratet?«

»Nur ein Jahr.« Er zögerte kurz, bevor er fortfuhr. »Die einzige Zeit, in der ich wirklich glücklich war. Ich liebte sie schon als Jugendlicher, doch meine Familie hatte mir den Kopf mit Erzählungen über Götter und Mysterien vollgestopft. Deshalb segelte ich nach Norden, dorthin, wo die Templer womöglich gewesen waren. So hoch in den Norden, wo die Sonne nie unterging und die Luft sich kaum erwärmte. Ich fand tiefe Minen, die womöglich von Zwergen gegraben worden waren, aber keine Reliquien. Als ich schließlich wieder zurückkehrte, war sie mit einem anderen verheiratet. Und dann verlor ich mein Auge und hatte die Hoffnung auf Glück über Bord geworfen. Glückseligkeit ist nur wenigen vorbehalten.«

»Wenigstens hattest du jemanden, der dir nicht aus dem Kopf ging.« Ich dachte an Astiza.

»Dann habe ich den Hof meiner Vorfahren geerbt, Signes Mann ertrank, und entgegen allen Erwartungen nahmen sie und ihre Familie mich als zweiten Gatten an. Ich hielt mich für verstümmelt und scheußlich. Sie war die Schöne und ich das Biest. Als sie mir erzählte, sie sei schwanger, war ich außer mir vor Freude. Ich löste meine Verbindungen mit Forn Sior und verschrieb mich der Häuslichkeit. Hast du jemals Zufriedenheit erlebt, Ethan?«

»Hin und wieder, eine oder zwei Stunden lang. Ich weiß nicht, ob es des Menschen Schicksal ist, für lange Zeit zufrieden zu sein. Franklin sagte: ›Wer ist reich? Der Zufriedene. Wer ist das? Niemand.‹«

»An dieser Stelle irrte sich dein Mentor. Nach seiner Definition war ich reich, märchenhaft reich sogar. Was brauchte ich Norwegen oder die Templer, wenn ich Signe hatte? Und dann ...«

»Ist sie gestorben?«

»Ich habe sie umgebracht.«

Er war ein Gequälter, das sah ich ihm an, und nicht nur von Zwergen und Elfen. Sein Gesicht wirkte plötzlich verwelkt wie ein Garten im Winter. Ich war so verblüfft, dass ich nicht wusste, was ich sagen sollte.

»Sie ist bei der Geburt unseres Kindes gestorben.«

Ich schluckte. »Magnus, das könnte jedem passieren.«

»Die Nachbarn hatten sich bereits lustig gemacht und nannten mich Odin. Doch in meinem überwältigenden Kummer sah ich die Hand des Schicksals und erkannte, dass ich noch nicht am Ende war. Ich glaube, die Ritter der Vergangenheit suchten einen Gral, dessen Bedeutung darin bestand, die schlimmsten Dinge rückgängig zu machen, und dass ich dazu verdammt bin, die Welt zu durchstreifen, wie es der alte Gott getan hat, auf einer Suche nach meiner eigenen bitteren Erkenntnis. Ich bin auf einer Suche im Gedenken an meine Frau, Ethan. Deshalb kann ich deine Spielchen mit Frauen nicht mitmachen.«

»Oh.« Wieder einmal kam ich mir oberflächlich vor – aber auch unverletzlicher. Man kann nichts verlieren, was man nicht aufs Spiel setzt, auch nicht das Herz. »Bestimmt hätte sie nichts dagegen, wenn du wieder heiraten würdest. Sie hat es doch auch getan.«

»Nein, ich habe meine Suche aufgegeben und Signe dabei durch meinen Egoismus getötet. Jetzt muss ich die Suche zu Ende führen, hier draußen im Westen Amerikas, als Buße.«

»Buße! Und du nimmst *mich* mit, obwohl ich damit nichts zu tun habe?«

»Auch du brauchst ein Ziel. Das habe ich in Mortefontaine gesehen, wo du nichts als Essen, Trinken, Karten und Frauen im Sinn hattest. Ich habe dich gerettet, obwohl du es nie anerkennen wirst.«

»Aber wir sind an den Rand des Nichts gekommen«, sagte ich empört und deutete auf die braune Senke unter uns, in der sich Nebel wie eine Pfütze sammelte.

»Nein, das hier ist der Beginn von Eden.« Sein Atem bildete eine Wolke in der kalten Luft.

Ich war verärgert darüber, dass er mich hierhergeschleppt hatte. »Ich habe mir das Paradies immer wärmer vorgestellt.« Ich zog mir die Decke über den Kopf und schauderte unwillkürlich über seine traurige Geschichte. Der strebsame Junge schien plötzlich tausend Jahre alt, und die leeren Wälder lauerten.

»Hast du dich jemals gefragt, wo der Garten Eden ist, Ethan?«

»Nicht so richtig.« Mir war klar, dass mein Partner ziemlich verrückt war.

»Ich meine, er musste doch irgendwo sein. Und wenn man ihn nun wiederentdecken könnte?«

»Wenn ich mich recht an die Heilige Schrift erinnere, Blodhammer, wurde die Tür zu diesem ganz besonderen Wirtshaus zugeschlagen«, knurrte ich. »Eva, der Apfel und das alles.«

»Aber was wäre, wenn man sie wieder öffnen könnte?«

»Mit einem Schlüssel?«

»Mit Thors Hammer.«

Ich drehte mich auf die Seite, um einzuschlafen. »Dann halte dich von Apfelkuchen fern.«

Am nächsten Morgen war Magnus wieder fröhlich, als wäre unsere Unterhaltung nur ein verrückter, böser Traum gewesen. Er erwähnte die arme Signe mit keinem Wort und plauderte stattdessen über die Farbe unserer Wälder, die sich offenbar von norwegischen Hölzern unterschied. Er war ein Irrer, der sich an seine Fantasievorstellungen offenbar nicht mehr erinnern konnte. Doch just als wir unsere Pferde sattelten, rief er »Hier!« und warf mir verschmitzt etwas zu.

Ich schaute darauf. Ein Apfel, auf einem Markt in Washington gekauft.

»Ermutigung.« Er grinste schief.

»Dann beiße ich hinein.« Der Apfel war noch so fest, dass er knackte, und ich kaute. »Ich fühle mich kein bisschen weiser.«

»Dann haben wir einfach noch nicht den richtigen Baum gefunden.«

Also brachen wir auf. Als ich den Apfel aufgegessen hatte, warf ich das Kerngehäuse in die Frühlingswälder, wo vielleicht bald ein Apfelbaum sprießen würde.

Wenn es regnete, suchten wir Zuflucht in primitiven Wirtshäusern. Die Unterkünfte waren stets eng, verräuchert, stinkend und laut. Männer spuckten, fluchten, furzten und knurrten, wenn sie in dem Bedürfnis nach Wärme die Betten teilten. Sobald es hell wurde, entlausten wir uns gegenseitig wie die Affen und zahlten dann horrende Preise für ein Frühstück aus gepökeltem Schweinefleisch, Maisbrei und mit Wasser verdünntem Whiskey, der Standardverpflegung an Amerikas Grenzen. Zwischen Georgetown und Pittsburgh fand ich weder eine saubere Tasse noch eine hübsche Wirtin.

Aus Trübsinn und Langeweile gewöhnte Magnus sich an, in den Unterkünften das Feuerholz mit seiner schweren Axt zu spalten und uns damit jedes Mal genug zu verdienen, dass wir uns einen Laib Brot kaufen konnten. Manchmal leistete ich ihm Gesellschaft, beobachtete das Kräuseln seiner großen Muskeln mit der wachsamen Ehrfurcht, mit der man einen Bullen betrachtet, und rief ihm Ratschläge zu, die er für gewöhnlich ignorierte. Ich half dann, das Holz zu stapeln, lehnte es aber ab zu hacken.

»Dafür, dass du der Held von Akko und Marengo bist, scheinst du nicht viel für das Training eines Kämpfers übrigzuhaben«, neckte er mich schließlich gutmütig.

»Und für jemanden, der davon ausgeht, die Welt zu beherrschen, scheinst du nur zu gern für einen Hungerlohn die Arbeit eines Bauern zu übernehmen. Sicherst du dich gegen den Verlust deiner Wetten ab, Magnus?«

Nach neun Tagen mühseliger Reise war es eine Erleichterung, aus den steilen, kalten Bergen zu kommen. Das Land nahm einen frühlingsgrünen Flaum an. Pittsburgh war eine dreieckig angelegte Stadt mit dreihundert Häusern und fünfzehnhundert Seelen. Der Scheitelpunkt zeigte den Ohio hinunter, der vom Zusammenfluss des Allegheny und Monongahela gebildet wurde. Das alte britische Fort an der Spitze war längst verschwunden. Man hatte die Backsteine für den Bau neuer Gebäude benutzt, die Schutzwälle aus Erde waren von den Fluten ausgewaschen worden. Der Rest der Stadt gedieh unter einer Dunstglocke aus Kohlenrauch. An Werften, Sägewerken und in Fabriken für Seile, Nägel, Glas und Eisen herrschte geschäftiges Treiben. Der Geruch von Hühnerverschlägen und Ställen hing auch noch in zwei Meilen Entfernung in der Luft, und auf den Straßen liefen ebenso viele Schweine wie Menschen herum. Um an ein Boot zu kommen, das den Ohio hinabfuhr, musste man über die Steilufer der Stadt hinunterklettern und dann über Bohlen laufen, die man auf dem schlammigen Ufer bis ins tiefe Wasser verlegt hatte.

Ein Flachboot brachte uns mit unseren Pferden zwanzig Meilen den Ohio hinab bis zu einem Anleger am Great Trail, inzwischen eine primitive Straße, die nach Norden führte. Was noch vor einem Jahrzehnt als gefährliches Indianergebiet galt, war dank des Sieges bei Fallen Timbers eine Überlandstraße für Immigranten geworden. Krieg, Krankheit und das drastische Abnehmen des Wildbestands hatten Stämme wie die Delaware und die Wyandot in die Armut getrieben, und die schmutzigen, ausgezehrten Überlebenden, die wir sahen, hatten nur wenig Ähnlichkeit mit den stolzen Kriegern, die ich aus meiner Zeit als Trapper in Erinnerung hatte. Waren die Indianer bereits am Ende? Zum Aussterben verdammt wie die Mastodons?

Magnus betrachtete sie mit Interesse. »Die Nachfahren Israels«, murmelte er.

»Ich war in Palästina, und das glaube ich kaum.«

»Die verschollenen Stämme, wie Jefferson vermutete.«

»Magnus, sie sind eine aussterbende Rasse. Sieh sie dir doch nur an! So traurig es ist, aber es stimmt.«

»Wenn das wahr ist, denn stehen wir kurz davor, mehr zu verlieren, als wir uns je träumen ließen. Diese Menschen wissen Dinge, die wir vergessen haben, Ethan.«

»Zum Beispiel?«

»Was in der Vergangenheit war. Wie man richtig lebt. Und dass die Welt voller Leben steckt, das wir nicht sehen. Gelehrte sagen, Indianer kennen die Geisterwelt. Thor hätte mit ihrem Manitu wandeln können: Vielleicht waren sie ähnliche spirituelle Wesen! Franklin ließ sich von der Regierung der Irokesen inspirieren, als er bei der Entstehung eurer Verfassung half. Johnson lobte ihre Redekunst.«

»Dennoch hat man sie in unserem letzten Wirtshaus als diebische, betrunkene, faule Skalpjäger beschrieben. Pioniere hassen Indianer, Magnus. Der Whiskeyhändler hatte einen Tabakbeutel aus dem Hodensack eines Kriegers. Unser Wort für ihre Frauen, ›Squaw‹, bedeutet Fotze. Europäer haben sie seit dreihundert Jahren bekämpft.«

»Die Angst hat uns blind gemacht, aber das heißt nicht, dass die Indianer nicht sehen können.«

Neue Siedlerpfade zweigten in alle Richtungen ab, Wälder wurden abgeholzt, und so viele Rauchschwaden stiegen auf, dass man den Eindruck gewann, das gesamte Gebiet am Ohio sei ein einziger dampfender Eintopf. Der gemeinste europäische Bauer konnte kommen, Bäume ringeln, seinen

Mais auf den Flächen dazwischen anbauen, seine Schweine frei laufen lassen und sich Farmer nennen. Ihre Hütten waren nicht größer als ein französisches Schlafzimmer, ihre Höfe schlammig, ihre Kinder verwildert und ihre Frauen so abgearbeitet, dass ihre Schönheit mit zwanzig dahin war. Aber der Mann war frei! Er hatte Land, schwarzes, lehmiges Land. Ohio schien sich unter der Umwandlung zu winden, als wir hindurchritten, seine Haut zuckte unter den Veränderungen. Ich fragte mich, ob Jeffersons Vorhersage, es werde tausend Jahre dauern, bis sich dieser Westen gefüllt hätte, nicht zu pessimistisch war. In diesem Gebiet befanden sich bereits fünfzigtausend Menschen, und wenn wir an einem Wirtshaus haltmachten oder uns eine Übernachtung in der Scheune eines Farmers erkauften, ging es in den Gesprächen nur um Eigenstaatlichkeit.

»Dieser Dreck lässt Neuengland wie einen Felsenhaufen aussehen!«

Während das Gebiet am Ohio mit neuen Rodungen wie mit Pockennarben überzogen war, gab es noch weite Flächen unberührter Wälder, in denen die Welt nach wie vor urzeitlich war. Eichen, Buchen, Hickorybäume, Kastanien und Ulmen, die jetzt im Frühling grün ausschlugen, ragten bis zu einhundertfünfzig Fuß hoch. Baumstämme waren so dick, dass Magnus und ich sie nicht zu zweit umfassen konnten. Auf den breiten Ästen hätte man tanzen können, und die Rinde war so faltig, dass man in den Runzeln einer Eiche einen Silberdollar hätte verlieren können. Das Geäst benachbarter Bäume wölbte sich über uns wie eine Kathedrale, und darüber flogen zuweilen große Vogelschwärme, so dicht und endlos, dass sie die Sonne verdunkelten, ihre

Schreie ein gereiztes Krächzen. Die Bäume schienen nicht nur älter zu sein als wir, sondern auch älter als die Indianer, älter als Wollhaarelefanten. Sie riefen mir Jeffersons unheilvolle Geister in Erinnerung.

»Man könnte aus einem einzigen Baum ein großes Haus bauen«, staunte Magnus.

»Ich habe Familien in Baumhöhlen hausen sehen, während sie an ihrer Hütte bauten«, stimmte ich ihm zu. »Diese Bäume sind so alt wie deine nordischen Entdecker, Magnus.«

»Aus der Zeit von Yggdrasil vielleicht. Diese Bäume kannten die Götter. Vielleicht kamen deshalb die Templer hierher, Ethan. Sie erkannten, dass dieses Land das alte Paradies *war*, in dem Menschen mit der Natur leben konnten.«

Ich war mir da nicht so sicher. Ich kannte meine Rasse und konnte mir keine Weißen vorstellen, die nach Amerika kamen und diese Wälder nicht in Maisfelder verwandelten, so wie es die Siedler jetzt auch machten. Genau so sieht Zivilisation aus.

»Was meinst du, warum die Bäume hier so groß werden?«, fragte Magnus.

»Elektrizität, vielleicht.«

»Elektrizität?«

»Der französische Wissenschaftler Bertholon untersuchte 1783 den Einfluss der Elektrizität auf Pflanzen. Wir wissen zwar, dass Blitze Bäume beschädigen können, aber können Blitzeinschläge auch ihr Wachstum beschleunigen? Vielleicht ist die Atmosphäre am Ohio anders als die in Europa.«

Schließlich überquerten wir den Sandusky, und an einer Lichtung an seiner Mündung in den Lake Erie hatten wir eine gute Aussicht.

»Das ist kein See, das ist ein Meer!« – »Dreihundert Meilen lang, und es gibt noch größere als den hier, Magnus. Je weiter wir nach Westen kommen, umso größer wird alles.«

»Und du fragst, warum die Nordmänner hierhergekommen sind? Mein Volk war großer Dinge würdig.«

Er bestand darauf, einen Schluck aus der hohlen Hand zu trinken, um sich zu vergewissern, dass das Wasser kein Salz enthielt. Wir konnten den Grund des Sees bis auf vierzig Fuß sehen. Wie geplant verkauften wir unsere Pferde und gingen an Bord eines Schoners namens *Gullwing*. Er sollte uns nach Detroit bringen, da der Landweg von hier aus in den fast unpassierbaren Black Swamp führte, der das Northwest Territory von Ohio trennte. Wir segelten über den Lake Erie, kämpften gegen den Strom des Detroit River an und kamen am Ende zu dem berühmten Fort. Dort fand ich einen leichteren Weg für uns nach Westen – ich liebäugelte mit einer Frau.

Ich weiß eben, wie man an angenehme Gesellschaft kommt.

17

Detroit war hundert Jahre alt, als ich dort eintraf, hatte aber nur in den vergangenen fünf Jahren unter amerikanischer Flagge gestanden. Was zunächst ein französischer, dann ein britischer Außenposten gewesen war – und sich schließlich zu den Bedingungen ergeben hatte, die fast zwei Jahrzehnte zuvor den amerikanischen Unabhängigkeitskrieg beendeten –, saß nun auf einer zwanzig Fuß hohen Klippe, die sich am kurzen, breiten Detroit River zwischen dem Lake Erie und dem Lake Saint Clair hinzog. Die herrschende Schicht bestand aus ungefähr tausend Menschen in dreihundert Häusern hinter einer zwölf Fuß hohen Palisade. Das gegenüberliegende Ufer gehörte zu Kanada. Dort flatterte ein Union Jack im Gedenken an die frühere Herrschaft.

Trotz der politischen Teilung herrschte ein reger Handel quer über den Fluss. Detroits Wirtschaft wurde von Pelzen und Landwirtschaft beherrscht, französische Gehöfte wie in der Normandie verteilten sich auf der amerikanischen und kanadischen Seite über zwanzig Meilen.

»Detroit ist eine Mischlingsstadt«, beschrieb sie Jack Woodcock, der Kapitän unseres Schoners. »Zum einen gibt es da die Franzmänner, die schon fast so lange wie die Indianer da sind und die eigentliche Arbeit verrichten. Die

Schotten, die den Pelzhandel betreiben. Die amerikanische Garnison besteht größtenteils aus eigenbrötlerischen Grenzgängern, die nirgendwo sonst Arbeit finden. Dann gibt es die christlichen Indianer, die Stämme, die herkommen, um zu handeln, die schwarzen Dienstboten und die ehemaligen Sklaven. Und auf der anderen Seite des Flusses warten die Briten darauf, sich alles wieder einzuverleiben.«

»Teil der Vereinigten Staaten zu sein macht doch gewiss auch stolz.«

»Die Franzosen mögen uns noch weniger als die Briten. Sie verziehen sich nach Saint Louis. Die Stadt hat die Hälfte der Bevölkerung verloren.«

Die Landschaft war flach, der Himmel weit, und die Aprilsonne schien hell. Der eigenartigste Anblick waren die verstreuten Windmühlen, die ihre Fügel müßig vor den dahinjagenden weißen Frühlingswolken drehten.

»Das Land ist ein solch flacher Pfannkuchen, dass es keine Stromschnellen für Wasserkraft gibt«, erklärte unser Kapitän. »Wir sind wie ein Haufen verdammter Holländer.«

Neben den Palisaden gab es Ansammlungen von kuppelförmigen Rindenwigwams und primitiven Schuppen, die von den entthronten Indianern benutzt wurden, die sich in der Nähe des Handelspostens aufhielten. Unser Boot wurde an einem langen Holzsteg am Fuß der Klippen vertäut. Über uns kreisten Möwen, und Krähen hüpften auf der Jagd nach verschüttetem Mais oder Korn herum. Schaluppen, Kanus, Prahme und Lastkähne lagen am Pier, und die Planken knarrten und donnerten von stampfenden Stiefeln und rollenden Fässern. Die Sprache war ein Kauderwelsch aus Englisch, Französisch und Algonkin.

»Wir haben noch nicht einmal die Hälfte des Wegs bis zum Hammer zurückgelegt«, sagte Magnus verwundert, als er die Karten zurate zog, die er in New York gekauft hatte.

»Wenn wir auf dem Wasser weiterfahren, geht es schneller und leichter«, sagte ich. »Wir werden Jeffersons Empfehlungsschreiben dem hiesigen Kommandeur vorlegen und um Militärtransport nach Grand Portage bitten. Wir haben schließlich die Unterstützung der amerikanischen Regierung.«

Eine unbefestigte Rampe führte vom Anleger zum Tor in den Palisaden, gespaltene Holzstämme überbrückten Pfützen. Ein stetiger Strom von Einwohnern bewegte sich wie ein Ameisenzug hinauf und hinunter, wobei sie nicht nur Waren aus Schiffen und Kanus hin und her transportierten, sondern auch Wasser schöpften. Die Brunnen seien von den Aborten der Stadt verunreinigt, sagte Woodcock.

Drei Viertel der Einwohner waren offenbar entweder Franzosen oder Indianer. Die Franzosen hatten lange, dunkle Haare, und ihre Haut war fast so braun gebrannt wie die der Indianer. Sie trugen Hemden, Schärpen und Wildleder-Leggings, Schals um den Hals, und waren mit Stirnbändern oder leuchtend roten Kappen gekrönt. In ihren Mokassins strahlten sie eine fesche Fröhlichkeit aus, die mich, wenn auch nur entfernt, an Paris erinnerte. Die Indianer hingegen standen oder saßen eingehüllt in Decken herum und beobachteten die hektische Betriebsamkeit der Weißen mit passiver, resignierter Neugier. Sie waren Flüchtlinge im eigenen Land.

»Die Betrunkenen und Kranken landen hier«, sagte der Kapitän. »Nehmen Sie sich in Acht vor den Squawpocken.«

»Die Versuchung ist nicht groß«, sagte ich und beäugte die verkommenen, hockenden Gestalten.

»Warten Sie ab, bis Sie sechs Monate hier sind.«

Hinter den Palisaden drängten sich weiß getünchte Blockhäuser, die in der Mitte von einer großen katholischen Kirche aus Stein überragt wurden. »Zum Hauptquartier geht es da lang«, sagte Woodcock und deutete in eine Richtung. »Ich werde in der Taverne haltmachen.« Er verschwand in einer Hütte, die wesentlich belebter war als die anderen.

Das westliche Hauptquartier der United States Army, zuständig für dreihundert ungebärdige Soldaten, war ein robustes Kommandogebäude aus viereckigen Holzbalken und mehrfach geteilten Fenstern mit welligem Glas, dessen offizieller Zweck durch einen Flaggenmast mit Nationalfahne gekennzeichnet war. Da keine Wache davor stand, betraten wir unangemeldet ein kleines Vorzimmer, in dem sich ein grauhaariger Sergeant über ein Hauptbuch beugte. Wir fragten nach Samuel Stone, der laut Lewis befehlshabender Offizier war.

»Der Colonel ist wieder draußen auf dem Friedhof«, nuschelte der Sergeant durch einen stoppeligen grauen Schnurrbart und hielt eine Schreibfeder wie einen Pfeil, als wäre er unsicher, wohin er zielen sollte. Er hatte keineswegs die militärische Haltung eines Meriwether Lewis und blinzelte auf die Seite seines Hauptbuches, als sähe er das Alphabet zum ersten Mal. Schließlich strich er einen Namen aus.

»Ist eine Krankheit ausgebrochen?«

»Ach was, es gab wieder eine Schießerei. Die Garnison hat niemanden, gegen den sie kämpfen kann, also kämpfen sie gegeneinander. Der Colonel hat Duelle verboten, aber jedes

Mal, wenn er versucht, jemanden dafür zu bestrafen, ist die Hälfte von denen schon tot und die andere Hälfte für gewöhnlich zusammengeschlagen oder verwundet. Im Übrigen ist er auch ein Kämpfer. Hält das Blut frisch, sagt er.«

»Du liebe Güte. Wie viele sind denn auf diese Weise umgekommen?«

»Ein halbes Dutzend. Herrgott, wir verlieren noch viel mehr durch Ertrinken, Fieber, Schwindsucht, Indianer, Squawpocken und schlechtes Wasser. Da stirbt man doch lieber ehrenhaft als an verdammtem Durchfall, oder?«

»Wir kommen im Auftrag von Präsident Jefferson«, sagte ich und nahm einen Ton an, der, wie ich hoffte, Würde und meine eigene Wichtigkeit ausdrückte. »Kommt der Colonel bald zurück?«

»Vermutlich. Es sei denn, er kommt nicht.«

»Was soll das heißen?«

»Der Colonel hält sich an seinen eigenen Stundenplan.«

»Wir haben ein Schreiben vom Präsidenten, in dem er darum bittet, dass man uns militärischen Transport gewährleistet. Ist denn kein Brief mit einer Vorankündigung bei Ihnen eingetroffen?«

»Briefe, meinen Sie? Über Sie?« Er schüttelte den Kopf. »Wohin wollen Sie?«

»Ans Ende der Großen Seen.«

»Ans Ende? Grand Portage?«

»Ja.«

»Das ist Gebiet der Rotröcke, Mann.« Er schaute Magnus an. »Ihr Freund sieht aus wie ein Schotte. Fragen Sie ihn. Die betreiben doch die North West Company. Sind Sie ein Rotrock? Die betreiben auch alle Frachtkanus.«

»Magnus ist Norweger, und wir hätten gern eine Passage auf einem amerikanischen Schiff. Es gibt doch bestimmt Briggs, die nach Michilimackinac fahren.«

»Vor allem Kanus. Keine amerikanischen Schiffe.« Er sah uns an, als wären wir blöd. »Haben Sie denn den Fluss nicht gesehen? Es gibt keine Marine. Im Übrigen sind wir die Armee.«

Das führte zu nichts. »Ich glaube, wir sprechen lieber mit dem Colonel.«

Er zuckte mit den Schultern. »Das ändert auch nichts.« Er schaute sich um, anscheinend überrascht, dass weder ein Colonel noch Stühle vorhanden waren. »Sie können auf der Veranda warten, wenn Sie meinen, dass es sich lohnt. Sonst versuchen Sie es morgen noch mal.« Er rutschte auf seinem Stuhl herum, hob den Oberschenkel und furzte mit einem ploppenden Geräusch wie ein Signalschuss. »Verzeihung. Wecksignal.«

Wir traten wieder ins Freie und warfen einen prüfenden Blick über die verbogenen Balken, bemoosten Dächer und schlammigen Straßen, aus denen Detroit bestand. »Wenn es *das* ist, was unserer Verteidigung dient, kann ich unserem Kapitän keinen Vorwurf machen, dass er das Wirtshaus aufsucht«, sagte Magnus. »Komm, wir leisten ihm Gesellschaft und versuchen es in ein, zwei Stunden noch einmal, wenn das Grab zugeschüttet ist. Vielleicht kommt dieser Stone ja irgendwann ins Rollen.«

Also machten wir uns auf den Weg, Magnus wies auf die Pracht und den Gestank trocknender Felle hin, und ich ließ eine Bemerkung über die Knappheit an weißen Frauen fallen.

Es gab ein paar hübsche Indianerinnen, doch sie trugen eine Mischung aus eingeborener und europäischer Kleidung, die sie als Bräute der Franzosen kennzeichneten. Jüngere sahen aus wie Métis, Mischlinge.

Wir hatten das Wirtshaus fast erreicht, als eine Stimme rief: »Vorsicht!«

Ein Mann stieß uns an die Balken eines Kerzenladens, während eine schwarze Kanonenkugel, vom Aussehen her ein Vierpfünder, aus der Querstraße schoss und über die Stelle sauste, an der wir gerade noch gestanden hatten. Sie verschwand zwischen Häusern, es krachte, Holzbalken polterten.

»Tut mir leid, wenn ich grob war«, sagte unser Retter, »aber Sie waren drauf und dran, unversehens in eine Kugelbahn zu laufen. Gebrochene Fußgelenke sind in Detroit an der Tagesordnung, und die Stadt ist zerstritten darüber. Es ist eine Verordnung im Gespräch.«

»Ich habe keine Kanone gehört.«

»Die Kugel wurde nicht gefeuert, sondern gerollt. Kegeln ist eine Manie, und die Debatte über ein Verbot hat mehr Speichel verbraucht und zu weniger Ergebnissen geführt als Ihr amerikanischer Kongress. Die jungen Männer werfen, sobald die Straßen halbwegs trocken oder gefroren sind. Haben sie wenigstens etwas zu tun, sagt Colonel Stone.«

»Die Spieler geben keine Warnung ab?«, fragte Magnus.

»Wir lernen aufzupassen und früh genug zur Seite zu springen.«

Er sah mich mit wachsendem Interesse an. »Sagen Sie, sind Sie nicht der Held von Akko?«

Ich blinzelte, verdutzt, dass man mich erkannt hatte. »Wohl kaum ein Held ...«

»Ja doch, Ethan Gage! Was für ein grandioser Zufall! Meine Arbeitgeber haben gerade von Ihnen gesprochen! Gerüchten zufolge sollen Sie hier durchkommen, und man zerreißt sich die Mäuler, wie Sie sich vorstellen können. Wer weiß denn schon, wie Ihre nächste Aufgabe aussieht! Und schon sind Sie hier! Nein, leugnen Sie es nicht, man trug mir auf, nach einer hübschen Langbüchse und einem klobigen Begleiter Ausschau zu halten!«

»Darf ich vorstellen, Magnus Blodhammer, ein Sohn Norwegens. Und wer sind Sie?«

»Ah! Vor lauter Aufregung habe ich meine Manieren vergessen!«

Jubel brach aus, und die nächste Kanonenkugel rollte hüpfend vorüber. »Nicholas Fitch, Berater von Lord Cecil Somerset, Partner der North West Company. Er wohnt im Duff House in Sandwich auf der anderen Seite des Flusses, mit seiner Kusine Aurora. Er ist ganz wild darauf, Sie kennenzulernen. Verdammt neugierig auf die Belagerung von Akko. Er ist so etwas wie ein Erforscher alter Befestigungsanlagen. Ein Bekannter von Sidney Smith, bei dem Sie gedient haben.«

»Wir versuchen, Colonel Stone zu treffen wegen eines Transports über die Seen.«

»Oh, ich glaube nicht, dass Sie Stone heute noch einmal sehen werden. Er geht nach einer Beerdigung gern auf die Jagd. Behauptet, etwas anderes zu töten mache den Kopf frei. Und der Verkehr nach Norden ist ohnehin Sache der Briten. Bitte, seien Sie unsere Gäste – wir feiern ein Fest. Da kommt für hiesige Verhältnisse einiges zusammen: Händler, Farmer, Häuptlinge! Und Lord Somerset geht nach Norden. Vielleicht können wir uns gegenseitig helfen!« Er lächelte.

Tja, eine meiner Aufgaben lautete, britische Absichten im Westen auszukundschaften. Nichts ist so günstig wie ein gesellschaftlicher Anlass, bei dem Alkohol die Zungen löst. »Wenn Sie nichts gegen Männer haben, die nach einer kleinen Reise etwas ungepflegt sind, dann gern.«

»Wir haben auch ein Bad!« Er zwinkerte uns zu. »Sie werden sich für Aurora frisch machen wollen!«

18

Alexander Duffs Haus am kanadischen Ufer war ein dreistöckiges, weiß getünchtes Handelshaus, das britische Wohlanständigkeit in die Wildnis verpflanzte, um französische Voyageure, zu Besuch weilende Indianerhäuptlinge und schottische Investoren zu beeindrucken. Es hatte große Fenster und eine Veranda mit Giebeln, und drinnen wurde die Prahlerei mit massiven Mahagonitischen, Brokatstühlen, seidenen Vorhängen, Zinnkandelabern, feinem Porzellan, Bleikristall und schwerem Silber mit Elfenbeingriffen fortgesetzt. Die Nippsachen brachten den Anspruch auf Imperialismus viel deutlicher zur Geltung als das Aufstellen einer Flagge.

Magnus und ich wurden von Alexander Duff persönlich begrüßt. Er setzte uns darüber in Kenntnis, dass unsere unvorhergesehene Ankunft in der Tat mit einem Treffen wichtiger Persönlichkeiten an jenem Abend zusammenfalle, und führte uns zu einem angrenzenden Badehaus, in dem wir uns herrichten konnten. Als es dunkel wurde, waren wir geschrubbt und hatten uns präsentabel gemacht, so gut es ging. Ich kürzte mir die Haare nach republikanischer Mode, während Magnus die wilden Auswüchse seines Bartes auf prophetische Ausmaße reduzierte. Unsere Stiefel waren von unseren Reisen so abgetragen, dass Duff uns mit Perlen verzierte Mokassins gab, die wunderbar weich und leise waren. »Die einzig mögliche Fußbekleidung für Kanus«, sagte er.

Dann wurden wir mit Scotch abgefüllt, mit Brandy geölt, und unser Appetit wurde mit Portwein angeregt. Das war auch gut so angesichts des Schocks, den mir die eintreffenden Gäste versetzten. Ich hatte keine Probleme mit den englischen und schottischen Pelzkapitänen, deutschen Juden und französischen Kanufahrern, die zuerst einströmten und ihre eingeborenen Bräute auf der hinteren Veranda ließen, wie es sich gehörte. Sie waren für Grenzverhältnisse piekfein gekleidet und trugen wadenhohe, mit Perlen verzierte Mokassins, bestickte Schärpen, Seidenwesten, mit Federn geschmückte Hüte und ein keckes Selbstbewusstsein zur Schau, das man gewinnt, wenn man dem Grenzland Geld entreißt.

Nein, es war vielmehr das Trio, das eintraf, als der Hauptraum bereits überhitzt war von gedrängten Leibern und lautem Gelächter. Es zog, als die Tür aufging, die Fröhlichkeit erstarb, und Männer traten zurück, um Platz zu machen, als wären diese neuen Würdenträger entweder berühmt oder ansteckend. In diesem Fall – soweit ich es als Amerikaner verstand – waren sie beides.

Der eine war ein geschmeidiger, hakennasiger Weißer mit langem Haar, ungefähr sechzig, gekleidet in indianische Leggings, die unterhalb des Knies festgebunden waren, einem Lendenschurz aus Rohleder und einer langen französischen Jacke aus verblasstem blauem Tuch. Er trug eine leuchtende Offiziershalsberge vor der Brust wie einen silbernen Halbmond und ein Jagdmesser in einer mit Perlen verzierten

Scheide an der Hüfte. Er hatte sich seit mindestens drei Tagen nicht rasiert, und sein Blick wirkte durch einen Knochensplitter in der Nase und silberne Ohrringe in der Form von Pfeilspitzen noch finsterer. Seine gelblichen Augen, klein unter schweren Brauen, starrten wie die eines Raubvogels.

Die anderen zwei waren Indianer, beide hochgewachsen und von imposanter Statur. Der eine war etwa im Alter des Weißen, aber bis auf eine Skalplocke kahl geschoren, und trug einen schwarzen europäischen Geschäftsanzug. Sein Schädel, die hohen Wangenknochen und die römische Nase hatten die Farbe gehämmerten Kupfers, vor der sich seine Augen so dunkel wie eine Gewehrkugel abzeichneten. Sein Auftreten strahlte Würde aus, seine Haltung war aufrecht.

Der zweite Eingeborene, dreißig Jahre jünger, hatte schwarzes, schulterlanges Haar nach Art der Shawnee und war gänzlich in befranstes Wildleder gekleidet. Während der erste Häuptling seinen Blick distanziert hielt, nahmen die strahlenden und seltsam haselnussbraunen Augen des zweiten uns alle mit einem raschen Rundumblick auf, als prüfe er jeden Mann auf Herz und Nieren. An seiner Nase hingen drei winzige Messingmonde an einer Schnur, und auf seiner Brust sah ich eine blank polierte Medaille von König George. Eine einzige Feder steckte in seinem Haar, und er besaß eine elektrisierende Anziehungskraft. Interessant war, dass sein prüfender Blick schließlich an Magnus hängen blieb. Er sagte etwas zu seinen Begleitern.

»Tecumseh sagt, dass einer anders ist«, übersetzte der Weiße.

»Ein skandinavischer Riese ist, was er ist!«, sagte Duff. »Wir haben auch einen amerikanischen Besucher, Ethan Gage. Sie wollen in den Westen jenseits von Grand Portage.«

»Amerikanisch?« Der Grauhaarige fixierte mich, während er rasch in der Eingeborenensprache auf seine Begleiter einredete. Der langhaarige Indianer sagte noch etwas, und er übersetzte wieder. »Tecumseh sagt, Amerikaner gehen überallhin. Und bleiben.«

Die Gesellschaft lachte.

»Ich glaube nicht, dass ich bereits das Vergnügen hatte«, sagte ich kühl.

»Darf ich vorstellen, Tecumseh, ein Häuptling der Shawnee«, sagte Duff. »Unter einem Kometen geboren, daher bedeutet sein Name Panther über dem Himmel. Er meint, Ihre Nation habe genug Land, und Ihr Volk solle bleiben, wo es ist.«

»Ach ja?«

»Sein Verständnis von Geografie und Politik ist recht bemerkenswert. Sein Begleiter ist der berühmte Mohikaner Joseph Brant, und ihr Übersetzer ist Grenzhauptmann Simon Girty.«

Girty! Alle warteten auf meine Reaktion. Hier stand einer der berühmtesten Schurken Amerikas, ein indianischer Kämpfer, der während des Unabhängigkeitskriegs die Seiten gewechselt und sogar Daniel Boone beigestanden hatte. Es wurde behauptetet, weiße Gefangene zu foltern mache ihm Spaß. In meinen Augen sah er nur wie ein barbarischer alter Mann aus, allerdings lag sein Krieg auch schon eine Generation zurück. »Was macht Girty hier?«, platzte es aus mir heraus.

»Ich lebe hier, Mr Gage«, erwiderte er selbst, »so wie Tausende anderer Königstreuer, die von einer verrückten Rebellion aus ihrer rechtmäßigen Heimat vertrieben wurden. Ich bin ein Flüchtlingsfarmer.«

»Auch Brant hat für den König gekämpft, wie Sie wissen«, sagte Duff. »Er ist zu Besuch hier, um mit Tecumseh zu sprechen. Wir alle halten große Stücke auf den jungen Häuptling.«

Mir war nicht nach Scherzen zumute, da sich Girtys Verrufenheit bis über den Atlantik herumgesprochen hatte. »Sie haben sich gegen Ihr eigenes Volk gestellt wie Benedict Arnold!«

Er beäugte mich wie ein Stück Knorpel, das auf einen Teller gespuckt wurde. »Sie haben sich gegen *mich* gewandt. Ich habe eine Kompanie für die Kontinentalen ausgehoben, und sie haben mir eine Vollmacht verweigert, weil ich in Gefangenschaft bei den Indianern aufwuchs. Dann waren sie im Begriff, die Stämme zu verraten, die ihnen halfen! Aber ich muss doch einem Ethan Gage nichts über einen Seitenwechsel erzählen, oder?«

Ich wurde rot. Es waren die Umstände, nicht Verrat, aufgrund deren ich letztendlich zwischen Briten und Franzosen im Heiligen Land hin- und herpendeln musste, doch das war verdammt schwierig zu erklären. Der Punkt ging natürlich an Girty. »Mr Duff«, brachte ich zustande, »mir ist klar, dass ich hier in Kanada Gast auf fremdem Boden bin, und ein Gast in Ihrem Hause. Sie haben das Recht einzuladen, wen Sie wollen. Doch ich muss sagen, wenn dieses Trio den Detroit River überqueren sollte, ist es sehr gut möglich, dass sie erhängt werden, oder Schlimmeres. Simon

Girty hat die grässlichsten Gräueltaten an amerikanischen Gefangenen begangen.«

»Das ist eine verdammte Lüge!«, sagte Girty.

»Meine Gäste sind sich ihres Rufs in den Vereinigten Staaten sehr wohl bewusst, Ethan. Das ist der Grund, warum sie in Kanada sind«, sagte Duff. »Aber Simon hat recht, die Gerüchte stimmen nicht. Sie sind einfach nur tapfere Soldaten, die für eine andere Sache gekämpft haben. Mr Girty hat keine Gefangenen gefoltert, sondern im Gegenteil versucht, sie vor Indianern zu retten. Er war und ist ein Ehrenmann, dem durch die Dummheit Ihrer eigenen Nation Unrecht geschah und der dann von Männern verleumdet wurde, denen ihr Unrecht peinlich war. Wir setzen uns heute Abend als eine Bruderschaft von Kriegern gemeinsam an einen Tisch.«

»Wie in Walhall«, sagte Magnus. »Wo der Wikingerheld ein Festmahl einnimmt.«

»Genau«, sagte Duff und warf einen Blick auf meinen Begleiter, als wäre der nicht ganz bei Trost. »Sie, Blodhammer, habe ich dazugeholt, weil wir neugierig auf Ihr Ziel sind. Lord Somerset möchte Sie kennenlernen. Und Gage hat den Ruf eines – für gewöhnlich – unparteiischen und toleranten Mannes.«

Das war deutlich, und mir wurde klar, dass es nichts nützen würde, eine Szene zu machen. Ich trank einen großen Schluck aus meinem Becher. »Wo *ist* denn nun Lord Somerset?«

»Hier!«

Und er sah wahrhaftig wie ein Lord aus, als er die Treppe von den Schlafräumen im oberen Stockwerk herabschritt, als ginge er zu einer Krönung. Groß, kaftstrotzend und tadellos in grünen Frack und glänzende schwarze Stiefel gekleidet war er ein Mann Mitte vierzig mit vorzeitig ergrautem Scheitel. Sein Blick war auf einen Punkt über unseren Köpfen gerichtet. Seine Nase und die sinnlich geformten Lippen ähnelten den Marmorgenerälen in Napoleons Korridor. Er war der geborene Befehlshaber, und die Einzigen, deren Ausstrahlung der seinen gleichkam, waren die beiden Indianerhäuptlinge. Somersets Bewegungen hatten die Präzision eines Schauspielers, ein Rapier in einer Scheide baumelte theatralisch an einer Hüfte. Doch etwas an seiner Haltung legte den Verdacht nahe, dass er im Gegensatz zu vielen Aristokraten tatsächlich mit der Waffe umzugehen wusste.

»Es ist mir eine Ehre, Ihre Bekanntschaft zu machen, Mr Gage.« Dank seiner gesellschaftlichen Stellung erübrigte es sich für Somerset, die Hand auszustrecken. »Mein Freund Sir Sidney Smith hat sich sehr löblich über Sie geäußert, obwohl Sie wieder nach Frankreich entschwunden sind. Sie sind nicht nur ein Krieger, sondern so etwas wie ein Hexenmeister, wenn ich es recht verstanden habe.« Er sprach zu den anderen. »Mr Gage ist, zumindest dem Ruf nach, ein Elektrizitätspionier!«

»Was ist ein Elektrizitätspionier?«, fragte Girty argwöhnisch.

»Ein Mann Franklins, interessiert an Blitzen, dem Feuer der Götter«, antwortete Somerset vollmundig. »Forscher, Gelehrter und Berater. Ich fühle mich geschmeichelt, Mr Duff, von der untadeligen Gesellschaft, die Sie versammelt haben. Jeder Einzelne von ihnen ist ein Held, aber sie zusammenzubringen – nun ja.«

Verdammt, der Mann hatte einen Titel, und obwohl ich ein strammer Yankee-Demokrat bin, bildete ich mir unwillkürlich etwas darauf ein. Ich hatte den Blitz eingefangen!

»Auch sollten wir Mr Gages Begleiter nicht außer Acht lassen, den norwegischen Abenteurer Magnus Blodhammer, Gelehrter der Geschichte und der Legenden. Selbst ein Nachkomme edler Abstammung, ein verloren gegangener Prinz, sozusagen. Habe ich recht, Mr Blodhammer?«

»Sie schmeicheln mir. Ich interessiere mich für die Vergangenheit meines Landes. Und ja, ich kann meine Vorfahren bis hin zu den alten Königen verfolgen, bevor meine Nation ihre Unabhängigkeit verlor.«

Das war mir ganz neu. Magnus war von königlichem Geblüt?

»Und jetzt sind Sie hier in der amerikanischen Wildnis, sehr weit entfernt von Norwegen und seiner illustren Vergangenheit«, sagte Somerset. »Oder etwa nicht? Vielleicht stellen wir ja fest, dass wir alle etwas gemeinsam haben, nicht wahr?«

Tecumseh ergriff wieder das Wort.

»Er sagt, der große Norweger hat Medizinaugen«, übersetzte Girty. »Er sieht die Geisterwelt.«

»Tatsächlich?« Somerset taxierte ihn so intensiv wie ein Juwelier. »Sie sehen Geister, Magnus?«

»Ich halte die Augen offen.«

Die Gesellschaft lachte erneut, bis auf Tecumseh.

Die Becher wurden gefüllt, und wir entspannten uns allmählich, obwohl ich fast damit rechnete, dass Girty, Brant oder Tecumseh jeden Augenblick einen Tomahawk zückten und ein Geheul anstimmten. Die Grenzgefechte während des amerikanischen Unabhängigkeitskrieges waren brutal und gnadenlos gewesen, und die Erinnerung an die Grausamkeiten würde noch Generationen überdauern. Interessant fand ich an jenem Abend, dass die beiden älteren und bekannten Krieger den jüngeren, Tecumseh, von dem ich noch nie etwas gehört hatte, fast mit Ehrerbietung behandelten. Und was machte ein englischer Lord in diesem Winkel Kanadas, gegenüber der unsteten Garnison von Detroit? Ich schlängelte mich zu Nicholas Fitch durch, dem Berater, den wir auf der anderen Seite des Flusses getroffen hatten. Er schien ordentlich gebechert zu haben und mochte vielleicht etwas Nützliches von sich geben.

»Mr Fitch, Sie haben mich nicht vor einer so interessanten Gesellschaft gewarnt«, schalt ich ihn freundlich.

»Joseph Brant hat schon längst das Kriegsbeil begraben.«

»Und der jüngere Wilde?«

»Ein Kriegshäuptling, der für das Ohio County gegen euch Amerikaner gekämpft hat. Zweimal hat er euch geschlagen, vor Fallen Timbers. Er hat auch noch nicht aufgegeben. Er trägt sich mit dem Gedanken, Pontiac zu übertreffen, indem er alle Stämme östlich des Mississippi vereint. Das ist ein indianischer Napoleon.«

»Und ihr Briten unterstützt seinen Plan, um das Grenzland in Brand zu stecken?«

»Wir Briten sind die Einzigen, die Indianer wie Tecumseh richtig unter Kontrolle halten können, Mr Gage«, sagte Lord Somerset, der neben mich trat. Fitch zog sich wie ein gut geschulter Butler zurück. »Wir können der engste Freund Ihrer Nation sein oder der tödlichste Feind, je nach Ihrer Bereitschaft, einer Expansion vernünftige Grenzen zu setzen. Auf diesem weiten Kontinent ist Platz für uns alle – Briten, Indianer und Amerikaner –, wenn wir uns an unsere Gebiete halten. Tecumseh mag zwar mit einem Krieg drohen, aber nur mit unserer Hilfe. Er könnte auch der Schlüssel zu einem bemerkenswerten Frieden sein – *falls* Ihr neuer Präsident Ihre Siedler zu zügeln vermag.«

»Aber kein Platz für die Franzosen?« Immerhin hatten die Briten dreiundachtzig Jahre zuvor die Franzosen aus Kanada vertrieben.

»Ah. Gerüchten zufolge will Frankreich Louisiana wieder in Besitz nehmen. Und jetzt kommen Sie, frisch von Napoleons Hof, und sind angeblich in diese Richtung unterwegs. Ein erstaunlicher Zufall, nicht wahr?«

»Ich begreife allmählich, warum ich zu dieser Gesellschaft eingeladen wurde, Lord Somerset. Sie sind ebenso neugierig auf meine Mission wie ich auf einen englischen Adligen in der Wildnis.«

»Meine Rolle ist kein Geheimnis. Ich habe Investitionen getätigt und bin auf dem Weg nach Grand Portage, um ein zukünftiges Bündnis mit unseren wichtigsten Konkurrenten, der Hudson's Bay Company, zu besprechen. Auch in diesem Fall könnte Zusammenarbeit fruchtbarer sein als Wettbewerb. Und wie ich höre, waren Sie einst in John Astors Pelzfirma beschäftigt?«

»Als junger Arbeiter, mehr nicht.«

»Und dass er Sie in New York aufgesucht hat?«

»Gute Güte, spionieren Sie mir nach?«

»Das ist nicht nötig. Geografisch gesehen ist dieser Kontinent riesig, aber klein, wenn es um Gerüchte geht, besonders für uns im Pelzhandel. Tatsachen reisen mit jedem Eintauchen des Paddels, und Gerüchte scheinen noch schneller zu fliegen. Ethan Gage, von Syrien bis an die Großen Seen? Wie interessant. Und Gerüchten zufolge sind Sie nach einer recht spektakulären Explosion überstürzt aus New York aufgebrochen. Nicht, dass ich solchen Geschichten viel Bedeutung beimesse.«

Er wusste entschieden zu viel. »Ich sehe mir gern etwas Neues an.«

Er lächelte. »Das werden Sie.« Er drehte sich zur Treppe um, und die Unterhaltung der Menge verstummte erneut. »Meine Kusine zum Beispiel.«

19

Und so kam es zu Aurora Somersets Auftritt. Wie Cecil schritt sie vom oberen Stockwerk herab, doch während er königlichen Schrittes heruntergekommen war, schien sie in ihrem bodenlangen Kleid zu schweben, als ritte sie auf einer Wolke über die flammende Regenbogenbrücke Bifröst in Blodhammers Asgard. Die Tatsache, dass sie eine Weiße war, war Grund genug, um von der Gesellschaft angestarrt zu werden, doch es war ihre Schönheit, die uns alle verblüffte, selbst die gleichmütigen Indianer. Sie war ein zum Leben erwecktes, exquisites Porträt, eine idealisierte Skulptur, der eine Seele eingehaucht worden war. Eine wilde Kaskade kastanienbrauner Locken umrahmte ein aristokratisches Gesicht mit hohen Wangenknochen und einem feinen Kinn, smaragdgrünen Augen und Stupsnase. Ihr Lächeln zeigte perfekte Zähne, aufgeworfene, rot geschminkte Lippen, die so sinnlich waren, dass ein Mann unweigerlich an die kleine Börse einer Frau darunter denken musste. Auf einer Wange war ein Schönheitsfleck, der danach schrie, geküsst zu werden, und ob er nun echt oder nur aufgeklebt war – was spielte es schon für eine Rolle? Ein hochmodernes Kleid mit hoher Taille lenkte die Aufmerksamkeit auf die Pracht ihres Busens, ein Stück vom Brustansatz war entblößt, und die Seide verriet in wunderbarer Weise die Höcker ihrer bedeckten Brustwarzen. Der schillernde rosa Stoff klebte an ihrer klassischen Figur, ihre Hüften schwangen, als sie die Treppe herunterkam. Die Schuhe, die unten hervorlugten, waren mit winzigen Staubperlen bestickt. Ihre Krone war ein kleiner Turban, den so etwas wie eine Straußenfeder zierte, und um ihren Hals lag eine enge Kette mit einem großen Smaragd, der zu ihren Augen passte. Die Kerzen selbst schienen sich zu verneigen, als sie vorbeiging, und ihr Blick tanzte über die versammelten Männer, bis er sich auf Lord Somerset richtete – und auf mich, dessen war ich mir sicher.

Ich grinste. Ich hatte mich verliebt, oder zumindest an Wollust berauscht, Gefühle, die in uns Männern leicht durcheinandergeraten. Eine Schande, so oberflächlich zu sein, doch, bei Casanovas Hof, sie brachte die Säfte ins Wallen: Das eindrucksvollste Stück Architektur, das ich seit meiner Abreise aus Mortefontaine gesehen hatte, außerdem das farblich bestgestaltete, mit kirschroten Lippen und pfirsichfarbenen Wangen. Aurora war lähmend wie eine Kobra, als Versuchung beängstigend und unwiderstehlich wie Evas Apfel.

»Die bringt mehr Schwierigkeiten ein als Pauline Bonaparte«, flüsterte Magnus mir zu. Er konnte so unerträglich altklug sein wie ein Pfaffe an einer Weinpresse.

»Sie ist es wert.«

»Cecil«, trällerte sie, »du hast mir gar nicht gesagt, dass unsere Gesellschaft so gut aussehen würde!« Sie strahlte uns alle an, und mehr als ein grauhaariger, in der Wildnis abgehärteter schottischer Pelzhändler blinzelte und wurde rot. Sie beäugte auch Tecumseh und fuhr sich mit der Zunge über die Lippen, doch der junge Häuptling war der Einzige, der in ihr nichts weiter als ein hübsches Möbelstück sah. Nur einen Moment lang ließ sie verärgerte Unsicherheit durchblicken, dann schweifte ihr Blick weiter.

Ich hingegen verbeugte mich wie ein Höfling. »Lady Somerset. Die Ankündigung Ihrer Schönheit wird Ihnen nicht gerecht.«

»Es ist wunderbar, einen Anlass zu haben, sich fein zu machen. Und Sie müssen der beachtliche Ethan Gage sein.« Sie hielt mir eine schlanke weiße Hand hin, damit ich einen Handkuss darüberhauchen konnte. »Cecil hat mir gesagt, dass Sie alle möglichen Geheimnisse kennen, über Elektrizität und uralte Mächte.«

»Die ich nur meinen Vertrauten preisgebe.« Ich grinste, und Magnus verdrehte die Augen.

»Das setzt mir ein Ziel, nicht wahr?« Sie klappte einen Fächer auf und verbarg sich kurz dahinter. »Ich möchte *so* gern von Ihren Abenteuern hören. Ich hoffe *wirklich*, dass wir Freunde sein können.«

»Ihr Vetter hat etwas ganz Ähnliches vorgeschlagen. Aber ein Mann mit dem Ruf eines Mr Simon Girty gibt doch wohl jedem Amerikaner zu denken, fürchte ich. Ich möchte nicht als Verräter in der Gesellschaft wahrgenommen werden, in der ich mich aufhalte, Lady Somerset.«

»Sagen Sie bitte Aurora zu mir. Und Freundschaft verrät niemanden, oder?«

»Man hat mir schon vorgeworfen, zu viele Freunde und zu wenige Überzeugungen zu haben.«

»Und ich meine, manche hängen an Überzeugungen, weil sie keine Freunde haben.« Sie wedelte mit ihrem Fächer.

»Ethan hat uns gerade erzählt, was er im Nordwesten macht«, gab Cecil Somerset das Stichwort.

»Ich reise für mein Leben gern«, sagte ich.

»Mit norwegischen Riesen«, ergänzte er.

»Auch ein Freund. Ich bin eigenartig beliebt.«

Magnus legte seine Hände auf meine Schultern. »Wir beide sind Schüler der Freimaurerei. Wussten Sie, Lord Somerset, dass viele amerikanische Generäle, gegen die Ihre Armeen während des Unabhängigkeitskrieges gekämpft haben, Freimaurer waren? Kann es sein, dass Sie auch einer sind?«

»Ich glaube kaum.« Er schnaubte. »Ziemlich merkwürdige Leute, glaube ich. In London hat es einen skandalösen Nebenzweig gegeben ...« Er wandte sich an seine Kusine. »Hieß er nicht der Ägyptische Ritus?«

»Man behauptet, der Ägyptische Ritus habe Frauen zugelassen, und die Zeremonien seien recht erotisch gewesen«, sagt Aurora. »Okkult und von skandalöser Fleischeslust.«

»Dafür, dass es ein Geheimnis ist, scheinen Sie viel darüber zu wissen«, stellte Magnus fest.

»Drei können ein Geheimnis wahren, wenn zwei von ihnen tot sind«, warf ich ein. »Das hat Ben Franklin gesagt.«

Aurora lachte. »Wohl wahr! Und Norweger tratschen nicht, Mr Blodhammer? Was machen die nur den ganzen Winter über da oben?« Magnus' apfelfarbene Wangen wurden noch roter.

Ich wusste, dass mein ins Jenseits befördeter Feind Silano Mitglied dieses Ägyptischen Ritus war, und fand es interessant, dass dieses englische Paar etwas über die Organisation wusste. Andererseits war der Kult in den Salons von

London und Paris Tagesgespräch gewesen, und Magnus hatte die Freimaurerei angesprochen. Trotz meiner Zweifel hinsichtlich Girty genoss ich die Gegenwart dieses Paars. Ihr eleganter Stil erinnerte mich an Europa.

»Wie mutig von Ihnen, in die Wildnis zu reisen, Aurora.«

»*Au contraire*, Mr Gage, ich schleppe ganze Truhen voller Kleider mit. Cecil beklagt sich andauernd darüber, nicht wahr, Vetter?«

»Ich weiß nicht, ob ich mit einer Frau oder einer Karawane umherziehe.«

»Für eine anständige Frau ist es eine Notwendigkeit. Unser Komfort ist ein Zeichen der Zivilisation. Deshalb sollten Sie mit *uns* kommen, Mr Gage. Die Landschaft bleibt dieselbe, ganz gleich wie Sie reisen. Warum sollten Sie es nicht mit einem ordentlichen Brandy genießen? Haben Sie schon den amerikanischen Maiswhiskey probiert?« Sie schüttelte sich. »Ebenso gut kann man Terpentin trinken.«

»Mit Ihnen kommen?« Ein Boot mit den Briten zu teilen lief den Absichten meiner amerikanischen und französischen Gönner zuwider, doch sich die Reisezeit mit Aurora Somerset zu vertreiben war verlockend. Ich könnte in Erfahrung bringen, was die Engländer im Schilde führten.

»Wir fahren nach Grand Portage zum Sommerrendezvous. Das ist doch bestimmt die Richtung, die Sie und Ihr norwegischer Begleiter ohnehin einschlagen wollen?«

»Wir haben vor, amerikanische Transportmittel zu nehmen«, sagte Magnus.

»Die offenbar nicht existieren«, fügte ich rasch hinzu. »Unser Empfang in Fort Detroit war alles andere als beruhigend.«

»Das überrascht mich nicht«, sagte Somerset. »Scheußliche Disziplin, wie? Ich hoffe nur, dass Ihre junge Nation am Nordwesten festhalten kann.« Seiner Herablassung entnahm ich, dass er das genaue Gegenteil hoffte, doch das war nicht mein Problem.

»Können Sie mir erklären, was es mit dem Sommerrendezvous auf sich hat?«

»In jedem Frühling«, sagte Cecil, »packen die Außenposten im Innern Kanadas die Felle, die sie über den Winter durch Handel und Fallenstellen erworben haben, zusammen und bringen sie mit dem Kanu nach Süden und Osten zum Fort von Grand Portage. Unterdessen schickt die North West Company von Montreal aus Frachtkanus nach Westen, die mit frischen Handelswaren für die Indianer beladen sind. Die beiden Gruppen treffen sich am Fort, vergnügen sich auf dem größten Fest aller Zeiten miteinander, tauschen die Felle gegen die Handelswaren und kehren auf ihren Pfaden wieder zurück, bevor alles wieder zufriert. Die Gruppe aus Montreal transportiert die Felle zurück, um sie weltweit zu vertreiben, und die Voyageure nehmen die Waren mit zu den Handelsposten im Landesinnern. Wir haben vor, die Frachtkanus in Michilimackinac zu treffen, am Ende des Lake Huron. Das ist der sicherste, schnellste und leichteste Weg, um nach Westen zu gelangen.«

Wieder einmal hatte mein Charme all unsere Probleme gelöst! Statt mit einer militärischen Eskorte und den Unbilden des Kampierens im Freien würde ich im Luxus nach Nordwesten reisen. »Aber was ist mit Ihren anderen Gästen?« Während Aurora eine entzückende Begleiterin wäre, ließ mich Girty um meinen Skalp fürchten.

»Sie sind nur heute Abend hier, Mr Gage«, versicherte Cecil mir. »Mr Girty ist ein Nachbar von Mr Duff, und im Gegensatz zu den Amerikanern versuchen wir Freundschaft und Bündnisse mit den Indianern zu pflegen. Ihre Reaktion hat mich, offen gestanden, überrascht: Der Unabhängigkeitskrieg ist eine uralte Geschichte, und Girty und Brant sind alte Kämpfer. Lassen wir doch die Vergangenheit ruhen. Sie und ich müssen daran arbeiten, den zukünftigen Frieden sicherzustellen. Wird der Kontinent aufgeteilt, wie ich schon sagte, hat jede Gruppe ihren Einflussbereich. Was könnte harmonischer sein?«

Magnus legte seine Hand auf meinen Arm. »Ethan, wir sind im Auftrag Jeffersons und der Franzosen unterwegs.« Er beäugte Aurora misstrauisch.

Ich schüttelte ihn ab. »Und dazu gehört auch, Frieden mit den Engländern zu wahren.«

Cecil strahlte. »Genau.«

»Ich glaube nicht ganz an Missionen«, fuhr ich fort. »Menschen, die sich einer Sache absolut sicher sind, schießen nach meiner Erfahrung am meisten, weil sie mit Menschen zusammenstoßen, die vom Gegenteil ebenso überzeugt sind. Doch wie können wir einer Sache überhaupt sicher sein?«

»Sie sind ein Philosoph, Sir, und einer nach meinem Geschmack. Wenn die Menschen einfach nur für sich leben und andere tolerieren würden, wie meine Kusine und ich, dann wäre Freundschaft universell.«

Ich schaute Aurora an. »Nach den Erfahrungen, die ich mit beiden Seiten im Orient gemacht habe, kann ich mir keinen Besseren vorstellen als mich, um den unseligen Abgrund zwischen Frankreich, England und Amerika zu überbrücken. In enger Zusammenarbeit mit den Somersets, versteht sich.«

»Mr Gage, ich möchte in *vertraulicher* Partnerschaft arbeiten«, sagte Aurora.

»Bitte, sagen Sie Ethan zu mir.«

»Ethan ...«, nörgelte Magnus. »Menschen, die sich mit allem einverstanden erklären, werden am Ende von allen benutzt.«

»Oder unterstützt.« Ich war überaus glücklich, von Aurora benutzt zu werden. Sollte Magnus doch ein Templer sein, ich wollte das Leben genießen. »Wir alle hier sind doch in derselben Richtung fast zum selben Ziel unterwegs. Wir werden Sie nach Grand Portage begleiten, Lord Somerset. Dort trennen sich dann unsere Wege.« Ich lächelte seiner Kusine zu. »Ich möchte zuschauen, wie Sie die Zivilisation verbreiten.«

»Und ich möchte Sie dabei gern mittendrin haben.«

20

Ich schickte Colonel Stone eine Nachricht, in der ich ankündigte, dass wir im Zuge meiner Mission für Jefferson die Somersets begleiten würden, falls jemand in Washington sich fragte, was zum Teufel wohl aus uns geworden sei. Ich suchte den Offizier nicht persönlich auf, denn ich wollte nicht riskieren, dass er mir eine andere Art des Transports anbot, was mich um die Chance gebracht hätte, die reizvolle, verführerisch gefährliche Aurora zu begleiten. Ich überzeugte den zweifelnden Magnus, dies sei der schnellste Weg, um zum vermuteten Versteck von Thors Hammer zu gelangen, und es sei nie verkehrt, Länder wie Britannien auf seiner Seite zu haben, wenn man versuche, das eigene Land von den Dänen zu befreien. »Auf diese Weise wirst du mit dem Gewinner verbündet sein, ganz gleich, wer in dem Kampf zwischen England und Frankreich die Oberhand gewinnt!«

»Und ein Zielobjekt für die Rache des Verlierers«, brummte er mit unerträglicher Logik.

Wir gingen an Bord des Kutters *Swallow*, um über den Lake Huron zur amerikanischen Handelsniederlassung auf Mackinac Island zu fahren. Von dort würden wir auf Frachtkanus umsteigen, die Handelswaren nach Grand Portage brachten. Dann eine Spritztour ins Landesinnere, ein schneller Blick auf der Suche nach blauäugigen Indianern, Wollhaarelefanten und elektrischen Hämmern, und wieder zurück in die Zivilisation, bestenfalls mit einem Schatz, mindestens aber mit aufpolierter Reputation.

Wie gut, wenn man neue Freunde hat.

Allerdings war ich einen Augenblick lang beunruhigt, als ich auf die letzten Truhen und Dienstboten wartete, die an Bord kommen sollten, und sah, dass Lord Somerset auf dem Rasen vor Alexander Duffs Haus ein intensives Gespräch mit Girty, Brant und Tecumseh führte und die drei Blicke in meine Richtung warfen. Einen Moment lang fürchtete ich, das Trio wollte sich uns anschließen, aber nein, sie schauten finster zu uns hinüber und verabschiedeten sich mit Handzeichen von Cecil, als wäre eine Entscheidung gefällt worden. Immerhin stand ich unter dem Schutz meines neuen Präsidenten und des Ersten Konsuls von Frankreich. Dann kam der Aristokrat an Bord und nickte mir zu, als wolle er mich beruhigen. Wir brachen nach Norden auf, nachdem wir einen Salut an Detroit auf dem gegenüberliegenden Ufer abgeschossen hatten. Kein mit amerikanischen Offizieren vollbeladenes Kanu legte ab, um mich zu bitten, doch in ihren Verantwortungsbereich zurückzukehren.

Wir kamen an der bewaldeten Isle Aux Cochons vorbei, auch Hog Island genannt, auf der noch immer Wildschweine gejagt wurden, und gingen abends auf dem Saint Clair vor Anker, der in jedem anderen Land ein riesiger See gewesen wäre, in diesem aber nur einer Pfütze gleichkam. Am nächsten Morgen standen wir nach Sonnenaufgang auf, frühstückten angenehm mit Tee, Keksen und kaltem Braten, der von Duffs Fest übrig geblieben war, und brachen mit zunehmender Brise wieder auf. So ließ sich reisen! Ich streckte mich an Deck aus, um die Aussicht zu genießen, während wir den Saint Clair River aufwärts zum Lake Huron fuhren, Magnus seine Karten mit den großen leeren Flächen studierte und Somerset sich über die Buchhaltung für den Pelzhandel beugte. Anscheinend hatten selbst Aristokraten zu arbeiten.

Aurora und ich kamen fabelhaft miteinander aus. Sie fand meine Geschichten über Napoleons Ägyptenfeldzug und seine erfolglose Belagerung Akkos höchst unterhaltsam, versäumte nie, fröhlich über meine kleinen Scherze zu lachen mit der Schmeichelei, die mit Liebäugeln einhergeht. Sie war, so vermutete ich, verständlicherweise von meinem Charme hingerissen, meinem übertriebenen Ruf und meinem annehmbaren Äußeren. Ich erzählte heitere kleine Geschichten über Sir Sidney Smith und Bonaparte, Franklin und Berthollet, das alte Jerusalem und das antike Ägypten ... Und nun hatte ich auch noch Beschreibungen des merkantilen New York, des rustikalen Washington und des seltsamen neuen Präsidenten anzubieten! Die Somersets ihrerseits erzählten mir, wie bedrohlich Bonaparte für England war und dass sie hofften, sein Erwerb von Louisiana werde keinen neuen nordamerikanischen Krieg heraufbeschwören. »Wir beide müssen daran arbeiten, dass der Friede erhalten bleibt, Ethan«, sagte Aurora.

»Mir ist Zuneigung auch lieber als Kampf.«

»Eines Tages werden England und Amerika wieder versöhnt sein.«

»Die Wiedervereinigung kann mit uns beiden anfangen!«

Aurora und ich hatten beide Nelson kennengelernt, ich auf einem Kriegsschiff, sie in London, und die Dame schäumte über vor Gerüchten über seine angebliche Vernarrtheit in Emma Hamilton, eine ehemalige Abenteurerin, die reich geheiratet hatte und sich noch weiter nach oben schlief. »Sie ist eine Schönheit, ihre Porträts hängen überall in London, und er ist der größte Held der Zeit«, seufzte Aurora. »Ein großartiger Skandal!« Der Neid war ihr anzuhören.

»Sie werden sie in den Schatten stellen, dessen bin ich mir sicher.«

Cecil unterrichtete uns in der Pelzpolitik Kanadas. Die Hudson's Bay Company operierte von der großen Bucht im Norden aus, die ihr den Namen gab. Das hatte den Vorteil, dass sie ihre Handelswaren in Frachtschiffen ans Ufer der Bucht transportieren konnte und die Flussentfernungen zu den Handelsposten im Landesinnern Kanadas kürzer waren. Magnus nickte, als er das hörte, da seine Nordmänner seiner Theorie nach dieselbe Route benutzt hatten. Der Nachteil für die Bay Company waren kurze Sommer und lange Winter. Ihre Rivalin, die North West Company, die von Schotten beherrscht wurde, die französische Voyageure in Langstreckenkanus beschäftigten, operierte von Montreal aus auf einer heroischen Wasserroute von fünftausend Meilen quer über die Großen Seen und die sie verbindenden Flüsse. Ihre Saison war länger, doch sie waren auf Kanus beschränkt, was eine enorme Zahl an Arbeitskräften erforderlich machte – zweitausend Mann. Dann gab es auch noch Astor, der Trapper auf der amerikanischen Seite der Grenze eingesetzt hatte und den Pelzhandel Richtung New York über die Flüsse Mohawk und Hudson monopolisierte.

»Jede Route hat ihre Vorteile und Probleme, und das Vernünftigste wäre, ein Bündnis zu schließen«, sagte Somerset. »Mit Zusammenarbeit erreicht man stets mehr als mit Wettbewerb, meinen Sie nicht?«

»Wie wir auf diesem Boot. Sie fahren mich nach Mackinac, und ich werde mein Empfehlungsschreiben von Jefferson nutzen, um den Weg in der amerikanischen Garnison zu ebnen. Wir haben hier einen kleinen Völkerbund, wobei Sie England repräsentieren, Magnus Norwegen und ich Amerika mit Verbindungen nach Frankreich.«

Ich sah Aurora an. »Partnerschaft hat etwas Angenehmes.«

Ich wünschte, das Boot wäre größer gewesen, damit die Kleine und ich für uns hätten sein können, doch jeden Abend nahm sie wie eine verwöhnte Prinzessin die Privatkabine des Kapitäns in Beschlag, während wir Männer, ein Dutzend an der Zahl, an Deck zwischen der Schiffsladung und den Truhen, Taschen und Ranzen schliefen, aus denen das Gepäck der Somersets bestand.

Da waren Fitch, ein Koch, ein Butler, eine frankokanadische Magd, die in Auroras Kabine schlief, und ein Bootsmann, der sich um die Sammlung von Sportwaffen und Schwertern kümmerte, die Cecil mitführte.

Der englische Lord begrüßte jedes Morgengrauen mit Fechtübungen, bei denen er Stöße und Schläge ausführte, während er am Bug das Gleichgewicht zu halten versuchte. Der Kapitän behielt ihn sorgfältig im Auge, falls der Adlige ein wichtiges Seil durchtrennen sollte.

Unterdessen stahl sich die Zivilisation allmählich davon.

Während wir auf dem weiten Süßwassersee, dem Lake Huron, nach Norden fuhren, schien der Himmel immer größer zu werden und sich über immer leerere Horizonte zu erstrecken. Die Küstenlinie, wenn wir sie sehen konnten, war eine flache, ununterbrochene Ausdehnung von Wald. Kein weißes Dorf, keine Farm, nicht einmal eine einsame Hütte durchbrach die endlose grüne Front. Einmal kamen wir an einem Indianerlager vorbei. Rindenwigwams standen auf sandigem Ufer. Doch wir entdeckten nur zwei Gestalten, eine dünne Rauchfahne und ein einziges auf das Ufer gezogenes Kanu. Dann wieder sah ich Wölfe an einem Sandstrand herumtollen, und beim Anblick ihrer unbesorgten Wildheit schnürte sich mir die Kehle zu. Über uns kreisten Adler, Otter platschten an den seichten Stellen im Wasser, doch die Welt schien menschenleer. Der Planet hatte sich in etwas Unendliches, Ursprüngliches und doch eigenartig Einschüchterndes zurückverwandelt. Hier blieb Mutter Erde gleichgültig. Der schützende Gott Europas war durch den einsamen Wind und die Geister der Indianer ersetzt worden.

So viel Raum, all die Möglichkeiten, die sich auftaten, alles nicht erkannt! Selbst bei strahlendem Sonnenschein schien der große nördliche Wald kalt wie die Sterne. Nichts und niemand hier hatte vom berühmten Ethan Gage gehört, dem Helden der Pyramiden und Akkos. Ich war zur Bedeutungslosigkeit verkommen.

Während dieser ungezähmte Wald für die Mannschaft des Schiffes anscheinend nichts Unerwartetes war und so monoton, dass es keiner besonderen Erwähnung bedurfte, war Magnus von der unaufhörlichen Baumlinie wie gebannt.

»Das war die Welt der Götter, welche die ersten Menschen waren«, sagte er zu mir, während wir kreuzten. »So war alles einmal, Ethan. Große Helden wandelten, ohne auch nur ein Zeichen zu hinterlassen.«

»Das ist die Welt der Potawatomi und der Ottawa«, erwiderte ich. »Und die sind alles andere als Götter. Du hast ein paar gesehen: Arme, Kranke und Betrunkene.«

»Aber sie können sich noch an mehr erinnern als wir«, beharrte er. »Sie sind näher an der Quelle. Und wir haben nur die gesehen, die von unserer Welt korrumpiert wurden. Warte, bis wir in ihre Welt kommen.«

21

Mackinac Island war ein grüner Buckel zwischen den spiegelnden blauen Platten von See und Himmel. Die amerikanische Garnison mit neunzig Männern bewachte die engen Durchfahrten, die zum Lake Michigan führten. Sie repräsentierte den Rand der Vereinigten Staaten. Dahinter gab es nur britische Außenposten, Trapper und Indianerstämme. Unser kleiner Kutter feuerte einen einschüssigen Salut ab, als wir am Anleger der Insel festmachten, und das Fort erwiderte den Schuss, dessen Knall große Vogelschwärme aus dem Wald aufscheuchte und dann in der Leere verhallte.

Das Fort hatte die Form eines Dreiecks mit drei Blockhäusern und zwei Brustwehren für Kanonen, Erde und Stein auf der Wasserseite und Palisaden zum Land hin. Das hohe weiße Quartier der Offiziere mit Walmdach und doppeltem Schornstein war das beherrschende Gebäude. Weitere Hütten und Schuppen säumten einen Exerzierplatz. Der Wald rings um das Fort war für Weide- und Ackerland gerodet worden und um dem Außenposten Licht zu verschaffen.

»Wir Briten haben den Handelsposten hierherverlegt, nachdem Pontiacs Indianer das alte französische Fort von

Michilimackinac am Ufer des Festlands bezwungen hatten«, sagte Lord Somerset und zeigte darauf. »Es war ein meisterhafter Angriff, die Indianer taten so, als spielten sie Lacrosse, folgten dem Ball durch das Tor des Forts und nahmen dann Waffen von ihren wartenden Frauen entgegen, die sie unter ihren Handelsdecken versteckt hatten. Das Fort fiel in zehn Minuten. Der neue Handelsposten lässt die Indianer nicht an Land kommen, obwohl man im Winter zu Fuß über das Eis nach Mackinac laufen kann. Nachdem die Grenze festgelegt war, haben wir dieses Fort euch Amerikanern übergeben, während wir ein neues am Saint Mary's River bauen, in der Nähe der Stromschnellen, die in den Lake Superior führen.«

»Neunzig Amerikaner, um das ganze Northwest Territory zu bewachen?«

»In Nordamerika hängt die Herrschaft an einem seidenen Fädchen. Deshalb ist unser Bündnis so wertvoll, Ethan. Wir können Missverständnissen vorbeugen.«

Der Kommandeur hier war bloß ein Lieutenant namens Henry Porter. Er nahm uns am Anleger in Empfang und geleitete uns über den unbefestigten Weg zum Tor des Forts. Mein Empfehlungsschreiben von Jefferson beeindruckte ihn. »Ich hatte gehört, dass es einen neuen Präsidenten geben soll, und schon haben wir ihn hier«, staunte er und betrachtete die Unterschrift, als wäre sie mit dem Blut des Staatsmannes geleistet worden. Aurora gaffte er geradezu verträumt an, was mich störte. Der Lieutenant schien mit Duellen und Kegeln weniger geplagt als Colonel Stone. Tatsächlich wirkte sein Fort leer. »Die halbe Garnison ist dauernd unterwegs beim Angeln, Jagen, Holzfällen oder um

Handel mit den Indianern zu treiben«, sagte er. »In den Offiziersunterkünften haben wir jede Menge Platz, solange Sie auf Ihre Frachtkanus warten.«

Das mochte ja zutreffen, nicht aber für Lady Aurora Somerset. Mit einem kurzen Blick auf die spärlichen militärischen Zellen verkündete sie, ihre Truhen würden zwar in eine Kammer passen, sie jedoch gewiss nicht. Nach eingehender Inspektion jeder Möglichkeit erklärte sie, das obere Stockwerk des östlichen Blockhauses würde ihrem Bedarf nach Privatsphäre und ihrem Komfort gerade eben entsprechen. Mit ererbter Autorität befahl sie Porter, seine beiden Sechspfünder aus dem Weg zu schieben, bat um eine Korporalschaft amerikanischer Infanterie, die ihr ein Maishülsenbett mit Daunendecke hereintragen sollte, und erklärte das Parterre als ausreichend für ihre Dienstmagd. Sie würde einige Pelze in Beschlag nehmen, fuhr sie fort, und die rauen Dielen ihrer neuen Unterkunft damit bedecken, um sie bewohnbar zu machen.

»Aber was ist, wenn wir angegriffen werden?«, fragte der junge Lieutenant, den das herrische Auftreten des englischen Adels zutiefst beeindruckte.

»Mein lieber Lieutenant, niemand würde wagen, einen Somerset zu überfallen«, erwiderte Cecil.

»Und ich werde die Eichhörnchenflinte meines Vetters nehmen und ihnen zwischen die Augen schießen, wenn sie es tun«, fügte Aurora hinzu. »Ich bin eine ausgezeichnete Schützin – ja, mein Vetter hat es mir beigebracht. Im Übrigen ist das Blockhaus doch der sicherste Ort, oder nicht? Sie kümmern sich doch um die Sicherheit von Frauen, Lieutenant?«

»Ich denke schon.« Er blinzelte noch einmal auf Jeffersons Brief, als könnte er darin Anweisungen finden, wie er mit dieser Forderung umzugehen hatte.

»Ich werde scharf nach Wilden Ausschau halten – und nach allen in Ihrer Garnison, die es wagen, in meinen Privatbereich einzudringen! So machen wir es in England, und Sie täten gut daran, das zu beachten. Das wird lehrreich für Sie sein.« Sie schnaubte. »Dies hier hat nur wenig mit der Eleganz eines britischen Handelspostens zu tun.« Sie berührte seine Wange und schenkte ihm ein dankbares Lächeln. »Allerdings weiß ich Ihre Gastfreundschaft durchaus zu schätzen, Lieutenant.«

Nach diesen Worten war Porter mit wehenden Fahnen auf dem Rückzug, Bunker Hill war eingenommen, Yorktown gerächt, und Britannien triumphierte. Hätte sie um seine eigene Wasserschüssel gebeten, hätte er sie auf der Stelle ausgeliefert, ebenso wie das Indian Territory.

Ich bin natürlich erfahrener, was Frauen betrifft. Aber leider nicht vernünftiger als der arme, ungeschliffene Porter. Ich bin schließlich ein Mann, eilfertig wie ein Insekt, und ich begann sofort, Pläne zu schmieden.

»Willst du unsere Weiterreise nach Norden aufs Spiel setzen und Cecil in Rage bringen, wenn du dich an seine Kusine heranmachst?«, zischte Magnus mir zu, während ich sehnsüchtig zum Blockhaus schaute und geradezu darum bettelte, überfallen zu werden. »Das ist genauso unverantwortlich wie deine Liebelei mit Pauline Bonaparte!«

»Er ist weder ihr Mann noch ihr Vater. Und glaube mir, Magnus, Aurora zu erobern könnte sich als ebenso nützlich für unsere Weiterfahrt erweisen wie Pauline Bonaparte, als sie uns half, aus Mortefontaine hinauszukommen. Frauen können findige Verbündete sein, wenn sie einen nicht verraten.« Ich bin eben ganz Optimist.

»Sie hat eine viel höhere gesellschaftliche Stellung als du und zwei Kanonen, um dich von ihr fernzuhalten.«

»Und das heißt, ich muss so gerissen sein wie Pontiacs Indianer, als sie Michilimackinac einnahmen.«

Ich glaubte nicht, dass ich einem Lacrosse-Ball bis zu ihrem Boudoir folgen könnte, doch ich hatte ein anderes trojanisches Pferd. Ich nahm meinen wertvollsten Besitz, meine Langbüchse, und trug Auroras Magd auf, sie auf das Bett in den Schlafräumen meiner Jagdbeute zu legen mit einer Notiz, in der ich ihr die Büchse zu ihrem Schutz und ihrem Vergnügen anbot und ihre Schießkunst lobte. Unterdessen dinierten wir in der Offiziersmesse. Alle waren neugierig auf Jefferson, weshalb ich ihnen erzählte, was ich von ihm hielt.

»Der Mann schreibt wie Moses, kann sich jedoch nicht gut genug artikulieren, um ein Schulhaus zu leiten. Er hat einen lebendigen Vogel und Knochen toter Elefanten in seinem Büro und weiß mehr über Wein als der Herzog von Burgund. Ich halte ihn für ein Genie, aber auch für total verrückt.«

»Wie alle Anführer, die nicht für den Posten geboren sind«, schnaubte Cecil. »Die amerikanischen Demokraten sind zugegebenermaßen recht klug, aber Herkunft und Abstammung zählen doch wohl nach wie vor?«

»Bei Tisch ist er der unterhaltsamste Mann, dem ich seit meinem Mentor Franklin begegnet bin«, sagte ich. »Unersättlich neugierig. Er ist fasziniert vom Westen, das kann ich Ihnen versichern.«

»Ich bewundere das Talent Ihres jungen Landes«, sagte Aurora, »wenn man bedenkt, dass alle Menschen von hohem Stand während des Unabhängigkeitskrieges nach Kanada oder zurück nach England geflohen sind. Ich habe Ihre Verfassung gelesen. Wer hätte gedacht, dass ein solcher Genius in einfachen Leuten zu finden wäre? Ein beachtliches Experiment, das Sie da verteidigen, Lieutenant Porter. Bemerkenswert.« Sie schenkte ihm so ein strahlendes Lächeln, dass ich eifersüchtig wurde.

Er errötete. »In der Tat, Miss Somerset. Und die ärgsten Feinde können die besten Freunde werden, nicht wahr?« Dann lächelte *er* wie ein Höfling. Ich schwöre, der junge Schuft hatte seinen Grips wiedergefunden!

Als sie bereitwillig ihre kleine Festung aufsuchte, damit wir Männer noch bei Portwein und Pfeifen miteinander reden konnten – Somerset machte viel Aufheben um das Anzünden einer Zigarre, einer Neuerung von der Nordküste Südamerikas –, entschuldigte ich mich und schlüpfte hinaus, bevor Porter oder ein anderer sich vor mich schieben konnten, und huschte über den Exerzierplatz zu Auroras Blockhaus. Auf mein Klopfen hin öffnete die Magd. Ich verkündete, ich habe meine Waffe ausgeliehen und wolle sicherstellen, dass sie richtig gehandhabt wurde. Einfältig grinsend ließ das Mädchen mich ein.

»Ist es das, wonach Sie fragen, Mr Gage?« Auroras Stimme schwebte von oben herab. Die Mündung meiner Langbüchse tauchte, einer forschenden Schlange gleich, in der Öffnung der Bodenklappe auf, die nach oben zu ihrem Gemach führte. »Ich war tatsächlich überrascht, das Gerät hier in meinem Bett zu finden, obwohl mich eine Notiz informierte, es könnte von Nutzen sein.«

»Ihre Bemerkung über das Erschießen von Wilden brachte mich auf den Gedanken, dass Sie vielleicht gern mit einer gut verarbeiteten Waffe üben würden«, sagte ich. »Wir könnten uns heute Abend damit beschäftigen.«

»Geschmiedet in Lancaster, vermute ich«, sagte ihre körperlose Stimme.

»Nein, vielmehr in Jerusalem. Das ist eine lange Geschichte.«

»Nun ja, wenn wir zusammen schießen sollen, dann kommen Sie doch herauf und erzählen Sie. Das Zielen wird durch Verständnis verbessert, was meinen Sie?«

Also kroch ich hinauf, schloss die Falltür und ließ zwei Felle darüberfallen, um ihre zu erwartenden leidenschaftlichen Schreie zu dämpfen. Ihrer Aufforderung folgend setzte ich mich auf eine Truhe, während sie ihr Kleid glättete, um geziert auf ihrer Bettkante Platz zu nehmen. Ihre Augen blitzten, und ihr wundervolles Haar schimmerte im Kerzenlicht. Sie war gerade aufgelöst genug, um erotisch zu wirken. Zwei Knöpfe waren vorsorglich geöffnet, gelöste Haarsträhnen kunstvoll beleuchtet, ihre schmalen Stiefel von den weißen Strümpfen abgestreift.

»Der Schmied war ein britischer Agent, und der Schaft wurde von seiner schönen Schwester geschnitzt«, fing ich an.

»Ach, sie war schön?« Aurora warf ihr Haar nach hinten.

»Natürlich nicht so schön wie Sie.«

»Natürlich.« Sie streckte sich wie eine Katze und gähnte allerliebst. »Aber Sie würden dieser anderen Frau dasselbe sagen, oder? Böser Mann. Ich kenne Ihre Sorte.«

»Ich meinte es wirklich.«

»Ach ja?« Die Büchse lag quer über ihrem Schoß. »Nun, Mr Gage. Dann kommen Sie zu mir und zeigen Sie mir, wie Ihre Waffe funktioniert.«

Das tat ich auch.

Nun ist eine Frau ja das erstaunlichste, schönste Wesen in der ganzen Natur, und die besten öffnen einem Mann ein Tor in den Himmel. Ich weiß ein nettes Mädchen zu schätzen. Dann wiederum gibt es die heißeren, beunruhigenderen, ungestümeren, die ein Tor zu einem Ort von ganz anderer Art öffnen. Das war das rubinrote Feuer Auroras, ihr kastanienbraunes Haar, das auf weiße Schultern fiel, die blitzenden Augen, der hungrige Mund, Brüste mit rosa Warzen so aufgerichtet und erregt, wie ich es war, errötete Haut, kurvenreich, schmale Taille und wunderbare, faszinierende Unterschenkel: Kein Berg war so prächtig wie die Erhebung ihrer Hüfte, als sie neben mir lag, keine Klamm war so üppig und mysteriös wie ihr dunkles Tal. Sie war ein Paradies aus Feuer und Schwefel, ein Engel der Lust. Ich war auf der Stelle verloren, dabei war ich bereits verloren gewesen, als sie in Detroit die Treppe herunterkam. Ihr Geruch, der Schimmer ihrer Haut, der Schönheitsfleck auf ihrer Wange, der Gehorsam forderte: Oh ja, ich hatte die Zügel aus der Hand gegeben und würde ihr folgen, wohin sie auch stürmte. Wir wanden uns wie Nerze und keuchten wie Flüchtlinge, und sie entlockte mir nie gekannte Empfindungen, schlug Dinge vor, die ich mir nie vorgestellt hätte. Doch sosehr wir auch schnauften, sie schien nie ihre Neugier auf den berühmten Ethan Gage zu verlieren, und während wir uns in den Armen lagen, mündeten ihre listigen Fragen nach meiner Büchse in geraunte Bitten, ihr doch mitzuteilen, *was* genau wir hinter Grand Portage suchten.

»Elefanten«, brummte ich und fiel erneut wie ein ausgehungerter Mann über sie her.

Dass ich Dickhäuter erwähnt hatte, trug nur noch zu meiner Rätselhaftigkeit bei, und als wir schließlich wieder zu Atem kamen, versuchte ich, sie mit der Erklärung eigenartiger Ideen abzuspeisen, die ich von Napoleons Gelehrten und dem neuen amerikanischen Präsidenten aufgeschnappt hatte.

Diese Männer glaubten, die Welt sei vielleicht älter als die Bibel, eine Heimat inzwischen längst ausgestorbener Geschöpfe, und dass die ganze verwirrende Fülle des Lebens zwar Zeugnis des Allmächtigen sei, aber auch Fragen aufwerfe, was unser Schöpfer denn anstrebe. Ich daher als Naturalist ...

»Du spielst mit mir!« Sie begann sich zu versteifen, im Gegensatz zu mir.

»Aurora, ich befinde mich auf einer diplomatischen Mission für Präsident Jefferson. Ich kann nicht alle einschlägigen Einzelheiten mit jeder Bettgenossin teilen ...«

Danach stieß sie mich derart wütend von sich, dass ich herumrollte und mit einem dumpfen Schlag auf einem Wolfsfell am Boden landete.

»Jede Bettgenossin!«

Ich lugte über die Matratze.

»So habe ich es nicht gemeint. Wir kennen uns einfach noch nicht so gut.«

Sie griff mich mit einem Kissen an, die Brüste wogten, und der Anblick war so wundervoll, dass ich glücklich gestorben wäre, wenn sie mich auf der Stelle erstickt hätte. Zum Teufel!

Doch schließlich war sie erschöpft und ließ sich auf das Bett fallen. Ihr Hinterteil war anmutig wie Schneetreiben, ihre Lippen reif und zu einem Schmollmund verzogen. »Ich dachte, du liebst mich und würdest mich an allem teilhaben lassen.«

»Ich habe alles mit dir geteilt, wozu ich heute Abend fähig bin, glaube mir.«

»Pah.«

»Ich bin vollkommen langweilig, ich weiß. Ich gehe, wohin größere Männer mich schicken, ein einfacher Gelehrter mit ein paar Kenntnissen über Elektrizität. Venus am Rande der Wildnis zu finden ist eine größere Entdeckung als jeder Elefant.«

Sie drehte sich wieder auf den Rücken, schaute mich träge an und belohnte mein Kompliment mit einem angedeuteten Lächeln. »Du findest also, ich bin schön?«

»Ich glaube, wenn man dich malte, würde es so einen Wirbel auslösen, dass es zu einem Aufruhr käme. Würde man eine Skulptur von dir anfertigen, entstünde eine neue Religion. Ich glaube, du bist aus Mondstrahlen gemacht und von der Sonne befeuert.«

»Große Worte, Yankee Doodle.«

»Aber so wahr, dass man sie in den Stein von Westminster meißeln sollte.«

Sie lachte. »Was bist du doch für ein Schmeichler! Aber du bist ein Spitzbube, dass du mir nicht vertraust. Ich glaube allerdings nicht, dass du mit den Kanus meines Vetters fahren kannst.«

Das war beunruhigend, da wir nur mithilfe der Briten von dieser Insel herunterkamen.

»Aber wir werden nützlich sein!«

»Wie?«

Ich schaute auf meine Langbüchse, die bei unserem Gerangel auf dem Dielenboden gelandet war. »Ich kann auch damit schießen.«

Ich setzte mein entwaffnendstes Lächeln auf. »Wir werden zusammen üben.«

Sie schüttelte den Kopf. »Was für ein undankbarer Schuft du bist.«

»Nicht undankbar, glaube mir.«

Jetzt war ihr Blick hart.

»Na schön, du und dein haariger Norweger könnt mit uns bis Grand Portage fahren, aber in einem separaten Kanu, und falls du mich über das Wasser hinweg ansiehst, wenn ich unter meinem Sonnenschirm sitze, werde ich mich nicht dazu herablassen, deinen Blick zu erwidern, weil ich eine feine Dame aus England bin und du ein zielloser Abenteurer, der sich mir nicht anvertrauen will.«

»Ich bin ein Opfer deiner Schönheit.«

Sie rutschte ans Kopfende, um sich aufrecht an die Kissen zu lehnen. »Ich werde dich im Lager für deine Geheimniskrämerei mit Gleichgültigkeit strafen. Du musst dich um mich kümmern, sonst werde ich Cecil überreden, dich den Indianern zu überlassen. Die verspeisen ihre Feinde, habe ich gehört. Aber wir werden keine Intimitäten mehr austauschen, bis du dich mir anvertraust. Solange du dich nicht besserst, ist dies das letzte Mal, dass du meinen nackten Körper zu Gesicht bekommst.«

»Aurora, ich glaube, wir sind bereits die besten Freunde.«

»Dann beweise es. Noch einmal.« Sie öffnete ihre Schenkel. »Immer wieder. Und dann werde ich eines Tages vielleicht Mitleid mit dir haben – wenn es mir passt, und wenn du es verdient hast.«

Ich schluckte und nickte, wobei neue Begeisterung in mir aufstieg.

Diplomat zu sein ist eine Herausforderung.

22

Eine Frachtbrigade der North West Company, bestehend aus sechs Kanus, holte uns auf ihrem Weg zum Lake Superior auf Mackinac Island ab. Die Boote waren verblüffenderweise aus nichts weiter als Birkenrinde, Holzrippen und einem Geflecht von Zweigen hergestellt. Jedes Boot war fünfunddreißig Fuß lang, trug sechzig Bündel Handelsware, jeweils neunzig Pfund schwer, und hatte einen Führer am Bug, einen Steuermann am Heck und acht Paddler, die wie Galeerensklaven angetrieben wurden. Als Folge der Eroberung Kanadas durch die Briten waren alle Paddler Frankokanadier, während vier der Kanus jeweils entweder einen Schotten, einen Engländer oder einen deutschen Juden als Bourgeois mit sich führten, entweder ein vornehmer Partner im Pelzhandel oder ein Beamter, die wie kleine Sultane in der Mitte des Bootes saßen. Mit den anderen beiden fuhren die Somersets, Magnus und ich. Wir vernahmen den Gesang der Paddler auf Französisch, als die kleine Flotte sich der Insel näherte, die fröhliche Melodie schwebte im Rhythmus der eintauchenden Paddel über das blaue Wasser.

C'est l'aviron qui nous mène.
M'en revenant de la jolie Rochelle.

J'ai rencontré trois jolies demoiselles.
C'est l'aviron qui nous mène, qui nous mène,
C'est l'aviron qui nous mène en haut.

Das Paddel treibt uns,
ich träume vom schönen Rochelle.
Dort traf ich drei hübsche Mademoiselles.
Das Paddel treibt uns, treibt uns,
das Paddel treibt uns hinauf.

Die Zeilen gaben den Takt für den Schlag vor. Wir würden zum Gesang eines französischen Volksliedes reisen.

Unsere Route würde zunächst am neuen britischen Handelsposten Fort Saint Joseph vorbeiführen, der am nördlichen Ende des Lake Huron errichtet worden war, dann durch die dreißig Meilen langen Stromschnellen Sainte Marie, oder den »Saint Mary Jump«, über die man in den Lake Superior gelangte. Dann würden wir am Nordufer dieses Binnenmeers entlang bis Grand Portage am westlichen Ende fahren.

Wie versprochen nahmen Aurora und ihr Vetter ein anderes Kanu als Magnus und ich. Die Frau setzte sich geziert auf eine ihrer Truhen und hielt einen Sonnenschirm als Schutz über sich. Inzwischen war es wärmer geworden, und die Wälder standen in vollem Saft. Doch von Aurora strahlte keine Wärme nach außen, hartnäckig schaute sie in eine andere Richtung. Ich nahm diese Kälte hin, denn das unausweichliche Ende wäre so schön, und sie ersparte mir, ihre Launen hofieren oder unser Stelldichein anderen gegenüber erklären zu müssen. Ich konnte so tun, als wäre nichts geschehen! Ich wusste, sie würde sich rasch wieder erwärmen, sobald sie meine Fähigkeiten vermisste.

Wie die meisten Männer bin ich, was meinen Charme betrifft, optimistisch.

Nachdem Cecil die anderen Bourgeois begrüßt hatte, nahm er seinen Platz in einem zweiten Kanu ein, piekfein wie immer in einem rehbraunen Mantel, hohen Wanderstiefeln und einem Biberfellzylinder. Auf seinem Schoß lag eine Flinte, mit der er auf Vögel schoss, und in seiner Tasche steckte ein unbedeutender Roman, um sich die Zeit zu vertreiben. Er schien in diesem wilden Land so heimisch zu sein, dass mir der Verdacht kam, seine feinen Manieren verdeckten einen Kern aus Stahl.

Die Voyageure trugen Wildleder-Leggings, lockere weiße Hemden, helle Kappen und manche weite Umhänge, sogenannte *capots*. Sie hatten eher kurze Beine und breite Schultern, beinahe wie muskulöse Zwerge, die für ein Kanu gezüchtet worden waren. Das war unser Transport nach Westen! Das Kanu, mit dem wir fahren sollten, glitt heran, und der Mann am Bug, der das Kommando hatte – drahtig, sonnengebräunt, mit verschmitzten dunklen Augen und einer braunroten Kappe –, sprang auf den Anleger der Insel und stellte sich uns in den Weg, bevor wir an Bord gehen konnten. Während man die Somersets mit Speisen und Getränken versorgte, stemmte dieser Kapitän die Hände in die Hüften und beäugte uns argwöhnisch, als wären wir Treibgut.

»*Mon dieu*, Ochs und Esel! Und ich soll euer Gewicht bis Grand Portage paddeln?«

Magnus kniff die Augen zusammen. »Kein kleiner Mann muss mich paddeln.«

»Kleiner Mann?« Er stellte sich auf die Zehenspitzen und reckte seine Nase ins Gesicht meines Begleiters. *»Kleiner Mann?* Ich bin Pierre Radisson, ein Mann des Nordens und der Führer dieses meisterhaften Kanus! Habe drei Winter in den Handelsposten verbracht. Die Schotten zahlen mir volle neunzehn englische Pfund im Jahr! Ich kann zwanzig Stunden an einem einzigen Tag paddeln, ohne mich zu beklagen, und hundert Meilen fahren, bevor ich mich schlafen lege! Kleiner Mann? Keiner kennt die Stromschnellen so gut wie der große Pierre! Keiner kann schneller als ich umtragen, oder mehr trinken und großartiger tanzen, höher springen oder schneller rennen, oder rascher eine Indianerbraut rumkriegen! Kleiner Mann?« Er drang auf Magnus ein, sein Scheitel in Höhe des Schlüsselbeins des Norwegers. »Ich kann besser schwimmen, schießen, Fallen stellen, Bäume fällen und vögeln als so ein plumper Esel wie du, kann mein eigenes Gewicht essen und den Weg von Montreal nach Athabasca mit geschlossenen Augen finden, du Zyklop!«

Blodhammer sah sich schließlich gezwungen, einen Schritt zurückzuweichen. »Ich wollte ja auch nur sagen, dass ein Norweger sein eigenes Ruder bedient.«

»Ha! Siehst du irgendwelche *Ruder* an meinem Kanu? Hältst du mich für den Kapitän eines Beiboots? Ich glaube, vielleicht ist der *Norweger* ein *Schwachkopf!*« Er musterte Magnus von oben bis unten wie einen Baum, den er zu fällen gedachte. »Aber du bist groß, daher werde ich dir mein Paddel probeweise überlassen – wenn du mir versprichst, es nicht durchzubrechen oder dir damit in deinen großen Pferdezähnen zu bohren oder es in dem Gestrüpp zu verlieren, aus dem dein Gesicht besteht. Kennst du Lieder?«

»Keine französischen.« – »Ja, und vom Kies in deiner Kehle her klingt es so, als würdest du wie ein Schleifstein singen. *Mon dieu!* Hoffnungslos.«

Er wandte sich an mich. »Und du, noch dürrer und nutzloser als er! Was hast du zu sagen?«

»Dass die Mädchen von Rochelle hübsch sind«, erwiderte ich auf Französisch.

Er strahlte. »Ah, du sprichst die Sprache der Zivilisation? Bist du Franzose?«

»Amerikaner, aber ich habe in Paris gelebt. Ich habe als Berater für Bonaparte gearbeitet.«

»Bonaparte! Ein Mutiger, was? Vielleicht holt er Kanada zurück. Und was kannst du?«

»Ich bin Elektrizitätspionier.«

»Ein was?«

»Er ist ein Hexenmeister«, erklärte Magnus, ebenfalls auf Französisch.

Jetzt war Pierres Neugier geweckt. »Wirklich? Was für ein Hexenmeister?«

»Ein Wissenschaftler«, stellte ich klar.

»Ein Wissenschaftler? Was ist das?«

»Ein Gelehrter. Einer, der die Geheimnisse der Natur kennt, aus Büchern.«

»Natur? Pah! Jedermann weiß doch, dass Gelehrte so nutzlos sind wie Priester. Aber Hexerei – *das* ist allerdings eine Kunst, die in der Wildnis nicht ganz unnütz ist. Die Indianer haben Hexenmeister, weil die Wälder voller Geister sind. Oh ja, die Indianer können die Welt jenseits dieser hier sehen, können die Tiere rufen und mit den Bäumen sprechen. Warte nur ab, Hexenmeister, wirst die Klippen flimmern sehen und Sturmwolken, die sich in das Horn eines Widders verwandeln. Wind in den Pappeln wird dir etwas zuflüstern, und Vögel und Eichhörnchen werden dir einen Rat geben. Und wenn es dunkel wird, spürst du vielleicht den kalten Atem des Wendigo.«

»Des was?«

»Ein indianisches Ungeheuer, das im Wald lebt und seine Opfer gründlicher verschlingt als die Werwölfe, von denen die Zigeuner in Frankreich erzählen.« Er nickte. »Jeder Ojibwa wird dir sagen, dass es sie tatsächlich gibt. Ein Hexenmeister – das ist es, was wir wirklich brauchen.« Er sah mich mit neu gewonnenem Respekt an, obwohl er offensichtlich noch nie etwas von Elektrizität gehört hatte. »Und kannst du paddeln?«

»Wahrscheinlich kann ich besser singen.«

»Das bezweifle ich nicht. Obwohl ich wette, dass du auch nicht so gut singen kannst.«

»Ich bin gut im Kartenspiel.«

»Dann könnt ihr beide von Glück sagen, dass ihr den mächtigen Pierre Radisson habt, der auf euch aufpasst! Dort, wo wir hinfahren, brauchst du keine Spielkarten. Aber was schleppst du mit dir herum?«, fragte er Magnus und starrte auf das Futteral, das sich der Norweger auf den Rücken geschnallt hatte.

»Meine Axt und meine Karten.«

»Axt? Sieht groß genug aus, um darauf Schlitten zu fahren. Axt? Wir könnten sie als Mast aufrichten oder im Lager als Dach benutzen oder sie als Anker verwenden. Axt? Wir könnten sie zu Geschützen umgießen oder eine Schmiede damit aufmachen. Damit du dich am Ende doch als nützlich erweist, falls du sie nicht durch den Boden meines Kanus fallen lässt. Und du mit deiner Langbüchse ... Das ist eine hübsche Waffe. Kannst du etwas damit treffen?«

»Ich habe die Damen von Mortefontaine damit beeindruckt.«

Er blinzelte. »Gut. Paddelt, was das Zeug hält, und ich, Pierre, werde euch Voyageure taufen, wenn ihr mich zufriedenstellt. Das ist die größte Ehre, die einem Mann zuteilwerden kann, verstanden? Anerkennung von einem Mann des Nordens zu bekommen? Das bedeutet, wenn ihr dann auf diese Weise gesegnet seid, müsst ihr für den Rest von uns eine Runde Punsch aus den Fässern der Company ausgeben. Zwei volle Gallonen von jedem von euch.«

»Was ist Punsch?«, fragte Magnus.

»Genauso gut könntest du fragen, was Brot ist! Rum, Zucker und Zitronensaft, mein Eselfreund. Seid ihr für eine solche Ehre bereit?«

Ich verbeugte mich. »Wir suchen nur die Gelegenheit, uns zu beweisen.«

»Die sollt ihr bekommen. Jetzt. Ihr werdet euch vorsichtig auf den Bündeln mit den Handelsgütern niederlassen und mit äußerster Sorgfalt in meinem Kanu ein- und aussteigen. Ihr dürft es nicht umkippen. Eure Füße müssen auf einer Rippe oder Planke stehen, denn ihr könnt die Birkenrinde durchtreten, und ich habe nicht vor, im Lake Superior zu ertrinken. Ihr werdet im Takt des Liedes das Paddel eintauchen, und ihr werdet mein Kanu nie einen Felsen oder das Ufer berühren lassen. Wenn wir an Land gehen, werden wir abspringen, solange das Kanu noch schwimmt, die Ballen entladen und es dann sacht ans Ufer heben. Kapiert?«

»Wir werden vorsichtig sein.« – »Das dient eurer eigenen Sicherheit. Diese Kanus sind gemessen an ihrer Größe leicht und schnell und können in ein bis zwei Stunden repariert werden, aber sie bekommen Druckstellen wie eine Frau.« Er zeigte auf Aurora. »Geht mit dem Kanu um wie mit ihr.«

Die Gute hatte bestimmt schon ein paar Druckstellen, so wie sie sich gewunden und mit mir gerungen hatte, aber das sagte ich nicht. Bestimmte Erinnerungen behält man für sich.

So brachen wir unter lauten Rufen und Salutschüssen vom amerikanischen Fort auf.

Ein Rindenkanu mag vielleicht zu zerbrechlich wirken, um sich damit auf ein Binnenmeer zu wagen, doch diese waren flinke und trockene Boote, die findig aus dem Holz der umliegenden Wälder zusammengebaut waren. Schäden ließen sich an einem Nachmittag mit Teer und Rinde beheben, und man konnte sie meilenweit auf den Schultern tragen. Pierre kniete im Bug, hielt nach Felsen oder Holzstämmen Ausschau und führte uns mit seinem Gesang an, während die Paddel im Rhythmus eintauchten, mit bis zu vierzig Schlägen in der Minute. Am Heck hielt uns der Steuermann Jacques unbeirrt auf Kurs. Die Paddel blitzten gelb in der Sonne, Tropfen flogen wie Diamanten und verscheuchten die hartnäckigen Insekten, die vom Land heranschwirrten und uns begleiteten. Die Luft auf dem Wasser war kühl und frisch, die Sonne schien hell und brannte auf unseren Scheiteln.

Der Gesang, mal auf Französisch, mal auf Englisch, trieb uns voran.

Mein Kanu aus Rinde, leicht wie die Gräte,
von silberner Birke gestreift,
hat mit Wurzeln gefügte Nähte
und Paddel aus Birke, wie weiß geseift.
Ich jage mein Kanu, schnell wie der Wind,
hinweg über Stromschnellen und Gischt.
Sieh, wie es rast, wie flink wir sind,
und haben noch immer die Strömung erwischt ...

Die Voyageure mochten zwar kleiner sein als Magnus und ich, doch die zähen kleinen Franzosen waren unermüdlich wie Wasserräder. Nach einer halben Stunde fiel mir das Atmen schwer, und kurz darauf begann ich trotz der kühlen Luft auf dem See zu schwitzen. Immer weiter paddelten wir, nach meiner Schätzung kamen wir mit sechs Meilen in der Stunde voran – doppelt so schnell wie Napoleons Flotte auf ihrem Weg nach Ägypten! Und just als ich das Gefühl hatte, mich nicht mehr rühren zu können, stieß Pierre einen Schrei aus, und unsere Brigade ließ sich schließlich treiben. Die Männer holten Pfeifen heraus, um zu rauchen. Das war für sie das höchste Vergnügen des Tages. Diese Unterbrechung, die alle zwei Stunden fällig war, erinnerte mich an die regelmäßigen Pausen, die Napoleons Armee in den Bergen eingelegt hatte. Die Männer brachen Rollentabak ab, der einem Stück Seil ähnlich und in Melasse und Rum getränkt war, krümelten ihn in den Pfeifenkopf, schlugen Funken mit einem Feuerstein, zündeten ihn an, lehnten sich zurück, schlossen die Augen vor der Sonne und pafften. Die schnell wirkende Droge stellte sie zufrieden wie Säuglinge. Unsere kleine Flotte schwamm wie Tupfen auf der weiten Fläche des Sees, das Wasser war so sauber und kalt, dass wir die Hände eintauchen und einen Schluck nehmen konnten, wenn wir Durst hatten.

Dann ein weiterer Schrei, und unsere Pfeifen wurden sauber geklopft, die Glut zischte auf dem Wasser, Paddel wurden aufgenommen, und mit einem Ruf und dem Einsetzen des Gesangs waren wir wieder unterwegs und strengten uns nach Kräften an, um die länger werdenden Tage bestmöglich auszunutzen. Aurora blieb geziert wie eine Königin unter ihrem Sonnenschirm sitzen, während Cecil seine kleinen Bücher las, von denen er einen ganzen Sack voll bei sich hatte. Die gelesenen Werke warf er ins Wasser in der stillschweigenden Annahme, dass wohl keiner seiner rauen Begleiter des Lesens mächtig wäre. Gelegentlich entdeckte er eine Ente oder andere Wasservögel, legte sein Buch beiseite und schoss. Das Krachen seiner Flinte hallte am Ufer wider. Er schoss nie daneben, doch wir hielten auch nie an, um die Beute einzusammeln. Es war nur ein Sport. Wenn der Vogel davondriftete, lud Cecil nach, legte die Flinte auf den Schoß und las weiter.

Bei Sonnenuntergang schlugen wir ein Lager an einer kleinen Bucht auf, die von einem hohen gestutzten Baum gekennzeichnet war. Es war eine Kiefer, deren untere Äste abgesägt waren, deren Wipfel man jedoch als Landmarke erhalten hatte. Solche Bäume, so erfuhren wir, wurden an allen Kanurouten beschnitten, um Lagerplätze zu kennzeichnen. Wir ließen uns an eine hübsche Stelle mit Kiesstrand und hohem Gras unter Birken treiben. Pierre sprang ins knietiefe Wasser, um unser Kanu anzuhalten und dann langsam ans Ufer zu ziehen. Mit steifen Gliedern sprangen wir nacheinander hinaus.

»Es ist kalt!«, beschwerte sich Magnus. – »Ah, du bist auch ein Wissenschaftler?«, entgegnete Pierre. »Was bist du für ein guter Beobachter! Hier kommt der Trick: Dadurch werden wir gezwungen, schneller zu arbeiten, um die Feuer zu entzünden.«

In dem Maße, wie das Kanu an Gewicht verlor, wurde es näher an Land gezogen, ohne die glatten Kiesel am Ufer zu berühren.

Wir alle hoben die Frachtballen heraus und bauten sie zu einer provisorischen Barrikade auf, die wir mit einem Öltuch abdeckten. Die leeren Kanus wurden schließlich mit einem lauten Ruf angehoben, umgekippt, dass Wasser spritzte, über den Kopf gehievt, den Strand hinaufgetragen und seitlich auf den Paddeln abgestützt, wodurch sie sogleich einen Unterstand boten. Lagerfeuer wurden angezündet, Gewehre zündfertig gemacht, Wasser geholt und Pfeifen geraucht, während Erbsen und Schweinefleisch gekocht und Brötchen aufgewärmt und serviert wurden. Es war langweilige Kost, die ich jedoch verschlang, als wäre ich am Verhungern.

»Ja, iss nur, Hexenmeister, iss!«, munterte Pierre mich auf. »Du auch, Riese! Esst, um Radissons Kanu leichter zu machen, denn ihr werdet auf dieser Tour abnehmen, ganz gleich, wie viel ihr verschlingt! Ja, die Arbeit verbrennt euren Körper! Esst, denn hinter Grand Portage gibt es kein Schweinefleisch mehr, und nur diejenigen unter uns, die überwintert haben, sind wahre Männer des Nordens.«

»Was isst man denn hinter Grand Portage?«, fragte Magnus kauend.

»Pemmikan. Getrocknetes Wild, Beeren und manchmal

einen Brei aus Reis oder Mais. Jeder Stadtmensch würde es ausspucken, aber für einen hart arbeitenden Mann ist es nach einem Tag an den Paddeln der reine Nektar. Ein Pfund Pemmikan ist so viel wert wie acht Pfund Brot! Nach ein paar Monaten davon sehnt man sich natürlich nach einer Squaw. Nicht nur wegen der Möse zwischen ihren Beinen, wohlgemerkt, sondern weil sie in den Wäldern gute Sachen zum Essen finden kann.«

»Warum fahren wir so schnell?«, fragte ich und trank Wasser in kleinen Schlucken. »Mir tun sämtliche Glieder weh, als wäre ich auf der Folterbank gestreckt worden.«

»Schnell? Wir sind wie Schnecken auf einem Teppich, so riesig ist dieses Land. Meinst du denn, die Sonne bleibt ewig? In Grand Portage wird sie nach Süden zurückkehren wie eine Geliebte, die sich verabschiedet, und die Tage werden allmählich kürzer. Wir haben immer die Rückkehr des Eises im Sinn! Wir paddeln, um das Eis zu besiegen! Wir fahren so schnell, um den Männern des Nordens Zeit zu geben, auf ihre Posten im Norden Kanadas zurückzukehren, bevor die Wasserwege zufrieren. Der Winter ist gut zum Reisen, ja, wenn man Schneeschuhe hat, aber nicht, um Frachten zu transportieren.«

»Doch bei dieser Geschwindigkeit werden wir vor dem Rendezvous da sein.«

»Keine Bange, Hexenmeister, wir werden auf dem Lake Superior genug Wind und Sturm bekommen, die uns aufhalten. Der See ist kalt wie das Herz einer Hexe, und er lässt einen Mann niemals ungehindert übersetzen.«

23

Jeden Abend stellten Aurora, Cecil und die anderen Bourgeois ein kleines Zelt auf, während die Voyageure sich unter den Kanus zusammenrollten. Magnus und ich bekamen in Anbetracht unseres Status als Passagiere der Mittelklasse Leinwandstücke und Seile, mit denen man einen provisorischen Unterstand errichten konnte. Darunter bettete ich meinen Kopf auf den zusammengerollten Mantel und wickelte mich in eine Wolldecke. Kaum hatte ich mich hingelegt, überkam mich die Bewusstlosigkeit. Doch es schien noch mitten in der Nacht zu sein, als mein Wetterschutz plötzlich einstürzte und mich halb unter dem taunassen Stoff erstickte. Was zum Teufel war das?

»Steh auf, Amerikaner, meinst du, du kannst den ganzen Tag schlafen?« Pierre versetzte mir durch die Leinwand einen Tritt mit dem in einem Mokassin steckenden Fuß.

Um mich schlagend befreite ich mich. »Es ist mitten in der Nacht! Du weckst noch das ganze Lager!«

Brüllendes Gelächter ertönte. »Alle außer dir *sind* wach! Wir Männer des Nordens trödeln morgens nicht! Selbst Schweinefleischesser stehen vor Leuten wie dir auf!«

»Morgen?« Ich rieb mir die Augen. Ein wolkiges Sternenband zog noch immer einen Bogen über den Himmel, während sich im Osten der ganz leichte Schimmer einer sehr fernen Morgendämmerung zeigte. Das Feuer flackerte wieder auf, die Reste vom Abend zuvor begannen zu blubbern. Cecil und Aurora waren angezogen und sahen aus, als wollten sie am Piccadilly spazieren gehen.

»Ja, iss, iss, weil du schon bald wieder paddeln wirst. Iss, Amerikaner! Und dann komm und sieh dir mein Werk an. Ich habe unsere Gäste am Markierungspfosten verewigt!«

Wir schlangen also die Reste des Abendessens hinunter und folgten Radisson und den anderen dann zu dem Orientierungspunkt. Der untere Teil des Baums war mit Schnitzereien bedeckt, wie wir feststellten. Sie erinnerten an einige Würdenträger, die hier entlanggekommen waren, meist schottische und englische Namen wie Mackenzie, Duncan, Cox und Selkirk. Der Voyageur zündete eine Kerze an und hielt sie an die Rinde, damit wir lesen konnten. »Hier, seht, wie ihr unsterblich gemacht wurdet!«

»Lord Cecil und Lady Aurora Somerset«, hieß es da. »Nebst zwei Eseln.«

»Esel!«

»Paddelt ein paar Tage lang wie Männer, und dann werde ich euch vielleicht an einem anderen Baum mit eurem richtigen Namen verewigen. Paddelt, bis eure Schultern nicht nur wehtun, sondern brennen, und ihr nach eurer Mutter rufen wollt! Aber das tut ihr nicht, stattdessen paddelt ihr noch mehr! *Dann* wird der große Pierre euch vielleicht bedenken!«

Am Abend machten wir in Fort Saint Joseph halt, alle außer Cecil und Aurora lagerten am Strand, denn der Handelsposten selbst bestand nur aus einer halb fertiggestellten

Palisade. Riesige Stapel entrindeter Baumstämme, die im letzten Winter gefällt und herangeschleppt worden waren, lagen bereit, um aufgerichtet zu werden. Der Wald war mindestens eine Meile weit gerodet worden, um einen Überraschungsangriff zu verhindern. Trotz der Sandflöhe war ich bald eingeschlafen, da ohnehin keine Chance auf ein Stelldichein mit der abseits lagernden Aurora bestand. Dann wurden wir im Nebel vor dem Morgengrauen erneut geweckt und weitergetrieben, die Geräusche der Kanus vor uns und hinter uns wurden durch den Dunst gedämpft. Vor Grand Portage würden wir an keinem weiteren Außenposten vorbeikommen.

Als wir in den dreißig Meilen langen Fluss kamen, der den Lake Huron mit dem Lake Superior verbindet, mussten wir mit zusätzlicher Kraft gegen die Strömung paddeln. Am Sault, was »Sprung« oder »Stromschnellen« bedeutet, entluden wir die Kanus erneut und trugen die Ladung um. Ich lud mir einen Ballen von neunzig Pfund auf, Pierre und Magnus schulterten jeweils zwei der lähmenden Lasten. Dann wieder zurück, um die nächsten zu holen. Wir beförderten die Fracht in Abständen von jeweils einer Meile, das heißt, wir trugen eine halbe Stunde und erholten uns dann, während wir zurückgingen und die nächste Ladung holten. Indianer hatten sich hier versammelt, um mit Speeren und Rindennetzen Fische zu fangen. Ihre Lager stanken nach Scheiße und Fliegen. Die Voyageure stellten Wachen neben unseren Habseligkeiten auf, denn jeder Weiße hielt jeden Indianer für einen Dieb, und jeder Indianer glaubte, alle Weißen seien reich und unermesslich eigennützig. Sobald wir die gesamte Fracht befördert hatten, gingen wir wieder zu den Kanus zurück. Sie mochten zwar verhältnismäßig leicht sein, doch ein nasses Frachtkanu wog noch immer mehrere Hundert Pfund. Ich kam mir vor wie ein Sargträger auf einem endlosen Beerdigungszug. Schließlich war alles erledigt.

»Ihr könnt Männer in Grand Portage sehen, die drei und sogar vier Ballen auf einmal schaffen«, keuchte Pierre. »Wenn sie beladen sind, sehen sie aus wie ein Haus mit Beinen.«

»Und du kannst Männer in Paris sehen, die nicht mehr als zwei Würfel oder eine Schreibfeder heben«, gab ich stöhnend zurück.

»Das sind keine Männer, Monsieur. Ein städtischer Parasit zu sein, der nichts für sich tut, das ist kein Leben.«

Niemand erwartete jedoch, dass Cecil etwas trug. Und Aurora wurde auf die Schultern zweier Voyageure gehievt und schaute sich geziert um wie die Königin von Saba, als wäre es das Normalste auf der Welt. Die kleinen Kinder in den Lagern der Indianer liefen herbei, als sie vorbeikam, und lachten begeistert. Sie folgten ihr, bis ihre Mütter sie schließlich zurückriefen, doch Aurora zeigte keinerlei Reaktion.

Am größten See von allen stiegen wir wieder in die Kanus. Das Wasser war so klar, dass ich das abfallende Granitgestein unter der Oberfläche verfolgen konnte, als schimmerte es in der Luft. Das Wasser war noch kräftiger und tiefer blau als der Lake Huron und erstreckte sich bis zum Horizont, während wir dem nördlichen Ufer folgten. Das Land zu unserer Rechten begann anzusteigen. Bergkuppen aus rosa und grauem Granit umschlossen einen sich an den Stein krallenden Wald aus verkümmerten Birken, Erlen, Kiefern und Fichten.

Ein warmer Ostwind wehte, und wir setzten ein provisorisches Segel an einem Pfosten, um uns nach Westen treiben zu lassen. Dankbar streckte ich alle viere von mir, um während dieser willkommenen Unterbrechung der mörderischen Arbeit vor mich hin zu dösen. Das auf den Wellen schaukelnde Kanu lullte mich ein, das Plätschern des Wassers war wie leise Musik.

Dann drehte der Wind nach Südost und frischte auf, der Himmel in der Richtung wurde dunkel. Das Segel drehte sich, das Kanu legte sich auf die Seite, und wir zogen das Tuch rasch ein.

»Sturm!«, rief Pierre dem Steuermann hinten zu.

Jacques nickte und schaute über seine Schulter auf schwarze Wolken. Auch die Kapitäne der anderen Kanus stießen Warnrufe aus.

»Ich habe euch ja gesagt, der See macht uns die Überfahrt nicht leicht«, verkündete Pierre. »Und jetzt paddelt, meine Esel, paddelt, was das Zeug hält! Eine Meile von hier ist eine Bucht, und die müssen wir erreichen, bevor der Sturm seinen Höhepunkt erreicht, wenn wir nicht nach Grand Portage schwimmen wollen!« Er bespritzte uns mit Wasser. »Spürt ihr, wie kalt die Hexe wirklich ist?«

Hinter uns blitzte es, und ein tiefes, unheilvolles Grollen rumpelte über das Wasser. Licht tanzte am Himmel, und der Wind trug den elektrischen Geruch mit sich, den ich noch aus der Wüste kannte. Das Wasser war jetzt stahlgrau und wurde von den Windstößen aufgewühlt. Selbst Pierre gab seine Position als Kundschafter auf und kniete im Bug nieder, um beim Paddeln zu helfen.

»Paddelt, wenn ihr nicht ertrinken wollt!«

Der Wind wurde stärker, die Wellen höher, sie drängten uns ans Ufer. Wir mussten an einer Landspitze vorbei und zusehen, dass wir nicht an Granitfelsen zerschmettert wurden, bevor wir auf die windabgewandte Seite gelangten und sicher an Land gehen konnten. Die Süßwasserwellen hatten eine andere Qualität als das Meer. Sie klatschen in kurzen Abständen ans Kanu, und das Wasser war erstaunlich kalt. Zum ersten Mal nahmen die Kanus Wasser auf. Pierre zeigte auf mich. »Amerikaner! Der Nutzloseste! Nimm unseren Kochtopf und schöpfe, aber vorsichtig, denn wenn du die Rinde streifst und durchlöcherst, müssen wir alle sterben!«

Wenn das kein guter Zuspruch war. Ich begann zu schöpfen und überlegte, ob ich größere Angst vor dem Wasser hatte, das über unseren Bootsrand schwappte, oder vor dem Wasser, das eindringen würde, wenn ich zu tief und zu hektisch schöpfte. Wieder donnerte es, und dann kam der Regen wie ein grauer Vorhang über uns. Das Wasser kochte am Rande der Sturmböen, wo die dicken Tropfen fielen. Das Ufer konnte ich kaum sehen, nur als eine weiße Linie dort, wo sich die Wellen brachen. Das Grollen klang wie Artilleriefeuer.

»Thors Lied!«, schrie Magnus. »Deshalb sind wir hergekommen, Ethan!«

»Ich nicht«, brummte ich. Franklin war schon ziemlich verrückt, als er im Gewitter einen Drachen steigen ließ, doch Blodhammer konnte es mit ihm aufnehmen. Wie leicht konnten wir hier draußen vom Blitz getroffen werden!

»Zähme den Blitz, Hexenmeister!«, rief Pierre.

»Ohne Ausrüstung kann ich das nicht. Wir müssen vom Wasser, bevor das Gewitter hier ist!« Ich hatte gesehen, was Blitze anrichten können.

Ich warf einen Blick auf Auroras Kanu. Der Sonnenschirm war verschwunden, sie hatte sich vornübergebeugt, die Haare fielen herab, und sie paddelte mit grimmiger Entschlossenheit. Cecil hatte sein Buch und seine Vogelflinte beiseitegelegt und half auch mit, seinen tropfenden Zylinder tief ins Gesicht gezogen.

Magnus paddelte in unserem Kanu so kräftig und tauchte so tief ein, dass sein Handgelenk auf die Wellen traf und Pierre zur anderen Seite rutschte, um die Kraft des Norwegers auszugleichen.

»Vielleicht sollten wir ein paar Handelsballen abwerfen, damit wir mehr Freibord bekommen!«, schlug ich über dem Schreien des Windes vor.

»Bist du verrückt? Ich schlafe lieber mit der Hexe des Sees, als Simon McTavish zu erklären, dass seine kostbare Fracht auf dem Grund des Lake Superior liegt! Schöpfe, Hexenmeister! Oder finde eine Möglichkeit, das Wasser zu beruhigen!«

Wir schossen dahin wie Blätter in einer Stromschnelle. Das düstere, windgeschützte Ufer kam unheilvoll näher, während wir uns bemühten, die Landspitze zu umrunden, bevor wir auf Grund liefen. Im trüben Licht war die Uferlinie vom Weiß der grausamen Felsen gekennzeichnet, struppige Bäume schüttelten sich im strömenden Regen.

»Paddelt, meine Freunde! Paddelt, sonst saugen wir auf dem Grund an den Brüsten der Hexe!«

Meine Schultern brannten, wie Pierre es gefordert hatte, doch an Ausruhen war nicht zu denken. Wir näherten uns der Landspitze, Gischt spritzte in riesigen Fontänen auf, und durch die Finsternis und den dichten Regen sah ich etwas

Unheimliches weiß und steif vor den Trümmern der Natur stehen.

»Kreuze!«, schrie ich.

»Ja!«, rief Pierre zurück. »Nicht alle Mannschaften haben es in die Bucht geschafft, und das sind die Zeichen für die Voyageure, denen es nicht gelungen ist! Sieh sie dir gut an und schöpfe noch mehr!«

Die Kreuze wirkten wie bleiche Knochen, wie sie da im Licht der zuckenden Blitze aufleuchteten.

Nie zuvor habe ich verzweifelter Wasser geschöpft, meine Muskeln schmerzten unter der Anstrengung, die Adern an meinem Hals pochten. Ich schaute hinüber. Jetzt schöpfte auch Aurora mit Augen weit aufgerissen vor Angst. Der Regen wurde noch stärker, schlug förmlich auf uns ein. Ich begann zu keuchen und hatte das Gefühl, bereits zu ertrinken. Das Wasser im Kanu stand sechs Zoll hoch. Erneut packte ich den Topf und kippte wie ein Wahnsinniger Wasser über Bord.

Ich schaute mich um. Ein anderes Kanu war verschwunden. Ich zeigte auf die Stelle.

»Wir können nichts für sie tun, sie sind in dem eisigen Wasser gestorben! Paddel, paddel!«

Dann schossen wir an dem knorrigen Landbuckel vorbei, der die Bucht markierte. Das Kanu hob sich auf die lange Dünung, ließ sich darauf treiben und drehte sich vorsichtig, wobei Jacques mit finsterer Konzentration steuerte, damit wir nicht abtrieben, wenn wir quer zu den Wellen standen. Wir drehten uns in den Sturm, der Regen peitschte, und wir kämpften uns auf die windgeschützte Seite der Landzunge. Durch das Laub auf der Anhöhe heulte der

Wind. Wir steuerten auf einen roten Kiesstrand zu, der vor uns lag. Die Männer am Bug sprangen in hüfthohes Wasser, die Wellen schlugen bis an ihre Achseln.

»Lasst die Kanus nicht am Strand zerschellen!«

Wir hielten sie vom Ufer zurück, während wir in dem eiskalten Seewasser standen und unsere wasserfesten, neunzig Pfund schweren Bündel heraushoben und an Land beförderten. Der Kies rasselte in der wogenden Brandung. Aurora wurde halb gehoben, halb sprang sie ins seichte Wasser. Sie stolperte über ihre Röcke und platschte schwankend an Land, während sie das Kleid wie ein Segel hinter sich herzog. Doch dann kam sie wieder zurück und half, ein Bündel mit hinaufzuziehen. Die Männer drehten die Kanus um, damit das Wasser ablaufen konnte, und trugen sie dann an eine Stelle, wo man sie gegen den Wind aufstellen konnte. Ich betrachtete die dunkle Landschaft dahinter. Hier waren die Berge hoch und düster im schwachen Licht des Sturms. Blitze krachten und trafen auf die Hochebenen.

Ich schaute mich in unserer Gruppe um. Alle hatten klatschnasses Haar, die Schnurrbärte der Voyageure trieften wie Moos. Sogar Auroras Locken hatten der Feuchtigkeit nachgegeben und sich halb aufgelöst.

»Tja, wir werden nicht zu früh nach Grand Portage kommen«, sagte Pierre. »Das lässt der See nie zu. Verstehst du jetzt, warum wir so schnell wie möglich paddeln, Amerikaner?«

»Und wenn wir nicht in der Nähe dieser Bucht gewesen wären?«

»Dann wären wir gestorben, so wie wir alle eines Tages sterben. Und wenn wir Gegenwind gehabt hätten? Auch das ist schon vorgekommen und hat mich ein Dutzend Meilen zurückgetrieben, bis ich ordentlichen Schutz fand.«

»Was ist mit den anderen?«

»Wir überqueren die Landzunge und suchen sie. Und wenn die Hexe sie nicht freigibt, werden wir weitere Kreuze aufstellen.«

»Diese Dummköpfe haben mehr als tausend Pfund Fracht verloren!«, schäumte Cecil. »Sie müssen sich vor dem Teufel verantworten, aber ich muss McTavish Rede und Antwort stehen!«

Ihre Leichen haben wir nicht gefunden, doch einiges von ihrer Ladung wurde an Land gespült, das so fest in Segeltuch eingeschlagen was, dass man es noch retten konnte. Der Inhalt würde am nächsten Tag in der Sonne trocknen.

Der Sturm zog weiter, und die Sonne stand tief, als sie schließlich im Westen wieder zu sehen war. Ich war steif und zitterte vor Kälte. Daher war ich froh über die Bewegung, als Pierre mich bat, ihm in den Wald zu folgen, um nach trockenem Holz zu suchen. Auch Magnus kam mit und schwang seine große Axt, mit der er uns wie ein Elch den Weg bahnte. Im Nu wurden wir von einem Labyrinth aus Birken und dichtem Moos verschluckt, Wind und Wellen waren zu hören, aber unser Pfad zurück war verschwunden. Schon bald hatte ich die Orientierung verloren.

»Woher weißt du, wo wir sind?«

»Durch unsere stümperhafte Landmarke und das Geräusch der Wellen. Aber ich mag das Wasser, nicht den Wald, wo ein Mann blind wird. Ich hatte Begleiter, die hundert Schritte gehen wollten, um einen Eimer Beeren zu pflücken, und dann spurlos verschwanden. Manche behaupten, es seien Indianer gewesen, manche sagen, Bären, und wieder andere, der Wendigo hätte sie geholt. Ich sage, es ist einfach nur die Seele des Waldes, die manchmal Hunger bekommt und Menschen verschluckt.«

Ich schaute mich um. Die Bäume zitterten, ringsum waren dunkle Schatten, und überall tropfte es. Ich hätte mich tagelang verlaufen können.

Pierre hatte jedoch anscheinend einen besseren Orientierungssinn. Wir fanden einen umgestürzten Baum auf der windgeschützten Seite eines Felsens. Die Unterseite war vermodert, und wir hackten, bis wir rasch die Arme voll trockenem Holz hatten. Dann suchten wir Moos zum Anfeuern und folgten seiner sicheren Route zurück. Die anderen Voyageure benutzten Feuerstein, Stahl und Schießpulver, um das Holz anzuzünden. Allmählich stiegen dicke, graue Rauchwolken auf. Unterdessen hackte Magnus mit seiner Axt noch mehr Holz in handliche Stücke und teilte Treibholz mit einem einzigen Schlag der Länge nach. Damit fütterte ich unsere feurigen Pyramiden. Bald loderten drei große Lagerfeuer. Kleidung dampfte, als die Voyageure wie Rothäute zu einem verrückten Tanz ansetzten und unflätige französische Lieder sangen. Sie lachten und weinten über unsere Rettung und den Tod ihrer Kameraden, eine Tragödie, die sie anscheinend so wenig bemerkenswert fanden wie den Sturm selbst. Tod war im Land des Nordens ebenso an der Tagesordnung wie Schnee.

Die Sonne näherte sich dem Horizont und verlieh dem nassen Strand und dem Wald dahinter einen goldenen Schimmer, als wären sie lackiert. Die Tuchzelte unserer Adligen wurden aufgestellt und dampften. Cecil öffnete ein

Fass Rum und reichte uns allen ein Schlückchen. Sogar Aurora kippte die brennende Flüssigkeit hinunter wie ein Seemann.

Wir grinsten uns dümmlich an, so wie es Menschen tun, die gerade noch einmal mit dem Leben davongekommen sind. Nichts macht einen lebendiger, als vom Tod gestreift zu werden.

Dann brannten die Feuer auf handhabbare Glut herunter, und wir begannen mit knurrendem Magen unsere Erbsen mit Schweinefleisch und Maisbrei zu kochen. Die Männer rührten Fett in den Brei.

Wir aßen, als wären wir halb verhungert, und zitterten vor Schwäche. Pierre wischte sich den Mund mit dem Handrücken ab und leckte anschließend daran, als er sich an Cecil wandte. »Lord Somerset, wir haben heute einen Verlust erlitten, aber auch etwas gewonnen. Ich habe gesehen, dass die Esel sich gut gemacht haben – vielleicht weil sie ihr Kanu auf gleicher Höhe mit dem Ihrer hübschen Kusine halten wollten, oder?«

»Wenn Ethan und Magnus so ausgelaugt sind wie ich, dann haben wir alle gute Arbeit geleistet.«

»Sie sind noch keine Männer des Nordens, aber sie sind vielleicht der Gesellschaft der Schweinefleischesser von Montreal würdig, was meint ihr, meine Schweine liebenden Freunde?«

»Ein Schweinefleischesser ist hundert Männer des Nordens wert!«, riefen seine Kameraden aus Montreal. »Ja, die Esel sollen in unsere Gesellschaft aufgenommen werden!«

Pierre wandte sich an uns, die Arme wie ein Potentat verschränkt. »Ethan und Magnus, ihr habt einen Geschmack vom wahren See bekommen und habt zu meiner großen Überraschung nicht nur überlebt, sondern euch nicht vollends blamiert. Mit eigenen Augen habe ich gesehen, wie ihr unser Kanu durch Paddeln und Schöpfen am Dead Man's Point vorbeigebracht habt mit dem furchtbaren Willen, den dieses Land erfordert. So wie Voyageure sterben, wetteifern neue um ihren Platz. Ich glaube, es ist an der Zeit, dass ihr euch wahrhaft unserer Gesellschaft anschließt, wenn ihr es wagt, eine so hohe Ehre anzunehmen.«

»Meine Muskeln zucken vor Erschöpfung«, gab ich zu.

»Noch ein paar Wochen, und du bist keine Memme mehr. Deshalb werden wir euch jetzt taufen.« Er hob einen Fichtenzweig, den der Wind abgeknickt hatte, und ging hinunter zu den Wellen, die sich an unserem rötlichen Strand brachen. Die Brandung glänzte feurig in der untergehenden Sonne. Er tauchte den Ast ein, trug ihn zurück und schüttelte die Tropfen über unsere Köpfe. »Kraft meiner Autorität, mit der ich als Mann der North West Company ausgestattet bin, nehme ich euch hiermit in unsere Gemeinschaft auf! Ab sofort seid ihr keine Esel mehr, sondern habt Namen, die ich im Morgengrauen in einen Baum ritzen werde!«

»Das ist eine Ehre«, sagte Magnus. »Wenn wir dich zufriedengestellt haben, dann hast du mich mit deiner Ausdauer beeindruckt, kleiner Mann. Du hast die Kraft eines Riesen.«

Pierre nickte. »Natürlich habe ich dich beeindruckt. Ein französischer Voyageur wiegt hundert Norweger auf.« Er schaute mich an. »Und jetzt musst du dich bei den Versammelten für diese Ehre bedanken, deine Silberdollars nehmen und bei Lord Somerset zwei Fässchen Punsch kaufen. So ist es Brauch.«

»Woher weißt du, dass ich Silberdollars habe?«

»Dummer Amerikaner! Natürlich haben wir deine Sachen ein Dutzend Mal durchwühlt, während du geschlafen hast. Alles muss geteilt werden! Unter den Voyageuren ist nichts geheim! Und wir wissen, dass du uns auch in Grand Portage aushalten kannst!«

Ich nahm mir vor, ein paar Münzen für mich in der Sohle meiner Mokassins zu verstecken.

Und so begann ein Besäufnis, das wir uns mit dem dramatischen Unwetter des Tages verdient hatten. Unsere Kehlen dürsteten nach dem brennenden Rum. Mit Einbruch der Dunkelheit wurden die Feuer wieder geschürt, Funken wirbelten in einen Himmel, der inzwischen von Wolken leer gefegt und voller Sterne war, und Auroras Zelt schimmerte durchsichtig durch eine Kerze im Innern. Pierre hatte gesagt, wir würden am nächsten Tag rasten, und mir kam in den Sinn, dass ich vielleicht mehr Energie für eine abendliche Entspannung hätte, wenn ich wüsste, dass ich am nächsten Tag ausschlafen könnte. Nach dem Erlebnis des drohenden Todes am Tage wünschte ich mir den Geschmack des Lebens. Während die Trunkenheit zunahm, zog ich mich ins Dunkel der Schatten zurück und kroch zu ihrer Zeltplane. Die anderen hinter mir sangen. Bestimmt war sie inzwischen bereit für etwas Wärme!

»Aurora!«, flüsterte ich. »Ich bin's, Ethan! Ich bin hier, um dir aufzuwarten, wie du vorgeschlagen hast. Die Nacht ist kalt, und wir können uns Trost spenden.«

Schweigen.

»Aurora?« – »Was für eine Frechheit, Mr Gage. Ich habe Sie nicht eingeladen. Ich bin schließlich eine anständige Frau. Wir müssen diskret sein.«

»Diskretion ist meine Spezialität. Wetten, dass ich leiser sein kann als du?«

»Du bist unverschämt, Yankee Doodle!«

»Aber umgänglich. Ich hoffe, deine Erinnerungen sind so zärtlich wie meine.«

Ich weiß auch nicht, warum, aber Frauen erfordern immer ein gewisses Maß an Hartnäckigkeit und Palaver, bevor sie dem Naheliegenden zustimmen. Zum Glück bin ich ein Ausbund an Charme. Wie Franklin bereits sagte: »Weder eine Festung noch der Kopf einer Jungfrau werden lange standhalten, sobald sie sich auf Verhandlungen einlassen.«

»Aber was hat sich verändert, Ethan Gage?«, fragte sie.

»Es gibt keine wahre Vertrautheit, wenn ein Mann nicht bereit ist, über seine Ziele zu sprechen. Keine Zuneigung ohne einen Vertrauensbeweis. Wie können wir unsere Ziele vereinigen, wenn ich nicht weiß, welchen Zweck du verfolgst?«

Frauen erfordern eine Menge Geduld, nicht wahr? »Ich bin nur ein Forscher! Ich bin mir meines Ziels eigentlich nie ganz sicher. Ich wandere nur so herum und hoffe auf das Beste.«

»Das glaube ich nicht. Und ich bin mir meiner eigenen Zuneigung nicht sicher, solange du dir nicht über unsere Partnerschaft im Klaren bist. Stell dir vor, wir alle würden unsere Suche verbinden.«

»Aurora, ich habe dir doch gesagt – wir suchen nach Elefanten.«

Scharf sog sie die Luft ein. »Ich habe alles mit dir geteilt, Ethan. Alles. Von dir bekomme ich als Gegenleistung nur Unsinn aufgetischt!«

»Ich bin gerade in Geberlaune.«

»Gute Nacht, Sir.«

»Aber Aurora!«

»Bitte, lass mich nicht meinen Vetter zu Hilfe rufen müssen.«

»Ich muss einen Grund haben zu hoffen!«

Schweigen.

»Nur ein ganz kleines bisschen Mitleid!« Ich hasse es, vor jemandem zu kriechen, doch gelegentlich hilft es, und je mehr ich über sie nachdachte, umso geiler wurde ich. Ja, ich weiß, ich benahm mich vollkommen hohlköpfig.

Schließlich antwortete sie. »Na schön. Wenn du mir wirklich beibringst, wie man mit dieser Waffe umgeht, auf die du so stolz bist, gebe ich nach. Ich bin eine ziemlich begeisterte Schützin.«

»Du willst mit meiner Büchse schießen?«

»Wir können morgen früh zusammen jagen gehen. Sport bringt mein Blut in Wallung.«

Ich überlegte. Wollte die Kleine einfach nur mehr Intimsphäre? Sich auf dem Moos des Waldes rollen, fern von den anderen? Ich könnte sie mit meiner Genauigkeit beeindrucken, Wild zur Strecke bringen, ihre zarten Füße neben einem klaren Waldbach massieren, versuchen, mir das eine oder andere Sonett ins Gedächtnis zu rufen ... Also schlich ich fort, abgewiesen, aber noch nicht bereit, klein beizugeben.

Ich kam wieder in den Feuerschein und einen Kreis Betrunkener.

»Du siehst enttäuscht aus, mein Freund!«, schrie Pierre und trank noch einen Schluck Rum. »Nachdem du getauft bist, kannst du es nicht erwarten, in einer Baumrinde verewigt zu werden?«

»Ich war auf der Suche nach weiblicher Gesellschaft.«

»Ah. Entzugserscheinungen.« Köpfe rings um das Feuer nickten verständnisvoll.

»Ethan, hast du noch nicht gemerkt, dass dein Erfolg im Leben umgekehrt proportional zu deinem Erfolg in der Liebe ist?«, fragte Magnus. »Wir haben Besseres zu entdecken als eine Aurora Somerset!«

»Aber sie ist *hier*. Entdeckungen sind da *draußen*.«

»Vergiss die schicke Lady«, stimmte Pierre zu. »Die ist so, als versuchte man, an einer Zitrone zu lutschen, ohne dass einem das Wasser im Mund zusammenläuft. Die ist den Kummer nicht wert.«

»Sie ist so schön.« Mein wehleidiger Ton brachte sogar mich in Verlegenheit.

»Das ist die Hälfte der dunkelhäutigen Dirnen in Grand Portage auch, und sie sind hundertmal entgegenkommender. Vergiss die Schicke und nimm dir eine Squaw.«

»Ich will keine Squaw.«

»Woher willst du das wissen, wenn du noch keiner begegnet bist?«

Ich war die Hänseleien und Ratschläge leid und zog mich daher unter ein Kanu zurück, um ruhelos auf die Jagd am nächsten Morgen zu warten. Ich wusste, dass Aurora einen Narren aus mir machte, doch das war mir ziemlich gleichgültig. Die beste Möglichkeit, mein Gleichgewicht wiederzufinden, war ihre Eroberung. Vielleicht wäre es in einiger

Entfernung vom Lager leichter. Ich hätte sogar nichts dagegen, etwas über nordische Hämmer durchblicken zu lassen, doch sie würde uns nur für Verrückte halten und uns am Strand zurücklassen.

Schlaflos lag ich da, während die Voyageure den Rum leerten und zusammenbrachen. Und dann knirschte der Kies neben meiner provisorischen Dachkonstruktion, und ich sah einen Stiefel. Sir Cecil beugte sich herab, spähte unter den Bootsrand und betrachtete mich.

»Lord Somerset.« Ich fürchtete, er würde mir die Leviten lesen.

»Mr Gage.« Er hüstelte. »Wir sind eine kleine Gruppe, und ich hörte von Ihrer Enttäuschung. Meine Kusine ist launisch wie alle Frauen. Sie bricht Herzen wie Töpferware und denkt sich nicht viel dabei. Seien Sie nicht zu empfindsam.«

»Wir gehen morgen schießen, während die anderen sich ausruhen.«

»Sie werden feststellen, dass sie eine Meisterschützin ist. Und zähmbar, wenn Sie ihr auf halbem Weg entgegenkommen.«

»Dann haben Sie nichts gegen unsere Freundschaft?«

»Ich habe nichts gegen unsere Partnerschaft.«

Der Kies knirschte, als er fortging, und mir wurde klar, dass er sich mit jedem verbündete. Beim Einschlafen fragte ich mich, warum Cecil Somerset sich überhaupt um die Romanze seiner Kusine mit einem Nichtsnutz wie mir kümmerte.

24

Während die Voyageure ihren Rausch ausschliefen, rüttelte Aurora mich im Morgengrauen wach. Sie trug Stiefel, eine Kniehose und einen himmelblauen, kurzen Jagdrock. Ihr glänzendes Haar hatte sie hinten zusammengebunden, und ihre Hände steckten in Handschuhen aus Rehleder. »Komm, wir probieren deine Langbüchse aus!«, sagte sie, munter wie ein Eichhörnchen.

Ich stöhnte innerlich auf, denn ich hatte nicht genug geschlafen, sprang aber instinktiv wie ein Stehaufmännchen in die Höhe, um ihr zu imponieren. Vielleicht hatte ich das Hirn eines Eichhörnchens.

Weit davon entfernt, die gezierte und hilflose Frau zu sein, die sie gab, wenn ihr der Sinn danach stand, zwang Aurora mich schon bald, mühsam hinter ihr herzuschnaufen, während sie mir voran einen Granitkamm erklomm. Der Lake Superior lag unter uns wie ein blauer Ozean. Ihre schlanken Beine waren flink wie die eines Rehs, und sie hatte einen guten Blick für den besten Pfad und die Wildspuren. Mir machte es nichts aus, ihr zu folgen, hatte ich auf diese Weise doch eine Menge Zeit, ihren wunderbaren Anblick zu genießen. Doch es war deutlich, dass Lady Somerset sich nicht nur wegen ihrer Sonnenschirme und Kleidertruhen in der

Wildnis zu Hause fühlte. Jedes Mal, wenn ich versuchte, sie mit einer witzigen oder seelenvollen Bemerkung zu umwerben, brachte sie mich mit einer Handbewegung und einem strengen Blick zum Schweigen und zeigte mit dem Finger, als würde das Dinner bald aufgetragen. Und tatsächlich gelang es uns, einen einjährigen Hirschbock aufzuspüren. Sie nahm meine Langbüchse und brachte ihn aus fünfundsiebzig Yards Entfernung mit einem einzigen Genickschuss zur Strecke, nachdem sie ihn wie ein Meisterschütze anvisiert und abgedrückt hatte. Dabei ließ sie keine Schwierigkeiten erkennen, die schwere Waffe ruhig zu halten oder den Rückstoß abzufangen.

»Ausgezeichneter Schuss!«

»Deine Büchse verzieht leicht nach oben links.«

Sie weidete den Hirsch mit ihrem Messer mit Elfenbeingriff aus, und die Geschicklichkeit, mit der sie ihn um die Hoden herum aufschlitzte, gab mir zu denken. Dann trennte sie den Kopf ab und hob die Keule hoch, um sie mir auf die Schultern zu laden. »Das ist mir zu schwer.« Und sie ging mir voran den Berg hinunter.

Meine prächtige, zierliche Gespielin war über Nacht zu einem regelrechten Daniel Boone geworden, unabhängig und lakonisch, und mir wurde klar, dass mir diese neue Verkleidung, trotz der köstlich zur Geltung kommenden schlanken Figur, nicht gut gefiel. Merkwürdig, wie man in den Bann einer Frau gerät, und noch merkwürdiger, wenn man daraus erwacht. Am Ende erkannte ich, wie wenig ich sie oder unsere Beziehung verstand. Ich hatte nicht verführt, sondern war vielmehr verführt worden, und nicht von einer englischen Lady, sondern von einer Art Jägerin – womöglich so gefährlich, wie Magnus es vorausgeahnt hatte. Mir fiel seine Erzählung über Loki ein, den listenreichen nordischen Gott, der viele Formen annehmen konnte und schließlich Ragnarök auslöste, das Ende der Welt.

Doch dann hielten wir tatsächlich an einem Bach an, um uns auszuruhen und die Füße zu kühlen. Ich bot an, ihre Füße zu massieren – eine Taktik, die anscheinend ausnahmslos bei allen Frauen funktioniert. Ihre Füße waren tatsächlich schwieliger, als ich erwartet oder noch im Gedächtnis hatte. Außerdem fiel sie bei meiner Berührung nicht in Ohnmacht.

»So allmählich kommt mir der Verdacht, dass du in der Wildnis mehr zu Hause bist, als ich mir vorgestellt habe.«

»Ach ja?« Sie hatte die Augen halb geschlossen, lehnte sich zurück und betrachtete mich eingehend. »Auf den Reisen mit meinem Vetter habe ich ein paar Dinge gelernt. Und Cecil und mein Vater haben mir in England das Schießen beigebracht. Es ist jedes Mal wieder eine Befriedigung, etwas zu töten, findest du nicht?«

»Dein Geschick im Schießen macht uns zu noch größeren Seelenverwandten, als ich vermutet hatte«, versuchte ich. »Wir sind nicht nur Bettkumpane, sondern auch Schießgefährten.«

»Wir treiben einfach nur ein bisschen Sport, Mr Gage.«

»Es gibt andere Sportarten als Schießen, über die wir uns austauschen können, dessen bin ich mir sicher.« Ich bin einfach zäh und hartnäckig.

»Zum Beispiel über die Frage, warum ein französischer Spion und ein norwegischer Revolutionär ins Pelzland wollen?«

»Ich bin kein Spion.« – »Du wahrst Geheimnisse, als wärst du einer. Du kommst von Bonaparte, Astor und Jefferson.«

»Ich kundschafte lediglich Louisiana aus, wie schon gesagt. Nach Elefanten.«

»Nein. Blodhammer ist auf der Suche nach mehr. Es liegt auf der Hand, dass ihr beide ein böses Geheimnis habt, und mir kommt allmählich der Verdacht, dass selbst *du* nicht genau weißt, worum es geht. Du läufst jedem hinterher, der einen starken Willen hat. Und er spielt mit dir.« Sie zog ihre Füße zurück und schlüpfte in ihre Stiefel. »Wir könnten helfen, wenn du uns lässt, aber anscheinend gefällt dir ja blinde Verschwörung. Egal. Alles wird in Grand Portage herauskommen.«

Ihre Verachtung setzte mir zu. »Dann lass uns jetzt unsere Kameradschaft genießen.«

Sie sprang auf. »Ich habe dir eine Probe geliefert, aber ich gehe nur mit Männern Beziehungen ein, denen ich vertraue.«

Mit diesen Worten nahm sie meine Langbüchse in die Faust und machte sich wieder auf den Weg bergab.

Matt stand ich auf, schulterte das Fleisch, und plötzlich gefiel mir gar nicht, dass sie meine Büchse so fest hielt und nicht mich. Ich dachte, sie besäße die Höflichkeit, an einer Felsnase zu warten, doch sie schenkte mir keine Aufmerksamkeit, sondern hatte ihren Blick starr auf die Bucht unter uns gerichtet.

»Sie sind da«, sagte sie.

Ein Kanu näherte sich dem Ufer. Ich sah ein breiter werdendes silbernes V im Kielwasser. Indianer paddelten, aber die Gestalt in der Mitte trug den roten Rock eines britischen

Soldaten. Voyageure wateten ins Wasser, um das Kanu an Land zu ziehen, die Insassen sprangen heraus und verschwanden unter den Bäumen.

»Wer ist da gekommen?«

»Cecils Führer.«

Wir brauchten eine Stunde, um den Berghang hinunterzusteigen auf die Rauchfahne zu, die das Lager kennzeichnete. Und als wir ein paar Hundert Yards von unserem Ziel entfernt waren, kamen wir an den kleinen Teich, der alles verändern sollte. Er lag in einem Sumpfgebiet am Fuße des Berges, von Schilf eingerahmt, inmitten von Bäumen, ruhig und windgeschützt, und der Tag war so warm geworden, dass ein Bad angenehm gewesen wäre. Wir hörten es plätschern und merkten, dass jemand im Wasser war.

Weibliches Gelächter.

Zwei Frauen schwammen, die Haare hinter ihnen wie ein Biberschwanz gefächert. Sie mussten mit dem Kanu eingetroffen sein. Aurora erstarrte, ebenso neugierig wie ich. Wir standen hinter den Bäumen verborgen und sahen ihnen beim Schwimmen zu. Alle Indianer, denen ich begegnet bin, sind gute Schwimmer, und diese waren keine Ausnahme. Eine der Frauen watete schließlich an eine flache Stelle. Tröpfchen funkelten auf ihrer bronzefarbenen Haut, und unwillkürlich sog ich hörbar die Luft ein.

Aurora schaute mich mit spöttischer Belustigung an.

Die Indianerfrau war jung und sehr hübsch, ihre Brüste kleiner als die der Lady Somerset, allerdings nicht weniger reizvoll. Ihre Beine und das Gesäß waren glatt und geschmeidig. Das Wasser reichte ihr bis an die Knie. Irgendwie spürte sie unsere Anwesenheit und drehte sich um, anscheinend nicht beschämter über ihre Nacktheit als ein Rehkitz, aber neugierig und wachsam. Ihre Brustwarzen waren braun von der Sonne, und die Stelle zwischen ihren Schenkeln nass und glitzernd. Sie war hellhäutiger, als ich es von einer Indianerin erwartet hätte, und ihre Haare waren nicht wie üblich pechschwarz, sondern von einem dunklen Kupferrot. Die Nymphe schaute in unsere Richtung, obwohl ich sicher war, dass wir gut abgeschirmt waren, und spähte aufmerksam.

»Warum ist sie nicht dunkelhäutiger?«

»Das kommt durchaus vor«, sagte Aurora. »Vielleicht ist sie ein Mischling, oder eine weiße Gefangene. Komm.« Als sie sich bewegte, machte die Indianerin plötzlich einen Satz und duckte sich ins Schilf, wo sie sich im Nu wie ein wildes Tier verbarg.

»Warte!«, flüsterte ich.

Doch nun watete auch die andere, die stämmiger und weniger anziehend war, aus dem Wasser, warf einen Blick über die Schulter und verschwand in der Deckung.

Aurora sah mich über die Schulter belustigt an. »Rotes Fleisch gefällt dir also.«

»Ich bekomme ja kein weißes, oder?«

»Partnerschaft, Mr Gage, Partnerschaft.«

»Ich bin nur neugierig, wie jeder Mann.«

»Das kann man wohl sagen, Amerikaner. Halte dich von ihnen fern, wenn dir dein Leben lieb ist.«

»Was soll das heißen?« Es gefiel mir, dass sie sich sogar die Mühe machte, mich zu warnen.

»Komm mit ins Lager. Du wirst schon sehen.«

Wir kamen unter den letzten Bäumen hervor und traten ins helle Licht am Ufer. Das große Kanu der Indianer war an Land gezogen, die darin eingetroffenen Krieger machten ein Feuer, getrennt von dem der Voyageure. Sie waren zu sechst, trugen Lendenschurz und Leggings aus Rehleder und bewegten sich barbrüstig in der Sonne. Wie die Grashüpfer hockten sie sich hin. Leicht, aber kraftvoll. Ihre Muskeln schimmerten von dem Fett, das sie gegen Kriebelmücken aufgetragen hatten.

Der Mann, den ich für einen britischen Offizier gehalten hatte, war auch ein Indianer, wie ich feststellte. Sein schwarzes Haar war zurückgebunden und mit einer Adlerfeder geschmückt. Im Gegensatz zu seinen Begleitern trug er einen verschlissenen britischen Militärrock, dessen Messingknöpfe abgescheuert, aber noch blank waren. Ich fragte mich, woher er den wohl hatte.

Dieser Häuptling, wenn es denn einer war, unterhielt sich mit Lord Somerset, und seine königliche Haltung passte zu der des Aristokraten, was mich wieder an Brant und Tecumseh erinnerte. Unbesiegte Stammesführer hatten offenbar ein sicheres, großspuriges Auftreten. Seine Augen waren dunkel, die Nase kräftig, und die Lippen leicht gekräuselt, was ihnen einen Hauch von Grausamkeit verlieh. Seine Muskeln, soweit ich sie sehen konnte, waren fest wie die zusammengewundenen Stränge einer Trosse auf einem Kriegsschiff. In seinem Blick flackerte etwas auf, als er Aurora sah. Er schien sie zu kennen. Und diesen Blick behielt er störenderweise auch bei, als er sich mir zuwandte. War er in einem der Forts gewesen? Bestimmt würde ich mich doch an ihn erinnern.

»Die Göttin Diana kehrt mit ihrer Beute zurück!«, begrüßte Cecil uns lächelnd.

»Der Hirsch ist nicht das Einzige, was wir fanden«, sagte sie.

»Oh.« – »Squaws, die sich in einem Teich waschen. Gehören sie Red Jacket?«

»Sklavinnen. Ein Ojibwa hat sie beim Spiel verloren. Red Jacket nimmt sie mit nach Grand Portage und dann in sein Dorf.«

»Ethan war hingerissen.«

»Das kann ich ihm nicht verdenken. Die eine ist eine Schönheit.«

»Pah.«

»Ethan, meine Kusine hat ein verdammtes Packpferd aus Ihnen gemacht, wie es aussieht!«

»Sie hat die Büchse«, versuchte ich zu scherzen. In Wirklichkeit war ich verlegen. Meine Entschlossenheit, mit ihr zu schlafen, hatte dazu geführt, dass Aurora Somerset mich wie einen Stier am Nasenring führte. Doch nun gab es diese anderen Frauen. Hatte Pierre nicht gesagt, ich solle mir eine Squaw nehmen?

»Nun, Sie werden sich wieder einmal beliebt machen«, sagte Cecil.

»Alle Männer lieben frisches Wild«, fuhr er fort.

»Auch unsere neuen Gäste?«

»Darf ich vorstellen, Red Jacket, ein Häuptling vom westlichen Ende des Sees, der mütterlicherseits ein Ojibwa ist, aber sein Vater ist ein Dakota – der Sprössling zweier historischer Feinde, und somit noch ungewöhnlicher. Seine Mutter wurde gefangen genommen und hat ihn in beiden Sprachen erzogen. Er ist weit gereist und kämpft gut. Ich hatte gehofft, ihn zu treffen, doch bei dem Sturm war ich mir nicht so sicher. Er kennt den Westen – das Land vielleicht, in das Sie unterwegs sind. Er kann uns beiden dienlich sein! Sie haben Zuflucht auf einer Insel westlich von hier gefunden und sind dann heute Morgen hierhergepaddelt, um uns zu suchen.«

»Angenehm«, sagte ich und streckte eine Hand aus.

Der Häuptling reagierte weder mit Worten noch mit einer Geste.

»Er trägt einen Offiziersrock?«

»Ja, verblüffend, nicht wahr? Ist wahrscheinlich besser, ihn nicht zu fragen, woher er den hat. Ich glaube nicht, dass es ein Geschenk war, und ich hoffe, der Rock verschleißt nie, damit er nicht anfängt, *meine* Kleidung ins Auge zu fassen.«

»Aber Sie vertrauen ihm?«

»Unbedingt. Red Jacket macht kein Geheimnis daraus, wo er steht oder was er will. Seine Gelüste sind offenkundig.«

Dazu gehörte auch Wildbret. Das Fleisch verlieh uns neue Kräfte, und wir verbrachten den Rest des Tages in der Bucht, die wir Refuge Bay nannten, badeten, nähten, flickten und aßen. Aurora gab mir meine Büchse zurück. Sie lobte sie, wenn schon nicht mich, und sie hatte sie sogar gereinigt. Die beiden Frauen, die ich gesehen hatte, tauchten auf, bescheiden in Rehleder gekleidet, die Augen niedergeschlagen. Sie verhielten sich unterwürfig. Falls sie sich schämten, dass man sie beim Baden gesehen hatte, so zeigten sie es nicht.

Pierre kam zu mir. »Die Hübsche heißt Namida oder ›Sternentänzerin‹ in der Sprache der Ojibwa«, flüsterte er mir zu, ging in die Hocke und rauchte seine Pfeife. »Den Namen hat ihr der Mann gegeben, der sie zuerst gefangen nahm. Die andere ist Little Frog. Diese Halunken hier haben sie mitgenommen, nachdem sie am Sault gewürfelt hatten. Sie kämpften im Whiskeyrausch, und unser Red Jacket hat ihrem ersten Besitzer mit einem Tomahawk den Gnadenstoß versetzt. Er wird sie zu seinem Stamm mitnehmen, wo sie als Sklavinnen dienen, bis eine Rothaut eine von ihnen haben will. Die Stämme sehen immer zu, ihre schwindende Zahl aufzufrischen. Zu viel Krieg und Krankheit.«

Ich betrachtete die beiden mit Interesse und zwang sie kraft meines Willens aufzuschauen. Namida blickte endlich in meine Richtung, als sie sich bückte, um Zeltstangen zu richten, und ich erwiderte den Blick nicht nur ein Mal. Sie war etwa zwanzig, das Haar glänzte wie Otterfell, und ihre Bewegungen waren anmutig. Für ihre Rasse war sie recht hellhäutig, hatte jedoch die hohen Wangenknochen und den großzügigen Mund der Indianer. Ihr Lächeln zeigte blitzende weiße Zähne, ihr Hals war mit einer engen Kette aus Stachelschweinborsten und Perlen verziert, an einem Ohr trug sie eine Silbermünze. Ihre Arme waren nackt und glatt, die Waden fest, und ihre Figur – nun ja, die hatte ich bereits gesehen. Sie unterschied sich von Aurora Somerset wie ein wildes Pony von einem Vollblut-Rennpferd, hatte aber vermutlich auch genügend Feuer. Ich wusste, es lag zum Teil an meiner Sehnsucht nach meiner Astiza, der Ägypterin, die ich verloren hatte und die eine entfernte Ähnlichkeit mit ihr aufwies. Aber mein Gott, wie leicht sich ihre Mokassins bewegten, wie bezaubernd ihre Hüften schwangen, wie unschuldig ihr abgewandter Blick war! Sie sah so ganz anders aus als die erschöpften Indianerfrauen, die ich in Detroit gesehen hatte. Und dann schaute sie mich an ...

»Ich dachte, dir gefallen Squaws nicht, mein Freund?«, meinte Pierre, als ich mir den Kopf nach ihr verrenkte.

»Sie hat blaue Augen.«

»Ja, eine Mandan, nach der Geschichte, die ich gehört habe – oder vielmehr eine Awaxawi, die mit den Mandan verwandt sind. Als Mädchen gefangen genommen und hin und her getauscht, bis sie am Sault landete. Sie ist viele Hundert Meilen von ihrer Heimat entfernt und sieht in Red Jacket wahrscheinlich eine Gelegenheit, ihrem Stammesland ein wenig näher zu kommen. Für eine Indianerin sieht sie komisch aus, nicht wahr?«

»Das ist kein passendes Wort für eine solche Schönheit.« Mandan! Hatte der verrückte Tom Jefferson nicht erwähnt, sie könnten von den Norwegern oder Walisern abstammen?

»Ich dachte, du wärst in Aurora verschossen«, wandte Magnus ein. Ich überhörte ihn.

Aurora beobachtete die Szene aus einiger Entfernung mit Missfallen, und ich genoss es, ihr ein wenig Unbehagen heimzuzahlen. Wenn ich sie genügend eifersüchtig auf Namida machen könnte, wäre die britische Zicke vielleicht bereit, unser Intimleben wieder aufzunehmen. Ich überlegte gerade, wie ich meinen Feldzug angehen sollte, als mein Blick von Red Jacket aufgefangen wurde, der aufgebracht auf Cecil einredete.

Der Engländer kam zu uns. Auch Aurora schaute herüber und warf einen boshaften Blick auf das Mädchen.

»Die Squaw sieht anders aus als ihre Rasse, nicht wahr?«, stellte Cecil fest.

»Ich wusste nicht, dass Indianer diese Hauttönung haben können.«

»Ich habe davon gehört und es auch gesehen. Waliser, heißt es. Manche indianischen Wörter klingen walisisch.«

»Oder norwegisch«, sagte Magnus.

Der Aristokrat hob eine Augenbraue. »Meinen Sie? Man stelle sich vor, Ihre Vorfahren aus ferner Zeit wären hierhergekommen! Ich glaube, so allmählich begreife ich Ihre Begeisterung, Magnus. Obwohl, wenn die Waliser Namidas Land besiedelt haben ... nun, dann wäre Louisiana von Rechts wegen britisches Territorium, oder?«

»Oder es würde die Geschichte derart durcheinanderbringen, dass niemand ein Anrecht auf das Land hätte«, sagte ich.

»Halten Sie sich von den Squaws fern«, warnte Cecil. »Ich habe gehört, dass die Mädchen der Mandan geradezu ätherisch in ihrer Schönheit sind, die attraktivsten Frauen des Kontinents – doch diese beiden sind Red Jackets Eigentum. Er hat ein aufbrausendes Gemüt. Vielleicht hat er sogar die Leber des Mannes gegessen, der den Uniformrock getragen hat.«

»Er ist Kannibale?«

»Das sind sie alle, wenn sie ihre Feinde vernichten und deren Kraft in sich aufnehmen wollen. Ich habe Indianerkrieger gesehen, die Herzen verschlangen und deren Squaws die Leber brieten. Doch wenn es jemals dazu kommen sollte, wollen Sie lieber gegessen werden, denn der Schmerz, den die Folter davor auslöst, ist unbeschreiblich. Frauen wie die beiden da werden die grausamsten sein, sie werden Stöcke im Feuer erhitzen und in jede Öffnung stecken.«

Ich schluckte. »Ich gucke ja nur.«

»Nicht einmal das sollten Sie tun. Wer sich mit Red Jacket anlegt, überlebt es nicht. Beachten Sie die Frauen einfach nicht – es sei denn, Sie sind meiner Kusine bereits überdrüssig.«

»Lord Somerset, sie ist es, die mich anscheinend leid ist.«

»Ich habe Ihnen doch gesagt, Geduld. Sie beehrt nur wenige Männer mit einem Jagdausflug.«

»Und noch weniger mit allem anderen.«

Er lachte und entfernte sich, wobei er dem Indianerhäuptling zunickte.

In der Nacht legte ich mich allein schlafen, denn ich war es leid, Aurora nachzustellen und mir die Kommentare meiner Begleiter anzuhören. Ich bin nicht abgeneigt, den Narren zu geben, wenn ich glaube, dass am Ende eine süße Belohnung wartet, doch selbst für mich hat Demütigung ihre Grenzen. Das Spiel mit Lady Somerset hatte seinen Reiz verloren, und ich beschloss, Frauen gänzlich zu entsagen.

Dann vernahm ich leise Schritte neben meinem Bettzeug, und eine Frau flüsterte im Dunkeln auf Französisch, der Sprache, die im Pelzhandel vorherrschend war.

»Sauvez-moi.« Retten Sie mich.

Dann schlich Namida fort.

25

Am nächsten Tag fuhren wir weiter und hielten uns am nördlichen Ufer. Der See war kalt, die Luft frisch und klar, die Granitberge glitzerten. Ich hatte die Franzosen für unermüdliche Paddler gehalten, doch die Indianer schienen sie noch zu übertreffen und zeigten sich während unserer Rauchpausen ungeduldig. Doch dann ließen sie sich längsseits treiben und baten um Tabak für ihre Pfeifen.

»Sie können nicht schnell genug nach Grand Portage kommen, um zu trinken«, schnaubte Pierre verächtlich.

»Nein, ich glaube, sie können länger paddeln als der große Pierre«, neckte Magnus ihn.

Immer weiter drangen wir über ein weites, blaues Universum vor, meine Arme und mein Oberkörper verwandelten sich durch das unerbittliche Paddeln in Stahl. So verging ein langer Sommertag nach dem anderen. Stürme hielten uns in regelmäßigen Abständen auf. Dann dösten wir alle in einem Lager, während Wind und Regen auf unsere Persenninge peitschten. War das Unwetter vorbei, setzten wir unsere Fahrt fort. Abends im Lager blieb Namida auf Abstand, bis auf einen gelegentlichen wachsamen Blick aus ihren hellen Augen, während Aurora noch hochnäsiger war, nachdem Red Jacket sich unserer Gruppe angeschlossen hatte. Als wäre er ein Herzog der Wildnis, der Anstand verlangte! Sie zog sich allein in ihr Zelt zurück und sprach nicht mit den Indianerinnen, nicht mit mir, nicht mit Red Jacket. Hin und wieder setzte sie sich neben ihren Vetter und führte ein langes, ernstes Gespräch mit ihm, wobei sie auf uns alle deutete.

Ich fragte mich unterdessen, ob diese Namida oder ihre schlichtere Freundin, Little Frog, wohl Licht in die mysteriöse Karte des Norwegers bringen könnten, kamen sie doch aus dem Stamm und dem Gebiet, die Jefferson interessierten.

Meine Chance bot sich am vierten Tag nachdem ich Namida zum ersten Mal beim Baden gesehen hatte. Ich saß in einiger Entfernung zu den anderen, um ein wenig allein zu sein, und sie kam zu mir und bot mir schüchtern etwas Mais an, der mit Sirup vermischt war. »Ich habe ihn mit Beeren aus dem Wald gewürzt«, sagte sie auf Französisch.

»Danke.« Ich aß mit den Fingern. »Sie kommen aus dem Westen?«

Sie schlug die Augen nieder.

»Sind Sie eine Mandan?«, hakte ich nach.

»Awaxawi, ihre Verwandten.«

»Haben Sie jemals etwas von Wales gehört?«

Sie schaute mich verwirrt an.

»Warum sind Ihre Augen blau?«

Sie zuckte mit den Schultern. »Die waren schon immer blau.« Plötzlich beugte sie sich vor und flüsterte: »Bitte. Ich kann Sie führen.«

»Tatsächlich?«

»Bringen Sie mich nach Hause, und mein Volk kann helfen.«

»Sie wissen, wonach wir suchen?« Wäre das beunruhigend! – »Die Vorfahren Ihres Riesen haben Höhlenzeichnungen hinterlassen. Wir haben Inschriften der Rothaarigen. Alte Schrift auf einem magischen Stein. Ich kann helfen.«

»Ein Stein?« Ich war verblüfft. Das klang nach den Inschriften, die ich im Orient gesehen hatte! »Welche Art von Schrift?«

»Das wissen wir nicht. Sie ist geheim.«

»Geheim? Wie ein Code?«

Da fuhr Red Jacket sie an, und sie zog sich eilig zurück.

Die Tatsache, dass sie ihren Maisbrei keinem anderen Voyageur reichte, blieb nicht unbemerkt. »Also hast du jetzt eine dienende Hure, mein Freund«, gratulierte Pierre mir.

»Sie glaubt, wir können ihr helfen, wieder nach Hause zurückzukehren. Sie behauptet, ihr Stamm besäße eine Art alter Inschrift. Irgendwie vermutet sie, dass wir weiter als nach Grand Portage gehen, um nach Magnus' Vorfahren zu suchen.«

»Das ganze Lager weiß es. Alte Inschrift? Von wo?«

»Das weiß ich nicht.«

»Spielt keine Rolle. Sie gehört jetzt Red Jacket.«

»Ich sehe nicht, dass er sie mit Respekt behandelt.« Ich aß weiter. Die süßsauren Beeren verliehen dem Brei einen interessanten Geschmack, und die Samen knirschten zwischen meinen Zähnen. »Sie hat etwas Besseres verdient. Ich möchte sie retten.«

Er lachte. »Ah, dann wirkt ihr Zauber bereits!«

»Welcher Zauber?«

Pierre deutete auf meine Mahlzeit. »Indianerinnen haben viel Übung in Liebeszauber. Die Ojibwa schwören bei den

Samen des Echten Steinsamens, ein Herz zu erobern. Oh ja, Amerikaner, sie verhext dich.«

»Dafür brauchte sie keine Samen.« Ich grinste. »Hast du ihren Hüftschwung gesehen?«

»Behalte einen klaren Kopf, sonst verlierst du dein Haar an Red Jacket.«

Ich warf einen Blick zu dem Indianer hinüber, der anscheinend wirklich meinen Skalp betrachtete. Ich schnitt ihm eine Grimasse, und er wurde noch finsterer und schaute zur Seite. Auch Aurora runzelte die Stirn, was mir noch größere Befriedigung verschaffte. Das Mädchen hatte seine Chance gehabt, oder?

Vielleicht käme sie in Grand Portage angekrochen.

Nur gab es jetzt eben auch Namida.

Während wir weiterpaddelten, erblickte ich eine lange, niedrige Insel am südlichen Horizont.

»Isle Royale«, sagte Pierre. »Vierzig Meilen von einem Ende zum anderen, übersät mit eigenartigen Gruben. Man kann noch immer Klumpen von Kupfererz und liegen gelassene Werkzeuge finden. Das sind alte Kupferminen, so zahlreich, dass man sich fragt, welche Zivilisation sie bearbeitet hat.«

Magnus schaute zum Bugmann auf.

»Die Indianer hatten Kupfer«, fuhr der Voyageur fort, »aber nicht in dem Umfang wie dieser Abbau. Es sieht so aus, als wäre genug gefördert worden, um die Krieger auf beiden Seiten der Mauern von Troja damit auszurüsten. Aber wie hätte dieses Kupfer nach Griechenland kommen sollen?«

»Vielleicht haben Menschen schon viel länger, als wir denken, den Atlantik überquert und mit Metall gehandelt«, sagte Magnus. »Vielleicht waren meine Nordmänner Teil einer Reihe von Entdeckern, die bis in die Antike zurückreicht.«

»Aber wer ist zu der Zeit damals mit dem Schiff gefahren?«

Ich konnte nicht widerstehen, mich einzuschalten, auch wenn ich wusste, dass ich damit nur weitere Spekulationen anheizen würde. »Der Astronom Corli und sein Kollege Gisancourt mutmaßten, dass es bei Platons Allegorie von Atlantis eigentlich um einen tatsächlichen Ort ging, eine Insel im Atlantik. Vielleicht kamen die Minenarbeiter von dort. Flüchtlinge aus Troja. Karthager. Wer weiß?«

»Na also, siehst du?«, sagte Magnus. »Dieser See war ein Verkehrsweg.«

»Ja, die Wildnis gibt einem Rätsel auf«, stimmte Pierre zu. »Nicht nur alte Gruben. Manchmal stößt man an den eigentümlichsten Stellen auf eine rätselhafte Erhebung oder eine umgestürzte Steinmauer. Wer hat sie gebaut? Aber da ist nur Schweigen, keine Antwort außer den Rufen der Vögel. Deine Suche nach El Dorado, Riese, aber kein Konquistador hat es je gefunden.«

»Kein Konquistador, aber ein König«, sagte ich.

»Wie bitte?«

»Wie wäre es denn damit, Magnus? Somerset sagte, du seist von königlichem Geblüt. Was hat er damit gemeint?«

»Blodhammer ist der antike Name eines nordischen Monarchen«, sagte mein Begleiter ruhig. »Ich bin stolz darauf, von ihm abzustammen.«

»Du bist von norwegischem Adel, Zyklop?«, fragte Pierre.

»Was immer es wert ist. Den Dänen zufolge gibt es kein unabhängiges Norwegen.«

Darum ging es also. Mein Begleiter wollte nicht nur Unabhängigkeit für seine Nation. Er wollte den norwegischen Adel wiederherstellen, in dem er womöglich einen Platz beanspruchen konnte. Er war weniger ein Revolutionär als vielmehr ein Royalist!

»Dann bist du also ein längst vergessener König, Magnus?«, versuchte ich klarzustellen.

»Wohl kaum. Und der Stammbaum meiner Vorfahren ist nichts im Vergleich zu dem, was wir suchen, Ethan.«

»Und erklär mir doch noch mal, *wonach* wir eigentlich suchen.«

»Ich habe es dir doch gesagt, nach einem goldenen Zeitalter, das verloren ging. Nach Geheimnissen der Götter. In jeder Kultur gibt es einen Wissensquell, einen Lebensbaum, und nicht nur einen Yggdrasil. In nordischen Geschichten verliehen Idunas goldene Äpfel den Göttern ewiges Leben.«

»Wie ein Baum im Paradies.«

»Ja.« Er tauchte das Paddel wieder ein. »Und die Schlange ist wie der Drache, der den goldenen Schatz bewacht.«

Schließlich und endlich erblickten wir am Ufer vor uns die Masten einer ankernden Schaluppe und schlossen daraus, dass wir am Ende des Sees angekommen waren. Das ferne Jammern von Dudelsäcken und Fideln wehte über das Wasser zu uns herüber, und unsere Indianer begannen wie Hunde zu jaulen. Wir hielten an einer kleinen Insel an, um uns für das Rendezvous umzukleiden. Die Voyageure zogen ihre besten Sachen an, setzten ihre Kappen in feschem Winkel auf und besteckten sie mit Federn. Lord Somerset säuberte seine Stiefel, bis sie blank waren, und Aurora verschwand hinter ein paar Büschen, bevor sie in einem Kleid wieder auftauchte, das an den englischen Hof gepasst hätte. Es war zwar zerknittert und staubig, aber dennoch umwerfend in seiner Pracht. Die beiden Indianerinnen fuhren sich mit Holzkämmen durch das üppige Haar und färbten ihre Lippen mit Saft, und die Männer legten Ketten mit Kupfer und Knochenverzierungen an. Magnus und ich kämmten uns gegenseitig, bürsteten unsere Mäntel ab und tauschten ausgetretene Mokassins gegen neue aus. Das Praktische an dieser Fußbekleidung war mir schnell aufgegangen: Mokassins waren leicht, leise und trockneten schnell.

Nachdem wir uns ordentlich hergerichtet hatten, stießen wir wieder ab, und alle sechs Kanus begannen ein Wettrennen um Hat Point, weil jedes als Erstes an der grauen, verwitterten Palisade sein wollte. Wir alle stimmten aus voller Kehle die uns inzwischen vertrauten französischen Lieder an und tauchten die Paddel im Takt dazu ein. Als wir in Sichtweite kamen, ertönte am Ufer ein Horn, und eine Kanone wurde abgefeuert, und als wir uns dem Kiesstrand näherten, strömte eine Flut von Trappern, Indianern und Bourgeois herab, um uns in Empfang zu nehmen. Sie jubelten, fluchten und feuerten in die Luft. Dicke, watteweiße Rauchwolken stiegen auf, und das Knallen hallte fröhlich über die Bucht. Indianische Krieger stießen ein solches Geschrei aus, dass mir die Nackenhaare zu Berge standen, und schüttelten ihre Tomahawks wie Rasseln. Frauen winkten mit Decken und klapperten mit Eisentöpfen. Cecil, Pierre und ich feuerten nun ebenfalls, und Aurora schwenkte ihren Sonnenschirm, die grünen Augen strahlten vor Aufregung. Dann sprangen die Bugmänner leichtfüßig ins Flachwasser, und schon waren wir am Ufer, Fremde klopften uns auf den Rücken und boten uns Punsch an.

Zelte, Wigwams und umgedrehte Kanus, die als Unterstände benutzt wurden, waren zu beiden Seiten des Forts aufgestellt, Rauch von Holzfeuern hing wie ein Dach über dem Lager. Musik schallte herüber, Trommeln schlugen, und das dumpfe Knallen eines Wettschießen hing in der Luft. Der Geruch von gebratenem Fleisch, Gewürzen und Sirup stieg mir in die Nase.

Grand Portage selbst war ein bescheidenes Palisadendorf. Ein paar Hektar, auf denen sich ein Dutzend Holzgebäude, Gärten mit Mais, Kräutern und Gemüse sowie Schuppen für Pelze und Handelswaren befanden. Zwischen den Baumstümpfen, die nach der Rodung des Waldes stehen geblieben waren, hatten ein Dutzend Indianerstämme neben Hunderten Voyageuren ihre Lager aufgeschlagen. Ein schlammiger Pfad wand sich vom Fort hinauf durch den Holzschlag in den Wald zu der acht Meilen langen Portage, die über den Wasserfällen zum befahrbaren Teil des Pigeon River führte. Von dort konnten die Kanuten stromaufwärts paddeln und gelangten in Wasserwege, die nach Westen in die berühmten Rocky Mountains oder nach Norden in die Arktis führten. Wir waren an dem Punkt des Kontinents, an dem sich die Herrschaftsbereiche von Briten, Amerikanern, Franzosen und Indianern kreuzten.

»Wir nähern uns der Stelle, wohin mein Volk gezogen ist«, murmelte Magnus vor sich hin. »Ich spüre es. Irgendwo hinter den Bäumen ist der Nabel der Welt.«

»Irgendwo hinter den Bäumen sind Kriebelmücken, Rothäute und klare Bäche«, warnte Pierre. »Feiert, solange ihr könnt.«

Unsere Gruppe teilte sich. Magnus und ich, als eine Art Botschafter, begleiteten die Somersets und Red Jacket durch die Tore des Forts zur Großen Halle. Pierre, die Voyageure in seiner Begleitung und die anderen Frauen verteilten sich in den Lagern draußen, tauschten lauthals Begrüßungen, Prahlereien, Beschimpfungen und nette Worte mit Menschen aus, die sie seit einem Jahr nicht gesehen hatten.

Das Gras auf dem Exerzierplatz innerhalb des Forts war niedergetrampelt vom vielen Hin und Her. Bündel mit Handelswaren lagen hoch aufgestapelt, und Pelzpressen drückten üppige Felle zusammen, damit sie nach New York und London transportiert werden konnten. Bewaffnete Wachen eskortierten uns an diesem Schatz vorbei zur langen Veranda der Großen Halle, einem Blockhaus, dessen Holz umbrafarben gestrichen war. Dort wartete eine Gruppe Partner. In ihrer Mitte stand ein großer, streng wirkender weißhaariger Schotte in schwarzem Rock und kniehohen Mokassins.

»Lord und Lady Somerset!«, begrüßte er die beiden mit dröhnender Stimme. »Wir haben auf Ihre Gesellschaft gewartet!«

Cecil verbeugte sich andeutungsweise. »Simon McTavish! Es ist mir eine Ehre, Sir.«

»Die Ehre ist ganz unsererseits. Und das ist Ihre schöne Kusine?«

»Darf ich Ihnen Aurora vorstellen?«

»Sehr ansehnlich! Lady, Ihr Licht überstrahlt den Morgen.«

Sie lächelte und machte einen leichten Knicks. Das war mir etwas zu affig, wenn man bedenkt, das alles andere so rustikal wie Marias Krippe war. McTavishs Blicke waren anzüglich wie die eines alten Ziegenbocks.

»Red Jacket kennen Sie, glaube ich«, sagte Cecil.

McTavish hob eine Hand. »Alle Männer kennen den Ruhm des Kriegshäuptlings, des Freundes der Ojibwa wie der Dakota.«

»Und diese beiden Herren haben uns auch begleitet«, fuhr Cecil fort. »Ethan Gage ist ein Amerikaner mit dem Ruf eines Abenteurers und Elektrizitätspioniers. Er hat Beziehungen zur französischen Regierung.«

»Zu den Franzosen!«

»Die dabei sind, Louisiana wieder in Besitz zu nehmen«, verkündete Cecil geradeheraus. »Gage ist ein Gesandter Napoleons und soll die Franzosen darüber aufklären, was sie besitzen. Er hat auch mit Jefferson gespeist.«

»Sind Sie ein Kriegsbote, Mr Gage?«

Ich verneigte mich. »Im Gegenteil, Sir, ich habe dazu beigetragen, in Mortefontaine den Frieden zwischen meiner Nation und den Franzosen zu schmieden. Ich bin ein Amerikaner, der sowohl mit den Briten als auch mit den Franzosen zusammengearbeitet hat. Bonaparte und Jefferson haben mich als ein Symbol des Friedens geschickt.« Ich lächelte strahlend wie eine Bardame.

Der alte Schotte sah mich argwöhnisch an. »Ach ja?« Obwohl er weit über fünfzig war, wirkte er hart wie Eisen und geistig flink wie ein Abakus.

»Sein Begleiter Magnus Blodhammer ist ein norwegischer Patriot von königlichem Geblüt, der glaubt, seine Vorfahren seien früher als wir alle in dieses harte Land gekommen«, fuhr Somerset fort.

»Während im Pelzhandel harte Konkurrenz herrscht, haben wir alle – die Rothäute, Engländer, Amerikaner und so weiter – uns zusammengetan als Symbol des Friedens und der Einheit. Bonaparte nimmt Louisiana wieder an sich, McTavish, ob es uns gefällt oder nicht, und wir brauchen Ethans Hilfe, uns alle zu überzeugen, in unserem Einflussbereich zu bleiben.«

»Wir bekommen den Norden, wo die besten Pelze sind.«

»Genau«, sagte Cecil.

»Eine zufriedenstellende Haltung, wenn Sie sie teilen, Mr Gage. Wenn Sie Frankreich vertreten, werden wir Ihnen die Höflichkeit erweisen, die Gesandten unter einer Parlamentärflagge zusteht. Wenn Sie die Vereinigten Staaten vertreten, können Sie bereits Ansprüche auf unsere kleine Niederlassung erheben.«

»Ansprüche?«

»Wir befinden uns ein paar Meilen südlich der besiedelten Grenze Ihrer eingeborenen Nation. Ein neuer Außenposten wird gerade in Kanada angelegt, und dieser hier wird in ein bis zwei Jahren aufgegeben. Sie erleben hier die Götterdämmerung, das Ende von Walhall.«

»Sie kennen die nordischen Legenden von Ragnarök, Mr McTavish?«, fragte Magnus interessiert.

»Zufällig. Ich habe das klassische Altertum etwas studiert. Die eine oder andere verbale Tirade ist eine Eitelkeit, die meine Lieutenants mir nachsehen.« Er lächelte schmallippig.

»Eigentlich sehe ich das Ende der Welt noch nicht vor

mir. Aber das sollte ich vielleicht in Gegenwart Odins, des Wanderers, höchstpersönlich.«

Jetzt verbeugte sich Magnus.

»Odin?«, fragte Cecil. – »Hat Ihr Freund Sie nicht auf die Ähnlichkeit hingewiesen, Lord Somerset? In der nordischen Mythologie durchwandert der einäugige Gott, der einen Augapfel dafür hergab, aus der Quelle der Weisheit zu trinken, die Welt der Menschen in breitrandigem Schlapphut und verhüllendem Mantel. Ich vermute, wir haben entweder die Gottheit vor uns, oder Mr Blodhammer eifert dem Göttervater von Asgard und Walhall nach.«

»Mein Auge wurde mir genommen, ich habe es nicht hergegeben«, sagte Magnus. »Die Dänen wollen nicht, dass die Norweger die Wahrheit erfahren.«

»Und jetzt kleiden Sie sich wie die Legende! Nein, leugnen Sie es nicht, wir Schotten werden Kilts anlegen, die Voyageure ihre Schärpen, die Krieger ihre Bemalung. Wir alle tragen Kostüme! Ich nehme an, unsere Festlichkeit in diesem Jahr wird besonders denkwürdig angesichts der Tatsache, dass es vielleicht unsere letzte hier sein wird. Dabei sind meine Partner zunächst einmal Geschäftsleute!«

»Hauptbücher gehen vor Alkohol, Simon«, meldete sich prompt einer zu Wort wie eine Marionette. »Verhandlungen vor Tanz. Außerdem müssen die Männer die Portage noch zu Ende bringen.«

»Aber danach ...« McTavish setzte ein wölfisches Grinsen auf. »Ich werde euch alle beim Tanz übertrumpfen! Bis auf Red Jacket vielleicht.«

»Haben Sie meine Geschenke mitgebracht?«, fragte der Indianer den Schotten auf Englisch, was mich verblüffte.

Offenbar verstand er mehr, als er zu erkennen gab. »Und mehr. König Georg wünscht Frieden und Partnerschaft mit allen Indianern: den Ojibwa, den Fox, Sac, Winnebago und Menominee, selbst mit deinen Verwandten, Red Jacket, den berühmten Sioux.«

»Das ist das Wort unserer Feinde. Ich bin ein Dakota. Ich töte König Georgs Feinde für Sie. Ich nehme ihr Haar. Ich esse ihren Mut. Ich stehle ihre Frauen.«

McTavishs Lächeln schwankte nicht. »Seine Majestät hat für alle seine Kinder Verwendung.«

Wir gingen hinein. Die Wände des hohen, weiß getünchten Speisesaals waren mit Landkarten des kanadischen Inlands geschmückt, mit Geweihen, überkreuzten Schneeschuhen und schottischen Breitschwertern. Lange Tische waren aufgestellt und mit blauem und weißem Porzellan für fünfzig Personen gedeckt. Hier besprachen die Bourgeois der Company ihre Geschäfte, während draußen die Voyageure ihre Portage beendeten. Am Abend würde man anfangen zu trinken.

Ich erläuterte unsere Absicht, Louisiana südwestlich des Lake Superior zu erkunden. »Da das Gebiet von spanischer in französische Herrschaft übergeht und Amerika einen neuen Präsidenten hat, wollen Paris und Washington einfach nur Informationen«, erklärte ich. »Ich hoffe, als Vermittler zu dienen, so wie in Mortefontaine, um das gegenseitige Verständnis zu erleichtern.«

»Vom Krieger zum Diplomaten«, sagte Cecil anerkennend.

»Und Magnus ist Historiker.«

»Wie altruistisch von Ihnen«, sagte McTavish. »Sie reisen

nur aus Vergnügen? Und wie ich hörte, hatten Sie mit Smith in Syrien und mit Napoleon in Ägypten zu tun, und jetzt haben Sie die halbe Welt umrundet?«

»Die Pflicht führt mich an merkwürdige Orte.«

»Wie günstig, wenn man mit allen verbündet ist!«

»Eigentlich ist es oft eine Last.«

»Wohin will der Amerikaner gehen?«, fragte Red Jacket plötzlich.

»Nun, das wissen wir nicht genau«, antwortete ich, obwohl wir vage planten, uns in Richtung von Thors Hammer auf der alten nordischen Landkarte zu bewegen, in ein Gebiet, das noch auf keiner westlichen Karte verzeichnet war. »Ich hoffe, wir können die Männer der North West Company zum Rainy Lake begleiten und uns von dort aus nach Süden auf den Weg machen. Haben Sie einen Vorschlag?«

»Zurück in die Heimat.«

Die Partner und Angestellten lachten.

»Die Franzosen bleiben nicht«, fuhr Red Jacket fort. »Die Briten bleiben in geringer Zahl. Aber die Amerikaner« – der Häuptling zeigte auf mich – »bleiben und verwunden die Erde, wohin sie auch gehen. Das habe ich vom großen Shawnee Tecumseh gehört und auch mit eigenen Augen gesehen. Sie trocknen das Herz der Erde aus und blenden die Augen der Erde.« Er wandte sich an McTavish. »Diese Männer hierzuhaben ist gefährlich. Lassen Sie sich durch sie nicht zum Narren halten.«

»Was meinen Sie dazu, Gage? Sind Sie gefährlich?«

»Kein Mann ist in seiner Freundlichkeit beständiger als ich. Ich bin Ihr Gast und würde Ihre Gastfreundschaft nicht missbrauchen.«

McTavish wandte sich an den Indianer. »Ich weiß Ihre Offenheit durchaus zu schätzen, Red Jacket, doch ich vertraue den Somersets, die für unseren amerikanischen Gast bürgen.«

»Was ist Offenheit?«

»Wahrheit«, klärte ein Partner der Company den Indianer auf.

»Die Wahrheit ist, wenn dieses Fort aufgegeben wird, kommt der Wald zurück. Ich, Red Jacket, schwöre es.«

»Und die Wahrheit, Red Jacket«, sagte McTavish, »ist, sowenig die Sac und die Fox und die Ojibwa und die Menominee und die Winnebago und die Dakota die Weißen hier auch mögen, alle hängen von diesen Forts ab wegen der Gewehre, des Pulvers, der Kessel und Decken, die euch vor dem Verhungern und Erfrieren bewahren. Ist das nicht so? So wie wir von euch abhängen, weil ihr die Pelztiere jagt.«

Der Häuptling blickte finster, sagte aber nichts.

»Wir sind Partner. Und nun, meine Herren, an die Karten.«

26

Innerhalb der Palisade ging es um Verhandlungen, Hauptbücher, Pelzpressen und Lagerhäuser. Außerhalb begannen die Voyageure, die ihre Ladungen über die Portage geschleppt hatten, mit der größten Festlichkeit des Jahres, einem zweiwöchigen Gelage mit Feiern, Trinken, Tanzen und dem Bespringen einer jeden Indianerin, die sie überreden, kaufen oder heiraten konnten. Ich überließ die Partner ihren ernsthaften Geschäften und schlenderte mit Magnus im Schlepptau durch die Tore hinaus, um Pierre zu suchen und Spaß zu haben.

Der französische Voyageur hatte es sich unter seinem umgedrehten Kanu fürstlich gemütlich gemacht mit einer Persenning, die an einem Rand gespannt war. Er rauchte eine Tonpfeife, hatte die Ärmel hochgekrempelt und das Hemd aufgeknöpft und wirkte zufrieden wie ein Prinz. Eine leichte Sommerbrise wehte und hielt die Mücken fern, und die blendende Hochsommersonne verlieh allem einen Glanz. In vierzehn Tagen würde er wieder unterwegs sein in die Wildnis, doch vorerst konnte er sich auf Essen, Prahlen, Trinken und Singen konzentrieren.

»Lord Pierre!«, begrüßte ich ihn. »Du wirkst entspannter als die Bourgeois in der Großen Halle mit ihrem ganzen Porzellan, den Dienern und Hunden.«

»Was daran liegt, dass sie zu viel haben.« Er zeigte mit dem Pfeifenstiel auf das Fort. »Je mehr man erwirbt, umso mehr will man. Je mehr man hat, umso mehr muss man sich darum kümmern. Je mehr man besitzt, umso mehr kann man verlieren. Das ist das Geheimnis des Lebens, mein Freund! Ein vernünftiger Mann wie ich ist reich, ohne etwas zu besitzen.« Er wackelte mit seiner Pfeife in unsere Richtung. »Jagt nicht nach einem Schatz. Der wird euch nur Kummer bringen.«

»McTavish sagte, selbst die Indianer brauchten inzwischen Gewehre und Decken.«

»*Oui!* Noch vor einer Generation hörten sie auf niemanden. Jetzt haben die meisten von ihnen vergessen, wie man mit Pfeil und Bogen jagt. Sie leben für den Handel, nicht für das Leben. Wir sollten alles Gute und Richtige von ihnen lernen, stattdessen lernen sie alles Falsche von uns.«

»Doch wir sind ihnen doch sicher überlegen, wenn wir die Eroberer sind.«

»Wer ist bei diesem Rendezvous Sklave, und wer ist frei? Die Bourgeois in ihrem stickigen Verhandlungsraum oder ich mit meiner Pfeife?«

Wir setzten uns, um über diesen Punkt zu diskutieren. Ich fügte an, dass die Partner der Company schließlich die Befehle erteilten und im Winter in gemütliche Häuser zurückkehren würden, und Magnus meinte, sie verbrächten so viel Zeit damit, sich um ihren Profit zu sorgen, dass sie blind gegenüber der Pracht ringsum seien.

Pierre verglich Ehrgeiz mit Rum. »Ein Schluck wärmt dich auf, und ein halber Liter macht dich glücklich. Aber ein Fass bringt dich um. Männer wie McTavish sind nie zufrieden.«

Ich fragte mich, was der ruhelose Napoleon wohl dazu sagen würde. »Red Jacket ist bei den Partnern«, sagte ich, um das Thema zu wechseln. »Er steht mit verschränkten Armen in einer Ecke und beobachtet.«

»Er und seine Renegaten setzen ihren Willen durch«, sagte Pierre. »Er hat sich sowohl von den Ojibwa als auch von den Dakota entfremdet, ein Mann aus zwei Stämmen, der zu keinem von beiden ganz gehört und der kein Gesetz und keinen Brauch befolgt. Sollen die Indianer sich doch gegenseitig umbringen, sagen die Händler. Das ist seit dreihundert Jahren Grenzlandpolitik.«

»Das macht ihn zu einem mürrischen Schweinehund.«

»Simon McTavish steht mit seinen Freunden auf vertrautem Fuß, mit seinen Feinden auf noch vertrauterem. An Red Jackets Wigwam flattert das blonde Haar des Mannes, dessen Rock er trägt, und es heißt, er habe das Fleisch des Mannes gegessen. Dennoch zählen die Somersets ihn zu ihren Verbündeten.«

»Britische Aristokraten sind mit einem roten Kannibalen befreundet?«

»Die beiden sind nicht die Stutzer, nach denen sie aussehen, mein Freund. Beide sind schon vorher in diesem Land gewesen und wissen mehr darüber, als sie zu erkennen geben. Es hat wohl Ärger in England gegeben, Geld ist verschwunden, und es gab einen Skandal, in den sie beide verwickelt waren.«

»Was für einen Skandal?«

Er zuckte mit den Schultern. »Man hört Geschichten, und ich glaube nur, was ich sehe. Cecil ist ein gefährlicher Mann mit einem Schwert – wie ich hörte, hat er im Duell einen

Offizier getötet. Und Aurora ist, wie du weißt, eine Meisterschützin. Halte dich also von Namida fern. Es ist nicht gut, wenn man sich mit etwas abgibt, das mit Red Jacket zu tun hat, oder überhaupt mit einer Frau, wenn die englische Lady ein Auge auf dich geworfen hat. Such dir eine hässliche Squaw, damit es Aurora nichts ausmacht. Da unten, wo es drauf ankommt, sind alle gleich, und die Reizlosen sind viel entgegenkommender.«

Ein plumper, vernünftiger Rat, dem ich nicht im Geringsten zu folgen gedachte. »Wenn das Mädchen wirklich eine Mandan sein sollte, dann ist es nur recht und billig, dass sie wieder zu ihrem Volk kommt.«

»Ich kenne deinesgleichen, Ethan Gage. Ihr seid nicht ehrgeizig, aber ihr wollt allen zu Diensten sein. Tu es nicht. Du wirst dir nur Ärger einhandeln.«

»Und ich kenne deinesgleichen, Pierre. Ein Mann des Augenblicks, der keine Pläne hat, stattdessen aber tausend vernünftige Einwände, warum man etwas nicht machen soll. Du wirst mittellos sterben.«

»In den Tag zu leben ist nicht nichts, mein Freund.«

»Aber Magnus und ich haben mehr als den Tag: Wir haben eine Aufgabe.« Merkwürdig, mir selbst zuzuhören, wie ich unsere eigenartige Mission und meinen noch eigenartigeren Kameraden verteidigte, der ja viel fanatischer und zielstrebiger war als ich. »Wenn wir Erfolg haben, sind wir auf niemanden angewiesen.«

»Und wenn nicht, riskiert ihr den Tod für nichts.«

Ich schlenderte durch das Lager. Jede Menge Frauen gab es, viele gut aussehende, doch Namida hob sich von allen ab. Ihre Herkunft machte sie exotisch. Sie und Little Frog brachten geräuchertes Fleisch und frischen Mais aus den großen Versorgungszelten in Red Jackets Lager am südlichen Rand des Rendezvous. Ein Laib Brot sollte es mir ermöglichen, mit ihr zu sprechen. Ich nahm einen an mich, begab mich außer Sichtweite und trat ihnen dann in den Weg.

»Schmeckt euch inzwischen das Baguette?«

Sie blieben scheu stehen. Little Frog wirkte verunsichert, doch Namida betrachtete mich mit leiser Hoffnung. Ja, sie suchte nach einer Alternative zu ihrem ruppigen Kannibalen, der sie gefangen genommen hatte, und ich war genau der Mann, der dafür sorgen konnte.

»Was ist das?«, fragte sie und sah auf das Baguette.

»Brot, aus Mehl gebacken. Habt ihr die Nahrung des weißen Mannes noch nicht probiert? Ein paar Bisse davon, dazu ein paar Späne von einem Zuckerhut, und du willst mit mir nach Paris gehen.«

»Was ist Paris?«

Ich lachte. »Das liegt in der Richtung, in die wir gehen *sollten*. Aber ihr lebt da, wo die Bäume aufhören?«

»Unsere Familien sind dort. Wo der Stein mit den Wörtern ist.« Sie nickte aufmunternd.

»Habt ihr noch etwas Eigentümliches auf euren Reisen gesehen?«

»Das Wort kenne ich nicht.«

»Etwas Merkwürdiges?«

Sie zuckte die Achseln. »Himmel und Erde.«

Dazu konnten die Hämmer gehören – oder auch nicht. »Hier, probier ein Stück davon. Bedien dich, leg deine Bündel ab.« Ich brach ein Stück Baguette ab. »Das beste Brot der Welt, wenn es frisch ist, und die Voyageure haben anscheinend sogar den Schotten beigebracht, wie es gebacken wird. Ja, probier das Weiße ...«

Plötzlich traf mich etwas im Rücken. Ich fiel vornüber und streckte alle viere von mir auf dem schlammigen Boden, mein durchgebrochenes Baguette unter mir. Die Frauen schrien alarmiert auf, schnappten sich ihre Lasten, hüpften über mich hinweg und eilten ihres Weges. Ich rollte mich unter dem schallenden Gelächter der Voyageure, die zugeschaut hatten, auf den Rücken.

Red Jacket ragte über mich auf, die Muskulatur seines Oberkörpers wirkte wie gehämmerte Bronze, seine schwarzen Augen wie Pistolenkugeln. Er schnaubte. »Sie sprechen mit Sklavinnen?«

Ich sprang überrascht und erschüttert in die Höhe, meine Kleidung war verdreckt. »Das ist mein verdammtes Recht.«

Erneut trat er ohne Vorwarnung zu, direkt in meinen Magen, sodass ich nach vorn zusammenklappte, dann schubste er mich, und ich saß plötzlich auf dem Boden, luftleer und schockiert. Seine Gewalt war fast beiläufig, aber er war schnell wie eine Schlange und kräftig wie ein Maultier. Ich wollte aufstehen, konnte aber nicht atmen.

Sein Finger stieß zu wie ein Speer. »Red Jackets Frauen.« Er spuckte.

Mühsam kam ich wieder auf die Beine, gekrümmt, rot angelaufen vor Wut, aber bereit zu einem Kampf mit diesem Schweinehund, auch *wenn* er zwei Nummern zu groß für mich war. Seine Arroganz machte mich wahnsinnig. Dann klammerten sich Hände um meine Arme. Pierres Arme.

»Vorsichtig, Esel, du hast in dieser Angelegenheit kein Recht. Das sind nicht deine Frauen.«

»Ich habe ihnen nur ein Stück Brot angeboten, um Himmels willen.«

»Willst du dein Haar wegen Sklavinnen verlieren, die dir nicht gehören? Selbst wenn du gewinnst, und das wird nicht der Fall sein, werden seine Begleiter dich töten.«

Ich kochte, hatte aber keine Waffe. Red Jacket wartete in der Hoffnung, ich würde auf ihn losgehen. Schließlich schüttelte ich die Hände ab, die mich festhielten, und spuckte ebenfalls aus. »Nimm deine Frauen.«

Red Jacket lächelte zufrieden. »Zwing mich nicht, einen weiteren Rock zu nehmen.« Dann stapfte er davon.

Ich zitterte vor Wut und Enttäuschung.

»Noch nie habe ich einen Mann gesehen, der sich so schnell Ärger einhandelt wie du«, flüsterte Pierre mir zu. »Komm, trink einen Schluck Punsch.«

27

Das Festessen begann bei Sonnenuntergang, und die Feier ging bis in die Nacht. Die schottischen Partner hüpften über Breitschwerter, die glitzernd im Gras lagen, die Voyageure tanzten in folkloristischen Kreisen, in die sie die Indianerinnen hineinzogen. Alkohol floss, der Mond stieg hoch, Liebesspiele und Kämpfe setzten ein. Die indianischen Krieger hatten ihre eigenen Tänze. Während die Flammen der Lagerfeuer hoch aufloderten, vermischten sich ihr Gesang und ihre Schreie mit Trommeln, Fideln, Hörnern und Dudelsäcken zu einem Wirbel aus mitreißender Musik. Die Krieger wetteten auch wie die Verrückten. Sie setzten alles bei Spielen ein, die nur einfache Gegenstände erforderten und bei denen man zum Beispiel unterschiedlich lange Stöcken erraten oder herausfinden musste, welcher der aufgereihten Mokassins Musketenkugeln enthielt. Sie verwetteten Pelze für Alkohol, oder Feuerwasser für eine Frau, oder eine Decke für ein Gewehr. Manche verspielten ihre Kleidung in achtloser Unbekümmertheit, wilder, als ich es je in einem Kasino erlebt hatte. Doch ihnen war Glück im Spiel wichtiger als der tatsächliche Gewinn. Das Spielen an sich diente der gegenseitigen Erheiterung.

Ich brütete vor mich hin, unfähig, meine Demütigung abzuschütteln. Einige Voyageure hatten hämisch über mich und mein Unvermögen gegenüber Red Jacket gegrinst, und die Schande nagte an mir. Jetzt torkelten Trapper und Händler, die vom Tanzen und Trinken benebelt waren, an mir vorüber. Schweiß glänzte auf den Gesichtern, und sie kreischten vor Lachen. Einer wurde niedergestochen und blutend und stöhnend an mir vorbeigetragen. Im Schatten konnte ich schemenhaft ein sich auf und ab bewegendes Gesäß erkennen, als sich zwei Liebende miteinander vergnügten. Auch die betrunkenen Indianer kämpften und entschuldigten jeden Mord mit der Begründung, dass ein vom Feuerwasser besessener Mann für seine Taten nicht verantwortlich sei. Am Morgen würde sich niemand mehr an etwas erinnern.

Ich trank und stellte mir vor, Red Jacket umzubringen. Der Alkohol dämpfte meine Enttäuschung, während die Lagerfeuer, das Bier und menschlicher Moschusgeruch mich aufgeilten. Manche Squaws waren halb nackt, und ich wollte sie halbherzig haben. Einige Männer entfernten sich mit anderen Männern. Magnus war betrunken und grölte norwegische Lieder, und Pierre schwenkte in einem Kreis das Tanzbein. Ich blieb ruhelos und missmutig, nuckelte am Rum, dachte über Namida nach, war wütend über Red Jacket und sehnte mich nach Astiza, die mich in Frankreich verlassen hatte. Wenn dieses neue Mädchen eine Mandan war, konnte ich sie dem verdammten Indianer vielleicht *abkaufen*. Ich hatte nur noch wenig Geld übrig, aber genug, um das eine oder andere meiner Spiele anzufangen. Ich würde das Mädchen erwerben, wir würden uns auf die Suche nach walisischen Indianern machen, und während Magnus nach alten Hämmern herumstocherte, würden wir uns einen heimeligen Wigwam teilen ...

Diese Träumerei wurde unterbrochen, als ich Aurora am Rand des Gelages entlangschleichen sah, hochmütig und zielstrebig, als hätte sie eine eilige Aufgabe zu erledigen. Jetzt kochte der Groll in mir noch mehr. Wie konnte sie es wagen, mit mir zu spielen! Ich war es leid, abgewiesen, verwarnt, zum Narren gehalten und ignoriert zu werden – und das von einer Frau, die Gerüchten zufolge vor einem Skandal Reißaus genommen hatte! Und wohin ging sie jetzt, so wichtigtuerisch und eingebildet? Einem Impuls nachgebend, folgte ich ihr, plötzlich fest entschlossen, die Vertrautheit wieder aufzunehmen, die wir in Mackinac genossen hatten.

Ich würde sie fangen und packen, und ich würde sagen ... Nun, ich wusste nicht, was ich sagen würde, aber vielleicht würde ich sie einfach küssen. Wir würden kämpfen oder miteinander schlafen und so oder so ein Ende finden.

Aurora hatte ein schmales, weißes Kleid an, das ihr den Schimmer einer Märchenfee verlieh. Daher war sie leicht zu verfolgen, als sie Gruppen von Zechern auswich, ohne stehen zu bleiben. Wohin zum Teufel ging sie? Ich überlegte mir, ob ich nicht laufen und sie einholen sollte, doch es erschien mir unwürdig, ihr nachzujagen, obwohl ich genau das gerade machte. Ich versuchte zu schlendern und Sätze einzustudieren, mit denen ich sie auffordern würde, unsere Beziehung entweder wieder aufzunehmen oder komplett zu beenden. Ich brauchte die Somersets nicht mehr, ich war in Grand Portage! Doch während ich im Stillen geistreiche

Schlagfertigkeit probte, blieb Aurora nicht stehen, damit ich sie anwenden konnte.

Sie kam zu einer Gruppe Indianerwigwams am äußersten nördlichen Rand des Lagers. Die mit Rinden bedeckten Wölbungen schienen auf natürliche Weise der Erde zu entspringen. Sie blieb unsicher stehen und rief leise. Ein Schimmer tauchte am Eingang einer dieser Behausungen auf, das Licht drang durch die Ritzen in den Birkenschindeln. Es war eine Kerze oder Laterne, die Indianer nicht haben würden. Sie ging auf den Wigwam zu, sank auf die Knie und schlängelte sich hinein.

Bei Abigail Adams, eine Indianerhütte für den britischen Adel? Traf die Hure sich mit dem Kannibalen Red Jacket? Oder spielte sie ein ganz anderes Spiel?

Ich bin kein Spanner, doch sie war mir wieder einmal entwischt, noch dazu an den unwahrscheinlichsten Ort, den ich mir für eine Lady vorstellen konnte. Konnte es sein, dass sie gezwungen wurde, in dieses dunkle Dorf zu kommen, und in Schwierigkeiten steckte? Vielleicht konnte ich sie retten! Zögernd wegen meiner guten Manieren kroch ich durch die Finsternis und vernahm zuerst leise Stimmen, dann das Gurren und Schreien zunehmender Leidenschaft. Jetzt musste ich spionieren. Aurora Somerset paarte sich mit einem indianischen Bock? Das war die Art von Offenbarung, die mir vielleicht zu einem Druckmittel verhalf.

Enttäuscht und neugierig kroch ich im Dunkeln an den Wigwam heran. Drinnen hörte ich Keuchen, ein köstliches Aufstöhnen der Schönen und leise Worte, die englisch klangen. Was zum Teufel ging da vor? Ich fand einen Schlitz, an den ich mein Auge legte, und mir wurde ein Anblick zuteil wie aus einem der unanständigen Bücher, die man in den hinteren Regalen einer Pariser Buchhandlung findet. Aurora saß rittlings auf ihrem Liebhaber – typisch für sie, dass sie darauf bestanden hatte, oben zu sitzen. Sie hatte den Rücken durchgebogen, die Hüften wogten, die Brüste zeigten nach oben. Ihre Gestalt war von einer Laterne in rosiges Licht getaucht. Sie hatte die Augen geschlossen, die Lippen nach vorn geschoben, das Gesicht zum Dach des Wigwams emporgerichtet, und ihre Haare waren ein prächtiger Schal, der über ihren Rücken herabfiel. Der Anblick war großartig, und mein Glied wurde im Nu hart. Ich begehrte und hasste sie zugleich für ihren Hochmut, hätte ihr aber bereitwillig alles gesagt, wenn ich dadurch nur Zugang zu ihrem bewachten Tor bekommen hätte! Die Frau war eine Zauberin. Ich beugte mich vor, drückte mich an die raue Rinde und stand kurz davor, selbst zu stöhnen.

Dann vernahm ich die Worte des Mannes unter ihr. »Gib's mir, meine Schöne, gib's mir, mein Liebling! Herrgott, ich bete deine Figur an!«

War es möglich? Ein weißer Mann in einer Indianerbehausung? Aber natürlich, es war eine heimliche Liaison! Ein ideales Versteck! Da meine Sicht durch den schmalen Schlitz eingeschränkt war, nahm ich meine Finger zu Hilfe, um die Rinde beiseitezuschieben und einen besseren Blick zu erhaschen, und fragte mich, welcher Bourgeois der glückliche Schweinehund war. Es war düster, daher presste ich mein Gesicht an die Öffnung und schaute auf seine Gliedmaßen unter ihr, als er nach oben stieß und mit den Händen ihre Brüste umfasste. Dann drehte er sich leicht, die Laterne erhellte seine Gesichtszüge, und ich schrie vor Schreck beinahe auf. Ich schaute auf den Kleiderstapel dahinter und dann wieder auf das keuchende Paar.

An der Brust des Mannes schimmerte etwas, ein Anhänger mit einem Symbol, wie ich es Monate zuvor in Italien gesehen hatte, eintätowiert in Renatos Haut. Eine von einer Schlange umwundene Pyramide.

Aurora Somerset ritt ihren Vetter Cecil.

Und Cecil trug ein Symbol von Apophis, dem Schlangenkult, der mit dem in London beheimateten Ägyptischen Ritus verbündet war, den er angeblich verachtete! Mit wem hatte ich mich da angefreundet?

Vielmehr, wer hatte sich mit mir angefreundet?

Sie drehten sich in meine Richtung um. Meine Finger hatten sich im Rindenschlitz verfangen. Das Weiß meines Auges war vom Schein der Laterne erhellt. Ich zuckte zurück, riss versehentlich ein Stück der Abdeckung mit und fiel auf den Rücken.

Ich hörte jemanden zischen: »Gage!«

Und dann rannte ich.

28

Ich war innerlich aufgewühlt, als ich im Dunkeln fortrannte. Aurora und Cecil ein Liebespaar? Wieso war mir *das* entgangen? Gehörte das zu dem Skandal, der sie aus England nach Kanada verschlagen hatte? Wusste Simon McTavish, der aussah wie ein gestrenger Puritaner, von diesem Inzest? Oder waren Aurora und Cecil überhaupt nicht Kusine und Vetter? Vielleicht war ein Wort, das ich buchstäblich genommen hatte, nur als Kosewort gemeint, so wie man einen engen Freund Bruder nennt.

Und in welcher Beziehung standen sie zu den okkulten Theoretikern, die nach den Geheimnissen der Antike suchten? Menschen, mit denen ich mich in Ägypten und im Heiligen Land duelliert hatte? Warum verachteten sie den Ägyptischen Ritus, wenn Cecil doch sein Symbol trug?

Sicher war auf jeden Fall, dass ich erkannt worden war, und plötzlich war es unmöglich, auf dem Weg zum Rainy Lake ein gemütliches Kanu mit den Somersets zu teilen. Unsere Partnerschaft hatte infolge meines Spionierens ein abruptes Ende gefunden, und meine Gelüste nach Aurora waren im Nu versiegt. Sie spielte Spielchen, die ich nicht verstand, und daher war es das Beste wegzulaufen. Keuchend blieb ich im Dunkel der Nacht stehen und überlegte, was als Nächstes zu tun war. Noch immer beleuchteten Feuer am Ufer die feiernden Tänzer. Doch es war höchste Zeit, allein loszuziehen. Zum Teufel mit diesen Verrückten! Magnus und ich konnten zu Fuß von Grand Portage nach Südwesten gehen! Es sah nicht weiter aus als zwei- bis dreihundert Meilen bis zu dem Ort, der auf seiner mittelalterlichen Karte gekennzeichnet war. Wir würden Vorräte brauchen und einen Führer. Und das nächtliche Gelage schien der ideale Zeitpunkt, an beides heranzukommen. Die Verpflegung würden wir stehlen und als Führer die schöne Mandan Namida und ihre Freundin Little Frog anheuern.

Außerdem würde ich mich an Red Jacket rächen, wenn ich die beiden rettete.

Nachdem ich diesen Plan impulsiv beschlossen hatte, suchte ich Magnus, denn ich wollte gegen Morgen ein gutes Stück zurückgelegt haben. Leider war mein Begleiter betäubt zusammengebrochen und so leicht in Gang zu setzen wie ein störrisches Maultier.

»Magnus! Steh auf! Zeit, nach Thors Hammer zu suchen!«

»Was?« Er blinzelte verschlafen. »Es ist mitten in der Nacht.«

»Es ist etwas geschehen, und wir müssen hier weg! Wir müssen Proviant und Fackeln stehlen. Sag, hast du Namida gesehen?«

»Wen?«

»Die kleine Indianerin! Die Hübsche.«

Sein Kopf fiel nach hinten. »Bei Lokis Unheil ...«

»Macht nichts, wir können sie gemeinsam suchen.«

Ich musste erst eimerweise Seewasser über seinen Kopf gießen, doch letztendlich bekam ich ihn spuckend, griesgrämig und trampelnd in die Höhe. Wir brachen auf. Er mit seiner Augenklappe, dem Schlapphut, dem verbeulten Kartenfutteral und der Axt, ich mit meiner Langbüchse und dem Tomahawk.

»Beim Wolf Fenrir, was ist denn passiert?«

»Ich habe Cecil und Aurora beim Rammeln erwischt, wie die Kaninchen, und sie haben mich entdeckt. Sie werden nicht wollen, dass ich darüber tratsche, oder auch nur in ihrem Kanu mitfahre.«

»Cecil und Aurora? Sie sind miteinander verwandt! Oder nicht?«

»Ich weiß nicht, *was* sie sind, aber unser Lord Somerset hat ein heidnisches Zeichen getragen, das ich meinen alten Feinden aus Englands Ägyptischem Ritus zuordne. Ich habe nicht vor, noch mehr darüber zu erfahren. Sie haben uns bis hierher mitgenommen, und die letzte Strecke schaffen wir allein. Du hattest recht, was Aurora betrifft, Magnus. Ich hätte mich diesem Flittchen nie nähern dürfen.«

Proviant und Schießpulver stibitzten wir mit Leichtigkeit, schließlich war die halbe Company bewusstlos und die Übrigen sinnlos betrunken, und ich versuchte, nicht zu viel darüber nachzudenken, allein in den dunklen Wäldern unterzutauchen.

»Wie sollen wir die Stelle mit Thors Symbol ohne Führer finden?«, fragte Magnus, als er wacher wurde.

»Deshalb brauchen wir Namida und Little Frog. Wir werden ein Kanu stehlen, heimlich den See entlangfahren und sie dazu bringen, uns bei der Suche nach einem Weg ins Landesinnere zu helfen. Sobald wir in der Nähe sind, liegt es an dir, uns zu sagen, welchen Weg die Wikinger nehmen würden.«

»Nicht die Wikinger – Nordmänner und Templer.«

»Und Waliser, Wollhaarelefanten, die verschollenen Stämme Israels, Kupferbergleute aus Atlantis und Spanier, die El Dorado suchen. Dort dürfte es so überfüllt sein, dass wir ihre Lichter schon meilenweit sehen.«

Er musste unwillkürlich lächeln. »Und natürlich kannst du es nicht erwarten, nachdem eine Frau dich an der Nase herumgeführt hat, gleich mit der nächsten anzubandeln.«

»Ich bin etwas verzweifelt, Magnus. Im Übrigen hat Namida mich gebeten, sie zu retten, und mir erzählt, ihr Stamm habe eine Steintafel mit mysteriöser Inschrift. Das könnte ein Hinweis sein.«

»Eine Steintafel? Davon hast du mir nichts gesagt.«

»Du bist zu leicht erregbar.«

»Wohingegen du mit wohlüberlegtem Anstand vorgehst.«

»Sie ist eine junge Frau in Not mit einer wichtigen Geheimschrift. Wir entführen sie, fliehen, bringen sie nach Hause zu ihrer Steintafel und beenden deine verrückte Suche.«

»Was ist, wenn wir Aurora und Cecil über den Weg laufen?«

»Sie waren am nördlichen Rand vom Rendezvous, und Red Jackets Lager ist im Süden. Wir müssen uns nur beeilen. Ich habe alles durchdacht, das kann ich dir versichern.«

»Durchdacht? Vor einer Stunde noch war dir nichts wichtiger als Aurora Somerset!«

Er nahm es, wie gesagt, unerträglich genau. »Ich habe meine Meinung geändert.«

Wir stahlen ein kleines Kanu und paddelten ein paar Meter vom Ufer entfernt bis an die Stelle, an der ich das Lager von Red Jackets Bande vermutete. Hier würde wahrscheinlich Namida festgehalten. Hoffentlich waren die meisten Krieger noch fort und zechten. Wenn wir die Frauen heimlich herausholten, sollten wir einen Vorsprung vor unseren Jägern halten können. In den vergangenen Wochen hatten Magnus und ich uns zu Meisterpaddlern entwickelt, Pierre sei Dank.

Der französische Voyageur würde mir fehlen, doch es war nicht fair, ihn in meine Schwierigkeiten hineinzuziehen. Auch für einen Abschied blieb keine Zeit, doch wenn wir den Hammer hatten und die Welt beherrschten oder reich wie Krösus waren, oder was auch immer, würde ich ihm einen Brief schreiben.

Gesang hallte noch immer über das Wasser, während wir auf Red Jackets Lager zuglitten und ans Ufer schlichen, ich mit meiner Langbüchse, Magnus mit seiner Axt. »Schlag ein Loch in ihr Kanu, wenn wir gehen«, flüsterte ich ihm zu. Wir schlichen uns an wie Meuchelmörder.

Sehr zu meiner Erleichterung lagen nur zwei Indianerwachen zusammengerollt in ihren Decken neben einem Feuer und schliefen offensichtlich. Diese Nachlässigkeit ließ sich durch die Tatsache erklären, dass zwölf Schritt weiter zwei kleinere, unter Decken verhüllte Gestalten aufrecht mit dem Rücken an einem Baum saßen und mit einer Lederschnur um den Hals an den Stamm gebunden waren. Die Sklavinnen waren gefesselt worden. Ich kroch näher.

»Namida!«, wisperte ich auf Französisch. »Ich bin hier, um dich zu retten!«

Als sie ihren Namen hörte, richtete sie sich auf. Ich durchtrennte die Schnur, zog die Decke zurück und beugte mich vor, um sie zu küssen.

Doch stattdessen starrte ich plötzlich in die Mündung einer Pistole, die auf meine Nase zielte.

»Du bist noch dümmer, als ich dachte«, sagte Aurora kühl. Ihre kastanienbraunen Locken ergossen sich über ihre Schultern, als die Decke von ihr abfiel. »Wie langweilig, wenn einer so berechenbar ist.«

Verdammt. Sie trug ihre Indianerdecke über einem dünnen weißen Hemd und sah sinnlicher aus denn je. Wäre die Pistole nicht gewesen, der Ausdruck kalter Verachtung und der Beischlaf mit ihrem Vetter, wäre ich wieder vollends verwirrt gewesen. »Nun, das kann ich ja von dir nicht behaupten, oder?«

Die zweite angebundene Gestalt erwies sich als ein Haufen weiterer Decken, der zurechtgestopft und aufgerichtet war und auseinanderfiel, als Magnus die Hand ausstreckte, um Little Frog zu befreien.

Hähne klickten, und Indianer tauchten hinter uns auf. Eine Musketenöffnung drückte sich in meinen Nacken. Magnus wurde von einem Indianerknie im Rücken und einem über seine Schläfe gerichteten Tomahawk zu Boden gedrückt. Cecil Somerset trat ebenfalls in unser Blickfeld: ohne Mantel und die Ärmel fechtbereit hochgekrempelt. Sein ungeschütztes Rapier schimmerte im Mondlicht. Er sah hager und sportlich aus.

»Mir ist es eigentlich lieber, dass Sie berechenbar sind, Mr Gage. Wir gingen davon aus, dass Sie hinter der hübschen Squaw her sind, wenn Sie nicht mehr den Narren für Aurora spielen.«

Langsam erhob ich mich, doch Red Jacket bellte einen Befehl, und zwei Krieger packten mich an den Armen und hielten mich fest. Ein dritter entriss mir meine Langbüchse, und ein vierter band mir die Hände auf dem Rücken zusammen. Leider hatte ich diesmal keine Schokolade bei mir.

»Anscheinend haben Sie vergessen, dass ich in einer diplomatischen Mission unterwegs bin.«

»Und Sie haben offensichtlich den Unterschied zwischen einem Diplomaten, einem Spion und einem Spanner vergessen.«

»Das liegt nur daran, dass Sie und Ihre Kusine so beschäftigt waren und ich mir dachte, ich sollte mir einen anderen Führer suchen. Namida hat nicht so einen absonderlichen Geschmack.«

»Aurora ist nicht meine Kusine, Mr Gage.«

»Aha. Stimmt denn überhaupt irgendetwas an Ihnen beiden? Sind Sie überhaupt Aristokraten?«

»Sie ist meine Schwester.«

Ich hörte Magnus nach Luft schnappen und dann grunzen, als er getreten wurde.

»Das ist abstoßend!«

»In England hat man das auch gesagt, andererseits wissen gewöhnliche Sterbliche nichts von der Macht wahrer Liebe. Halbschwester, um genau zu sein. Ist es denn so eigenartig, dass wir Geschmack und Zuneigung teilen? Unser zügelloser Vater hatte seine eigenen seltsamen Verirrungen, und wir verbündeten uns gegen das Ungeheuer, noch während wir von ihm verführt wurden. Er hat wahrscheinlich unsere beiden Mütter vergiftet und wahllos mit allen möglichen Geschöpfen herumgehurt, wenn er nicht gerade unsere Erbschaft verspielte. Unser geschwisterliches Bündnis wurde unvermeidlich durch wahre Zuneigung bestärkt. Die Gesellschaft verdammt uns dafür, doch Cagliostros Ägyptischer Ritus verstand und förderte unser Verhältnis. Hier in der Wildnis können wir unseren Gefühlen nachgeben. Sie werden verstehen, dass wir es nicht beiläufig bei jeder ersten Begegnung erwähnen.«

»Das ist inzestuös! Illegal! Verachtenswert!«

»Es ist heilig, nach den heidnischen Riten antiker Pharaonen, Könige und Druiden. Heilig, weil wir allein wissen, dass unsere Liebe echt ist, und weil wir alles riskieren mussten, dieses Exil hier eingeschlossen, um sie auszuleben. Sie haben ja keine Ahnung, was tiefe Gefühle sind. Ja, ich habe gehört, wie Sie die Ägypterin haben gehen lassen, Sie Idiot. Jetzt werden Sie allein leiden.«

»Selbst die Wildnis hat Moral, Cecil. Sie werden noch bereuen, dass Sie es uns gesagt haben.«

»Nicht, wenn Sie tot sind.« Seine Schwertspitze tanzte leicht in der kühlen Luft.

»Sie nehmen uns als Gäste auf, fahren mit uns hierher und bringen uns dann um?«

»So wie Sie Alessandro Silano umgebracht haben, Sie hirnloser Dilettant. Haben Sie wirklich gedacht, wir würden das vergessen? Ich dachte, wir würden es Ihnen in Italien heimzahlen oder in Mortefontaine mit den Dänen, die wir bezahlt haben, oder in New York. Sie haben eine ungewöhnliche Ausdauer, doch Spieler wissen, dass selbst die größte Glückssträhne ein Ende haben muss.«

»Der einzige Grund, warum wir uns mit dir angefreundet haben«, fügte Aurora hinzu, »war, zu erfahren, was deine eigentliche Mission ist. Da du dich mir nicht anvertrauen wolltest – nachdem ich dir jede Chance und jedes Versprechen auf eine angemessene Belohnung gegeben hatte –, ist es so weit gekommen.«

»Sie werden den langsamsten und entsetzlichsten Tod sterben, den Sie sich vorstellen können, dank Red Jacket und seiner Indianer«, sagte Cecil. »Sie werden uns ohnehin alles erzählen, was Sie wissen, und dann noch alles, von dem Sie hoffen, wir *könnten* es erfahren wollen, und dann Unsinn, den niemand auch nur annähernd glauben will, und am Ende wird Ihnen alles nichts nützen. Zuerst werden Sie reden, dann werden Sie betteln, und dann werden Sie schreien, bis Ihre Kehle wund ist, und schließlich gelangen Sie an den Punkt, an dem Sie kaum mehr ein Geräusch von sich geben können. Sie werden die Qualen der Verdammten spüren, ich habe es gesehen. Girty hat mich wohlunterrichtet. Und das Bemerkenswerte ist, dass selbst dann, nachdem Sie uns alles erzählt haben, Ihre Folter erst angefangen hat. Die Indianer sind erstaunliche Wissenschaftler. Sie können es so einrichten, dass die Folter tagelang dauert. Die holen Sie hundert Mal wieder aus der Bewusstlosigkeit.«

»Davor fürchtet man sich am meisten, es ist ein Sport für sie«, sagte Aurora. »Das dringende Verlangen, der Folter zu entkommen, ermuntert sie. Die Vorbereitung darauf schenkt ihnen stoische Unverwundbarkeit gegenüber Schmerz.«

»Dann erzähle ich Ihnen jetzt alles«, sagte ich vernünftig. Wenn sie meinen mystischen Hämmern und nicht existierenden Elefanten nachjagen wollten, bitte. Ich bin kein Feigling, aber die Aussicht, eine Woche lang als Versuchskaninchen für Red Jacket und seine Lakaien zu dienen, ließ mich zittern. Und was ging mich Blodhammers Suche eigentlich an? Ich war nur durch Zufall mit ins Boot geholt worden.

»Tut mir leid, aber diese Möglichkeit ist vertan, Ethan«, sagte Cecil. »Erstens würden wir Ihnen nicht glauben, weil Sie eine gewisse ... Erfindungsgabe besitzen. Zweitens gehört zu den Dingen, die Aurora und mir am meisten gefallen, wenn wir nicht gerade miteinander schlafen, zuzusehen, wie unsere Feinde unter Schmerzen leiden. Es ist elektrisierend – wenn ich das Wort benutzen darf? –, wie erregend die Todesqualen anderer wirklich sind. Unsere Leidenschaft ist immer auf dem Höhepunkt angesichts ihrer Leiden. Wir haben auf der gesamten Fahrt hierher gehofft, dass Sie es notwendig machten.«

»Sie werden verzeihen, wenn ich ganz und gar nicht froh bin, Ihnen den Gefallen zu tun.«

»Dein Elend ist das Beste daran!«, sagte Aurora.

»Ich werde schreien, wenn Sie uns nicht freilassen!«

Aurora holte einen Knebel hervor.

»Dann lassen Sie wenigstens Magnus zufrieden. Ich habe darauf bestanden, dass wir mit Ihnen reisen. Er ist nur ein harmloser norwegischer Träumer.«

»Einen Mann verschonen, der Anspruch auf Nordamerika erheben will, weil seine Vorfahren angeblich zuerst hier waren? Wohl kaum. Im Übrigen wollen wir ihn brüllen hören. Er wird sich anhören wie ein Stier.«

»Ich habe einen Brief von meinem Präsidenten, Bonaparte ist mein Gönner, und McTavish persönlich hat mich kennengelernt! Wenn Sie uns umbringen, wird es gerächt!«

»Im Gegenteil. Sie haben Vorräte und ein Kanu gestohlen, sind wortlos in die Wildnis entschlüpft und wurden nie wieder gesehen. Wir werden heldenhafte Rettungsversuche unternehmen und zufällig finden, wonach Sie eigentlich suchen, was es auch sein mag. Dann werden wir Jefferson unser Beileid aussprechen, der in Wirklichkeit sehr wenig erwartet, dessen bin ich mir sicher.«

»Sie werden Ragnarök entfesseln, Engländer!«, sagte Magnus vom Boden aus.

»Ich glaube nicht an Märchen, Bauerntölpel«, erwiderte Cecil und stach den Norweger mit seiner Schwertspitze in die Wange. »Ich habe nur *dein* Ende entfesselt.«

Dann stopfte man uns die Knebel in den Mund.

29

Wenigstens mussten wir nicht paddeln.

Wir wurden wie Schweine verschnürt und auf den Boden von Red Jackets Kanu und des von uns gestohlenen geworfen. Die Somersets nahmen mit weiteren indianischen Paddlern in einem dritten Kanu Platz. In einem vierten saßen Namida und Little Frog. Die beiden Indianerinnen betrachteten uns trübsinnig. Sie wussten, was mit Gefangenen geschieht.

Diese Flottille brach im Morgengrauen auf, als das Fort bis auf kreischende Hähne und bellende Hunde noch still war. Bald waren wir außer Sichtweite. Abgesehen von der Grobheit, mit der man uns gefesselt und zu den Kanus gezerrt hatte, wurden wir in Ruhe gelassen. Die Quälereien hoben sie sich für später auf. Ich ruckelte eine Weile an den Rohlederriemen, schürfte mir dabei jedoch nur die Handgelenke auf. Die Indianer konnten Gefangene besser fesseln als meine Angreifer in Mortefontaine.

Die Rothäute, die uns überwältigt hatten, paddelten den ganzen Tag und die Nacht hindurch, bis wir am nächsten Morgen ihr Heimatdorf am westlichen Ufer des Lake Superior erreichten. Falls das ein Trost war, schätzte ich nach dem Stand der Sonne und meiner Erinnerung an die Karten, dass diese Uferline uns weiter nach Südwesten führte. Unbeabsichtigt waren wir unserem angestrebten Ziel von Blodhammers Karte gute hundert Meilen näher gekommen.

Schüsse und Rufe kündigten unser Herannahen an, und selbst vom Boden des Kanus konnte ich das aufgeregte Geschrei der Wartenden hören, die zweifellos Folterratschläge austauschten und Wetten darüber abschlossen, wie lange es dauern würde, bis wir schrien, ohnmächtig wurden oder starben. Irgendwie war es schlimmer, noch nichts erkennen zu können und hoffnungslos in den Himmel starren zu müssen. Dann das Platschen der Paddler, die ins Flachwasser sprangen, ein Dutzend Hände, die mich wie einen Mehlsack hinaushievten. Endlich war ich an Land, wo mir die Fußfesseln durchtrennt wurden, damit ich aufrecht stehen konnte, während mir das Blut schmerzhaft in die Füße zurückschoss. Meine Hände blieben gefesselt. Blodhammer wurde ebenfalls aufgerichtet.

Ich blinzelte, benebelt vor Furcht. Ein heulender Pöbelhaufen von vielleicht zweihundert Indianern beäugte Magnus und mich. Männer, Frauen und Kinder waren gleichermaßen mit Stöcken oder Keulen bewaffnet und wirkten so aufgeregt wie ein Waisenhaus an Weihnachten. Ein paar Steine wurden auf uns geworfen, aber es gab kein ernsthaftes Trommelfeuer. Man öffnet sein Geschenk nicht vorzeitig.

Ich versuchte philosophisch zu sein. Magnus hatte davon geträumt, dass Männer, die in einer jungfräulichen Wildnis lebten, mit natürlichem Edelmut und geheimen Einsichten geboren wurden. Doch was ich in Abwesenheit der Zivilisation sah, war rohe menschliche Wildheit, bar jeder Zurückhaltung. Die Natur war grausam, nicht gutartig, und diese Grausamkeit würde sich jetzt gegen uns wenden.

Ich sah meinen Gefährten an. »Tut mir leid, Magnus.«

Darauf gab es keine Antwort. Er blickte auf seine Peiniger mit einem finsteren Wikingerblick, der selbst Tamerlan zu denken gegeben hätte. Viele Männer würden an diesem Punkt zusammenbrechen und weinen, gegen das Entsetzen anbeten, das uns bevorstehen mochte – ich selbst war fast versucht, das zu tun, wenn es uns in irgendeiner Weise geholfen hätte –, aber Magnus schätzte einfach nur seine Feinde ein. Sollte er sich jemals von seinen Fesseln befreien, würde er sich wie Samson mit den Säulen aufführen. Doch wie konnten wir uns befreien?

Ich blickte mich um. Aurora hatte sich meine Langbüchse geschnappt und trug sie quer über die Brust gehängt wie ein Wachposten. Irgendeine bemalte Rothaut schwang Blodhammers doppelschneidige Axt. Unser gestohlener Proviant war verschwunden – wahrscheinlich hatten ihn unsere Entführer auf der Kanufahrt hierher aufgegessen –, und ich merkte, dass ich völlig ausgehungert und halb verdurstet war. Nun ja, mir würde der Appetit schon bald vergehen.

Red Jacket stolzierte am Strand auf und ab, hob die Arme, deutete auf uns und hielt Reden in seiner Muttersprache. Zweifellos prahlte er damit, wie gescheit er gewesen war, uns zu fangen, oder erklärte, wie dämlich ich sei, Namida retten zu wollen. Das Mädchen und Little Frog standen seitlich von uns. Sie zuckten vor der kreischenden Menge zurück, waren selbst aber nicht in Gefahr. Gebärfähige Frauen waren zu wertvoll, um vergeudet zu werden. Cecil stand auf der anderen Seite mit der Hand auf dem in der Scheide steckenden Rapier und genoss seine Beraterrolle aus vollem Herzen. Er wäre der Erste, der sterben würde, nahm ich mir vor. Dann seine Halbschwester, falls sie das wirklich war, diese Sirene. Ja, bittere Rache, sobald ich zweihundert aufgeregte Indianer losgeworden war!

Ich versuchte mir einen Plan zurechtzulegen – elektrische Vorführungen, uralte Zauberformeln, versteckte Waffen, Vorhersage einer Sonnenfinsternis –, versagte jedoch auf ganzer Linie. Improvisieren fällt nicht leicht, wenn einem Folter bevorsteht.

Red Jacket hatte seine eigenen Vorstellungen. Er baute sich vor uns auf, die Hände in die Hüften gestemmt wie ein Gutsherr, und hielt weiter Volksreden.

Die Menge brüllte vor Begeisterung. Cecil Somerset runzelte die Stirn, was ein gutes Zeichen war, wie ich hoffte. Namida, bemerkte ich, schaute zu etwas außerhalb der Sichtweite der Menge zurück, richtete ihre Aufmerksamkeit dann aber rasch wieder auf mich.

Ein abgeschabtes Hirschfell wurde zwischen uns auf den Boden geworfen. Red Jacket griff in seine tiefen englischen Taschen und zog eine Handvoll von etwas heraus, das zunächst wie Kieselsteine aussah. Als er sie auf das Leder warf, erkannte ich, dass es indianische Würfel waren, die aus den Kernen wilder Pflaumen geschnitzt wurden. Sie waren nach indianischer Art oval statt eckig und hatten nur zwei Seiten: In die eine Seite waren Linien, Kreise, Schlangen, Raben und Hirsche eingeritzt, die andere war leer.

Die Indianer johlten und hüpften herum. Sie liebten Glücksspiele.

Genau wie ich, und ich erlaubte mir, einen winzigen Funken Hoffnung aufkeimen zu lassen. Zusätzlich wurden noch zehn Bohnen auf das Fell gelegt.

Red Jacket blaffte Somerset etwas zu und wies dann mit seinem Kopf ruckartig in meine Richtung. Cecil protestierte in Indianersprache, doch der Häuptling wollte nichts davon wissen. Er schüttelte den Kopf und schnauzte Somerset erneut an.

Der Engländer zuckte schließlich mit den Schultern. »Er will gegen Sie spielen, Gage. Anscheinend haben Sie einen entsprechenden Ruf.«

Ich schluckte. »Ich scheine nur ein wenig knapp bei Kasse zu sein.«

»Der Einsatz ist natürlich Ihr Leben.«

»Und wenn ich gewinne?«

»Kommen Sie mit vollem Haupthaar davon.«

»Und wenn ich verliere?«

Cecil lächelte. »Dann machen Sie Spießrutenlaufen, bevor Sie an den Marterpfahl gebunden werden, damit jeder die Chance hat, Ihnen einen Hieb zu verpassen.«

»Wie sportlich.« Ich kniete mich auf das Hirschfell, die Hände immer noch gefesselt. »Wie geht das Spiel?«

»Ganz einfach. Red Jacket wird die Spielmarken in eine Holzschale tun und werfen. Wenn mehr mit der weißen Seite oben landen als mit der eingeritzten, bekommt der Werfer eine Bohne. Wenn mehr mit der geritzten Seite oben landen, bekommen Sie eine Bohne. Steht es sieben weiße zu drei geritzte, dann zwei Bohnen. Acht sind drei, neun vier, und wenn alle zehn geworfenen weiß sind, bekommt Red Jacket fünf Bohnen.«

»Was bekomme ich?« – »Umgekehrt, wenn die Mehrzahl geritzt ist, bekommen Sie Bohnen in derselben Anzahl. Der Erste, der alle zehn Bohnen hat, gewinnt das Spiel.«

»Damit stehen die Gewinnchancen gleich, und das Spiel könnte lange dauern«, meinte Magnus.

»Findest du nicht, dass das in der momentanen Situation ganz reizvoll klingt, mein Freund?«, gab ich zurück.

»Genau«, sagte Cecil. »Aber zwei aufeinanderfolgende Würfe in einer Farbe können es augenblicklich beenden. Also könnte sich dieses Amüsement auch als sehr kurz erweisen.«

Die Indianer drängten sich um uns herum und wetteten untereinander aufgeregt darum, wie ich mich schlagen würde.

Red Jacket nahm die Würfel, legte sie in die Schale, schüttelte diese wie ein Sieb und warf die Würfel auf das Fell. Ein Brüllen stieg auf und verklang zu einem Murmeln. Fünf weiße und fünf geritzte. Keiner von uns hatte gewonnen.

Er sammelte die Würfel ein, um erneut zu werfen.

»Wartet, bekomme ich keinen Wurf?«

»Unter den gegebenen Umständen, Mr Gage, halte ich es für sicherer, Sie gefesselt zu lassen.«

Red Jacket warf erneut, und diesmal waren es sechs weiße und vier geritzte. Die Menge juchzte, als wären wir beim Pferderennen! Der Häuptling nahm eine Bohne.

Er warf noch mal und bekam wieder sechs weiße. Delirium! Trommeln und Trällern!

»Bei John Paul Jones, ich glaube, niemand steht auf unserer Seite. Vergiss ja nicht zu jubeln, wenn wir eine Bohne gewinnen, Magnus.«

»Sie machen sich nur über uns lustig.« – »Das ist besser als die Alternative.«

Ein weiterer Wurf, und diesmal lagen sieben geritzte oben. Die Menge stöhnte bestürzt. Ich bekam zwei Bohnen, die unseren Haufen ausglichen, und es gab genug Gejammer, um einem griechischen Chor Konkurrenz zu machen. Ich habe meist Glück im Spiel, daher hob sich meine Laune.

Zwei weitere Würfe, bei denen jeder von uns eine Bohne bekam, dann sieben weiße für Red Jacket, worauf es sechs zu drei stand. Eine Bohne war noch übrig. Das Glück schien auf der Seite des Schurken zu stehen: Hysterie unter den Zuschauern.

»Ich scheine zu verlieren«, teilte ich Cecil resigniert mit.

»Noch nicht. Sie spielen, bis Sie völlig pleite sind.«

Den nächsten Wurf gewann ich tatsächlich und bekam die letzte Bohne, dann den Wurf danach auch und dadurch eine von Red Jackets Bohnen, was Gleichstand bedeutete. Jetzt brummelten und jammerten die Indianer. Schlechte Verlierer.

Aber dann nahm er mir zwei ab, dann noch eine, die ich zurückgewann, jedoch wieder an den Häuptling verlor und noch eine dazu. Mir blieb noch eine Bohne, er hatte neun. Die Indianer tanzten, sangen und erwarteten meinen Untergang mit einer Ausgelassenheit, die eines neapolitanischen Volksfestes würdig war. Ich hatte nicht mehr so viel Belustigung hervorgerufen, seit Najac und seine französisch-arabische Schlägerbande mich kopfüber in eine Schlangengrube gehängt hatten. Ich hätte wirklich Thespisjünger werden sollen.

Red Jacket grinste, nahm die Würfel hoch, während er am Ärmel seines schäbigen englischen Rocks zog, und stieß beim Schütteln einen Siegesschrei aus. Die Indianer heulten erwartungsvoll.

Aber ich hatte diesen hinterhältigen Teufel mit Spieleraugen beobachtet. Ich drehte mich plötzlich auf den Knien, landete auf dem Hintern im Sand, holte mit dem Fuß aus, trat Red Jacket die Schale aus der Hand und ließ die Würfel in alle Richtungen fliegen. Ich hatte ein paar Silberdollar in der Sohle meines Mokassins versteckt, um sie vor den Punsch trinkenden Voyageuren zu verbergen, und ich wette, das Metall machte den Tritt noch schmerzhafter.

»Er mogelt!«, rief ich. »Überprüft die Würfel!«

Ich hatte es zwar nicht genau gesehen, aber jedes Mal, wenn er die Würfel einsammelte, hatte er mir keine Möglichkeit gegeben, sie zu überprüfen. So wie er um Namida gespielt hatte, hätte ich darauf wetten können, dass er einen oder mehrere Würfel mit zwei weißen Seiten ins Spiel gebracht hatte. Und ja, ich sah einen verdächtigen Würfel und knallte den Fuß darüber, noch während ihn der wütende Red Jacket wegzuziehen versuchte.

Cecil trat zwischen uns und bedeutete mir, mich wieder aufzusetzen. Ich nahm den Fuß von dem Würfel, und er hob ihn auf. Tatsächlich, beide Seiten waren weiß.

Die Menge verstummte.

»Gut geraten, Mr Gage. Hätten Sie eine zivilisiertere Geste gemacht, dann hätten wir eine Veranlassung gehabt, den korrekten Ablauf des ganzen Spiels infrage zu stellen.« Er schnippte den Würfel in die Luft, fing ihn auf und ließ ihn in seine Tasche gleiten. »Aber Sie haben wie ein Tier um sich getreten.« Red Jacket warf mir mörderische Blicke zu.

»Er hat gemogelt! Lassen Sie uns frei!«

»Im Gegenteil, Sie haben den letzten Wurf des Spiels durcheinandergebracht, bevor ein Endergebnis erzielt werden konnte. Daher müssen wir nach dem Spielstand gehen, bevor Sie so unzeremoniell ausgestiegen sind. Es stand, wie ich mich erinnere, neun zu eins.«

»Nur, weil er mit gezinkten Würfeln gespielt hat!«

»Sie haben die Regeln gebrochen, statt den Wurf ordnungsgemäß anzufechten. Sie können Ihrem rüpelhaften Benehmen die Schuld an dem geben, was folgen wird.« Dann brüllte er den versammelten Indianern etwas zu, und sie juchzten erneut, begeistert darüber, dass der Spaß unserer Folterung endlich beginnen konnte. »Begreifen Sie denn nicht, dass Sie in diesem Spiel von Anfang an keine Chance hatten, Ethan? Glauben Sie wirklich, wir würden einem frankoamerikanischen Spion erlauben, ungeniert in britischem Pelz-Territorium herumzustolpern?«

»Spanisches Territorium, jetzt französisches.«

»Glauben Sie doch nicht, dass ich mich von solchen Formalitäten beeindrucken lasse.«

»Norwegisches Territorium!«, brüllte Magnus.

Somerset lächelte. »Wie reizend. Sie beide sterben zu lassen ist historischer Fortschritt.«

30

Red Jacket knurrte Befehle, und der Stamm zog sich vom Strand zurück, um zwei parallele Reihen bis zum Tor ihres von Palisaden umgebenen Dorfes zu bilden. Die Frauen drängten sich begierig vor, schüttelten ihre Stöcke und kreischten Beleidigungen, was Frauen normalerweise nur machen, wenn sie mich schon eine Weile kennen. Ich sah aufgesperrte Münder, weiße Zähne und schwarze, unbarmherzige Augen. Die ersten stolpernden Schritte zu machen erforderte jedes Quäntchen Mut.

Uns stand der Spießrutenlauf zum Marterpfahl und dem Feuer bevor.

»Fallen Sie nicht«, wies Cecil uns an. »Die Indianer werden Sie schlagen, bis Sie bewusstlos sind, und ausprobieren, wie viele Knochen sie Ihnen brechen können. Dann wird es noch schmerzhafter, wenn Sie an den Marterpfahl gebunden werden.«

»Vielleicht könnten Sie uns vorführen, wie man es macht?«

»Das ist kaum erforderlich. Spießrutenlaufen ist etwas Instinktives, Mr Gage. Hat mir zumindest Girty erzählt. Er ist ein guter Mentor, wissen Sie.«

Jemand schubste mich von hinten, und ich stolperte vorwärts, die Hände noch immer auf dem Rücken gefesselt. Ich würde schnell sein müssen, um den kräftigsten Schlägen auszuweichen, und mein Gesicht möglichst gesenkt halten, damit es nicht zu Schaden kam. Also bohrte ich meine Füße in den Kies am Strand, ging in die Hocke, während meine Peiniger vor Erwartung johlten, und sprang auf, als ein Musketenschuss ertönte. Sie juchzten.

Meine Geschwindigkeit überraschte sie so, dass die ersten Schläge danebengingen. Wind sang mir in den Ohren. Doch dann prasselten Keulen auf meine Arme, meinen Rücken und meine Schenkel. Jemand streckte einen Stock vor und wollte mich zum Stolpern bringen, aber ich hatte die Geistesgegenwart, in die Luft und auf den Stock zu springen. Holz zersplitterte, und ein überraschter Schrei stieg auf. Ich stieß einen anderen Grobian beiseite und stolperte weiter. Ein besonders gemeiner Schlag traf mich seitlich am Hals, aber der Schmerz ließ mich vorwärtsschnellen, als ich gerade ins Straucheln geriet. Ich stürmte weiter, die Keulenhiebe waren wie eine Tätowierung auf meinem Oberkörper.

»Das machen Sie gut, Gage!«, rief Cecil. »Oh, das muss wehtun!«

»Sein Kopf! Sein Kopf!«, kreischte Aurora. Wenigstens feuerte sie die Indianer nicht an, auf meine edleren Teile zu zielen.

Hinter mir stieg ein gewaltiger Schrei zum Himmel, und mit einem Blick zurück sah ich, dass Magnus wie ein Stier vorpreschte, bereits ein halbes Dutzend seiner Angreifer umgerannt hatte und auf entrüsteten, sich vor Schmerzen krümmenden Leibern herumtrampelte, während andere Indianer vor Lachen brüllten. Die Ablenkung gestattete mir, die letzten zehn Yards zu überwinden und dabei nur noch ein paar leichte Schläge einzustecken. Ich hechtete durch das Tor des Dorfes, wo ein halbes Dutzend bewaffneter Krieger mir in einem Halbkreis den Weg verstellte, und sank auf die Knie, noch zu aufgeputscht, um die Schmerzen voll wahrzunehmen. Blodhammers Größe hatte die Tortur in einen Sport verwandelt, die Menge drängte sich um ihn wie ein geschwollener Python. Während er vorwärtspflügte, zog er Indianer mit sich, grunzte bei jedem Schlag und spuckte, und als eines seiner Knie nachgab, beugte er es nur kurz und schob sich keuchend weiter. Schließlich befreite er sich von seinen Peinigern und sank neben mir in den Staub. Blut rann von seiner Schläfe, und sein Brustkorb hob und senkte sich. Nordisches Feuer brannte in seinem Auge.

»Haben sie dir eine Rippe gebrochen?«, fragte ich.

»Haben mich kaum berührt. Einem hab ich die Nase mit dem Fuß zerquetscht. Hab sie knirschen hören.« Er grinste, seine Zähne rot von Blut.

»Halt nach allen Möglichkeiten Ausschau. Ich will lieber kämpfend zugrunde gehen, als verbrannt zu werden.«

Die Sehnen an seinem Hals traten vor, als er an seinen Fesseln zerrte. »Wenn ich freikomme, sterben hier nicht nur wir.«

Angesichts der Umstände schien es angemessen, einen Fehler einzugestehen. »Ich bin nicht immer der Klügste, wenn es um die Einschätzung von Frauen geht«, gab ich zu.

Er spuckte Blut. »Wir zahlen es ihr heim.«

»Und das Leben in der Natur bessert den menschlichen Charakter nicht«, fuhr ich fort, ein regelrechter John Locke im Disput mit Magnus' Rousseau.

»Das hier ist durch Schießpulver und Rum korrumpierte Natur«, erwiderte der Norweger. »Diese Indianer stehen kurz vor der Auslöschung und wissen das auch, und dieses Wissen hat sie verrückt gemacht.« Er blickte verbittert zu einer Rothaut, die vorbeischlenderte und träge Magnus' Axt schwang. »Da draußen ist es nach wie vor anders.«

»Wo draußen?«

»Wir sind noch nicht weit genug im Westen.«

Die Indianer banden uns Leinen um den Hals wie Hunden, und Cecil stolzierte uns voraus, sein Schwert jetzt aus der Scheide gezogen und lässig über die Schulter gelegt. »Mir ist nie ein Spion begegnet, Gage, der so leicht zu durchschauen war.«

»Ich bin kein Spion.«

»Nachdem wir Sie in New York nicht erwischt haben, brauchten wir Sie nicht mal nach Washington zu verfolgen. Wir mussten nur in Detroit auf Sie warten, so offensichtlich war Ihre Mission. Ich war skeptisch, ob die Vögelei mit meiner Schwester ausreichen würde, Sie die Möglichkeit einer amerikanischen Eskorte ausschlagen zu lassen, aber Sie haben die Vereinbarung ja beinahe selbst vorgeschlagen. Tss, tss, Ethan Gage. Sie haben Auroras Lakaien gespielt, bis Sie eine Squaw entdeckten, wie ein Hund, der von einem vorbeirennenden Kaninchen abgelenkt wird. Und dann, nachdem Sie bei uns den Spanner gemacht hatten, sind Sie sofort zu der Mandan-Hure gerannt. Der einzige Ort, an dem wir nach Ihnen suchen würden. Ich frage mich allmählich, ob ein Schwachkopf wie Sie und der Held von Akko überhaupt ein und derselbe Mann sein können. Sind Sie ein Hochstapler?«

»Ich habe Ihr Hauptquartier entdeckt.« Ich blickte mich um.

Er lachte. »Dieser Misthaufen? Dieses Nest von Primitiven? Ich *benutze* die Wilden, Ethan. Ich habe ein Schloss in Montreal im Auge, nachdem wir diesen Indianern geholfen haben, Ihre merkantile Nation zurück nach Osten über die Appalachen zu treiben, mit einem so gewalttätigen Aufstand, dass die Flüsse vom Monongahela bis zum Mississippi rot von Blut sein werden. Zehntausend Blockhäuser werden brennen, und zehntausend Kinder werden zu Waisen, die anschließend in die Stämme eingegliedert werden. Tecumseh wird Pontiac wie einen Franziskanermönch aussehen lassen, wenn er mit alldem fertig ist. Britannien hat Gewehre genug für sie alle. Ja, Amerika muss in seine Schranken verwiesen werden, Ethan Gage, zu seinem eigenen Besten und zum Besten der Welt. Ich werde nicht zulassen, dass Ihre Nation mit schmuddeliger Gleichmacherei und merkantiler Gier die Zivilisation vergiftet! Amerika muss in seinen Grenzen gehalten werden, bis es unweigerlich verdorrt, genau wie Frankreich! Und jetzt werden Sie sterben, und wir werden Ihre Innereien an Jefferson zurückschicken, nachdem die Hunde geholfen haben, sie aus Ihrem aufgeschlitzten Bauch zu zerren. Sie können uns zuschauen, wie wir sie räuchern, um sie haltbar zu machen – oh ja, die alten Frauen wissen, wie man Sie dabei am Leben und bei Bewusstsein hält! Es sei denn, Sie erzählen uns, was Sie wirklich hier im fernen Grenzland tun, so weit von den Salons und guten Stuben entfernt, in denen Sie weiß wie eine Made und nutzlos geblieben sind. Sagen Sie es uns, Gage, und da ich mildtätig bin, könnte ich Ihnen das Geschenk eines raschen Tomahawkschlags gewähren, um Ihren Kopf zu spalten! Sie werden es mir sowieso erzählen, wenn die Squaws Ihnen heiße Kohlen in die Ohren und in den Anus stecken und Zedernsplitter in Ihren verschrumpelten Schwanz schieben.«

Er erinnerte mich an Ärzte, die eine schmerzvolle Behandlung mit etwas zu viel Gusto beschreiben. Er glich jedenfalls gewiss nicht mehr dem glanzvollen Gentleman, den ich in George Duffs Haus kennengelernt hatte. Ich hätte nach Referenzen fragen sollen.

»Selbst verschrumpelt ist er größer als der Federkiel, mit dem Sie auf Ihre Schwester zielen, Sie widerlicher Perverser.«

Er lachte bellend. »Sie besitzen wirklich Unverfrorenheit!«

»Unter Folter erpresste Informationen sind nutzlos.«

»Dann beginnen wir mit Verstümmelung.« Er nickte, und einer der Indianer ruckte an meiner Leine und zerrte meinen Kopf hoch. Ich konnte kaum atmen. Ein anderer näherte sich mir mit einer Muschelschale, die scharf wie ein Rasiermesser war. »Ich schneide gern zunächst über das Auge, bevor ich es herausbohre, da der Schmerz grauenhaft ist. Jedes Mal, wenn die Schwellung Sie blind macht, lässt ein weiterer Schnitt den Eiter herausquellen, und das Betteln beginnt von Neuem. Ich habe mal zugeschaut, wie sie es bei einem gefangenen Priester gemacht haben, bis seine Augenhöhlen ein blindes Netz sich überkreuzender schwarzer und roter Schnitte waren. Natürlich hatte der Priester nichts zu beichten und war am dritten Tag völlig wahnsinnig. Aber es war äußerst unterhaltsam.«

»Ich habe Aurora doch gesagt, dass wir nach Wollhaarelefanten suchen!«, schrie ich, beäugte die drohend in mein Blickfeld gerückte Muschel. Und als mein Augapfel wegrollte, nahm ich etwas aus dem Augenwinkel wahr und begriff, was Namida am Strand entdeckt hatte. Ich bekam fast einen Krampf.

»Wenn das von Jefferson käme, würde ich Ihnen beinahe glauben. Aber von Bonaparte auch? Nein, wir werden Sie dem norwegischen Zyklopen anpassen. Schneidet ihn.«

»Warten Sie!« Ich wusste, ich hätte angesichts seiner Folter stoisch wie ein Römer sein sollen, aber wozu? Wir jagten einem Mythos nach, einer Fantasie, und wenn ich die Sache noch eine weitere Minute hinauszögern konnte ... Wir waren zu zweit gegen zweihundert und hatten keine Chance, es sei denn, ich sorgte für eine. »Wir suchen nach Thors Hammer!«

»Wie bitte?« Er bedeutete dem Wilden mit der Muschel innezuhalten, schwang mit einer Drehbewegung sein Schwert von der Schulter und hielt mir die Spitze unter das Kinn. »Ein Hammer?« Er war verwirrt.

»Ein Hammer der nordischen Götter! Deswegen ist Magnus hier! Er glaubt, Wikinger oder Tempelritter oder irgendwelche anderen Verrückten kamen schon vor Kolumbus hierher und versteckten einen magischen Hammer, durch den sich die Welt beherrschen lässt! Mir war das völlig egal, ich dachte nur, wir könnten ihn verkaufen!«

»Ethan!«, schrie Magnus verzweifelt und angewidert.

»Er hat eine alte Karte in diesem Futteral. Er mag ja ein Verrückter sein, aber ich bin mitgekommen, weil ich Napoleons Schwester gevögelt hatte und aus Frankreich verschwinden musste!«

Cecil blinzelte und blickte mich einen langen Augenblick völlig konsterniert an. Hinter ihm, auf einem Gelände voller Wigwams und Langhäuser, sah ich vom Feuer geschwärzte, in den Boden gerammte Pfähle und frische Reisigbündel zum Verbrennen. Ich erinnerte mich an die entsetzlichen Feuer bei der Schlacht am Nil, an den Geruch von röstendem Fleisch und an die lodernden Flammen in Graf Silanos seltsamen Räumen in den Tuilerien. Vor Feuer habe ich eine Todesangst.

»Er lügt!«, schrie Blodhammer. »Foltern Sie uns! Dann werden Sie schon sehen!«

»Er ist ein schlechter Lügner.« Aurora trat in mein Blickfeld, meine Langbüchse lässig auf mich gerichtet. »Seine Lügen sind unglaubhaft, statt zu überzeugen. Das kling dämlich genug, um wahr zu sein.«

Cecil blickte zwischen uns hin und her, als hätte er eine neue Spezies entdeckt. Dann begann er zu lachen. »Thors Hammer?«

»Er war kein Gott, er war eine Art früher Vorfahre und hatte diese Waffe, die Blitze schleuderte.«

»Das reicht, Ethan!«, brüllte Blodhammer.

»Hauen Sie mir nicht den Tomahawk in den Kopf, denn wir können Sie dort hinführen ...«

»Ethan!«

Cecil holte mit seinem Schwert aus und schlug mir dann mit der schmalen, flachen Seite hart übers Gesicht. Ein stechender Schlag, der schlimmer war als alle, die ich bisher von den Indianern bekommen hatte. Meine Lippe platzte auf, und meine Wange brannte wie Feuer. »Halten Sie mich für einen Idioten?«, kreischte er.

Ich sackte zusammen, war dem Weinen nahe. »Fragen Sie Magnus ...«

»Ein verdammter *Mythos*? Sie wollen mir weismachen, dass Sie in Louisiana nach nordischen Göttern suchen? Dass

Sie sechstausend Meilen für ein heidnisches Fantasiemärchen gereist sind? Dass irgendeine Schwester von Napoleon Sie überhaupt *anschauen* würde?«

»Sie konnte ihre Hände nicht von mir lassen, das geile Stück. Es geht um Pauline, die Nymphe, die ihren Ruf längst weghatte, bevor ich ...«

»Ruhe!« Er schlug mich erneut mit dem flachen Schwert. Verdammt, tat das weh!

»Bruder, er ist nicht intelligent genug, um etwas so Absurdes zu erfinden«, sagte Aurora.

»Ja! Schauen Sie mich an! Ich bin ein Tölpel!« Meine Augen tränten vor Schmerz und Scham, aber was blieb mir anderes übrig? Ich wagte nicht nach dem zu blicken, was ich erneut wahrgenommen hatte.

»Ruhe, hab ich gesagt!« Und er schlug noch mal mit dem Schwert zu. Ich blinzelte, einer Ohnmacht nahe. Ich hasse Hilflosigkeit.

»Wir sollten uns dieses Kartenfutteral ansehen«, sagte Aurora.

»Ich will ihn verbrennen«, knurrte Cecil. »Ihn tagelang rösten, weil er dich gehabt hat.«

»Geduld, Liebster. Ich weiß, ich habe deine Eifersucht geschürt, um das Spiel zu würzen. Aber wir müssen alles erfahren, was er weiß. Das wäre ein Anfang.«

»Ich will, dass er mit Holzsplittern gespickt wird wie ein Stachelschwein und jeder Splitter an der Spitze angesteckt wird.« Cecil leckte sich die Lippen. »Ich will, dass die Frauen ihm den Schwanz häuten.«

»Dazu ist immer noch Zeit, Bruder. Genug Zeit. Aber diese Karte?«

»Das Futteral ist im Kanu.« Er blaffte Red Jacket ein paar Worte zu, und eine junge Rothaut flitzte zum Seeufer.

»Lassen Sie sich von mir führen. Partner, wie wir gesagt hatten.«

Dann begann Namida, die ich völlig vergessen hatte, auf Red Jacket einzureden. Er schnauzte zurück, doch das machte sie nur wütender, und sie deutete beharrlich auf mich. Er brauste auf, aber da schnatterte auch Little Frog los. Was sollte das? Die Indianer debattierten untereinander, und die Somersets blickten zunehmend verärgert. Sie fuhren Red Jacket an, und der Häuptling fauchte zurück.

»Was passiert da?«, rief ich Namida auf Französisch zu.

»Wir fordern euch als Ehemänner.«

»Jetzt?«

»Frauen, die verwitwet sind, können einen Gefangenen retten, um den Stamm neu zu bevölkern. Wir haben keine Ehemänner, und sie müssen uns die Möglichkeit geben, Kinder zu bekommen. Du würdest ein Renegat werden und mit Red Jacket kämpfen.«

»Mich ihm anschließen?«

»Aber ihr müsst uns heiraten.«

Im Moment war das der uns drohenden Alternative allemal vorzuziehen. »Magnus, Little Frog verfügt über einen gewissen Charme«, meinte ich ermutigend.

»Diese Frauen sind Sklavinnen«, schäumte Cecil. »Sie haben kein Recht auf meine Gefangenen. Red Jacket wird es nicht wagen, uns die Folter zu verweigern, die er versprochen hat.«

Namida schüttelte den Kopf. »Ihr müsst unsere Ehemänner werden. Dieser Stamm ist durch Red Jackets Streitigkeiten mit anderen Indianerstämmen dezimiert worden: Alle hassen ihn. Die Frauen wissen, dass ihre Männer zu mir kommen werden, wenn ich keinen eigenen Mann habe.«

Tja, so konnte ich mal wieder für Harmonie sorgen, genau wie beim Vertrag von Mortefontaine. Mit Namida zu schlafen war genau die richtige Aufgabe für mein diplomatisches Geschick.

Das Mädchen half mir mit dieser Verzögerungstaktik, das wusste ich.

Dann kam der Läufer mit dem Kartenfutteral zurück. Während sich die Indianer über meine eheliche Tauglichkeit stritten, zog Cecil die Karte heraus und rollte sie für Aurora auf. Sie betrachteten sie und schauten dann über den Pergamentrand zu uns.

»Das ist eine Fälschung.«

»Die Tinte stammt von den Templern, Sie kurzsichtiger Idiot«, knurrte Magnus, der es anscheinend aufgegeben hatte, seine absurde Theorie geheim zu halten. »Sie wissen, dass sie echt ist.«

»Ihr seid beide total von Sinnen. Das ist ja noch schlimmer als Elefanten.«

»Darauf können wir uns alle einigen«, sagte ich.

»Und was ist, wenn sie doch nicht vollkommen verrückt sind?«, fragte Aurora. Sie blickte Magnus durchdringend an. »Dieser Hammer. Wozu ist er fähig?«

»Ich dachte, Sie hielten es für einen Mythos?«

»Wozu ist er *fähig?*«

Er zuckte mit den Schultern. »Niemand weiß es. Aber wenn es ihn gibt, hielten mittelalterliche Seefahrer ihn für wichtig genug, den Ozean zu überqueren und ihn an einen besonderen Ort zu bringen – einen ganz besonderen Ort.«

»Kann er Menschen töten? Viele Menschen?«

»Er war Thors Waffe.«

Sie wandte sich an Cecil. »Und wenn sie sich das nicht nur ausgedacht haben?«

»Du machst wohl Witze.«

»Glaubst du, sie hätten diese Karte für eine derart unwahrscheinliche Geschichte anfertigen lassen? Die Karte sieht irgendwie echt aus. Es ist so lächerlich, dass es wahr sein muss.«

»Ich bezweifle nicht, dass Gage diesen Blödsinn glauben würde. Die Frage ist, ob wir das tun sollen.«

»Wir können sie später immer noch töten. Zuerst sollen sie uns dort hinführen.« Sie tippte auf die Karte.

Ich nickte ermutigend.

»Nein, ich will die Wahrheit jetzt. Ich will sie aus ihnen herausrösten.«

»Und wenn wir ihre Hilfe brauchen, um den Hammer zu finden?«

»Wir sind seit Wochen mit ihnen gereist. Gage konnte nicht mal seine eigenen Ohren finden. Falls sie die Wahrheit sagen und wir die Karte haben, dann wissen wir nun, was sie wissen.«

»Der Ritus sagte, Gage sei in Ägypten und Palästina sehr findig gewesen.«

»Dann binden wir ihn an den Marterpfahl, wie wir es vorhatten, quetschen alles aus ihm heraus, was er weiß, befriedigen die Blutlust der Indianer und schauen dann in aller Ruhe nach.« Nachdenklich leckte er sich die Lippen. »Falls es diesen Hammer gibt, könnten uns die North West Company, Montreal und sogar die Prüden und Scheinheiligen zu Hause in England völlig gleichgültig sein. Wir könnten leben, wie wir sollten, verheiratet nach unserem eigenen Gesetz. Wir könnten der Karte die Schuld an seinem Verschwinden geben. Gib uns eine Stunde, Aurora, eine Stunde am Pfahl, und wir werden alles wissen!« Er packte die doppelschneidige Axt. »Ist schon erstaunlich, was Männer alles herausposaunen, nur um ihre letzten Finger und Zehen zu retten.«

»Dann bring Red Jacket dazu, diesen gefangenen Squaws das Maul zu stopfen!« Der von Namida verursachte Aufruhr ging Aurora offensichtlich auf die Nerven.

»Zur Hölle mit Red Jacket«, knurrte ihr Bruder. Er brüllte einen Befehl, und zwei der Krieger, die uns bewachten, ruckten an unseren Leinen, um uns auf die Füße zu bringen, und zerrten uns in Richtung der Marterpfähle. Namida und Little Frog protestierten kreischend. Die Streitereien des Stammes wurden heftiger, und Red Jacket vermochte die Kontrahenten nicht zum Schweigen zu bringen.

Cecil, Aurora und unsere beiden Wächter hatten uns bald an die zwanzig Yards von den durcheinanderschreienden Indianern weg gezerrt. Man würde uns fraglos an die Pfähle binden, bevor sich klarere, der Eheschließung zugeneigte Köpfe würden durchsetzen können. Das war die einzige Chance, die sich uns bisher geboten hatte, und ich wurde allmählich ungeduldig. Wann, wann? Aurora hielt die Langbüchse auf mich gerichtet, und Cecil sein Schwert auf Magnus, die Axt lose in der anderen Hand und die Karte in seinem Gürtel. Er erteilte einen barschen Befehl, worauf die

Rothaut, die mich an der Leine mitgezerrt hatte, die Stricke an meinen Handgelenken durchschnitt, damit er meine Arme nach hinten um den aufrecht stehenden Pfahl biegen konnte. Ein anderer nahm mein Halsband, um mich die letzten bitteren Schritte zu meinem Untergang zu ziehen. Ich gedachte keinesfalls, es ihm durch Laufen leicht zu machen! Ich hob meine Arme, und Aurora spannte den Hahn meiner Büchse. »Wag es bloß nicht«, sagte sie. »Ich schieße dir ins Knie, und du wirst dich unter Qualen krümmen, noch ehe das Feuer angezündet wird.«

»Durch das Herz, Aurora. Das ist das Mindeste, was du um der alten Zeiten willen tun kannst.«

»Nein. Mir gefällt es, wenn meine Liebhaber stöhnen.«

Jetzt kamen die anderen Indianer auf uns zu, immer noch streitend, aber nicht mehr so hitzig. Namida schaute unglücklich, was kein gutes Zeichen war.

Und dann zerplatzte der Kopf des Kriegers, der meinen linken Arm hielt.

Das wurde aber auch Zeit!

31

Gerade zog er mich noch zum Pfahl, und im nächsten Moment spritzte seine Schädeldecke in einem Bogen aus Haar und Blut weg. Er fiel um wie ein Stein. Einen kurzen Augenblick lang war ich verblüfft und überrascht, dass es endlich passierte. Dann schwang ich instinktiv meinen Körper und meinen rechten Arm herum und stieß meinen anderen Bewacher in Auroras Schusslinie.

Meine Büchse ging los, als er ihr vors Visier geriet, und auch er fiel um.

Ein weiterer Schuss, und ein Schrei von Red Jacket, der herumwirbelte und seinen Arm umklammerte. Die anderen Krieger schienen wie gelähmt zu sein. Ich packte die Mündung meiner leeren Langbüchse und schob Aurora Somerset so heftig, wie ich es mir gegenüber einer Frau nie zugetraut hätte, gegen die Rindenwand eines Langhauses und durch sie hindurch. Ich nahm ihr den Atem, als sich der Kolben in ihren Bauch rammte, und die Wand zerbarst. Dann schwang ich den Lauf gegen den angreifenden Cecil und parierte damit sein im Bogen herabsausendes Schwert. Das Rapier versank mit einem dumpfen Schlag im Holz und blieb dort stecken. Das Gesicht des Aristokraten war bleich vor Zorn und Furcht. Dann drehte ich die Büchse, um die Klinge zu zerbrechen. Mittlerweile hatte sich Little Frog Magnus' Axt geschnappt, die der Adelige hatte fallen lassen, und durchtrennte die Fesseln des Norwegers. Wir befanden uns zwischen den Somersets und den anderen Indianern. Cecil tanzte rückwärts zu den wartenden Pfählen und stolperte über das Feuerholz, während er die Pistole aus seinem Gürtel zu fummeln versuchte. Ich riss das zerbrochene Schwert heraus.

Ein weiterer Schuss, und ein angreifender Krieger fiel. Dann war Magnus frei und schwang heulend wie ein Wikinger-Berserker aus alter Zeit in einem großen Bogen seine Axt. Einem Mahlstrom gleich watete er in die verblüfften Indianer, die Muskeln unter seinem zerrissenen Hemd kräuselten sich, die Klingen hoben sich rot, und erschlagene Krieger kippten neben ihm um. Sie hatten weder ihre Gewehre noch ihre Bogen bei sich. Seine Waffe pfiff, während er sie schwang. Er hielt einen Moment inne, bückte sich und hob sein Kartenfutteral mit entschlossenem Triumph auf.

Was lag ihm daran ohne die Karte, die immer noch in Cecils Gürtel steckte?

Ich sprang über die ausgestreckte Aurora und riss ihr das Pulverhorn ab, das sie sich über die Brust drapiert hatte. »Deine Hure ist tot!«, log ich, um Cecil zu einem raschen Schuss aufzustacheln. Als er schoss, rollte ich mich weg. Jetzt! Konnte ich ihm eins mit meiner Büchse überziehen oder das zerbrochene Schwert in ihn rammen, bevor er nachgeladen hatte?

»Hier entlang, meine Freunde! Beeilt euch, meine Musketen sind leer!« Die Stimme von Pierre Radisson, die vom Palisadenwall rief. Er war es, den Namida und ich aus den Augenwinkeln gesehen hatten.

»Packt sie!«, schrie Cecil die verwirrten Indianer an, während er sich selber weiter zurückzog und fieberhaft damit beschäftigt war, seine Pistole nachzuladen. Immer wieder warf er mit verzerrtem Gesicht Blicke auf die ausgestreckte Gestalt seiner Schwester.

Zeit, den Rückzug anzutreten! Ich schleuderte den Griff seines Schwertes auf ihn, woraufhin er sich duckte, und dann flitzten Magnus, Namida, Little Frog und ich zur anderen Seite des Langhauses, durch das ich Aurora gestoßen hatte. Pierre hatte eine Öffnung in die grobe Palisade aus Schösslingen gebrochen. Wir kletterten hinaus und mussten dann alle mit anpacken, um Magnus' massigen Körper durch den engen Eingang zu hieven.

»Gelobt sei Odin, was machst du denn hier?«, fragte der Einäugige.

»Ich rette Esel!« Pierre drückte mir eine Muskete in die Arme. »Hier, bis du deine nachladen kannst! Nordmann, hilf mir mit dem Pulverfass!«

Die Indianer schossen schließlich zurück, aber die Palisade war zwischen uns und bot ein wenig Schutz vor den Kugeln. Ich feuerte in die Menge, ein weiterer Krieger fiel, und die anderen zerstreuten sich. Ich sah Red Jacket am Boden sitzen. Er hielt sich den von Pierres Schuss verwundeten Arm, und ich wünschte, ich hätte ihn mit der eben abgefeuerten Kugel getroffen. Dann flammte etwas auf, und eine Zündschnur zischte auf das Fass zu.

»Rennt, rennt um euer Leben, denn der Teufel ist hinter euch her!«, rief Pierre. Wütende Rothäute stürzten aus dem Mauseloch, durch das wir gerade gekrochen waren. Wir flitzten durch einen Birkenhain, hinter uns ertönte ein Donner.

Ich blickte zurück. Das Pulverfass war in die Luft gegangen und hatte die Palisade in ein dunkles Gewirr aus fliegenden Splittern verwandelt. Hölzer flogen wie Speere hoch und stürzten herab. Ich hörte Schreie und verwirrte Rufe, als die Trümmer auf unsere Peiniger hinabregneten. Es würden weitere aus dem Haupttor kommen und uns von der anderen Seite verfolgen, das wusste ich, aber bisher hatten wir einen Vorsprung von gut hundert Yards, um das Seeufer zu erreichen.

Die Palisade und das Langhaus gingen in Flammen auf.

Wir rannten zu dem Kanu, das Pierre aufs Ufer gezogen hatte, schoben es ins Wasser und sprangen hinein, die Frauen als Erste, dann ich.

»Magnus! Wo willst du hin?« Der Norweger lief mit seiner Axt von uns weg, wieder aufs Dorf zu, aber dann erkannte ich, dass er es auf die am nächsten liegenden Kanus abgesehen hatte. Ein Schlag, zwei, und sie waren vorerst außer Gefecht. Weiter hinten am Ufer lagen noch mehr, aber durch seine Sabotage hatten wir wertvolle Augenblicke gewonnen.

Mit schwingenden Armen kam Blodhammer zurückgerannt, der Axtkopf hüpfte auf und ab. Spritzend krachte er durch das Flachwasser, warf sich über den Rand unseres Kanus und ließ es fast kentern. Wir hievten ihn hinein und paddelten dann wie wild, um Abstand zwischen uns und dem wie ein aufgeschreckter Bienenkorb summenden Dorf zu bringen. Kugeln pfiffen vorbei.

Die Indianer hasteten zu den Kanus, entdeckten die Zerstörung und stimmten ein noch größeres Geheul an. Dann rasten sie weiter am Ufer entlang, während Rauch über ihrem Dorf aufwallte.

Eine Meile lang gab ich mich der Hoffnung hin, wir hätten sie so verwirrt, dass sie uns nicht folgen würden.

Aber nein, hier kamen ein, zwei, drei, vier Kanus über den Lake Superior, voll mit Kriegern. Paddel blitzten in der Sonne auf. Ich sah keinen roten Uniformrock, doch Cecil stand hemdsärmelig in einem Bug und trieb die Paddler an.

»Nach Süden zu gibt es einen Fluss, der uns landeinwärts bringen wird«, keuchte Pierre, »aber wir brauchen mehr Vorsprung. Norweger, paddel du an der einen Seite, wir drei übernehmen die andere. Gage, lade dein Gewehr!«

Ich hatte Patronen in dem Behälter für die Schusspflaster im Kolben. Es war beruhigend, die vertraute Waffe wieder in meinen Händen zu haben, nachdem ich sie aus den Klauen von Aurora Somerset befreit hatte. Aber ich ärgerte mich, dass der Akazienholzkolben durch Cecils Schwertklinge neue Kratzer abbekommen hatte. Ich schüttete Pulver aus dem Horn, das ich Aurora abgerissen hatte. Während ich lud und zurückschaute, sah ich Lord Somerset, zweifellos wütend darüber, wie ich seine Schwester behandelt hatte, mit seiner Pistole fuchteln, als könnte er uns damit in Schussweite bringen.

Die Entfernung betrug einhundertfünfzig Yards, viel zu weit für eine Handfeuerwaffe. Die gelegentlichen Schüsse aus den Musketen unserer Verfolger verfehlten ihr Ziel. Aber ich besaß eine Langbüchse, ein von Hand gefertigtes Präzisionsinstrument, und wenngleich wir bei jedem Paddelschlag wackelten, zielte ich. Cecils weißes Hemd war eine winzige Flocke in meinem Visier. Ich sah seine Silhouette vor dem Himmel, hielt die Luft an und drückte ab.

Der Hahn traf auf die Pfanne, ein Funke, der Rückschlag des Kolbens gegen meine Schulter, und dann eine lange Sekunde, um meine Treffgenauigkeit einzuschätzen.

Cecil Somerset zuckte zusammen, kippte sauber über die Seite und fiel platschend in den See.

Ein großes Geschrei erhob sich, unsere Verfolger wurden langsamer und hielten, entmutigt durch den Abgang ihres Anführers, an. Sie trieben an der Stelle, an der er hineingefallen war, und streckten die Hände aus, um ihn zu ergreifen. Und dann erklang ein gellender Schrei. Eine klagende weibliche Stimme hallte über das Wasser wie das Mitternachtskreischen einer fliegenden Hexe. Eine grausige Totenklage, die unversöhnlichen Hass in sich trug.

Aurora war nicht tot.

Und wenn ich ihren Bruder getötet hatte, würde sie sich vermutlich wie ein Schatten an mich heften, bis sie mich getötet hatte. Oder ich sie. Wir waren jetzt miteinander verbunden, zusammengeschweißt durch ein Gefühl, das viel tiefer ging als bloße Begierde. Verheiratet durch Hass.

Ich legte meine Büchse ab, griff nach einem Paddel und legte los, als hinge mein Leben davon ab. Es hing davon ab.

32

Den Rest des Tages nahmen wir vor Erschöpfung nur noch undeutlich wahr. Wir waren benommen und ausgelaugt von der Gefangennahme, dem Spießrutenlauf, der Flucht und der Verfolgung. Im einen Moment die Hölle vor Augen, waren wir im nächsten wundersamerweise durch Pierres rechtzeitiges Auftauchen gerettet worden. Und es war, als hätten wir durch eines meiner elektrischen Experimente alle einen Stromschlag bekommen. Ein Blitzeinschlag wäre nicht überraschender gewesen.

»Wie kamst du darauf, uns zu folgen?«, keuchte ich.

»Ich sah die Somersets nur halb bekleidet mitten in der Nacht durchs Lager rennen, und da wurde ich neugierig«, erwiderte der Voyageur. »Die zwei benehmen sich sonst, als stünden sie dauernd auf der Bühne, bedacht auf den Eindruck, den sie machen. Aber hier ließen sie die Masken fallen. Irgendwas Bedeutsames ging da vor. Ich sah, wie sie euch zu ihren Kanus abführten. Mir blieb keine Zeit, Hilfe zu holen, daher folgte ich euch in dem größten Kanu, das ich allein steuern konnte.«

»Bei der Tonsur des heiligen Bernhard, das hast du gut gemacht!«

»Gerettet haben euch die Frauen. Namida sah mich, brach den Streit um euer Schicksal vom Zaun und lenkte die Indianer ab. Das gab mir Zeit zum Eingreifen. Dem Ehegelöbnis sei dank, mein Freund!«

Ich blickte zurück zu Namida, die stetig paddelte. Ihr Gesicht war mit Dreck und Tränenrinnsalen verschmiert, die ich vorher gar nicht bemerkt hatte. Aber sie lächelte schüchtern.

»Gage hat auch wie ein Weib geschnattert«, maulte Blodhammer. »Hat alles ausgeplaudert.«

»Ich habe Pierre nur Zeit verschafft.« Nicht die volle Wahrheit, aber ich hatte unter der Bedrohung gestanden, mein Augenlicht zu verlieren, und trotzdem war ich hier, angeschlagen, aber nicht mal blutig. Ich wäre ja längst aus dem Leben schlau geworden, wenn es mich nicht ständig überrascht hätte.

»Ja, er hat diesen einen Indianer direkt in meine Schusslinie gebracht.« Pierre zwinkerte mir zu.

Magnus blickte finster. »Aber jetzt wissen sie, was wir suchen!«

»Dann müssen wir eben vor ihnen dort sein«, sagte ich unbekümmert.

»Bah. Versuch das nächste Mal zu lügen.«

»Ich bin der Inbegriff der Aufrichtigkeit.«

»Wie gut, dass ich so gewitzt war, dieses Pulverfass mitzunehmen«, fuhr Pierre fort, »aber jetzt ist es weg, und wir haben nur noch das, was in unseren Pulverhörnern ist. Zwei Musketen, eine Büchse und Magnus mit seiner Axt.«

»Ich glaube nicht, dass er viel mehr braucht«, sagte ich. Das Werkzeug war mit Blut verkrustet. »Magnus, du gehörst ins achte Jahrhundert.«

»Von dort kommen wir gerade«, entgegnete er.

Ich warf einen Blick zurück. »Ein einzelner Schuss scheint die Verfolgung erst mal beendet zu haben.«

»Sie sind einfach nur davon überzeugt, dass sie uns am Ende doch aufspüren werden«, sagte Pierre. »Sie haben eure Karte. Wann wirst du deine Hexenkunst einsetzen, um uns zu retten?«

»Pierre, wenn ich wirklich ein Hexenmeister wäre, hätte ich uns dann nicht schon längst gerettet? Ich bin ein Gelehrter, kein Magier. Ich brauche Ausrüstung, die wir nicht haben, um irgendwas mit Elektrizität anzustellen. Und ich habe das geheime Buch nicht mehr, das ich einst fand.«

»Du kannst also nicht richtig singen, du kannst nicht richtig paddeln und du kannst auch nicht richtig zaubern? *Mon dieu*, ich habe mir wirklich einen Esel an Land gezogen.«

»Ich kann schießen. Das hat uns doch wohl ganz gut gedient.«

»*Oui*, das war ein guter Schuss – vielleicht das erste Gute, was du getan hast. Doch das wird sie nicht aufhalten. Sie müssen sich wieder sammeln, aber dann werden sie auf dich zählen, dass du sie zu dem Schatz führst. Kommt ganz darauf an, ob die Somersets noch leben oder tot sind. Red Jacket wurde nur verwundet, glaube ich, was ganz schlecht ist. Er wird nicht ruhen, bevor er Rache genommen hat.«

»Wenn er sich da rausgehalten hätte, wäre das alles nicht passiert.«

»So wird er es aber nicht sehen.«

»Und wer hat dir irgendwas von Schätzen erzählt?«

»Hältst du Voyageure für dämlich? Ihr zwei seid keine Priester und gehört auch nicht zur Pelzkompanie. Und ihr habt eure Umgebung nicht einmal zur Kenntnis genommen, seit wir uns begegnet sind. Ihr habt keine Vermessungen vorgenommen, keine Karten angefertigt und keine Frage nach Routen oder Pfaden gestellt. Forschungsreisende sammeln Informationen, aber ihr habt sie verborgen. Die einzige Erklärung ist ein Schatz.«

»Tja, du hast dir gerade eine Beteiligung verdient.«

Er grinste. »Geht es um indianisches Gold, wie in Mexiko und Peru?«

»Nein, nicht um Gold.«

»Dann um Smaragde, wie im Dschungel von Kolumbien?«

»Hier gibt's keinen Dschungel oder Edelsteine.«

»Was dann? Wofür riskieren wir alle unser Leben?« Er war fröhlich wie ein Kind an seinem Geburtstag.

»Es geht um einen Hammer.«

»Einen was?« Sein Paddel stand still.

»Einen Hammer der Götter mit besonderer Macht. Stimmt's, Magnus?«

»Ja, und die verdammten Somersets wissen das jetzt auch. Und es geht um mehr, kleiner Mann. Ich werde euch zum Nabel der Welt bringen.«

»Du meinst, zum Mittelpunkt der Erde?«

»Noch besser. In den Garten Eden.«

»Den Garten Eden? Aber wir wurden doch daraus vertrieben, nicht?«

»Nicht unbedingt derselbe Garten Eden wie in der Bibel, sondern ein Ort der Heiligkeit oder spiritueller Macht. Oder vielleicht doch genau derselbe, da wir nicht wissen, wo der biblische Garten lag.«

»Du glaubst, du wirst in dieser Wildnis das Paradies finden? Nach dem, wie es in diesem Dorf zuging?«

»Ich glaube, meine nordischen Vorfahren haben es gefunden.« Er klopfte auf das jetzt leere Kartenfutteral, das er immer noch starrköpfig trug. »Und wenn wir dorthin gelangen, wo sie waren, werden wir alle gerettet. Der Schatz besteht nicht aus Edelsteinen, kleiner Mann. Er ist das Leben selbst.«

»Aber das haben wir doch bereits. Oder nicht?«

Magnus lächelte grimmig und tauchte sein Paddel ein.

In der Nachbarschaft des Gartens Eden gab es ziemlich viele Moskitos und Kriebelmücken, die alle bereit waren, sich an unseren Schnitten und Kratzern zu laben. In höchster Geschwindigkeit paddelten wir am Ufer des Lake Superior entlang und bogen an seinem südwestlichen Ende in die sumpfige Mündung eines Flusses ein, den Pierre als den Saint Louis identifizierte, Hunderte von Meilen nördlich der Stadt mit demselben Namen. Als die Dämmerung eintrat, saugten uns die Insekten mehr Blut aus als eine Kompanie von Ärzten, aber wir wagten nicht anzuhalten, trotz unserer Erschöpfung. Mit knurrendem Magen paddelten wir bis weit in den Abend hinein, bis der Fluss schmaler wurde und die Strömung stärker. »Wird Zeit, dass wir uns verstecken«, sagte Pierre.

Wir hielten bei einem winzigen Tümpel, beschwerten unser Kanu mit Steinen, um es vorübergehend zu versenken, und kauerten uns im Schilf einer schlammigen Insel wie Enten zusammen. Zu essen hatten wir nichts, außer etwas Pemmikan, das Pierre mitgebracht hatte – ein grauenvolles Zeug, wenn man nicht gerade am Verhungern ist. Wir wagten nicht, ein Feuer anzuzünden. Aber wir waren so ausgelaugt, dass der kühle, schlammige Boden uns wie ein Federbett erschien.

Ich sank kopfüber in einen erschöpften Schlaf und floh in meinen Träumen vor namenlosem Entsetzen, bis mich Pierre mitten in der Nacht weckte. Nebel waberte über dem Fluss, und Frösche quakten aus den Sümpfen. »Sie kommen«, flüsterte er.

Vorsichtig hob ich den Kopf. Ein flackerndes Licht schwebte im Nebel und glitt auf unser Versteck zu. Eine Fackel! Ich drückte mich in den Schlamm. Ein Kanu paddelte langsam vorbei, ein Indianer im Bug hielt das Licht, und hinter ihm kniete einer mit einer langen, leichten Lanze. Hin und wieder stach er damit ins Schilf. Ich erkannte die Ärmel von Red Jacket, der eine hing leer über seinem verwundeten Arm. Die nackten, kräftigen Schultern der anderen Rothäute schimmerten vor Bärenfett, während sie die Paddel mit der Präzision von Chirurgen ins Wasser tauchten. Fast geräuschlos glitt das Kanu vorbei. Köpfe drehten sich und hielten nach Anzeichen von uns Ausschau.

Ich schob mich weiter ins Schilf zurück, und durch meine Bewegung wurde ein Tier – vielleicht ein Nerz – aufgeschreckt und verschwand mit einem Plopp im Fluss.

Red Jacket versteifte sich, und ich sah, wie sich seine Silhouette umdrehte, um einen Blick zurückzuwerfen. Es war, als versuchte er, meine Witterung aufzunehmen. Das Paddeln wurde für einen Moment eingestellt, das Kanu wurde vom Nebel verschleiert, und die Insassen spähten angestrengt. Ich schloss die Augen aus Furcht, sie könnten irgendwie Licht reflektieren. Ich hörte das warnende Klicken eines Musketenhahns. Pierre hielt den Atem an.

Eine lange Stille entstand. Schließlich grunzte der Häuptling, wandte sich ab, und das Paddeln begann erneut. Das

Kanu verschwand im Nebel, aber dann kam ein weiteres, und noch eins. Eine Ewigkeit schien zu vergehen, bis fünf vorbeigeglitten waren, bemannt mit dreißig Kriegern. Wenn uns auch nur einer entdeckte, hatten wir keine Chance. Doch das geschah nicht.

Ich stöhnte. Ich fühlte mich so weit von jeder Hilfe entfernt wie noch nie in meinem Leben. Feindselige Indianer hinter uns, nun auch noch mehr Indianer vor uns, und irgendwo vor *ihnen* ging das Territorium der furchterregenden Ojibwa in das der noch furchterregenderen Dakota über, die von den Ojibwa Sioux genannt wurden, was »Schlangen im Gras« bedeutet. Wie der Schlangenkult des Apophis! Ich sah wenig Möglichkeiten, nach Grand Portage zurückzugelangen, bevor das Rendezvous endete. Außerdem würde ich den Briten nicht trauen, selbst wenn es mir gelänge. Man würde den Somersets jede aufgetischte Lüge glauben, und ich war mir sicher, dass der Schotte McTavish meiner Entführung zugestimmt hatte. Wie konnte man einen amerikanisch-französischen Störenfried besser loswerden? Ich fühlte mich wie eine Fliege bei einer Versammlung von Spinnen. Hätte ich doch nur nicht nach Pauline Bonaparte gegiert! Und Aurora. Und Namida.

Ich wäre weniger gefährdet, wenn ich zu alt wäre.

»Wir sitzen in der Falle!«, sagte ich zu Pierre. »Jetzt sind sie auch noch vor uns!«

»Und du hältst das für eine schlechte Nachricht? Würdest du sie lieber zum Frühstück einladen? Nun werden wir ihnen folgen, statt umgekehrt. Wenn sie kehrtmachen, verstecken wir uns und lassen sie erneut passieren, und mit etwas

Glück wird Red Jacket des Spiels müde werden und nach Hause gehen.«

»Glück.« Ein bittersüßes Wort für einen Spieler. »Das ist unser Plan?«

»Vor uns könnten Indianer sein, die Red Jackets Bande nicht willkommen heißen werden. Er schart Renegaten und Schurken um sich, weil ihn die Ojibwa für einen Dakota halten und die Dakota für einen Ojibwa, und er dient sich allen Seiten an wie eine Hure und denkt nur an seinen eigenen Vorteil.«

»Wir können bloß darauf hoffen, ihn irgendwann in den Gebieten westlich von hier zu verlieren, ohne dabei gleichzeitig unsere Skalps loszuwerden«, fuhr Pierre fort. »Wir brauchen Verstärkung, bevor wir uns ihm stellen können – mehr Verbündete oder eine schreckliche Waffe.«

»Magnus glaubt, er wird diese Waffe finden.«

»Ja, und das Paradies auch. Hoffen wir, dass dein Riese mehr ist als nur einfach verrückt.«

Etwas zu essen würde uns aufmuntern.

Ich fand einen Erlenschössling und schnitzte mir daraus eine Lanze. Im Morgenlicht entdeckte ich einen faulen Stör im Flachwasser, spießte das Monster durch seinen Schuppenpanzer auf und spürte, wie die Spannung aus mir wich, als ich die Lanze hineinrammte. Wir verschlangen das Fleisch roh wie Wilde.

Es schmeckte wie Ambrosia.

Wir erzählten den anderen von Red Jacket.

Namida mischte sich auf Französisch ein: »Aber *mein* Volk lebt in der Richtung.«

Sie deutete flussaufwärts nach Westen, wohin Red Jacket verschwunden war. Irgendwo weit im Westen waren ihre Awaxawi-Mandan-Verwandten.

»Die Ojibwa haben die Dakota mit ihren Feuerwaffen aus diesem Gebiet vertrieben und halten die Fox und Sac im Süden fest«, erklärte Pierre und zeichnete das, was er wusste, in den Ufersand. »Die gesamten Territorien sind in Aufruhr, seit der Biberhandel begann und die Indianer Musketen gegen Pelze eintauschen konnten. Die Mandan leben irgendwo dahinter, zwischen den Dakota, und die Dakota sind die gefährlichsten von allen. Ihr mögt zwar nach dem Paradies suchen, aber ihr marschiert in Richtung Hölle. Also, wo geht es lang?«

»Magnus hatte eine Karte, die, wie er glaubt, von nordischen Vorfahren gezeichnet wurde, die vor uns hier waren.«

»Wikinger? Mitten in Nordamerika?«

»Tempelritter.«

»Wer sind die denn?«

»Ein mittelalterlicher Ritterorden mit Interesse an religiösen Artefakten.«

»Hm.« Der Voyageur blickte zu Magnus. »Wir sind weit von den biblischen Ländern entfernt, mein Freund. Warum glaubst du, dass der Garten Eden hier draußen liegt?«

»Als das erste Paar auf der Erde wandelte, war sie leer, ohne Bibelländer oder sonst etwas«, erwiderte Magnus. »Eden könnte überall sein. Aber die Schrift sagt, es sei die Quelle von vier großen Flüssen, und laut meiner Karte entspringen große Flüsse an der Stelle, die mit Thors Hammer markiert ist. Wenn die Tempelritter einen Hinweis auf diese geografische Besonderheit fanden, würde es erklären, warum sie so weit reisten, um der Verfolgung in Gotland zu entgehen.«

»Das Land unserer Toten liegt im Westen«, warf Namida ein, die unserer auf Französisch geführten Unterhaltung folgte. »Die Geister gehen dorthin, wo die Sonne untergeht.«

»Da. Siehst du?«, sagte Magnus.

»Jetzt suchst du also auch noch den Himmel?«, fragte Pierre. »Wenn es ihn gibt, würde er dann nicht jeden Indianer wie ein Magnet anziehen?«

»Vielleicht hat der Ort auch etwas Abschreckendes. Oder Geheimnisvolles.«

»Ah. Wunderbar.«

»Kein Indianer würde in den Himmel des weißen Mannes eingehen wollen«, fügte Namida hinzu. »Das wäre die Hölle, nicht das Paradies.«

»Ich sag dir, was ich glaube«, sagte Pierre zu Magnus. »Eden ist dort, wo du es findest, Riese. Das Paradies ist rings um uns herum.« Er deutete mit dem Arm auf den Fluss und die Sümpfe im weichen grauen Morgenlicht. »Aber wir sind blind dafür, blind wie ein Mann in einem stockdunklen Raum, der mit Edelsteinen gefüllt ist, die er nicht sehen kann. Das ist der Fluch des weißen Mannes. Die Spanier haben nach El Dorado gesucht, wo sie es zu Hause in Segovia hätten finden können, an einem schön gedeckten Tisch mit einem warmen Herdfeuer und einer pummeligen Frau. Die Indianer erahnen das Paradies besser als wir, weil sie es auf eine Weise sehen, die wir vergessen haben. Sie wissen, dass jeder Fels, jeder Baum und jeder See beseelt ist. Sie reden mit ihnen. Das ist eine spirituelle Erfahrung. Bäume verteilen Geschenke. Felsen verneigen sich grüßend. Tiere sprechen. Aber der weiße Mann trampelt herum, fängt Pelztiere, fällt Bäume und behauptet, nach dem Himmel zu suchen, wo wir uns doch mittendrin befinden.«

»Diese Indianer kamen mir aber nicht wie engelsgleiche Gastgeber vor«, warf ich ein.

»Doch diese Frauen hier sind Engel, nicht? Darauf will ich hinaus. Gutes und Böses widerstreiten in jedem Menschen und befinden sich nicht an irgendeinem fernen Ort, zu dem man paddeln kann. Willst du wirklich Eden, Magnus? Dann findest du es auf dieser schlammigen Insel.«

Der Norweger schüttelte hartnäckig den Kopf. »Du kannst mich nicht davon überzeugen, dass unser rohes Frühstück Manna aus dem Paradies war, Pierre. Und genau die Blindheit des weißen Mannes ist es, die uns zum Reisen verdammt. Wir befinden uns weit von dem Goldenen Zeitalter entfernt, und unsere Strafe besteht darin, weiterzuwandern. Ich glaube, meine Karte zeigt einen wirklichen Ort, ein spirituelles El Dorado, und meine Vorfahren überquerten den Ozean, um es zu finden.«

»Und dort findest du Hammer und Waffen und das ewige Leben?«

Ewiges Leben, dieser immer wiederkehrende Traum, wenngleich das Leben, das wir führten, mir verdammt schwierig vorkam! Die Franzosen hatten auf dem Weg nach Ägypten davon gesprochen. Die Templer hatten es zweifellos zu einem Teil ihrer Suche gemacht. Alessandro Silano hatte die Tür dazu aufgestoßen und war von dem, was er gefunden hatte, verunstaltet worden. Und für sie alle endete die Suche nach dem ewigen Leben wie die Suche nach dem Ende des Regenbogens.

Ich war mir überhaupt nicht sicher, ob ich die Verbindung zwischen Mensch und Himmel finden wollte, aber jetzt war es zu spät. Wir konnten nirgends anders hin.

Der Voyageur schüttelte den Kopf und wandte sich von Magnus zu mir. »Und du, Ethan Gage? Was ist dein El Dorado?«

Ich überlegte.

»Ich höre immer wieder, es habe längst vergessene Geheimnisse und ein Zeitalter gegeben, in dem alles besser war. Wenn wir wüssten, woher wir kommen, würden wir vielleicht wissen, wohin wir gehen.«

»Und was nützt es zu wissen, wohin wir gehen?«

»Wir könnten entscheiden, ob wir dorthin wollen.«

33

Da von unseren Feinden keine Spur zu sehen war, brachen wir auf, in der Hoffnung, ihnen folgen zu können, ohne in einen Hinterhalt zu geraten. Als der Fluss schmaler und die Ufer felsiger wurden, zogen wir das Kanu zu Fuß durch leichte Stromschnellen. Bäume hingen tief über beide Ufer hinab, ihre Kronen trafen sich fast in der Mitte. Die Zuflüsse waren von Bibern aufgestaut. Diese Wildnis schien tatsächlich zur Hälfte aus Wasser zu bestehen. Ich entdeckte einen Jährling, wagte aber wegen des Lärms, den der Schuss verursachen würde, nicht zu schießen. Wir blieben hungrig und beobachteten argwöhnisch unsere Umgebung.

Es ging auf den Abend zu, als Namida von hinten die Hand ausstreckte und mich leicht an der Schulter berührte. »Sie sind in der Nähe«, flüsterte sie.

Ich schaute mich um. »Woher weißt du das?«

»Vögel sind aufgeflogen. Weiter vorn ist jemand auf dem Fluss.« Die Frauen, hatte ich bemerkt, konnten Dinge sehen, die wir nicht wahrnahmen, Dinge hören, für die wir taub waren.

Nervös blickte ich zu den Bäumen. Ich war besorgt, dass die Vögel uns verraten würden.

»Wir müssen vom Fluss weg«, sagte Pierre. »Da! Der Zufluss! Wir verstecken uns und kundschaften die Sache aus.« Wir bogen in einen Bach ab, der wie ein grüner Tunnel zwischen den Bäumen war. Im Wald herrschte Totenstille, und ich spannte mich in Erwartung eines Pfeils an, aber es kam keiner. Nach einer Viertelmeile erreichten wir einen Biberdamm und den ruhigen Teich dahinter. Der Biberbau war ein Flechtwerkhügel aus Zweigen und Schlamm in der Mitte des Teichs.

Wir stiegen aus, um das Kanu hinüberzuheben. »Bewegt euch über den Damm, als wäre er aus Glas. Sie dürfen keinesfalls Spuren von uns finden«, wies uns der Voyageur an. »Knickt keinen Grashalm und tretet auf keinen Zweig! Wir müssen still wie der Wind und leicht wie ein Schmetterling sein!«

Natürlich krachte das Bauwerk unter Magnus zusammen wie eine Champagnerflöte. Er rutschte aus, fluchte und fiel in Schlamm und Wasser. Äste gaben nach, Wasser lief aus.

»Ja, genau so, du Riese«, zischte der Franzose. »Zünden wir doch auch noch ein Signalfeuer an, falls sie dieses Zeichen nicht entdecken.«

»Tut mir leid«, nuschelte der Norweger.

»Sollen wir uns wieder stromabwärts begeben?«, fragte ich.

Little Frog schüttelte den Kopf und sprach mit Namida. Die Frau nickte und drehte sich zu uns um. »Geht an den Rand des Teichs und versteckt euch, dann zerstört den Damm und esst den Biber.«

Pierres Gesicht erhellte sich. »Aber natürlich! Deine Unbeholfenheit hat geholfen! Wir nutzen den Biberteich, um weiter stromaufwärts zu kommen, und lassen ihn dann leer laufen. So halten wir die Kanus davon ab, uns zu folgen. Gage, geh mit den Frauen und versteck das Kanu. Der Riese und ich folgen euch, nachdem wir den Rest des Damms zerstört haben.«

»Ich dachte, wir sollten ihn wie Glas behandeln.«

»Das war, bevor mir einfiel, wie hungrig ich bin.«

Die Frauen und ich paddelten eine weitere Meile bis an ein grasbewachsenes Ufer, wo wir hofften, von keinem Verfolger gefunden zu werden, und zogen das Kanu in ein Dickicht. Dann hockten wir uns hin und warteten.

»Woher sollen wir wissen, dass die Indianer uns verfehlt haben?«

»Weil wir nicht tot sind«, erwiderte Namida.

Das Wasser zog sich allmählich zurück, der Damm war zerstört. Die Nacht kam, aber wir wagten nicht, ein Feuer zu entzünden. Und wir hörten auch nichts anderes als Frösche. Ich schlief unruhig. Im Morgengrauen hörten wir Männer zu Fuß näher kommen. Sie wateten durch den Schlamm, der jetzt ein leerer See war. Ich machte meine Büchse schussbereit.

Doch es waren unsere Kameraden. Beide trugen einen toten Biber in jeder Hand.

»Wir zerstörten den Damm, ließen den Sumpf leer laufen und haben diese Biber erschlagen, als sie aus ihrem Bau kamen«, berichtete Pierre. »Wie gut, dass der Riese so unbeholfen ist, denn ich habe einen Mordshunger auf Biberschwanz! Wenn wir absolut trockenes Holz finden können, sind wir wohl weit genug vom Fluss entfernt, um ein Feuer riskieren zu können.«

Ich begleitete Namida und Little Frog in den Wald und schaute zu, wie sie die Wildnis in einen Krämerladen verwandelten. Wo ich verhungert wäre, fanden sie Blätter für Tee, Wurzeln als Medizin, Cranberrys und wilde Pflaumen zur Zubereitung unseres Bibers. Little Frog nähte mit Fichtenwurzeln rasch einen Topf aus Birkenrinde, damit wir einen Eintopf kochen konnten. Der Schwanz war ein fettiges Gottesgeschenk für unsere ausgezehrten Körper, und das Biberfleisch, dunkelrot und zart durchwachsen, schmeckte wie Corned Beef. Wir schlugen uns die Bäuche voll, während Pierre darüber lamentierte, dass wir keine Möglichkeit hatten, die Felle mitzunehmen und zu verkaufen.

»Doch wozu brauche ich eigentlich Geld?«, fuhr er fort. »Die Indianer besitzen keins und sind deswegen viel besser dran. Hier haben wir doch alles, was ein Mann braucht – ein Lager, Essen, Frauen, den Himmel. Aber ein Schatz – tja, das wäre auch ganz nett.«

Ich neigte dazu, ihm recht zu geben. Kein Mensch ist ohne Widersprüche.

Wir hatten uns zwar gut versteckt, wussten gleichzeitig aber auch nicht recht, ob Red Jacket uns immer noch auflauerte. Daher war es fast beruhigend, als wir, wie ein Murmeln im Wind, ferne Schüsse hörten. Wir nahmen sie erst richtig wahr, als der Krach andauerte. Irgendwo wurde gekämpft. Pierre kletterte behände wie ein Affe auf einen Baum bis zu einem Ast, von dem er ein Stück Himmel sehen konnte. Er blieb ein paar Minuten dort oben, dann kam er rasch wieder herunter.

»Rauch«, berichtete er.

»Was bedeutet das?«

»Weiß ich nicht. Wir könnten Glück haben. Wir müssen den Fluss beobachten. Soll der Amerikaner gehen, er hat schon eine Weile nichts Nützliches mehr getan.«

Der Teich schwoll wieder an, die überlebenden Biber bauten den Damm anscheinend wieder auf. Ich bewegte mich vorsichtig am Rande des Schlamms und der unter Wasser liegenden Bäume entlang hinunter zum Hauptfluss und blieb bei jedem Windhauch ängstlich stehen. Nichts griff mich an, bis auf stechende Insekten.

Schließlich kam ich in das helle Licht, das den größeren Fluss ankündigte, und robbte auf dem Bauch zu einer Stelle, von der aus ich die Strömung sehen konnte, ohne gesehen zu werden. Nichts. Ein paar Schüsse ertönten flussaufwärts, aber nur noch sporadisch.

Eine Stunde verging, dann zwei. Schließlich entdeckte ich Kanus und versuchte mich so flach wie möglich auf den Boden zu drücken, meine Büchse bereit für einen letzten Schuss, falls ich entdeckt wurde. Da kamen Red Jackets Rothäute, aber die Kanus wirkten leichter bemannt. Einige Krieger saßen zusammengesackt, als wären sie verwundet, und paddelten nicht. Andere hatte blutige Skalps und schauten immer wieder über die Schulter, als befürchteten sie, verfolgt zu werden. Die Jäger waren zu Gejagten geworden.

Das waren allerdings gute Nachrichten.

Die kleine Flottille glitt vorüber, und der Fluss war wieder ruhig. Ich eilte zu den anderen zurück, die gerade Holzäpfel, Blaubeeren und weiteres Biberfleisch verzehrten. »Es hat einen Kampf gegeben, glaube ich. Red Jacket zieht sich flussabwärts zurück.«

»Hoffen wir, dass sie aufgegeben haben«, sagte Pierre. »Jetzt können wir einen Vorsprung gewinnen.«

Wir trugen das Kanu zu dem langsam steigenden Teich und paddelten zu dem neuen Biberbau. Mit einem lauten Schwanzschlag verschwanden die überlebenden Tiere, und wir hoben das Kanu vorsichtig über das reparierte Bauwerk. Diesmal rutschte Magnus nicht aus. Auf dem Weg hinunter zum Hauptfluss sahen wir uns sorgfältig nach Feinden um. Wir warteten bis zum Einbruch der Nacht und kämpften uns dann wieder gegen die Strömung voran.

Bei jeder Biegung befürchtete ich einen erneuten Hinterhalt, aber Pierre sagte, es sei genauso gefährlich, sich schutzlos in der Wildnis zu verstecken. »Wir müssen erfahren, was passiert ist«, sagte er. »Wenn seine Bande in einen Kampf geraten ist, folgt sie Red Jacket vielleicht nicht weiter nach Westen. Kann sein, dass wir ihn los sind.«

»Aber wenn nun einige seiner Männer noch weiter stromaufwärts gepaddelt sind?«

»Das ist das Territorium anderer Stämme. Red Jacket ist gefürchtet, doch man traut ihm nicht. Er hat viele, viele Feinde. Seine Männer können hier nicht bleiben, und seine Feinde werden unsere Freunde. Daher folgen wir jetzt diesem Fluss nach Nordwesten, bis er sich wieder ostwärts wendet, und entscheiden dann, was zu tun ist. Dort kamen die Schüsse her, schätze ich.«

Wie die Indianer benutzten wir die Sterne als Chronometer.

»Wenigstens gibt es um diese Tageszeit nicht mehr so viele Mücken«, sagte ich, während wir paddelten.

»Die Indianer reisen deswegen oft bei Nacht«, stimmte Namida zu. »Wenn man sich nicht vor der Nacht fürchtet, kann man sehen wie ein Wolf. Schau.« Sie hob ihr Paddel ein wenig. »Giwe danang. Der Nordstern. In einem Monat wird er den ersten Frost bringen, und die Insekten werden verschwinden.«

Ihr Haar war wie ein Satinvorhang, ihre Arme schlank und kräftig. »Also ist es für dich das Paradies, wie Pierre sagte?«

»Das Paradies liegt in der nächsten Welt, nicht in dieser. Dort gibt es keinen Hunger. Hier gibt es Winter, Krankheit und böse Indianer wie Red Jacket.«

»Hast du jemals von einem besonderen Ort im Westen gehört?«

Sie antwortete erst nach zwei Paddelschlägen. »Es gibt Geschichten über einen großen Baum.«

Ich sah, wie sich Magnus, der vor ihr saß, versteifte.

»Wie groß?«

»So hoch, dass er den Himmel berührt, heißt es. Doch Krieger, die zur Suche danach aufbrechen, kehren nie zurück. Und er ist nicht leicht zu finden. Manchmal taucht er auf, und manchmal ist er verschwunden.«

»Ein Baum als Wahrzeichen für Eden«, sagte Magnus, »und Indianer mit blauen Augen.«

»Mein Volk lebt dort, wo die Sonne untergeht«, sagte Namida. »Wir haben kein Interesse an diesem Baum.«

»Und was ist mit dieser Steintafel, von der du gesprochen hast?«

»Darauf sind Zeichen, wie in den magischen Büchern der Händler. Sie ist sehr alt, wurde vor langer Zeit gefunden. Unser Stamm hat sie von den Dakota erobert, die sie von jemand anderem erobert haben könnten. Ein Medizinmann in meinem Dorf wacht über sie, bis die Männer, die sie gemeißelt haben, zurückkehren. Die Legenden sagen, rothaarige Männer hätten in der Erde nach Metall gegraben und versprochen zurückzukehren.«

Der Norweger strahlte. »Das ist der Beweis für alles, was ich dir seit Paris erzählt habe!«

»Erst wenn wir ihn finden.«

»Würde sich Namida so etwas wie Schrift auf einem Stein ausdenken?« Er grinste die Frau an. »Du bist weiser als unser Hexenmeister.«

»Und Elefanten – hast du Wollhaarelefanten gesehen?«, fragte ich sie.

»Was ist ein Elefant?«

»Größer als ein Elch. Größer als ein Büffel.«

Sie schüttelte den Kopf. »Etwas Größeres gibt es nicht.«

Im Morgengrauen sahen wir Rauch. »Zu viel Rauch«, sagte Pierre.

Wir versteckten das Kanu. Diesmal blieb Magnus bei den beiden Frauen, während der Voyageur und ich zum Kundschaften vorankrochen.

Hier hatte ein Massaker stattgefunden. Ein Lager der Ojibwa war angegriffen, ihre Wigwams in Brand gesteckt und ihre Kanus zerstört worden. Tontöpfe lagen in Scherben, Trockengestelle waren umgeworfen, Puppen aus Schilfrohr zertrampelt. Ein verkrüppelter Hund hinkte zwischen zwei Dutzend skalpierter und verstümmelter Leichen herum, an denen die Krähen pickten.

Mit Federn besetzte Pfeilschäfte ragten aus Fleisch, und Pierre überprüfte die Markierungen.

»Red Jackets Werk.«

Mir war schlecht. »Die Angreifer haben offensichtlich nach uns gesucht.«

»Sie sind auf diese Gruppe gestoßen, ohne uns zu finden, und ein Kampf brach aus. Vielleicht verdächtigten sie diese Indianer, uns zu verstecken.« Der Voyageur schaute sich um und betrachtete das Gewirr der Fußabdrücke. »Sie haben sich zurückgezogen, bevor andere Ojibwa erfahren, was passiert ist und auf einen Rachefeldzug gehen. Red Jacket muss den Verstand verloren haben, einen derart mächtigen Stamm so weit im Norden zu provozieren. Du hast wirklich in ein Hornissennest gestochen, Ethan Gage.«

»Ich wollte doch nur nach Wollhaarelefanten suchen.« Die Brutalität führte mir die Gefahr, in der wir uns befanden, noch mehr vor Augen.

»Tja, hier haben wir den Garten Eden deines Gefährten.« Die Leichen hatten sich in der Sonne bereits aufgebläht.

Wir gaben drei Schüsse in rascher Folge ab, um die anderen herzuholen, und rafften dann alles zusammen, was noch zu retten war. Das Lager war geplündert worden, aber wir fanden Pemmikan, Kessel und sogar einige versteckte Pulverhörner, die Red Jackets Männer übersehen hatten. Uns blieb keine Zeit, die Leichen zu begraben. Wer wusste, ob Red Jacket nicht plötzlich zurückkommen würde?

»Meine Freunde, es ist Zeit, eine wichtige Entscheidung zu treffen«, sagte Pierre. »Eure Geschichten sind ja ganz unterhaltsam, aber hier haben wir es mit der Realität zu tun. Je länger wir wandern, desto größer wird die Gefahr. Dieser Fluss biegt jetzt wieder nach Nordosten ab, wenn wir weiter stromaufwärts fahren. Das bedeutet, er bringt uns nach Grand Portage zurück. Vielleicht könnten wir es schaffen, das Fort rechtzeitig zu erreichen, dort um Schutz bitten und sogar mit den Pelzbrigaden nach Hause zurückkehren.«

»Aber zu Hause liegt in der Richtung«, sagte Namida und deutete nach Westen.

»Dein Zuhause. Und das der Dakota, die mit Red Jacket blutsverwandt sind.«

»Mein Volk wird uns beschützen.«

»Dein Volk ist weit weg, und wir wissen nicht, wie wir es finden sollen.«

»Das ist auch der Weg zum Baum und der Tafel!«, sagte Magnus.

»Und in einen langsamen und erbarmungslosen Tod, Riese. Deine Geschichten sind sehr fesselnd, aber ...« Er wandte sich an mich. »Was meinst du, Ethan?«

»Ich vertraue niemandem.« Sehnsüchtig schaute ich nach Osten.

»Nein.« Namida warf mir einen verärgerten Blick zu und sagte etwas zu Little Frog. Beide Frauen schüttelten den Kopf. »Feiglinge werden uns wieder zu Sklavinnen machen.«

»Wir reden nicht von Feigheit, sondern von Vernunft«, entgegnete ich.

»Wir kaufen euch, wenn es sein muss«, bot Pierre an, »und schicken euch im Frühjahr nach Hause. Bis dahin werden die beiden Esel verschwunden sein, und Red Jacket wird euch vergessen haben.«

»Er vergisst nie.«

»Aber wie sollen wir von hier nach Westen kommen ohne Fluss?« Er schien das trockene Land ebenso zu fürchten wie Red Jacket.

»Zu Fuß. Wir werden andere Flüsse finden.« Sie deutete erneut in westliche Richtung. »Viele Flüsse und Seen liegen im Westen, Franzose.«

Der Voyageur wandte sich wieder an mich. »Mach ihr begreiflich, dass wir in Grand Portage sicherer sind.«

Doch auch das erschien mir reichlich ungewiss. Inzwischen hatten die beiden Indianerinnen bereits ihre Sachen genommen und schlugen die entgegengesetzte Richtung zu der von Pierre gewünschten ein. Little Frog ging voran. »Sie lassen sich wohl nicht überzeugen.«

Magnus sah sie zwischen den Bäumen verschwinden, drehte sich zu uns und unserem Kanu um und wandte sich dann wieder ab.

»Kommt«, bat Pierre. »Die Indianer werden zwei Squaws nichts antun oder sie höchstens wieder versklaven. Aber Red Jacket könnte jeden Moment zurückkommen. Wir sollten uns freundlich gesonnene Indianer finden, ihnen erzählen, was passiert ist, und uns in ihren Schutz begeben. Sie werden uns nach Grand Portage zurückeskortieren.«

»Und wir sollen den Hammer aufgeben?«

»Der Hammer ist eine Geschichte. Red Jacket ist real.«

»Nein.« Starrsinnig schüttelte Magnus den Kopf. »Ich traue den Briten nicht, und ich bin nicht so weit gekommen, um jetzt aufzugeben. Die Frauen haben recht. Unser Weg führt dort entlang.«

»Aber wir können nicht paddeln!«

»Dann lerne zu laufen, kleiner Mann.« Und Magnus marschierte los, hinter den beiden Indianerinnen her.

»Hör auf, mich kleiner Mann zu nennen!«

Verdammt und zugenäht. Hier war ein großartiger, vernünftiger Vorschlag gemacht worden – mit voller Haarpracht heimzukehren, solange wir sie noch auf dem Kopf hatten –, und mein Norweger zog Selbstmord vor! Nach all dem, was ich über die Dakota gehört hatte, wollte ich sie nicht als Feinde haben, und Red Jacket und die Somersets hatten unsere Karte, die ihnen zeigte, wohin wir gingen. Der Wald wirkte dunkel und endlos, gewiss voll von bösartigem Getier und kannibalistischen Ungeheuern. Aber die Damen wollten nach Hause, Magnus wollte seinen Hammer, und ich? Wäre doch schade, wenn man nicht wenigstens einen Blick auf den Schatz werfen könnte. Ich seufzte.

»Tut mir leid, Pierre. Sieht so als, als wären wir überstimmt, drei zu zwei. Ich glaube, ich sollte lieber auf Magnus aufpassen. Wir wissen beide, dass er ein Verrückter ist.«

»Genau wie du, wenn du weiter auf die Dakota zumarschierst!«

»Ich stehe für unsere Rettung in deiner Schuld. Nimm das Kanu und kehre nach Grand Portage zurück. Falls wir etwas finden, werde ich es trotzdem mit dir teilen. Das verspreche ich. Kehr zu deinen Freunden zurück.«

»Aber ihr seid jetzt meine Freunde!«

»Tja, deine Freunde schlagen diesen Weg ein.« Ich deutete auf die anderen.

»*Mon dieu*, ihr seid keine Esel, sondern Schwachsinnige! Wenn die Dakota uns alle an den Marterpfahl binden, dann mach mir keine Vorwürfe!«

»Das wird ausschließlich die Schuld der Frauen sein, aber jede Dame, der ich begegne, hat anscheinend ihren eigenen

Dickkopf.« Ich schulterte meine Büchse. »Du hast genug getan.«

Er stöhnte. »*Merde*, ohne mich werdet ihr verhungern. Oder ertrinken. Oder von Moskitos ausgesaugt werden. Oder von einem Elch niedergetrampelt werden. Nein, Pierre muss auf seine Esel aufpassen. Na gut. Hilf mir, unser Kanu zu versenken, denn die Markierung weist es eindeutig als eines von Red Jacket aus. Beten wir, dass er nicht entdeckt, welchen Weg wir eingeschlagen haben. Und lass uns hoffen, dass wir einen anderen Fluss finden, ein anderes Kanu, das Dorf dieser Frauen, die Steintafel und das Paradies. Irgendwo hinter dem Rand der Welt!«

Da wir uns beeilten, holten wir die anderen nach ein paar Meilen ein. »Wie weit ist es bis zu eurem Medizinmann und seiner Steintafel?«, fragte Pierre Namida, die ohne großes Aufheben hinnahm, dass wir ihr gefolgt waren.

»Viele Tage. Wir müssen bis dorthin gehen, wo die Bäume enden.«

»Nun ja, meine Freunde, da haben wir's.« Pierre blickte verdrießlich. »Wir befinden uns am Rande des weißen Flecks auf eurer alten Karte. Also werde ich mich eurem sinnlosen Unternehmen anschließen und zuschauen, wie ihr die Prärie nach Hammern absucht. Wenn ihr nichts findet, wird das einen guten Witz für meine Voyageur-Freunde abgeben, und falls ihr doch etwas findet, werdet ihr es mit eurem guten Freund Pierre teilen. Ich werde reich und unglücklich sein, wie die Bourgeois.«

»Oh, wir werden es finden«, versicherte ihm Magnus.

»Und warum trägst du immer noch dein Kartenfutteral herum, wo wir doch keine Karte mehr haben?«

»Weil es mehr enthält als eine Karte.« – »Aber was, mein Freund? Was ist so kostbar?«

Er blickte uns vier lange Zeit an. Ich war natürlich auch neugierig. An seiner Suche war mehr, als er mir enthüllt hatte. »Ich werde nicht nur etwas von Yggdrasil mitnehmen, sondern bringe auch etwas dorthin«, sagte er. »Ihr könntet mich für verrückt halten.«

»Das tun wir doch bereits.«

»Ich ziehe es vor, noch nicht darüber zu sprechen, weil meine Hoffnung vergeblich sein könnte. Nur so viel kann ich euch sagen: Falls wir Thors Hammer entdecken, könnte ich meinen Frieden finden – und wenn schon keinen Frieden, dann wenigstens Anerkennung. Ich bin von königlichem Geblüt und trage in mir ebenfalls die alten Geschichten aus der Zeit, als noch Wunder geschehen konnten.«

»Jetzt auch noch Wunder?«, rief Pierre genervt.

»Hab Vertrauen, Franzose.«

»Ich hätte lieber ein Kanu.«

34

Wir kamen in eine Landschaft, die schlimmer war als alles zuvor. Dicht stehende Wälder und mäandernde Sümpfe. Die Nächte wurden kühler, aber die Tage waren nach wie vor heiß und voller Mücken. Einen direkten Weg gab es nicht, daher richteten wir uns nach der Sonne, um so gut wie möglich westwärts voranzukommen.

»Der Sumpf wird Verfolger abschrecken«, meinte Magnus.

»Das ist gut«, sagte Pierre, »denn durch die Umwege, die wir gehen müssen, kommen wir in drei Stunden nur eine Meile voran.«

Tatsächlich benötigten wir drei Tage und vierzig zurückgelegte Meilen, um höchstens zwanzig Meilen in die von uns gewünschte Richtung voranzukommen, schätzte ich, wobei wir im Sumpf von Grasbüschel zu Grasbüschel sprangen und Elchpfaden durch die unheimlichen, stillen Wälder folgten. Zweimal sah ich Wasserschlangen und dachte wieder an Apophis, den ägyptischen Schlangengott. Wir erlegten einen Hirsch und weideten ihn aus, aber unsere hastigen Mahlzeiten stillten nie unseren ständigen Hunger. Ich kam mir so dünn wie Rohleder vor.

Schließlich wies das stille Wasser eine leichte Strömung auf, Wasserpflanzen neigten sich, und wir spürten, dass wir uns dem Lauf eines weiteren Flusses näherten. Das Marschland senkte sich allmählich nach Westen. Ein letzter Waldgürtel, und wir erreichten einen breiten, nach Süden fließenden Wasserlauf. Dieser neue Fluss war zu breit, um ihn einfach durchschwimmen zu können, und die Vorstellung, uns an seinem mit Gebüsch bestandenen Ufer entlangzuquälen, war nicht gerade verlockend.

»Ich hätte mir nie träumen lassen, dass trockenes Land so feucht sein kann«, bemerkte ich.

»Ein Kanu ist und bleibt die einzige Möglichkeit, in diesem Land zu reisen«, sagte Pierre. »Wenn wir ein Birkenwäldchen und Fichtenwurzeln fänden, könnten wir uns eines bauen, aber selbst für das primitivste Kanu würden wir eine Woche oder mehr brauchen.«

»Das Frühjahr ist die Zeit, Birkenrinde zu sammeln, nicht jetzt«, sagte Namida.

»Schlagen wir uns also durch die Büsche? Oder sollen wir schwimmen?«

»Wir machen ein Feuer, kochen eine ordentliche Mahlzeit und warten«, riet sie. »Weiße Männer habe es immer zu eilig. Fangt an, nach indianischer Art zu leben.«

Mir widerstrebte es, unsere Anwesenheit durch ein Feuer kundzutun, aber Namida hielt dagegen, dass wir es bemerkt hätten, wenn Red Jacket uns durch die Sümpfe verfolgt hätte. Also brieten wir Wildfleisch und kochten wilden Reis. Prompt, als hätten wir sie erwartet, glitt ein Jagdtrupp der Ojibwa in Kanus heran, nachdem sie unseren Rauch und das Essen gerochen hatten.

»Seht ihr? Man muss nur auf Hilfe warten«, sagte Namida.

Inzwischen fürchtete ich mich vor rothäutigen Fremden, aber da wir ihnen die unter Indianern übliche Gastfreundschaft entgegenbrachten, wurde sie auf gleiche Weise erwidert. Diese Männer unterschieden sich von Red Jackets Bande wie ein Hotelier von einem Kerkermeister: scheue, neugierige Besucher, die unser Essen wie selbstverständlich annahmen, weil das der in der Wildnis erwarteten gegenseitigen Hilfsbereitschaft entsprach. Die Ärmsten sind stets die Großzügigsten. Sie waren zu viert in zwei Kanus auf der Jagd, was ihnen genug Platz für Wildbret und Felle ließ. Die Frauen übersetzten und teilten uns mit, dass dieser neue Fluss sich stromaufwärts nach Westen wandte. Wir kauften mit vier meiner letzten Silberdollars, die ich in meinen Mokassins versteckt hatte, eines der Boote ab. Pierre hatte eine Stahlahle dabei, und wir bohrten Löcher in die Münzen, damit man sie wie Amulette tragen konnte. Die Ojibwa waren so begeistert, dass sie uns zusätzliche Nahrungsmittel gaben und erklärten, wie dieser Fluss stromaufwärts zu einer Reihe von Seen, Bächen, Portagen und schließlich zu einem weiteren Fluss führte, der nach Westen floss.

Also fuhren wir los, froh darüber, wieder paddeln zu können. Wir waren zu Voyageuren geworden.

»Das hier könnte der Anfang des Mississippi sein, aber ich bin mir nicht sicher«, sagte Pierre. »Dieses Land ist ein Labyrinth aus Flüssen und Seen, und ich war hier noch nie.«

»Selbst die Karten in Grand Portage wiesen in diesen Teilen des Landes nur weiße Flecken auf«, erinnerte ich mich.

Der Franzose deutete auf das westliche Ufer. »Wenn es stimmt, dann liegt dort dein Louisiana, Ethan. Wir befinden uns am Rand von Napoleons neuem Reich.« Unser

Kurs führte nach Norden und Westen an dessen Grenze entlang.

Nun gab es keine Forts, keine Karten und keine Gewissheit mehr. Wenn ein Wollhaarelefant seinen Kopf zwischen den Bäumen am Flussufer hervorgestreckt hätte, wäre ich nicht im Mindesten überrascht gewesen. Wir sahen Elche, die mit tropfenden Schnauzen im Flachwasser tranken, und eine Armada von Enten auf zinnfarbenen Seen. Tatsächlich wirkte die Landschaft wie ein Garten Eden, in dem die Tiere, die wir sahen, noch keine Angst vor Schüssen hatten.

Wir kamen an Indianerdörfern vorbei, die so friedlich waren, wie Red Jackets Dorf kriegslüstern. Kinder rannten am Ufer entlang, zeigten aufgeregt auf unsere weiße Haut und Magnus' roten Bart. Die Frauen strömten herbei, um uns neugierig zu betrachten, während die Männer sich mit ihren Bogen wachsam, aber nicht unfreundlich im Hintergrund hielten. Namida und Little Frog stellten Fragen, übersetzten, wiesen uns dann den Weg und kamen immer mit geschenkten Nahrungsmitteln zurück. Ich hinterließ in jedem Dorf eine Münze, bis ich keine mehr hatte.

Wenn wir unser Lager aufschlugen, kletterte der Norweger manchmal auf einen Baum, um das Land zu überblicken, in der Hoffnung, Anzeichen nordischer Besiedlung zu entdecken. Aber vor ihm breitete sich nur eine wogende Fläche aus Wäldern und Seen aus, die in allen Richtungen endlos und leer war.

Unsere Wunden heilten, und wir begannen uns zu entspannen, als die Tage ohne Anzeichen einer Verfolgung vergingen. Red Jackets Bande rückte in weite Ferne. Höchstwahrscheinlich hatte ich Cecil Somerset verwundet oder getötet. Aurora hatte ich mit meinem harten Schlag auch ganz schön zugesetzt, und Pierre hatte dem Indianerhäuptling einen Streifschuss verpasst. Möglicherweise hatten sie damit genug abbekommen. Unterdessen wurde die Wildnis dank der Frauen zu einem Füllhorn. Meine Büchse knallte, und die Damen sammelten Früchte. Magnus benutzte seine Axt, um Feuerholz zu spalten, Kanustreben und ein Dutzend andere nützliche Werkzeuge für unsere Weiterreise herzustellen. Aus Zweigen ließ sich ein etwas bitterer Tee brauen. Die Streifen aus der Innenrinde der Linde waren gut zu gebrauchen, um Birkenrinde zu zweckmäßigen Behältern zusammenzunähen. Mit gekochtem Fichtenharz wurden undichte Stellen kalfatert. Die Frauen brachten uns bei, dass ein Lehmufer mit Schwalbennestern uns eine fast mückenfreie Zone für ein Lager verschaffte, so gierig verputzten die kleinen Vögel diese Plagegeister.

Little Frog hatte es aufgegeben, sich an Magnus heranzumachen, der weiterhin rigoros jede weibliche Annäherung abwies. Stattdessen hatte sie sich mit Pierre zusammengetan, der wiederum ihre Aufmerksamkeit als den ihm zustehenden Lohn dafür betrachtete, uns gerettet zu haben und uns zu begleiten. Er täuschte keine Liebe vor, sondern führte die unbekümmerte erotische Kameradschaft ein, wie sie in den zwanglosen Kreisen des Pelzhandels üblich war.

Namida machte sich ohne Aufforderung oder Verhandlung zu meiner Partnerin und, in der natürlichen Art und Weise dieses Landes, auch zu einer potenziellen Wildnisbraut. Ich wusste, dass Jahrhunderte zwischen uns lagen. Ließ sich dieser Abstand überbrücken? Es gab Grenzen für das, worüber wir uns unterhalten konnten. Sie hatte keine

Ahnung von Städten oder Königen, doch sie brachte mir das Überleben in ihrer Welt bei, indem sie mir zeigte, wie man eine essbare Wurzel fand oder einen einfachen Unterstand errichtete.

Was die Romantik betrifft, behandelte sie mich tagelang liebevoll, aber zurückhaltend, kam aber schließlich zu einer Entscheidung. Eines Abends, als der Himmel an dem Horizont, zu dem wir wollten, in einen flammenden Sonnenuntergang überging, stand sie plötzlich vor dem Baumstamm, auf dem ich saß und meine Büchse reinigte. »Komm mit mir zum Holzsammeln«, schlug sie vor.

Pierres Augenbrauen hoben sich. Er hatte mir mal erzählt, dass die Zeit des Holzsammelns bei der Jugend sehr beliebt war, um sich wegzuschleichen und im Wald miteinander zu schlafen, weit genug entfernt von der Missbilligung ihrer Ältesten. »Ja, geh und such dir Brennstoff, Ethan.«

»Prima Idee. Man möchte ja nicht erkalten!«

Sie führte mich rasch und leichtfüßig wie eine Antilope durch die Bäume. Sie setzte die Zehen leicht nach innen auf – eine indianische Angewohnheit, die zu ihrer Lautlosigkeit und Geschwindigkeit beizutragen schien –, und bewegte sich in diesem grünen Wald so selbstsicher wie eine Matrone aus Philadelphia auf dem Markt. Ich folgte ihr erwartungsvoll, und keiner von uns hob auch nur ein Stöckchen Feuerholz auf.

In einer moosbewachsenen Klamm drehte sie sich plötzlich um, lächelte und legte mir die Arme um den Hals. Ich zog sie an mich und staunte über die Glätte ihrer Wangen, die verblüffend blauen Augen und das Kupferrot ihrer Haare. Sie war eine seltsame Mischung, fremdartig wie eine Göttin. Schließlich küssten wir uns, zuerst ganz leicht, wobei sie ihre Nase und ihr Gesicht an meinem rieb, dann drängender.

»Du hast mich gerettet«, murmelte ich, als wir uns voneinander lösten. »Es war mutig, uns als Ehemänner zu fordern. Das gab Pierre Zeit, das Feuer zu eröffnen.«

»Du bist zu meiner Rettung gekommen«, sagte sie, »und jetzt bringst du mich nach Hause.«

»Manche Frauen, die ich kenne, glauben an Bestimmung, Namida. Glauben Indianer auch daran?«

»Ich kenne das Wort nicht.«

»Der Manitu oder die Vorsehung wollten, dass wir uns begegneten, damit wir einander helfen konnten. Das bedeutet, dass unsere Partnerschaft vorherbestimmt war.«

Sie schüttelte den Kopf. »Wozu soll das gut sein? Dann sind unsere Entscheidungen bedeutungslos. Nein, ich habe dich gewählt. Ich habe entschieden, dass du ein guter Mann bist.«

»Und wieso das?« Es stimmt zwar, glaube ich, aber ich lasse es mir gern von anderen bestätigen.

»Niemand gehorcht dir. Niemand fürchtet dich.«

Das ist nicht ganz der Eindruck, den man bei einer Frau erzeugen möchte, aber bei Namida schien es zu funktionieren. »Nun ja, ich bin eben umgänglich.« Und ich küsste sie erneut.

Ihre Lippen reagierten, zuerst sanft und dann leidenschaftlich. Sie drückte sich an mich, umschlang mich mit Arm und Bein, und wir sanken auf ein weiches Moosbett, das warm und erdig nach der Sonne des Tages duftete. Ich streifte ihr das Kleid über den Kopf, sie schob das Rehleder unter sich und hob leicht die Hüften. Ihre Haut war honigfarben. Wenn wir nach Eden unterwegs waren, dann war sie eindeutig Eva. Sie griff hoch, um die Bänder an meinem Hemd und meiner Hose zu lösen, und ich kam ihr bereitwillig entgegen.

»Pierre sagt, du hättest mich verzaubert«, raunte ich ihr zu. »Hättest mir Samen ins Essen getan, damit ich dich anziehend finde.«

Sie hob die Knie. »Glaubst du, ich bräuchte Zaubermittel?«

»Sieht nicht so aus.«

»Aber es stimmt, ich habe dich mit einem Zauber belegt. Frauen müssen das tun, um einem Mann Vernunft beizubringen. Jetzt werden wir uns einander hingeben und uns gegenseitig Macht verleihen.« Sie lächelte mit ihren erstaunlich blauen Augen, und ich war so hingerissen von ihrer Lieblichkeit, dass mir buchstäblich die Luft wegblieb.

Sich hingeben! Das war so anders als das gierige Grapschen einer Pauline oder einer Aurora. Trotz meines armseligen Urteilsvermögens hatte ich eine Frau gefunden, die in mir einen Partner sah. Ich verliebte mich auf der Stelle.

Und so lagen wir eng umschlungen da, während die anderen vergeblich auf Feuerholz warteten.

Als wir endlich zurückkamen, hatten sie sich selbst welches geholt.

35

Wir paddelten so weit nach Westen, wie es möglich war, kamen über den Fluss in einen breiten See und wieder in einen Fluss, durch flache, bewaldete Landschaft, die völlig unberührt war. Am frühen Morgen hing Dunst über dem Schilfrohr, bis die Sonne ihn zu verdampfenden Diamanten verdichtete und die Wärme beim Paddeln unsere Muskeln lockerte. Die Seen waren von vollendetem Blau, sauber genug, um daraus zu trinken, und so voller Fisch, dass das Flachwasser zu kochen schienen. Mit dem Fett erlegter Tiere rieben wir uns gegen die Insekten ein und flickten mit den Häuten unsere Kleidung. In unserem kleinen Boot war es zwar eng, aber manchmal lehnte sich Namida an mich, Little Frog tat bei Pierre dasselbe, und wir ruhten uns aus, während wir uns treiben ließen. Statt eine Pfeife zu rauchen, hoben wir an grasbewachsenen Inseln das Boot heraus, legten uns auf den Rücken und schauten in die Wolken. Nur Magnus war ungeduldig. Die Tage wurden kürzer.

Als der Fluss zu einem schmalen Rinnsal wurde und sein Lauf nach Süden abbog, fand Pierre, dass es an der Zeit war, geradliniger nach Westen zu schwenken. Wir trafen auf einen weiteren Jagdtrupp der Ojibwa, diesem so geschmeidigen und selbstbewussten Indianervolk, das sich von den

Schuften, denen wir in Ohio und Detroit begegnet waren, unterschied wie ein Herzog von einem Hurenbock, und die wieder genauso hilfreich waren, wie Red Jackets Bande feindselig. Muskulös, bronzefarben und in vollkommener Harmonie mit der Wildnis, besaßen sie eine ungezwungene, beneidenswerte Art, die ich zunächst nicht recht einordnen konnte. Warum wirkten sie so anders als die große Masse zivilisierter Menschen?

Aber dann wurde mir klar, woran es lag: Sie waren frei. Oh, sie waren sich durchaus des Jahreslaufs und der täglichen Wanderung der Sonne bewusst, aber sie hatten keinen Zeitplan und kein Ziel, keinen Ehrgeiz und keine Herren, kein Dogma und keine Ideale. Sie lebten einfach. Ihre Kirche war der Himmel, ihre Loyalität galt der Familie und dem Stamm, ihr Schicksal war so launisch wie das Wetter, und ihre Wissenschaft war Magie. Nur eines verteidigten sie erbittert: ihre Unabhängigkeit, die Möglichkeit, frei dort herumzustreifen, wohin sie Stimmung oder Notwendigkeit führte. Ja, es stimmte, dass sie bisweilen Hunger und Schmerzen litten, aber wie ich sie nun um ihr Dasein in der Gegenwart beneidete, in einer Welt ohne wirkliche Geschichte und ohne angstvolle Zukunft! Doch mir würde nie gelingen, das für mich zu übernehmen, weil ich nicht in diese Welt hineingeboren war. Selbst hier draußen konnte ich nie ganz die Washington und Paris vergessen, die fernen Armeen, ehrgeizigen Generäle und eine Zukunft mit Zebulon Henry und Zinseszinsen. Warum wollte ich eigentlich in eine solche Welt zurückkehren?

Weil ich mich auch fürchtete vor dieser Welt hier: der endlosen Weite, der gähnenden Stille und der Tatsache, von der Hand in den Mund zu leben und in einem watteweichen Jetzt festzuhängen. Ich war letztlich, wie ich war. Die Indianer in Detroit und Grand Portage waren verdorben worden, aber ich verstand ihre Verderbtheit. Meinesgleichen hatte Freiheit für Sicherheit eingetauscht, die Unmittelbarkeit der Tiere gegen die Vorhersehbarkeit der Zivilisation. Ich war aus Eden hinausgeworfen worden, doch ich besaß die Aussicht auf Zinseszinsen! Ich sehnte mich nach dieser ursprünglichen Freiheit, fürchtete mich jedoch gleichzeitig davor. Ich war durchaus für den Besitz von Louisiana, aber nur, wenn es gezähmt werden konnte. Hier gab es nichts Vertrautes. Manchmal hörte ich nachts Geister durch den Wald streifen. Tagsüber hatte ich, abgesehen vom Lauf des Flusses, kaum eine Orientierung. Jeden Moment konnte etwas Wildes aus dem Gebüsch hervorbrechen.

Ich wagte es nicht, Pierre das zu gestehen.

Auf Anraten der Indianer trugen wir das Kanu einen ganzen Tagesmarsch weit zu einem anderen Strom, der nach Westen floss. Das Land öffnete sich zu einer Savanne aus Wald und Prärie, die voll mit Wild war. Die ersten Bisons sahen wir zwei Tage später. Die Tiere waren unbekümmert bei unserem Anblick. Sie hatten gewaltige Buckel und Schultern, die sich zu schmalen Hinterteilen verjüngten, als wären zwei verschiedene Tiere zu einem zusammengefügt worden. Verfilztes, krauses Fell hing zwischen den bösartig aussehenden Hörnern, und ihre dunklen Augen beobachteten uns misstrauisch, als wir vorbeiglitten. Espenlaub schimmerte im Wind.

»Dakota-Territorium«, sagte Pierre.

Nachdem ich die Büffel gesehen hatte, konnte ich mir hinter dem nächsten Höhenrücken durchaus Wollhaarelefanten vorstellen. Manchmal stand ich im hohen, duftenden Gras des Ufers und stellte mir vor, in Afrika zu sein. Das Land und der Himmel öffneten sich, große weiße Wolken segelten vorbei wie hohe Schiffe, und das Gras summte von Heuschrecken, die wie fliegende Fische aufschwirrten, wenn wir die Beine ausstreckten.

Das Wetter war anders als alles, was ich je erlebt hatte. Viele Tage lang kamen wir unter einem endlos blauen Himmel voran. Doch gelegentlich tauchten plötzlich schwarze Wolken wie Rauch am Horizont auf, erhoben sich wie ein mitternächtlicher Vorhang und löschten die Sonne aus. Die Temperatur sank, während der Wind auffrischte, das Präriegras sich wie wild nach allen Seiten bog und das Hören schwierig wurde. Donner rumpelte, Blitze fuhren herab, und Magnus und Pierre sahen mich erwartungsvoll an.

»Ich habe keine Ausrüstung!«, brüllte ich. »Wissenschaft dreht sich um Instrumente und Maschinen!«

Sie wollten Hexerei.

Regen oder Hagel peitschte herab, während wir uns wie demütige Tiere zusammenkauerten. Das Gewitter brodelte über uns in Farbtönen von Grau, Grün und Purpur. Einmal sahen wir eine schwarze Ranke, die sich wie ein unheilvoller Finger hinabstreckte und einen seltsamen Trichter bildete wie ein Widderhorn. Dann verzog sich das Gewitter genauso schnell, wie es gekommen war, und grummelte noch hinter uns. Die Sonne tauchte wieder auf, und das Gras dampfte. Bald war uns wieder heiß, und die Insekten erhoben sich in Schwärmen.

Also waren wir abwechselnd durchnässt und verschwitzt, hungrig und vollgestopft mit salzlosem Fleisch, müde vom

Schleppen und ruhelos vom Schlafen auf hartem Boden. Namida schmiegte sich gegen die Kälte der Nacht an mich, und wenn wir uns fortschlichen und miteinander schliefen, bäumte sie sich auf und klammerte sich in stürmischer Ekstase an mich.

Aber ich hatte stets im Hinterkopf, dass es nicht andauern würde.

Namida und Little Frog waren aufgeregt, weil das offene Land sie an ihre Heimat erinnerte, aber Magnus war besorgt.

»Hier gibt es keine großen Bäume. Das kann nicht richtig sein.«

»Du musst die uralten Worte lesen«, beharrte Namida. »Was du Code nennst. Komm, komm, wir müssen mein altes Dorf finden und den Stein!«

Eine Ahnung, dass wir den Ärger nicht hinter uns gelassen hatten, überkam uns, als wir den Red River of the North überquerten.

Pierre erkannte den Flusslauf, weil er nach Norden führte, wie sein Name besagte. In den mit Pappeln bestandenen Flussniederungen war das Gras so hoch, dass es über unsere Köpfe reichte.

»Das ist also der, der in die Hudson Bay mündet?«, fragte Magnus.

»Ja, irgendwann. Wenn deine Nordmänner von dort kamen, könnten sie direkt an der Stelle vorbeigepaddelt sein, wo wir jetzt stehen, um den Süden zu erforschen. Der Red fließt zum Lake Winnipeg, und der See entleert sich noch weiter nördlich durch den Nelson in die Hudson Bay. Man kann von hier, wo wir jetzt stehen, in der Mitte Nordamerikas, per Boot nach Europa kommen.«

Magnus wandte sich nach Süden. »Der Hammer befindet sich also stromaufwärts?«

»Wer weiß? Wir brauchen diesen in Stein gehauenen Code.«

»Wie weit noch?«, fragte Magnus Namida.

Sie zuckte mit den Schultern. »Eine Woche?«

»Führt ein Fluss dorthin?«, fragte Pierre.

»Mein Dorf liegt an einem, aber ich weiß nicht, in welche Richtung er fließt.« Sie deutete nach Südwesten. »Wenn wir zu Fuß gehen, können wir es finden.«

»Schon wieder laufen!«, stöhnte Pierre. »Mir gefällt es nicht, wie eine Fliege auf Papier durch dieses Gras zu wandern.«

»Aber das ist der Weg, den wir einschlagen müssen«, sagte Magnus.

»Lass uns also die Rettung dieser lieblichen Jungfrauen vollenden«, fügte ich hinzu.

»Jungfrauen! Zum Glück sind sie keine!«

Wir überquerten den Red im Kanu, luden unsere kümmerlichen Habseligkeiten aus und gaben das Boot auf. »Ich komme mir vor wie ein schiffbrüchiger Seemann«, jammerte Pierre.

»In der Prärie sollte wir navigieren können wie auf dem Meer«, hielt ich dagegen. Ich blickte zu Namida. »Bei ihrem Stamm werden wir sicher sein, hoffe ich.«

Im Tal gab es Bäume, dahinter aber stiegen wir über nackte Felsen. Der Red wand sich ockergelb nach Norden und Süden. Nach Westen zu kamen wir in eine hügelige Steppe, die sich in die Unendlichkeit dehnte. Das Gras war trocken, die Wildblumen größtenteils verblüht.

Da wir kein Holz als Brennstoff hatten, musste uns Little Frog zeigen, wie man getrockneten Büffeldung zum Feuermachen verwendete. Er brannte erstaunlich heiß und ohne Rauch.

Und so wanderten wir weiter, ohne in der Ödnis, die wir durchquerten, Spuren zu hinterlassen. Pierre stöhnte über die Demütigung, laufen zu müssen. Mein Geist hatte sich in der Monotonie des Marschierens eingerichtet. Während wir zum Kamm eines sanft wie eine Meereswelle geschwungenen Hügels hinaufstiegen, beobachtete ich träge, wie von Westen her ein weiteres Gewitter aufzog, vor dem wir keinen Schutz hatten. Plötzlich warf sich Namida, die die Nachhut bildete, flach auf den Boden und stieß einen Warnruf aus. Little Frog und Pierre folgten augenblicklich und zogen Magnus und mich mit hinunter.

»Dakota!«

Ich hob den Kopf. In einem kleinen Tal hinter uns zottelte ein Dutzend Dakota-Krieger auf Pferden dahin. Sie waren die ersten berittenen Indianer, denen wir begegneten, und sie saßen auf ihren Reittieren wie Zentauren, die Oberkörper nackt bis auf Knochenbrustharnische und Bemalung. Sie hatten Lanzen und Bogen, aber nur zwei Feuerwaffen, soweit ich ausmachen konnte. Wenn es zu einem Kampf kam, könnte ich die Schützen mit meiner Büchse ausschalten, bevor sie mit ihren Musketen in Schussweite kamen. An ihren Lanzen flatterten zwei Skalps. Sie hatten uns noch nicht entdeckt.

»Vielleicht reiten sie einfach vorbei«, sagte ich.

»Warum kommen sie dann in unsere Richtung?«, fragte Magnus.

»Sie haben unsere Spuren gesehen und wissen, dass wir wehrlos sind«, sagte Pierre. »Wir sind zu Fuß.«

»Sollen wir schießen oder verhandeln?«

»Zu viele, um gegen sie zu kämpfen.« Er wandte sich an Namida. »Kannst du mit ihnen verhandeln?«

Sie schüttelte den Kopf. »Sie sind Feinde der Mandan.«

Als wollten sie uns eine Gnadenfrist einräumen, machten die Dakota mehr als eine Meile entfernt halt. Einer stieß einen Ruf aus. Andere tauchten auf. Sie waren weiter entfernt, und einen Moment lang hoffte ich, diese neue Gruppe würde den ersten Trupp von uns ablenken. Sie ritten aufeinander zu. Doch dann stieß Pierre ein Zischen aus, und meine Hoffnung wurde zunichtegemacht. Selbst auf diese Entfernung erkannte ich das strahlende Scharlachrot von Red Jackets Uniformrock. Wir wurden gejagt, nicht von kanufahrenden Ojibwa, sondern von berittenen Dakota. Er war nach Westen gekommen, um neue Gefolgsleute zu rekrutieren!

»Sie haben unser Kanu gefunden und sind uns gefolgt«, erriet der Franzose.

Ich blickte nach Westen. Der Himmel verfinsterte sich erneut. Aber wo gab es ein Versteck in dieser endlosen Prärie?

Und warum war Red Jacket uns so weit gefolgt? Der Hammer. Lebten die Somersets noch und trieben ihn an? Ich sah sie nicht.

»Wie lautet dein Plan, Hexenmeister?«

»Vielleicht kann ich Red Jacket abknallen, und die anderen verschwinden dann.«

»Dakota verschwinden nicht.«

Donner grollte über die Prärie. Wieder betrachtete ich das aufziehende Gewitter. »Dann werde ich mir die Blitze zunutze machen. Schaut!« Gewaltige violette Gewitterwolken rasten auf uns zu wie angreifende Burgen, die höchsten Türme in strahlendem Weiß, die Unterseiten ein furchterregendes Schwarz. Der Regen oder Hagel war aus der Ferne wie ein durchscheinender Vorhang zu sehen. In der Gegenrichtung war es nach wie vor blau und hell. Es war, als stünden Tag und Nacht gleichzeitig am Himmel.

»Wir können das Gewitter nicht rechtzeitig erreichen!«, sagte Namida.

»Es wird uns erreichen. Sieh nur, wie schnell es näher kommt.« Die Geschwindigkeit des Sturms war allerdings beunruhigend. Dieses Gewitter war anders.

»Das ist Thor, der zu unserer Rettung kommt«, murmelte Magnus.

»Nein, es wird uns töten! Schaut!« Sie zeigte zum Himmel. Wieder hatte sich eine seltsame trichterförmige Wolke gebildet. Wie ein sondierender Finger streckte sie sich nach unten, berührte den Boden, und ein Wirbelwind aus Staub drehte sich um ihre hypnotisch kreisende Spitze. Dann schien sie abzuflachen und zu verschwinden.

»Was war das?«

»Ein Mörderwind, so schlimm wie der Menschen fressende Wendigo! Wir müssen davor fortlaufen!«

Ich blickte zu den Dakota. Sie hatten uns entdeckt, deuteten aber ebenfalls auf den Sturm. Ihre Pferde waren unruhig. Der Wind wehte jetzt kräftig, das Gras bog sich, und das Tageslicht verschwand rasch. In dem blauen Himmelskeil im Osten sah ich die Gruppe der vierzig berittenen Krieger eine Anhöhe erklimmen und haltmachen. Ihre Silhouetten erschienen vor dem Licht, und sie zögerten, sich auf uns zu stürzen.

»Nein! Wir müssen darauf zulaufen!«

»Bist du wahnsinnig?«, rief Pierre.

»Ich bin ein Hexenmeister! Komm, Magnus! Treffen wir uns mit Thor!«

Wir packten die Hände der Frauen, um sie mitzuziehen, und rannten vereint auf die Mauer des Sturms zu. Unsichere Schreie ausstoßend, erkannten die Dakota unsere Verwegenheit und prügelten in wilder Verfolgungsjagd auf ihre widerstrebenden Pferde ein.

Nun brüllte uns der Wind ins Gesicht, bewarf uns mit Sand und ließ dicke Regentropfen auf uns herabklatschen. Es war kalt, und der Lärm war ohrenbetäubend. Ein weiterer schwarzer Trichter berührte den Boden, dann noch einer. Donner krachte, und einen Moment lang blitzte die Prärie silbern auf. Das gesamte schlechte Wetter der Welt hatte sich für einen Augenblick hier versammelt! Hagelkörner begannen zu fallen, und der Wind verstärkte sich zu einem Heulen.

Ich schaute zurück und konnte schemenhaft erkennen, wie Red Jacket die anderen antrieb, durch den silbernen Vorhang zu stürmen. Unsere Verfolger verloren den Zusammenhalt, als einige zurückfielen.

Jetzt bildete sich direkt vor uns ein Trichter. Ein bedrohliches Phänomen, wie ich es noch nie gesehen hatte. In einem wirbelnden Mahlstrom aus Staub sog der Wind alles nach oben. Der Trichter torkelte auf uns zu wie ein Betrunkener.

Der Lärm wurde zum Kreischen. Namida und Little Frog weinten.

»Es wird uns alle töten!«

Mir fiel nichts anderes ein, womit ich Red Jacket hätte Angst einjagen können.

»Wir müssen dafür sorgen, dass es zwischen uns und die Indianer gerät!«

»Du Esel, es wird uns vom Boden hochsaugen!«

Aber uns blieb keine andere Wahl. Ich zerrte unsere Gruppe in eine Vertiefung des Präriebodens, ein trockenes Bachbett, das sich jetzt mit Hagelkörnern und Sturmwasser füllte, und platschte zu einer Spalte in der lehmigen Böschung. »Versteckt euch hier!« Ich blickte auf. Jetzt schien der Trichter bis zu den Sternen hinaufzureichen, ein riesiges, brüllendes, verschlingendes Ungeheuer von einer Wolke – die sichtbar gewordene Macht eines Gottes. Als der Trichter das Kreischen einer Sirene annahm, quetschten wir uns in unserer Lehmspalte zusammen.

Das schwarze Ding schien sämtliche Luft aufgesaugt zu haben.

Ich konnte kaum atmen, meine Ohren schmerzten und knackten. Der brausende Wind hatte ein grausiges, mahlendes Geräusch.

»Kriecht rein! Haltet euch fest! Schließt die Augen! Das ist Thor!«

Und dann, am Rand dieses schwarzen Trichters, auf dem Kamm des Horizonts zwischen Erde und Himmel, wo die Prärie um sich schlug, als wäre sie elektrisiert, sah ich da einen Elefanten?

Einen Beweis habe ich nicht. Ich habe nicht mal eine verbindliche Erinnerung daran. Aber irgendein riesiges Tier schien für einen Moment am Horizont aufzutauchen und den Himmel aus einem langen Rüssel anzutrompeten. Ein gewaltiger, trampelnder, haariger Turm von einem Untier mit gebogenen Stoßzähnen, der König der Prärie, Herr der Schöpfung, eine uralte Erinnerung an ein größeres Zeitalter in der Vergangenheit. Einen Augenblick lang sah ich einen Blitzstrahl auf seinem Elfenbein. Nur für einen Augenblick! Und dann wurde er von einem Regenvorhang verdeckt, und ich musste mich gegen die Grausamkeit anstemmen, auf die ich zugerannt war.

Wir klammerten uns zitternd aneinander. Die Welt löste sich in wirbelnden Staub auf, der schneller vibrierte als jede Maschine auf Erden. Ich spürte, wie er an unseren Beinen zerrte, und wir krallten uns an Erde und Graswurzeln, um nicht mitgerissen zu werden.

Ich riskierte es, meinen Kopf für einen raschen Blick zu drehen. Dort – am höchsten Punkt der wirbelnden schwarzen Wand –, zeigte sich da weit oben ein kleines Stückchen Blau des Himmels oder von Walhall?

Dann war es an uns vorüber. Blitze zuckten, Regen fiel sintflutartig herunter und ließ zischend das Eis schmelzen. Das kleine Bachbett war halb mit Wasser überflutet.

Keuchend krochen wir höher hinauf und wagten schließlich, den Kopf zu heben und nach dem Trichter zu schauen.

Er war fort. Der Tag ging von Schwarz in Grau über. Nach Osten zu, wo die Indianer gewesen waren, zuckten verästelte Blitze.

Wir waren so durchnässt, dass wir uns nur noch zusammenkauern konnten.

Langsam klarte das graue Licht wieder auf, noch während die Sonne den tintenfarbenen Vorhang, der sich nun östlich von uns befand, von hinten beleuchtete.

Und Red Jacket und seine Indianer? Von ihnen war weit und breit nichts mehr zu sehen.

»Sie sind geflohen, Ethan«, sagte Pierre verwundert. »Sie wussten, dass du ein Elektrizitätspionier bist, und sind um ihr Leben gerannt.«

Ich stand da und wünschte, Franklin hätte mir Kenntnisse in einem anderen Fachgebiet vermittelt.

36

Nun betraten wir ein Land, in das bisher kein weißer Mann einen Fuß gesetzt hatte, außer vor Jahrhunderten vielleicht ein paar graubärtige Nordmänner. Seit wir das Ohio County mit seinen gewaltigen Bäumen verlassen hatten, hatte sich die Landschaft immer weiter geöffnet, der Ausblick wurde breiter, der Himmel höher. Jetzt war der Eindruck eines endlosen, leeren Raums vollendet, die Welt schien auf die einfachsten Elemente von Erde und Himmel reduziert. Der Horizont wirkte gekrümmt, und die fernen Wolken schienen sich zu neigen. Dies war unser Planet *vor* dem Garten Eden. Die wenigen Bäume, die wir sahen, duckten sich in den gewundenen Senken, um sich vor dem unaufhörlichen Wind zu verbergen, und das Gras wogte wie Wellen in einem Ozean. Doch je verlorener wir drei weißen Männer uns fühlten, desto zuversichtlicher wurden Namida und Little Frog. Ihre Heimat konnte nicht mehr fern sein!

Sie hofften, und ich zweifelte. Amerika entrollte sich irgendwo vor uns ins absolute Nichts.

Damit sollte Napoleon etwas anfangen? Ich trat gegen schwarze und ungeheuer fette Erde. Vielleicht konnten Jeffersons Freibauern etwas daraus machen, aber für französische Imperialisten würde es wie die Wüsten Ägyptens sein. Es gab nicht mal Pelze.

Ich sah keine Elefanten mehr, keine Berge aus Salz, keine spuckenden Vulkane und keine verfolgenden Dakota. Die Prärie war wie leer gefegt. Nachts war unser glimmendes Feuer das einzige Licht auf der leeren Ebene. Die wahre Illuminierung kam von oben, Sterne, die wie Silber funkelten. Die Luft war kalt. Während Namida und ich sowie Pierre und Little Frog zuvor zusammengelegen hatten, drängten wir uns jetzt alle aneinander wie die Schafe. Ich wollte nicht hier draußen sein, wenn der erste Schnee fiel.

»Wie lange noch bis zum Wintereinbruch?«, fragte ich Pierre.

»Wir müssen uns beeilen. Fraglich ist nur, ob wir Zeit haben, dorthin zurückzukehren, wohin ihr wollt. Wo ist das, Hexenmeister?«

»Norwegen für Magnus. Washington und Paris für mich.«

»Und für den armen Pierre? Ich bin tausend Meilen von meinen Voyageur-Kameraden entfernt, ein ausgesetzter Pilger ohne Winterquartier.«

»Du kannst mit uns zurückkommen.«

»Kann ich das wirklich? Und Namida? Und Little Frog? Es ist nicht leicht, sich zwischen zwei Welten zu bewegen.«

Wir waren mehrere Tage gewandert, tiefer und tiefer hinein in die Plains, als wir eines Morgens aufwachten und feststellten, dass unser Voyageur verschwunden war.

In der frühmorgendlichen Stille brauchten wir einen Moment, um zu begreifen, dass Pierre fort war. Little Frog sagte etwas in ihrer Muttersprache zu Namida, und die beiden

Frauen liefen aus der Bodensenke, in der wir gelagert hatten, kamen wieder zurück und wurden immer beklommener.

Magnus und ich hatten ein mulmiges Gefühl. Unser Gefährte konnte sich davongeschlichen haben, um sich zu erleichtern, oder vielleicht hatte er Wild entdeckt. Aber die drei Gewehre waren noch dort, wo wir sie aneinandergelehnt hatten, und sein Wassersack war ebenfalls zurückgeblieben.

Wir konnten sehr weit sehen, aber entdeckten keine Spur von ihm.

»Pierre!« Unsere Rufe verhallten in der unermesslichen Weite der Prärie.

Stille.

»Pi-eeerrre!«

Der Wind gab uns Antwort.

»Er ist zu seinem Kanu zurückgekehrt«, sagte Magnus halbherzig. »Er hasste das Laufen.«

»Ohne Waffe? Und ohne ein Wort?«

Wir vier verteilten uns in alle Kompassrichtungen und gingen so weit, wie wir uns gegenseitig noch im Auge behalten konnten.

»Pierre!« Die Rufe verhallten.

Wir kamen wieder zusammen und frühstückten. Little Frog blickte kummervoll.

»Vielleicht kundschaftet er die Gegend aus«, versuchte es Magnus erneut.

Keiner antwortete.

»Letzte Nacht hat er bei uns geschlafen. Wie kann er einfach verschwinden?«

Ich nahm unser Lager näher in Augenschein. Ich bin kein Fährtensucher oder Grenzläufer, und wir hatten unseren kleinen Hügel zertrampelt, als wir Büffeldung gesammelt und Wasser aus einem nahe gelegenen Tümpel gesammelt hatten. Doch da – waren das Spuren im Gras, wo jemand auf uns zugekrochen war? Und dort? Und da drüben? Das Gras war in schlangenartigen Windungen auf unser Lager zu niedergedrückt.

Ich erschauerte. Männer waren unter uns gewesen, Männer mit Skalpiermessern, Männer, die von den Ojibwa als Schlangen verachtet wurden. Sie hatten einen von uns völlig geräuschlos verschleppt. Ich berührte meine Kehle. Warum war sie nicht aufgeschlitzt? Warum stürzten sie sich jetzt nicht auf uns?

»Jemand hat ihn geholt«, teilte ich den anderen mit. »Dakota.«

»Wir wären tot, wenn es nur Dakota gewesen wären«, sagte Namida. Zum ersten Mal, seit ich sie kannte, war sie wirklich verängstigt. »Irgendwas hat sich verändert. Das bösartige englische Paar ist nicht tot. Sie sind gekommen und haben ihnen befohlen, nur einen mitzunehmen.«

»Warum? Warum haben sie nicht uns alle gefangen genommen oder getötet?«

»Weil sie uns dorthin folgen wollen, wohin wir sie führen«, antwortete Magnus düster. »Sie werden Pierre foltern, um an Informationen zu kommen, und ihn zum Tausch gegen den Hammer anbieten. Sie sind Schlangen, die in unser Paradies wollen. Und wenn sie kommen, Ethan, wenn sie in das Geheimnis meiner Vorfahren eindringen, dann, mein Freund – dann steht uns Ragnarök bevor.«

»Was ist Ragnarök?«, fragte Namida. – »Die letzte Schlacht zwischen Göttern und Menschen«, erwiderte Magnus. »Das Ende der Welt.«

Der Präriewind wurde kälter.

»Pi-eeerrre!«

Wir sammelten unsere Sachen zusammen, eilten weiter und fühlten uns in der Leere von unsichtbaren Augen beobachtet.

Vor Eden das Fegefeuer. Vor Walhall die Hölle von Nilfheim.

Und genauso war es, als wir wider alle Erwartungen tatsächlich das Awaxawi-Dorf von Namida und Little Frog fanden. Es lag wie zusammengekauert in der Biegung eines namenlosen Flusses, der sich träge durch die westliche Prärie wand. Wir waren so weit von Orientierungspunkten oder Pfaden entfernt, dass ich einen Sextanten und ein Chronometer gebraucht hätte, um genau bestimmen zu können, an welchem Punkt der Erde wir uns befanden – vorausgesetzt, ich hätte mit solchen Instrumenten umgehen können. Aber Namida erkannte die fast unmerklichen Windungen und Erhebungen in der Prärie, die meinen Augen verborgen blieben, und wurde immer aufgeregter, als wir uns dem Dorf ihrer Kindheit näherten. »Schau! Dort ist die Senke! Sieh mal! Samen von einer Pappel! Hörst du? Der Ruf des Flussvogels!«

Von einem Felsvorsprung betrachtet, wirkte das Dorf darunter tatsächlich eher mittelalterlich als amerikanisch. Die Hütten waren mit Erde bedeckte Sodenkuppeln, umgeben von einer Palisade und einem trockenen Graben, über den ein Erddamm führte.

Das Tal war eine Oase. Wir sahen Felder mit Korn und Bohnen, die entlang dem Fluss von Baumgruppen durchsetzt waren. Aber als wir näher kamen, vernahmen wir keine Geräusche, nicht einmal Hundegebell. Namidas und Little Frogs Freude verwandelte sich in Besorgnis, als sich nichts bewegte.

»Irgendwas ist passiert«, flüsterte Namida.

Ein Mann lag ausgestreckt am Tor.

Wir gingen vorsichtig hinunter und blieben in sicherem Abstand stehen, um ihn zu mustern. Sein Bauch war aufgequollen, und aus seiner Haut waren kleine Pusteln hervorgebrochen, manche rot und eitrig. Sein Mund stand offen, die Augen starrten ins Leere.

»Die Blattern«, murmelte Magnus.

Die Frauen brachen in Tränen aus.

Wir konnten sehen, dass hinter diesem ersten Opfer noch weitere auf der festgestampften Erde innerhalb der Palisade lagen.

Eine Mutter mit entblößten Brüsten voller Pocken und mit ihrem toten Säugling auf dem Bauch, wo er nach Milch geschrien hatte, die nicht mehr floss. Ein alter Mann saß aufrecht, die Augen gegen das Entsetzen zusammengekniffen. Ein Krieger lag gekrümmt am Boden.

Die Blattern waren in Europa schon grausig genug, rafften Könige und Gemeine gleichermaßen dahin, aber in Amerika waren sie die absolute Geißel der Stämme.

»So sterben die Mandan«, sagte ich düster.

Zuerst das von Red Jackets Bande massakrierte Dorf im Waldland. Jetzt das. Die rote Rasse schien sich vor meinen Augen aufzulösen.

Namida und Little Frog waren vor Entsetzen und Furcht erstarrt. Sie trauerten mit erstickten Schluchzern um Verwandte, die tot sein mussten. Sie standen da wie angewurzelt, als hielte eine unsichtbare Wand sie davon ab, durch das offene Tor zu stürzen, und das war gut. Hineinzugehen wäre einem Todesurteil gleichgekommen.

»Magnus, halte die Frauen zurück. Diese Krankheit wird sie innerhalb von Stunden oder Tagen töten, wenn sie sich anstecken. Ich gehe hinein, um nachzuschauen, ob noch jemand am Leben ist oder ob ich die Tafel finden kann.«

»Hier geht es um meine Suche«, sagte er mit aschfahlem Gesicht. »Ich werde das Risiko auf mich nehmen.«

»Nein, ich bin geimpft.«

»Du bist was?«

»Mir wurde eine milde Form der Krankheit verabreicht, damit ich mir diese nicht holen kann.« Ich deutete auf den toten Torwächter. »Ein Engländer namens Jenner hat Menschen sehr erfolgreich mit Kuhpocken infiziert, und diese Behandlung kam in dem Jahr nach Frankreich, als ich im Heiligen Land war. Da ich in Ägypten und Italien gesehen hatte, was die Blattern anrichten können, beschloss ich letztes Jahr nach dem Marengo-Feldzug, es auszuprobieren. Und daher bin ich geimpft.«

»Wie funktioniert das?«

»Durch einen kleinen Schnitt in die Haut.« Ich zog mein zerlumptes Hemd von der Schulter. »Siehst du den Höcker?«

Der Norweger deutete auf meine Narbe, zog sich zum Damm zurück und zerrte die beiden Frauen mit. »Endlich zeigst du was von deiner Hexenkunst.«

Ich war mir nicht vollkommen sicher, ob die Impfung wirksam war, aber ich war schon vorher unter Blatternopfern gewesen und hatte mich nicht angesteckt. Wenn Red Jackets Indianer uns wirklich noch verfolgten und die Verwandten der Frauen tot waren, dann war alle Hoffnung auf Hilfe dahin.

Es war unerlässlich, unsere Mission so schnell wie möglich zu beenden. Wir mussten die Steintafel finden. Wir brauchten entweder einen Hinweis auf Thors Hammer oder einen Vorwand, die Suche abzubrechen.

Das Dorf zu betreten war grausig. Die Blattern rafften die Indianer rasch dahin, sie ließen die Menschen dort umsinken, wo sie gerade standen. Frauen waren an Trockengestellen und beim Weben umgestürzt. Zwei Männer waren an der Palisade gefallen, als hätten sie wie im Wahnsinn versucht, über den Wall zu klettern und zu fliehen. Ein Mädchen war ohnmächtig geworden, während es einen Wasserkrug trug, der zerschellt war. Überall stank es nach Exkrementen und Fäulnis, der süßliche Geruch eines triumphierenden Todes.

Da war *doch* ein Geräusch, merkte ich – das schaurige Summen von Fliegen.

Im Inneren der Hütten kam das einzige Licht von der Tür und dem Rauchabzug, aber das reichte aus, die Apokalypse zu bestätigen. Leichen lagen zusammengekrümmt an den Wänden, als wären sie vor den Lichtstrahlen zurückgeschreckt. Alle waren mit abscheulichen Pusteln bedeckt, die Münder aufgesperrt für einen letzten Atemzug, die Augen starr, Finger und Zehen vor Schmerzen verkrallt.

Von einer Steintafel war jedoch nichts zu sehen. Systematisch drehte ich jedes Fell und jede von den Handelsposten ausgegebene Decke um, stocherte in jedem unterirdischen Kornspeicher herum und fand nichts. Mein Herz hämmerte vor Beklommenheit. Ich schwitzte, nicht vom Fieber, sondern vor Angst.

Ich wollte meine makabere Suche schon aufgeben, als ich schließlich eine krächzende Stimme aus der vom Dorftor entferntesten Hütte vernahm. Ein Überlebender? Ich kroch erneut in die Behausung und merkte, dass ein alter Mann, den ich an einer Rückenstütze im Schatten hatte lehnen sehen und für tot gehalten hatte, tatsächlich noch schwache Lebenszeichen von sich gab. Durch seine Magerkeit wirkte er wie ein Skelett. Er war mit Pusteln bedeckt, hatte seltsam helle Augen, langes graues Haar und – äußerst ungewöhnlich – einen dünnen Bart. Er sah wie ein Häuptling oder Ältester aus, daher suchte ich seine Umgebung rasch ein zweites Mal ab, während er stöhnte und etwas in seiner Sprache murmelte.

Ich fand aber weder eine Steintafel noch sonst etwas Außergewöhnliches. Trotzdem, vielleicht war er ja Namidas Medizinmann. Konnten die Frauen ihn befragen? Ich legte den Stöhnenden auf ein Büffelfell, wobei mich eine Gänsehaut überlief, als ich seine infizierte Haut berührte, und zog ihn grimmig hinaus ins Sonnenlicht. Er kniff die Augen zu und wimmerte wie ein Kind, aber ich wusste nicht, was ich sonst hätte tun sollen. Ich zog ihn über den festgestampften Boden des Dorfes und an dem toten Torwächter vorbei.

Dann rief ich meine Begleiter.

»Namida! Ich habe jemanden gefunden, der noch am Leben ist!«

Sie eilte herbei, aber ich hielt sie mit dem Arm zurück. »Vergiss nicht, er kann dich krank machen.«

»Das ist Yellow Moon«, sagte sie, die Augen feucht vor Kummer. »Er ist so alt, dass ich geglaubt hätte, er würde als Erster sterben. Stattdessen ist er der Letzte. Er ist der Medizinmann.«

»Frag ihn, was passiert ist.«

Die Unterhaltung war stockend, der alte Mann rang keuchend nach Luft. »Einige Männer aus dem Dorf gingen an den Missouri, um Pelze zu tauschen. Als sie mit Decken vom Handelsposten zurückkamen, wurden alle krank.«

»Hat er noch die Tafel mit der Schrift?«, fragte Magnus.

»Die Männer, die getauscht hatten, starben als Erste. Er hat versucht, Medizin zu machen, aber ...«

»Die Tafel!« Die Hände des Norwegers klammerten sich um den Schaft seiner Axt.

Namida wiederholte die Frage.

Die Worte des Medizinmannes waren nur noch ein Röcheln. Er wurde zusehends schwächer. Ich kam mir wie ein Folterknecht vor, ihn so in der hellen Sonne zum Sprechen zu zwingen.

»Als alle zu sterben begannen, hat er den Stein in eine Höhle am Fluss gebracht. Jemand, oder etwas, bewacht ihn.« Sie beugte sich vor, um besser hören zu können, und ich hielt sie fest, weil ich befürchtete, die Krankheit könnte irgendwie von ihm auf sie überspringen. »Dakota wurden dort in der Nähe gesehen. Ein Mann in einem roten Rock.«

Ich fluchte leise. »Welche Höhle?« – »Er sagt, du hättest die Macht der Geister, weil du keine Angst hattest, in das kranke Dorf zu kommen.«

»Hat er Pierre gesehen? War er bei Red Jacket?«

Aber der alte Mann war tot. Ich erschauerte, fühlte mich selbst wie ein Pestbote. Die wellige Ebene um uns herum mit dem braunen Gras und dem niedrigen Fluss wirkte plötzlich bedrohlich. Es war schon spät im Jahr, und Pierres Verschwinden hatte mich erschüttert. Das erinnerte mich an Talmas Verschwinden in Ägypten und seinen Kopf, der in einem Krug überbracht wurde.

Alles ging schief.

37

Von welcher Höhle hat er gesprochen?« Mir ist es zuwider, in Bauten unter der Erde herumzustochern. Aber das scheint mit einer Schatzsuche stets Hand in Hand zu gehen.

»In den Böschungen des Flusses gibt es einige«, erwiderte Namida. »Vögel und Tiere benutzen sie als Nester, Kinder spielen darin.«

Wir gingen hinunter zu dem trägen Gewässer, das zurück nach Osten floss. Flussabwärts, hinter einem Gehölz aus uralten Pappeln, schnitt der Wasserlauf einen schmalen Spalt durch fest verbackenen Lehm und Kies und erzeugte steile Böschungen. Die Oberfläche war übersät von Löchern und Höhlen, manche so klein wie Schwalbennester und andere groß genug, dass man darin ein Picknick veranstalten konnte. Unser toter Informant hatte nicht erklärt, welche der Kammern er benutzt hatte, aber alle bis auf ein halbes Dutzend waren entweder zu klein zum Hineinkriechen oder so breit, dass sie als Versteck nutzlos waren.

Vorsichtig betrachtete ich die Eingänge derjenigen, die mir am geeignetsten schienen. »Gibt es hier Schlangen?«, fragte ich Namida.

»Ja.«

»Ich mag keine Schlangen.« Oder Feuer, Schüsse, Prügeleien, Schwertkämpfe, rachsüchtige Frauen und maßlos ehrgeizige Vorgesetzte, aber es bestand keine Notwendigkeit, eine Liste aufzustellen. Was ich damit meinte, war deutlich genug.

»Elfenschätze wurden von Drachen beschützt«, sagte Magnus hilfsbereit.

»Vielen Dank für diese Information, Mr Blodhammer. Und falls er nicht über einen Drachen verfügte, frage ich mich, wieso unser Freund, der Medizinmann, einen so offensichtlichen Ort wie diese Höhlen verwendet hat.«

»Er lag im Sterben. Wie viele Möglichkeiten blieben ihm da?«

»Was ist ein Drache?«, fragte Namida.

»Eine große Schlange.«

»Dann suchen wir uns einen Stock und stochern.« Also schnitten wir uns einen Ast ab und fuchtelten damit in jedem Eingang herum, bevor wir uns hineinbegaben. Tatsächlich fanden wir dabei ein Klapperschlangennest, das aber zum Glück nichts bewachte.

Bei der letzten Höhle reichte unser Stock nicht bis zum Ende. Sie hatte einen fassförmigen Eingang und wies Kratzspuren auf, als wäre etwas Schweres über den Boden geschleift worden. »Das scheint sie zu sein«, meinte ich. Diese Höhle war tief und, wie ich annahm, vollkommen dunkel. Ich zögerte.

»Ich geh rein«, sagte Namida. »Ich hab als Kind in diesen Höhlen gespielt.«

»Aber der alte Mann erzählte etwas von einem Wächter, nicht wahr?«

»Die Tafel gehört mir«, sagte Magnus. »Tretet beiseite. Wenn es dort einen beschrifteten Stein gibt, dann habe ich die Muskelkraft, ihn herauszuziehen.«

»Willst du meine Büchse haben?«

»Nein, danke. Eine Axt muss man nicht nachladen.«

Also kroch er auf dem Bauch hinein, während er sein enormes Kriegsbeil vor sich herschob wie einen Blindenstock. »Drinnen ist die Höhle größer!« Seine Mokassins wackelten, verschwanden, und dann war es still.

Namida hockte sich plötzlich hin und musterte etwas am Boden.

»Hast du etwas gefunden?«, rief ich in den Eingang der Höhle hinein.

»Gestank«, kam es von Magnus zurück. »Und noch etwas.«

»Zischt es?«

»Nein, eine Steinplatte, und schwer.« Er grunzte. »Hilf mir mal.«

Schluckend bückte ich mich, um ihm zu folgen.

»Bärenkot«, sagte Namida hinter mir.

Und dann ertönte ein Brüllen.

Ich hatte schon einige beunruhigende Geräusche in meinem Leben gehört, doch dieses tiefe, wilde Dröhnen erschien mir urzeitlich. Ich hatte nicht gewusst, dass die Natur fähig war, ein solches Gebrüll zustande zu bringen! Ein Krachen drang aus dem Eingang, ein tierisches Brüllen, ein gewaltiger menschlicher Schrei und dann ein Knurren, als etwas mit einem dumpfen Schlag getroffen wurde.

»Magnus!« Ich spannte meine Büchse.

Der Eingang der Höhle explodierte.

Blodhammer kam als Erster. Er überschlug sich rückwärts, wie von einem Katapult abgeschossen. Die harte Erde um den Eingang zerstob wie Schrapnell, und Kies flog in alle Richtungen, während Magnus hinab zum Fluss schlidderte. Seine Arme hatte er um etwas Massives und äußerst Schweres geschlungen. Seine Axt trudelte davon wie ein Garnknäuel.

Hinter ihm stürzte der größte Bär heraus, den ich je gesehen hatte, größer als Bären meines Wissens überhaupt werden konnten. Das Tier war unglaublich massig, von einem herrlichen Goldbraun, der gekrümmte Rücken muskelbepackt. Die Pfoten schlugen Funken, als Klauen von der Größe arabischer Dolche über den Boden kratzten. Um seinen Hals war eine kräftige, aus Leder geflochtene Schnur geschlungen. Seltsam. Das also war der Wächter! Die Frauen kreischten, ich schrie und hatte kaum Zeit, zu zielen und meine Büchse abzufeuern.

Fell und Muskeln zuckten, als die Kugel eindrang, und dann ging das Tier mit aufgrissenem Maul und fliegendem Speichel auf mich los.

Tja, jetzt wusste ich, warum die Höhle zum Versteck geworden war. Der alte Medizinmann hatte sich den Bau eines Grizzlybären ausgesucht! Das Ungeheuer musste irgendwie in der Höhle betäubt und festgebunden worden sein, bis es von einem gewissen Magnus Blodhammer geweckt wurde. Es hatte die daumendick geflochtene Lederschnur einfach wie einen Bindfaden durchgerissen.

Dann war das Monster über mir, es stank widerlich, und vor Verzweiflung rammte ich ihm meine Büchsenmündung ins Maul. Der Schmerz lenkte es ab, daher verfehlte mich seine Pranke, als es damit ausholte. Es würgte an meiner

Waffe, schüttelte verwirrt den Kopf, entriss sie dann meinem Griff und schleuderte sie weg. Ich schlug mit meinem Tomahawk zu und traf eine Keule, doch das war so wirksam wie ein Bienenstich.

Ich bereitete mich auf mein Ende vor. Um mich herum war nur Fell, Moschus, Staub und dieses ohrenbetäubende Brüllen, das mir beinahe das Trommelfell sprengte. Der Bär war hundertmal stärker als ich.

Doch dann brüllte das Tier noch lauter und richtete sich auf die Hinterläufe auf.

Namida hatte Magnus' Axt aufgehoben und sie im Rücken des Grizzlybären versenkt.

Der Bär knurrte und wand sich, um an das Folterinstrument zu gelangen. Seine Muskeln wellten sich, die Klauen fuchtelten danach, konnten es aber nicht erreichen. Blut spritzte.

Little Frog warf schluchzend Steine auf das Tier.

Der Bär ließ von mir ab und schlurfte auf allen vieren zu diesen neuen Plagegeistern.

Irgendwie konnte ich mich aufraffen und auf meine Büchse zukriechen. Ich überlegte, wie ich sie am schnellsten laden konnte.

Dann stürmte Magnus mit einem Wikingerschrei die Böschung wieder herauf. Er hielt etwas Großes und Schweres über seinem Kopf, wuchtete es grunzend hoch und knallte dann mit aller Kraft eine Steintafel auf den Kopf des Tieres. Ein Schädelknochen knackte hörbar, und der Grizzly sackte mit einem Wuffen zusammen. Er knurrte benommen von einem Schlag, der das Hirn eines normalen Tieres völlig zerquetscht hätte.

Ich griff nach meiner Büchse, rollte mich hoch und zog den Ladestock heraus, um sie zu laden.

Dann flitzte Namida herbei, zog die Axt mit einem Ruck aus dem Rücken des Bären und warf sie Magnus zu. Er fing die Waffe schreiend und mit einem vor Wut und Erschöpfung entstellten Gesichtsausdruck auf, holte aus, zielte und schlug zu.

Nie hatte ich einen so sauberen und herrlichen Schlag gesehen, Stahl von der Breite eines ganzen Fußes, der in den Rücken des Bären sank und seine Wirbelsäule durchtrennte. Die gewaltigen Beine des Tieres wurden schlaff, als wären Kabel durchtrennt worden. Es sackte auf den Bauch und blickte mich fassungslos und traurig an.

Mit zitternden Armen lud ich trotzdem weiter, zur Sicherheit.

Ein letztes Knurren rumpelte aus der Kehle des Bären, dann verlosch endlich das Feuer in seinen Augen. Die Steintafel lag schwer auf dem Bärenschädel, und Blodhammers Axt ragte aus dem Fell.

»Bei den Hörnern des Minotaurus«, keuchte ich. »Warum bist du in der Höhle nicht ausgeweidet worden?«

»Ich packte die Tafel, bevor er wach wurde, und wehrte damit seinen ersten Prankenhieb ab. Dann hat er sich von irgendwas losgerissen und mich durch den Eingang hinausgestoßen. Er hatte die Kraft von zehn Männern, Ethan. Er besaß den Mut des Thor!«

»Und Thor hat uns beinahe zum Abendessen verspeist. Deine verdammte Tafel hat uns das Leben gerettet.« Die Platte lag wie ein Grabstein auf dem Schädel des Bären. »Schauen wir uns an, was wir da gefunden haben.«

Magnus zog die Tafel herunter und drehte sie um. »Das sind die magischen Zeichen!«, rief Namida. Ich nahm mir vor, dem Mädchen eine Halskette aus den Klauen zu fertigen. Es ist immer weise, das Beste aus einer schlimmen Situation zu machen, pflegte Ben zu sagen, und Frauen lieben Schmuck.

Unterdessen fuhr Magnus mit dem Finger an den eingemeißelten Linien entlang, murmelte vor sich hin und blickte mich dann triumphierend an.

»Nordische Runen!«

38

Mit meiner Büchse als Messlatte schätzte ich die Tafel auf einunddreißig Zoll in der Länge, sechzehn Zoll in der Breite und einen halben Fuß in der Höhe. Sie wog mindestens zweihundert Pfund. Kein Wunder, dass sie den Bären überwältigt hatte! Die Hälfte der einen Seite war glatt und mit seltsamen Buchstaben bedeckt, wie ich sie noch nie gesehen hatte: anders als unser eigenes Alphabet, die ägyptischen Hieroglyphen oder die fremdartige Schrift aus dem Buch des Thoth. Die Zeichen waren grob gemeißelt und nicht sehr tief. Hätte das Artefakt auf einer Kuhweide gelegen, wäre ich vermutlich daran vorbeigegangen, ohne es zu bemerken.

»Was meinst du mit nordischen Ruinen?«, fragte ich.

»Runen«, erklärte Magnus und buchstabierte das Wort. »Nordische Inschriften aus der Wikingerzeit und dem Mittelalter. Das hier nennen wir einen Runenstein. Die Wikinger und andere meißelten diese Inschriften in Stein, um an ein wichtiges Ereignis zu erinnern, sich besonderer Taten zu rühmen, Eheschließungen und Nachkommen aufzuzählen, religiöse Überzeugungen kundzutun oder von einer Reise zu berichten. In Skandinavien gibt es Tausende davon. Wenn diese Indianer einen solchen Stein haben, dann beweist es,

dass mein Volk hier war.« Er blickte sich großspurig um. »All das hier gehört Norwegen!«

Ich blickte auf den toten Bären. »Du kannst es haben. Und der Stein sagt uns, wohin wir gehen müssen?«

»Vielleicht, wenn er von den Männern, die Thors Hammer hatten, gemeißelt wurde. Lass es mich übersetzen.«

Die Frauen hatten sich bereits über den Bären hergemacht. Die Tatsache, dass wir beinahe verspeist worden waren, schien schon vergessen. Sie betrachteten das tote Tier als eine Gelegenheit für ein unverhofftes Festmahl. Indianer sind die vernünftigsten und praktischsten Menschen, die ich kenne.

»Vergiss nicht, die Klauen aufzuheben«, rief ich Namida zu. »Sie eignen sich als Talisman.«

»Schau, auf der Seite des Steins steht noch mehr geschrieben«, sagte Magnus.

»Ziemlich langatmig für jemanden, der das alles einmeißeln muss, oder?«

»Ein geschickter Runenmetz würde dafür nicht sehr lange brauchen. Manche Menschen möchten, dass ihre Worte überdauern.« Er kritzelte eine Übersetzung in den Staub. Schließlich begann Magnus vorzutragen: »›Acht Gotländer und zweiundzwanzig Norweger auf Entdeckungsfahrt von Vinland, sehr weit im Westen‹«, las er und hielt inne. »Vinland ist das Land, das sie an der Ostküste Kanadas fanden, daher muss der Schreiber meinen, dass sie von dort sehr weit nach Westen gekommen sind.«

»Genau wie wir. Lies weiter.«

»›Wir lagerten bei zwei felsigen Inseln eine Tagesreise im Norden von diesem Stein. Wir waren einen Tag lang fischen.

Als wir zurückkamen, fanden wir zehn Männer rot von Blut und tot. AVM erlöse uns von dem Übel.‹«

»Das AVM ist in lateinischen Buchstaben«, bemerkte ich.

»Ave Maria, nehme ich an. Gegrüßet seist du, Maria. Vergiss nicht, sie waren Christen, zumindest teilweise. Katholiken, in jener Zeit. Die alten Runen wurden durch die neuen Buchstaben abgelöst.«

»Tja, auf dieser Prärie gibt es keine felsigen Inseln. Dieser Stein wurde offensichtlich von seinem ursprünglichen Ruheplatz verlegt. Erbeutet von den Dakota, wie Namida sagte, die ihn wiederum von wer weiß wem erbeuteten.«

»Wahrscheinlich meinen sie eine Insel in einem See«, stimmte Magnus zu, »aber die könnte in allen möglichen Richtungen liegen. Und das hier steht auf der Seite des Steins: ›Haben zehn Mann am Meer, um über unsere Schiffe zu wachen, vierzehn Tagesreisen von dieser Insel. Jahr 1362.‹«

»Jahr 1362? Ist das nicht die Zeit, aus der deine Templerkarte stammt?«

»Glaubst du mir jetzt, Ethan?«

Hinter einem Schatz herzujagen ist das eine, doch es ist etwas ganz anderes zu glauben, dass man tatsächlich die Chance hat, ihn zu finden. Ich wurde aufgeregt. »Aber warum?«

»Ich hab's dir doch gesagt«, erwiderte er geduldig. »Thors Hammer. Meisterhafte Zwergenkunst im Schmiedehandwerk während des längst vergangenen Goldenen Zeitalters.«

»Zwergenkunst?«

»Die Zwerge Eitri und Brokk schmiedeten den Hammer des Thor in den Essen ihrer Höhlen. Sein einziger Mangel war der zu kurze Schaft, weil Loki in Gestalt einer Fliege Brokk ins Augenlid stach.«

Mir tat es schon leid, überhaupt gefragt zu haben. »Und wie finden wir den Hammer?«

Er ließ sich, erschöpft von seinem Kampf mit dem Bären, zu Boden plumpsen. »Ich weiß es nicht. Wenn der Stein fortgeschafft worden ist, bedeutet die Angabe der vierzehn Tagesreisen vom Meer wenig.«

»Schlimmer als das. Wir haben Monate gebraucht, um hierherzukommen. Vierzehn Tagesreisen vom Meer bedeutet, dass der Ort tausend Meilen zurück im Osten oder Norden liegt, nicht wahr? Wir sind nicht mal in der Nähe deines Hammers, wenn das hier von denselben Nordmännern eingemeißelt wurde.«

»Oder in der Nähe von Eden.«

Plötzlich sah er so niedergeschmettert aus, dass er mir leidtat, und ich mir noch mehr. Noch vor einem Augenblick hatte ich mir hochfliegende Hoffnungen auf Wikingerbeute gemacht. Jetzt waren sie zerstört! »Wir sind müde, Magnus.«

Er antwortete nicht.

»Falls die Somersets wirklich noch leben, jagen sie jetzt genauso vergeblichen Träumen nach.«

Er starrte traurig auf den Runenstein.

»Also.« Hier saßen wir in einer auf keiner Karte verzeichneten Wildnis, neben einem toten Bären und einem von einer Seuche ausgelöschten Dorf, vermutlich verfolgt von einer Menge rothäutiger Wilder und einem rachsüchtigen Paar perverser Engländer, mehr als tausend Meilen von jeder Zivilisation entfernt und mit äußerst wenig Nahrungsmitteln, Kleidung, Waffen, Schießpulver oder Orientierungssinn. Unsere einzigen Verbündeten waren zwei Indianerfrauen, die gierig Bärenleber brieten und nicht die geringste Aufmerksamkeit darauf verwandten, wachsam zu sein. Unser einziger Hinweis wog zweihundert Pfund.

Mit anderen Worten, es war der übliche Schlamassel, in den ich geriet, mit der üblichen zweifelhaften Gesellschaft. Ich ging hinunter, um mich im Fluss zu waschen, und wünschte, auch dieses Indianervolk hätte sich das Pferd zunutze gemacht, damit ich wie der Teufel von hier fortgaloppieren konnte. Die Mandan waren jedoch sesshafte Bauern. Ich wünschte, ich würde einen Vulkan sehen oder einen Berg aus Salz oder wenigstens irgendwas, von dem ich dem gespannt wartenden Thomas Jefferson berichten konnte.

Und dann rief Magnus.

Ich rannte mit meiner Flinte zu ihm, aber er zeigte nur auf den Stein. »Ich hab's, ich hab's, ich hab's!«, schrie er und führte einen täppischen Stampftanz auf, der bei den Norwegern wohl als Gigue durchging. Nun ja, niemand hatte Ballett je mit Wikingern in Verbindung gebracht.

»Bei Jupiter, was hast du?«

»Das ist ein Code, Ethan, eine Geheimschrift, wie du gesagt hast!« Er zeigte auf verschiedene Stellen. »Einige dieser Buchstaben haben seltsame Markierungen wie Punkte oder Schrägstriche. Zuerst hab ich nicht verstanden, warum das so ist. Aber wenn du die ersten sieben auf diese Weise markierten Buchstaben nimmst, weißt du, was man dann lesen kann?«

»Magnus, ich kann überhaupt keine Runen lesen.«

»Gral thar!« Sein Jubelschrei war laut genug, um einen Turm einstürzen zu lassen. Wenn Red Jacket auch nur eine

Wegstunde entfernt war, konnte ihm das kaum entgangen sein.

»Brüll nicht so!« Misstrauisch beäugte ich die Uferwände. »Ist das was Gutes?«

»Es bedeutet ›Gral‹! Und die nächsten Zeichen sind Zisterzienser-Symbole für Weisheit und den Heiligen Geist. Es bedeutet ›Ihr Gral, Weisheit und Heiliger Geist‹.«

Jetzt überlief mich ein Schauder. Ich hatte das Wort »Gral« schon früher gehört, in Ägypten und im Heiligen Land, und wie der Name des heiligen Bernhard hallte dieses Wort immer wieder durch mein Leben. Hier sollte es sein, auf einem Felsen mitten im Dakota-Territorium? Je älter ich wurde, desto seltsamer schien das Leben zu sein. Zeichen und Omen drängte sich ständig in ein ehemals angenehm einförmiges und erfreulich sinnloses Dasein hinein. »Aber was bedeutet das?«

»Dass diese Männer den Gral, der ihre heilige Mission war, hier hinterließen oder fanden. Und wenn die Karte, die ich von Gotland mitgebracht habe, echt ist, dann ist dieser Gral der Hammer, der an den Ort gebracht wurde, wo die Flüsse nach Norden, Süden, Osten und Westen fließen.«

Ich blickte auf die braunen, ausgewaschenen Steilufer. »Wir sind nicht in Eden, Magnus.«

»Nicht hier, sondern dort, woher der Runenstein kam. Wohin sie den Hammer brachten und wo sie vermutlich eine Kolonie gründen wollten. Aber Dämonen suchten dieses Land bereits heim, Feinde, die zehn Männer rot von Blut und tot zurückließen. Oder Krankheit, wie wir sie in dem Dorf angetroffen haben. Es war ein Eden, das geschändet werden konnte. Ein Eden, in dem es die Schlange gab.«

»Magnus, du deutest eine ganze Menge in diese kryptische Tafel hinein.«

»Wenn sie von Meer sprechen, meinen sie nicht den Ozean«, beharrte mein Gefährte. »Kein Indianerstamm würde diesen schweren Steinblock über eine solche Entfernung schleppen, und er entspricht auch nicht dem Hammersymbol auf meiner Karte. Nein, das, wonach wir suchen, muss ganz in der Nähe sein, vierzehn Tagesreisen von zwei ›Meeren‹ bis zu einem Ort nicht weit von hier.«

»*Welche* Meere?« Der Mann war völlig verrückt geworden.

»Lake Superior, zum einen. Namida!« Er wandte sich an die Frauen, die das Feuer schürten. »Wohin kommt man, wenn man vom Lake Superior, wo wir gefangen genommen wurden, zwei Wochen lang nach Westen reist?«

Sie zuckte mit den Schultern. »Das kommt auf die Route und das Kanu an. Irgendwo weiter östlich.« Sie deutete dorthin zurück, von wo wir gekommen waren.

»Siehst du.« Er blickte mich mit glänzenden Augen an. »Und vierzehn Tagesreisen südlich vom Lake Winnipeg, dem riesigen See im Norden, in den der Red River mündet. Das ist ebenfalls östlich von hier. Wir mussten so weit nach Westen kommen, um diese Tafel zu finden, Ethan, aber ich würde darauf wetten, das sie in dem von Seen durchzogenen Wald- und Prärieland entdeckt wurde, diesem weißen Fleck auf meiner mittelalterlichen Karte mit Thors Hammer. Zieh eine Linie für eine zweiwöchige Reise nach Westen vom Lake Superior oder nach Süden vom Lake Winnipeg, und du kommst an die Stelle, wo auf der Karte der Hammer eingezeichnet war – und dort werden wir ihn finden!«

»Den Gral?« – »*Einen* Gral, einen der Schätze der Tempelritter: den Hammer.« Er nickte. »Es wird ein Zeichen geben, das uns leitet, denn es ist uns bestimmt, Thors Waffe zu finden, genauso wie es uns bestimmt war, diese Steintafel zu finden. Warum hätten wir sonst so viel Erfolg?«

»Erfolg?« Was war er doch für ein Optimist! Wenigstens wollte er zurück nach Osten.

»Als Pierre verschwand, fürchtete ich, die Götter hätten uns verlassen. Und doch sind sie hier, führen uns genauso sicher, wie die Feuersäule Moses geführt hat.«

»Magnus, ich glaube nicht, dass sich einer von uns beiden als Moses eignet. Und ich glaube auch nicht, dass sich Moses mit heißhungrigen Bären herumschlagen musste.«

»Das war nur eine Prüfung. Wir haben jetzt die Aufgabe, nach unserer eigenen Feuersäule Ausschau zu halten, Ethan. Irgendwo gibt es ein Zeichen, das auf Thors Hammer deutet.«

Magnus bestand darauf, die Steinplatte mitzunehmen.

»Sie wiegt mehr als Little Frog!«

»In der Botschaft könnte ein Geheimnis liegen. Hast du nicht ein antikes Buch gefunden und es anhand von Hinweisen entziffert, die in eine alte Steintafel gemeißelt waren? Gerade du solltest den Wert von dieser hier erkennen.«

Er meinte das Buch des Thoth, das ich mithilfe des Steins von Rosetta entziffert hatte. Aber meine einzige Großtat hatte darin bestanden, den wichtigsten Teil des Steins in die Luft zu sprengen. Ich hatte meine Gründe.»Ich hab den Stein nicht mitgeschleppt«, betonte ich. »Ich habe ihn auf den nackten Rücken meiner Geliebten abgepaust.« Ich beäugte Namida und überlegte, wie ihre Haut wohl mit aufgemalten Runen aussehen würde. Diese ganze Episode mit Astiza war doch recht erotisch gewesen.

»Nun ja, das hier ist ein felsenfester Beweis, dass mein Volk schon vor den Spaniern, Franzosen oder Engländern hier war, und wir pausen nichts ab. Wir werden ihn der Welt präsentieren, sobald wir den Hammer haben, zu dem uns die Tafel führen wird. Wir werden so bedeutend wie Kolumbus sein. Norwegen wird Nordamerika für sich beanspruchen und seinen Platz als eine der größten Mächte der Welt einnehmen.«

Das bezweifelte ich. Die Menschen mögen es nicht, wenn man Bestehendes verändern will. Sie hassen es, wenn man ihre vorgefassten Meinungen infrage stellt. Wer Erfolg haben will, erzählt den Leuten, was sie bereits glauben. Revolutionäre werden gekreuzigt. Oder Schlimmeres.

»Wir können diese Türschwelle nicht tausend Meilen tragen, Magnus.«

»Wir werden sie in Schlepptau nehmen«, erwiderte er forsch, nun ganz geschäftsmäßig. »Dieser Fluss scheint nach Osten und Süden zu fließen, genau in die Richtung, in die wir müssen. Im Dorf gab es einen Einbaum aus Pappelholz, der groß genug ist für uns vier, und für den Stein können wir ein Floß bauen. Wir werden den Hammer finden, den Mississippi hinabfahren und das alles in Oslo veröffentlichen!«

»Geht das nicht an einem etwas wärmeren Ort wie Paris oder Neapel?«

Aber Magnus gab bereits Anweisungen. Little Frog begann den Bären zu häuten, Namida zog los, um Weidenruten zu schneiden, und Magnus dröselte die Lederleine auf, die den Bären zurückgehalten hatte. »Hol du das Kanu«, wies er mich an.

Ich fand das Fahrzeug, das er entdeckte hatte. Die tote Siedlung über dem Flussufer kam mir trauriger vor denn je. Ich dachte darüber nach, dass der Zeitpunkt dieser Seuche auf sehr verdächtige Weise mit unserer Mission zusammenfiel. Die Somersets könnten erraten haben, dass wir uns zu Namidas Heimatdorf aufgemacht hatten. War es irgendwie gelungen, einen ansteckenden Wirkstoff zu einem Handelsposten am Missouri zu befördern, wo sich diese Indianer leicht infizieren würden, um zu verhindern, dass sie uns zu Hilfe kamen? Waren wir ungewollt für dieses Massensterben verantwortlich?

Wieder ließ ich meinen Blick über die umliegenden Höhenrücken wandern. Ich hatte das Gefühl, beobachtet zu werden. Aber sie waren leer wie eine Weinschenke in Mekka. Ich paddelte mit dem Kanu zurück.

Das dreckige Bärenfell war sauber geschabt und über einen runden Rahmen aus zusammengebundenen Weidenruten gespannt. Das Ergebnis sah aus wie ein übel riechender konkaver Schild von von vier Fuß Durchmesser, die Säume waren mit Bärenfett wasserdicht gemacht.

»Sieht aus wie das Coracle, mit dem ich von der Feuerwerksinsel in Mortefontaine gepaddelt bin!«

»Genau«, sagte Magnus. »Ein walisisches Boot, so primitiv wie kaum ein anderes, und doch schnell herzustellen und einfach zu manövrieren. Ist es nicht merkwürdig, dass diese eingeborenen Frauen eine Bootsform kennen, die Tausende Meilen entfernt in Gebrauch ist?«

»Du glaubst, die Waliser haben diese Idee mitgebracht?« – »Ich weiß, dass wir nicht die ersten Weißen hier sind. Wir haben unsere fernen Vorfahren gefunden, Ethan Gage, und irgendwo da draußen ist der Ort, dessentwegen sie herkamen.«

»Dein sogenanntes Eden.«

»Nabel der Welt, heiliges Ort, Mittelpunkt der Erde. Für manche das Paradies, für andere das Fegefeuer. Es nimmt die Form an, die der Suchende erwartet.«

»So schwer zu erreichen wie das Ende des Regenbogens.«

»Wo Gold auf uns wartet.« Er zwinkerte mir mit seinem gesunden Auge zu, und für einen kurzen Moment sah ich ihn als ruhelosen Odin, der die Welt auf der Suche nach Weisheit und Abenteuer durchstreift.

Das Coracle hüpfte im Wasser, bis es vom Gewicht des Steins stabilisiert wurde, und dann schwamm es wie eine Fregatte. Magnus benutzte den Rest des Lederbandes als Schleppleine. Wir legten von dem traurigen Dorf ab und ließen den großen Bären als ausgeweideten Haufen unter den im Präriewind raschelnden Pappeln zurück. Die Strömung trug uns nach Südosten.

Ich gestattete mir einen Funken Hoffnung.

Wir folgten dem Fluss. Namida sagte, einige der Trapper würden ihn den Sheyenne nennen. Er wand sich durch tief liegende Niederungen mit Baumbestand, vom Wasser überfluteten Inseln und sumpfigen Wiesen. Auf den umliegenden Höhenrücken wuchs nur Gras. Ich fürchtete mich vor Red Jacket, aber alles Menschliche schien weit weg. Unsere Reise kam mir immer unwirklicher vor, als glitten wir tatsächlich in eine mythische Zeit. Unser Tal wurde von einem tiefblauen Himmel überdacht, und die herabtrudelnden verfärbten Blätter erinnerten an die Rosenblätter in Mortefontaine. Große Gänsescharen rauschten in ihren Pfeilformationen laut schnatternd auf dem Weg nach Süden über uns hinweg.

Ich hatte keine Ahnung mehr, welchen Tag oder welchen Monat wir schrieben, und fühlte mich von jedem Jahrhundert losgelöst. Im Orient hatte es wenigstens staubige Ruinen gegeben, aber hier war die Welt wie neugeboren, ohne Kalender oder Uhr.

39

Am dritten Morgen, nicht lange nach Tagesanbruch, stießen wir auf unser bisher ernsthaftestes Hindernis. Einen quer auf uns zuströmenden lebenden Fluss: Die Büffel waren auf der Wanderung. Eine große Herde bewegte sich nach Süden. Die Tiere erschienen schwarz und struppig vor dem Hintergrund der Plains, und ihr Kurs führte sie vor uns über den Fluss wie eine Wand aus Hörnern und Hufen. Die aufgehende Sonne beleuchtete die majestätischen Büffel von hinten, ein schlurfendes Wogen, das mächtig und unaufhaltsam war wie eine Springflut. Wir trieben darauf zu und überlegten, wie wir an ihnen vorbeikommen sollten.

»Sie werden Tage für die Flussüberquerung brauchen«, sagte Namida. »Mehr Büffel als Sterne.«

»Wenn wir zwischen sie geraten, trampeln sie uns nieder«, sagte ich.

»So viel Zeit haben wir nicht«, warf Magnus ein.

Und als sollte unsere Entscheidungsfindung beschleunigt werden, flog ein Pfeil aus dem Gebüsch am Flussufer und blieb zitternd im Holz unseres Kanus stecken.

Ein Hinterhalt!

Eine hübsche Falle. Unsere Feinde hatten uns zu Pferd verfolgt und abgewartet, bis wir den Runenstein fanden.

Beim Kundschaften hatten sie die riesige Büffelherde entdeckt und sich dort, wo wir haltmachen mussten, am Flussufer in den Hinterhalt gelegt. Gerissen. Das hieß, wir mussten noch gerissener sein.

Als sich ein Indianer mit dem Bogen in der Hand aus dem Schilf aufrichtete, arrogant wie ein spanischer Grande, hob ich meine Büchse, erschoss ihn und schlug Magnus auf den Rücken.

»Paddel!«, schrie ich. »Auf die Bisons zu!«

»Wir werden kentern und ertrinken«, warnte Namida.

»Wir werden beschossen und gefoltert, wenn wir hierbleiben! Los!«

Jetzt ertönten Schreie von allen Seiten, und Indianer sprangen unter Johlen und Brüllen aus ihrer Tarnung im Laub auf. Eine Salve von Pfeilen flog auf uns zu, und nur unser plötzliches Vorschnellen, als Magnus das Paddel durchzog, bewahrte uns davor, durchlöchert zu werden. Mehrere Geschosse prallten auf die Steintafel. Zwei weitere blieben im Heck unseres Kanus stecken, und der Rest landete zischend im Wasser. Musketen wurden abgefeuert, und Wasser spritzte von den Kugeln auf. Little Frog stieß einen Schrei aus, umklammerte ihre Schulter und verlor ihr Paddel.

Sie hatte einen Streifschuss abbekommen, das Blut floss hellrot, aber nicht pulsierend. Ich warf ihr mein Paddel zu. »Mach weiter!« Ich feuerte unsere beiden Musketen ab, und zwei weitere Indianer jaulten auf und fielen. Jetzt flogen wir den flachen Fluss hinunter, Magnus und die beiden Frauen paddelten wie wild, Gischt spritzte hoch, und wir steuerten direkt auf die große Herde zu, als könnten wir es kaum abwarten, aufgespießt zu werden. Unser Sprint überrumpelte die Dakota, und ihre Schüsse verfehlten uns um Längen. Sie rannten aus dem Ufergebüsch zu den umliegenden Hügeln, wo sie zweifellos ihre Pferde angeleint hatten. Sie würden die Büffel auf uns zutreiben.

»Wir können nicht durch die Herde paddeln, Ethan!«, protestierte Magnus. »Das müssen allein zehntausend in Sichtweite sein und hinter ihnen noch hunderttausend!«

»Gib mir deine Axt!«

»Was? Warum?«

»Hexerei!«

Ich blickte zurück. Dakota-Reiter galoppierten tief über ihre Ponys gebeugt auf die Bisons zu. Die Tiere, die bereits durch die Schüsse in Verwirrung gebracht worden waren, stellten unsere größte Bedrohung und gleichzeitig unsere größte Hoffnung dar. Ich lud unsere Gewehre nach, legte sie griffbereit auf den Kanuboden und packte Magnus' Axt.

»Was hast du vor?«, fragte Namida mit einem furchtsamen Blick auf die Mauer aus dunklem Fell, die sich in den Fluss wälzte. Bisons rutschten die Böschung hinab und verspritzten große Wassermengen, Wellen wogten von ihrer Masse auf. In der Mitte des Flusses ragten Hunderte Hörner wie bedrohliche Zaunpfähle empor. Große dunkle Augen rollten, als die gewaltigen Tiere uns kommen sahen und zögernd zwischen Panik und Angriff schwankten.

»Paddelt schneller!«

»Ethan?«

»Schneller!«

Weitere Schüsse, die wie Hornissen an uns vorbeisurrten. Ich feuerte eine unserer Waffen ab, um unsere Angreifer etwas abzulenken.

Dann spähte ich nach vorn. Wir rasten mit der Strömung direkt auf die aufgehende Sonne zu. Alte Bullen drängten sich an den Rand der Herde, um uns mürrisch zu beäugen. Sie senkten die Hörner und scharrten mit den Hufen, während Kühe und Kälber vor uns davonjagten.

»Sie werden uns angreifen!«

»Macht weiter!«

Wir hörten das Schnauben und nahmen den widerlichen, durchdringenden Gestank wahr.

»Ethan!«, jammerte Namida.

Ich hob die Axt.

Magnus hatte, wie ich schon früher erwähnte, das Blatt poliert, als sei es ein Stück antikes Silber. Er hatte mehr Sorgfalt auf sein Kriegsbeil verwendet, als die meisten Männer ihren Pferden oder Frauen angedeihen lassen. Es schimmerte wie ein Spiegel, und er hatte es nach dem Kampf mit dem Bären blitzblank geputzt.

Jetzt fing es die Sonne ein.

Als das geschah, blendete das heller werdende Morgenlicht die verblüfften Augen von zehntausend zögerlichen Büffeln. Es war ein zuckender Blitz, als wäre unser Kanu in pulsierendem Licht explodiert. Die Tiere schreckten zurück, brüllten und nahmen Reißaus. In einem einzigen Moment wurde die gesamte Ebene erschüttert, der Boden erbebte, als Tausende Tonnen Fleisch und Hufe in beiden Richtungen über das Gras von uns fort donnerten. Im Fluss stoben Bisons, die vor dem blitzenden Lichtstrahl zu fliehen versuchten, panisch auseinander, während wir wie die Walküren auf sie zusausten. Der Fluss kochte. Ich drehte die Axt weiter hin und her und fing die Sonnenstrahlen ein wie ein funkelndes Halsband von Marie Antoinette. Wir schossen in die Büffelfurt und teilten die Herde.

Ich blickte zurück. Hinter uns schwenkten die verwirrten Bisons, gedrängt von zehntausenden aus den Hügeln nachrückenden Tieren, zurück zum Fluss. Dabei überrannten sie die uns verfolgenden Indianer. Die Dakota schossen in die Luft, um die verängstigten Tiere auf uns zuzutreiben, trugen damit aber nur zu einer noch größeren Verwirrung bei. Büffel rannten kreuz und quer. Staubsäulen stiegen in der Morgenluft auf. Ein Pferd schrie, der Reiter fiel und wurde niedergetrampelt.

Unsere Paddler steuerten derweil geschickt zwischen panischen Büffeln hindurch, die versuchten, uns aus dem Weg zu schwimmen oder zu waten. Hörner und massive Köpfe glitten vorbei, die Tiere glotzten verblüfft über unseren Wagemut und unser seltsames Gefährt mit dem Runenstein im Schlepptau. Ein Bulle krachte durch das Flachwasser und wollte uns angreifen. Ich warf die Axt zu Boden, schnappte mir eine Muskete und schoss. Das Tier stolperte, stürzte und löste einen weiteren Strom aufgescheuchter Tiere aus. Ein Blutfaden ringelte sich im Wasser, als wir vorbeisausten.

Jetzt befand sich eine Mauer aus panischen Büffeln zwischen uns und unseren Verfolgern, wodurch wir Zeit gewannen. Tiere strömten in alle Richtungen und trieben die frustrierten Dakota vor sich her. Wieder und wieder schwang ich die Axt und ließ die Schneide aufblitzen, und schließlich hatten wir die Furt durchquert. Staub von der Stampede stieg wie eine Wand hinter uns auf und schirmte uns ab. Wir paddelten, bis wir weder die Herde noch irgendwelche Verfolger sehen konnten. Dann ließen wir uns treiben und ruhten uns aus. Der Runenstein dümpelte immer noch hinter uns her wie ein kleines Dingi.

»Das war keine Hexerei«, keuchte Magnus. »Das war meine Axt.«

»Die Hexerei bestand darin, was ich mit deiner Axt *getan* habe. Magie ist nichts anderes als gute Einfälle.«

Eine Weile später mündete unser Fluss in den Red River, der nach Norden zum Lake Winnipeg floss. Wir riefen uns Magnus' vage Karte in Erinnerung, wandten uns nach Süden und paddelten stromaufwärts, bis wir zu einer wieder östlich führenden Einmündung kamen. Dann paddelten wir *diesen* Nebenfluss hinauf in die Richtung, in die Norweger und Gotländer nach Blodhammers Meinung gereist sein könnten. Da sich die Flüsse wie italienische Nudeln wanden und kringelten, war ich mir unsicher, ob wir in der Nähe von irgendetwas waren, ganz zu schweigen von einem seltsamen Symbol auf einer mittelalterlichen Karte, die wir nicht mehr besaßen.

Das Flüsschen strömte langsam und war sumpfig, und als wir weiter nach Osten kamen, ging die Öde der Plains in eine vertrautere Landschaft aus Wald, Wiesen und kleinen Gewässern über. Ungefähr die Hälfte des Landes war bewaldet, und gelegentlich verbreiterte sich der Fluss zu einem kleinen See.

Dann entdeckten wir unsere biblische Säule, unser Tor zum Garten Eden.

Anfänglich dachte ich, es sei nur eine schwarze Gewitterfront, die wie ein Streifen vor einem ansonsten blauen Herbsthimmel hing. Doch als ich genauer hinsah, bewegte sich diese Front nicht, trotz des Windes, der über die Prärie blies. Oder besser gesagt, sie bewegte sich schon, wie wir sahen, als wir näher herankamen. Sie kreiste langsam um einen zentralen Punkt wie ein zähflüssiger, schwerer Strudel. Diese Rotation erinnerte mich an jene unheimlichen, trichterförmigen Wolken, zu denen wir uns auf den Plains geflüchtet hatten, denn auch diese war dunkel und deutete auf etwas Gewaltiges hin. Aber dieser Wolkenzylinder war viel breiter, ein sich träge drehender Vorhang, der verbarg, was hinter ihm lag. Hin und wieder zuckten Blitze, und Donner grollte uns eine Warnung zu.

Unbehaglich betrachteten wir dieses Phänomen.

»Ich habe von diesem Ort gehört«, sagte Namida. »Der Sturm, der nie endet. Niemand geht dorthin. Und wenn doch, dann kommt er nicht zurück.«

»Aber wir haben einen Hexenmeister bei uns«, sagte Magnus.

»Der findet, dass dein Ziel eher der Hölle gleicht als dem Paradies«, entgegnete ich.

»Das ist nur ein Heim für Thor.«

»Ich will heim«, sagte Little Frog in ihrem stockenden Französisch. Ihre Schulter schmerzte von dem Streifschuss, und sie hatte Fieber. »Zu Mandan.«

»Nein, *dort* ist unser Daheim, der Ort, von dem wir alle kamen.« Das Auge des Norwegers glänzte. »Dort ist der Geburtsort der Götter und Könige, der Helden und Sirenen, des ewigen Lebens. Dort wirst du geheilt werden, Little Frog!«

Ewiges Leben? Mir kam es vor wie ein giftiger Gewittersturm, wenngleich er wunderschön anzuschauen war. Wenn Blitze zuckten, glühten die Wolken grün und purpur. Sie wogten, hoben sich und sanken herab, als wären sie wie Planeten von etwas im Inneren gehalten. Und als die Sonne unterging und das Unwetter von Westen beleuchtete, erschien ein Regenbogen, so strahlend und fest wie ein fliegender Strebbogen.

»Bifröst!«, brüllte Magnus. »Die flammende Brücke, die Asgard, das Heim der Götter, mit Midgard, dem Heim der Menschen, verband! Da ist es, ein einladendes Tor!«

»Das ist nur ein Regenbogen, Magnus. Ein Regenbogen und ein wenig Regen.«

»Ein Regenbogen mit einem Schatz an seinem Ende, wette ich! Komm mit, wenn du mir nicht glaubst.«

Wie konnten wir jetzt noch umkehren? Wir paddelten so nahe heran, wie es uns in dem Gewirr aus Seen und Bächen möglich war. Dreimal mussten wir das Kanu über kurze Strecken tragen und den Runenstein durch den Schlamm zerren. Dann paddelten wir weiter. Entweder war der seltsame Sturm weiter von uns entfernt, als es aussah, oder er zog sich vor uns zurück. Uns war, als kämen wir nur im Schneckentempo voran. Als unser Bach schließlich in einem Sumpf versickerte und wir nicht mehr näher heranpaddeln konnten, ließen wir das Mandan-Kanu ein letztes Mal auflaufen, zogen das Coracle an Land und wuchteten den schweren Runenstein heraus.

»Ich lasse den hier nicht liegen, damit irgendein anderer ihn findet«, sagte Magnus.

»Wie willst du ihn denn tragen?«

»Wir können ein Travois bauen«, schlug Namida vor. »Mein Volk benutzt sie, um Sachen über die Plains zu ziehen. Die Dakota ziehen sie mit Pferden, aber wir verwenden Hunde.«

»Einen Hund haben wir auch nicht.« – »Dafür haben wir einen Riesen.«

Wir schnitten Stangen und banden sie zu einem Dreieck zusammen, mit dem Bärenfell in der Mitte, auf dem der Stein zu liegen kam. In Ermangelung von Rädern war es das Beste, was wir zustande bringen konnten.

Als die untergehende Sonne die zylindrische Wolke orange färbte, ließen wir uns zum Schlafen nieder. Ein kalter Wind wehte. Little Frog konnte nicht einschlafen und beobachtete die pulsierenden Blitze. Um Mitternacht wurde ich wach, und sie saß immer noch aufrecht da, mit resigniertem Gesicht.

»La mort«, flüsterte sie, als ich sie berührte. Der Tod.

40

Der nächste Morgen dämmerte neblig und still herauf. Wir konnten weder die mysteriöse Wolke noch sonst etwas sehen. Nebel hing über unserem Lagerplatz, und es tropfte wie in einem Keller voll tickender Uhren. Kein Vogel zwitscherte. Es war unheimlich: Es kam mir so vor, als wären wir wirklich tot. Little Frog war schließlich doch noch eingeschlafen und wachte nur langsam mit heißer Stirn auf.

»Warum ist es so still?«, fragte Namida. Wir blickten alle zu Magnus.

»Ich weiß es nicht.«

Aber ich wusste es, oder hatte zumindest eine Befürchtung. Schickt man einen Mann in den Wald, verstummt die Natur. Die Tiere halten den Atem an, während das gefürchtete Wesen an ihnen vorbeigeht. Sie warten und beobachten, um zu sehen, was es tun wird. Wir hätten morgendliche Vogelrufe hören sollen, aber da waren keine. »Wir werden immer noch beobachtet, glaube ich. Red Jacket hat nicht aufgegeben und ist nicht weit weg.«

Und tatsächlich, plötzlich hörten wir einen Vogelruf aus dem Sumpf und eine Antwort darauf weiter stromabwärts. Die Frauen versteiften sich. Indianische Signale.

»Das ist ein gutes Zeichen«, versuchte uns Magnus zu beruhigen. »Sie töten uns immer noch nicht, weil sie beschlossen haben, unserer Spur zu folgen, um herauszufinden, zu welchem Schatz wir sie führen.«

»Und dann?«

»Finden wir den Hammer als Erste, und alles verändert sich.« Magnus benutzte unser Zugseil und fertigte daraus ein grobes Geschirr für sein Travois. »Gut, lasst uns finden, worauf diese Dreckskerle so erpicht sind.« Er trottete mit seiner Last los und wurde selbst zu einem vom Nebel eingehüllten Geist, während er sich zwischen den Bäumen hindurchschlängelte. Dann erreichte er eine Wiese, zog mit den Stangen seines Travois zwei Rillen durch das feuchte, herbstliche Gras und eilte mit einer Entschlossenheit voran, die ich nicht teilte. Wir mussten uns beeilen, um ihn einzuholen.

»Wäre es nicht einfacher, den Stein zurückzulassen, Magnus?«

»Er ist der Beweis, dass mein Land als Erstes hier war.«

»Aber was ist mit deinen Norwegern passiert, nachdem sie mit den alten Kräften umzugehen lernten?«

»Wer weiß? Ein Stein, der von zehn Männern rot von Blut und tot berichtet, sagt etwas aus. Vielleicht war es eine Krankheit. Vielleicht kämpften sie gegen die Indianer. Vielleicht gegeneinander. Oder sie lösten etwas aus, das sie nicht beherrschen konnten, irgendeine bösartige Macht, die sie weckten.«

»Der Wendigo«, sagte Namida.

»Oder sie führten einfach nur das aus, weswegen sie gekommen waren«, fuhr Magnus fort, ohne sie zu beachten.

»Zumindest einer von ihnen kehrte nach Skandinavien zurück, denn er brachte die Karte mit. Und andere blieben vielleicht hier und lebten unter den Indianern.« Er hielt inne und drehte sich in seinem Geschirr zu Namida um. »Weißt du, ob dein Vorfahr ein Tempelritter war?«

»Was ist ein Tempelritter?«

Er schüttelte den Kopf, und wir trotteten weiter.

»Woher weißt du das alles?«, beharrte ich.

»Ich habe selbst Templerblut. Wir waren von königlichem Geblüt, bitterarm, seit Generationen entrechtet, aber ich wuchs in Norwegen mit Geschichten über meine Vorfahren auf, die Kräfte besaßen, welche wir verloren hatten. Und das waren tatsächlich nur Geschichten – bis wir die Karte fanden. Dann hörte ich Gerüchte über Entdeckungen, die während der französischen Expedition in Ägypten und im Heiligen Land gemacht worden waren, und dass ein amerikanischer Gelehrter im Gefolge von Napoleon zu finden sei. Ich spürte Odins Hand! Eine mittelalterliche Karte von der amerikanischen Wildnis, und dann erfahre ich von einem Amerikaner mit Fachkenntnissen, dem ich mich anschließen kann? Ich muss zugeben, dass du als Held ziemlich enttäuschend bist, Ethan Gage, aber du besitzt eine gewisse Beharrlichkeit. Selbst deine Begierde nach dem indianischen Mädchen hat sich als nützlich erwiesen – sie hat uns zu dem Runenstein geführt. Alles ein Zeichen für das Werk der Götter.«

»Benutzt du diese heidnische Redensart auch, wenn etwas schiefgeht?«

»Nichts ist bisher schiefgegangen.«

»Wir sind fast erschlagen, erschossen, verbrannt und niedergetrampelt worden.«

»Fast zählt nicht. Wir sind hier, näher dran denn je.« – »Aber sie waren keine wirklichen Götter, Magnus. Keine übernatürlichen Wesen. Das ist ein Mythos.«

»Und wie definierst du das Übernatürliche? Angenommen, dein Benjamin Franklin wäre an Salomos Hof versetzt worden und hätte dort Elektrizität vorgeführt? Hätten die Juden das nicht als Wunder bezeichnet? Wir Christen haben eine Kluft geschaffen: jämmerlicher Mensch und außergewöhnlicher Gott. Aber was wäre, wenn der Abstand nicht so groß ist, wie wir annehmen? Oder wenn es Wesen zwischen den beiden Extremen gäbe? Wenn Geschichte weiter reicht, als wir glauben, in Zeiten, die nebelhafter sind als dieser Dunst, und Mythos auf seine eigene Art zur Tatsache wird?« Er deutete auf den Stein hinter ihm. »Welchen Nachweis brauchst du noch? Der Beweis, dass Nordmänner hier waren, ist so greifbar, dass wir einen Bären damit erschlagen haben.«

»Aber das läuft aller maßgeblichen Geschichtsschreibung zuwider!«

»Genau.« Der Norweger blieb stehen, streckte die Hand aus und legte sie mir auf die Schulter. »Das ist der Grund, warum wir beide hier sind, an der Schwelle der Auferstehung, und niemand sonst.«

»Auferstehung?«

»Ich habe dir nicht alles erzählt. Noch nicht.«

»Nun ja, wir brauchen die Auferstehung, falls Red Jacket da draußen ist. Er wird uns alle töten.«

»Nicht, wenn wir den Hammer haben.«

Plötzlich wurde es kälter, und ich bemerkte, dass wir über einen Teppich aus knirschenden Hagelkörnern gingen, der vielleicht aus der mysteriösen Unwetterwolke des gestrigen Abends herabgefallen war. Die Körner waren noch gefroren, der Boden ein steiniges Weiß. Unser Atem wurde sichtbar.

Wir zögerten, als hielte uns etwas zurück.

Dann grunzte Magnus und zog sein schweres Travois in einem Schwung einen sanften Abhang hinauf. Er kämpfte sich voran, und wir folgten. Es war, als wären wir durch eine unsichtbare Barriere gestoßen, wie durch ein Blatt Transparentpapier. Die Luft erwärmte sich wieder. Wir betraten einen Birkenhain, der spätherbstlich weiß und golden leuchtete. Der Nebel lichtete sich.

Die Bäume waren dick wie Säulen. Hier war der Hagel geschmolzen, und die ersten gefallenen Blätter schimmerten wie goldene Münzen. Rechts und links bedeckten späte Blumen den Boden um die weißen Stämme. Es sah aus wie ein mit purpurrotem Teppich ausgelegter Tempel, aus dem die Nebelschwaden in den Himmel aufstiegen. Bemooste Felsblöcke ragten wie die alten Menhire auf, die ich in Europa gesehen hatte. Es war so schön, dass wir alle verstummten, und selbst das Kratzen der Travois-Stangen wirkte wie ein Sakrileg. Der Boden hob sich sanft an, und das Licht wurde stärker, als der Tag an Kraft gewann. Alles war mit Tau überzogen.

Der Abhang endete schließlich an einem niedrigen Granitvorsprung, und als sich die Sonne durchsetzte und der Nebel sich zwischen die Bäume verzog, eröffnete sich uns endlich ein Ausblick.

Mir stockte der Atem.

Das Panorama war herrlich. Wir blickten auf ein Tal mit einem kleinen See, einer Wiese, Birken und Espen. Eine natürliche Vertiefung in der Prärie, die vor dem Rest der Welt verborgen schien. Aber das war es nicht, was uns verblüffte. Auf einer niedrigen Anhöhe in der Mitte stand ein Baum von einer Größe, wie ich sie nie zuvor gesehen hatte und mir nie hätte träumen lassen. Verwirrt starrten wir ihn an.

Der Baum war so gewaltig, dass wir unsere Köpfe immer weiter in den Nacken legen mussten, um seinem Wuchs zum Himmel zu folgen. Das war ein Baum, der nicht nur alle anderen in diesem Wald überragte, sondern sämtliche Bäume in dieser Welt. Ein grüner Eschenturm mit einer Krone, die sich im immer noch verharrenden Dunst darüber verlor. Ich habe keine Ahnung, wie hoch dieser Patriarch tatsächlich war, aber wir hätten ihn schon aus zwanzig Meilen Entfernung sehen müssen. Doch das war wegen der Wolke und des Nebels nicht möglich gewesen. Der Baum war höher als der Turm einer Kathedrale, seine Äste länger als eine Straße, ein Baum von einem Ausmaß, das niemals gemalt, vermutet oder erträumt worden war – außer vielleicht von den alten Nordmännern. Der Stamm hatte einen größeren Umfang als der größte Festungsturm, und die Zweige konnten einer ganzen Armee Schatten spenden. Wir kamen uns vor, als wären wir auf die Größe von Ameisen geschrumpft oder als wäre die Esche wie ein Heißluftballon aufgeblasen worden.

»Yggdrasil!«, murmelte Magnus.

Das konnte nicht sein! Der Baum aus der nordischen Mythologie, der neun Welten beherbergte, einschließlich Midgard, der Welt der Menschen? *So* groß war dieser Koloss nun auch wieder nicht. Und doch war es kein normaler Baum, sondern einer, der den Wald überragte wie gewöhnliche Bäume das Gebüsch. Warum? Die Esche ist einer der edelsten Bäume, ihr Holz ist geschmeidig und stark und wird bevorzugt verwendet für Bögen, Pfeile, Stäbe und Axtschäfte. Die Bäume werden groß, aber nicht übernatürlich riesig. Hier standen wir jedoch vor einem aus der Art geschlagenen Koloss.

»Genug Holz, um eine ganze Flotte zu bauen«, sagte ich, »aber dieser Baum hält die Welt nicht aufrecht. Das ist nicht Yggdrasil.«

»Genug, um auf Thors Hammer hinzuweisen«, erwiderte Magnus. »Genug, um als Tor zur Macht zu dienen. Zweifelst du immer noch an mir, Ethan?«

»Dein Hammer ist dort?«

»Welcher Ort könnte wahrscheinlicher sein? Welches Wahrzeichen geeigneter?«

»Warum ist der Baum so groß?«, fragte Namida.

»Das ist das Mysterium, nicht wahr?« Sein eines Auge glänzte.

»Und was ist das hier?« Ich deutete auf einen kleinen Felsbrocken in der Nähe. Seltsamerweise wies er ein Loch vom Durchmesser einer Fahnenstange auf.

»Ha! Noch mehr Beweise! Ein Vertäuungsstein!«

»Was ist das?«

»Wikinger vertäuten ihre Boot nachts am Ufer, indem sie einen Pflock mit einer Leine durch genau so ein Loch wie dieses rammten. In Norwegen sind sie immer noch in Gebrauch.«

»Wir sind hier aber nicht an einem Ufer, Magnus.«

»Stimmt, also warum ist er hier? Eine Markierung, nehme ich an, um Thors Hammer zu finden, falls die Sache mit dem Baum irgendwie nicht funktionierte. Ich wette, auf der anderen Seite des Baumes gibt es noch einen Vertäuungsstein, und noch zwei weitere. Ziehe Linien zwischen ihnen, und du wirst das, was du suchst, dort finden, wo sich die Linien kreuzen.«

»Geschickt.«

»Beweis.« Er setzte sich am Rand des niedrigen Vorsprungs in Bewegung, um dessen Ende zu finden. Den Stein schleppte er mit. Wir folgten und kamen schließlich in das Tal hinab, durch eine Lichtung in den Schatten des Goliaths.

Dieser Baum war uralt. Ich weiß nicht, ob man vorher oder seitdem auf dieser Welt einen Baum von diesem Umfang gesehen hat, aber ich weiß, dass ich hundert Schritte zählte, nur um ihn einmal zu umrunden. Große Wurzeln breiteten sich wie niedrige Mauern von seinem Stamm aus. Die Falten und Furchen in seiner Rinde waren tief genug, um hineinschlüpfen zu können, und die Maserknollen dick wie Schweineköpfe. Man konnte an den Spalten im Stamm wie an Ritzen in einer Felswand hinaufklettern bis zu den ersten Ästen, die dreißig Fuß über dem Boden und breit wie eine Fußbrücke waren. Das grünlich gelbe Laub kündete den Wechsel der Jahreszeit an, und die Schichten der Äste waren so zahllos, dass es unmöglich war, vom Fuße des Baumes die Krone zu erblicken.

»Das stellt die gesamte Botanik auf den Kopf«, sagte ich. »Kein Baum kann so groß werden.«

»Im Zeitalter der Helden waren sie vielleicht alle so«, mutmaßte Magnus. »Alles war größer, wie Jefferson von seinen prähistorischen Tieren sagte. Das hier ist das letzte Exemplar.«

»Wenn dem so ist, woher wussten deine nordischen Templer, dass er hier ist?«

»Ich weiß es nicht.«

»Und wo ist dein Hammer?«

»Auch das weiß ich nicht. Vielleicht irgendwo da oben.« Er deutete in die Äste hinauf. »Oder im Baum. Es wurde erzählt, wenn Ragnarök das Ende der Welt ankündigt, werden ein Mann und eine Frau, die sich in Yggdrasil verstecken, Lif und Lifthrasir, die Vernichtung und die Flut überleben und die Welt neu bevölkern.«

»Tja, das kann einen ja direkt fröhlich stimmen.«

Konnte man diesen Koloss ersteigen? Ich trat von dem ausladenden Wurzelgeflecht zurück und betrachtete den Baum. Selbst als sich der Nebel in der Sonne auflöste, bildete sich ein seltsamer Wolkennimbus um die Krone, als zöge die Esche Unwetter an. Das bewirkte, dass der Baum aus der Ferne nicht zu sehen war. Ich fragte mich, ob sich das düstere Gewitter, das wir gestern beobachtet hatten, wiederholen würde.

Mir fiel auf, dass die Krone seltsam gestutzt wirkte, als sei der Baum in der Höhe beschnitten worden. Während die Spitze zu hoch war und zu sehr im Dunst lag, um sie genau zu erkennen, entdeckte ich einen geschwärzten Stumpf, als wäre dort der Blitz eingeschlagen. Aber natürlich! Das hier war das höchste Objekt in der ganzen Umgebung und diente daher als natürlicher Blitzableiter. Doch wieso war der Baum durch die unablässigen Blitzeinschläge in dieser gewittrigen Gegend nicht stärker verkrüppelt? Gestern waren genug Blitze niedergezuckt, um ihn in Flammen aufgehen zu lassen. Wie konnte der Baum je überhaupt so hoch wachsen?

Nichts ergab einen Sinn. Ich ging zurück zu den anderen. »Irgendwas ist hier seltsam. Dieser Baum scheint Wolken oder Unwetter anzuziehen, und doch ist er nicht durch Blitzeinschläge gefällt worden.«

»Mir gefällt es hier nicht«, sagte Little Frog.

»Namida hat recht. Das ist ein Ort für Wendigo, den Menschenfresser.«

»Blödsinn«, sagte Magnus. »Das ist ein heiliger Ort.«

»Der Wendigo verschleppt Menschen an Orte wie diesen.«

»So was wie den Wendigo gibt es nicht.«

»Aber *deine* Fabeln stimmen?«, fragte ihn Namida herausfordernd. »Little Frog hat recht. Dieser Ort hat etwas Bösartiges.«

»Dann lasst uns nach dem Hammer suchen und wieder verschwinden«, sagte ich. »Rasch, bevor Red Jacket uns findet. Ich klettere hinauf.«

Ich klemmte Hand und Fuß in die Ritzen des alten Baumes ein, erreichte so den ersten Ast und hievte mich darauf. Der Ast hatte einen Umfang wie ein Baumstamm, er war breit wie eine Brüstung, und ich winkte dem Trio unten mutiger zu, als ich mich fühlte. Selbst in dieser geringen Höhe war die Vorstellung, herunterzufallen, beunruhigend.

Lieber nicht daran denken und weiterklettern.

An manchen Stellen war das Klettern relativ einfach. Man musste sich nur von einem Ast auf den nächsten ziehen. An anderen Stellen kletterte ich wie eine Spinne am Stamm entlang, um zur nächsten waagrechten Ebene zu gelangen, wobei ich die tiefen Furchen benutzte. Der Stamm war so verdreht, zerrissen und übersät mit Vertiefungen, dass ich stets genügend Haltegriffe fand. Ich war eine menschliche Fliege! Ich war das Eichhörnchen Ratatöskr, das üble Gerüchte über den Drachen Nidhogg bis zum heiligen Adler in den obersten Ästen verbreitete! Weiter und immer weiter kletterte ich hinauf. Der Boden war unter dem Gewirr der Äste verborgen, und der Himmel über mir genauso unsichtbar. Ich befand mich in einem Blätterkokon, fühlte mich eigenartig heimelig und behaglich in dem Baum. Als ich an eine Stelle kam, an der ein Ast halb abgebrochen war, jedoch immer noch festhing, staunte ich über die Jahresringe. Sie waren einen halben Zoll breit, was darauf hindeutete, dass dieser Riese unglaublich schnell wuchs.

Je weiter ich kam, desto langsamer kletterte ich, weil mich die Höhe schwindelig machte und meine Muskeln zu schmerzen begannen. Selbst Hunderte Fuß über dem Boden waren Stamm und Äste immer noch dick und fest. Aber als mehr Licht von oben eindrang und sich mein Blickfeld erweiterte, erkannte ich, wie beängstigend hoch ich war. Der umgebende Wald wirkte so niedrig wie ein Rasen. Meine Gefährten waren meinen Blicken vollkommen entzogen, und unter mir kreisten Vögel. Der Wolkenkranz um den Baum hatte sich verdichtet, wie die rotierenden Wolken vom Tag zuvor. Sie türmten sich hoch auf wie Unwetterwolken. Der Wind verstärkte sich, und diese Burg von einer Esche begann zu schwanken. Mir wurde ein bisschen übel dabei, ähnlich wie auf einem schlingernden Schiff.

Ich hielt mich fest und kletterte weiter.

Schließlich stieß ich durch das oberste Laubwerk und näherte mich der schwindelerregenden Krone des Baumes, tausend Fuß oder mehr über dem Boden. Durch eine Wolkenlücke konnte ich schwach die wellige Prärie erkennen, ein endloses Panorama aus Bäumen, Wiesen und silbrigen Seen, aber der Tag wurde bereits grauer, während sich die verhüllende Wolkendecke verdichtete. War unser Yggdrasil aus der Ferne bereits unsichtbar?

Nein, mein Blick fing Bewegung auf. Eine Gruppe näherte sich zu Pferd, einer davon trug einen hellroten Rock, wie ein Blutstropfen auf der Prärie.

Der Stamm war hier oben so weit geschrumpft, dass ich meine Arme darum schlingen konnte. Einen Hammer gab es hier nicht. Und doch wirkte die Spitze des Baumes nach wie vor so gestutzt, wie ich es von unten gesehen hatte. Warum?

Ich hievte mich die letzten zwanzig Fuß hoch und hängte mich schließlich an einen knorrigen Auswuchs des Stammes, der nicht dicker als ein Maibaum war. Als ich erneut nach Red Jacket Ausschau hielt, war der Boden aus meinem Blickfeld verschwunden. Die Prärie war abgetrennt durch eine runde Wolkenmauer, die anscheinend langsam wie ein riesiger, gazeartiger Zylinder um den gewaltigen Baum kreiste. Die Spitze wurde von der Sonne in strahlendem Silber erleuchtet, aber die unteren Regionen lagen bereits im Dunkel. Ich hörte ein tiefes Donnergrollen. Schnell jetzt! Da oben war etwas Strahlendes und seltsam Glitzerndes, ein goldener Faden, der mit verheißungsvollem Schimmern aus dem obersten Bereich des Baumes aufragte.

In diesen höchsten Punkt war eindeutig der Blitz eingeschlagen. Aber wieso war der Baum von den mindestens hundert Einschlägen pro Jahreszeit nicht verbrannt oder abgestorben?

Ich zog mich die letzten paar Zoll hoch, voller Furcht, der Stumpf könnte abbrechen oder irgendein neuer elektrischer Schlag würde meinen Hochsitz treffen. Ich schwang gute zwanzig Fuß im Wind hin und her.

Und dann hatte ich die Antwort für das, was mich am Boden so verwirrt hatte. Der goldene Faden, den ich entdeckt hatte, war tatsächlich ein steifer Draht, der aus ineinander verdrehten Metallsträngen bestand, die aus der Krone des Baumes ragten, als wüchsen sie aus dem Holz heraus. Es sah wie ein Gemisch aus Kupfer, Silber und Eisen aus. Aus dem obersten Stumpf spross der schimmernde Leuchtdraht wie ein Zweig hervor.

Wenn ich kein Elektrizitätspionier, kein Franklin-Mann gewesen wäre, hätte ich den Draht vielleicht sonderbar gefunden, aber nicht sehr erhellend. Doch ich hatte selbst schon Blitze aufgefangen! Was ich hier vor mir sah, war höchstwahrscheinlich ein mittelalterlicher Blitzableiter. Blodhammers Tempelritter oder nordische Utopisten hatten diesen Baum verdrahtet. Das Metall sollte Blitze anziehen und, falls der Draht lang genug war, sie zum Entladen in den Boden lenken. Was bedeutete, dass dieser Draht durch den Baum ganz nach unten führen musste.

Irgendetwas befand sich unter den Wurzeln dieses Giganten.

Meine Haut kribbelte, und ich spürte eine beunruhigende Energie in der Luft. Die dunklen Wolken wurden immer schwärzer. Mehr instinktiv denn aus Besonnenheit rutschte ich von diesem obersten Stumpf auf den ersten Ast darunter, an den ich mich wie ein Affe klammerte. Als ich hinauf zu dem Drahtstück schaute, zuckte ein Blitz, dem direkt darauf ein Donnerschlag folgte. Ich kniff die Augen zu und erblindete beinahe.

Der Blitz schlug in den Draht ein, und der Baum erbebte. Ein Schlag durchfuhr mich, doch die schlimmste Energie wurde vom Holz abgeschirmt, als der Blitz durch den Draht nach unten geleitet wurde. Ich keuchte und zitterte am ganzen Leib, konnte mich aber weiter festklammern.

Dann verging das Kribbeln. Der Draht zischte.

Dicke, kalte Regentropfen prasselten herab.

Ich musste von diesem Baum hinunter.

41

Ich kletterte so rasch nach unten, wie ich konnte. Ein falscher Schritt hätte tödliche Folgen gehabt, daher musste ich vorsichtig absteigen. Erst nach einer Ewigkeit kam ich in Rufweite meiner Gefährten und konnte Magnus zubrüllen: »Irgendwas ist unter diesem Baum.«

»Was sagst du?«

»Von der Krone verläuft ein Metallstreifen durch den Stamm. Er zieht Blitze an. Und ich glaube, er dient dazu, etwas darunter aufzuladen. Wir müssen es finden, weil Red Jacket anrückt!«

Bis ich den niedrigsten Zweig erreicht hatte, die Arme darum schlingen und mich dann auf den Teppich aus Blättern und weicher Erde fallen lassen konnte, hatte Magnus den Stamm erneut umrundet. »Dieser Yggdrasil ist so fest verwurzelt wie der Felsen von Gibraltar«, sagte er.

»An die vierhundertfünfzig Jahre sind vergangen, seit deine Nordmänner hier waren.« Ich sagte nicht »vielleicht« oder »möglicherweise«, da ich die Anwesenheit dieser längst vergessenen Templer-Forschungsreisenden inzwischen als feststehende Tatsache akzeptierte. »Der Baum ist seither zweifellos ein großes Stück gewachsen und durch den Einfluss der Elektrizität, wie es der französische Gelehrte Bertholon für möglich hielt, eventuell sogar ungewöhnlich schnell. Aber während er wuchs, trug er irgendwie diesen Drahtstreifen himmelwärts, der als Blitzableiter diente. Ich glaube, der Draht war irgendwann zu Ende, und die Blitzeinschläge halten den Baum auf die Höhe gestutzt, die er jetzt hat. Der Draht muss von irgendwo aus dem Erdreich herkommen.«

Magnus spähte in die Äste hinauf. »Ich sehe keinen Draht.«

»Er befindet sich im Holz und führt bis ganz hinunter in den Boden. Und wozu sollte das gut sein, wenn das untere Ende des Drahtes nicht mit etwas Wichtigem verbunden ist? Und wenn es so wichtig war, würde man dann nicht eine Möglichkeit haben wollen, wieder an die Sache heranzukommen? Also gab es mal einen Weg hinein, einen Tunnel oder eine Tür.« Ich blickte mich ungeduldig um, weil die Indianer anrückten. »Vielleicht dort, wo sich diese Wurzel so vorwölbt.« Ich deutete darauf. »Stell dir vor, dass der Stamm um den Zugang herum oder darüber gewachsen ist. Ich weiß, der Baum sieht massiv aus, aber ...«

Abschätzend beäugte Magnus die Rinde. »Dann wird es wieder einen Zugang geben. Verzeih mir, Yggdrasil.« Er nahm seine riesige Axt und ging zu einer gewölbten Aushöhlung neben einer gewaltigen Wurzel am Fuß des Baumes. »Ist tatsächlich seltsam, wie er hier gewachsen ist. Der Baum ist eingebuchtet.« Er holte aus und ließ die Axt niedersausen. Ein Krachen ertönte, und der Baum ächzte. »Wenn es da einen Tunnel gibt, brauchen wir Fackeln.«

»Little Frog und ich werden Zweige sammeln«, sagte Namida.

»Woher wussten deine nordischen Templer, dass sie ausgerechnet hierher kommen mussten, in die Mitte eines unerforschten Kontinents?«, fragte ich, während mein Gefährte hackte.

»Sie wussten es nicht«, erwiderte Magnus. »Von den Wikingern wussten sie, dass es den Kontinent gab, und nach dem Schwarzen Freitag 1309 flüchteten sie in alle Richtungen und nahmen ihre Artefakte mit.« Er holte aus und hackte, holte aus und hackte, japste beim Sprechen nach Luft. »Die Indianer berichteten ihnen von reichen Jagdgründen, in denen die Flüsse nach Norden, Süden, Osten und Westen führen ... War das der Ort, an dem sich das Paradies der Ahnen befand? Sie waren weit außerhalb der Reichweite ihrer Verfolger, besaßen Werkzeuge, die denen der primitiven Indianer weit überlegen waren. Sie hatten Stahl, die Indianer nicht. Sie träumten davon, eine utopische Lebensform zu errichten, in deren Mittelpunkt das von ihnen mitgebrachte Artefakt stand, was immer das auch sein mochte.« Späne flogen.

»Thors Hammer.«

Er nickte und schwang erneut die große Axt. »Vielleicht kämpften sie damit gegen die Indianer. Vielleicht vergruben sie ihn wieder, als sich herausstellte, dass sie aufgrund ihrer geringen Anzahl nicht obsiegen konnten. Und da sie keine Zeit hatten, eine Pyramide oder einen Turm zu bauen oder den Ort auf andere Weise zu kennzeichnen, damit sie ihn wiederfinden würden, benutzten sie möglicherweise uralte Kenntnisse, um ihn mit einem lebenden Baum zu verbinden, der als Leuchtfeuer für zukünftige Templer dienen konnte, während er gleichzeitig die Indianer abschreckte.«

»Ein Leuchtfeuer, das in seinem eigenen Unwetter verborgen ist.«

»Ja, und das Unwetter selbst ist ein Leuchtfeuer. Daher ist dieser Baum, wenn auch nicht Yggdrasil, so doch eine Vorrichtung, die das bewahrt, dessentwegen wir gekommen sind.«

»Auf welche Weise?«

Mit einem Kopfrucken deutete er zum Himmel.

Der Tag wurde durch die sich auftürmenden Wolken immer dunkler, und ich hörte ein Donnergrollen. Die Energie des Baumes schuf täglich ihr eigenes Gewitter, während die Sonne höher stieg, und jeden Abend ihren eigenen Winter. Blitze zuckten hoch oben, als wären sie von Thors Hammer geschleudert worden. Oder verwechselte ich da etwas – luden die Blitze das Werkzeug auf?

»Männer kommen!«, warnte Namida.

Und tatsächlich, oben in der Dunkelheit des Abhangs, über den wir heruntergekommen waren, bewegte sich etwas zwischen den Bäumen. Red Jacket und seine Dakota würden genauso verblüfft über den botanischen Riesen und seine Wetterkrone sein wie wir. Sie würden zunächst zögern, aber dann durch das hohe Gras näher herankriechen, um zu beobachten und uns auszuspähen. Ein oder zwei Schüsse würden sie aufhalten.

Ich machte mich daran, meine Büchse zu laden.

»Beeil dich!«, flehte Little Frog.

Nun schwang die Axt so gleichmäßig wie ein Metronom, die Schläge des Norwegers zielten genau, Späne flogen wie Konfetti und bedeckten die alten Blätter wie frischer Schnee. Die schwere Axt schien dem gewaltigen Baum nur Nadelstiche zuzufügen, und doch erschauerte er bei jedem Schlag, als hätte er eine solche Demütigung in all den Jahrhunderten seiner Existenz noch nicht erdulden müssen. Wer sonst würde es wagen, ihn anzugreifen? Die Vorstellung, einen Tunnel in diesen massiven Baumstamm zu schlagen, war vollkommen verrückt. Dennoch begann sich das Holz unter den Axtschlägen zu verändern.

»Hinter der Rinde und dem äußeren Kern ist es verfault«, sagte Magnus schwer atmend. »Es bricht in ganzen Brocken raus. Dieser Baum ist nicht so stark, wie er aussieht.«

Ein weiteres Donnergrollen von oben und dieses seltsame Kribbeln, an das ich mich aus der Stadt der Geister, südlich von Jerusalem, erinnerte. Die Luft schien lebendig zu sein und knisterte.

Das Gras wogte, während Red Jackets Renegaten hindurchkrochen. Ich zielte, drückte ab, und das Gras bewegte sich nicht mehr. Hinter einer Wurzel kauernd, lud ich nach. »Hack schneller, Magnus!«

Jetzt stiegen Rauchwölkchen aus dem hohen Gras auf, Schüsse krachten, und Kugeln drangen um uns herum in den Stamm ein. Blodhammer fluchte, als wären sie ärgerliche Insekten. Die Frauen schleppten ihre Zweigbündel heran, verwoben sie miteinander zu primitiven Fackeln und benutzten Feuerstein und Stahl, um die Blätter zu entzünden. Ich gab uns weiterhin Deckung. Unsere beharrlichen Verfolger lagen platt auf dem Bauch und blieben unsichtbar.

»Da ist ein Loch!«, rief Magnus.

Wir drehten uns um. Ein Erdtunnel war unter der massiven Wurzel aufgetaucht, größer als die Öffnung zu der Bärenhöhle. Der Baum war um den Eingang herumgewachsen. »Nimm die Frauen mit und schau nach«, befahl ich. »Ich halte Red Jackets Bande in Schach!«

Ich zielte, drückte ab, spürte den beruhigenden Rückstoß an meiner Schulter und roch verbranntes Pulver. Das Scharfschießen entspannte mich sogar. Ich konzentrierte mich auf die vertrauten Bewegungen – spannen, abdrücken, stopfen, zündfertig machen – und konnte unsere Peiniger auf sicherem Abstand halten. Kugeln kamen angeflogen, doch meine Angreifer blieben unsichtbar bis auf die Rauchwölkchen der Musketenschüsse. Sie waren gescheit genug, nach jedem Schuss ihre Stellung zu ändern.

Schließlich hörte ich Magnus rufen.

»Wir brauchen einen Elektrizitätsexperten!«

»Dann komm rauf und halt Wache!«

Magnus kroch heraus, nahm die Büchse mit der einen Hand und schüttelte die andere, als hätte er sich verbrannt. »Das ist sehr seltsam«, sagte er und wischte sich Erde vom Mund.

Also ließ ich mich in den Tunnel hinab. Die Erde wurde von etwas zurückgehalten, das ich zunächst für Wurzeln hielt, doch dann erkannte ich, dass der unterirdische Teil des Baumes um eine Art Tunnel gewachsen war, der aus etwas vollkommen anderem bestand: Elfenbein. Die Nordmänner hatten die Decke ihres Durchgangs mit fossilen Mastodon-Stoßzähnen abgestützt. Hatten sie die Elefanten gefunden? Einen Knochenfriedhof? Oder hatten sie die letzten Mammuts selber erlegt?

Der Gang war trockener als erwartet, und weiter vorn roch es versengt. Ich ertastete mir den Weg bis dorthin, wo die Frauen mit den Fackeln warteten. Namida und Little Frog hockten in einem niedrigen, runden Raum irgendwo unter der Mitte des Baumstamms, in dem man nicht aufrecht stehen konnte. Sie starrten wie gebannt auf eine seltsame Vorrichtung. Wurzelrippen zogen sich vom Baumstamm über uns bis zum Boden hinunter und bildeten einen Käfig aus Holz von der Größe eines Überseekoffers. Über diesem Käfig führte ein glitzernder Draht, so dick wie ein Federkiel, vom Höhlendach zu einer hölzernen Trommel herab, die bauchig wie ein kleines Pulverfass war. Der Draht war nur noch einmal um die Trommel gewickelt, daher nahm ich an, dass es einst mehr als tausend Fuß des kostbaren Metalls gewesen waren, die sich abgewickelt hatten, während der Baum über die Jahrhunderte wuchs. Als die Trommel schließlich leer war, hatte der Baum aufgehört zu wachsen und war durch Einschläge verkümmert, weil der Blitzableiter nicht höher aufragen konnte.

Aber das war es nicht, was die Frauen faszinierte.

Nach dieser letzten Windung um die Trommel führte der Draht nämlich auch nach unten zu dem dicken, schweren Kopf ...

Eines aufgerichteten Hammers.

Die Waffe war größer als das Werkzeug eines Schreiners, aber kleiner als ein Vorschlaghammer, und vom unteren Ende ihres kurzen Schafts bis zu dem massiven Kopf etwa so lang wie mein Unterarm. Der Hammerkopf war dick und stumpf und aus einer Art silbrigem Metall hergestellt, das glühte und aussah, als würde es mindestens fünfzehn Pfund wiegen. Weitere Drähte spannten sich an dem Wurzelgeflecht entlang, und der Hammer schwebte am unteren Ende seines Schaftes im Gleichgewicht, als hielten ihn elektrische Kräfte vom Umfallen ab.

»Das ist Thors Hammer«, sagte ich ungläubig. Oder irgendein anderer Hammer, der jedenfalls auf die gleiche Art mit dem Blitzableiter dieses Monsterbaumes verbunden war, wie ich bei der Belagerung von Akko die Batterien meiner Leidener Flaschen mit meinem handgetriebenen Generator verbunden hatte. Fasziniert streckte ich die Hand aus, um nach dem Hammer zu greifen, aber Namida hielt meinen Arm fest.

»Nein! Schau, was passiert.«

Plötzlich zuckte ein blendender Blitz, und Funken flogen wie beim Feuerwerk in Mortefontaine. Die Kammer erbebte, und ein tiefes, fernes Dröhnen ertönte, der Widerhall des Donners hoch oben. Dann sanken die Funken herab, und der Hammer flackerte jetzt mit elektrischem Feuer, das ihm durch den Draht zugeführt worden war. Er summte. Langsam verblasste das Glühen.

»Er nährt sich von den Blitzen«, sagte Namida. »Genau wie der Baum, glaube ich. Magnus hat den Hammer berührt, und er hat sich verbrannt.«

Also wurde der Hammer aufgeladen und in Bereitschaft gehalten auf ganz ähnliche Weise, wie ich das elektrisch aufgeladene Schwert während der Belagerung von Akko bei einem Duell mit Big Ned benutzt hatte. Ja, das war diese fundamentale Kraft, von der die Natur belebt wird! Das hier war eine Art Waffe, doch wie konnten wir uns dieses Ding aneignen, ohne uns zu verletzen? Ich versuchte daran zu denken, was der alte Ben getan hätte, war aber zu abgelenkt durch die Schüsse von draußen. »Wir müssen Magnus helfen!«

Wir krochen nach draußen zurück. Magnus hockte hinter einer der riesigen Wurzeln, und wir drei schlossen uns ihm an.

»Hast du den Hammer?«

»Ich weiß nicht, wie ich ihn anpacken soll.«

Die Angreifer waren näher gekrochen. Sie bemühten sich nicht mehr so sehr, sich versteckt zu halten.

»Wir brauchen ihn!«

»Magnus, wir sind keine Götter.« Ich nahm ihm meine Büchse ab und gab ihm eine Muskete. Ich schoss, ein Schrei ertönte, und es bewegte sich nichts mehr. Dann hörte ich eine eigentümlich nasale Version von Cecils Stimme.

»Wir haben Pierre!«

Der Voyageur war am Leben!

Und mein Feind ebenfalls.

»Feuer einstellen!«, befahl ich und lud nach.

Langsam erhob sich der englische Adelige aus dem Gras und zog den Franzosen mit sich hoch. Der Voyageur, der uns gerettet hatte, war böse zugerichtet, sein Hemd zerrissen, seine Augen blau geschlagen, und seine Leggings hingen in Fetzen. Er sah aus, als sei er über die Prärie gezerrt worden, statt zu marschieren. Seine Hände waren gefesselt.

Little Frog keuchte erschrocken, die dunklen Augen füllten sich mit Tränen. Verzweifelt schaute sie zurück zum Tunnel.

Aber Pierre war nicht derjenige, dessen Anblick mich erschreckte.

Nein, es war Cecil Somerset selber. Das gut aussehende, stolze Gesicht war von der Gewehrkugel, die ich abgefeuert hatte, als Red Jackets Bande uns mit Kanus verfolgte, völlig entstellt worden. Seine rechte Wange war ein Krater. Teile seiner Zähne und des Oberkiefers fehlten. Sein rechtes Auge war nur noch eine leere Höhle, die Wunde war rot entzündet und eiterte. Das andere Auge hatte er schmerzhaft zusammengekniffen, um es vor den Fliegen zu schützen, die gierig um seinen Kopf summten. Der schneidige Aristokrat hatte sich in ein furchterregendes Monster verwandelt. Wie lange konnte der Engländer mit einer derart grässlichen Wunde überleben? Er musste sich mit reiner Willenskraft aufrecht halten – weil er das haben wollte, was sich unter dem Baum befand. Sein zerbrochenes Schwert steckte in seinem Gürtel.

Eine weitere Gestalt erhob sich aus dem Gras. Aurora! Ungeschminkt, mit strähnigem Haar, die Kleidung verdreckt und zerfetzt vom harten Ritt, war sie doch nach wie vor eine auffallende Schönheit, gebräunt wie eine Amazone, mit einem Jagdgewehr in der Hand. Ihr graziler Knochenbau und die hinreißende Figur waren unverändert, und trotz meines berechtigten Abscheus vor ihr fühlte ich mich unwillkürlich von ihrem Reiz angezogen. Sie hob ihr Gewehr und zielte ohne zu zögern direkt auf mich.

Und dann stand auch Red Jacket auf. Sein einer Ärmel war leer, den Tomahawk hielt er in der anderen Hand. Sein englischer Rock hing zerlumpt an ihm, war aber in dem seltsamen Licht immer noch von einem strahlenden Rot. Sein Blick war purer Hass. Er würde mir das Herz herausreißen, wenn er könnte. Seine Bande aus Dakota- und Ojibwa-Renegaten erhob sich ebenfalls, ein vernarbter, rachsüchtiger Haufen, der eher Piraten glich als Prinzen der Prärie. Sie wirkten gierig und widerlich, ganz anders als die stolzen Krieger, die uns auf unserer Kanufahrt geholfen hatten.

»Na so was! Ist das nicht ein hübsches Wiedersehen?« – »Wir wollen Ihren Tod, Gage!«, rief Cecil mit einer durch den Schmerz krächzend gewordenen Stimme. »Wir wollen, dass Sie auf entsetzliche Weise sterben! Dafür habe ich zwanzig der besten Krieger der Welt bei mir. Aber wir werden euch alle verschonen – Blodhammer, die Frauen, selbst den kleinen Pierre hier – im Austausch gegen das Artefakt, das ihr gefunden habt.« Er legte den Kopf zurück und schaute zum Baum hinauf. »Ich muss schon sagen, mit so etwas hat der Ritus nie gerechnet.« Ein weiterer Blitz, hoch oben in den Wolken, die wir nicht sehen konnten, und ein Donnergrollen. Das Licht tauchte Cecil in ein unheimliches Glühen.

»Der Ägyptische Ritus wusste, wonach wir gesucht haben?«

»Der Ägyptische Ritus wusste, dass Ethan Gage immer nach *irgendetwas* sucht.«

Während Cecil so anmaßend schaute, wie es einem Mann mit einem halben Gesicht überhaupt möglich ist, war seinen Indianern offenbar mulmig zumute. Sie hatten ebenfalls weder mit diesem riesigen Baum gerechnet noch mit dem sonderbaren Gewitter oder den dräuenden Schatten. Auch sie dachten an den Wendigo.

»Sie nennen mich *kleiner* Pierre?«, krächzte Pierre trotzig. »Niemand sagt das von dem großen Pierre Radisson!«

»Schweig!« Und Cecil schlug ihn mit einer Lederpeitsche, und dann noch mal und noch mal, als fiele ihm gerade ein, seinen eigenen Schmerz und seine Frustration an seinem Gefangenen auszulassen.

Little Frog schrie auf und schluchzte. Ich zitterte vor Abscheu. Es kostete mich jede Unze an Disziplin, Somerset nicht sofort zu töten, aber wenn ich das Ungeheuer erschoss, würden die anderen Pierre abknallen und sich auf uns stürzen, bevor ich nachladen konnte. Der Voyageur schwankte, blieb aber aufrecht, die Augen vor den Schlägen geschlossen.

Magnus hatte die Musketen an Namida und Little Frog weitergereicht und griff jetzt nach seiner Axt, bereit, wie ein Wikinger-Berserker vorzupreschen. »Noch nicht«, warnte ich ihn.

Schließlich hörte der Engländer auf, unseren Freund auszupeitschen. Er keuchte vor Erschöpfung, während Pierre schmerzvoll zusammenzuckte. Cecils verbliebenes Auge glitzerte in grausigem Wahnsinn, einer gepeinigten Wut, die ganz anders war als die Leidenschaft Magnus Blodhammers.

»Ich bin kein geduldiger Mensch, Ethan Gage«, krächzte Cecil. »Der Ritus weiß, was die Tempelritter zusammenfügen wollten. Sie haben keine Ahnung davon. Geben Sie auf, was immer Sie gefunden haben. Sie machen die Sache nur schlimmer. Sie können diesen schniefenden Franzmann haben *und* die gesamte verfluchte Prärie dazu! Ich überlasse sie Ihnen und den Gelehrten. Geben Sie es raus, und wir können wieder *Freunde* sein.« Er versuchte ein Lächeln zustande zu bringen, doch die Entstellung machte es zu einer Grimasse. »Vielleicht gebe ich Ihnen sogar meine *Schwester* wieder.«

»Glaub ihm nicht«, zischte Magnus.

»Natürlich nicht. Diese Bande schummelt sogar beim Würfeln.« Dem Engländer rief ich zu: »Es würde schon mal helfen, wenn Ihre Schwester aufhörte, auf mich zu zielen.«

»Dann senken Sie Ihr eigenes Gewehr, Gage. Retten Sie

Ihre Freunde! Es wird Zeit, sich wieder zivilisiert zu benehmen. Lassen wir die Vergangenheit ruhen.« Wieder dieses grässliche Grinsen.

»Schicken Sie Pierre, und ich nehme Sie aus dem Visier!«

»Erst Sie, dann schicken wir Pierre!«

Aurora schwang ihr Gewehr zur Seite. Ich senkte meine Büchse. Cecil gab Pierre einen Schubs, und der Voyageur stolperte auf uns zu. Dann blieb er stehen.

»Sie haben mich bereits getötet«, röchelte er. »Ich bin bereit fürs nächste Leben, Ethan. Was immer ihr gefunden habt, gib es ihnen nicht. Diese Leute sind durch und durch böse und dürfen es nicht bekommen.«

Seine Worte hingen in der Luft. Wir waren alle erstarrt angesichts seiner Weigerung weiterzugehen.

Dann geschah alles auf einmal.

Aurora fauchte, riss ihr Gewehr hoch und schoss dem Franzosen in den Rücken. Als seine Knie nachgaben, schrie Little Frog vor Wut auf, drückte ab und schoss daneben. Ich glaubte, sie würde vorstürmen, doch stattdessen warf sie ihre Muskete weg und stürzte sich in unsere Höhle. Namida schoss auch, und einer der Indianer fiel.

Ich hatte mich auf den Bauch fallen lassen, gerade noch rechtzeitig, um einer Salve indianischer Kugeln und Pfeile auszuweichen, die sich in den Riesenbaum bohrten, aber Magnus grunzte und wirbelte herum, von mindestens einem Schuss gestreift. Namida ließ sich zum Nachladen ebenfalls fallen. Dann stürzte sich Lord Somerset auf Pierre. Er zog sein zerbrochenes Schwert und wollte den Franzosen skalpieren. Ich stützte mich auf die Ellbogen und schoss dem Monster in die Brust, eine Kugel, mit der er gerechnet hatte. Cecil wurde nach hinten geworfen, sein zerbrochenes Schwert flog ihm aus der Hand.

Aurora kreischte erneut wütend auf.

Magnus rannte schweigend und trotz seiner Verwundung mit erhobener Axt auf sie zu.Dann bäumte sich die Erde auf.

Es war, als hätte eine Welle den Baum ins Schlingern gebracht, der Boden wogte. Blitze von einem Ausmaß, wie wir sie noch nie gesehen hatten, zuckten über uns und ließen Funken fliegen, als sie ins Geäst einschlugen. Hinter uns erhob sich ein so grausiger Schmerzensschrei, dass ich erstarrte. Das war Little Frog, die da schrie! Namida war vor Angst erbleicht und klammerte sich an eine Wurzel wie an die Reling eines Schiffes. Und Yggdrasil, oder was zum Teufel dieses wuchernde Gewächs sonst war, torkelte und schwankte. Losgerissene Wurzeln gaben rülpsende Geräusche von sich wie ein Riese, der mit den Lippen schmatzt. War das ein Erdbeben? Magnus wurde auf die Knie geworfen, und Aurora kroch mit ihrem leer geschossenen Gewehr verzweifelt durch das Gras davon.

Alle Indianer, bis auf Red Jacket, schrien und zogen sich zurück.

Dann stürzte Little Frog mit rauchenden Kleidern aus dem Loch heraus, rannte an mir vorbei zu Magnus und schrie etwas in ihrer Sprache.

Sie schwenkte den Hammer!

Ihr Arm war mit grauenvollen Blasen bedeckt und geschwollen, und sie stolperte eher, als dass sie rannte. Sie hatte einen furchtbaren Preis dafür bezahlt, in den Käfig aus Wurzeln und Draht zu greifen und die Waffe zu packen, um ihren Liebhaber Pierre zu rächen, und als sie es tat, war der gesamte Baum erbebt. Sie fiel und rutschte durch das Gras, ihr Griff löste sich, und der Hammer schlidderte von ihr fort. Die Indianer erstarrten und blickten verwundert auf eine Waffe, die glühte, als wäre sie gerade aus der Esse gekommen. Nun griff Red Jacket mit seinem Tomahawk an, da er wusste, dass unsere Waffen nachgeladen werden mussten. Ich riss mein eigenes Kriegsbeil heraus. Wir würden die Sache beenden, wie ich es schon hätte tun sollen, als er beim Rendezvous auf mich losgegangen war.

Ich hätte Thors Hammer nicht angerührt, aber Magnus hob ihn mit einem Brüllen auf und schrie vor Schmerz, als ihn die Energie durchströmte. Er schien zu wachsen, die elektrische Ladung ließ seinen Bart und seine Haare von ihm abstehen, und seine Hand wurde durch die Berührung versengt. Doch noch während er schrie, hob er die Waffe himmelwärts und wirbelte sie wie wahnsinnig herum.

Der Himmel ging in Flammen auf. Blitze krachten rund um die Krone des Baumes herunter, Schlag um Schlag, einige trafen Yggdrasil, andere fuhren wie Speere in den Boden. Wind heulte auf, und Wolken, die zuvor nur bedrohlich waren, begannen zu brodeln und zu schäumen. Die Indianer stoben auseinander, bis auf Red Jacket, der erbarmungslos auf Little Frog einhieb und ihr brutal die Stirn spaltete, als er an ihr vorbeirannte. Sie fiel und war augenblicklich tot. Ich ging in die Hocke und machte mich bereit für ihn. Dann warf Magnus den Hammer, und ein Blitz schlug dort ein, wo wir standen.

Namida und ich wurden gegen den Stamm der Esche geschleudert, als hätte man uns in den Magen geschlagen, und Magnus wurde ebenfalls auf den Rücken geworfen. Aber der

Blitz traf Red Jacket mit derartiger Wucht, dass er den Angriff des Häuptlings wie eine unsichtbare Wand aufhielt. Er erstarrte vor Schmerz, während ihn Energie wie eine zischende Aureole umkreiste. Sein Rock ging in Flammen auf. Dann kochten seine Augen und traten hervor, seine Zunge schwoll wie ein Brotlaib an, er wurde ein Dutzend Fuß zurückgeschleudert, und seine Mokassins flogen davon.

Thors Hammer hatte funktioniert!

Das mystische Werkzeug landete in Magnus' Händen, als bestünde ein seltsamer Magnetismus zwischen Waffe und Werfer. Der Norweger fing ihn mit einem schmerzvollen Schrei auf. Blodhammer schien selbst von Elektrizität durchströmt zu sein, seine Kleidung rauchte, Hammer, Himmel und Baum knisterten elektrisch aufgeladen. Magnus stieß einen weiteren gewaltigen Schmerzensschrei aus und wirbelte im Kreis herum. Energie strömte aus dem Hammerkopf und schlug in das Gras ein. Überall um den Baum brach Feuer aus, eine runde Flammenwand, und alle Indianer, die noch nicht durch die glutheiße Entladung getötet worden waren, rannten um ihr Leben. Jetzt heulte Magnus vor Schmerz, drehte sich, beugte sich mit letzter Kraft zurück und schleuderte den Hammer hoch in die Luft, so weit er werfen konnte, wobei sich die Waffe immer wieder um sich selbst drehte.

Der Himmel explodierte.

Blitze fuhren aus allen Richtungen auf den Hammer zu und stießen mit einem kolossalen Donnerschlag zusammen. Es krachte so laut, dass ich vorübergehend taub wurde. Alles wurde weiß, dann wieder schwarz. Der Hammer fiel zu Magnus herab, schlug auf dem Boden auf, prallte ab und blieb dann liegen. Keiner von uns wagte, ihn noch mal zu berühren. Er strömte Energie aus wie eine der Sonne entwendete Waffe. Er zischte, schien zu kochen. Magnus sank gegen die Rinde des Baumes zurück, angeschossen, versengt, von Schmerzen gequält, betäubt und die Arme gegen den Feuervorhang erhoben, den er entzündet hatte.

Der Himmel wurde schwarz, und die einzige Beleuchtung kam von dem Feuer, das die Wiese um den Baum verschlang und sich sowohl in unsere Richtung als auch in die der fliehenden Dakota ausbreitete. Durch den schimmernden Hitzeschleier und den Rauch konnte ich Aurora sehen, die mit ihrer leeren Waffe fuchtelte und fluchte, als die Flammen das Gras um sie herum erreichten. Nachdem mein Gehör wieder funktionierte, hörte ich sie meinen Namen rufen und mir verheißen, sich mit mir in der Hölle zu treffen. Dann wurde der Rauch zu stark, die Flammen entzündeten die niederen Äste von Yggdrasil, und es schien, als hätten wir ein Inferno ausgelöst, das uns verschlingen würde.

Wir hatten Ragnarök, den Untergang der Welt, heraufbeschworen.

42

Unter den Baum«, krächzte Magnus. Sein Bart rauchte. »Los, runter, sonst sind wir tot.«

Wir zogen uns durch den Tunnel aus Stoßzähnen zurück in die Kammer, in der wir schon gewesen waren. Der Käfig aus Draht und Wurzeln, in dem der Hammer zuvor hing, war leer. Die Drähte rauchten, und der Baum erbebte von den fortgesetzten Einschlägen über uns. Magnus' Brandwunden sahen schrecklich aus.

»Little Frog hat ihn sich geschnappt, um Pierre zu rächen«, sagte Namida zittrig.

»Und hat ihr Leben dabei aufs Spiel gesetzt«, ergänzte ich. Rauch war uns in den Tunnel gefolgt. Die Hitze nahm zu. »Wir haben kein Eden gefunden, Magnus, wir haben die Hölle gefunden.« Ohne nachzudenken begann ich, die Büchse nachzuladen, die in meiner Faust festgeschmiedet zu sein schien. Wie oft hatte sie mir schon das Leben gerettet?

»Nein, nein, es ist das Paradies, das weiß ich«, keuchte Magnus. »Der Hammer war der Apfel, wir hätten ihn nicht berühren dürfen! Aber die Macht des Himmelsgottes ist nach wie vor hier – wir sind durch einen Draht mit dem Himmel verbunden. Es wird funktionieren, Ethan, es wir immer noch funktionieren!«

»Was wird funktionieren?« Der Riese war noch verrückter als zuvor.

»Er wird Signe wiederauferstehen lassen!«

»Wie bitte?«

»Das hier ist der Baum des Lebens, Ethan, nach dem die nordischen Tempelritter gesucht haben. Sie suchten nach den Überresten von Eden und der ewigen Jugend, die der Garten nach wie vor enthalten könnte. Der Hammer war ein Samen, in dem die Energie des Himmels gesammelt wurde, und der Baum eine Vorrichtung zur Verjüngung! Sie hatten keine Zeit, das alles in Gang zu setzen, weil sie von den Indianern überwältigt wurden, aber der Baum ist viereinhalb Jahrhunderte lang gewachsen. Jetzt, Ethan, jetzt kann ich sie zurückbringen!«

»Deine tote Frau zurückbringen?«

»Mit meinem Kind in ihrem Schoß!«

Triumphierend hielt er das Kartenfutteral hoch. »Hast du dich nicht gewundert, warum ich es ohne Karte mit über die Prärie getragen habe?« Er zuckte zusammen, als er mit verbrannten, rauchenden Fingern den unteren Teil des Futterals öffnete. »Die Schriften sind mehrdeutig, aber ich glaube, dass die Auferstehung gemeint ist. Das, oder Vergessen. Ich habe nie eine andere geliebt, Ethan, nicht für einen Augenblick, nicht so wie Signe!« Und er ließ ein Gefäß voll grauem Pulver in seine Hand fallen. Sein Auge strahlte. »Ihre Asche! Habe ich dir nicht gesagt, dass es der größte Schatz auf Erden ist?«

»Nein! Was hast du vor?«

»Tretet zurück, alle beide. Ich werde mit ihr in den Käfig gehen und den Draht anfassen, und diesmal wird er heilen, glaube ich. So versprechen es die alten Schriften.«

»Das ist Wahnsinn, Magnus!« – »Die Elektrizität wird sie wiederherstellen. Warum hätten die Templer das hier sonst errichten sollen?«

»Cecil sagte, wir kennen den Grund nicht, weshalb sie es getan haben.«

»Die Somersets sind Blinde in einem dunklen Keller mit Juwelen, die sie nicht finden können.« Er lächelte. »Signe und ich werden endlich wieder vereint, so oder so. Ich werde ein Ableiter für die Blitze sein. Ich werde den Finger Gottes berühren! Tretet zurück, falls es nicht funktioniert.«

»Magnus, Signe kann nicht wiederauferstehen.«

»Glaubst du, mir liegt noch was an diesem Leben, wenn sie nicht wieder bei mir ist?« Wie ein Wahnsinniger streckte er die Hand nach dem Geflecht aus Wurzeln und Draht aus und tastete nach dem Blitzableiter, der bis zur Spitze des Baumes führte. Zum ersten Mal, seit ich ihn kannte, schien er mit sich in Frieden zu sein. Odin der Einäugige hatte endlich gefunden, wonach er die Welt durchstreift hatte.

Ich floh.

Als ich Namida durch den mit Rauch gefüllten Tunnel zerrte, sah ich Magnus die Hand nach dem Draht ausstrecken, wie Adam sie nach dem Allmächtigen ausgestreckt hatte. »Komm zurück, verlorene Liebste!« Seine Faust zerdrückte die Asche.

Und dann ertönte ein Brüllen, ein welterschütterndes Geräusch, das den Donnerschlag von vorhin noch in den Schatten stellte, und ich vermute, unser Gehör wurde nur dadurch gerettet, dass das Krachen die Tunneldecke einstürzen ließ und Namida und mich unter Stoßzähnen und Erde begrub. Magnus hatte die Apokalypse heraufbeschworen, und alles wurde sofort ausgelöscht. Wir waren lebendig begraben in einem Boden, der sich schüttelte wie ein nasser Hund.

Ich klammerte mich an die Indianerfrau, die ich in diese Hölle geschleppt hatte, und fluchte, dass ich nicht auf meinen Instinkt gehört hatte. Ich würde in einer namenlosen Prärie begraben sein und könnte nie über Wollhaarelefanten, britische Verschwörungen oder den amourösen Charme eingeborener Mädchen berichten!

Und dann erlebten wir, wie uns von Magnus verheißen, unsere Auferstehung.

Nicht im biblischen Sinne. Sondern die Erde platzte auf und trug uns mit hoch, als ein Wurzelgeflecht von der Größe eines ganzen Dorfes aus dem Boden gerissen wurde. Zuerst die beängstigende, erstickende Schwärze, während der Tunnel einstürzte, und dann das Licht unserer explosiven Wiedergeburt, ein Gewirr aus Erde, Steinen und Holz, als Wurzeln peitschten und Erde in großen Geysiren hochspritzte. Schwach hörte und fühlte ich ein gewaltiges Krachen Tausender Tonnen von Holz beim Aufprall auf den Boden, was die Erde noch mehr erbeben ließ. Dann regneten Stücke brennenden Laubwerks wie kleine Kerzen vom tosenden Himmel herab und erleuchteten eine Finsternis aus Staub und Wolken. Ich spuckte Erde aus und schnappte keuchend nach Luft.

Endlich wurde es still. Nur noch das Zischen eines sanften Regens war zu hören. Oder war es das Klingeln in meinen Ohren?

Zitternd setzte ich mich auf. Namida und ich waren schwarz von Erde, husteten und rieben uns den Schmutz aus den tränenden Augen. Meine Büchse ragte wie eine dreckige Stange aus dem Durcheinander auf. Wir saßen in einem Krater, der so groß wie ein See war. Die gigantische Esche, unser moderner Yggdrasil, war durch Magnus' überstürztes Experiment in die Luft gesprengt worden und brennend zu Boden gestürzt. Der Baum erstreckte sich über eine Viertelmeile der Prärie, und seine Äste wurden von Flammen verzehrt. Als die Esche umstürzte, hatte sich dort, wo ihre Wurzeln gewesen waren, ein Loch aufgetan. Ihr Wurzelgeflecht bildete einen riesigen Kreis, und einzelne Wurzeln ragten bis zu zweihundert Fuß in die Luft, während das Gewicht des Stammes eine Vertiefung in den Boden geschlagen hatte. Erdrisse gingen von dem Graben aus, in dem er lag.

Der größte Baum des Planeten war gefällt worden.

Von Magnus war nichts zu sehen. Die Höhle war natürlich fort, ausgelöscht durch die Explosion und das Umstürzen des Baumes. Auch von dem Käfig aus Wurzeln und Draht, von Signes Asche und dem Norweger selbst war nichts zurückgeblieben. Er war nach Walhall eingegangen und verschwunden.

Vielleicht hatte das Paar ein gemeinsames Grab im Krater des Baumes gefunden. Vielleicht waren sie durch die von ihnen angezapfte Energie verdampft. Vielleicht würden sie an einem besseren Ort neu erstehen.

Und ich? Wie immer wurde ich in dieser bitteren Welt zurückgelassen.

Die Befreiung vom Kummer war Blodhammers Eden gewesen. Er hatte ein Ende seiner Trauer gesucht, auf die eine oder andere Weise – und hatte es gefunden. Norwegen, königliches Blut, Schätze? Letztlich hatte das keine Rolle mehr gespielt. Magnus hatte das Paradies gefunden, in das er eingehen wollte.

Namida und ich krochen zitternd aus dem Krater zum Rand hinauf. Ich zog meine recht mitgenommene Büchse mit, schüttelte Erde aus der Mündung und benutzte die Waffe, um mich mühsam aufzurichten. Dann half ich der Indianerin auf.

Das Feuer um den Baum hatte keine Nahrung mehr gefunden, war erloschen und hatte einen geschwärzten Ring hinterlassen. Flammen, die noch an seinem äußeren Umkreis flackerten, wurden vom Nieselregen gelöscht. Wir fanden die Leichen von Little Frog, Pierre und Cecil auf dem nackten Boden unter dem Baum, wo das Feuer nicht hingekommen war, und die rauchende, verkohlte Hülle von Red Jacket. Mehrere andere geschwärzte Leichen lagen auf der verwüsteten Wiese. Von dem Rest der Dakota und Aurora Somerset war nichts zu sehen.

Ich fand den Hammer, seltsam leblos und geschrumpft. Ein Großteil seines Gewichtes hatte sich in unserer Apokalypse verflüchtigt. Die verbliebene Hülle hatte ein stumpfes Grau angenommen, ein Eisenklumpen, der sich nicht mehr heiß anfühlte. Unser eigenwilliger Einsatz hatte ihn entschärft.

»Thors Hammer hat er ihn genannt«, sagte Namida und betrachtete die Waffe verwundert.

»Jetzt ist es nur noch altes Metall.«

»Es gibt Dinge, die Menschen nicht finden sollten.« Sie begann um ihre tote Freundin zu weinen.

Ich blickte zum Himmel. Die Unwetterwolken waren zu einer trüben Wolkendecke abgeflacht, und es begann zu regnen.

43

Der Baumstamm war eine waagrechte Mauer, so hoch und lang wie die legendären Mauern von Konstantinopel, aber das Feuer und der Fall hatten sein ungewöhnlich schnell wachsendes Rückgrat in lange, verdrehte Teile zerbrochen. Regen prasselte bereits in die breiten Spalten. Der Baum würde schnell verfaulen. Würde etwas ähnlich Erhabenes ihn ersetzen? Nicht ohne den eigentümlichen Einfluss von Elektrizität und Hammer. Das Wurzelloch würde ein See werden, das vermoderte Holz würde sich mit Erde vermischen, und die verbrannte Wiese würde nachwachsen. Keine Spur würde von Blodhammers seltsamem Eden übrig bleiben. Oder war es sein Ragnarök? Trennte beides nur die Laune des Zufalls?

Der Runenstein lag immer noch da, vergessen in all der Aufregung. Das Feuer war über ihn hinweggegangen, ohne Schaden anzurichten. In ein oder zwei Generationen, wenn der Baum zerfallen war, würde die Steintafel der einzige Beweis für meine Geschichte sein.

Genauso vergessen lag da die Axt meines norwegischen Freundes. Namida nahm sie am Schaft und zog sie benommen hinter sich her wie eine Kinderpuppe.

Und dann, während wir erschöpft um den zerstörten Baum herumstolperten, bemerkten wir noch etwas, das uns in dem durch Yggdrasils Sturz freigelegten Wurzelgeflecht nicht sofort aufgefallen war.

Beim Herausbrechen hatte der Baum nicht nur Tonnen von Erde mitgerissen, sondern auch Granitbrocken in der Größe von Heuwagen, die wie Nüsse im Teig an ihm hingen. Aus dem Wurzelgeflecht strömte bereits Regenwasser, und es würde ebenfalls bald zusammenbrechen. Aber da war noch etwas anderes. Etwas so Fremdartiges, dass es uns schaudern ließ und wir uns fragten, ob dieser Ort nicht doch verflucht war.

Außer den alten Mastodon-Stoßzähnen hatten sich menschliche Skelette in dem Wurzelgewirr verfangen, die Knochen so graubraun wie das Holz. Fleisch und Haare waren längst verschwunden, aber die mit ihnen begrabenen Rüstungen zeigten, dass es keine Indianer waren. Der rote Rost auf den Schilden war deutlich zu erkennen. In den Erdklumpen steckten auch Überreste alter Brustpanzer, Schwerter, Kettenhemden und Helme. Wir hatten die Nordmänner gefunden! Zumindest einige waren wohl im Halbkreis um das begraben worden, was vor viereinhalb Jahrhunderten ein Schössling gewesen sein musste, verbunden mit einer elektrischen Maschine, die in einer Höhle tief unter der Erde vergraben war.

»Leichen«, sagte ich zu Namida.

»Die rothaarigen Fremden«, erwiderte sie und betrachtete die Überreste der Rüstungen.

»Ja. Weiße Männer wie ich.«

»So weit fort von zu Hause.«

»Magnus würde sagen, sie glaubten, dass sie nach Hause kamen.«

»Der weiße Mann ist so seltsam, sucht immer nach seinem Zuhause. Die Welt ist das Zuhause, überall, wo man ist. Eden ist dort, wo man es sich schafft. Warum reist der weiße Mann dauernd so weit, so ruhelos, mit so viel Gewalttätigkeit?«

»Um Frieden zu finden.«

»Weiße Männer müssen dort Frieden machen, wo sie sind.«

»Die Tempelritter waren Krieger. Genau wie die Wikinger. Genau wie die Ojibwa und die Dakota. Das waren sie, und das sind sie. Das ist es, was Männer sind, im Gegensatz zu Frauen.« Aber ich bemühte mich nicht richtig, es ihr zu erklären, sondern starrte mit plötzlicher Erregung nach oben zu den Skeletten und rostigen Rüstungen. War das Gold?

Ich hatte Gold bei den Überresten des Ritters Montbard in der Stadt der Geister gefunden, weit entfernt in der Wüste. Warum also nicht auch hier? Mein Herz schlug schneller.

»Weiße Männer sollten ihr Zuhause dort finden, wo sie sind.«

»Ich glaube, wir haben den Schatz gefunden.«

Bevor Namida mich aufhalten konnte, packte ich eine Wurzel, kletterte zu den Erdklumpen hinauf und zog mich hoch zu dem Skelett, bei dem ich das gelbe Metall hatte schimmern sehen. Es mag zwar frevelhaft erscheinen, die Toten zu stören, aber das durfte ihnen inzwischen doch egal sein, nicht wahr? Sollte ich endlich meinen Lohn für diese Reise bekommen? Aber warum wurde Gold mit ins Grab gelegt? Hatten die flüchtenden Templer Gold mit nach Amerika gebracht? Oder hatten sie es hier gefunden, wie die mysteriösen Kupferminen auf der Isle Royale? War es biegsames Metall und nicht Eden, was sie angezogen hatte?

»Da ist etwas zwischen diesen Knochen«, rief ich hinunter.

Namida schüttelte den Kopf. »Die Knochen sind der Grund, warum dieser Ort vom Bösen erfüllt ist.«

»Nein, er ist nur ein heiliger Ort, wie eine Begräbnisstätte.«

Sie begann zu klagen. »Nein, es ist ein böser Ort! Der Hammer war böse, sieh doch, was er angerichtet hat! Lass ihnen ihre Sachen, Ethan. Wir müssen von hier fort, rasch! Dies ist ein Ort böser Geister.«

»Wird Zeit, etwas aus diesem Trümmerhaufen zu retten. Ich bin fast da.«

»Neiiiin, wir müssen fort, das spüre ich!«

»Bald, ich versprech's dir. Gleich hab ich es.«

Ich erreichte die Überreste. Der Schädel grinste mich auf die beunruhigende Art an, die den Toten eigen ist. Ich gewöhnte mich allmählich an diesen makaberen Aspekt der Schatzsuche. Als ich etwas Dreck von der Rüstung abwischte, löste sich ein Goldblättchen.

Ich hielt inne. War der Schatz so empfindlich? Ich kratzte den Dreck jetzt vorsichtiger ab und erkannte, dass es tatsächlich Gold war, aber in Form eines viel dünneren, breiteren Blattes, als ich es mir vorgestellt hatte. Eine goldene Scheibe, so breit, wie ein Arm lang ist, jedoch nicht dicker als Papier.

Tatsächlich, es war eine Art Papier.

Von der Größe und Form eines runden Schildes.

Und da waren erhabene Buchstaben auf dem Metall. Keine Runen, sondern lateinische Schrift.

Dieser Templer-Trick erinnerte mich daran, wie ich das Buch des Thoth auf dem Nil für alle sichtbar in dem ägyptischen Baumwollsegel versteckt hatte. In diesem Fall war ein mittelalterlicher Schild aus Holz und Metall zu einer doppellagigen Hülle für eine dünne Goldfolie geworden, die man verwendet hatte, weil sie nicht vermodern würde, nahm ich an. Das bedruckte Goldblatt war versteckt worden.

Warum?

Um die Botschaft geheim zu halten, bis sie von dem Richtigen gefunden wurde, schätzte ich.

Allerdings bezweifelte ich, dass sie mich dabei im Sinn gehabt hatten.

Ich sah genauer hin. Ja, es war Latein, aber aus meinem Blickwinkel rückwärts, wie in einem Spiegel: Der Schild war mit der Schrift nach oben begraben worden, und ich befand mich auf der Unterseite. Ich brach ein Wurzelstück ab und stocherte damit am Rand des Schildes herum. Die Abdeckung war verrottet, und das Gold selbst so brüchig wie ein trockenes Blatt.

»Ethan, beeil dich!«

»Hier ist was Geschriebenes, wie ein Buch.«

»Was ist ein Buch?«

»Man kann Gedanken darin aufbewahren und es dann zu jemandem sprechen lassen, der sie noch nie gehört hat, Meilen oder Jahre entfernt.«

Das ergab für sie natürlich keinen Sinn und erinnerte mich daran, wie verschieden wir waren, dieses Geschöpf der Prärie und der Glücksritter aus den Spielsalons. Was würde jetzt aus uns werden? Sollte ich sie zu ihrem Volk zurückbringen? Konnte ich sie in das Haus des Präsidenten und an den Hof Napoleons mitnehmen wie ein Art Pocahontas? Oder sollte ich sie zu den Mandan schicken? Schließlich gelang es mir, den größten Teil des verrotteten Schildes von Erde zu befreien. Ich fluchte jedes Mal, wenn sich wieder ein kleines Goldblättchen löste. Vorsichtig stieg ich hinab und hielt den morschen Überrest wie ein leicht zerreißbares Stück Zeitungspapier in der Hand. Als ich wieder im Krater war, kratzte ich weiteren Rost und vermodertes Holz ab und versuchte zu lesen.

Ich bin kein Wissenschaftler, hatte meine Zeit in Harvard eher dazu benutzt, durch die Fenster nach flanierenden Dämchen aus Cambridge zu schauen, statt dem Leben der Cäsaren Aufmerksamkeit zu schenken. Ich konnte genauso wenig Latein herunterrattern, wie Newtons *Principia* erklären. Aber einige Worte glaubte ich erkennen zu können. *Poseidon*, zum Beispiel, und *Atlantis*. Nein, halt. Ich sah genauer hin. Hieß das *Atlantik* oder *Atlantis*? Und daneben ein weiteres Wort, das mir irgendwie bekannt vorkam, allerdings konnte ich mich nicht erinnern, wo ich es schon mal gehört hatte. *Thira*. Und noch eins: *hasta*. Ein altes Gedicht kam mir in den Sinn. Bedeutete das nicht Speer auf Lateinisch? Mir fiel das mittelalterliche lateinische Couplet ein, das Silano gefunden und das mir den Weg zum Buch des Thoth gewiesen hatte. Konnten diese nordischen Templer, Tausende Meilen von ihrer wirklichen Heimat entfernt, einen weiteren lateinischen Hinweis auf Schätze oder Macht hinterlassen haben? Aber warum hatten sie diesen Hinweis an derselben Stelle wie den Hammer vergraben? Man vergräbt die Schatzkarte nicht dort, wo der Schatz liegt. Da waren auch seltsame Worte wie *Og*. Was zum Teufel bedeutete das?

Es ergab keinen Sinn. Außer, wenn der Schatz – Thors Hammer – nicht der echte Schatz gewesen war. Und dieser große Baum nur ein Signalmast.

Ich dachte daran, was Magnus mir erzählt hatte. Die Templer waren vernichtet und zerstreut worden. Welche Artefakte, Schätze oder Bücher, sie auch immer angehäuft hatten, sie waren mit ihnen zerstreut worden. Eines hatte ich verborgen in einem Sarkophag unter der Erde in der Stadt der Geister gefunden, südöstlich von Jerusalem in der Wüste: das Buch des Thoth. Für ein weiteres war ich fast um die halbe Welt gereist, um es hier zu finden: Thors Hammer. Wenn es also zwei gab, warum dann nicht noch mehr? Was hatte Cecil über die Templer gesagt, die etwas zusammenzufügen versuchten? Und wenn es noch mehr gab, warum sollte dann nicht ein Schlüssel an einem Ort versteckt werden, von dem man erwarten konnte, dass die in alle Winde verstreuten Templer ihn fanden und sich dort wieder sammelten – bei dem gigantischen, mythischen, von Elektrizität befeuerten Baum Yggdrasil?

Ich stöhnte innerlich. Irgendwie wusste ich, dass ich noch nicht fertig war.

Das Problem, berufen zu sein, liegt darin, nicht einfach aufhören zu können.

Und dann pfiff und sauste etwas an meinem Kopf vorbei, und der Knall eines Schusses war zu hören. Ein Loch entstand in dem rostigen Schild, und das dünne Gold teilte sich wie Seidenpapier.

»Warte!«, schrie ich.

Aber Aurora Somerset galoppierte auf uns zu wie eine Besessene, mit fliegenden Haaren, die Zähne gebleckt, die grünen Augen brennend im Wahn der Trauer. Sie saß auf einem indianischen Pony, warf ihre leere Muskete beiseite und zog stattdessen mit der freien Hand das zerbrochene Rapier ihres Bruders, in der anderen hielt sie eine indianische Lanze. Die gezackte Spitze des Schwertes funkelte wie die Scherbe einer zerbrochenen Aleflasche. Sie war auf Rache aus!

Suchend blickte ich mich nach meiner Büchse um. Ich hatte sie an eine zerrissene Wurzel gelehnt, zu weit weg. Ich hechtete darauf zu, gerade als ihr Pony sich in den Baumkrater hinabstürzte.

Und dann spürte ich einen scharfen Schmerz in meiner Wade. Ich stolperte und fiel zu Boden.

Die Feuersteinspitze der Lanze hatte sich in mein Bein gebohrt.

Ich machte mich darauf gefasst, niedergeritten zu werden, denn ich konnte wegen des baumelnden Speers nur noch humpeln.

Aber Aurora galoppierte nicht auf mich zu. Sie hatte es auf das goldene Pergament abgesehen und beugte sich wie ein Kosak herab, um es sich zu schnappen. Wusste sie, was es war?

Doch gerade, als sie die Hand danach ausstreckte, schrie ihr Pferd auf, knickte in den Vorderbeinen ein und warf Aurora über seinen Hals ab. Pferd und Reiterin krachten in das Artefakt, das ich gefunden hatte. Schlamm spritzte auf, goldener Text zerstob wie Konfetti. Antikes Holz und gelbe Flocken der Weisheit flogen durcheinander, und Aurora kreischte vor Wut, während sie in die aufwirbelnden Teile hinunterrutschte. Das Pferd lag auf dem Rücken, hatte Goldstäubchen an den Hufen und wand sich vor Schmerz. Dann richtete sich Namida auf der anderen Seite auf, schwang Magnus' Axt über dem Kopf und ließ sie mit einem tödlichen Schlag auf die Kehle des Ponys herabkrachen.

Sie hatte die liegen gelassene Waffe benutzt, um das Pferd zu töten.

Aurora krabbelte auf allen vieren mit einem Wutschrei auf die andere Frau zu, das zerbrochene Rapier immer noch in der Hand, und schlug zu. Namida entglitt die Axt, als das Schwert auf den Schaft traf, und beide Waffen schlidderten davon.

Meine Büchse!

Ich riss die Speerspitze aus meiner Wade, brüllte vor Schmerz und kroch über den losen Kies und den Schlamm zu meiner Waffe. Die beiden Frauen rangen miteinander im Dreck und versuchten an Auroras zerbrochenes Schwert zu kommen.

»Geh aus dem Weg, Namida, damit ich schießen kann!«, brüllte ich.

Die Indianerin packte Aurora an den Unterarmen, grunzte und wuchtete sie hoch. Sie warf Lady Somerset und das zerbrochene Rapier zur einen Seite und neigte sich dann zur anderen, um mir freies Schussfeld zu geben. Unbeholfen auf dem Bauch liegend, hob ich meine Büchse und zielte. Aurora lag ebenfalls auf dem Bauch, kein besonders gutes Ziel, aber ich hatte nur den einen Schuss. Sachte! Visieren, Schaft an die Schulter, atmen, Luft anhalten, abdrücken ...

Ich schoss.

Und in dem Moment kam mir etwas vors Visier. Die Kugel schwirrte und prallte harmlos ab.

In ihrer Verzweiflung hatte Aurora Somerset Magnus' blutige Axt als Schild hochgehoben, und durch pures Pech hatte ich die Klinge getroffen. Die Adlige lächelte mit wildem Triumph.

Und dann stürzte sie sich wie eine Tigerin auf Namida, bevor die Indianerin reagieren konnte, zerrte den Kopf meiner Geliebten an den Haaren zurück und hielt ihr das Rapier an die Brust.

»Nein!« Mein Schrei war Ausdruck tiefster Verzweiflung. Ich war zu gelähmt, um die beiden rechtzeitig zu erreichen, das Nachladen meiner Büchse würde eine ganze schmerzliche Minute beanspruchen, und ich war zu weit entfernt, die Lanze zu werfen. Ich war hilflos, und meine Feindin wusste das.

»Ich will dich trauern sehen, wie ich trauere«, fauchte Aurora. »Ich will, dass du deine Squaw in Erinnerung behältst, wie ich den armen Cecil.« Und damit stieß sie zu. Sie kreischte gespenstisch, während sie den Schwertstumpf in die Brust des armen Mädchens rammte.

Gräuel habe ich reichlich gesehen, aber Aurora hatte recht, das hier traf mich bis ins Mark. Namidas Augen waren aufgerissen wie die eines verängstigten Kalbes, als das Metall zubiss. Ihr Herz explodierte, Blut schoss heraus und strömte über Auroras Hand, machte sie zu einer Art monströser Lady Macbeth. Namidas hoher Schrei wurde durch den Stoß abgeschnitten, ihr Mund öffnete sich in tödlicher Überraschung, und dann lief das Blut über ihr Rehlederhemd, ihre Augen verdrehten sich und wurden starr.

Mir fielen ihre ersten Worte ein: »Retten Sie mich.«

Mein Herz sank bis tief in die Erde hinab. »Du Ungeheuer!«, brüllte ich.

Ich packte die Lanze und begann auf diese Hexe zuzukriechen, in die ich einmal verliebt gewesen war, diese Teufelin, die am Tod all meiner Freunde mitschuldig war. Magnus hatte recht gehabt, es gibt einen Schmerz, der schlimmer ist als der Tod, und ich wollte entweder Aurora vernichten oder von ihr vernichtet werden. »Jetzt komm schon! Lass uns die Sache zu Ende bringen.«

Sie richtete sich auf, schleuderte Namidas Leiche beiseite wie einen Sack Kartoffeln und bedachte mich mit einem teuflischen Lächeln.

»Was hast du gelesen?«

»Wie bitte?« Die Frage kam so unerwartet, dass ich für einen Moment liegen blieb. Das aus meinem Bein rinnende Blut wand sich wie eine rote Schlange hinter mir. Ich spürte das langsame Pochen meiner Wunde.

»Wie viel davon hast du gesehen?«

Sie redete offensichtlich von dem goldenen Blatt und dessen Botschaft. Sie hatte wohl davon – und von den Templer-Leichen – gewusst.

»Du ... wusstest es?«

»Was stand darauf, Ethan?«, fragte sie erneut. Das Blut meiner Geliebten tropfte von dem zerbrochenen Schwert. »Wie lautete die Botschaft?«

»Glaubst du, ich erzähle *dir* das?«

Da lachte sie, das Lachen einer Wahnsinnigen, und trat gegen die Fragmente, die ihr Pferd im Fallen zerstreut hatte. »Das wirst du. Du wirst es, weil ich dir *folgen* werde.« Und mit einem durchtriebenen Grinsen, die Augen schimmernd vor Hass und einer Gier auf etwas, das ich noch nicht begreifen konnte, salutierte sie mit dem zerbrochenen Rapier, drehte sich um und schlenderte davon.

»Warte! Komm zurück, verdammt! Mach der Sache ein Ende!«

Wieder ein Lachen. »Oh, Ethan, wir sind noch längst nicht am Ende. Als wir die Karte sahen, ergaben die alten Schriften einen Sinn. Im Ritus wurde darüber gemunkelt.«

»Aurora!«

Sie wirbelte das Heft ihres Rapiers herum wie ihr Sonnenschirmchen.

Also schleuderte ich die Lanze. Sie fiel zu kurz, ging auf halber Strecke zwischen ihr und mir zu Boden, und Aurora hätte sich umdrehen und mich damit aufspießen können, bevor ich die Waffe kriechend erreichen konnte. Sie hätte mich wie einen angeschlagenen Bullen quälen, mir Wunde auf Wunde zufügen können, bis ich erschöpft und ausgelaugt im Schlamm zusammengesackt und verschieden wäre.

Aber sie tat es nicht. Sie schaute nicht zurück und sagte auch kein einziges Wort mehr. Sie entfernte sich einfach weiter von dem Baum und aus dem Krater hinaus, mit schwingenden Hüften, als sei etwas Befriedigendes endlich erledigt worden. Es hätte mich nicht überrascht, wenn sie gepfiffen hätte.

Sie wollte mich lebend.

Sie wollte, dass ich dem folgte, was ich gelesen hatte.

Und bis ich zu meiner Büchse zurückgekrochen war und sie nachgeladen hatte, war Aurora Somerset zwischen den Bäumen verschwunden.

44

An das, was danach kam, kann ich mich nur verschwommen erinnern. Ich stand unter Schock durch den Blutverlust, die elektrische Entladung, Trauer, die Seuche, die das indianische Dorf verwüstet hatte, Erstaunen, dass es den Hammer tatsächlich gab, und Verwirrung. Welche Botschaft war mir hier zuteilgeworden? Eine lateinische Schrift, die von den Hufen eines sterbenden Ponys bis zur Unkenntlichkeit zertrampelt worden war. Was bedeutete es? Ich hatte nicht die leiseste Ahnung. Was wusste ich Auroras Meinung nach? Dazu fiel mir erst recht nichts ein. Wohin war sie gegangen? Sie war wie Nebel zwischen den Bäumen verschwunden, als hätte es sie nie gegeben.

Ich war vollkommen allein. Ich sah keine Indianer, keine Büffel, keinen Rauch.

Ich verband mein verwundetes Bein so gut ich konnte und trank etwas dreckiges Wasser aus einer Pfütze. Es regnete noch immer.

Dann kniete ich mich hin und grub mit Magnus' Axt drei Löcher im Schlamm, um Pierre, Little Frog und Namida zu beerdigen. Gutes Ackerland, fiel mir dabei auf. Gutes Land für Jeffersons Freibauern. Ein guter Ort für Demokratie.

Doch welchen Preis hatten meine Freunde und ich für diese geografische Information zahlen müssen.

Und Napoleon? Dieses weite Land konnte Armeen verschlucken.

Ich glaube, ich hatte eine Ahnung, was aus Louisiana werden würde.

Und so konnte ich meine Gedanken zum Glück schweifen lassen. Dann war ich fertig, drei Löcher nebeneinander. Namida als Erste, so sanft hineingebettet, wie ich konnte, nachdem ich ihr die Augen geschlossen hatte. Dann die tapfere und verbrannte Little Frog, die nach dem Feuer der Götter gegriffen hatte, um Little Pierre zu rächen. Und dann Pierre selber mit seiner leicht versengten Kleidung und der aufgeplatzten Haut von den grausamen Peitschenhieben des verfluchten Cecil Somerset. Keinen von ihnen hatte ich beschützen können. Ich hatte versagt.

Während der Regen herabprasselte, schaufelte ich Erde mit den Händen zusammen, um sie auf die Leichen zu werfen. Ich häufte die Erde auf das erste und das zweite Grab und begann mit dem dritten.

Plötzlich hustete Pierre und spuckte.

»Was machst du da, Esel?«

Ich torkelte von seinem Grab zurück, als hätte der Teufel selbst gesprochen. Bei Franklins Blitzen! Und dann blinzelte der Franzose, kniff die Augen gegen den Regen zusammen, der auf ihn fiel, und verzog das Gesicht. »Warum bin ich in einem Loch?«

»Weil du tot bist! Aurora hat dich getötet!« Waren Magnus' Träume von der Auferstehung wahr geworden? Welche sonderbare Magie war hier am Werk?

Der Voyageur setzte sich langsam dort auf, wo ich ihn hatte begraben wollen, und starrte ungläubig auf den Krater, das tote Indianerpony, das Wurzelgeflecht und den riesigen Stamm von Yggdrasil, der quer über der Prärie lag. »*Mon dieu*, welche Katastrophe hast du denn diesmal angerichtet, Amerikaner?«

Ich wagte ihn nicht zu berühren, aus Furcht, meine Hand könnte durch seine Geisterbrust stoßen. Halluzinierte ich? »Sie hat dich erschossen! Oder nicht?«

Er begann seinen Kopf zu drehen, als wollte er selbst seine Rückenwunde betrachten, und zuckte dann stöhnend zusammen. »Ich glaube, sie hat *es* getroffen, mein Freund, und ich bin ohnmächtig geworden.«

»Es?«

»Tut teuflisch weh.« Und dann griff er vorsichtig in sein zerfetztes Hemd und zog mit schmerzverzerrtem Gesicht eine Baumwollschnur heraus und etwas ...

Das um eine Kugel gebogen war.

»Ich hab's dem arg zugerichteten Cecil eines Abends abgenommen, als der Dummkopf mich niederrang, um mich auszupeitschen, blind auf dem einen wahnsinnigen Auge und voller Wut in dem anderen. Und nachdem ich es ihm gestohlen hatte, band ich es innen an der Rückseite meines Hemdes fest, um ihn zu quälen. Du kannst dir vorstellen, wie rasend er wurde, als er es vermisste: Seine Bedrängnis amüsierte mich, während er mich folterte. Wer hätte ahnen können, wie nützlich es sein würde? Ich bin voll blauer Flecken und blutig, aber es hat die Kugel daran gehindert einzudringen.«

Und er hielt einen stark verbogenen Anhänger hoch, den ich an Somersets Hals gesehen hatte, als er sich mit seiner

Schwester paarte. Eine Pyramide und eine Schlange, die platt gedrückt worden waren und die von Aurora abgeschossene Bleikugel aufgehalten und umschlossen hatten wie ein Pfannkuchen. »Es hat sich als mein Glücksbringer erwiesen, nicht seiner, stimmt's? Und deiner, weil du dich augenblicklich in der Wildnis verirren würdest, wenn der große Pierre nicht auf dich aufpasst.« Er hustete und zuckte zusammen.

Und nun sackte ich vornüber, nicht nur, um ihn zu berühren, sondern zu umarmen, wobei ich gleichzeitig lachte und mir die Tränen über die Wangen liefen. Er lebte!

»Aber wo ist Little Frog?«

Also erzählte ich ihm, wie ihre Tapferkeit dazu beigetragen hatte, sein Leben zu retten.

Ich ließ Pierre um die beiden Frauen trauern und wieder zu Atem kommen – sein Rücken war ein einziger Bluterguss –, während ich drei andere Dinge vergrub.

Nein, nicht die Überreste von Cecil oder Red Jacket. Ich dachte darüber nach, dass Aurora, trotz all ihrer perversen Liebe zu ihrem Bruder, nicht dageblieben war, um diese Aufgabe zu erledigen. Sentimentalität kannte dieses Luder nicht, oder? Ich ließ die beiden für die Kojoten und die Krähen liegen.

Ich wollte jedoch nicht, dass die anderen Dinge gefunden wurden.

Das eine war die Steintafel. Sie war zu schwer, um sie mitzunehmen. Ich weiß nicht, warum es mir wichtig vorkam, sie geheim zu halten, aber wenn Aurora so neugierig auf die lateinische, in Goldfolie geprägte Schrift war, warum hatte sie sich dann nicht für die nordischen Runen interessiert? Ich bin mir nicht sicher, ob ihr überhaupt klar war, dass wir sie gefunden hatten. Also zerrte ich den Runenstein zu dem Travois, das den schlimmsten Flammen entgangen war, wuchtete ihn wieder hinauf und zog ihn humpelnd eine Meile oder mehr an eine Stelle, wo er nicht so schnell auffallen würde. Mit der großen Axt hob ich ein Loch in einer grasbewachsenen Erhebung aus, schaute mich dabei immer wieder furchtsam ob, ob Aurora mich beobachtete, schob den Stein unter die Soden und ließ ihn dort zurück. Vielleicht wird eines Tages ein neuer Baum darüber wachsen.

Dann kehrte ich zu den merkwürdigen Lochsteinen zurück, die von den Norwegern um ihren Baum ausgelegt worden waren, und zog sie mit dem Travois zu meinem neuen Standort, wo ich sie so verteilte, dass sich zwischen ihnen gezogene Linien dort überschneiden würden, wo der Runenstein lag. Es war das Beste, was mir einfiel, falls es einen Grund geben sollte, die Tafel wiederzufinden.

Die doppelschneidige Axt warf ich in einen Teich. Das Werkzeug war uns vielfach nützlich gewesen, aber es hatte eine Delle auf der Schneide, mit der Aurora meine Kugel abgefangen hatte, und ich wollte keine greifbare Erinnerung an den Preis dieses Fehlschusses behalten. Das Werkzeug konnte nun in Frieden verrosten.

Und Thors Hammer? Er wirkte jetzt tot, nichts weiter als ein zusammengeschmolzenes Schlackestück, aber er war etwas, das die Welt nicht brauchte, fand ich. Ich wollte auch nicht, dass Blitze in ihn fuhren und ihn vielleicht wiederbelebten. Auf einer Wiese fand ich einen einsam stehenden Granitfelsblock, höhlte einen kleinen Tunnel darunter aus und verbarg den Hammer darin. In dieser Landschaft gibt es noch genügend andere einzeln stehende Felsbrocken, und diesen kennzeichnete ich nicht. Er kann schlafen bis zum wahren Ragnarök.

Was ich an Goldflocken retten konnte, auf denen jetzt nur noch zerstörte Buchstaben zu erkennen waren, ließ sich zu einer Kugel von der Größe einer Weintraube zusammenrollen. Das würde mein Einsatz werden, wenn ich irgendwo ein anständiges Kartenspiel fand.

Dann sprachen Pierre und ich unsere letzten Gebete und machten uns nach Osten auf den Weg. Mit der Lanze als Krücke und meiner Büchse an einer improvisierten Schlinge über der Schulter humpelte ich los. Er hinkte vornüber, gebeugt wie ein alter Mann, sein schmerzender Oberkörper war bedeckt mit Blutergüssen. Am ersten Tag schafften wir gerade mal drei Meilen, aber welche Erleichterung war es, Magnus Blodhammers seltsamem Garten Eden entkommen zu sein! Die wirbelnden Unwetterwolken waren nach dem Fall des Baumes verschwunden, nicht aber das Gefühl der Vorahnung und des Verlustes.

Ich meinte zu spüren, wie sich die Tore von Eden hinter uns schlossen. Einmal schaute ich zurück und sah nur leeren Himmel, der sich unendlich weit nach Westen erstreckte.

»Tut mir leid, dass ich ihn mit dem ersten Schuss aus dem Kanu nicht getötet habe«, sagte ich zu Pierre. »Für gewöhnlich schieße ich nicht daneben.«

»So war es besser, denn die erste Exekution wäre zu barmherzig gewesen«, erwiderte der Franzose grimmig. »Du hast ihm seine Eitelkeit genommen und ihn mit Scham erfüllt. Was bei dem Baum geschah, musste geschehen, Ethan. Wir haben die Dinge zu einem notwendigen Ende geführt.«

Am zweiten Tag entdeckte ich Wild und erlegte als Erstes einen Waschbären, danach einen Hirschbock. Die Frauen hatten uns beigebracht, wie man Essbares aufspürt, und wir sammelten alles, was wir an späten Wurzeln und Beeren finden konnten. Morgens lag jetzt Raureif, die Blätter fielen schneller. Am vierten Tag trotteten wir durch ein verfrühtes Schneegestöber.

Ich hatte den Hirschbock enthäutet, und als wir an einen Fluss kamen, fertigten wir ein weiteres walisisches Coracle oder Mandan-Boot an. Die Aufgabe nahm einen ganzen Tag in Anspruch, und wenn Pierre auch nur etwas größer gewesen wäre, dann wäre das Boot versunken, aber auf dem sanft fließenden Fluss funktionierte es gerade eben. So konnte ich mein schmerzendes Bein ausruhen, während wir stromabwärts trieben und mit dem Kolben meiner Büchse steuerten. Wenn ich auch innerlich noch von Kummer verzehrt wurde, so heilten doch zumindest meine äußerlichen Wunden. Pierre schnitzte sich ein Paddel und fing an, über den Bau eines Kanus zu reden.

Folgte uns Aurora? Ich entdeckte keine Anzeichen dafür. Vielleicht war sie auf der Prärie an Wahnsinn gestorben.

Der Fluss führte durch Seen und nahm dabei immer mehr Wasser auf. Am dritten Tag erkannten wir ihn als den Fluss, den wir zuerst in unserem zweiten Kanu hinaufgepaddelt waren. Und so trieben wir nach Süden und Osten und kamen schließlich zu einem Indianerdorf. Verblüfft sahen wir Kinder am Flussufer spielen, Männer angeln, Frauen kochen und flicken. Die Welt war von unserem Trauma unberührt geblieben. Ganze Dörfer lebten immer noch normal und glücklich. Hier hinter der Grenze gingen Weiße und Rote sich noch nicht an die Gurgel.

Warum blieb ich nicht einfach dort? Das war doch das echte Eden, nicht wahr?

Weil ich ein Franklin-Mann bin, ein Gelehrter und ein Mann der Wissenschaft, der von Entdeckungen zu berichten hatte.

Weil ich Napoleons opportunistischer Lakai bin, Jeffersons Naturforscher, Sir Sidney Smith' eigensinniger Spion und ein Elektrizitätspionier. Ich war der Held von Mortefontaine!

Weil ich der Geliebte von Namida und Astiza war, die eine tot, die andere an Ägypten verloren, aber am Ende vielleicht nicht unwiederbringlich.

Weil ich ein Mann bin, der sich mehr für das Palais Royal und das Präsidentenhaus eignet als für den Wigwam und die Prärie.

Und weil Aurora Somerset glaubte, ich könnte trotzdem noch etwas finden, irgendwo, das sogar von größerer Wichtigkeit war als Thors Hammer.

Falls ich *sie* wiederfand, würde ich sie dazu bringen, mir zu sagen, worum es sich handelte.

Die Indianer schenkten uns in der großzügigen Art armer Menschen in einem wilden Land ein altes Kanu. Wir fuhren weiter und trugen das Boot um einige Wasserfälle, auf die wir stießen.

Zwei Wochen nachdem wir von Yggdrasil weggehumpelt waren, trafen wir auf ein Lager von vier französischen Trappern, die nach Saint Louis hinabfuhren, um den Winter hinter Blockhauswänden und Fensterscheiben zu verbringen. Der anschwellende Fluss, auf dem wir uns befanden, sei tatsächlich der Mississippi, teilten sie uns mit. Wir begrüßten sie auf Französisch, und ich erzählte ihnen, ich sei ein Kundschafter für Jefferson und Napoleon.

»Auf dieser Seite des Flusses bist du ein Kundschafter für Napoleon, mein Freund«, sagte einer der Voyageure. »Über Saint Louis weht noch die spanische Fahne, aber es heißt, es wird bald die Trikolore sein. Und auf der Seite«, er deutete auf das Ostufer, »bist du ein Kundschafter für Jefferson. Hier treffen Imperien aufeinander!«

»Eigentlich ist er ein Esel und ein Hexenmeister«, klärte Pierre sie auf.

»Ein Hexenmeister! Wozu soll der denn nütze sein? Aber ein Esel – ach, wie wir uns so einen im Hinterland manchmal wünschen!«

Wir erzählten ihnen nichts von einem nordischen Hammer, aber sie waren interessiert an unseren Berichten über den oberen Mississippi und die im Überfluss vorhandenen Pelz- und Jagdtiere. Aber das Land sei ebenfalls voller Dakota, warnte ich sie, und bei der Erwähnung dieser grimmigen Krieger schienen die Trapper das Interesse zu verlieren.

Pierre meinte, es sei zu spät im Jahr, seine Gefährten im Norden zu erreichen, also fuhren wir gemeinsam weiter nach Süden, um dem Wintereinbruch zuvorzukommen. Am 13. Oktober – einem weiteren Jahrestag des Verrats an den Tempelrittern – paddelten wir um den Schutzdamm von Saint Louis, wo Flussboote auflaufen konnten, um ihre Fracht zu entladen, bevor sie von dem steinernen »Strand« wieder abgestoßen wurden. Genau wie Detroit war diese französische Siedlung hundert Jahre alt, doch im

Gegensatz zu Detroit wuchs sie, statt zu schrumpfen. Französische Flüchtlinge, die vor den Territoriumserweiterungen der Engländer und der Vereinigten Staaten geflüchtet waren, landeten hier, um ein neues Leben in Napoleons Imperium zu beginnen. Die Stadt lag nur ein paar Meilen südlich des Zusammenflusses von Mississippi und Missouri, und einen strategisch günstigeren Ort kann man sich kaum vorstellen.

Wenn Bonaparte Louisiana wollte, musste er seine Herrschaft sowohl von Saint Louis als auch von New Orleans aus durchsetzen. Wenn Jefferson den Pazifik erreichen wollte, würde sein Meriwether Lewis durch Saint Louis kommen müssen.

Und so beendete ich meinen Aufenthalt im Westen. Ich war erschöpft, tief betrübt, arm, hatte keinen Beweis dafür, dass Jeffersons Elefanten noch lebten – und konnte eigentlich nicht enthüllen, was wir tatsächlich gefunden hatten, da ich so eine Ahnung hatte, dass es sich für einen unverbesserlichen Schatzjäger wie mich als nützlich erweisen konnte. Thira? Og? Wie immer ergaben die Zeichen nicht den geringsten Sinn. Also nahm ich mein erstes heißes Bad seit Monaten, aß weißes Brot, das so leicht wie eine Wolke war, und schlief in einem Bett über dem Boden.

Meine neuen Stiefel drückten.

Pierre sagte, er würde nie wieder verrückte Esel in sein Kanu einladen. Ein paar Tage lang war uns unbehaglich, denn wir waren die besten Freunde geworden, und doch wusste er, dass ich genauso begierig darauf war, in Städte zurückzukehren, wie er sich nach der Freiheit der Voyageure sehnte. Beide trugen wir unausgesprochenen Kummer und

Schuldgefühle gegenüber den gestorbenen Frauen in uns, aber Männern fällt es schwer, über solche Dinge offen zu reden. Ich überlegte, ob ich den kleinen Franzosen überreden sollte, mit mir nach Paris zurückzukehren. Doch eines Morgens war er ohne ein Wort verschwunden. Als einziges Zeichen dafür, dass es seine Entscheidung war und keine Entführung, blieb mir die verbogene Pyramide mit der Kugel, die ich neben meinem Bett fand.

Würde ich ihn je wiedersehen?

In Saint Louis begegnete ich auch einem durchreisenden Großgrundbesitzer aus Louisville namens William Clark, einem jüngeren Bruder des durch die Unabhängigkeitskriege berühmt gewordenen Helden George Rogers Clark. Auch William Clark hatte gegen die Indianer gekämpft, sich dabei eine schleichende Krankheit zugezogen und beschlossen, ein häusliches Leben in Kentucky zu führen. Aber er war ein robust wirkender, sympathischer Mann, der mich aufsuchte, als er davon hörte, dass ich durch das nördliche Louisiana-Territorium gereist war.

»Ich bin beeindruckt, Sir, sehr beeindruckt«, sagte Clark und schüttelte mir die Hand, als sei ich der Präsident. »Aber vielleicht ist das für den Helden von Akko und Mortefontaine kein so großes Kunststück.«

»Ein Held bin ich kaum, Mr Clark«, erwiderte ich und trank von meinem köstlichen französischen Wein, der mir die Wonnen von Paris ins Gedächtnis rief. »Vieles von dem, was ich anpacke, verwandelt sich in Asche.«

»Aber machen nicht alle Männer diese Erfahrung?«, fragte Clark. »Ich bin davon überzeugt, der Unterschied zwischen einem erfolgreichen Mann und einem Versager besteht darin, dass Ersterer nie aufgibt. Meinen Sie nicht auch?«

»Sie scheinen die Weisheit meines Mentors Franklin zu besitzen.«

»Sie kannten Franklin? Was für ein Mann! Ein Titan, Sir, ein Salomo! Und was hätte Franklin zu Louisiana gesagt?«

»Dass es in Philadelphia gemütlicher ist.«

Clark lachte. »Ich wette, das stimmt. Philadelphia ist zweifellos auch gemütlicher als Kentucky, aber ach, Kentucky – welche Schönheit! Welche Möglichkeiten!«

»Das trifft auf Louisiana ebenfalls zu, nehme ich an.«

»Doch nur für Amerikaner, meinen Sie nicht? Schauen Sie sich diese Franzosen an. Die mutigsten Burschen der Welt, aber Trapper, keine Farmer. Sie ziehen umher wie die Indianer. In einer Woche fahren mehr amerikanische Siedler den Ohio hinunter, als es Franzosen in Saint Louis gibt. Ja, Amerikaner werden hier das östliche Ufer besiedeln, und zwar bald.«

»Glauben Sie? Ich muss sowohl Jefferson als auch Napoleon Bericht erstatten.«

»Dann berichten Sie das Unvermeidliche.« Er nahm einen Schluck Wein. »Erzählen Sie mir, hat es Ihnen da draußen gefallen?«

Ich überlegte und beschloss, ehrlich zu sein. »Es hat mir Angst eingejagt.«

»Mich zieht es an. Ich wünschte, ich bekäme die Chance, mir dieses Land anzuschauen, Ethan Gage. Ich habe gehört, unser neuer Präsident sei davon fasziniert, und ich kenne seinen Sekretär, einen Captain namens Lewis. Es wäre großartig, wieder loszuziehen, aber ich habe Familie und eine heikle Verdauung. Ich weiß nicht. Ich weiß nicht.« Seine Finger klopften auf den Tisch, und er blickte nach Westen auf Dinge, die ich nicht sehen konnte. »Was werden Sie also Napoleon berichten?«

Dass ich Og finden musste, dachte ich.

»Dass Louisiana Möglichkeiten bietet, aber auf andere Weise, als er es sich vielleicht vorstellt.«

Im Kopf formulierte ich bereits einen Bericht.

»Ich glaube, ich werde Thomas Jefferson vorschlagen, einen Handel einzugehen.«

Historische Anmerkungen

Am 8. November 1898 rodete ein eingewanderter Farmer namens Olaf Ohman Land in der Nähe des Dorfes Kensington, Minnesota, und stieß dabei auf eine Steinplatte in der Größe eines Grabsteins, die sich in den Wurzeln einer Pappel verfangen hatte. Nach genauerer Untersuchung erkannte er, dass nordische Runen in den Stein gemeißelt waren, die später folgendermaßen übersetzt wurden:

Acht Gotländer und zweiundzwanzig Norweger auf Entdeckungsfahrt von Vinland, sehr weit nach Westen. Wir lagerten bei zwei felsigen Inseln eine Tagesreise von diesem Stein entfernt. Wir waren einen Tag lang fischen. Als wir zurückkamen, fanden wir zehn Männer rot von Blut und tot. AVM erlöse uns von dem Übel.

Und auf der Seite des Steins stand:

Haben zehn Mann am Meer, um über unsere Schiffe zu wachen, vierzehn Tagesreisen von dieser Insel. Jahr 1362

Über die Echtheit des Runensteins von Kensington, der in einem kleinen Museum in Alexandria, Minnesota, zu besichtigen ist, wurde seit mehr als einem Jahrhundert hitzig gestritten. Erreichten die nordischen Entdecker tatsächlich 130 Jahre vor Kolumbus' Ankunft in Amerika den Mittleren Westen? Der Farmer zog nie Gewinn aus seinem Fund und beharrte bis zu seinem Todestag darauf, dass er ihn nicht selbst gemeißelt hatte. Falls es eine Fälschung ist, wurde der Stein dann Jahrzehnte früher an dieser Stelle vergraben, damit der Baum um ihn herumwachsen konnte? Zu der Zeit lebten dort jedoch keine weißen Siedler. Wenn er echt ist, wurde er dann von seinem ursprünglichen Platz entfernt? Warum sollten mittelalterliche Skandinavier zu einem geografisch nichtssagenden Ort im westlichen Minnesota reisen?

Wissenschaftler, die ehemals über die Vorstellung vorkolumbischer Kontakte zwischen Europa, Asien und Amerika gespottet hatten, sind in den letzten Jahrzehnten überschwemmt worden von fragmentarischen Beweisen und fantasievollen Theorien, die darauf hindeuten, dass transatlantische und transpazifische Reisen tatsächlich stattgefunden haben. Der fesselndste Fund war 1960 die Entdeckung der Wikingersiedlung bei L'Anse aux Meadows in Neufundland, die bewies, dass die Geschichten um mittelalterliche Wikinger, die angeblich Amerika erreicht hatten, wahr sind. Runensteine sind inzwischen in Maine, Oklahoma, Iowa, den Dakotas und Minnesota gefunden worden. Genauso wie Metallfragmente europäischer Waffen und Werkzeuge. Etwa zweihundert Steine mit Vertäuungslöchern, die denjenigen gleichen, mit denen Skandinavier im Mittelalter ihre Boote vertäut hatten, sind in Nordamerika entdeckt worden.

Wie dieser Roman aufzeigt, gehen Theorien, dass Europäer – oder sogar Israeliten! – Amerika bereits vor Kolumbus erreichten, auf die Zeit Jeffersons und davor zurück. Die hellere Hautfarbe einiger Mandan-Indianer und die Tatsache, dass ihre bäuerlichen Siedlungen mehr an ein mittelalterliches Dorf in Europa als an die für Plains-Indianer typischen Lager erinnerten, wurde 1733 von dem französischen Forschungsreisenden Pierre de La Verendrye und 1832 von dem Maler George Catlin erwähnt. Die Mandan-Frauen zählten zu den schönsten des Kontinents und wurden großzügig mit anderen Männern geteilt – eine Tatsache, die die Expedition von Lewis und Clark veranlasste, dort zu überwintern (nachzulesen in *Der weite Weg nach Westen. Die Tagebücher der Lewis & Clark-Expedition 1804–1806*). All das heizte Spekulationen an, dass nordische oder zumindest walisische Gene ihren Weg bis zum Missouri gefunden hatten. Leider wurden die Mandan und ihre Verwandten, die Awaxawi, in den 1840er-Jahren durch eine Pockenepidemie und Überfälle der Dakota vollkommen ausgelöscht, bevor eine systematische Untersuchung durchgeführt werden konnte.

Es gibt Legenden, dass ein Prinz Madoc von Wales 1170 mit zehn Schiffen in die Neue Welt aufbrach und dass der heilige Brendan 512 von Irland nach Westen zu der »Insel der Seligen« segelte. Es wurde diskutiert, dass der Umfang des prähistorischen Kupferbergbaus im Gebiet der Großen Seen zu umfangreich war, um ihn eingeborener Nutzung zuzuschreiben.

Anthropologen haben ebenfalls Theorien in Betracht gezogen, dass Amerika ursprünglich nicht nur von Asiaten bevölkert wurde, die während der Eiszeit über die Landbrücke der Beringsee einwanderten, sondern von europäischen Vorfahren, die den Nordatlantik von Insel zu Insel überquerten. Inzwischen wird das Datum, an dem die ersten Menschen in der westlichen Hemisphäre auftauchten, durch neue Funde immer weiter zurückgeschoben.

Die eigentümliche Vorstellung, dass die Nordmänner (oder Waliser) bis in die Mitte des Kontinents vordrangen, ist zumindest durch das nordamerikanische Flusssystem möglich. Kensington liegt zwischen den Oberläufen des Red-Nelson-Flusssystems, das nach Norden zur Hudson Bay führt, und dem Mississippi, der schließlich in den Golf von Mexiko mündet. Das System aus Saint Lawrence River und den Großen Seen bietet eine weitere Route vom Atlantik und macht es durch kurze Portagen möglich, auf der in dieser Geschichte beschriebenen Art durch Minnesota zu paddeln.

Die bloße Möglichkeit bedeutet natürlich nicht Wahrscheinlichkeit, aber die Theorien von Magnus Blodhammer sind letztlich nicht so absurd, wie sie anfänglich zu sein scheinen. Unter den Ureinwohnern Amerikas von Peru bis Kanada gibt es weit verbreitete Legenden von weißhäutigen Besuchern aus der fernen Vergangenheit, und es existieren weltweit Legenden von einem Goldenen Zeitalter, in dem mythische Gestalten der Menschheit Wissen überlieferten. Enthält der Mythos einen Kern historischer Wahrheit?

Die Idee, dass die Nordmänner Minnesotas aus Skandinavien geflüchtete Templer sein könnten – und eine mögliche Übersetzung der seltsam markierten Buchstaben, die auf dem Stein einen Code ergeben –, verdanke ich den Erforschern des Runensteins von Kensington, Scott Wolter, einem Geologen, seiner Frau Jan Wolter und dem Ingenieur Richard Nielsen. *The Kensington Rune Stone: Compelling New Evidence* bietet eine Analyse der Geologie, Schrift und Geschichte des Steins. Die Verfasser haben ausführliche Nachforschungen auf der Insel Gotland vorgenommen, um die Authentizität der von Olaf Ohman gefundenen Runen nachweisen zu können. Eine kürzere und ausgewogene Einführung zu der Kontroverse ist in *The Kensington Runestone* von Alice Beck Kehoe zu finden.

Die faszinierenden Wechselbeziehungen zwischen Freimaurerei, den Ursprüngen der Vereinigten Staaten und der Gestaltung von Washington, D.C., sind in einer Anzahl von Büchern und Dokumentarfilmen dargelegt worden. Jeffersons Interesse an Wollhaarelefanten, Vulkanen in Missouri und Salzbergen ist historisch verbürgt.

Das Weiße Haus bekam diesen Namen erst, als die Briten es während des Krieges von 1812 niederbrannten und der reparierte Bau weiß gestrichen wurde.

Norwegen gewann seine Unabhängigkeit erst 1814 in den Wirren der napoleonischen Kriege zurück.

Die Bezüge zu nordischen Mythen entstammen den vorhandenen Legenden. Aber was ist mit der botanischen Monstrosität, die Ethan und Magnus fanden? Es gab eine Anzahl von Experimenten mit »Elektrokultur« beziehungsweise der Auswirkung elektrischer Felder auf Pflanzen, wozu auch Bertholons Elektrisiermaschine aus dem Jahr 1783 zählt. Spätere Experimente zeigen angeblich, dass sich im Wasser wachsende Wurzeln elektrischem Strom zuwenden oder Samen in einem elektrischen Feld schneller keimen.

Mein »elektrischer« Yggdrasil ist offensichtlich Fiktion, aber da das Höhenwachstum von Bäumen durch die Schwierigkeit begrenzt ist, Wasser und Nährstoffe gegen die Schwerkraft nach oben zu befördern, hatte ich viel Spaß dabei, mir einen »blitzangetriebenen« Baum auszudenken, der über genügend Energie zur Überwindung dieses Hindernisses verfügt.

Obwohl viele Indianer in diesem Roman bedrohlich sind, wie es der damaligen Geschichtsschreibung entsprach, sollte ich doch anmerken, dass laut zeitgenössischen Berichten amerikanische Ureinwohner genauso unterschiedlich, komplex und fähig waren, Gut und Böse zu unterscheiden, wie die Europäer, die über sie schrieben. Weiße Gefangene zeichneten das Bild einer Eingeborenenwelt von erstaunlicher Freiheit, voll Humor, Elan und Freundlichkeit, verbunden mit der ständigen Bedrohung durch Hungersnöte, Kälte, Krieg und Folter.

Wir haben nur bruchstückhafte Vorstellungen vom »natürlichen« Zustand indianischer Gesellschaften, weil sie so rasch durch die europäische Invasion beeinträchtigt – und infiziert – wurden. Die scheinbare Leere des Westens war das Ergebnis einer Folge von Epidemien, die indianische Bevölkerungen auslöschten, noch bevor die meisten Forschungsreisenden überhaupt zu ihnen kamen.

Schusswaffen revolutionierten die Stammeskriege, und alle Stämme waren in Bewegung, während sie vor dem europäischen Sturmangriff nach Westen flohen. Die Dakota (oder Sioux) wurden erst zum Reitervolk der Plains, nachdem sie von anderen Stämmen wie den Ojibwa (oder Chippewa), die vor ihnen in den Besitz von Feuerwaffen kamen, aus dem Waldland vertrieben wurden. Die Pferde wurden von den Spaniern eingeführt.

Ethan Gage reist drei Jahre vor Lewis und Clark vom Mississippi nach Westen, aber selbst sein unerforschter Westen hat sich im Vergleich zu dem, was er vor Kolumbus gewesen war, tiefgreifend verändert. Wenn es je einen Garten Eden in Amerika gegeben hat, dann hatten sich seine Tore schon drei Jahrhunderte vor Ethan Gages Ankunft geschlossen.

Oder Eden liegt, wie Pierre und Namida meinten, vielleicht dort, wo wir es uns schaffen.